Beate Sommer, geboren 1958 in Schleswig-Holstein, verbrachte ihre Kindheit auf Wanderschaft, darunter drei prägende Jahre in den USA. Nach dem Abitur zog sie der Liebe wegen nach Hessen, wo sie zunächst im Reiseverkehrswesen tätig war, bevor sie zusammen mit ihrem Mann eine Buchhandlung gründete. Die Leidenschaft für Kriminalromane führte zum Wechsel ans andere Ende der »Nahrungskette Buch«, und so lebt sie heute als freie Autorin in Leer.
www.beatesommer.de

BEATE SOMMER

HÄTTEST DU GESCHWIEGEN

RHEIN-MAIN KRIMI

Emons Verlag

Umschlagzeichnung: Heribert Stragholz
Druck und Bindung: CPI – Clausen & Bosse, Leck
Printed in Germany 2009
ISBN 978-3-89705-636-7
Rhein Main Krimi 3
Originalausgabe

Für Rita

Prolog

Sie hörte die Tür ins Schloss fallen und erschrak. War er zurückgekommen? Sie rief seinen Namen. Keine Antwort. Sie musste sich geirrt haben, als sie angenommen hatte, er sei längst fort. Er war gerade erst gegangen, oder?

Sie kontrollierte jedes Zimmer, nur um ganz sicher zu sein. Niemand.

Alles in Ordnung. Sie lief zur Eingangstür, vergewisserte sich, dass sie wirklich zu war, und lehnte sich unwillkürlich dagegen, erleichtert, noch einmal davongekommen zu sein.

Wie verrückt, dachte sie, wie absolut lächerlich zu glauben, sie könnte es länger für sich behalten. Selbst der Gedanke, dass es so besser war, für sie, erschien im hellen Licht des Tages absurd. Sie würde es tun, bald, was sollte schon passieren? Niemand würde aus solch irrationalen Gründen einfach abwarten, den Kopf in den Sand stecken und hoffen, es ginge vorüber. Es würde nicht vorübergehen. Nicht ohne ihr Zutun.

Der Türgriff bohrte sich ihr schmerzhaft ins Kreuz. Sie nahm es als Zeichen, dieser Schmerz war nichts im Vergleich zu dem, der sie erwartete. Ob du redest oder schweigst, egal, es wird Folgen haben.

Wenn sie schwiege, und er käme dennoch dahinter, wusste gar womöglich längst Bescheid, denn sie war viel zu leicht durchschaubar, das war ihr klar, das war schon immer so gewesen, wenn sie schwiege, musste er wissen, dass es dafür nur einen einzigen Grund gab, und das wäre ihr Ende.

Wenn sie redete, nun, das wäre ebenfalls ihr Ende.

Sie schrak zusammen und erstarrte. Was war das für ein Geräusch? Unsinn, schalt sie sich, da ist nichts, du bist allein, wahrhaftig allein, niemand da, der dir einen Rat geben könnte, niemand da, dem du diese Last aufbürden könntest. Und selbst wenn du das Risiko eingingest, jemanden um Hilfe zu bitten, und er gäbe vor, dir helfen zu wollen, es wäre immer aus den falschen Gründen. Wenn nicht ohnehin gelogen.

Ausweglos, dachte sie, ich brauche mehr Zeit.

Schweren Schrittes ging sie in die Küche, um etwas zu trinken, da war noch Wein, offen sogar, aber wie sollte sie einen Rausch erklären, nahm schließlich eine angebrochene Tüte Milch aus dem Kühlschrank und trank direkt aus dem Karton. Sie wischte sich mit dem Handrücken über den Mund und schmeckte Salz. Schweiß. Angstschweiß?

Sie ging ins Bad, stellte das Wasser der Dusche an und warf die ausgezogenen Sachen achtlos beiseite. Sie würde sich später darum kümmern, später würde sie daran arbeiten, die Fassade aufrechtzuerhalten, für eine kleine Weile noch.

Sie trat unter den Wasserstrahl und drehte den Heißwasserhahn so weit auf, wie sie es gerade noch ertragen konnte. Schnell bildete sich Dampf, der wie ein Schleier vor ihren Augen waberte und den Konturen ihrer Angst die Schärfe zu nehmen schien. Sie schloss die Lider und ließ das Wasser über sich strömen. Ich bin nicht hier, stellte sie sich vor, ein anderer Dschungel, ein Dschungel, dessen Kakophonie seltsamer Laute weniger Schrecken barg als dies hier …

Das Wasser floss nicht ab. Sie stand knöchelhoch darin, stellte den Hahn ab und stieg aus der Dusche, pulte im Abfluss herum, bis sie ein feines Netz aus Haaren herausziehen konnte, das sie ins Klo warf. Sie trocknete sich ab, streifte einen Bademantel über und machte sich daran aufzuräumen.

Sie wollte sich gerade neu schminken, als es klingelte. Noch nicht, dachte sie, ich bin noch nicht fertig, habe noch nicht meine unbekümmerte Maske aufgelegt, mein Alltagsgesicht. Überhaupt, wer könnte das sein? Er hat doch einen Schlüssel. War es möglich, dass jetzt schon … Nein, nicht hier, bestimmt nicht hier, es ist nur er, er hat mal wieder seinen Schlüssel vergessen. Sie blickte in den Spiegel und versuchte ein Lächeln, kläglich, befand sie und ließ die Mundwinkel sinken, so, viel besser, ganz normal. Es klingelte noch einmal, und ergeben ging sie zur Tür.

Sie öffnete den Mund vor Überraschung, vergaß ihn zu schließen, trat beiseite, ließ Worte herein, harte Worte, Worte die schmerzten, herausgespien, leise und gefährlich zischelnd, blieb selbst sprachlos, kein Ton, nur Angst, sie hob die Hände vor Abwehr, schüttelte den Kopf, endlich brach es aus ihr hervor: »Ich bin schwanger, ich …«

Als könnte sie das noch schützen.

Schon schlossen sich Hände um ihren Hals, drückten zu, fester, fester, »Ich weiß, du widerliche Schlampe, du«, ihre Augen kamen ihr merkwürdig groß vor, sie hatte das Bedürfnis, sie mit den Händen an ihren Platz zu schieben, aber keine Kraft mehr, nichts mehr, sollte das schon alles gewesen sein? Selbst dieser Gedanke war kaum noch greifbar.

1

Wecker sind unmenschlich, dachte Marilene und setzte sich vorsichtig auf. Sie versuchte, den Kopf langsam nach links und rechts zu drehen, nein, lieber noch nicht, und tappte mit unsicheren Schritten in die Küche. Wasser könnte helfen, gegen den Kater, wenn schon sonst nichts, denn allmählich kehrte die Erinnerung an den vergangenen Tag zurück, und sie war versucht, wieder ins Bett zu gehen und vorläufig nicht mehr aufzustehen. Der Einzige, der das bemerken und nicht zulassen würde, war ihr Kollege Volker. Gegen seine hartnäckige Lebensfreude hätte sie keine Chance. Wie gestern, als er sie kurzerhand ins Havana in der Sonnenberger Straße mitgeschleift und dort mit diversen Cocktails abgefüllt hatte, ein flüchtiges Ablenkungsmanöver, dem sie nun diesen Kater verdankte.

Sie goss das Glas ein weiteres Mal voll und nahm es mit ins Bad, blieb vor dem Spiegel stehen. So übel sehe ich doch gar nicht aus, dachte sie und fuhr sich mit den Fingern durchs dunkelblonde, kinnlange Haar, bis es wieder einer Frisur ähnelte. Sie riss die Augen auf, deren klares Blau sie immer als Vorzug empfunden hatte, während sie ihre Nase zu dick, den Mund ein wenig klein geraten fand. Aber das Gesamtbild war doch ganz passabel, jedenfalls für zweiundvierzig. Vor zwei Wochen erst hatte Felix genau hier gestanden, sie von hinten umfasst und gesagt, wir sind doch ein schönes Paar. Und sie ins Schlafzimmer gezogen.

Vorbei? Das kann doch nicht wahr sein. Einfach so. Als wären die letzten drei Jahre nicht gewesen. Bilder stellten sich ein, wie sie sich kennengelernt hatten, er war ihr ins Auto gefahren, war ausgestiegen, wütend, »Hören Sie, hier ist meine Karte, ich hab's furchtbar eilig, melden Sie sich heute Abend bei mir«, und sie war belämmert stehen geblieben, unfähig sich zu rühren, bis ein Hupkonzert sie gezwungen hatte, aufzuwachen. Ein Traum auch, als er sie zum Essen einlud, Kerzenlicht, und schon das erste Glas Wein hatte sie betrunken gemacht, und dann sein »Du hast mich verhext, komm mit zu mir«. Und der erste Urlaub, Skilaufen, obwohl sie noch nie auf den Dingern gestanden hatte, wie Felix ihr aufhalf nach dem Sturz, den Schnee aus Augen und Mund wegküsste, und sie rieb sich erneut Schnee ins Gesicht, noch mal, bitte. Ihre Sprachlosigkeit in der ersten Zeit, zu groß die Angst, zu verlieren, was noch nicht gewonnen, in Worte zu fassen, was noch keinen Namen hatte, außer Felix, Felix.

Und jetzt sollte das alles nicht mehr zählen? Und ausgerechnet Hanne, dieses Mäuschen mit den sanften Kuhaugen. Haben Kühe braune Augen? Hanne, dieses hinterhältige Aas. Ich könnte sie umbringen! Warum habe ich das bloß nicht früher gemerkt? Aber ich hab's ja gesehen, wie sie ihm hinterherlief und auch dass ihre Augen, wenn sie mich sah, plötzlich gar nicht mehr so sanft waren. Nie hat sie ein Wort gesagt, immer geschwiegen, während ich mir beide Beine ausgerissen habe, um geistreich und witzig zu sein. Und sie lachte nur, wenn Felix lachte. Ich liebe sein Lachen.

Noch immer stand sie vor dem Spiegel und las in ihrem Gesicht, als sei es das einer Fremden. Die verlassene Frau. Fassungslos. Jetzt quollen schon wieder Tränen über, sie spürte nicht einmal, wie sie ihr über das Gesicht rannen, sah es nur. Unwillig drehte sie sich weg, ging ins Schlafzimmer und warf sich aufs Bett, boxte das Kissen zu einem unförmigen Klumpen, den sie schließlich umklammerte, um das Gesicht darin zu bergen.

»Oh nein«, stöhnte sie, als die Türklingel anschlug, wer immer es ist, lass mich in Ruhe, aber was, wenn Felix an der Tür stand? Sie tappte zur Tür und schloss auf. Ein Fuß schob sich in den schmalen Spalt, den die Sicherheitskette freigab.

»Der Milchmann ist da, oder ist dir der Postmann lieber?«

»Geh weg, Volker. Ich bin überhaupt nicht da.«

»Was, du schlägst frische Brötchen aus?«

»Ich esse nichts mehr.«

»Jetzt hör schon auf mit dem Blödsinn, sonst muss ich zu härteren Mitteln greifen.«

»Keine Chance, die Tür schaffst du nicht«, sie zögerte, »aber keine dummen Sprüche.«

»Ich schwöre hoch und heilig.«

»Fehler. Dir ist nichts heilig.« Dennoch gab sie nach und öffnete ihm. »Komm halt rein, du Schwätzer.«

»He, Kindchen, du weinst ja.« Er legte Brötchen und Käse auf der Garderobe ab und nahm Marilene in die Arme. »Ist ja gut, ist ja gut«, murmelte er.

»Nenn mich nicht immer Kindchen, du Opa.« Ein eingespieltes Wortgefecht, seit jeher hatte Volker mit seinem frühzeitig ergrauten Haar, das er kurz und streng nach hinten gekämmt trug, der Nickelbrille, den überkorrekten Anzügen, die er bevorzugte, auf sie wie ein alter Mann gewirkt. Dabei trennten sie gerade mal zwei Jahre.

Volker hielt sie auf Armeslänge von sich. »Geh lieber und zieh dir etwas an, das deine Reize besser verdeckt. Ich mach inzwischen Frühstück.«

»Tyrann.«

Was ziehe ich an, überlegte sie, unschlüssig wie meistens, wenn sie nicht schon am Vorabend einen Gedanken daran verschwendet hatte. Das provokante Quietschen der Bügel auf der Kleiderstange wie das lang vergessene von Fingernägeln auf blechernen Mülltonnen, nein, nein und abermals nein, bis sie sich schließlich für schwarze Jeans und eine schwarze Bluse entschied, wenigstens heute, Trauer sollst du tragen, und kein Lippenstift, kein Lidschatten, und nur nicht weinen.

Volker musterte sie mit hochgezogenen Brauen, verlor aber kein Wort über ihren Aufzug und goss Kaffee ein. »Hier«, er reichte ihr Brötchen und Butter, »iss, wir sind spät dran.« Er sah, beschäftigt mit seinem eigenen unbeeinflussten Appetit, nur gelegentlich zu ihr herüber.

»Hast du viel zu tun heute?«, fragte er, als könne ihre Antwort die Rückkehr zur Normalität bedeuten.

Marilene schüttelte den Kopf. »Ein Testamentsentwurf, ein paar Einsprüche, und in der Scheidungssache Meinert muss ich noch ‘ne Schätzung der Vermögensverhältnisse erwirken.«

»Ich will dich vorwarnen, heute Nachmittag hast du noch einen Termin«, erklärte Volker, »da kommt so ein Lehrer, der behauptet, dass er verfolgt wird. Er bildet sich ein, dass es sich um offizielle Stellen handelt, weil er Kontakte zu Muslimen unterhält. Ich halte das für ziemlich paranoid, aber er will der Sache nachgehen.«

»Nein.« Marilene schüttelte den Kopf.

»Komm schon, ich habe ihm erklärt, dass wir nichts unternehmen können, solange keine Anklage erhoben wird, aber er bestand auf einem Termin. Und da ich im Augenblick viel zu tun habe, trieb mich meine grenzenlose Weisheit dazu, Christine zu konsultieren, die mir bestätigte, dass du da nicht das Geringste anstehen hast.«

»Normalerweise fragt man trotzdem vorher, oder würde es dir etwa gefallen, wenn ich einfach so über deine kostbare Zeit verfüge?«

»Ich hätte dich ja gefragt, wenn du nicht gerade diese unselige Tirade gegen den armen Felix losgelassen hättest. Und es ist schließlich auch kein neuer Mandant, sondern lediglich so etwas wie eine Aufklärungsstunde.«

»Und warum«, fragte Marilene mit vor unterdrückter Wut gefährlich leiser Stimme, »warum ist er jetzt auf einmal der ›arme‹ Felix?«

»Beruhige dich, war nicht ernst gemeint. Aber stell dir vor, du wärst handgreiflich geworden, und glaub mir, es hörte sich ganz danach an, wer hätte dich dann wohl verteidigen müssen? Wie gesagt, ich bin ausgebucht.«

»Depp«, sagte Marilene.

»Warum hast du dich eigentlich immer noch nicht spezialisiert? Das wäre doch viel einfacher.« Volker versuchte nicht eben unauffällig, das Thema zu wechseln.

»Keine Lust. Ich will weder ständig mit der schmutzigen Wäsche von Scheidungen noch dauernd mit künftigen Knackis zu tun haben. So ist das interessanter. Und wer will schon ein einfaches Leben, du etwa?«

»Na sicher. Nicht zu viel Energie für den Beruf aufwenden, 'nen schnuckeligen BMW, Häuschen im Grünen mit 'ner Frau drin, die ihre Selbstverwirklichung im Aufziehen von Kindern sieht, sagen wir zwei, Junge und Mädchen, Urlaub an der Riviera, und zwar jedes Jahr und dann – apropos Urlaub, hast du schon was geplant?«

»Pfingsten fahre ich wahrscheinlich zu meinem Vater.«

»Das ist doch kein Urlaub, sondern verlängerte Arbeit. Ich wette, er will über nichts anderes mit dir reden.«

»Kann schon sein, aber sein Beruf fehlt ihm eben noch sehr.«

»Trotzdem, du solltest wirklich mal Urlaub machen, so richtig ausspannen.«

»Wie soll das gehen, wenn ihr mir dauernd neue Mandanten aufhalst?«

»Wie ich schon sagte, das ist kein neuer Fall, sondern ...«

»Ich weiß, ich weiß, eine ›Aufklärungsstunde‹. Wie ist das nun, isst du noch ein viertes Brötchen, oder können wir endlich gehen?«

»Willst du nicht wenigstens den Tisch abräumen? Eine miserable Hausfrau bist du.«

»Das stört mich überhaupt nicht. Also los jetzt.«

Sie liefen die drei Stockwerke nach unten, und das eilige Trappeln ihrer Schritte, ein Geräusch, das sie sonst nie wahrnahm, täuschte nun doch eine unerträgliche Normalität vor. Sie stieg in ihren Wagen, um Volker hinterherzufahren, brauchte ihn wie einen Lotsen, als wäre sie gerade erst nach Wiesbaden in die Danziger Straße gezogen und dies ihr erster Arbeitstag in einer fremden Stadt. Es kam ihr vor, als hätte sie den Kurpark samt Kurhaus noch nie gesehen, wäre noch nie im Hessischen Staatstheater gewesen oder die Wilhelmstraße entlangflaniert. Warum, fragte Marilene sich gegen das Sonnenlicht blinzelnd, während sie auszumachen versuchte, ob Ampeln Rot oder Grün zeigten, warum passt sich das Wetter nie den Ereignissen an? Warum ist heute der Himmel so verdammt blau, statt strömenden Regen niederprasseln zu lassen, sodass ein nasses Gesicht nicht weiter auffällt? Und warum musste das ausgerechnet mir passieren?

Sie bogen in die Rheinstraße. Aber in Berufung auf welchen schläfrigen Schutzengel glaubte ich, Unglücke stießen immer nur anderen zu? Liebeskummer – das Wort schon sollte verboten werden. Mit dem Vogeljungen, das aus dem Nest fällt und nicht mehr versorgt wird, finden wir uns doch schon lange ab, Naturgesetz, sagen wir und gehen zur Tagesordnung über. Was ist verlassen, belogen, verraten werden anderes: Naturgesetz. Warum also diese Schau in Schwarz und die Heulerei? Ich sollte mich abfinden. Mich mehr in die Arbeit stürzen. Ausgehen vielleicht? Sie seufzte, während sie hinter Volker auf den Hof fuhr, den Wagen abstellte. Aber keinen Urlaub machen, alles, nur das nicht.

***

Marilene nahm die Brille ab, die sie zum Arbeiten inzwischen brauchte, aber nur trug, wenn sie allein war, Diktat der Eitelkeit, obwohl Felix gesagt hatte, dass sie ihr einen gewissen intellektuellen Touch verlieh – ach geh schon weg, Felix, ich will nicht an dich denken. Gleich vier, der Nicht-Mandant würde jeden Moment hier sein und dieser Tag bald um. Nicht gut, nicht, wenn sie an den vor ihr liegenden Abend dachte. Sie unterschrieb gerade die letzten Briefe, die Christine noch in die Post geben sollte, als es auch schon klopfte.

»Frau Müller?«

»Ja. Kommen Sie rein.«

Sie stand auf, musterte, wie sie gemustert wurde, Mitte dreißig, mindestens einsneunzig groß, fast schwarzes, wirres Haar, von Frisur keine Spur, ernsthaft wirkende braune Augen, aber Lachfältchen, zerstreuter jugendlicher Professor, sollte Tweed tragen statt Jeans, Riesenfüße.

»Ein naher Verwandter?«, fragte er.

»Ich ... ja, ach so, nein. Nein, das kann man nicht sagen.«

Jetzt wurde sie doch tatsächlich rot, dabei hatte sie das schon vor Jahren und nach hartem Training abgelegt. Was für ein Einstieg. Sie setzte die Brille wieder auf, sagte »nehmen Sie doch Platz, Herr Sominski« und hoffte, er würde nicht darauf bestehen, ihr sein Beileid auszudrücken. »Mein Kollege hat mir in groben Zügen schon berichtet, worum es geht«, fuhr sie eilig fort, »aber Sie erzählen mir die ganze Geschichte doch besser noch einmal.«

»So sehr viel gibt es da eigentlich gar nicht zu erzählen. Aufgefallen ist mir der Mann zuerst vor der Ali-Moschee in Kostheim, die ich besichtigt hatte. Ich wollte ein Schulprojekt vorbereiten, einen Besuchstermin für meine Klasse vereinbaren, und Bernd, das ist ein Freund von mir, hat mir den Kontakt vermittelt. Als ich gegangen bin, lief er auf dem Parkplatz vor diesem babyblauen Gebäude auf und ab und wirkte einfach nicht wie einer, der das Haus gleich betreten wollte. Trotzdem hätte ich mir nichts weiter dabei gedacht, wenn er nicht später auch in Bernds Restaurant in Bierstadt aufgetaucht wäre. Das ist zu weit entfernt für einen Zufall. Es war voll an dem Abend, und ich habe nur kurz am Tresen ein Bier getrunken, um Bernd zu erzählen, wie's gelaufen war, schließlich war das Ganze seine Idee gewesen. Als ich mich umdrehte, um zu gehen, habe ich ihn beinahe umgerempelt, und anstatt meine Entschuldigung anzuhören ist er auf und davon.«

Sominski stockte und fuhr sich wiederholt durchs Haar. Es schien, als zweifle er selbst an dem Schluss, den er aus seiner Beobachtung gezogen hatte, Zahnschmerzen gleich, die, wenn man erst einmal auf dem Stuhl sitzt, plötzlich verschwunden sind.

»Ja«, fuhr er zögernd fort, »und dann habe ich ihn noch ein paarmal gesehen, vor der Oranienschule, dort unterrichte ich, auch vom Fenster meiner Wohnung aus, da steht der gegenüber, Mantelkragen hochgeschlagen, Zeitung vorm Gesicht, wie im Krimi, obwohl der eher die Karikatur eines Detektivs ist. Und ich fange an, mich ständig umzudrehen, frage mich, wie weit das geht, ob er meine Kollegen befragt oder die Wohnung durchsucht hat.«

»Ich gebe ja zu, dass das ein merkwürdiger Zufall ist, aber andererseits kann ich mir auch nicht recht vorstellen, dass ein Moscheebesuch ausreicht, um eine offizielle Ermittlung durchzuführen.«

»Allerdings ist nun gerade diese Moschee in der öffentlichen Diskussion, weil dort mehrfach ein als islamistisch geltender Prediger aufgetreten ist. Mir fällt sonst nichts ein. Warum sollte irgendjemand anderes ausgerechnet mich verfolgen? Es gibt keine Eifersuchtsgeschichten oder unehelichen Kinder oder anderen abwegigen Geschichten. Höchstens meine Mutter, der passt meine Freundin nicht, aber dann müsste sie schließlich Silvie und nicht mich beschatten lassen.« Er schnaubte, wie um ein Lachen anzudeuten. »Absurd ist das, absolut verrückt.«

»Wenn wir mal rein theoretisch davon ausgehen«, sagte Marilene, »dass Sie recht haben, und Verfassungsschutz oder BND Sie beobachten, gibt es irgendetwas in Ihrem Leben, das diese Aktion rechtfertigen könnte?«

»Nein«, Sominski schüttelte den Kopf, »ich habe ein paar muslimische Schüler, die meines Wissens aber keine Anschläge vorbereiten, schon gar nicht mit meiner Hilfe. Wenn die Jungs sich den Kolleginnen gegenüber rüpelhaft verhalten, stelle ich sie in den Senkel, und die Mädchen, klar würde ich sie lieber ohne Kopftuch sehen, aber das ist ihre Sache, nichts, was ich verändern könnte. Jedenfalls befinden sich unter ihnen ein paar ganz schön helle Köpfe, deren Gedanken nicht extremistischer sind als Ihre oder meine.«

»Haben Sie den Mann denn je angesprochen?«

»Nein. Sollte ich?«

»Eher nicht. Falls Ihre Theorie stimmen sollte, könnte das nur zur Folge haben, dass der Mann ausgewechselt wird, und sein Nachfolger wäre dann womöglich jemand, der unauffälliger und nicht so leicht auszumachen ist. So wissen Sie doch wenigstens, wann Sie unter Beobachtung stehen, wenn auch nicht, zu welchen Zweck.«

»Und das können Sie nicht rauskriegen, bei den entsprechenden Behörden anfragen?«

»Nein. Solange ein Ermittlungsverfahren nicht abgeschlossen ist, habe ich keinerlei Befugnisse. Erst wenn es zur Anklageerhebung kommen sollte, kann ich Sie vertreten und Akteneinsicht verlangen. Sollten allerdings Hinweise auf eine Telefonüberwachung oder eine Wohnungsdurchsuchung auftreten, melden Sie sich sofort bei mir. Ansonsten sollten Sie versuchen, sich nicht verrückt machen zu lassen. Ich weiß, das ist leicht gesagt, aber wenn überhaupt, gehe ich davon aus, dass da ein übereifriger Beamter das Gefühl hat, er müsse unbedingt zur Aufbesserung seiner Erfolgsstatistik mal wieder ein paar Leute finden, die die freiheitlich-demokratische Grundordnung mit Füßen treten. Aber solange Sie nicht unter Anklage gestellt werden oder der einen nachweisbaren Fehler macht, können wir nichts tun, außer abzuwarten.«

»Also gut«, er stand auf und schüttelte kräftig ihre Hand, »vielen Dank, dass Sie sich Zeit für mich genommen haben. Auch wenn man jetzt noch nichts unternehmen kann, ist es ein beruhigendes Gefühl, dass Sie Bescheid wissen. Ein bisschen irrational, wie?«

»Keineswegs. Wahrscheinlich ist der Spuk genauso schnell vorüber, wie er begonnen hat. Ansonsten – auf Wiedersehen.«

Marilene lehnte sich, die Hände hinterm Kopf verschränkt, zurück, streckte sich und gähnte. Schade fast, das hätte ein interessanter Fall werden können. Für einen Augenblick ließ sie die Vorstellung zu, in einer anderen Zeit zu leben, einer Zeit, in der es noch politische Auseinandersetzungen gegeben hatte, die mit den Scheingefechten von heute nicht das Geringste gemeinsam hatten. Aber ein wie auch immer gearteter Extremist war Sominski gewiss nicht. Wahrscheinlich litt er an Verfolgungswahn. Sie glaubte nicht, dass sie ihn noch mal wiedersehen würde.

2

Bei offenem Fenster in seinem Wagen sitzend, beobachtete der Mann, wie sie und ihr Typ Kühltasche und Decken im Auto verstauten und aufbrachen. Eine gute Gelegenheit, sich mal in Ruhe das Innere der Wohnung vorzunehmen, befand er, zwei, drei Stunden könnte er sich gefahrlos Zeit lassen. Er fuhr um die nächste Ecke in die Sandbachstraße, wo er seinen Wagen auf einem Privatparkplatz abstellte, ging zu Fuß zurück und läutete sicherheitshalber in der Wohnung im Obergeschoss. Niemand da. Um sich blickend, ob ihm jemand zusah, ging er schnell ums Haus herum in den Garten, wo er vor den Augen neugieriger Nachbarn sicher war.

Die Terrassentür der Erdgeschosswohnung stand auf Kippe, mein Gott, dachte er, sehen sich diese Leute denn keine Krimis an, wissen die nicht, wie leicht das aufzuhebeln ist? Er machte sich an die Arbeit, nutzte, wie so oft, die Dummheit anderer zu seinem Vorteil und zog schon kurz darauf die Tür hinter sich zu. Nicht auszudenken, wenn er hier von einem gewöhnlichen Dieb überrascht würde.

Das Wohnzimmer besaß einen merkwürdig provisorischen Charakter. Bücher nicht nur in den unbehandelten Kieferregalen, sondern auch in Stapeln auf dem Parkettboden, eine große cordbezogene Schlafcouch mitten im Raum, die reinste Spielwiese, Teppiche an den Wänden statt auf dem Boden, ein mickriger Fernseher, ein massiver Eckschrank, in dem er Gläser, Geschirr und Flaschen vorfand. Er goss sich einen Whisky ein.

Nebenan das Schlafzimmer. Die Nachttische gaben nichts her, Bikinifoto von der Kleinen, ein Krimi von Mankell, intellektueller Mist, Strümpfe in den Schubladen, bei ihr ein Schmuckkasten, Modeschmuck hauptsächlich, nur die Perlen schienen echt zu sein. Auch im Kleiderschrank nichts Besonderes, interessant nur ihre Wäsche, lauter schwarze Spitzenfummel, sogar Strumpfhalter, scharf, er warf noch einen Blick auf das Foto, doch, die würde er sich schon gern mal vornehmen.

Er legte die Wäsche wieder ordentlich zusammen und ging, der Vollständigkeit halber, ins Badezimmer. Natürlich war der Spülkasten leer. Gegenüber ein Schlaf-/Wohnzimmer, aber das Bett war nicht bezogen, der Schrank leer, nur die Nähmaschine auf dem Tisch und herumliegende Schnittmuster deuteten daraufhin, dass sie sich hier ab und zu aufhielt.

Eine Verbindungstür führte zu seinem Arbeitszimmer. Zwei Wände nur Bücher, Wahnsinn, im Wohnzimmer waren doch schon so viele. Im Aktenschrank fand er Kontoauszüge, ein Sparbuch über fünfzigtausend Euro, nicht schlecht, und Diakästen. Stichprobenartig hielt er einzelne Dias gegen das Licht. Urlaub. Sonne. Sand. Nicht sehr spannend. Gruppenbild, lauter langmähnige Gestalten, der eine von ihnen sah dem Typen aus der Kneipe ähnlich, nur um einiges schlanker, musste also wohl schon eine Weile her sein. Er zuckte mit den Achseln und stellte die Diakästen sorgfältig wieder an ihren Platz.

Im Fach darunter fanden sich einige Ordner mit Unterrichtsausarbeitungen, vom Feudalismus über die Französische Revolution bis zu Ursachen und Auswirkungen des Nationalsozialismus. Und ein Ordner Deutschlektüren, Katharina Blum, wetten? Er klappte den Deckel auf und trank zur Belohnung einen weiteren Schluck aus seinem Glas. Auf dem Schreibtisch lag ein Stapel noch unkorrigierter Klassenarbeiten, und unter dem Briefbeschwerer aus Onyx lugte ein Zettel mit einer Telefonnummer hervor, die er sich notierte. Ansonsten unergiebig. Papier, Umschläge, Schnellhefter. Eine Schachtel mit alten Briefen. Das Mädchen hat keinen guten Einfluss auf Dich, Deine besorgte Mutter, Dein Klaus hörte sich an, als hätte er mal hier gewohnt, machte jetzt in Kiel auf Pharmazie, und in Liebe, Deine Karin war verschmäht. Nun ja.

Er blieb am Schreibtisch sitzen und trank den Rest des Whiskys. War nicht sehr aufschlussreich, diese Expedition. Irgendwie nahm die Kleine hier nicht viel Raum ein. Aber vielleicht gab es ja keine Aufzeichnungen, keinen Grund zur Aufregung. Möglicherweise war alles im grünen Bereich, und er jagte hier Gespenstern hinterher, die andere gesehen hatten. Er ging zurück in das unbewohnte Zimmer, einfach um ganz sicher zu sein, dass er nichts übersehen hatte.

***

»Du bist allein.« Eine Feststellung, keine Frage, und die Genugtuung nicht zu überhören.

»Ja, Mama. Silvie hat Migräne – falls du nach dem Grund fragen wolltest.« Sie hatten den Pfingstsonntag genutzt, um ins Opelbad zu gehen, und Silvie war in der Sonne eingeschlafen, was ihr die, wie er vermutete, nicht völlig unwillkommenen Kopfschmerzen beschert hatte.

Sie warf ihm den Wie-dein-Vater-Blick zu, enthielt sich aber einer Bemerkung, räumte stattdessen seufzend das nun überzählige Gedeck fort. Während sie in der Küche war, die Blumen ins Wasser stellte, die er kurz entschlossen am Bahnhof besorgt hatte, zusammen mit einer Schachtel Rocher für Silvie, die sie zweifellos noch vor dem Abendessen verschlingen würde, maßlos, und wurde nicht einmal dick dabei, sah Sominski sich um und suchte gewohnheitsmäßig nach Veränderungen.

Das Silber, blank wie immer, stand exakt an seinem vor zwanzig Jahren erworbenen Platz. Kein neues Buch oder Bild oder auch nur ein Kerzenhalter oder sonstiger Nippes, »nutzlose« Geschenke wanderten stets in die große Truhe im Flur, mit Namen versehen, sodass sie bei Bedarf hervorgeholt werden konnten. Das trauerbeflorte Foto seines Vaters stand seit dessen Tod vor fünf Jahren auf dem kleinen Biedermeier-Sekretär, etwas über den Rand hinaus, so als wünschte sie, jemand würde es versehentlich hinunterstoßen. Selbst die Pflanzen im großen Fenster waren immer die gleichen, wagte es wirklich mal eine einzugehen, wurde sie nachgekauft, ein fünfarmiger Hibiskus etwa trieb garantiert jede Verkäuferin zur Verzweiflung.

»Ich habe deinen Lieblingskuchen gebacken«, unterbrach sie seine Gedanken, »Frankfurter Kranz.«

Nicht schon wieder. Einmal im Monat musste er das Zeug essen, obwohl er es schon lange nicht mehr ausstehen konnte. »Was gibt's Neues?«, fragte er und ließ sie reden, während er halbherzig in dem Kuchen herumstocherte und mit seinen Gedanken ganz woanders war.

»Mein Arzt sagt, ich soll mich mehr schonen, mein Rücken, weißt du, aber ich kann eben nicht anders.«

Er schaltete sich wieder ein, »Dann nimm dir doch endlich eine Haushaltshilfe«, schlug er vor.

»Ich will keine Fremde in der Wohnung. Da müsste ich doch ständig hinterher sein. Übrigens – die Wohnung nebenan wird demnächst frei.«

Ein Wink mit dem Lattenzaun, zum Putzen wäre sogar Silvie gut genug. »Hör dich doch einfach mal um. Ich bin sicher, irgendjemand kann dir eine zuverlässige Frau empfehlen, die dir zur Hand geht.«

Sie wedelte abwehrend mit der Hand. »In vierzehn Tagen fahre ich erst mal für drei Wochen an den Bodensee. Frau von Klettwitz hat da eine private Kurklinik aufgetan, Bäder, Massagen, vielleicht eine kleine Diät, die sollen dort wirklich wahre Wunder vollbringen.«

»Fahrt nur ihr beide?«

»Sicher, die Schulz kann sich das nicht leisten, es reicht gerade, wenn wir sie dauernd ins Café einladen, aber auch noch Urlaub … Die Reise wird mir guttun, weißt du, ich kriege nachts kaum noch ein Auge zu, seit die Beier oben Nachtschicht arbeitet, entsetzliche Kinder, kannst du da nicht mal ein Machtwort sprechen?«

»Aber Mama, Kinder machen nun mal Lärm, das legt sich wieder, du wirst sehen, irgendwann wird's denen langweilig.«

»Eine große Hilfe bist du mir ja nicht.«

»Mutter, du musst dich endlich arrangieren. Die Nachbarn, die du erträgst, gibt es nicht, mal ist es ein Hund, mal eine Waschmaschine, die am geheiligten Sonntag läuft, und mal sind es die Kinder.«

Schweigen.

»Jetzt sei nicht beleidigt, du weißt genau, dass ich recht habe. Silvie ist nächste Woche einen Abend nicht da, hast du Lust, dann mit mir ins Theater zu gehen?«

»Aber nicht wieder eins von diesen modernen Stücken.«

»Nein, ich such was Schönes aus, ich glaube im Kleinen Haus spielen sie noch den Shakespeare. Ich ruf dich rechtzeitig an. Aber jetzt muss ich los.«

»Schon?«

»Ja, ich muss bis Mittwoch noch zwei Arbeiten korrigieren, bin zu nichts gekommen in letzter Zeit.

Entkommen, dachte Stan mit nur mäßig schlechtem Gewissen, als er den Wagen aus der Parklücke rangierte, und geduldig wartete, bis vor ihm ein Opa mit Hut die richtige Reihenfolge von Anlassen, Kuppeln, Schalten gefunden hatte. Auf dem Heimweg stellte er das Radio an, Sonntagsfahrer-Staus auf allen Autobahnen, Sport auf HR3, lieber Kassette, Stones zum Mitgrölen, »I can't get no-ho satisfact-sche-hen«, sang weiter, als er den Wagen parkte, die Wohnungstür aufschloss, »Silvie« rief, »I can't get no-ho satisfaction«.

***

»Papa, Telefon!!« Der vierzehnjährige Jan Hartmann stand dicht hinter seinem Vater und schrie dennoch so laut, dass dieser vor Schreck die Gartenschere fallen ließ, mit der er die letzten verblühten Tulpen abgeschnitten hatte.

»Wenn mir jetzt die Schere auf den Fuß gefallen wäre!«

»Dann könntest du nicht ans Telefon gehen.«

Also dienstlich. Er schlurfte durch die Kellertür nach oben in die Diele. Der Hund, Prinz mit Namen, aber den weigerte er sich zu gebrauchen, lag in seinem Korb, hob träge den Kopf und bellte kurz, aber durchdringend, wie immer, wenn jemand vorbeiging. Einschläfern wäre gut.

»Ja«, sagte er.

»Hallo, Jens, hier ist Paul.«

»Wirklich.«

»Saulaune mal wieder, was?«

»Was gibt's?«

»Eine Leiche natürlich, was sonst.«

»Keine Chance auf Selbstmord?«

»Hast du schon mal erlebt, dass sich jemand selbst erwürgt hat?«

»Bisher nicht, aber man kann ja nie wissen. Bist du schon dort?«

»Nein, die Streife hat gerade erst im Präsidium angerufen, und die haben mich informiert. Ich weiß nicht, warum, aber die reden wohl nicht gerne mit dir.«

»Ironie liegt dir nicht«, sagte er und wartete stumm, bis Zinkel ihm die Adresse genannt hatte. »Bis gleich«, brummte er.

Er legte auf, fand seine Frau, wie erwartet, im Schlafzimmer auf dem Bett liegend, das Gesicht dem Fenster zugewandt, sodass er nicht sehen konnte, ob sie tatsächlich schlief oder nur so tat.

»Ich muss weg, Jutta.«

»Was soll ich den Kindern sagen?«

»Dass ihr Vater einen Beruf hat, der sie ernährt. Geht ruhig trotzdem zum Italiener, wenn ich's schaffe, komme ich nach.« Er ging zur Haustür, »Halt's Maul, Hund«, sagte er. Aber das nutzte nichts.

Vor über zehn Jahren, als die Tochter geboren wurde, waren sie hierher gezogen, nach Oberjosbach, einem Ortsteil von Niedernhausen. Ins Grüne, damit die Kinder in gesunder Luft aufwachsen könnten, schließlich war Wiesbaden nicht weit, man war keineswegs von der Welt abgeschnitten, musste es zumindest nicht sein. Der Polo, den sie eigens für Jutta angeschafft hatten, stand inzwischen fast nur noch in der Garage. Sein Vorschlag, ihn zu verkaufen, war mit Vehemenz abgewiesen worden, du willst wohl, dass ich hier gar nicht mehr rauskomme, also hatte er nicht mehr davon gesprochen.

Manchmal fragte er sich, wann es angefangen hatte, so mies zu laufen, der Streit um den Namen der Tochter, seine Beförderung, die mehr Verantwortung, mehr Geld, aber auch mehr Überstunden gebracht hatte, der Urlaub in Spanien, viel zu heiß, die Kinder quengelten, Jutta auch, das Auto brach zusammen, die Ohrfeige?

Wann hatte er aufgehört, vom Dienst zu erzählen, sie aufgehört zu fragen, wann hatten sie das letzte Mal miteinander geschlafen? In den ersten Jahren, wenn andere Paare von ein-, zweimal die Woche sprachen, hatten sie noch verschwörerisch gelacht.

Er wusste nicht einmal genau, wie Jutta ihre Tage verbrachte, was machte sie, wenn die Kinder in der Schule waren?, hatte auch schon lange nicht mehr danach gefragt, keine Lust gehabt auf Einkaufs- und Putzprotokolle. Vielleicht tat er ihr Unrecht. Sie sollte wieder arbeiten, wenigstens halbtags, die Kinder waren schließlich groß genug. Aber sicher wäre ihr das zu mühsam nach so langer Zeit, und keine Ahnung von EDV. Soweit er wusste.

Jan war da schon ganz schön fit, besser als er selbst, er schickte meistens Paul und noch lieber die Neue, die Heyder, auf Spurensuche in dem, was sie Netz nannten. Hoffentlich war die nicht auch da, nein, sie hat Urlaub, fiel ihm ein, und er war erleichtert, ohne dass er hätte sagen können, was an ihr ihn eigentlich so irritierte.

Er bremste scharf hinter einem der zahlreichen Pferdeanhänger, die an diesem Wochenende wegen des Pfingstturniers im Biebricher Schlosspark den Verkehrsfluss im Stadtbereich beträchtlich behinderten, und fuhr selbst rechts ran, um einen Blick auf den Stadtplan werfen zu können. Die nächste links, dann rechts müsste der Leineweberweg sein. Richtig. Er parkte seinen Wagen und stieg aus. Ein paar Häuser weiter suchten Linke und Sprenger von der Spurensicherung gerade ihre Ausrüstung zusammen.

»Qualmt noch eine, Jungs«, rief er ihnen zu, um sich einen Eindruck vom Tatort verschaffen zu können, bevor sich die Atmosphäre durch die professionelle Geschäftigkeit der beiden völlig veränderte.

Im Eingang warteten Zinkel und Förster, der Arzt.

»Wart ihr schon drinnen?«

Zinkel grinste.

»Tag, Jens«, sagte Förster, »nur ein Blick, wir konnten doch nicht riskieren, deinen heiligen Zorn auf uns zu ziehen.« Er nahm die Brille ab, putzte sie und sah mit nur zum Teil gespieltem Vorwurf zu ihm auf.

»Hallo, Lothar, entschuldige, ich bin ... geht's dir gut?«

»Sicher, mir schon.«

»Fein«, er wandte sich an Zinkel, »wer ist die Leiche?«

»Silvie Bauer, weiblich, okay, streich das, sechsundzwanzig.«

»Wer hat sie gefunden?«

»Stan Sominski, ihr Lebensgefährte.«

»Wo ist der jetzt?«

»Sitzt in der Küche, zweite Tür links, wenn du mich fragst –«

»Später.«

Er ging hinein, im Flur keinerlei Unordnung, geradeaus das Wohnzimmer.

Wie hingegossen, kam ihm in den Sinn, absurd, und doch ... Sie lag auf dem Rücken, das rechte Bein leicht angewinkelt, der Bademantel stand offen, war über der rechten Schulter heruntergerutscht, enthüllte zarte nackte Haut, leicht gerötet. Ihre Hände lagen, als hätte eben jemand gesagt, sie solle sich ergeben, seitlich vom Kopf auf einem Fächer roten Haars. Schön war sie, selbst jetzt noch. Die offenen Augen blickten eher erstaunt als entsetzt ins Leere. Wären da nicht die hässlichen Würgemale an ihrem Hals, könnte man glauben, sie sei lediglich gestürzt und gerade, verwundert über ihre eigene Ungeschicklichkeit, im Begriff, wieder aufzustehen. Warum hatte sie sterben müssen? Blöde Frage.

Er sah sich um, aber es gab keine offensichtlichen Spuren eines Kampfes. Die Sonne schien direkt ins Zimmer, machte feine Staubpartikel sichtbar und tauchte alles in ein weiches, goldenes Licht, das die Szene noch unwirklicher erscheinen ließ. Da war etwas von der Unbeschwertheit der Studentenjahre, verbunden mit der Altehrwürdigkeit hochherrschaftlicher Bibliotheken, das den Eindruck vermittelte, die Zeit stünde seit Jahren greifbar im Raum. Er ging zur Tür, um die anderen hereinzulassen, dann in die Küche, wo er sich wortlos auf einen Stuhl setzte und Sominski betrachtete, der ihn, den Kopf in die Hände gestützt, überhaupt nicht wahrzunehmen schien.

»Sie wollte, dass wir übers Wochenende verreisen«, sagte er nach einer Weile, leise und mehr zu sich selbst.

»Warum taten Sie's nicht?«, fragte Hartmann zurück.

»Keine Lust.«

»Es ist natürlich nicht gesagt, dass das dann nicht passiert wäre, zu einer anderen Zeit vielleicht, an einem anderen Ort … Hatte sie Feinde?« Er hasste diese Frage, zumal sie ohnehin meist negativ beantwortet wurde, aber noch mehr hasste er es, wenn Angehörige ihm zuvorkamen und erschüttert fragten, wer denn nur so etwas tun könne.

»Nein. Bestimmt nicht.«

»Was haben Sie heute gemacht?«

»Wir waren im Opelbad.«

»Wann sind Sie zurückgekommen?«

»Halb drei. Ungefähr. Ich hab nur das Auto ausgeladen und bin dann zu meiner Mutter gefahren.«

»Das ist wo?«

»Grillparzer Straße.«

Gut, dachte Hartmann, das lag in der Nähe des Präsidiums, war also heute noch überprüfbar. »Und warum ist Ihre Freundin nicht mitgefahren?«

»Sie wollte nicht, Kopfweh …«

»Und?«

»Meine Mutter und sie mögen – mochten sich nicht.«

»Also glauben Sie, dass sie in Wirklichkeit gar kein Kopfweh hatte?«

»Doch, glaub ich schon. Sie war in der Sonne eingeschlafen.«

»Können Sie sich vorstellen, dass sie die Schmerzen nur vorgetäuscht hat, weil sie eine Verabredung hatte?«

»Nein, wie kommen Sie denn darauf?«

»Nun, es gibt keine Anzeichen für ein gewaltsames Eindringen, wir werden das noch überprüfen, aber bis auf Weiteres glaube ich, dass sie ihren Mörder hereingelassen hat.«

Sominski krümmte sich wie unter Magenkrämpfen, »Ich glaub es nicht, ich glaube es einfach nicht.«

Sinnlos, das heute fortzuführen, dachte Hartmann. »Sie können hier nicht bleiben, haben Sie jemanden, bei dem Sie übernachten können?«

»Bei meiner – nein, bei einem Freund.«

»Dann packen Sie mal ein paar Sachen zusammen, mein Kollege bringt Sie dorthin.« Er stand auf und ging ins Wohnzimmer. »Paul, begleitest du Sominski, bitte? Wie sieht's bei euch aus?«, wandte er sich an die anderen im Raum.

Förster richtete sich auf. »Kein Sexualdelikt, jedenfalls nicht auf den ersten Blick, Todeszeit«, er sah auf die Uhr, »drei Stunden, also circa fünfzehn Uhr, plus minus, klar. Morgen, spätestens übermorgen kann ich dir mehr sagen«, er tütete ihre Hände ein, »ich nehm sie jetzt mit.«

Wahrscheinlich schon morgen, dachte Hartmann. Niemand hatte es so eilig, seine Leichen auf den Tisch zu bekommen, wie Förster. Als hätte er Angst, jemand würde sie ihm noch entreißen. Hatte es natürlich auch schon gegeben.

»Paul«, rief er nach hinten, »wann war die Meldung?«

»Sechzehn Uhr achtundvierzig«, sagte Zinkel. Er kam mit Sominski im Schlepptau den Flur herunter, klappte im Gehen sein unvermeidliches Notizbuch zu und schob es in seine Jacke. »Wir fahren dann jetzt. Bist du nachher im Büro?«

»Ja, aber vorher besuche ich noch seine Mutter«, er wies mit dem Kopf auf Sominski, »bis später also.«

Er ging zurück ins Wohnzimmer, aber Linke und Sprenger

winkten ab, »Ermittle woanders, wir rufen dich an«, und so durchstreifte er den Rest der Wohnung auf der Suche nach Dingen, die ihm Auskunft über die Tote geben würden, auch über Sominski, Dingen, die nicht oder viel zu gut zusammenpassten.

Im Schlafzimmer war das Bett auf ihrer Seite aufgeschlagen, aber dem Kopfkissen nach zu urteilen hatte sie nicht darin gelegen; die Dusche war vor nicht allzu langer Zeit benutzt worden, das Becken war noch nicht wieder trocken, und ein nasses Handtuch hing über dem Wäscheständer. Gegenüber dem Bad befand sich ein großes, unbewohnt wirkendes Zimmer, das scheinbar nur zum Nähen benutzt wurde. Im Arbeitszimmer, seinem, nahm er aufgrund des Geruchs nach süßlichem Pfeifentabak an, die gleiche lässige Ordnung, die ihm schon im Wohnzimmer aufgefallen war. Bücher über Bücher, die »Vermessung der Welt« fiel ihm ins Auge, ein Titel, der ihm auf den Bestseller-Listen schon aufgefallen war und jedes Mal eine diffuse Sehnsucht nach der Vermessbarkeit der Welt in ihm hervorgerufen hatte. Auf dem Schreibtisch ein Stapel Klassenarbeiten, Lehrer also. Was sie wohl gemacht hatte?

Unter einem Briefbeschwerer, den er vorsichtig beiseite schob, lag ein Zettel mit einer Telefonnummer ohne den zugehörigen Namen. Er suchte in seinen Taschen, fand schließlich einen Bleistiftstummel und eine alte Kinokarte, auf der er die Nummer notierte.

Ein bis auf ein paar Tropfen leeres Glas, das Ringe auf der ansonsten sauberen Platte hinterlassen hatte, stand mitten auf dem Schreibtisch. Er roch an dem Glas, eindeutig Alkohol, und eine Fahne hatte Sominski nicht gehabt. Aber was hätte ein Besucher im Arbeitszimmer zu suchen gehabt? Er steckte das Glas in eine Plastiktüte.

***

Es war acht Uhr, als Hartmann mit zwei Pizzakartons und einer diskret verpackten Flasche Wein unter dem Arm in sein Büro kam und die Tür hinter sich zutrat. Paul war schon da, lümmelte sich in seinem Stuhl, die Füße auf dem Schreibtisch, bohrte gedankenverloren mit einem Kuli in seinem Ohr und blätterte im Notizbuch.

»Der Freund heißt Bernd Klauke«, begann er unvermittelt, »ein Gastwirt. Klaukes Kaschemme. 'ne ganz nette Mischung aus Café, Bar und Restaurant, auch drüben in Bierstadt. Der schien total geschockt. Er hat die beiden zusammengebracht, wohnungsmäßig jedenfalls, kannte sie vorher nicht, sagt, sie wär eines Tages bei ihm reingekommen und hätte ihn gefragt, ob er von einer Wohnung wüsste. Sominski sei zufällig da gewesen und habe ihr zwei Zimmer seiner Wohnung angeboten. Kommt mir ein bisschen arg spontan vor, aber Sominski hat nicht widersprochen. Allerdings hat er die ganze Zeit überhaupt kein Wort von sich gegeben, saß nur da. Der Klauke klopfte ihm immer mal auf die Schulter, goss ihm Cognac nach, hat selber auch gut mitgehalten. Er lebt allein, sagt, er hat am Nachmittag gearbeitet. Vom Personal bestätigt, aber das war eh klar. Wie war's bei der Alten?«

»So alt ist die noch gar nicht«, sagte Hartmann, während er die Pizza säuberlich in Achtel teilte, in die Mitte des Tisches schob, den Wein öffnete und in zwei Wassergläser goss, »sechzig vielleicht, sehr gepflegt. ›Gott sei Dank‹ sagte sie, als sie mitbekam, dass nichts mit ihrem Sohn war, sondern ›nur‹ die Freundin tot, hätte sich aber genauso gut auf deren Tod beziehen können. Sie hat schon immer gewusst, dass das ein schlimmes Ende nehmen würde, nistet sich da ein, wie die schon rumlief, immer in den kurzen Röcken, wer weiß, wo die herkam, die hat meinem Sohn verboten, sich mehr um mich zu kümmern, und so weiter. Sie hat sie mit Inbrunst gehasst und war tödlich beleidigt, als ich ihr sagte, dass ihr Sohn bei einem Freund ist. Übrigens war Sominski erst zehn nach drei bei ihr, ich habe für die Strecke genau fünfzehn Minuten gebraucht, allerdings bei grüner Welle, trotzdem scheint da eine Lücke zu sein.«

»Na ja«, nuschelte Zinkel mit vollem Mund, »dramatisch ist die Differenz nicht, also mach langsam. Schließlich wissen wir von der Toten noch überhaupt nichts, ganz zu schweigen von der KTU und der Obduktion. Hast du heute Abend noch was vor?«

»Oh, wir sind beim Italiener verabredet, wie du siehst«, sagte Hartmann, »wenn Jutta mit den Kindern allein gegangen ist, gibt's dicke Luft, und wenn nicht, auch, also bleibe ich noch ein Weilchen und mache mir meine Gedanken. Lass dich aber nicht aufhalten.«

»Kein Problem, ich wollte mir eh nur einen ruhigen Abend machen. Zu viel gesumpft in letzter Zeit.«

»Meinst du nicht, du solltest allmählich mal sesshaft werden?«

»Hältst du dich etwa für ein besonders gutes Vorbild in der Hinsicht?«

»Nein, wohl nicht, aber etwas ausgeschlafener könntest du ab und zu schon sein«, feixte Hartmann, »nimm dir an der Heyder ein Beispiel, hast du die schon jemals gähnen gesehen? Bei dir dagegen kenne ich ja jede Zahnfüllung.«

»Ach, hör schon auf. Wann kommt sie wieder?«

»Dienstag. Wer weiß, vielleicht haben wir den Fall bis dahin ja schon erledigt.«

»Was hast du nur gegen die Frau?«

»Ist das so offensichtlich? – Sie geht mir einfach gegen den Strich, kaum da und weiß schon alles besser, außerdem guckt die mich immer so an, als hätte ich keine Ohren oder so was.«

»Du gibst ihr aber auch keine Chance. Nach Möglichkeit setzt du sie an den Computer oder schickst sie Zeugen befragen, doch sobald sie auch nur den Mund aufmacht, würgst du sie ab.«

»Bin ich jetzt der böse Chef, oder was?«

»Quatsch, ich meine nur, du solltest wenigstens mal versuchen, sie zu integrieren. Ist doch für sie auch nicht so einfach, als Neue in ein eingespieltes Team zu kommen.«

»Okay, okay, ich werd mich bessern. Ich bin schlecht drauf im Moment, brauch mal wieder Urlaub. Oder eine Dienstreise.«

»Ist es so schlimm zu Hause?«

»Nicht schlimmer als sonst. Ach was, es wird an mir liegen, so schlimm ist es auch wieder nicht.«

»Hast du schon mal daran gedacht, dich scheiden zu lassen?«

»Hältst du dich etwa für ein besonders gutes Beispiel eines zufriedenen Singles? Nein, im Ernst, natürlich habe ich daran gedacht, aber ich bin einfach nicht der Typ, der alles hinter sich lässt, vielleicht später mal, wenn die Kinder aus dem Haus sind und ich mir ihretwegen nicht noch Vorwürfe machen müsste. Und bis dahin bin ich dann zu alt, um noch irgendwelche Veränderungen zu wollen.«

Das Telefon unterbrach sie. Hartmann nahm den Hörer ab, sagte mehrmals Ja und legte wieder auf.

»Das war Linke. Sie haben eindeutige Spuren einer Aufhebelung an der Terrassentür gefunden.«

»Wohnen oben drüber nicht auch noch Leute? Hast du die schon gefragt, ob sie was bemerkt haben?«, fragte Zinkel.

»Die sind verreist. Ihre Post liegt im Flur auf der Treppe.«

»Hm«, sagte Zinkel, »ein simpler Einbruch?«

»Hast recht«, Hartmann hörte den Zweifel in Zinkels Stimme, »die Wohnung wirkte zu unberührt dafür. Jedenfalls reden wir morgen erst mal mit Sominski, vielleicht haben sie ja mal den Schlüssel vergessen und sind selbst bei sich eingestiegen, wenn nicht, nehmen wir ihn mit in die Wohnung, damit er uns sagen kann, ob etwas fehlt. Und dann versuchen wir, was über die Tote rauszukriegen. In der Wohnung war da nicht viel zu sehen, und die Auskünfte von seiner Mutter waren nicht gerade das, was man sachdienlich nennen würde.« Er stand auf, warf sich seine Jacke über die Schulter. »Ich hau ab. Mach's mal gut.«

»Mach's besser«, sagte Zinkel und fing an, die Spuren des Abendessens zu beseitigen.

3

Am Abend des Pfingstmontags, es war schon fast acht Uhr, saß Marilene in ihrem alten Golf, trommelte mit den Fingern aufs Lenkrad und hoffte, dass sich der Stau bei Limburg endlich auflösen würde. Sie hatte erwogen, die Autobahn zu verlassen, die Landstraße über Bad Camberg und Idstein zu nehmen, aber als sie Ostern, ebenfalls von einem Besuch bei ihrem Vater in Ditzum kommend, abgefahren war, hatte sie für die paar Kilometer auch fast eineinhalb Stunden gebraucht. Diesmal blieb sie, wo sie war.

Sie hatte das Radio ausgeschaltet, weil der Schnösel in Papis Mercedes-Cabrio auf der linken Spur diesen Techno-Mist dermaßen laut aufgedreht hatte, dass alles andere übertönt wurde. Es war noch zu warm, um das Fenster zu schließen, und so öffnete sie es auf der Beifahrerseite, aber was, wenn sich jemand näherte? Sie sah eine Hand mit einem blutigen Messer vor sich, beim Versuch, das Fenster hochzukurbeln, würde sie mit dem Fuß von der Kupplung abrutschen und ihren Vordermann rammen … Also wirklich, schalt sie sich, drehte die Scheibe aber dennoch wieder hoch und wünschte dem Schnösel ein schnelleres Vorwärtskommen, der Lärm war ja nicht auszuhalten. Jetzt glotzte der auch noch dauernd zu ihr rüber, vielleicht sollte sie ihm ein Passfoto anbieten, aber nein, womöglich war das gar nicht Papis Mercedes … ein entflohener Psychopath … Jetzt reicht es aber. Sie stellte das Radio noch einmal an, acht Kilometer Stau auf der A3, wir wünschen Ihnen gute Fahrt. Sehr witzig. Sie schaltete es aus und zündete sich eine Zigarette an.

Wäre dieser verdammte Stau nicht, liefe die Waschmaschine längst und sie säße gemütlich auf dem Balkon, mit einem Krimi und einem Gläschen Wein. Vielleicht würde sie gar erwägen zu bügeln. Ihr Kleiderschrank wurde immer leerer, das Badezimmer immer voller, Volker würde morgen garantiert wieder ein »unsägliches Teil« monieren, selbst ihr Vater hatte sie heute skeptisch betrachtet, wenn er sich auch eines Kommentars enthalten hatte. Gut, dass sie sich so schlecht trennen konnte von abgelegter Kleidung. Blusen zum Unterziehen, Hosen, die zum Malern oder Gammeln allemal gut genug wären, aber nie zu diesem Zweck getragen wurden, jetzt kam alles wieder zu unerwarteten Ehren. Aber morgen ist Schluss damit, schwor sie sich.

Der Frühjahrsputz war auch noch nachzuholen, dieses Relikt einer früher als bürgerlich verworfenen Erziehung, das sie nun schon lange selbst praktizierte. Nur diesmal nicht. Das Gefühl, nicht wirklich zu trauern, zu vermissen, wenn sie solchen alltäglichen Dingen nachginge, beherrschte sie, als könnte der Staub auf den Regalen Erinnerung konservieren, als wäre dieser Ausbruch des totalen Chaos der einzig mögliche Beweis, dass ich dich wirklich geliebt habe. Felix. Du hast eine tragische Heldin aus mir gemacht, aber jetzt ist es genug, oder?

Ihr Vater hatte keine Fragen gestellt, sicher bemerkt, dass etwas nicht in Ordnung war, aber abgewartet. So hatten sie am Samstag das Gartenhäuschen fertiggestrichen, unter Protest, ich hab doch Zeit genug, wenn du wieder weg bist, waren gestern, zumeist schweigend, den Deich entlang bis zum Emssperrwerk gewandert und hatten am Abend beim Essen beide kaum noch die Augen offen halten können.

Erst heute Mittag, willst du nicht darüber reden?, ich kann nicht, noch nicht.

Wie sollte ich über meinen Schmerz sprechen, da du ihn kennst wie kein anderer. Du hast doch auch nie ein Wort darüber verloren, als Mutter uns einen Tag nach meiner Abiturfeier verließ. Sie ist fort, und du gingst zur Tagesordnung über, und manchmal ertappte ich dich dabei, wie du am Fenster standest, auf die Straße starrtest, als stünde sie noch dort mit ihren Koffern, riefe, halt mich, wenn du kannst. Sie schrieb mir, einmal nur, und ich war zu jung, um sie verstehen zu wollen, studierte Jura, um die Lücke zu füllen, die sie hinterlassen hatte, damit wir über anderes reden könnten als Weißt-du-nochs.

Wie sollte ich dir von Felix erzählen?

Du hast ihn einmal kurz kennengelernt, klingeltest überraschend, und als ich dich ins Wohnzimmer brachte, saß Felix fertig angezogen schon dort, plauderte über das Wetter, was dich nicht sonderlich interessierte, die letzten Wahlen, worauf du bedrohlich heftig eingingst, und schließlich sogar über dein Steckenpferd. Dabei wusste ich, dass er vom Angeln überhaupt keine Ahnung hatte, aber seine Meisterschaft im Small Talk und die Fähigkeit, noch den widerstrebendsten Gesprächspartner aus der Reserve zu locken, hatte ich schon lange bewundert.

Als er gegangen war, fragtest du mich, ob er eigentlich immer Ringelsöckchen trage, und ich blickte verwirrt auf meine nackten Füße und wurde rot, als der Groschen endlich fiel.

Du hattest mich vorher nie mit einem Mann gesehen, außer Volker, aber den kanntest du schon vor mir und wusstest ihn in festen Händen. Glaubtest du, ich sei gefeit, würde mich, weil ich dein Unglück miterlebt hatte, niemals binden wollen? Damals war das noch nicht so, auch wenn ich jeden Anfang einer Freundschaft, einer Beziehung – und jedes Ende – von dir ferngehalten habe, weil ich annahm, du könntest es nicht ertragen. Habe ich mich geirrt, und du wolltest schon längst mehr Anteil an meinem Leben haben, gut oder schlecht, und hast nur auf ein Zeichen gewartet? Haben wir, als Mutter ging, das Reden verlernt und das Vertrauen? Denn auch ich weiß ja nichts von dir, ob du dich jemals in eine andere verliebtest, ob du das Alleinsein hasstest oder die Einsamkeit nach einer Weile wie einen schützenden Mantel um dich schlangst.

Ach, um wie vieles einfacher und klarer sind doch die lediglich im Kopf durchgespielten Gespräche. Natürlich sollte sie ihn nachher anrufen, und natürlich würde sie das wieder nicht tun und auf eine bessere Gelegenheit warten. Ohnehin war es schon viel zu spät. Vielleicht morgen.

***

Am Dienstag um halb eins, Marilene überlegte gerade, ob sie noch ein Weilchen länger hungern oder dem drängenden Knurren ihres Magens nachgeben sollte, klingelte das Telefon.

»Müller.«

»Sominski hier.«

Sominski? Moment mal ... ach ja, die »Aufklärungsstunde«.

»Oh, hallo, gibt's was Neues von Ihrem Schatten?«

»Nein, ja, ich weiß nicht. Viel schlimmer. Meine Freundin ist ermordet worden. Ich glaube, die Polizei glaubt, dass ich es war.«

»Wo sind Sie jetzt?«

Er nannte ihr die Adresse.

»Ich bin in einer halben Stunde bei Ihnen«, sagte sie, legte auf und konsultierte ihren Stadtplan. Währenddessen wischte sie mit dem Arm alles Erreichbare, Kuli, Block, Zigaretten, Sonnenbrille, in ihre Handtasche, kramte dann, schon auf dem Weg zu Christine, um sich abzumelden, nach ihrem Schlüsselbund, den sie erst fand, als sie die Tasche auf die Motorhaube ihres Wagens legte und alles andere wieder ausräumte. Organisation war alles.

Sie kannte Bierstadt, einen östlichen Stadtteil Wiesbadens nicht näher, fragte sich wieder einmal, warum man sich nicht die Mühe machte, seine Heimatstadt zu erkunden. Sie wusste zwar, dass sich im Aukammtal diverse Kliniken befanden, deren Dienste sie gottlob nie hatte in Anspruch nehmen müssen, und auch, dass sich Wiesbadens älteste Kirche hier befand, aber sie hatte nicht gewusst, dass dieser Stadtteil sich mit seinen nett wirkenden Geschäften und einigen Restaurants im Kern tatsächlich einen fast dörflichen Charakter bewahrt hatte, fand es schade, dass ihr die Zeit fehlte, ein wenig umherzustreifen.

Mit einem Blick auf die Uhr, vierzig Minuten, das ging ja noch, betrat sie schließlich das unscheinbar wirkende, etwas heruntergekommene Haus in der Poststraße, das Klaukes Kaschemme beherbergte, und war von seinem Inneren angenehm überrascht: dunkle Holztische, auf denen frische Blumen standen, Kupferlampen hingen von freigelegten Balken an der niedrigen, weiß getünchten Decke, der Boden war rötlichbraun gefliest und blitzblank. Sominski war nirgends zu sehen. Sie fand einen freien Tisch in der Ecke am Fenster, und ein rothaariger Hüne fragte sie nach ihren Wünschen.

»Eine Portion Bratkartoffeln, ein Wasser und Herrn Sominski, bitte.«

Sominski brachte ihr das Wasser und setzte sich ihr gegenüber.

»Tut mir leid«, sagte sie und legte ihm kurz die Hand auf den Arm. Er reagierte nicht. »Erzählen Sie mir, was passiert ist.«

Seine Stimme schien von weither zu kommen, die Worte flüssig, wie eingeübt, kein Wunder, vermutlich hatte er das schon sehr oft erzählen müssen: »Ich kam nach Hause von meiner Mutter, am Sonntagnachmittag war das, Silvie war wegen Kopfschmerzen nicht mitgekommen, ich rief sie, bekam aber keine Antwort, fand sie schließlich im Wohnzimmer. Tot. Erwürgt«, seine Hände wanderten an seinen Hals, als müsste er das Wort erklären, »ich rief die Polizei an und wartete in der Küche. Ich konnte da nicht bleiben, sie nicht ansehen, sie erschien mir so lebendig, ihre Augen waren offen und ihr Haar ... aber ihr Hals ... als die Polizei dann da war, der Kommissar hat nur kurz mit mir gesprochen, sein Kollege hat mich dann hierher gebracht, auch mit Bernd, dem gehört das hier, geredet, und gestern sind sie wiedergekommen, haben gefragt und gefragt und gefragt. Heute Morgen war der Kommissar noch mal hier, hat mir erzählt, dass Silvie schwanger war, ob ich das gewusst hätte, ob wir Kinder gewollt hätten. Der sagte, meine Zeitangaben würden nicht stimmen, da sei eine Diskrepanz von zwanzig Minuten, allemal Zeit genug, um ... der glaubt, ich war's.«

»Waren Sie's denn?«, fragte Marilene unwillkürlich.

»Ich habe sie geliebt.« Sominski schluckte und sah aus, als würde er gleich in Tränen ausbrechen. »Helfen Sie mir.«

»Ich glaube, ich sollte Sie lieber an einen Kollegen verweisen. Ich hatte mit –«, sie suchte nach einem freundlicheren Wort für Mord, »mit Kapitalverbrechen noch nie etwas zu tun, aber in unserer Kanzlei ...«

»Ich auch nicht«, unterbrach Sominski sie und versuchte ein schiefes Grinsen, »das macht zwei, dann kann doch nichts schiefgehen. Bitte, Sie kenne ich doch wenigstens schon, und wenn Sie Probleme haben, können Sie den Kollegen auch zu Rate ziehen, aber bitte übernehmen Sie das.«

»Also gut, aber ich habe Sie gewarnt.« Der Rotschopf kam mit den Bratkartoffeln. »Sorry, ich wollte gerade was essen gehen, als Sie angerufen haben. Also, ich werde den Vertrag aufsetzen. Sie«, sie zeigte mit der leeren Gabel auf Sominski, »Sie halten schriftlich den Sonntag fest, Zeitangaben so genau wie möglich, vom Aufstehen angefangen, den zwanzig Minuten müssen wir auf die Spur kommen. Sagen Sie mal, glauben Sie, der Schatten hat da was mit zu tun? Haben Sie den noch mal gesehen? Und außerdem machen Sie mir eine Liste von allen Leuten, die Ihre Freundin gekannt haben, soweit Sie das wissen, klar, aber mit Anschrift, Beruf und allem, was Ihnen zu denen so einfällt, und dann –«

»Ihre Bratkartoffeln werden kalt.«

»Ja, stimmt«, sie nahm hastig ein paar Gabeln voll in den Mund, »gut, wirklich, wohnen Sie im Moment hier?«

»Ja, aber ich kann heute Abend in die Wohnung zurück, hat der Kommissar gesagt, eigentlich will ich gar nicht, gestern, als ich mitmusste, um zu überprüfen, ob etwas gestohlen wurde, das war ... ich weiß nicht ... aber ich hab morgen Unterricht und muss noch was vorbereiten.«

»Und? Fehlte etwas?« Sie wollte ihn auf eine sachliche Ebene lenken.

»Mir ist nichts aufgefallen.«

»Wie heißt – hieß Ihre Freundin eigentlich?«

»Silvie, Silvie Bauer.«

»Und wer leitet die Ermittlungen?«

»Hauptkommissar Hartmann.«

»Ach.«

»Kennen Sie den?«

»Nur flüchtig, wenn das überhaupt derselbe ist, ich kenne einen Freund von ihm. Das könnte die Akteneinsicht erleichtern – oder gerade nicht. Aber wer weiß, wie viele Hartmanns es bei der Kripo gibt, na egal«, sie wischte sich den Mund ab und trank den Rest ihres Wassers, »Sie machen jetzt erst mal die Listen, um die ich Sie gebeten habe. Ich fahre zurück und setze den Vertrag auf, und dann komme ich heute Abend bei Ihnen vorbei und wir besprechen das Weitere. Um acht? Haben Sie jetzt eigentlich gewusst, dass Ihre Freundin schwanger war?«

»Nein, ich ...«, er stockte, »acht ist in Ordnung.«

»Also dann, bis später. Zahlen bitte«, rief sie.

»Das geht aufs Haus«, sagte der Rotschopf, als er an den Tisch kam, um Teller und Glas abzuräumen, »Hauptsache, Sie hauen ihn da raus.«

»Na, ob hauen gerade eine erfolgversprechende Methode ist, wage ich zu bezweifeln. Tschüs.«

***

»Mannomann«, sagte Volker, als Marilene ihren Bericht beendet hatte und sich eine Zigarette anzündete, »bist du sicher, dass du dir das aufhalsen willst?«

»Klar, warum nicht, ist mal was Neues. Außerdem hilfst du mir doch bestimmt, wenn ich nicht klarkomme, oder?«

»Logisch. Aber eigentlich ist Michael unser Mordspezialist.«

»Du weißt genau, dass ich mit dem nicht zusammenarbeiten kann, der würde eh nur versuchen, den Fall ganz an sich zu ziehen, und ich – mir tut der Sominski leid.« Nicht nötig, Volker zu sagen, dass sie durch diesen Fall, vielleicht, eine ganz kleine Verbindung zu Felix hätte.

»Und wenn er's doch war?«

»Glaub ich nicht, ist einfach nicht der Typ.«

»Ja, meinst du denn nach all den Krimis, die du liest, immer noch, dass man einem Mörder ansehen kann, dass er einer ist?«

»Natürlich nicht. Nenn es einfach weibliche Intuition, da hältst du doch, wenn es um dich geht, auch immer so viel von.«

Er verdrehte die Augen. »Und wenn es gefährlich wird, du dem Mörder, sollte es Sominski tatsächlich nicht sein, zu nahe kommst?«

»Dann rufe ich nach dir, ganz klar, oder nach der Polizei. Keine Bange, ich pass schon auf mich auf. Könnte übrigens sein, dass ich den ermittelnden Beamten kenne, morgen, wenn Sominski den Vertrag unterschrieben hat und ich mich um Akteneinsicht bemühe, werde ich's wissen. Wenn er's ist, hat der auf mich einen ganz netten Eindruck gemacht, einer, bei dem ich mir nicht vorstellen kann, dass er auf den erstbesten Verdächtigen springt.«

»Wenn man aber weiß, dass die meisten Gewalttaten von Leuten, die sich kennen oder gar verwandt sind, begangen werden, ist es doch verständlich, dass sie dort zuerst suchen, oder?«

»Schon, aber sie wird schließlich nicht nur Sominski gekannt haben. Und was ist mit dem Schatten, vielleicht ist der in die Wohnung eingebrochen und wurde von ihr überrascht, sie fing an zu schreien, und der hat dafür gesorgt, dass sie aufhörte. Weißt du was, eigentlich bist du ja schuld, dass ich jetzt diesen Fall habe, wenn du mir nicht …«

»Ich geb's ja zu und bedauere es zutiefst. Aber wenn man es ganz genau nimmt, ist dein Verflossener schuld. Wenn du nicht so traurig gewesen wärst, hätte ich nie versucht, dich damit abzulenken.«

»So kann man sich auch herausreden«, sagte Marilene, »mit ein bisschen Mühe ließe sich das wahrscheinlich bis zu Adam und Eva zurückverfolgen. Ich weiß ja nicht, wie es bei dir aussieht, aber ich hab noch was zu tun.« Sie stand auf, steckte ihre Zigaretten ein, »Mach's gut, bis morgen.«

***

Sie lag schlaflos im Bett, drehte sich von der einen auf die andere Seite und wieder zurück. Das Kopfkissen war nicht in eine angemessene Form zu bringen und die Decke zu warm. Sie warf sie ab, aber am liebsten schlief sie eingemummelt bis zum Mund. So würde das nie gehen. Sie gab auf, ging barfuß in die Küche, holte sich noch ein Glas Wein und den Aschenbecher, dann ins Wohnzimmer, wo sie sich in den abgewetzten Ledersessel vor ihrem Schreibtisch lümmelte und noch einmal die Listen zur Hand nahm, die Sominski für sie angefertigt hatte. Den Zeitablauf legte sie beiseite, das würden sie erst am Sonntag gemeinsam rekonstruieren. Aber die andere Liste verhieß eine Menge Arbeit.

Silvie Bauer war Reiseverkehrskauffrau gewesen, hatte in einem Büro in der Stadtmitte gearbeitet, da waren der Chef, ein Rolf Auerbach, und zwei Kolleginnen, Susanne May und Verena Mende. Bei Susanne hatte sie eine Weile gewohnt, bis sie über Bernd Klauke Sominski kennengelernt und bei ihm eingezogen war.

Davor hatte sie mit Hans Lubeck zusammengelebt, einem Tischler, Sominski hatte keine Ahnung, wo der wohnte, und seines Wissens hatte Silvie keinen Kontakt mehr mit ihm gehabt. Das musste überprüft werden.

Sie war ein Heimkind gewesen, die Eltern früh bei einem Unfall ums Leben gekommen, keine Geschwister. Ein-, zweimal im Jahr fuhr sie ins Heim, einmal hatte sie auch Sominski mitgenommen, aber an Namen konnte er sich nicht erinnern. Er glaubte nicht, dass diese Besuche einer bestimmten Person gegolten hatten, eher wären sie einem diffusen Bedürfnis nach Vergangenheit entsprungen.

Keine Freunde. Aber war das wirklich so ungewöhnlich, wie sie gedacht hatte? »Es war nicht so, dass wir überhaupt keine Außenkontakte gehabt haben«, hatte Sominski gesagt, »ein paar Kollegen von mir waren öfter hier, und Bernd natürlich. Wir haben viel zusammen unternommen, wenn es sich ergeben hat.«

Sie konnte sich nicht vorstellen, dass Silvie nie Freunde gehabt hatte, vielleicht waren sie es nur nicht wert gewesen, dass sie auch eine Zweierbeziehung hätten begleiten können. Oder war das normal, wenn man jung, dumm und verliebt war, alle anderen auszuschließen, sich zu verkriechen in einer Höhle von Glück, so es das war? Hatte Silvie das so gewollt? Oder war es eher eine Folge männlicher Trägheit, und Sominski stellte da sicher keine Ausnahme dar, »wenn es sich ergeben hat«, sich bloß nicht zu sehr um den Rest der Welt zu kümmern. Aber vielleicht war sie ja wirklich einfach froh gewesen, endlich jemanden ganz für sich allein zu haben, denkbar, wenn man im Heim aufgewachsen war, oder?

Warum nur hatte sie ihm nichts von der Schwangerschaft gesagt? War sie glücklich gewesen und wollte das noch eine Weile für sich auskosten, oder hatte dieses Kind für sie bedeutet, den Schlüssel zur Tür nach draußen endgültig wegzuwerfen? Hatte sie womöglich abtreiben wollen und deshalb geschwiegen? War ein Liebhaber denkbar, die Kopfschmerzen nur ein Vorwand, um sich mit ihm treffen zu können? War es nicht Sominskis Kind, und der Vater war verheiratet, hatte die Beherrschung verloren und ... Stopp. Deine Phantasie geht schon wieder mit dir durch.

Sominskis Vaterschaft ließe sich ja wohl feststellen, das könnte sie morgen gleich anleiern. Obwohl, wenn er wirklich nicht der Vater war, dann hätte die Polizei ja nun erst recht ein überzeugendes Motiv in der Hand. Nein, sollten die selber draufkommen. Andererseits, gesetzt den Fall, er ist nicht der Vater, wohl aber der Mörder, dann müsste er ja wenigstens mildernde Umstände kriegen. Mann, jetzt weckst du in dir selber auch noch Zweifel an der Unschuld deines Mandanten, ist doch bescheuert.

Sie streckte sich, stand auf und brachte das leere Glas und den vollen Aschenbecher, schlechtes Gewissen, aber Denken ohne Zigarette schien unmöglich, morgen zähle ich wieder, zurück in die Küche und ging ins Bett. Morgen würde sie als Erstes zum Präsidium fahren, danach in das Reisebüro, mit den Leuten reden, und vielleicht auch noch mal in die Kneipe, der Rotschopf schien sie ja beide ganz gut gekannt zu haben. Morgen. Ist auch noch ein Tag. So ein Quatsch. Felix.

4

»Guten Morgen, Müller, ich bin die Anwältin von Stan Sominski und würde gerne mit Herrn Hartmann sprechen.«

»Ist noch nicht da«, sagte ihr Gegenüber, ein schwerfällig wirkender Mann von Mitte vierzig mit drahtigem schwarzem Haar, das erste silberne Einsprengsel aufwies, und stand auf. »Er müsste aber jeden Moment kommen, normalerweise ist er der Erste hier. Mein Name ist Zinkel, wir bearbeiten den Fall zusammen. Nehmen Sie doch Platz. Kaffee? Nein? Da geht nichts drüber am frühen Morgen, nachmittags verzichte ich dann lieber, sonst krieg ich den großen Tatterich, nun setzen Sie sich doch, möchten Sie vielleicht ein Stückchen? Auch nicht? Ich bin heut nicht zum Frühstücken gekommen, stört Sie doch nicht, oder?«

»Nein«, sagte Marilene und war froh, als er endlich in sein Stückchen hineinbiss, hoffentlich bremste das den Redefluss ein wenig. Wie konnte man nur am frühen Morgen schon so unerträglich aufgekratzt sein?

»Was will Sominski denn jetzt schon mit 'ner Anwältin?«, fragte Zinkel, wie befürchtet mit vollem Mund.

»Er hat wohl den Eindruck gewonnen, dass er verdächtigt wird, den Mord an seiner eigenen Freundin begangen zu haben.«

»Und halten Sie das für so abwegig?«

»Ja natürlich.«

»Hmhp«, was nun ein Ausdruck der Verachtung oder auch ein »Warum« hätte sein können, aber egal, sie hatte vergessen, Sominski zu fragen, ob er wollte, dass sie die Verfolgungsgeschichte zur Sprache brachte, eine Diskussion würde also nicht viel bringen.

»Werden Sie denn Anklage erheben?«

In diesem Moment wurde die Tür geöffnet und Hartmann, tatsächlich ihr Hartmann, trat mit einem mürrischen »Morgen« ein. Er schaute von ihr zu Zinkel und wieder zurück, reichte ihr die Hand, »Oh, hallo, Frau ...«, er zögerte, bevor er mit einem Augen-zu-und-durch- Ausdruck auf dem Gesicht »Meier« hinzufügte.

»Müller«, sagte sie, »aber immerhin fast richtig«, und musste lachen, es gab doch wirklich noch einen Mann, der rot wurde, »Ist ja auch schon länger her, dass wir uns kennengelernt haben.«

»Ja, letzten Herbst, glaube ich«, bestätigte er, »wie geht's Felix denn, ich habe seitdem nichts mehr von ihm gehört, ich dachte schon, dass ihn unser kleines juristisches Geplänkel damals so geärgert hat, dass er nichts mehr von mir wissen will.«

»Ich auch nicht«, sagte Marilene.

»Wie bitte? Ach so, tut mir leid, Ihr – Sie – ach Paul, mach mir mal 'n Kaffee, tut mir ehrlich leid. Wir fangen wohl besser noch mal von vorne an.«

»Ist schon in Ordnung, konnten Sie ja nicht wissen.«

Wie weh es tat, wenn nur sein Name fiel, Erinnerung sie ansprang wie ein wildes Tier, das sie in die Knie zwingen wollte; wie mühsam, dem Schmerz nicht nachzugeben, sich nicht zu krümmen, atemlos. Was für ein Glück, dass sie nicht oft ausgegangen waren, nur wenige von ihrer Beziehung gewusst hatten. Manchmal hätte sie, verwundert über diese Verschwiegenheit, gern aller Welt verkündet, dass sie ein Paar waren, aber sie hatte sich nie beschwert. Die wenigen Male, die sie bei offiziellen Anlässen zugegen gewesen war, hatte sie, bring ruhig jemanden mit, Volker gebeten, sie zu begleiten, und Felix' verstohlene Blicke und unauffällige Gesten waren ihr nur umso kostbarer vorgekommen. Wie die abgezweigten Stunden, die sie meist allein verbracht hatten. Als wäre sie die heimliche Geliebte. Was, wenn ... Die plötzliche Erkenntnis traf sie wie ein Faustschlag. Aber das konnte nicht sein, oder? Sie musste sich setzen, die Bilder, die auf einmal einen völlig anderen Film ergaben, machten sie ganz schwindelig. Unmöglich.

»Kann ich wohl doch einen Kaffee bekommen?«, fragte sie und ließ sich einfach auf den nächstbesten Stuhl fallen.

Zinkel reichte ihr eine Tasse, sie starrte hinein, pechschwarzes Gebräu, sie trank ihren Kaffee nie schwarz, widersprach nicht, trank schnell, und versuchte sich zu erinnern, warum sie hier war.

»Sominski«, gab Zinkel das Stichwort.

»Sominski«, wiederholte Hartmann, »sind Sie ...«

»Ja, ich bin seine Anwältin«, sagte Marilene, »ich nehme an, es ist noch zu früh für Akteneinsicht, wie weit sind Sie, haben Sie noch andere Verdächtige?«

»Nun, nein, wir sind noch nicht so weit. Ich verstehe nicht, warum er sich jetzt schon um Rechtsbeistand gekümmert hat, es ist ja nicht so, dass wir ihn direkt des Mordes beschuldigen.«

»Er hat Angst, ist doch normal, wenn man auf diese Weise jemanden verliert und dann im Mittelpunkt des polizeilichen Interesses steht, oder?«

»Vielleicht. Also lassen Sie mir mal Ihre Karte hier, dann rufe ich Sie an, wenn wir was haben, in Ordnung?«

»Ja«, Marilene stand auf, »vielen Dank für Ihre Zeit – und den Kaffee. Auf Wiedersehen.«

»Auf Wiedersehen, ach ja«, hielt Hartmann sie zurück, »und keine privaten Ermittlungen von Ihnen, ja? Ich kann mich nämlich noch sehr gut an unser Gespräch von damals erinnern, was die Voreingenommenheit polizeilicher Ermittlungen anbelangt.« Er winkte grinsend zum Abschied.

Jetzt wurde Marilene rot, sehr rot, und sah zu, dass sie schnell die Tür hinter sich schloss.

Im selben Moment, in dem sie in dem Gewusel auf dem Markt am Dernschen Gelände unerwartet Felix begegnet war, hatte ihm ein großer, dunkelhaariger Mann kräftig auf die Schulter geschlagen. »Hey, Alter, bist du jetzt endlich korrupt geworden? Was macht die Kunst der Volksvertretung?« Ein dröhnender Bass und bellendes Lachen, kopfschüttelnde Passanten, und Felix war, verlegen, gezwungen gewesen, sie einander vorzustellen.

Sie waren ins Lumen, ein kultiges Bistro mit gläserner Front direkt am Markt, gegangen. Dort hatten sich die beiden bestimmt zwanzig Minuten lang gegenseitig Fragen nach Familie, Beruf, Gesundheit an den Kopf geworfen, bei deren Beantwortung Hartmann sich als eher freimütig, Felix als zurückhaltend erwiesen hatte, um dann festzustellen, dass früher doch alles besser gewesen war. Hier hatte Hartmann ihr verschwörerisch zugezwinkert und »fast« gesagt.

»Was machen Sie denn beruflich?«, hatte Hartmann gefragt und war verdutzt gewesen, als Felix für sie antwortete: »Dasselbe wie du, nur auf der anderen Seite.« Und dann war eine Diskussion entbrannt, sie wusste nicht mehr, wie es dazu gekommen war, in deren Verlauf sie, geschult durch zahlreiche Gespräche mit ihrem Vater, Hartmann sämtliche Justizirrtümer der Rechtsgeschichte vorwarf, während er all die Straftäter aufzählte, die nur aufgrund der verwerflichen Tätigkeit von Rechtsanwälten freigekommen waren und nun weiterhin ihr Unwesen treiben konnten.

Sie erinnerte sich noch an Felix' Reaktion, als sie am Abend bei einem Glas Wein gesessen hatten und sie gesagt hatte, dass sie ihn eigentlich ganz nett gefunden habe: »Was? Wen? Ach so, seine Frau ist reichlich blöd«, und er hatte das Thema gewechselt.

War es denkbar, überlegte Marilene, dass Hartmann Hanne gekannt hatte, oder eine andere, und Felix so verlegen gewirkt hatte, weil er befürchten musste, nach ihr gefragt zu werden? Ich werde noch verrückt, und was hilft es schon zu wissen, dass er ein Lügner war. Sie legte den Kopf aufs Lenkrad, schreckte erst auf, als jemand an ihr Fenster klopfte. Volker. Sie hatte die Fahrt zur Kanzlei nicht gerade bewusst bewältigt.

***

Sominski betrat nach der zweiten Stunde das Lehrerzimmer, holte sich einen Kaffee und ließ sich auf einen Stuhl fallen. Er hatte keine Ahnung, wie er das alles durchstehen sollte. Ohne Silvie. Die Schüler wussten bisher wohl nicht, was passiert war, hatten gemurrt, weil sie die Arbeit noch nicht zurückbekamen, und seine Unkonzentriertheit ausgenutzt, um sich eine geschlagene Stunde über ihren Klassenlehrer zu beschweren. Er konnte sich nicht erinnern, was der getan haben sollte.

Jetzt kam Mainzer, der Mathelehrer, zu ihm an den Tisch. »Sag mal, Stan, Silvie B., das kann doch nur ...«, erkundigte er sich mit händeringender Unvollständigkeit.

»Ja«, erwiderte er.

»Oh Mann, das tut mir leid, weiß man schon ...«

»Nein.«

Mainzer legte ihm die Hand auf die Schulter, drückte kurz zu und schlurfte davon.

Er suchte die Kopiervorlage für seine nächste Stunde, hatte aber ganz vergessen, nachzusehen, ob der Kopierer heute funktionierte, fiel ihm ein, und die Vorlage war sowieso nicht da, weder in seiner Schultasche, noch in seiner »WICHTIG«-Mappe. Auch das noch, jetzt musste er improvisieren. Silvie wüsste bestimmt, wo sie war.

Er könnte natürlich auch einfach die nächste Schülervertretungsstunde abhalten lassen, Stichwort Klassenlehrer, ach nein, das war er da ja selber. Oh Gott!

Räuspern. Das war Bloch, der Direktor, keine Ähnlichkeit mit Ernst. »Herr Sominski, ähem, könnten Sie wohl mal einen Augenblick in mein Büro kommen? Ähem.«

Jetzt kommt's aber dicke, dachte Stan und ging hinter ihm her, schloss auch gleich die Tür zum Allerheiligsten, bevor er dazu aufgefordert werden konnte. Bei Bloch gab es eigentlich immer streng geheime Gespräche, die auf wundersame Weise dennoch ihren Weg nach draußen fanden.

»Herr Sominski, ich habe hier, ähem, im Kurier, das sind doch Sie, ›der Freund der Toten wurde bereits mehrfach vernommen‹, nicht, dass ich alles, was in der, ähem, Zeitung steht, für bare Münze nehme, aber ich denke doch, es wäre besser, ähem, das muss ja schrecklich für Sie sein, ich könnte gut verstehen, wenn Sie sich krankmelden würden, das gäbe Ihnen Gelegenheit ... na, Sie wissen schon. Meinen Sie nicht auch?«

Es ging doch nichts über Demokratie. »Selbstverständlich, Herr Bloch, wir müssen schließlich an die Schüler denken«, aber Ironie war nun wirklich nicht Blochs Sache, »also, dann«, er öffnete die Tür, »ich wollte eine Arbeit schreiben lassen diese Woche, das kann ja wohl die Vertretung übernehmen, ich kann sie Ihnen ja per Post schicken ...«

»Geben Sie sie mir einfach rein, ich kümmere mich dann darum.«

Das Telefon klingelte, und Sominski fragte sich, ob das verabredet war. Er ging zurück ins Lehrerzimmer und suchte seine Sachen zusammen.

»Was ist mit dir, bist du krank?«, fragte Angela Ganz, von den Schülern und manchen Lehrern Gänschen genannt, was ihrer Erscheinung vollkommen widersprach. Sie war groß, fast einsachtzig, hatte eine sportliche Figur, obwohl sie Sport hasste, wie sie sagte, und hatte ein energisches Auftreten, das eher ins Management einer großen Firma als in eine Schule gepasst hätte. Sie unterrichtete Englisch in der Oberstufe, nervte die Schüler mit ihrem Faible für Lyrik, aber es hatte noch keiner gewagt, sich zu beschweren.

»Nicht wirklich«, sagte Sominski, »obwohl ich mich so fühle, Silvie ist«, er zögerte, »tot, umgebracht, ich …«

»Oh mein Gott, das tut mir leid. Du willst bestimmt nicht darüber reden, all die dummen Fragen, hat Bloch …«

»Genau, er hat mir sozusagen Krankheit nahegelegt.«

»Ach du. Ruf mich an, wenn ich irgendwas für dich tun kann, wirklich, jederzeit.«

»Mach ich, bestimmt.«

Er ging nach draußen und hielt gewohnheitsmäßig nach dem Schatten Ausschau. Nicht zu sehen. Überhaupt war er ihm jetzt schon eine Weile nicht mehr aufgefallen. Vielleicht war er ja tatsächlich der Mörder und ließ sich deshalb nicht mehr blicken, oder er glaubte, dass er, Stan, jetzt sicherlich nichts Subversives unternehmen würde. Er müsste das Hartmann gegenüber doch mal erwähnen, nein, lieber erst mit der Müller drüber sprechen, man konnte ja nicht wissen, was die Kripo daraus machen würde, nach dem Motto, irgendwas muss ja dran sein, wenn der Verfassungsschutz sich für einen interessiert.

Jetzt in die leere Wohnung zu kommen. Bernd mochte er nicht länger auf den Wecker fallen, er müsste auch bei seiner Mutter vorbei, aber nicht heute, telefonieren wäre anstrengend genug, ich hab's dir ja schon immer gesagt, und wer weiß, womöglich glaubte sie sogar, dass er sie umgebracht hatte, ausgeführt, was sie selbst so gern für ihn erledigt hätte. Erledigt. Völlig.

Er würde Angela anrufen, heute Abend, sie war so bodenständig in ihren Auffassungen, und es könnte ihm einen klareren Kopf verschaffen, mit jemandem zu reden, der unbeteiligt war. Bevor Silvie bei ihm eingezogen war, hatte er manchmal das Gefühl gehabt, sie interessiere sich für ihn, aber falls es wirklich so war, hatte sie sich als gute Verliererin erwiesen. Sie hatte sich auf Schulfesten sogar um Silvie gekümmert, sie einbezogen und versucht, das typische Lehrergeschwafel einzudämmen, sodass er nach einer Weile annahm, er hätte sich getäuscht und sie war lediglich eine mütterliche Freundin. Ein prima Kumpel. Wie auch immer, er würde sie anrufen.

Erst als er den Wagen in die vertraute Einfahrt lenkte, fiel ihm auf, dass er die Fahrt gar nicht wahrgenommen, nicht einen Gedanken an so etwas wie Vorsicht verschwendet hatte. Warum auch, überlegte er achselzuckend und stellte den Motor ab, Silvie war nicht da. Er stieg aus, öffnete den Kofferraum, zog seine Tasche heraus und wollte sich schon abwenden, als er eine Packung Rocher halb verborgen vom Erste-Hilfe-Kasten entdeckte. Er schüttelte sich, konnte das Zeug nicht ausstehen, Silvie war es gewesen, die –, nein, dachte er, denk nicht dran, klemmte sich die Schachtel unter den Arm und betrat die Wohnung, wo er sie auf der Garderobe ablegte und augenblicklich vergaß.

***

Marilene beschloss, den Wagen stehen zu lassen, und lief die Bahnhofstraße hoch bis zum Rathaus, folgte dann der Marktstraße, bis sie rechts in die Grabenstraße abbog. Unwillkürlich verlangsamte sie ihre Schritte, glich ihr Tempo dem Schlendern ringsum an, vorbei am gewöhnungsbedürftigen Neubau des Landtages und all den Restaurants und Kneipen, deren Tische schon sommerbereit draußen standen. Touristisches Gedränge schließlich am Bäckerbrunnen, einer der vielen Thermalquellen der Stadt, bis sie sich nach links in die Goldgasse wandte und kurz darauf das Reisebüro, in dem Silvie gearbeitet hatte, betrat.

»Guten Tag, was kann ich für Sie tun?«

»Guten Tag, mein Name ist Müller, ich bin die Anwältin von Herrn Sominski und würde mich gerne mit Ihnen über Silvie Bauer unterhalten.«

Die junge Frau ihr gegenüber, aber wie alt fühle ich mich heute eigentlich, dachte Marilene, Verena Mende, dem Namensschild nach, brach augenblicklich in Tränen aus. Sie zog aus einem vor ihr stehenden Kästchen ein Kleenex heraus und versuchte erfolglos, die Flut daran zu hindern, ihr kunstvoll aufgetragenes Makeup aufzulösen, was ihrer Beschütz-mich-ich-bin-so-verletzlich-Schönheit keinen Abbruch tat.

»Der Chef is' hinne«, schluchzte sie und war schon aufgestanden und auf hohen Absätzen etwas unsicher in einen Gang am Ende des Reisebüros entschwunden. Marilene folgte ihr, vorbei an einem kleinen Aufenthaltsraum und den Toiletten zu einer schon wieder geschlossenen Tür mit der Aufschrift »Management«. In Goldbuchstaben.

Bevor sie entschieden hatte, ob sie einfach folgen sollte, wurde die Tür auch schon wieder geöffnet, und Frau, nein, mit Sicherheit Fräulein Mende erschien, sanft geschoben von einer Hand, die sich eine Spur zu tief auf ihrem Rücken befand. Die Schluchzende entfernte sich in Richtung Aufenthaltsraum, während die Hand, sehr gebräunt und bewehrt mit einem Ring, der kein Ehering war, ein Tigerauge?, oh Gott, sich ihr zum Gruß entgegenschlängelte.

»Guten Tag, Auerbach, ich bin der –«

»Manager«, fiel Marilene mit ein, ließ es zu, dass er sie in sein Zimmer zog, und spulte ihren Einführungssatz noch einmal ab. Unterdessen registrierte sie sein allzu blondes Haar, das den Kragen eines grünen Seidenhemdes eben berührte, die allzu grünen Augen, die eine Stelle irgendwo unterhalb ihres Kinns fixierten, das über einer nicht so deutlich vorhandenen Taille offen stehende Jackett, Armani?, sie hatte keine Ahnung von Marken, aber das würde wahrscheinlich passen – okay, das reichte jetzt.

Sie ließ sich, um seinen Händen zu entkommen, die dem Blick seiner Augen folgen zu wollen schienen, in einen Ledersessel fallen, dessen Nachgiebigkeit sie unterschätzte, sodass sie nun zwangsläufig dem Rest seiner Anatomie um einiges näher als erwünscht war und gleichzeitig, bedingt durch die beinahe Hockstellung in dem verdammten Sessel, den Blick auf ihre Beine freigab, bis, nun ja, ziemlich weit. Das konnte sich dieser Manager, die Bezeichnung würde sie künftig nur noch als Schimpfwort verwenden, natürlich nicht entgehen lassen und lehnte sich ganz lässig gegen seinen Schreibtisch, anstatt endlich hinter demselben zu verschwinden.

»Ich helfe Ihnen natürlich gern, aber leider –«, er hob bedauernd die Schultern, »Susanne May, das ist die Freundin von Silvie, oder muss ich sagen war, wie schrecklich, musste ich nach Hause schicken, das arme Mädchen, und Verena, nun, Sie haben ja selbst gesehen …«

»Oh ja, das arme Ding«, konnte Marilene sich nicht verkneifen, »und jetzt haben Sie natürlich die ganze Arbeit. Ich möchte eigentlich nur wissen, ob Sie sie gut gekannt haben, wie sie bei der Arbeit war, mehr so Hintergrundinformationen, wenn Sie verstehen.«

»Natürlich, natürlich. Nun ja, sie war ziemlich zurückhaltend«, darauf möchte ich wetten, dachte Marilene, »aber die Kunden mochten sie sehr gerne, sie hatte eine Art, auf deren Wünsche einzugehen, sehr freundlich, zuvorkommend, ich kann mir gar nicht vorstellen, wer –, aber wenn Sie ihren Freund vertreten, dann ...«

»Nein«, sagte Marilene, »der Täter steht noch nicht fest.«

»Wie ich schon der Polizei sagte, er war doch sehr, wie soll ich sagen, besitzergreifend, holte sie bei unseren wöchentlichen Dienstbesprechungen immer schon nach etwa einer Stunde ab, und sie sprang dann auch immer sofort auf und war weg. Aber ich muss jetzt wirklich, die Arbeit, vielleicht möchten Sie sich ja morgen Abend zu uns gesellen, da haben wir wieder unser kleines Treffen.«

»Leider, die Termine, Sie wissen ja, wie das ist«, bedauerte Marilene und stemmte sich mit großer Anstrengung aus dem Sessel, »aber wenn Sie so freundlich wären, mir die Adresse von Frau May zu geben?«

»Ich glaube nicht, dass das eine gute Idee ist, es geht ihr gar nicht gut, aber ich denke schon, dass sie morgen Abend bei uns sein wird.«

»Also gut, Herr Auerbach, mal sehen, was sich da machen lässt«, ein Blick ins Telefonbuch zum Beispiel, »jedenfalls vielen Dank für Ihre Zeit und, äh, auf Wiedersehen.«

Sie riss die Tür auf und floh, eindeutig, vorbei an dem armen Ding und verdutzten Kunden auf die Straße, wo sie geradewegs Jens Hartmann in die Arme lief.

»Sind Sie gekommen, um den da«, sie deutete vage mit dem Daumen über ihre Schulter, »zu verhaften? Darf ich dabei sein? Bitte?«

Ungläubig weiteten sich seine Augen. »Haben Sie ›unvoreingenommene‹ Be–«, jetzt fing er schallend an zu lachen, konnte sich überhaupt nicht wieder einkriegen, »Beweise?!«

Passanten verlangsamten kopfschüttelnd ihren Schritt, Anzugträger hoben die Brauen, gut gekleidete Frauen mit kleinen therapeutischen Einkaufstaschen blickten indigniert, die Bedienung eines Cafés blieb mitten in der Bewegung, das Tablett in der erhobenen Hand, statuengleich einfach stehen. Alle aber starrten beileibe nicht Hartmann an, sondern Marilene, als versuchten sie zu ergründen, was an ihr einen derartigen Heiterkeitsanfall wohl ausgelöst haben mochte.

»Kommen Sie«, sagte Marilene und fasste ihn am Arm, »das ist peinlich.«

»Beweise!«, dröhnte er, Grimassen ziehend in dem Versuch, eine ernste Miene aufzusetzen, »in Ordnung, gehen wir einen Kaffee trinken, ich kann da jetzt, ha, ha, wirklich nicht reingehen, verhaften«, gluckste er, »oh mein Gott, ich weiß nicht, wann ich das letzte Mal so gelacht habe.«

Marilene dachte, dass sie sich, sollte sie öfter mit Hartmann zusammentreffen, nicht mehr schminken müsste, sie hatte mit Sicherheit einiges an überschüssiger Farbe im Gesicht. Sie zerrte ihn fort, bis sie einen freien Tisch erblickte, und lenkte Hartmann darauf zu.

»Ich schwöre Ihnen«, sagte Marilene, als der Kellner ihre Getränke gebracht hatte und weitergeeilt war, »der war es. Hundertprozentig.«

»Hat er gestanden?«, fragte Hartmann und musste schon wieder an sich halten, nicht loszuplatzen.

»Natürlich nicht«, antwortete Marilene, »das müssen Sie schon alleine bewerkstelligen, da halte ich mich raus.«

»Vielen Dank«, sagte Hartmann fast ohne Sarkasmus. »Wie kommen Sie denn auf den als Mörder? Ich meine, also mein Kollege war heute Morgen in dem Reisebüro und hat mir erzählt, dass der Auerbach ein, sagen wir, seltsamer Mensch ist, aber ein Mörder?«

»Ich bin sicher, dass der Silvie Bauer belästigt hat, und als sie sich gewehrt hat, ist es eben passiert.«

»Wenn der Mord hier verübt worden wäre, dann würde ich diese Möglichkeit sicher in Betracht ziehen, aber wenn er sie belästigt hat, warum hätte sie ihn dann wohl in ihre Wohnung hineingelassen, zumal sie ja allein war?«

»Irgendein Vorwand, was Geschäftliches, vergessene Unterlagen.«

»Am Pfingstsonntag?«

»Was weiß denn ich«, fauchte Marilene, »aber dass der ein Triebtäter ist, steht für mich fest, so wie der das arme Ding da drin betatscht hat, okay, der gefällt das vielleicht sogar«, sie verzieh sich den Gedanken, denn an Verena Mende war gewiss jegliche weibliche Solidarität verschwendet, »aber Sie hätten mal sehen sollen, wie der mich angegafft hat. Ich hätte nur einmal mit den Augen klimpern müssen, der hätte sich sofort auf mich gestürzt.«

»Na, der hat eben Geschmack«, sagte Hartmann und grinste, »Verzeihung, nur ein Scherz«, als er ihre Miene sah.

»Jedenfalls wette ich, dass Silvie Bauer sich das nicht hat gefallen lassen, und mit Susanne May werde ich auch noch reden, die weiß bestimmt etwas darüber, und vielleicht ist die ja nicht so …«, sie suchte nach einem freundlicheren Wort für doof, »nicht so naiv wie ihre Kollegin.«

»Das werden Sie bleiben lassen, erinnern Sie sich? Keine Einmischung. Schlimm genug, dass Sie den Auerbach aufgesucht haben, wenn der nun tatsächlich der Triebtäter wäre, für den Sie ihn halten, ich will Sie nicht gerade als Leiche wiedersehen.«

»Wenn Sie mir sagen, dass Sie Sominski nicht mehr verdächtigen, dann halte ich mich heraus.«

Aber er schwieg, und schließlich stand Marilene auf, »Also was ist, geben Sie mir die Adresse, oder muss ich alle Mays im Telefonbuch anrufen?«

Überrascht sah er zu ihr auf. »Hat Auerbach Ihnen die –«

»Nein, hat er nicht. Er hat mich zu der morgigen Dienstbesprechung eingeladen. Die findet übrigens wöchentlich statt. Haben Sie so was Blödes schon mal gehört?«

»Nein«, sagte er, nur, um die Aussage gleich darauf zu relativieren, »mein Chef ist auch nicht viel besser. Wie auch immer, ich kann das nicht machen«, sagte er müde, »ich kann Sie natürlich nicht hindern, aber unterstützen kann ich Sie auch nicht.«

»Tja dann«, Marilene legte einen Fünfer auf den Tisch und stand auf, »ich hoffe, das wird mir nicht als Beamtenbestechung ausgelegt. Aber Sie können sich ja mal revanchieren.«

»Darf ich Sie anrufen?«, fragte er und kramte vergeblich in seinen Taschen.

»Wenn Sie meine Karte wiederfinden …«, sie grinste, »aber es gibt nur siebzehn M. Müllers hier«, sagte sie und verschwand.

***

Sie war gerade unter der Dusche gewesen und wollte sich eincremen, als es klingelte, spülte die Creme auf ihrer Hand fluchend ins Becken und griff nach einem von Felix vor langer Zeit vergessenen Flanellhemd, das sie seither statt Bademantel trug. Er hatte sie sexy darin gefunden und es nicht wiederhaben wollen, und für sie hatte es immer etwas Tröstliches gehabt, sich hineinzukuscheln, wenn er wegging, ein Unterpfand, aber du siehst ja, wie wenig es genutzt hat, spottete sie. Ich werde es verbrennen und ihm die Asche als verspätetes Verlobungsgeschenk zuschicken. Ein Bild von kleinen mit Nadeln verzierten Wachspüppchen, die alle Hannes Züge hatten, tauchte in ihrem Kopf auf. Gleich morgen würde sie ihre Buchhändlerin auf Voodoo-Praktiken ansetzen.

Sie nahm an, es handelte sich um Volker, der sehen wollte, wie es ihr ging, und eilte entschlossen zur Tür. Sie öffnete sie einen Spalt weit mit einer Hand, während sie mit der anderen das Hemd zusammenhielt, und ging zurück Richtung Bad. »Komm rein, ich bin noch nicht fertig.«

»Das sehe ich«, sagte der Besucher.

Sie drehte sich erschrocken um, vergaß, dass sie das Hemd nicht zugeknöpft hatte, raffte es hastig wieder zusammen, über und über rot, »was ...«, ihr fehlten die Worte.

»Lassen Sie jeden, der klingelt, unbesehen herein?«, fragte Hartmann unschuldig, »Wenn ich nun Auerbach wäre?«

Wütend stapfte sie ins Bad, knallte die Tür hinter sich zu, nur um sie sogleich wieder zu öffnen, im Schlafzimmer saubere Klamotten zu holen, zurück ins Bad, wo sie sich hastig anzog, das Handtuch von ihrem Kopf wickelte und sich kurz die Haare föhnte.

»Sehen Sie sich ruhig um«, sagte sie überflüssigerweise, denn er inspizierte bereits ihre Bücherregale. Sie errötete schon wieder bei der Vorstellung, er würde jetzt auf ein Buch über Voodoo stoßen. Und nächste Woche auf Hannes Leiche. Was wollte er hier?

»Ich habe eine Flasche Wein mitgebracht«, er deutete auf den Tisch.

Marilene brauchte einen Moment, um ihre Verwunderung zu überwinden, »Das sehe ich«, sagte sie dann.

»Öffner? Gläser?«, erkundigte Hartmann sich.

»Küche«, entgegnete Marilene ebenso wortkarg. Im Radio spielte Jackson Browne, Stay Just a Little Bit Longer, ihr absolutes

Lieblingslied, eigentlich das Thema ihrer Zeit mit Felix, wenn sie es recht bedachte, sie unterdrückte den Drang mitzusummen, beobachtete Hartmann, der mit Öffner und Gläsern zurückkam, die Flasche öffnete und einschenkte.

»Ich wollte mich für meinen Heiterkeitsausbruch heute Morgen entschuldigen«, erklärte er.

»Angenommen«, sie hob ihr Glas, prostete ihm zu und zündete sich eine Zigarette an.

»Susanne May«, begann Hartmann, »waren Sie dort?«

Ach, daher weht der Wind, dachte sie, erst meckern, aber dann profitieren wollen. »Ja«, gab sie zu, »heute Nachmittag noch. Sie ist nett«, verwundert fast, »ganz anders als ihre Kollegin, sieht gut aus, auf eine unaufdringliche Art, sie wirkt intelligent, ist selbstsicher, warmherzig, ja ich weiß«, nahm sie einen möglichen Einwand vorweg, »altmodisches Wort, aber das trifft auf sie zu. Sie trauert ganz offen um Silvie, die kannten sich schon seit der Schulzeit, Susanne ist nach der zehnten Klasse abgegangen und hat eine Lehre als Reiseverkehrskauffrau gemacht und ist danach wegen der besseren Bezahlung zu Auerbach gewechselt. Ja, und dann hat sie Silvie den Job im Reisebüro vermittelt, als die nicht gewusst hatte, was sie nach dem Abi machen sollte. Sie hat Silvie auch aufgenommen, als die Geschichte mit ihrem Lover schiefging, ein Hans–«, sie stockte, »irgendeine Stadt.«

»Lubeck«, fügte Hartmann ein.

»Ach ja, fast eine Stadt, jedenfalls, sie weiß nicht, warum das auseinanderging, Silvie hat wohl nie darüber gesprochen, aber sie hat sich schon gefragt, ob der ... Moment mal, da haben wir ja noch einen Verdächtigen, wenn das stimmt ...«

»Was?« Jetzt wurde er ärgerlich. »Hören Sie, das ist kein Spiel, ene, mene, muh, und außerdem ist das ›Wir‹ hier völlig fehl am Platz. Das ist immer noch mein Job.«

»Ja, aber, wenn der sie wirklich geschlagen hat ...«

»Nichts aber«, unterbrach er sie, »erstens ist das eine reine Vermutung, zweitens, wenn dem doch so wäre, hätte er sie ja wohl schon damals umgebracht, und drittens, es geht Sie absolut nichts an.« Er stellte sein Weinglas so heftig auf den Tisch, dass Marilene fürchtete, es würde zerbrechen. »Damit ist jetzt Schluss«, fuhr er sie an.

»Und wenn nicht?«, fragte Marilene ganz sanft.

»Behinderung polizeilicher Ermittlungen«, er stand auf, »ich muss jetzt los. Sehen Sie sich vor, ich mache keine Witze.«

»Niemals?«, fragte sie unschuldig, aber das hörte er schon nicht mehr, die Wohnungstür war zugeknallt. Idiot, dachte sie, dabei habe ich ihm das Beste noch gar nicht erzählt. Wenn er wüsste, dass Silvie ihren Chef verdächtigte, unsauberen Geschäften nachzugehen, würde er mich ernst nehmen, statt mir zu drohen.

5

Liege auf Susannes Wohnzimmersofa und versuche zu begreifen, was geschehen ist. Bin wirklich und wahrhaftig weg von Hans. Tat mir ja sogar leid, aber ich musste einfach, konnte so nicht weiterleben. Hätte das nur besser planen sollen, aber S. ist echt lieb, hat gesagt, ich kann bleiben, so lange ich will, störe nicht. Werde mich am Wochenende um eine Wohnung kümmern, wird schon klappen. Tut gut, jetzt nicht allein zu sein, auch wenn ich (noch) nicht drüber reden mag. Und das versteht sie. Dachte, ich wäre viel zu aufgekratzt, um zu schlafen, aber jetzt werde ich doch müde.

Noch immer kein Glück gehabt mit der Wohnung. Ich glaub, ich muss meine Ansprüche ganz schön runterschrauben. Hab mir das leichter vorgestellt. Susanne trägt es immer noch mit Fassung, keine Eile, sagt sie. Aber sie ist abends jetzt öfter weg, hat wohl jemanden kennengelernt. Sagt sie mir bloß nicht, damit ich mich nicht gedrängelt fühle. Hab echt keinen Bock mehr.

Heute Dienstbesprechung. Auerbach baggert verstärkt, hat wohl mitbekommen, dass Hans passé ist. Aber Susanne hat sich von Peter abholen lassen, und dann haben sie mich zum Italiener mitgenommen. Ist ein ganz Lieber, glaub ich. Wir haben ziemlich viel getrunken und rumgealbert, den A. für P. nachgemacht, weil man sich sonst gar nicht vorstellen kann, wie eklig der ist. Die Leute haben schon dauernd zu uns rübergeguckt, bestimmt überlegt, ob wir wohl wo entsprungen sind. Ich bin k.o.

Eine Neue hat sich vorgestellt. Hab sie nicht selbst gesehen, aber Susanne sagt, wenn sie den Job kriegt, und das wär ziemlich sicher, hätte Auerbach ein willigeres Objekt. Aber ich glaube, der kann einfach nicht genug kriegen.

Ich habe eine Wohnung! Glaub ich jedenfalls. Kann nicht schreiben, bin viel zu aufgeregt.

Also das war so: Ich war mal wieder auf eine Anzeige hereingefallen, »malerischer Altbau« bedeutet in Wirklichkeit nämlich abbruchreif. Auf dem Weg zur Bushaltestelle kam ich an einer Kneipe vorbei und dachte, ich trink mir jetzt einen. Reiner Frust. Jedenfalls, der Typ hinter der Theke, so ein großer rothaariger Bär, gibt mir einen Cognac und fragt, ob ich Kummer habe, und ich erzähl ihm davon. Und dann kommt ein Freund von ihm, Stan hat er ihn genannt, und der hat zwei Zimmer in seiner Wohnung leer stehen, und die kriege ich jetzt. Sagt er. Dieser Stan ist dann aber sofort wieder weg, ohne dass ich was unterschrieben hätte oder so, und die Wohnung hab ich auch nicht gesehen, aber Bernd, so heißt der von der Kneipe, sagt, sie wär sehr schön, und das ginge schon klar. Samstag holt er mich ab. Mann, bin ich aufgeregt.

Bernd hat Wort gehalten. Er war total verdutzt, als er sah, dass meine ganze Habe in zwei Koffern verstaut war, und hat Stunden am Telefon verbracht, gefragt, hast du nicht einen überflüssigen Stuhl, Tisch, Schrank irgendwo, und so tatsächlich eine komplette Einrichtung zusammengebettelt. Und die Wohnung erst – Stan hat das Untergeschoss eines Zweifamilienhauses mit einem ziemlich großen Garten, und die Ruhe ist unbeschreiblich. Nachhausekommen. Bis spät in die Nacht haben wir dann geputzt, gestrichen, gehämmert, und als ich dann vom einen zum anderen Ende meiner Zimmer gegangen bin, wie schlafwandelnd, wieder und wieder, da musste ich doch echt heulen.

Ich glaub, wir kommen uns langsam näher. Manchmal kochen wir zusammen und dann können wir stundenlang reden, über alles, irgendwie. Ist aber noch total platonisch.

Heute ist seine Mutter überraschend vorbeigekommen, hat die Augenbrauen hochgezogen, als sie die Kerzen auf dem Küchentisch sah, willst du mich nicht vorstellen, Silvie, so, so. Wenn Blicke töten könnten, sag ich nur, aber Stan hat nichts gemerkt, oder so getan. Dabei sind wir immer noch platonisch, und das nach zwei Monaten. Ist der schwul, oder was? Kommt mir vor, als müsste ich eine Jungfrau zu ihrem Glück überreden, aber mir fehlen echt die Worte, ich will ihn doch nicht abschrecken.

Na endlich, er hat's begriffen, hat die Zauberworte gesagt, »ich hab dich gern«, und, als ich mich zu ihm drehte, hat er mich fest, ganz fest in die Arme genommen. Jetzt bin ich zu Hause.

***

Mit der Müller lief aber auch alles schief, dachte Hartmann am nächsten Morgen auf dem Weg ins Präsidium. Erst war er mit Felix voll ins Fettnäpfchen getreten, dann hatte er sie nicht ernst genug genommen, was Auerbach anbelangte, sodass die sich nun erst recht einmischen würde, und dann war er gestern Abend auch noch so ungehalten gewesen, dass er einfach abgehauen war. Paul würde er besser nichts von all dem erzählen, der hielte ihn für total übergeschnappt, mit einer in den Fall verwickelten Anwältin zu –, ja, was denn eigentlich? Er hatte mit ihr ein Glas Wein getrunken, ein halbes, wenn man es genau nahm, und ein bisschen über den Fall geplaudert – und nichts davon war angebracht. Daran, dass er sie auch noch halb nackt gesehen hatte, dachte er schon mal gar nicht, fast gar nicht. Er musste den Kontakt abbrechen, bis die Geschichte abgeschlossen war, ehe es Ärger gäbe. Wollte er aber nicht, womöglich brachte die sich wirklich in Gefahr. Na bitte, da hatte er doch ein edles Motiv, weiterzumachen.

»Was für ein Chaos«, stöhnte er halblaut vor sich hin. Natürlich hatte es gestern Abend dann obendrein Stress mit Jutta gegeben, schon wieder so spät und auch noch nach Alkohol riechend, seit wann trinkst du im Dienst?, hatte sie ihn süffisant gefragt. Und als er sagte, Paul habe Pizza und Wein ins Büro mitgebracht, weil sie noch ihren Tagesbericht hatten schreiben müssen, hatte sie eine Auflaufform aus dem Backofen genommen, samt Inhalt auf den Fußboden geschmissen und war davongestürmt. Der Hund hatte leider keine Nudeln mit Scherben gemocht, also hatte er aufgewischt, versucht, Jan zu beruhigen, der von dem Getöse wach geworden war, kleines Missgeschick, aber der hatte sich nur stumm wieder abgewandt. Vorsichtshalber hatte er dann im Gästezimmer geschlafen, schlecht geschlafen, auch, weil sein knurrender Magen ihn wach hielt, und war heute extra früh aufgestanden, damit nur Jan nichts mitbekam. Scheißleben.

»Morgen«, begrüßte er Zinkel, der erstaunlicherweise schon wieder vor ihm im Büro war, »Was Neues?«

»Willst du erst die schlechte oder erst die schlechte Nachricht?«, fragte der, genüsslich feixend.

»Besser erst Kaffee, scheint mir. Mann, du übertriffst dich ja selbst, ist ja schon fertig«, wunderte er sich. Er goss sich eine Tasse voll, verzichtete auf Zucker und ließ sich auf seinen Stuhl fallen. »Dann mal los.«

»Also erstens haben wir noch keine heiße Spur ...«

»Sag bloß.«

» ...und zweitens ist die Heyder wieder zurück. Ist gerade bei Fromm zum Rapport.«

»Und was ist nun die zweite schlechte Nachricht?«, fragte er und freute sich an Zinkels ungläubigem Blick, »oder sollte sie das gewesen sein? Ich finde das trifft sich ausgezeichnet, ich werde dann nämlich mit Patrizia unseren Freund hier befragen«, er pochte auf den Computerbildschirm, »vielleicht finden wir was über Auerbach, und die anderen können wir sicherheitshalber ja auch gleich durchchecken. Du könntest in der Zwischenzeit Lubeck aufsuchen, in der Hoffnung, dass wir dann einen Verdächtigen weniger haben. Ach, hat die Befragung der Nachbarn eigentlich was ergeben? Ich kam gestern nicht mehr dazu, deinen Bericht zu lesen.«

»Ja, du warst schnell weg, Jutta hat übrigens noch angerufen.«

»Ach so«, umsonst die Geschichte mit dem Bericht, kein Wunder also.

»Ich hab gesagt, du wärst auf dem Klo, und wir hätten noch zu tun, ich wüsste auch nicht, wie lange es noch dauern würde, also wenn du nicht schon um acht zu Hause warst, ist alles in Ordnung.«

»War erst gegen neun da, nur dass nichts in Ordnung war, große Szene, aber trotzdem danke.«

»Wo warst du denn?«

»Ach, ich bin nur so durch die Gegend gefahren.«

»Aha. Na, wie auch immer, die Nachbarn haben nichts gesehen, die meisten waren ohnehin verreist, ein alter Mann, warte mal«, er blätterte in seinem Notizbuch, »da haben wir's, Gerich, wohnt drei Häuser weiter gegenüber, hat behauptet, einen ›verdächtigen Mann‹ gesehen zu haben, der ›verstohlen‹ um sich geblickt hat, und zwar gleich zweimal an dem Tag. Er meint, er würde die Leute, die in der Gegend wohnen, kennen, und den kennt er nicht. Allerdings hat er den auch vorher schon mal gesehen, ich glaube also, dass das Quatsch ist. Die Beschreibung trifft jedenfalls auf keinen der Beteiligten zu. Irgendwie habe ich immer geglaubt, dass nur alte Frauen hinter der Gardine stehen und die Leute beobachten, aber der hat das ganz offen zugegeben, eben weil der Mann so verdächtig gewesen sei.«

»Kann man mit der Beschreibung denn was anfangen?«

»Ich denke schon, der hat sich das alles aufgeschrieben, sehr exakt, Kleidung, Größe, Gang, Alter, alles da, passt bloß auf keinen. Aber er ruft mich an, wenn der noch mal auftaucht.«

»Na ja«, sagte Hartmann, »wahrscheinlich hast du recht und da ist nichts dran. Dann mach dich jetzt mal ab, heute Nachmittag treffen wir uns hier im Büro zum Brainstorming, schätze gegen drei. Und morgen gehen wir zur Schule, wenn sich sonst nichts ergibt jedenfalls, oder was meinst du?«

»Glaubst du wirklich, der Sominski war's selbst? Na, ist auch egal, abchecken müssen wir's sowieso. Also bis später.«

Beinahe hätte er den Kaffee verschüttet, den er auf dem Tablett mit belegten Brötchen zu dem Tisch in der Kantine trug, an dem Patrizia Heyder auf ihn wartete. Ihm schwirrte wirklich der Kopf. Er sah ja ein, dass diese Technik das Leben, die Recherche zumindest, enorm erleichterte, aber wie man mit einer derartigen Begeisterung auf diesen Geräten herumhacken konnte, blieb ihm schleierhaft. »Greifen Sie zu, Sie haben es sich verdient«, sagte er, als er das Tablett glücklich an seinen Platz manövriert hatte, »das war gute Arbeit.«

»Danke«, antwortete sie gedehnt und bedachte ihn mit einem skeptischen Blick aus ihren irritierenden grünen Augen, »ehrlich gesagt, es wurde auch langsam Zeit, dass Sie das zur Kenntnis nahmen.«

»Ja nun«, wand er sich und gab sich einen Ruck, »Sie haben recht. Ich war wohl wirklich nicht gerade ein Ausbund an Freundlichkeit bisher, aber ich gelobe Besserung. War nicht persönlich gemeint, aber manchmal … egal, Frieden?«

»Frieden«, schlug sie in seine ausgestreckte Hand ein.

»Ich schätze, dann könnten wir eigentlich auch du sagen. Ich heiße Jens.«

»Ich weiß«, antwortete sie und ließ ein kurzes Grinsen aufflackern, »Patrizia.«

»Nun denn, auf gute Zusammenarbeit«, er hob seine Kaffeetasse, um ihr zuzuprosten, stellte sie aber gleich wieder ab, »ach, da ist Paul ja schon«, stand auf und winkte ihm zu, »dann können wir ja gleich besprechen, wie wir weiter vorgehen.«

»Ihr habt wohl nichts Besseres zu tun, als hier herumzusitzen?«, fragte Zinkel, schnappte sich einen Stuhl und ließ sich rittlings darauf nieder, »und? Gibt's was Neues?« Er schaute vom einen zur anderen und versuchte, unauffällig ein Brötchen zu ergattern, was Heyder mit einem leichten Schlag auf seine Hand vereitelte. »Okay«, stöhnte er und rappelte sich wieder hoch, »ich geh ja schon.«

»Haben Sie, äh, hast du zu Hause auch einen Computer, oder woher stammen deine Fähigkeiten?«, fragte Hartmann.

Sie schaute ihn an, als sei er vollkommen weltfremd, »Sicher, du nicht?«

»Mein Sohn«, er zuckte mit den Achseln, »ich drück mich davor, wo ich nur kann, außerdem braucht man alle zwei Jahre einen neuen, um nicht schon wieder ins Hintertreffen zu geraten, also bleibe ich doch lieber gleich außen vor.«

»Du bist zu jung, um der Technik zu entsagen, alles, was dir fehlt, ist eine anständige Einführung. Ich kann das gerne übernehmen.«

Zinkel kam zurück an ihren Tisch und enthob ihn einer Antwort.

»Mann, jetzt kann ich verstehen, warum ihr euch mit Brötchen begnügt. Ich hab die beiden letzten erwischt, aber Spinat gibt's noch reichlich. Igitt. Also, jetzt schießt endlich los, was hat der Computer ausgespuckt?«

»Hast du Lubeck nicht angetroffen?«

»Doch, war aber ziemlich schwer zu finden, erst die fünfte Nachbarin wusste zufällig, in welcher Tischlerei der arbeitet. Er hat nämlich mal einen Stuhl für sie repariert, jedoch nur, so die Nachbarin, weil er keine andere Möglichkeit gesehen hat, einem

Gespräch mit ihr zu entkommen. Er ist wohl ganz geschickt im Ausweichen, war nur zugänglicher, als er vor zwei Jahren mit einem ›jungen Ding‹ zusammengelebt hat. Jetzt beschränkt er sich aufs Grüßen, wenn er's mal nicht rechtzeitig schafft, die Tür hinter sich zu schließen. Das junge Ding war vermutlich Silvie Bauer, die hat sie seit ihrem Auszug nicht mehr gesehen, und ich hatte durchaus den Eindruck, dass sie eine Menge sieht.«

»Und dann bist du in die Tischlerei?«, fragte Hartmann, um den Bericht voranzubringen.

»Ja genau, hab mich erst mal mit dem Chef unterhalten. Der war anfangs ganz schön misstrauisch, erst nach dem üblichen Abwiegeln, alles reine Routine und so, wurde er lockerer. Allerdings auch keine neuen Erkenntnisse, ein guter Arbeiter, sehr wortkarg, aber höflich, nie krank gewesen und so weiter. Glaubte auf dem Foto eine ehemalige Freundin Lubecks zu erkennen, hat sie aber lange nicht gesehen.«

»Völlig ausschließen lässt sich ein Kontakt zwischen Lubeck und Bauer mit den beiden Aussagen aber noch nicht«, warf Heyder ein.

»Stimmt«, fuhr Zinkel fort, »Lubeck streitet es allerdings ab. Sie könne ihm gestohlen bleiben, waren seine Worte, und als ich ihm sagte, dass sie das auch würde, weil sie nämlich tot sei, zeigte er keine nennenswerte Reaktion. Behauptet, das nicht gewusst zu haben, und fragte nur, warum wir dann zu ihm kämen.«

»Das könnte eine Testfrage gewesen sein«, Hartmann schob Zinkel einen Computerausdruck zu, »er wollte wissen, ob wir von der Anzeige wegen Körperverletzung Kenntnis haben.«

»Wau«, sagte Zinkel und überflog die Angaben, »hat er kein Wort drüber verloren, wurde zurückgezogen, na typisch, also mit der Dame werde ich mich wohl mal unterhalten, was meint ihr? Alibi hat er übrigens keines, ist vorm Fernseher eingeschlafen, behauptet er. Am helllichten Tag und bei dem Superwetter.«

»Solange wir den Kontakt nicht nachweisen können, haben wir auch keine Chance auf ein Motiv«, sagte Hartmann, »also sprich ruhig mit der Frau, vielleicht hat sie ja was mitbekommen.«

»Gemacht. Und jetzt raus mit der Sprache. Irgendwas über die anderen?«

»Auerbach«, Heyder sah zu Hartmann, »scheint sein Lieblingskandidat zu sein. Und immerhin ist er vor ein paar Jahren wegen Scheckbetrugs verurteilt worden. Seither sauber, jedenfalls gibt es keine neueren Erkenntnisse. Aber unser Chef hier hat da wohl so seine Zweifel.«

»Ich weiß«, gab Hartmann zu, »das ist lange her, aber astrein kam er dir, Paul, doch auch nicht vor, oder?« Er mühte sich redlich, das Bild des Triebtäters, das Marilene ihm suggeriert hatte, zu verscheuchen.

»Wie wär's denn«, warf Heyder ein, »wenn ich mich dort bewerben würde, stundenweise wenigstens, ich könnte, wenn sich nichts ergibt, ja jederzeit wieder aufhören.«

»Ich weiß nicht«, sagte Zinkel, »wie sollten wir das denn begründen?«

»Gar nicht«, antwortete Hartmann, »wir können unmöglich auf ein bloßes Gefühl hin eine derartige Aktion starten, selbst wenn sich das Gefühl bestätigen ließe, der Staatsanwalt würde uns in Grund und Boden stampfen, von Fromms Reaktion rede ich mal gar nicht. Kommt nicht in Frage.«

»Trotzdem schade«, fand Zinkel, »ich glaube zwar nicht, dass der das Hirn für mehr als Scheckbetrug hat, aber sauber ist der nicht, da verwette ich meinen Hin– ich meine, da gehe ich jede Wette ein. Und Alibi hat er auch keins. War's das?« Er stand auf und fing an, das Geschirr zusammenzustellen.

»Ich denke schon.« Hartmann unterdrückte ein Grinsen. Da werden wir ja regelrecht ritterlich.

»Na prima, dann kann ich jetzt wohl los. Soll ich morgen mit in die Schule oder machst du das allein?«, erkundigte sich Zinkel.

»Kann ich allein machen, dann sehen wir uns morgen Mittag hier.«

***

»Versucht euch doch mal an der Übersetzung dieses Gedichts, aber leise, ich bin gleich zurück«, hörte Hartmann Angela Ganz sagen, als der Direktor sie auf den Flur bat. Das Angebot, dessen Büro zu benutzen, um dort mit der Englischlehrerin zu reden, hatte er abgelehnt, er fand seinen als Elternsorge deklarierten Wissensdurst abstoßend. Sominski sei bei den Schülern sehr beliebt gewesen, und auf seinen Einwand, es sei Sominskis Freundin, die ermordet wurde, nicht er selbst, hatte er nur erwidert, dass er das schon wisse, aber die Eltern ... und war mit einem Gesichtsausdruck verstummt, der die Grabrede dennoch vorwegnahm.

»Mein Name ist Hartmann, ich bin von der Mordkommission und würde mich gern einen Augenblick mit Ihnen über Stan Sominski und Silvie Bauer unterhalten«, er sah Direktor Bloch möglichst durchdringend an, »vielen Dank für Ihre Hilfe, ich will Sie nicht länger aufhalten«, bis der nach einem zweifelnden Blick zu der Frau endlich verschwand. »Ich nehme an, er wird Sie nachher über dieses Gespräch ausfragen?«

»Er wird es versuchen«, sagte sie und lehnte sich, die Arme verschränkt, gegen die Fensterbank, »was möchten Sie denn von mir wissen?«

Hier würde er wohl keine Antworten auf nicht gestellte Fragen bekommen. »Ihr Chef sagte, Sie sind mit Sominski befreundet?«

»Wir sind seit über zehn Jahren Kollegen.«

»Kannten Sie seine Freundin?«

»Natürlich.«

»Näher?«

»So gut man sich von gelegentlichen Festen oder Ausflügen eben kennen kann.«

»Außerhalb des Kollegiums hatten Sie also keinen Kontakt zu den beiden?«

»Nein. Doch. Ich war mal zu einer Geburtstagsfeier von Stan eingeladen, da waren die beiden schon zusammen.«

»Und was hatten Sie für einen Eindruck von der Beziehung?«

»Ganz normal. Körperliche Gewalt schien mir jedenfalls nicht an der Tagesordnung, falls Sie auf so etwas hinauswollten.«

Impertinentes Weib, dachte er, verkniff sich aber eine Reaktion, »Wer war noch auf dieser Feier?«

»Ein paar Kollegen, seine Mutter«, dies klang so, als wollte sie das Wort ausspucken, war wohl keine große Zuneigung zwischen den beiden, »und ein Freund von Stan, Bernd, glaube ich, auch ein Lehrer, wenn ich mich recht erinnere, macht aber irgendwas anderes. Jetzt, wo ich daran zurückdenke, fällt mir ein, dass der sich eigentlich den ganzen Abend an Silvie gehalten hat, half ihr in der Küche, bediente sie, wenn sie sich mal zu den anderen gesetzt hat.

Wenn ich's recht bedenke, hat er sie sogar gegen Stans Mutter abgeschirmt, und das war eine tolle Leistung.«

Warum nur auf einmal so gesprächig, wunderte Hartmann sich, »Glauben Sie, die hatten was miteinander?«

»Na, zumindest schien er mir interessiert, aber Sie sind doch der Polizist, kriegen Sie's raus.«

»Wie ist Sominskis Verhältnis zu den Kollegen?«

»Auch ganz normal. Er liegt mit Bloch quer, aber das tun die meisten von uns, sonst ist das hier ganz friedlich.«

»Aber keine engeren Freunde. Außer Ihnen.«

»Was heißt schon engere Freunde, wir helfen uns gelegentlich bei Korrekturen, versuchen auch schon mal, unseren Unterricht aufeinander abzustimmen, mehr nicht.«

»Nun, dann danke ich Ihnen für Ihre Zeit. Wenn Sie mir Ihre Telefonnummer noch geben würden«, er suchte nach Papier und Stift, fand nur eine alte Kinokarte, Moment mal, das hatte er ja völlig vergessen, »nur für den Fall, dass ich noch Fragen haben sollte, ich meine ...«

»Geben Sie auf, ich hole Ihnen meine Karte.«

Oh, jetzt hielt sie ihn wahrscheinlich für so einen vertrottelten Columbo-Verschnitt, er sollte sich an Paul ein Beispiel nehmen, Notizbücher verwenden, dann ginge ihm nichts mehr verloren. Außer dem Notizbuch vermutlich. Er steckte die Visitenkarte zu der Kinokarte in die Hosentasche, in der Hoffnung, er würde sie so rein zufällig wiederfinden, und winkte ihr, ganz Columbo, im Gehen zum Abschied zu. Ob ihr wohl bewusst war, dass sie soeben ein mögliches Mordmotiv für Sominski geliefert hatte? In diesem Moment klingelte es zur Pause, und er bahnte sich einen Weg durch die türmenden Schülerhorden, stieg die Treppen hinab, deren Geländer mit pinkfarbenem Handlauf schwimmbadgrün gestrichen war, er schüttelte entgeistert den Kopf, wieso war ihm das nicht schon auf dem Weg nach oben aufgefallen?

***

Also das war ja wohl nicht zu fassen, er legte den Telefonhörer vorsichtig auf, ohne mit dem Teilnehmer gesprochen zu haben. Da musste Sominski doch schon unmittelbar, bevor die Polizei eingetroffen war, mit seiner Anwältin gesprochen haben – aber sie war bei der ersten Vernehmung nicht dabei gewesen. Hatte sie das für zu verdächtig gehalten und abgeraten? Oder lief da etwas ganz anderes, von dem er – noch! – keine Ahnung hatte. Er stand auf, ging zum Fenster, na warte, und schreckte zusammen, als das Telefon klingelte.

»Hartmann«, bellte er.

»Ähm, guten Morgen, hier ist Müller«, vorsichtig.

»Ja.«

»Stör ich Sie gerade?«

»Nein. Doch. Wir müssen reden. Heute Nachmittag, bringen Sie Sominski mit. Um fünfzehn Uhr. Hier!«

6

Marilene legte auf, schüttelte verwundert den Kopf, was war dem denn für eine Laus über die Leber gelaufen, und warum wollte er mit ihnen reden? Das klang gar nicht gut.

Der Grund für ihren Anruf bei Hartmann blieb unerwähnt. Sie war heute die erste im Büro gewesen und hatte sich gewundert, dass der Kopierer im Vorraum angeschaltet war. Christine vergaß so etwas normalerweise nicht. Dann fand sie ihren Aktenschrank unverschlossen vor, hatte das aber auf ihre Schusseligkeit geschoben, bis sie einen Vorgang, von dem sie sicher wusste, dass sie ihn zuoberst gelegt hatte, weil sie dafür heute gleich als Erstes einen Schriftsatz anfertigen musste, wesentlich weiter unten in dem Stapel der aktuellen Fälle wiederfand. Eigentlich hatte sie wenigstens Hartmann davon erzählen wollen, aber jetzt war sie nicht mehr so sicher. Was hatte der nur?

Sie rief Sominski an, berichtete ihm von dem Gespräch und verabredete sich mit ihm für kurz vor drei vor dem Präsidium.

Sie versuchte, sich auf ihre Arbeit zu konzentrieren, aber ihre Gedanken schweiften ständig ab. Gestern war sie auch schon so unproduktiv gewesen, PMS?, das wurde langsam immer schlimmer, und sie fragte sich manchmal, ob sie bis zu den Wechseljahren gar nicht mehr aus dieser Stimmung herauskäme. Tolle Aussichten.

Zudem hatte sich auch noch Felix letzte Nacht in einen Traum geschlichen. Er hatte gesagt, er würde sie nach Hause begleiten, war aber nicht zu der verabredeten Stelle gekommen. Also war sie allein losgegangen, einen dunklen Weg entlang, beinah erleichtert, aber dann war er ihr hinterhergelaufen, hatte gerufen, sie solle auf ihn warten, und sie war aufgewacht. Zu früh. Verflucht seiest du, mich heimzusuchen, wenn ich gerade anfange zu glauben, ich könnte dich vergessen. Irgendwann.

»Hey, stimmt was nicht?«

»Wieso?«, fuhr sie Volker an, der sie durch sein plötzliches Auftauchen mal wieder erschreckt hatte.

»Na ja, du sitzt da so trübsinnig rum, hast du nichts zu tun?«

»Jede Menge«, stöhnte sie, »ich komm bloß nicht in die Gänge heute.«

»Was macht dein Mordfall denn?«

Nach einem Blick auf den Aschenbecher, die fünfte schon wieder, verdammt, zündete sie sich eine Zigarette an, lehnte sich zurück und erzählte ihm von dem Widerling Auerbach, ihrem Gespräch mit Susanne May und dass Silvie die Vermutung geäußert hätte, dass er in irgendwelche illegalen Geschäfte verwickelt war. »Allerdings«, fügte sie bedauernd hinzu, »weiß sie weder, ob das stimmt, noch, ob Silvie der Vermutung weiter nachgegangen ist. Aber wenn das wirklich stimmt, und wenn Auerbach dann wiederum mitbekommen hat, dass Silvie etwas wusste, hätten wir ein wunderbares Motiv, findest du nicht?«

»Und was wäre, wenn sie selbst darin verwickelt war?«

»Oh.« Ein Gedanke, der ihr noch nicht gekommen war, aber warum sollte Silvie, nur weil sie das Mordopfer war, strahlend unschuldig sein? Da las sie nun seit Jahren leidenschaftlich gern Krimis und dachte immer noch in Schwarz und Weiß. Blöd. »Du hast recht, aber das ändert eigentlich nicht viel. Vielleicht wollte sie aussteigen oder eine höhere Beteiligung woran auch immer. Nur, wie hilft mir das weiter?«

»Sominski. Sucht in der Wohnung. Wenn es so ist, muss es irgendwo auch Hinweise geben, Unterlagen, Computer, keine Ahnung.«

»Aber ich kann dem doch nicht sagen, dass ich glaube, seine Freundin war kriminell.«

»Erzähl ihm einfach von dem Heini da, wie heißt er noch, Auer-was-weiß-ich, und dass du feststellen möchtest, ob Silvie da einer Sache auf der Spur war.«

»Du hast recht, so geht's. Danke.«

»Frag mich nur«, er stand auf und ging zur Tür, »ich muss dann mal. Gehen wir nachher Mittag essen?«

»Nee, schaff ich nicht, Hartmann hat Sominski und mich heute Nachmittag zu sich beordert.«

»Wer ist das denn?«

»Das ist der leitende Kommissar in diesem Fall.«

»Der, von dem du nicht sicher warst, ob du ihn kennst?«

»Genau. Aber das war der richtige Hartmann, und bis jetzt kamen wir auch ganz gut klar«, von dem halb privaten Besuch bei ihr zu Hause, beim bloßen Gedanken daran wurde sie schon wieder rot, erzählte sie ihm lieber nichts, »nur heute ist irgendwas im Busch. Der war vorhin am Telefon total stinkig. Dabei wollte ich ihm nur …«

»Nur was?«

»Ach, äh, ich wollte nur fragen, ob er über Auerbach was herausbekommen hat.«

»Und hat er?«

»Keine Ahnung, ich kam nicht dazu, zu fragen.«

»Aber du hast ihm erzählt, dass du in dem Reisebüro warst?«

»Nicht direkt. Ich habe ihn zufällig dort getroffen, und er hat mir verboten, mich einzumischen.«

»Ganz meine Meinung. Wenn der Dreck am Stecken hat, kann das auch für dich gefährlich sein.«

»Aber irgendwo musste ich doch anfangen. Sominski ist quasi beurlaubt und hängt in der Luft mit dieser Verdächtigung im Nacken. Akteneinsicht ist nicht, weil die Ermittlungen noch nicht abgeschlossen sind, was bleiben mir dann noch für Möglichkeiten?«

»Auf jeden Fall solltest du außerhalb der Schusslinie bleiben.«

»Ja, schon gut, und jetzt lass mich hier weitermachen, wir können ja morgen zusammen essen gehen, dann erzähl ich dir, ob wir bei Silvie was gefunden haben.«

Na, dachte sie erleichtert, als er gegangen war, wenigstens habe ich ihm nicht noch von den Akten erzählt, der würde womöglich einen Leibwächter für mich engagieren – oder sich selbst zur Verfügung stellen.

***

Zinkel hing wie ein Fragezeichen an seinem Platz. Marilene saß auf der äußersten Kante ihres Stuhls, Handtasche unter den Arm geklemmt und die Füße in Startposition, sollte sich Flucht als notwendig erweisen. Zigarette, dachte sie, traute sich aber nicht, das fragile Gleichgewicht durch unnötige Bewegung oder die Frage nach einem Aschenbecher zu stören, wer konnte schon wissen, was das Zünden eines Feuerzeugs auslösen würde. Sominski schien die ganze Situation überhaupt nicht zu berühren, fuhr sich gelegentlich durchs Haar, kreuzte mal das eine und mal das andere Bein am Knöchel und wirkte völlig abwesend. Wie einem Tennisball folgten alle Augen Hartmann, der das kleine Büro mit schnellen Schritten durchmaß, vier zum Fenster und vier zurück zur Tür, immer wieder, und aussah, als wollte er am liebsten Fenster und Tür zertrümmern. Sobald er die Richtung wechselt, gehe ich, dachte Marilene.

Konfrontiert mit der Anschuldigung, dass Sominski nach dem Auffinden der Toten nichts Besseres zu tun hatte, als eine Anwältin anzurufen, anstatt die Polizei oder den Notarzt, wie jeder normale Mensch das tun würde, diese Handlungsweise entspräche keineswegs der eines Unschuldigen, hatte Marilene erwidert, dass der Mord an einem Sonntag geschehen sei, sie also nicht erreichbar. Diesen Einwand hatte er beiseite gewischt wie eine lästige Fliege, »Die Absicht zählt!«, hatte er gebrüllt. Worauf Sominski ihm ruhig erklärte, dass er an diesem Sonntag nicht versucht hätte, seine Anwältin zu erreichen, sondern sie schon vorher wegen einer anderen Sache kontaktiert habe.

»Ein Strafzettel, oder was?«, war die geblaffte Antwort gewesen. Und dann hatte Marilene, nach einem Blickwechsel mit Sominski, von dem Verfolger berichtet und seiner Vermutung, dass es sich um den Verfassungsschutz handeln könne. Diese Äußerung hatte ihn aufspringen lassen.

»Das ist eine beschissene Erklärung!«, Hartmann unterbrach auf einmal seine Wanderung und stützte die Hände auf die Hüften, »warum sollte der Verfassungsschutz hinter Ihnen her sein? Sie sind doch kein Kommunist, gibt's die überhaupt noch?, Sie sind kein Terrorist, hoffe ich doch«, er reckte den Kopf vor und fixierte Sominski drohend. »Lächerlich!«, fuhr er fort, »ein Pauker, der eine Moschee besichtigt hat!«, er zeigte niemand Bestimmtem einen Vogel, »glauben Sie im Ernst, dass heutzutage alle Besucher von Moscheen überprüft werden? Ich nicht! Das ist total hirnrissig!«

Er nahm seine Wanderung wieder auf, und wieder folgten ihm die Blicke. »Also gut«, lenkte er wider Erwarten ein, »ich krieg raus, ob da was läuft. Aber lassen Sie sich vorsichtshalber schon mal eine bessere Erklärung einfallen.«

***

»Puh«, Marilene stieß, mit einem Gefühl, als hätte sie sie die ganze Zeit angehalten, erleichtert die Luft aus, »ich dachte schon, er würde total ausrasten.« Sie verließen gemeinsam das Gelände des Präsidiums, und Sominski lief schweigend neben ihr her, als wäre es ihm egal, wo er landete, als wäre ihr Ziel besser als gar keines.

»Hoffentlich finden sie auch eine Akte über Sie, sonst sitzen wir in der Tinte«, sie musste grinsen, »ist aber schon bescheuert, sich zu wünschen, dass der Verfassungsschutz hinter einem her ist, nicht?«

Sominski gab keine Antwort, und plötzlich kam ihr der Gedanke, er könnte den Verfolger erfunden haben. Hartmann hatte schon recht, die Geschichte mit dem Verfassungsschutz war wirklich total abstrus. Kein Wunder, dass er ausgerastet war.

Blödsinnige Gedanken! Gestern noch war sie überzeugt, in Auerbach den Hauptverdächtigen zu haben, und heute war alles durcheinander. Nicht genug, dass sie an der Unschuld ihres Mandanten zweifelte, nein, sie dachte auch noch über konspirierende und/oder mordende Verfassungsschützer nach. Kind, du hast zu viel Phantasie, schalt sie sich, überbordend hatte ihre Mutter das genannt, und Volker zog sie regelmäßig damit auf, nur Felix war selten in den Genuss ihrer freien Assoziationen, wie sie es zu nennen vorzog, gekommen. Warum?, fragte sie sich, hatte ich zu viel Angst, nicht ernsthaft genug zu wirken, oder ahnte ich, dass er damit nichts anfangen könnte? Aber vielleicht habe ich mich ja auch darin getäuscht, hätte es nur mal versuchen sollen. Ach, jetzt fang nicht noch an, dir selbst die Schuld zu geben, der Kerl hat dich doch von vorne bis hinten belogen.

Auf einmal nahm sie wahr, dass sie beinahe an ihrem Wagen vorbeigelaufen wären, und blieb so abrupt stehen, dass Sominski, dessen Anwesenheit sie fast vergessen hatte, in sie hineinlief.

»Ach Gott, das tut mir aber leid«, begann er sich zu entschuldigen und sah nicht, dass eine hochgewachsene blonde Frau winkend auf ihn zugelaufen kam. Erst als sie rief, »Stan, wie schön dich zu sehen, was machst du denn hier?«, schrak er auf und blickte um sich, als wüsste er das auch gern, antwortete aber nicht.

»Ich hab gerade den Hausbesuch bei Martins Mutter hinter mich gebracht, hätte ich mir sparen können, sie hält ihren Sohn nach wie vor für unfehlbar, aber wenn ich gewusst hätte, dass du in der Gegend zu tun hast – zusammen hätten wir vielleicht mehr erreicht.«

»Glaub ich nicht, ja, kann sein, also, keine Ahnung.«

Sominski war so verwirrt, dass Marilene sich einschaltete, »Wir hatten gerade einen Termin und wollten jetzt noch ein paar Dinge besprechen.«

»Mein Name ist Angela Ganz. Ich bin eine Kollegin von Stan. Und wer sind Sie?«

»Das ist Frau Müller«, Sominski fing sich wieder, »meine Anwältin.«

»Anwältin? Ja glaubt die Polizei denn ernsthaft ... aber warum denn, ich dachte, das wäre nur reine Routine, dass die in der Schule waren.«

»Im Moment scheine ich unter Verdacht zu stehen«, erwiderte Sominski, »aber mach dir keine Sorgen, das kommt schon wieder in Ordnung. Schließlich habe ich eine gute Anwältin.«

War das nun ironisch gemeint?, fragte Marilene sich, und auch Angela Ganz blickte zweifelnd von Sominski zu ihr. »Ich ruf Sie nachher an«, sagte sie zu Sominski und verabschiedete sich, um zurück zur Kanzlei zu fahren. Sie würde ihr weiteres Vorgehen jedenfalls nicht vor einer Außenstehenden besprechen.

***

Auerbach war heute mal wieder ein Arschloch ohnegleichen. Ein Kunde hat sich gewundert, dass wir heute so dünn besetzt wären, und da fängt der doch an zu jammern, dass auf die »Damen« einfach kein Verlass sei, sobald die ihren Monatskram hätten, fielen sie aus. Dabei war Susanne gestern schon so stark erkältet, dass es besser gewesen wäre, sie wär gar nicht erst gekommen, aber weil Montag war, hat sie sich nicht getraut. Ging aber noch weiter.

Über Verena ließ er ab, sie wäre wohl zu sehr durchgefickt worden, und bliebe deshalb lieber gleich im Bett, wo sie ohnehin besser aufgehoben sei. Wie's aussieht, hat sie ihn nicht rangelassen, was mich dann doch einigermaßen wundert, denn im Büro hat sie sich gegen sein Grabschen und seine Anzüglichkeiten nicht gewehrt, im Gegenteil, es kam mir immer so vor, als würde sie sein Verhalten noch anstacheln. Vielleicht habe ich mich in ihr ja doch getäuscht.

Jedenfalls war dieser Tag eine Prüfung, natürlich hatte er beabsichtigt, dass ich dieser netten Unterhaltung lauschen konnte, und da saß ich dann, kriegte einen roten Kopf vor Wut und Scham, und mir fiel absolut nichts ein, wie ich denen den Wind aus den Segeln hätte nehmen können. Also habe ich mich ans Telefon gehängt, um ein paar Bestätigungen einzuholen, und so getan, als hätte ich nichts, aber auch gar nichts mitbekommen.

Dann später seine Scherzchen, von wegen Schnuckelchen, ich sei seine Rettung gewesen heute, er wüsste gar nicht, was er ohne mich machen würde. Glaube ich gerne, der hat von dem Geschäft null Ahnung. Ich frage mich, wie der an den Posten gekommen ist.

Stan werde ich jedenfalls nichts davon erzählen, der würde bloß wollen, dass ich kündige, und das will ich im Moment nicht. Habe keine Lust, schon wieder neu anzufangen, und aufhören will ich schon gar nicht. Vielleicht später mal, wenn wir heiraten und Kinder bekommen, aber vorher nicht.

Stan wird gleich heimkommen, dann gehen wir mit Susanne und Peter zum Italiener. Am Wochenende steigt seine Geburtstagsfeier. Da kommt noch einiges an Arbeit auf mich zu. Seine Mutter hat bedauerlicherweise auch zugesagt. Stinkt mir, ich kann sie wirklich nicht leiden, aber das beruht auf Gegenseitigkeit. Und seine Kollegen werde ich kennenlernen. Bin nur froh, dass Bernd auch da sein wird, ein Anker wenigstens.

So, das hätte ich hinter mir. Ich kam mir vor, wie die Preiskuh auf einer Viehauktion. Alle haben mich so vorsichtig betrachtet, als würden sie erwarten, dass ich gleich ausschlage. Der Mathe-Typ, kann mir die Namen nicht merken, hat da so eine Andeutung über eine Feier vor ein paar Jahren gemacht, die wohl ein volles Fiasko war. Der Name Karin fiel, und als ich Stan später darauf ansprach, sagte er nur, dass das sehr lebhaft gewesen sei. Seine damalige Freundin habe unter anderem eine Bowle (voll, wohlgemerkt) gegen die Wand geworfen. Bedauerlicherweise hätten einige Gäste direkt daneben gestanden, die dann etwas überstürzt aufgebrochen seien. Auf meine Frage, warum, sagte er, dass er das so genau nie mitbekommen habe, aber es hatte wohl etwas mit Angela zu tun. Karin habe den Eindruck gehabt, dass er mit ihr flirte.

Na ja, ich fand sie jedenfalls ganz nett, Angela, meine ich. Ich ha-

be mich am Anfang viel in der Küche beschäftigt, Salate in Schüsseln umgefüllt, Besteck und Servietten zusammengesucht, alles, wozu ich vorher nicht gekommen war, weil Stans Mutter eine halbe Stunde zu früh dran war. Nicht dass sie außer einem kühlen Hallo auch nur ein Wort mit mir gewechselt hätte, aber ich wollte ihr das Feld nicht einfach überlassen und habe dann dämlich rumgeplappert, wie schön es doch sei, dass so viele Gäste kommen, und ob sie nicht auch fände, dass Stans Pullover (den ich ihm gestrickt habe) ihm sehr gut steht und so weiter. Sie gab keinen Ton von sich, aber ich weiß, sie hat es gehasst, und das war es wert.

Angela kam dann als Nächste, und sie schien die Situation mit einem Blick zu erfassen, denn sie fragte sofort, ob sie mir noch was helfen könne, und so gingen wir dann zusammen in die Küche. Sie übernahm es auch, die anderen Gäste mit Getränken zu versorgen, und, dem Himmel sei Dank, sie bediente den ganzen Abend Stans Mutter. Die ließ sich irgendwann doch glatt mal zu einem dünnen Lächeln herab. Wahrscheinlich hält sie so eine solide Person für viel angemessener für ihren Sohn als mich, aber das ist eben Pech, nicht wahr?

Bernd kam als Letzter, weil er den gröbsten Ansturm in seiner Kneipe hatte abwarten müssen, aber dann wurde der Abend für mich auch angenehmer. Er kennt einige von Stans Kollegen und hat sich bemüht, mich mit einzubeziehen, während Stan in der anderen Gruppe festhing, wo es, soweit ich das mitbekommen habe, um den Schuldirektor ging, der mal wieder einen Großteil des Kollegiums gegen sich aufgebracht hatte.

Später, als die Ersten gingen, drifteten die beiden Gruppen dann zusammen, und es ging nicht mehr nur um Schule. Ich meine, Lehrer in größerer Anzahl können schon ziemlich anstrengend sein, aber da wurde dann auch mal über Musik und Bücher gesprochen, oder über Lokalpolitik. Irgendjemand fragte dann sogar mal, was ich denn beruflich mache, und dann ging es um frühere und geplante Reisen, und Angela sagte, sie würde ihre nächste Reise bei mir buchen. Alles in allem war es also ein recht gelungener Abend, was nicht heißen soll, dass ich das allzu oft brauche.

***

Marilene lief in Richtung Altstadt, ohne ein genaues Ziel vor Augen zu haben, vorbei am Marktbrunnen, um den sich wie immer Touristengruppen scharten, und am Alten Rathaus. Sie hatte am Nachmittag nichts Rechtes mehr zustande gebracht, war viel zu unruhig gewesen. Das Durcheinander in ihren Akten ging ihr nicht aus dem Kopf, sosehr sie auch versuchte, sich ein bloßes Hirngespinst einzureden, ihre plötzlichen Zweifel an Sominski, das Gefühl, nicht weit genug zu denken. Sie hätte einfach Feierabend machen sollen, aber sie wollte nicht nach Hause, einen weiteren endlosen Abend totschlagen ohne die Hoffnung auf wenigstens einen Anruf. Sie war am Caligari, einem ehemaligen UFA-Filmpalast, vorbeigekommen, hatte sich aber für keinen Film begeistern können, ebenso wenig für all die wartenden Paare. Überhaupt schien heute Abend kaum jemand allein unterwegs zu sein, oder war das immer so, ihr nur nie aufgefallen? Auf einmal kam ihr selbst ein Restaurantbesuch wie eine unüberwindbare Hürde vor, dabei war sie früher, vor Felix, durchaus allein ausgegangen. Gott, wenn das so weiterginge, müsste sie ernsthaft über einen Begleitservice nachdenken, sie grinste halbherzig ein Schaufenster an, bemerkte erstaunt, dass es sich um Auerbachs Reisebüro handelte. Hinter dem Tresen saß eine neue Mitarbeiterin.

Um Punkt acht wartete Marilene ein paar Häuser weiter, ein Eis in der Hand, und hoffte, Auerbach würde nicht etwa gemeinsam mit der neuen Angestellten den Laden verlassen. Sie hatte Glück. Sie kam allein heraus, in ihre Richtung. Marilene wandte sich um und ging an den nächsten Schaufenstern vorbei, holte tief Luft und schaffte es, mit einer schnellen Drehung, so, als hätte sie etwas vergessen, das Eis an die Jacke der Frau zu befördern.

»Oh, mein Gott, wie blöd von mir, das tut mir leid«, rief sie.

»Mist«, sagte die andere.

»Warten Sie«, sie versuchte, mit der freien Hand in ihrer Tasche ein Tempo zu finden.

Die andere war schneller und beseitigte das Gröbste. »Nicht so schlimm«, sagte sie, »wenn ich sie wasche, wird's schon rausgehen.«

»Das ist mir aber peinlich. Sagen Sie«, sie warf den Rest der Eiswaffel in einen Mülleimer, »ich wollte etwas essen gehen, darf ich's wiedergutmachen und Sie einladen?«

»Nicht nötig, ist wirklich nicht so schlimm.«

»Ach, kommen Sie, ich würde mich wohler fühlen, wenn ich mich revanchieren könnte. Bitte.«

»Also gut, es war auch ein anstrengender Tag, ich komme mit.«

Sie einigten sich auf die »Litfassäule«, eine urige Kneipe mit Restaurant in der Wagemannstraße. Dort angekommen, bestellten sie Chicken Wings mit Dip und zwei Pils, und als das Bier gebracht wurde, prostete Marilene ihrem Gegenüber zu.

»Also noch einmal, tut mir leid, das war sehr ungeschickt von mir.«

»Jetzt ist es aber gut, ja? Auch Prost, mein Name ist Patrizia Heyder«, stellte sie sich vor.

»Marilene Müller.«

»Schöner Name.«

»Danke. Ich glaube, meine Eltern wollten einen Kontrast zu dem Sammelbegriff von einem Nachnamen setzen.«

»Das fanden meine nicht so nötig, aber möglichst herrschaftlich sollte es sein. Man lernt, damit zu leben.«

»Was machen Sie denn beruflich, oder bin ich zu neugierig?«

»Nein, gar nicht. Ich bin bei der Polizei.«

»Was?«, fragte Marilene entgeistert. Heyder wirkte in dem naturfarbenen strassbesetzten Jeans-Anzug, zu dem sie eine dunkelblaue Bluse und, wie sie schon vorhin bemerkt hatte, Stiefeletten mit hohen breiten Absätzen trug, wie jemand, der mit Publikum zu tun hatte, und nicht wie eine Polizistin auf Abwegen. Zudem war sie stark geschminkt, was ihre grünen Augen betonte, und ihr aschblondes Haar fiel in beneidenswert glänzenden Wellen bis fast auf die Schultern. Sie hatte ihr die Rolle abgenommen. Sie fing sich, »Oh, das ist aber interessant, in welcher Abteilung denn?«

»Mordkommission.«

Also hat Hartmann mich doch ernst genommen. »Das stelle ich mir sehr spannend vor.«

»Ach, bis jetzt noch nicht, ich bin noch nicht lange in der Abteilung. Und was machen Sie?«

Die Bedienung brachte das Essen, was Marilene für den Moment einer Antwort enthob. »Hm, das sieht aber lecker aus, guten Appetit«, wünschte sie und überlegte fieberhaft, ob sie die ganze oder die halbe Wahrheit sagen sollte. Oder gar keine. Aber das geht doch nicht, ich kann jemanden von der Polizei nicht anlügen und werde schon beim Gedanken daran rot. Toll. Sie verschluckte sich, musste husten, ihre Augen begannen zu tränen.

»Geht's?«, fragte ihr Gegenüber.

»Ja, danke«, antwortete Marilene noch immer außer Atem und tupfte sich die Tränen mit der Serviette weg, »normalerweise verschlucke ich mich nur an Schwarzbrot.«

»Was?« Heyder lachte. »Das habe ich ja noch nie gehört.«

»Geht mir genauso«, sagte Marilene, »um auf Ihre Frage zurückzukommen, ich bin Anwältin.«

»Strafverteidigerin?«

»Nein. Ja. Manchmal. Ich arbeite in einer Anwaltssozietät und übernehme alles, was übrig bleibt, keine Spezialisierung. Ich mag die Abwechslung.«

»Aus welchen Gründen gehen Ihrer Erfahrung nach die Menschen zum Anwalt, beziehungsweise vor Gericht?«

»Ich schätze dreißig Prozent sind Scheidungen, dreißig Prozent Nachbarschaftssachen, die übrigen vierzig Prozent sind die interessanteren Fälle.«

»Also die strafrechtlichen.«

»Ja, hauptsächlich. Wenn ich es recht bedenke, gründet sich unser beider berufliche Existenz darauf, dass die Menschen nicht in Frieden miteinander leben können – deprimierend eigentlich.«

»Aber doch auch spannend, stellen Sie sich vor, es hätte Romeo und Julia nie gegeben, oder Kramer gegen Kramer.«

»Und erst der Feind in meinem Bett«, sagte Marilene wohlig schaudernd, »kennen Sie die Szene, in der Julia Roberts in ihre Wohnung kommt und sieht, dass die Handtücher akkurat hängen, die Konserven in Reih und Glied stehen, hach, aber in den wirklich spannenden Geschichten kommen Anwälte nur selten vor.«

»Aber man sieht ja, was dann daraus wird. Haben Sie schon mal jemandem die Scheidung ausgeredet, weil Sie glaubten, es sei schade um eben diese Ehe?«

»Nein, umgekehrt, ich habe mal einer Frau zugeredet, sich endlich scheiden zu lassen, obwohl sie es sich mal wieder anders überlegt hatte, weil ich glaubte, ihr Mann würde sich nie ändern.«

»Und, wie ist das ausgegangen?«

»Ein halbes Jahr danach hat sie ihn zum zweiten Mal geheiratet.

Ein mit mir befreundeter Kollege hat sie jetzt als Mandantin. Seitdem versuche ich, wertfrei zu beraten.«

»Geht das denn, ist man nicht automatisch auch innerlich beteiligt?«

»Die emotionale Komponente, die natürlich vor allem Frauen in ihre Arbeit mit einbringen ... klar fühle ich mit, ich versuche nur nicht mehr, anderen meinen Lösungsweg nahezulegen. Gelingt mir nicht immer, aber wenigstens habe ich die Möglichkeit, ein Mandat abzulehnen, wenn mir die Richtung nicht passt, die ich vertreten soll. In der Hinsicht geht's mir sicher besser als Ihnen.«

»Stimmt. Wir können keine Leiche ablehnen, selbst wenn sich herausstellt, dass das Opfer auch Täter war. Welche Art von Fällen lehnen Sie denn ab?«

»Verkehrsdelikte grundsätzlich.«

»Warum das?«

»Ich kann diese selbstgerechten Arschlöcher, die glauben, Regeln seien nur für die anderen, und mit ihren Übertretungen eben diese anderen gefährden, einfach nicht vertreten. Der reumütigste ›Sünder‹ kriegt da von mir keinen Funken Mitleid. Jedem Autofahrer und, leider auch zunehmend, jeder Autofahrerin muss klar sein, was passieren kann, wenn man sich nicht an die Regeln hält, wenn man rücksichtslos aufs eigene Vorwärtskommen bedacht ist.«

»Alle Autofahrer sind potenzielle Mörder?«

»Absolut.« Marilene grinste. »Merkt man, dass das eins meiner Lieblingsthemen ist?«

»Fast gar nicht«, Heyder hob amüsiert die Augenbrauen und schob den inzwischen leeren Teller beiseite, »aber ich stimme Ihnen zu. Der Zustand auf den Straßen spiegelt unsere Gesellschaft wider: immer schneller, immer besser, und wer nicht mithalten kann, wird beiseite gedrängt.«

»Ohne auch nur einen Gedanken daran zu verschwenden, wie es dem anderen geht«, pflichtete Marilene bei, »sie würden behaupten, sie wären nicht schuld. Sie finden immer einen Grund gegen ein Gefühl. Und das nennen sie dann Sachzwang.«

»Tja«, sagte Heyder nachdenklich, »genug der hehren Worte, lasst Taten folgen – nur welche?«

»Keine Ahnung«, Marilene trank den Rest ihres Biers aus, »einen Kaffee zum Abschluss?«

»Nein, vielen Dank, ich muss los. Aber ich würde das gerne mal wiederholen, wie sehen Sie das?«

»Sehr gern. Warten Sie, ich gebe Ihnen meine Karte, das heißt, wenn ich sie finde, doch da. Würde mich freuen, wenn Sie anrufen würden.«

»Mach ich bestimmt«, Heyder schob ihre eigene Karte über den Tisch, »und vielen Dank für die Einladung. Nächstes Mal zahl ich.«

»Nur wenn Sie mir vorher die Klamotten ruinieren«, lachte Marilene.

»Geht in Ordnung, unbegabt bin ich da auch nicht. Also dann, tschüs.«

»Tschüs«, sagte Marilene und sah ihr nach, wie sie ihre Tasche über die Schulter warf und sich zwischen den Tischen einen Weg nach draußen suchte. Sie bestellte sich noch einen Cappuccino und überlegte, wie sie, nein, ob sie, doch: wie sie die Umstände ihres Kennenlernens erklären könnte. Nächstes Mal.

7

Paul Zinkel wischte sich über die Augen, wie um das Schwindelgefühl zu vertreiben, das ihn nach einem Blick die Hauswand nach oben befallen hatte. Grauenhaft, diese Wohnsilos im Schelmengraben, nicht einmal die bunten Balkone konnten einen mit dem Anblick versöhnen. Dann doch lieber seine renovierungsbedürftige Hinterhofwohnung in der Nerostraße. Obwohl er die eigentlich schon längst hatte aufgeben wollen für etwas mit mehr Auslauf drum herum. Aber die Vorstellung, seine Spaziergänge allein zu machen, zumal so ungeübt, er wusste ja nicht mal, ob man da eher schlenderte oder zielstrebig ausschritt, und wohin mit den Händen, und dann sagte hinter adretten Gardinen eine Stimme, schau mal, da ist wieder dieser einsame Polizist, nein, ländliche Idylle war nur als Paar zu verkraften, und das gab es in seinem Fall nicht. Noch nicht.

Er würde Patrizia ja gern näher kennenlernen, wagte aber keine private Einladung auszusprechen, ausgerechnet er, der doch sonst nichts anbrennen ließ. Er hatte diese Kneipenbekanntschaften so satt, diese austauschbaren Gesichter von Frauen, denen ein, zwei Komplimente genügten, um mit ihm nach Hause zu kommen, die ihr unverfängliches Vergnügen für eine Nacht suchten, ohne ein Minimum an Konversation, was bist du von Beruf, was für Musik magst du, und am nächsten Morgen nicht einmal mehr den Vornamen ihres Bettpartners wussten. So wie er. Klassisches Singledasein. Auf jeden Fall nichts Neues, spätestens seit Woody Allen kannte man so ein Leben. Am schlimmsten waren die Kater, oder die Tatsache, dass er älter wurde und sie nicht mehr so einfach wegstecken konnte wie früher. Er hätte lieber zwei Aspirin nehmen sollen.

Er drückte auf den Klingelknopf und erschrak, als es in der Gegensprechanlage, die diesen Namen nicht verdiente, knisterte und rauschte, als handelte es sich um eine Funkverbindung mit atmosphärischen Störungen von hier bis nach Sibirien. Am anderen Ende schien das genauso zu sein, denn der Türöffner summte augenblicklich, und er stieß die Tür auf und gegen einen Jungen von vielleicht sechzehn, der Jeans, deren Schritt ungefähr in den Kniekehlen hing, und Turnschuhe mit offenen Schnürsenkeln trug und im Takt zu der aus seinem iPod dröhnenden Musik mit den Fingern schnippte und mit dem Kopf wackelte: »He, Alder, kannste nich uffpasse?!«

Statt einer Antwort zog er dem Jungen die Kopfhörer von den sicher schon tauben Ohren und fragte: »Kerstin Roth, welcher Stock?«

»Musste zählen, Dumpfbagge!«

Zinkel ließ die Kopfhörer zurückschnappen, was ihm ein »Du Arsch« einbrachte, stellte einen Fuß in den Türspalt und zählte ... bis zwölf. Fahrstuhl? Defekt. Toll. Im fünften Stockwerk fing er an zu keuchen, im siebten stand ihm der Schweiß auf der Stirn, im zehnten begann er, sich am Geländer hochzuziehen, und auf den letzten Stufen kam ein in einer offenen Tür stehendes Mädchen von vier oder fünf Jahren langsam in sein Blickfeld, das ihn mit schief gelegtem Kopf neugierig betrachtete.

»Mama«, schrie sie, »da kommt ein ganz alter Opa hoch, hat der bei uns geklingelt? Was will der denn? Duu, Mama, ich glaub, wir müssen dem helfen!«

»Ich hab dir doch gesagt, dass du die Tür erst aufmachen sollst, wenn ich nachgesehen habe, wer davorsteht, oder nicht?«, rief eine erboste Stimme.

Er lehnte sich nach Luft ringend gegen das Treppengeländer. Eine Frau kam aus der Wohnung, schob das Mädchen hinter sich: »Wer sind Sie? Was wollen Sie?«

»Ich bin«, versuchte er zu sagen, aber heraus kam nur ein trockenes Krächzen, er zog seinen Ausweis aus der Gesäßtasche seiner Jeans, wollte ihn der Frau zeigen, er entglitt seinen schweißnassen Händen.

Das Mädchen duckte sich unter dem Arm der Mutter hindurch, schnappte sich den Ausweis, »Mama, was steht da?«

Sie nahm ihr den Ausweis ab, warf einen Blick darauf, »Geh spielen, der Polizist – der Mann«, verbesserte sie sich, »hat sich nur verlaufen, ich geb ihm etwas Wasser, damit es ihm wieder besser geht, und erklär ihm den Weg.«

»Kann ich ihm das nicht geben?«

»Nein, jetzt geh schon.«

Er folgte der Frau in eine winzige Küche. Sie zog einen Hocker unter einem Tischchen hervor, goss Wasser in ein Glas, das sie in seine Richtung schob, während er sich dankbar niederließ und sich wirklich wie ein Opa vorkam. »Ihre Tochter?«, fragte er, um Zeit zu gewinnen.

»Ja.« Sie stellte sich vor ihn hin, verschränkte die Arme. Sie trug Jeans, ein verwaschenes Sweatshirt mit dem Schriftzug »Pur«. Ihr Gesicht war ungeschminkt, das dunkle Haar war zu mehreren Zöpfen geflochten, an deren Enden verschiedenfarbige nicht eben professionell gebundene Schleifchen hingen.

Sie bemerkte seinen Blick. »Der Kindergarten ist wegen Windpocken geschlossen, da muss ich sie beschäftigen.«

»Steht Ihnen aber gut«, versuchte er, ihre Reserviertheit zu durchbrechen.

»Ach was«, wehrte sie ab, »das gibt nur wieder ein Mordstheater, wenn ich nachher zur Arbeit muss und das aufdrösele.«

»Was machen Sie dann mit ihr, oder können Sie sie mitnehmen?«

»Zum Plus an die Kasse? Tolle Idee. Mein Chef wäre begeistert. Ich kann schon froh sein, dass ich eine Kollegin gefunden habe, die mit mir den Dienst tauscht, sonst wär ich den Job auch schon wieder los. Nein, eine Nachbarin nimmt sie mir ab.«

»Ich will aber nicht schon wieder zu Tante Bea«, tönte es empört aus dem Flur.

»Du musst aber. Jetzt geh wieder rüber, sonst werde ich böse, kapiert?«

»Ich wollte doch nur gucken, ob's dem Mann wieder besser geht«, sie wagte sich um die Ecke, die Hände ganz lässig in den Taschen ihrer Jeans vergraben, sodass der Bund nach unten rutschte. »Geht's dir wieder besser?«, fragte sie ernsthaft, aber mit einem Zwinkern aus blauen Augen, das verdeutlichte, dass sie sehr wohl wusste, dass sie um Zeit spielte.

»Ja, schon viel besser«, antwortete Zinkel.

»Bist du in echt bei der Polizei?«

»Ja.«

»Wie heißt du denn?«

»Ich heiße Paul, und wie heißt du?«

»Miriam Roth, fünf Jahre, nächstes Jahr bin ich groß, dann komm ich in die Schule«, sie streckte den Kopf vor, als könnte sie ihn so besser sehen, »du bist gar kein richtiger Opa, oder?«

»Nein, nur wenn ich so viele Treppen steige.«

»Und warum hast du nicht den Fahrstuhl genommen?«

»Weil der kaputt ist.«

»Der eine ist meistens immer kaputt. Aber in dem dunklen Flur ist noch einer. Der fährt sowieso viel besser.«

»Zeigst du mir den nachher, wenn ich gehe?«

»Klar«, nickte sie, »ich kann auch mit dir runterfahren, damit du dich nicht wieder verläufst. Ich kann dir sogar den Weg zu Onkel Hans zeigen, wenn du willst.«

»Deinen Onkel Hans habe ich schon besucht, da brauchst du mir den Weg nicht zu zeigen.«

»Und besuchst du ihn heute wieder? Kannst du mich dann mitnehmen? Bitte?«

»Du magst ihn wohl sehr gern, oder?«

»Oh ja«, sie nickte so heftig, dass ihr Pony flog, »er ist gar nicht mein richtiger Onkel, aber er bringt mir trotzdem immer so schöne Spielsachen mit, die hat er alle selber gemacht, in der Werkstatt. Da macht er gar keine Pause, nur weil er für mich Spielsachen macht. Willst du mal sehen?«

»Nein, will er nicht, Miriam. Du gehst jetzt sofort in dein Zimmer, sonst sperr ich dich dort ein, hast du gehört?«

»Ich geh ja schon.« Sie stapfte davon, und einen Moment später hörten sie, wie ein Ball gegen die Wand prallte, auf den Boden traf, wieder geworfen wurde.

»Sie ist ganz schön weit für ihr Alter, oder?«

Kerstin Roth stöhnte vernehmlich, »Würden Sie jetzt mal aufhören, den Freizeitonkel zu spielen, und endlich zur Sache kommen? Was wollen Sie von mir?«

»Der Unterhaltung mit Ihrer Tochter entnehme ich, dass Sie noch mit Hans Lubeck befreundet sind.«

»Dürfen Bullen überhaupt kleine Kinder aushorchen? Und war das eine Frage?« Sie gab sich keine Mühe, ihren Sarkasmus zu verbergen.

»Ja, das war eine Frage, also krieg ich jetzt eine Antwort oder muss ich Sie vorladen?« Er fragte sich, ob kleine Mädchen eigentlich immer so viel netter waren als ihre Mütter?

»Ja, ich bin noch mit ihm befreundet, auch wenn ich nicht weiß, was Sie das angeht.«

»Aber er hat Sie doch geschlagen, da haben Sie sich nicht von ihm getrennt?«

»Na und? Ist das vielleicht verboten?«

»Ungewöhnlich?«, schlug er vor.

»Ihm ist die Hand ausgerutscht, er hat sich entschuldigt, ich habe die Anzeige zurückgezogen. Was soll daran ungewöhnlich sein.«

»Wollen Sie mich für dumm verkaufen? Glauben Sie, ich habe den Bericht nicht gelesen? Da war die Rede von einer Platzwunde an der Stirn, blauen Flecken an Armen und Brustkorb, und Sie behaupten, ihm sei die Hand ausgerutscht?«

»Ich bin gestürzt!«

»Na klar«, höhnte er, »jede Frau mit einem Veilchen ist versehentlich gegen eine Tür gerannt. Wenn Sie von dem Schlag gestürzt sind, dann muss er ja ganz schön hingelangt haben. Und da reicht Ihnen eine Entschuldigung zur Versöhnung? Das waren richtige Prügel, sonst wäre Ihre Anzeige doch gar nicht aufgenommen worden!«

»Nein!!«, schrie sie ihn an, das Gesicht ganz rot vor Zorn und die Hände in die Hüften gestemmt.

»Mami«, kam ein kleinlautes, unsichtbar bleibendes Stimmchen aus dem Flur, »wenn ihr so laut seid, kann ich gar nicht hören, was mein Ball macht.«

Zinkel musste grinsen und sah seine Wut förmlich wie Rauch verfliegen.

Nicht so bei Kerstin Roth. »Hau ab!!«, kreischte sie, ballte die Hände zu Fäusten und wandte sich zum Fenster.

Er hörte, wie ganz leise eine Tür geschlossen wurde, arme Maus, dachte er, fühlte den Ärger wieder in sich aufquellen, wollte ihm schon Luft machen, da drehte sie sich herum, zog den zweiten Hocker unter dem Tisch hervor und setzte sich.

»So war es nicht«, sagte sie leise und zog mit dem Finger das Muster der Plastiktischdecke nach, »Miriam hatte überall ihre Spielsachen liegen lassen, ich bin gestürzt, bös gestürzt. Sie muss das Poltern gehört haben, denn sie kam angerannt, lachte. Musste wohl einfach lachen, so ein mit Angst vermischtes, fast hysterisches Lachen, ich kann das schon verstehen. Jetzt jedenfalls. Aber da«, ihre Stimme wurde noch leiser, »ich war wie von Sinnen, schüttelte sie, gab ihr Ohrfeigen, schüttelte sie weiter. Sie gab keinen Mucks von sich, hat nur die Augen fest zugekniffen, und ich schrie sie an, immer weiter. So hörte ich Hans auch nicht hereinkommen. Er riss mich von ihr weg, und dabei bin ich auch noch gegen den Tisch geknallt. Dann hat er sie in ihr Zimmer getragen, blieb eine Weile dort, hat sie wohl beruhigt. Als er dann wiederkam, blieb er an der Wohnzimmertür stehen. Er hat mich nicht weiter angerührt, ehrlich nicht.«

»Warum haben Sie ihn dann angezeigt?«, fragte Zinkel, vergeblich darum bemüht, kein Mitgefühl zu zeigen.

»Er«, sie sah ihn endlich direkt an, »er sagte, er kann keine Frau lieben, die ihr Kind schlägt. Und dann ist er gegangen. Einfach gegangen.«

Sie schwiegen beide für einen Moment, während Zinkel die am Kühlschrank befestigten Vater-Mutter-Kind-Zeichnungen betrachtete.

»Miriams Vater, zahlt er?«

»Der? Ach was, hat sich aus dem Staub gemacht, sowie ich ihm gesagt habe, dass ich schwanger bin. Ich hab mir nicht die Mühe gemacht, ihn dazu zu zwingen. Miriam kennt ihn nicht. Ich hab's bis hierhin ganz alleine geschafft, da krieg ich den Rest auch noch hin.«

»Können Ihre Eltern Ihnen denn nicht ein bisschen helfen?«, fragte Zinkel.

»Meine Eltern sind gegen Abtreibungen. Nur bei mir hätten sie eine Ausnahme gemacht. Weil man eine Abtreibung im Gegensatz zu einem unehelichen Kind nicht sehen kann. Vergessen Sie's.«

»Wenn ich irgendwie –«, er unterbrach sich, plötzlich beinah wehmütig in der Erinnerung an Jugendträume, die Welt verbessern zu können, aber letztlich ging ihn das nichts an.

»Nein, ich komme schon klar. Am schlimmsten ist die Angst, dass mir etwas zustoßen könnte, was sollte dann aus Miriam werden? Aber da ist ja auch noch Hans, er liebt Miriam, und ich hab ihn auch sehr gern. Das kriege ich schon wieder hin mit uns, selbst wenn's noch ein bisschen dauert.«

»Ach ja, Hans Lubeck«, begann er und verspürte gleichzeitig

Erleichterung und Widerstreben, doch noch auf den eigentlichen Zweck seines Besuches zu sprechen zu kommen.

»Was ist mit ihm?«, unterbrach sie ihn, die alte Aggressivität in der Stimme.

Er hob beschwichtigend die Hand, »Sagt Ihnen der Name Silvie Bauer etwas?«

»Mit ihr hat Hans mal zusammengelebt, aber das ist schon länger her, zwei Jahre oder so. Warum?«

»Wissen Sie, ob er noch Kontakt zu ihr hatte?«

»Kann ich mir nicht vorstellen. Wieso fragen Sie?«

»Sie ist ermordet worden.«

»Und jetzt glauben Sie – oh Gott, die Anzeige, was habe ich da angerichtet«, sie sprang auf und stieß dabei den Hocker um, dem sie einen Tritt gab, dass er gegen die Heizung polterte, beugte sich vor, die Hände auf den Tisch gestützt, und brachte ihr Gesicht ganz nah an seines, die Augen zu schmalen Schlitzen verengt, und sprach ganz ruhig weiter, »Sie sind doch ein Scheißkerl, schleichen sich in mein Vertrauen und das eines unschuldigen Kindes, tun so verdammt mitfühlend, und dann wollen Sie von mir hören, dass mein Freund ein Mörder ist? Ist er nicht. Und jetzt machen Sie, dass Sie rauskommen. Sofort!«

»Tut mir leid«, murmelte Zinkel und versuchte gar nicht erst, sich zu rechtfertigen. Er stand auf und ging, schloss leise die Wohnungstür hinter sich. Er hörte noch, wie die Sicherheitskette vorgelegt wurde, bevor er sich auf den Weg nach unten machte. Er zählte die Stufen, wusste aber bei einhundertsechsundvierzig nicht sicher, ob er nicht doch schon zehn weiter war, blieb kurz stehen, überlegte, ob er von vorn anfangen sollte, und nahm dann zwei auf einmal, bis er unten war. Schwindelig. In den Waden machten sich die ersten Anzeichen eines Muskelkaters bemerkbar.

***

Er trug eine alte Jogginghose, deren Farbe am ehesten als Grau zu bezeichnen war, darüber ein zerknittertes T-Shirt, das vermutlich einmal gelb gewesen war, die Wäsche zusammen mit dunkleren Sachen aber nicht gut überstanden hatte und nun mit seinen schmutzig braun-grünen Flecken und den vereinzelten gelben Farbtupfern wirkte wie eine verunglückte Batik-Arbeit.

Er lag auf der Couch im Wohnzimmer, den Kopf auf ein zusammengeknautschtes Kissen gestützt, seine rechte Armbeuge lag über der Stirn, als wollte er seine Augen vor Sonne schützen oder als hätte er Kopfschmerzen. Er betrachtete konzentriert seinen linken Fuß, den er auf das hochgestellte andere Bein gelegt hatte, bewegte die Zehen, wie um sich zu vergewissern, dass sie noch vorhanden waren, sah, dass er die Socke links herum anhatte. Er stellte den Fuß ab, zog den anderen an und hob den Kopf ein wenig, um besser sehen zu können, nein, der war richtig. Er erwog, den Strumpf auszuziehen, ihn zu wenden und wieder anzuziehen, verwarf den Gedanken aber sogleich als zu mühsam, fragte sich, ob er es tun würde, wenn das Tragen von linksgewendeten Socken strafbar wäre, nahm aber an, dass ihm das gleichgültig wäre.

Immerhin, er hatte sich heute Morgen die Zähne geputzt. Eine Scheibe Toast gegessen. Ein Glas Wasser getrunken. Das Bedienen der Kaffeemaschine war ihm zu aufwendig erschienen, zu viele Handgriffe für ein fragwürdiges Ergebnis, bestand doch die Gefahr, dass das Koffein ihm zu einem klareren Kopf verhelfen, gar einen Anflug von Aktivität auslösen könnte.

Er drehte sich zur Seite, betrachtete die Bücher in den Regalen, stellte sich vor, es wäre ein ganz normaler Tag, nur eben schulfrei, ein Gammeltag, er könnte lesen, sogar fernsehen, vielleicht einkaufen gehen, er würde Silvie mit einem fertigen Essen überraschen, wenn sie von der Arbeit heimkäme, er sah zu der Stelle, wo sie gelegen hatte, als müsste sie dort Gestalt annehmen. Jetzt! Aber sie kommt nicht. Nicht mehr. Nie mehr.

Er beschloss, von nun an seine Tage in diesem Dämmerzustand zu verbringen. Die Grenzen zwischen Tag und Nacht mit Zähneputzen und dem Wechsel zwischen Couch und Bett zu ziehen. Wenn überhaupt. Er könnte aber auch einfach hier liegen bleiben, sicher würde irgendwann auch das Denken verkümmern, und es spielte keine Rolle mehr, was war, was sein würde. Wenn sie ihn nicht vorher verhafteten.

Es klingelte.

Plötzlich erschien ihm nichts so erstrebenswert, wie verhaftet zu werden. Denn er war schließlich schuldig. Er war nicht mit ihr verreist. Er hatte sie allein gelassen. Er hatte nicht einmal gewusst, dass sie ein Kind erwartete. Ein Kind. Hätte er eins haben wollen? Silvie teilen? Und was, wenn er doch davon gewusst hatte, sie unmittelbar, nachdem sie es ihm gesagt hatte, getötet hatte, weil, weil, warum auch immer, wenn man keine Erinnerung an eine Tat hat, kann man sich schließlich auch nicht an die Gründe für sie erinnern, oder?

Es klingelte Sturm, und er fragte sich, ob sie es noch als »sich stellen« bezeichnen würden, wenn er die Tür öffnete. Er könnte es ja mal versuchen.

»Stan, mein Junge, willst du mich nicht reinlassen?«

Ungern. Äußerst ungern. »Natürlich, Mama, wie schön, dass du mich besuchst.«

»Wenn der Prophet nicht zum Berg kommt …«, ihr Tonfall passte nicht zu der ungewohnt flapsigen Bemerkung, »du gehst nicht ans Telefon.« Keine Frage. »Ich habe dir einen Rest Nudelsalat mitgebracht.« Sie stellte eine Schüssel, deren Inhalt nicht als Rest durchgehen würde, auf die Kommode, drehte sich mit dem Rücken zu ihm und wartete, bis er ihr aus der Jacke geholfen hatte.

»Aber Mama, das war doch nicht nötig.«

»Meinst du? Du bist früh zurück heute, ich war nicht sicher, dass ich dich schon antreffen würde.«

Die schnelle Musterung seiner Erscheinung bewahrte ihn vor einer Ausflucht. »Ich habe mich krankgemeldet. Auf Wunsch von Bloch.«

»Idiot«, sagte sie trocken, nahm die Schüssel auf, trug sie in die Küche und stellte sie in den Kühlschrank.

Er überlegte, ob sie damit tatsächlich Bloch meinte, und folgte ihr, lehnte sich gegen den Türrahmen, sah zu, wie sie den lediglich aus Gläsern bestehenden Abwasch machte, die Arbeitsfläche abwischte, das Becken polierte. Sie nahm ein Handtuch, um sich die Hände abzutrocknen, wandte sich ihm zu und sagte leise, »Ich habe sie nicht so sehr gemocht, wie du weißt, aber für dich tut es mir ehrlich leid, was passiert ist.«

Wer kennt schon seine Mutter, dachte er, ging auf sie zu und nahm sie in die Arme, fühlte sich seltsam getröstet durch seine

Geste, mehr als durch ihre Worte, als berge körperliche Nähe auch den Keim für Hoffnung auf Genesung.

»Was wirst du jetzt machen?«, fragte sie gegen seine Schulter.

»Keine Ahnung«, er setzte sich an den Küchentisch, »meine Anwältin kommt heute Abend, sie meint, wir sollten nach Unterlagen über krumme Dinger von Silvies Chef suchen, aber ich glaube nicht so recht daran. Das hätte sie mir doch erzählt«, er stockte, etwa nicht?, »oder sie wäre zur Polizei gegangen. Außerdem ist hier ja schon alles durchsucht worden, ohne Ergebnis, soweit ich weiß.«

»Also wirst du verdächtigt?« Sie suchte im Schrank, bis sie Filter und Kaffee gefunden hatte, füllte Wasser in die Maschine und maß den Kaffee ab, »Du trinkst doch mit«, und stellte Tassen, Milch und Zucker auf den Tisch.

»Oh ja. Weißt du, du wärst Großmutter geworden, und ich habe keine Ahnung, warum Silvie mir nichts davon gesagt hat, und jetzt glauben sie, ach, ich weiß nicht, was sie glauben, aber da sind noch ein paar andere Dinge, sie schnüffeln auch in der Schule rum, hat Angela mir berichtet.«

»Ach, ein Baby?« Sie sank gedankenverloren auf einen Stuhl, und Schweigen dehnte sich aus, bis sie plötzlich aufsprang, den Kaffee eingoss. »Lass dir das von Bloch nicht gefallen«, sagte sie, »du bist unschuldig, und er kann dich nicht rausschmeißen.«

»Ja, du hast recht, ich habe mich überrumpeln lassen, aber ich hätte mich sowieso auf nichts konzentrieren können. Vielleicht gehe ich nächste Woche wieder hin. Wenn nichts dazwischenkommt.«

»Kann ich denn nicht irgendetwas für dich tun?«

»Nein, Mama, da gibt es nichts, außer abzuwarten. Aber ich bin froh, dass du gekommen bist«, und meinte es auch so, stellte er überrascht fest, »ich bin ziemlich daneben. Habe mich sogar gefragt, ob die Polizei mich nicht zu recht verdächtigt.«

»Wie bitte? Du wirst doch aber wohl noch wissen, was du getan hast und was nicht!«

»Ja, schon, eigentlich habe ich Blackouts immer für die Erfindung geschickter Verteidiger gehalten, nur ... Ich hatte die Gelegenheit, verstehst du, ich hätte sie umbringen können, da war schließlich das Kind, von dem ich nichts wusste, aber vielleicht wusste ich es ja doch, ich meine, da sind doch Veränderungen, wenn man schwanger ist, oder? Das merkt man doch, vielleicht wollte ich es nicht, das Familienglück.«

»Vielleicht hat sie's dir nicht gesagt, weil es nicht von dir war?«

»Siehst du, das wäre ein noch besseres Motiv«, erwiderte er beinahe triumphierend, als sprächen sie von einem völlig abstrakten Fall, der ihn nicht das Geringste anging.

»Aber nicht nur für dich«, entgegnete sie.

»Nein, nicht nur. Aber so war Silvie nicht. Ich kann mir einfach nicht vorstellen, wer ... Sie war doch nur ein ganz normaler Mensch, und dann, plötzlich, ist sie ein Opfer, ich verstehe es nicht, wer hätte Silvie denn umbringen sollen? Wer, wenn nicht ich?«

»Wenigstens scheint deine Anwältin da ja eine Idee zu haben«, kam die trockene Antwort, »also hilf ihr lieber, anstatt dich in Schuldgefühle hineinzusteigern.« Sie stand auf, um die leeren Tassen zu spülen, »Ich geh dann mal, vergiss den Nudelsalat nicht, du musst was essen, hörst du?«

»Ja, mach ich«, er brachte sie zur Tür, half ihr in die Jacke, »danke.«

Sie legte ihm kurz die Hand an die Wange, »Nichts zu danken, mein Junge. Ruf mich an, wenn ich etwas tun kann. Und wenn du nicht anrufst, komme ich einfach vorbei, also vergiss es nicht.« Sie lächelte.

»Nein, Mama. Mach's gut.« Er schloss die Tür hinter ihr und lehnte den Kopf dagegen. Silvie. Ach Silvie.

***

»Bitte nehmen Sie doch Platz. Was kann ich für Sie tun?« Voll spontaner Abneigung hatte Patrizia Heyder gehofft, nicht gerade an diese Kunden zu geraten, aber Verena war immer noch besetzt, Susanne hing seit Ewigkeiten am Telefon fest, warf ihr nur einen mitleidigen Blick zu, und Auerbach ward, seit das Geschäft voll war, nicht mehr gesehen. Ein Meeting. Wichtigtuer.

Der Mann rückte seiner Begleiterin den Stuhl zurecht, woraufhin die zunächst prüfend die Sitzfläche betrachtete und einen Fussel entfernte, bevor sie es ihrem cremefarbenen Kostüm gestattete, damit in Berührung zu kommen. Sie schlug die langen, überaus gebräunten Beine elegant übereinander, warf sich das weißblonde Haar lässig über die Schulter und schaute fortan gelangweilt aus dem Fenster, während der Mann, der vermutlich nicht ihr Vater war, obwohl er es durchaus hätte sein können, nun seinerseits umständlich Platz nahm, die Falten seiner grauen Hosenbeine gerade zupfte, die goldenen Knöpfe seines marineblauen Jacketts öffnete und kurz prüfte, ob sein paisleygemustertes Halstuch noch saß, wo es hingehörte, bevor er mit dem gepflegten Kommandoton eines Offiziers »Monte Carlo« sagte.

Aha. Möge dieser Tag ein gnädiges Ende nehmen, dachte sie und fragte, »Wann möchten Sie dorthin und wie viele Personen?«

Er bedachte seine Begleiterin mit demselben Blick, den teekränzchengestählte Damen mit leicht lila gefärbten Haaren für ihre Schoßhündchen übrig hatten, und antwortete, »Zwei. Ende des Monats. Eine Woche.«

»Ja, dann wollen wir mal sehen, was wir für Sie haben«, sie stand auf, verhinderte gerade noch, dass sie die Hacken zusammenschlug, und suchte aus der Auslage den passenden Prospekt, den sie ihm vorlegte. Sie wartete, während er die Seiten mit jeweils angelecktem Finger langsam umblätterte, bis er fand, was er gesucht hatte, und ihr den Prospekt reichte.

»Das da«, er deutete mit dem Finger auf ein Fünf-Sterne-Hotel in der Nähe des Casinos, »ist da noch eine Suite frei?«

»Einen Moment, bitte.« Sie suchte sich die Buchungsnummer, gab sie, nach einem Blick auf den Kalender, mit den Daten in den Computer ein und wartete auf das Ergebnis der Online-Anfrage. »Kein Problem«, sagte sie, nachdem das »Pling« die Antwort signalisierte, »soll ich's fest buchen?«

»Ja«, er holte seine Brieftasche aus der Innentasche seines Jacketts und entnahm ihr eine Visitenkarte, die er ihr über den Tisch zuschob.

Goldene Buchstaben. Sie gab Namen und Anschrift ein. »Sie reisen mit Ihrer Gattin?«, fragte sie ganz unschuldig.

»Ähm, Nadine Ziegler ist der Name.«

»Ah ja«, sie gab auch dies ein, »dann wäre da noch die Frage der Anreise.«

»Ich fliege.« Sie musste wohl verständnislos geschaut haben, denn er fügte hinzu: »Ich habe mein eigenes Flugzeug.«

»Ach so, ja, und wie möchten Sie bezahlen?« Sie fragte sich, warum so jemand überhaupt ein Reisebüro aufsuchte, nur um ein Hotel zu buchen, das könnte er ja wohl genauso gut direkt machen, zumal der doch bestimmt Leute hatte, einen Sekretär, stellte sie sich vor, die ihm das abnahmen.

»Das geht auf Rechnung, wie immer.«

»Natürlich.« Sie beendete die Computereingaben und wollte ihnen gerade eine gute Reise wünschen, als Auerbach und sein Besucher nach vorn kamen. Der Besucher verließ wortlos den Laden, Auerbach dagegen zögerte einen winzigen Moment, bevor er sich an ihre Kunden wandte: »Herr von Solburg, wie schön, dass Sie uns mal wieder beehren. Wie geht es Ihnen? Kann ich irgendetwas für Sie tun?«

»Alles erledigt. Die Rechnung an mein Büro.«

»Aber sicher. Dann vielleicht noch eine Tasse Kaffee, ein Likörchen für die Dame?«

»Nein, nichts«, beschied von Solburg Auerbach, »wir haben noch etwas vor.« Er umschloss mit ziemlich festem Griff den Oberarm seiner Begleiterin und führte sie Richtung Ausgang. Auerbach beeilte sich, um ihnen die Tür zu öffnen, dienerte, als sie an ihm vorbeigingen, und folgte ihnen nach draußen. Dort blieb er stehen und sah ihnen mit unbewegter Miene nach. Als er dann wieder hereinkam, hatte er für niemanden einen Blick übrig und verschwand eilig in seinem Büro.

Interessant, dachte Patrizia, war das nun Servilität einem guten Kunden gegenüber, oder hatte sie da eine Spur von Angst bemerkt? Sie druckte die Rechnung aus und legte sie in den Ausgangskorb. Die nächsten Kunden waren mit Prospektmaterial zufrieden, und als sie fort waren, vergewisserte sie sich, dass niemand zusah, und rief sich die Kundendatei von Solburgs auf den Bildschirm. Ja, ein sehr guter Kunde, jeden Monat eine Woche, Paris, London, Venedig und so weiter, immer nur Hotel, ach, und die Namen der Begleiterinnen wechselten mit den Städten. Sie freute sich schon darauf, seinen Namen morgen früh im Dienst durch den Computer zu jagen.

Nur schade, dass sie keine Gelegenheit gehabt hatte, dem Besucher Auerbachs zu folgen, womöglich an sein Autokennzeichen zu kommen, sie konnte nur hoffen, dass der sich nochmals blicken ließ, denn im Allgemeinen ließ Auerbach seine Tür offen stehen, außer wenn er Verena zu sich rief.

»Kaffee?«, unterbrach Susanne ihre Gedanken.

»Ja, gern«, sie verließ schnell die Kundendatei, bevor sie eine Tasse entgegennahm.

»Wie ist es mit von Solburg gelaufen?«, erkundigte sich Susanne mitfühlend.

»Ich denke, es ging, mein einziger Patzer war, dass ich nicht gleich in die Kundendatei gegangen bin, sondern ihn gefragt habe, wie er bezahlen möchte. Da wurde er etwas säuerlich.«

»Deswegen geht er immer zu den Neuen, er braucht das«, grinste sie, »wenn er allein kommt, ist er umgänglicher.«

»Weißt du, wer das bei Auerbach war? Der kam mir irgendwoher so bekannt vor, aber ich kann's nicht zuordnen.«

»Nein, keine Ahnung, der war zwar schon öfter hier, hat aber meines Wissens noch nie was gebucht.«

»Ach so«, sie nahm einen Schluck Kaffee, »war ja ganz schön lebhaft heute.«

»Ja, hast du aber schon gut hingekriegt. Eigentlich hätten wir ja jemanden ganztags gebraucht, schade, dass du nicht mehr arbeiten willst.«

»Geht echt nicht, ich weiß schon, dass ich den Job wieder los bin, sobald er«, sie deutete mit einem Kuli Richtung Auerbachs Büro, »eine Ganztagskraft findet. Wie ist es denn zu dieser plötzlichen Kündigung meiner Vorgängerin gekommen?«

»Das hat er dir erzählt?«

Sie sah schockiert aus und traurig, natürlich. Mit Auerbach hatte Heyder kein Problem, aber jemanden wie Susanne zu täuschen war etwas anderes, und sie war nicht sicher, ob sie damit zurechtkam.

»Das war keine Kündigung. Meine Freundin ist tot. Sie ist umgebracht worden.«

»Oje, das tut mir leid«, sie strich ihr über den Arm, »ich wollte nicht …«

»Schon gut. Das konntest du ja nicht wissen«, sie putzte sich die Nase.

»Weiß man denn schon, wer's war?«

»Ich glaube nicht, die Polizei –«, sie verstummte als Auerbach zu ihnen trat.

»Falls ich diese gemütliche Runde mal eben stören darf«, er legte einen Stapel Computerausdrucke auf Susannes Tisch, »die Gruppenbuchungen müssen bestätigt werden, und zwar heute noch«, er wandte sich an Verena, deren letzter Kunde eben ging, »kommen Sie bitte in mein Büro, wenn Sie so weit sind.« Er stolzierte unter den Blicken der drei Frauen davon.

8

Hartmann schloss den Wagen ab, klopfte ihm gewohnheitsmäßig aufs Dach, als wollte er sich für gute Dienste bedanken, ließ die Schlüssel in seine Jackentasche fallen und sah sich um. Wiesbaden war eine Stadt der unmittelbaren Kontraste, wie blind zusammengewürfelt, fand er, wenn er auf die prächtigsten Villen zwischen Bausünden der sechziger Jahre oder auf den gesichtslosen Supermarkt neben einem liebevoll restaurierten Fachwerkhaus stieß. Das traf auch auf Bierstadt zu. Ältere Backsteinbauten fanden sich unmittelbar neben modernen Wohnblocks, schienen sie gar zu stützen, so eng war die Bebauung, und er fragte sich, welcher Bauträger hier mit welchem Gewinn zugeschlagen hatte. Nicht dass die großen Wohneinheiten, so nannte man das ja wohl heute, direkt hässlich waren, aber er konnte sich nicht vorstellen, hier zu leben, wo man von Fenster zu Fenster beobachten konnte, was der Nachbar gerade trieb.

Aus beruflicher Sicht war das natürlich ganz hervorragend. Undenkbar, dass hier etwas ohne Zeugen geschah. Er setzte sich langsam in Bewegung, schlenderte die Poststraße entlang, vorbei an einer Apotheke, an einer Eisdiele. Es wäre nicht einmal schwierig, überlegte er, diese Zeugen zum Reden zu bringen, nein, wenn das Wohl der »Allgemeinheit« auf dem Spiel stünde, würden sie einem hier alles erzählen. Nirgendwo sonst lebten so grausam gesetzestreue Bürger wie in diesen besseren Vorstädten. Während man sich in den wirklich reichen und in den armen Gegenden um seinen eigenen Kram kümmerte, gab es hier eine Diktatur der Gemeinschaft, funktionierte die Gruppendynamik noch tadellos. Hier rekrutierten Parteien, Vereine und Elternbeiräte ihre Mitglieder, hier entstanden Bürgerinitiativen und Müttercafés, und hier wurden die Straßenfeste organisiert. Wer nicht bei dem einen oder anderen Projekt mitwirkte, wurde schnell und unwiderruflich zum Außenseiter.

Er betrachtete das Haus auf der gegenüberliegenden Seite, in dem sich Klaukes Kaschemme befand, auch eins von den älteren, roter, schmuddelig wirkender Backstein, ehemals weiße Rundbögen über den Fenstern im Obergeschoss. Er überquerte die Straße, zögerte noch einen Moment, eigentlich hatte er gar keine Lust zu arbeiten, das Wetter war genau richtig, um ein Weilchen im Garten zu buddeln, er mochte es, wenn der Wind für einen raschen Wechsel zwischen Sonne und Wolken sorgte, es noch nicht zu warm war, dass flirrende Hitze den Himmel leblos machte, und die Bäume noch ihr sattes Frühlingsgrün trugen.

Aber es half nichts, er ging hinein, blieb verwundert im Eingang stehen, als er den Kontrast zum Äußeren des Hauses wahrnahm. Hier hatte jemand weder Kosten noch Mühen gescheut, eine behagliche Atmosphäre zu schaffen. Er setzte sich auf einen der Hocker an der Theke, und während er wartete, bis ein großer rothaariger Mann an einem der wenigen besetzten Tische Kaffee und Kuchen serviert hatte, zog er einen Stapel Bierdeckel zu sich heran und begann, einen Turm zu bauen, der ihm aber schon in der zweiten Etage zusammenbrach.

»Guten Tag, was darf es sein?«, fragte der Mann, nachdem er sein Tablett abgestellt hatte.

»Ein Wasser bitte«, er wartete, bis die Flasche geöffnet, ein Glas mit zwei Eiswürfeln und einem Scheibchen Zitrone eingeschenkt war, »sind Sie Bernd Klauke?«

»Wer fragt?«

»Hartmann, Kriminalpolizei.«

»Haben Sie einen Ausweis?«

»Natürlich«, er tastete seine Jackentaschen ab, fand seine Brieftasche schließlich in der linken Gesäßtasche, zog den Ausweis heraus und schob ihn über den Tresen.

Klauke warf nur einen kurzen Blick darauf. »Ich habe doch schon mit Ihrem Kollegen gesprochen. Was wollen Sie denn noch?«

So viel zur Mitteilsamkeit in diesem Viertel. Er seufzte innerlich. »Hintergrundinformationen, persönliche Eindrücke. Ist das Ihr Haus?«

»Gemietet.«

»Mitsamt der Einrichtung?«

»Nein, die gehört der Bank.«

»Aha. Sie wohnen hier auch?«

»Ja, oben drüber. Eine von den beiden Wohnungen habe ich gemietet.«

»Woher kennen Sie Sominski?«

»Von der Uni.«

»Ach ja? Was haben Sie studiert?«

»Dasselbe wie er – Lehramt, aber für Geschichte und Politik, nicht Deutsch. Mit der Kombination gab's seinerzeit keine Stelle.«

»Aber heute sieht das doch ganz anders aus, oder?«

»Schon, aber jetzt will ich nicht mehr.«

Jetzt rief jemand, »Herr Ober, zahlen bitte«, und Klauke ging, nahm sich Zeit für ein Schwätzchen übers Wetter und räumte dann auch noch den frei gewordenen Tisch ab. Er brachte das Tablett in die Küche, kam mit einem Lappen zurück, wischte den Tisch ab und warf den Lappen in das Becken hinter dem Tresen. »War noch was?«

»Sind Sie eifersüchtig auf Sominski?«, versuchte Hartmann die Lässigkeit aufzubrechen.

»Wegen der Stelle?« Klauke blickte überrascht auf. »Quatsch, jedenfalls jetzt nicht mehr. Und das heißt nicht, dass ich es einem Freund nicht gegönnt habe, mehr Glück zu haben.«

»Und er ist Ihr Freund?«

Klauke nickte kurz.

»Wie war das mit Silvie Bauer? War sie auch eine Freundin?«

»Sicher.«

»Sie haben die beiden zusammengebracht?«

»Ja.«

»Wie war das?«

»Sie kam eines Tages hier rein, wirkte entmutigt, ich fragte sie, was los wäre, sie sagte, sie hat Schwierigkeiten bei der Wohnungssuche. Da kam zufällig auch Stan vorbei, und ich fragte ihn, ob er nicht seine beiden leer stehenden Zimmer untervermieten wollte. Das hat er dann auch gemacht.«

»Und, haben Sie's bedauert?«

»Wieso sollte ich? Silvie war ein prima Kerl, und die zwei haben sehr gut zueinander gepasst.«

»Aber Sie waren nicht an ihr interessiert?«

»Was soll die Frage?«, Klauke fing an, die Armaturen zu polieren, »hat das irgendjemand behauptet?«

»Andeutungsweise, ja.«

»Wer?«

»Das spielt keine Rolle. Wann haben Sie sie das letzte Mal gesehen?«

»Ein paar Tage vor Pfingsten.«

»Allein, oder war Sominski auch dabei?«

»Allein.«

»Wo?«

»Hier.«

»Ja und? Nun lassen Sie sich doch nicht jedes Wort aus der Nase ziehen. Wie war sie? Wirkte sie beunruhigt? Warum war sie hier?«

»Sie war völlig normal. Und ich weiß nicht, warum sie hier war, sie hat das oft gemacht, einfach so, um zu plaudern, meistens kam Stan nach, dann haben sie hier gegessen.«

»Aber diesmal nicht? Warum?«

»Woher soll ich denn das wissen? Fragen Sie Stan, warum er nicht kam.«

»War es denn verabredet, dass er kommen sollte?«

»Keine Ahnung! Er kam eben nicht!«

»Und dann ist sie gegangen.«

»Ja.«

»Nach Hause?«

»Ich nehme es an.«

»Wie war die Beziehung der beiden.«

»Gut, nehme ich an.«

»Ich denke, Sie waren befreundet, da wissen Sie das nicht?«

Klauke setzte zu einer Antwort an, da riefen die letzten Gäste, sie wollten zahlen, und diesmal nahm er sich nicht die Zeit für ein paar Worte und räumte auch nicht ab. Er kam zurück, goss sich einen Whisky ein und trank ihn aus.

»Hören Sie«, sagte er jetzt ruhiger, »da war nichts, was Sie wissen müssten. Eine ganz normale Beziehung. So, wie Silvie allein herkam, machte Stan es auch oft genug. Silvie fand manchmal, dass Stan zu hohe Ansprüche stellte, intellektueller Art, fühlte sich ihm nicht ganz gewachsen, aber das stellte für beide, soweit ich weiß, kein wirkliches Problem dar. Stan sprach nie so viel über Silvie, da drehte es sich mehr um die Schule, aber wenn er mit ihr irgendwelche Differenzen gehabt hätte, dann hätte er mir das auch erzählt. Wie schon gesagt, er ist mein Freund.«

»Also gut«, Hartmann stand auf, »was bin ich schuldig?«

»Zwei Euro zwanzig.«

Er legte die Münzen auf den Tresen und ging hinaus. Könnte Regen geben, dachte er und stolperte über die Fußmatte, fing sich aber, indem er sich an der Wand abstützte. Als er die staubigen Hände gegeneinander schlug, fiel sein Blick auf das Schild mit den Öffnungszeiten. Er ging wieder hinein. »Eine Frage noch«, rief er, »an welchem Tag war Silvie hier?«

»Mittwoch«, rief Klauke aus der Küche.

Hartmann ging der Stimme nach und stieß die Tür zur Küche auf. »Mittwoch ist Ihr Ruhetag. Also war sie bei Ihnen oben.«

»Na und?«

»War das auch ›normal‹?«

»Scheiße, Mann, wenn Sie mir unterstellen wollen, dass das Kind von mir war, dann irren Sie sich aber gewaltig!«

»Hat Sominski Ihnen davon erzählt?«

»Nein – ja!«

»Was denn nun, nein oder ja?«

»Silvie hat's mir erzählt, an dem Mittwoch.«

»Ihnen – aber Sominski nicht. Können Sie mir das vielleicht erklären?«

»Sie sagte, sie hätte es selbst gerade erst erfahren, und Stan war nicht da, sie wollte es einfach irgendjemandem erzählen. Ich musste versprechen, den Mund zu halten, bis sie es Stan gesagt hatte.«

»Was sie aber nie getan hat.«

»Herrgott, ich weiß nicht, warum sie es nicht getan hat! Und jetzt machen Sie, dass Sie rauskommen. Wenn Sie mir tatsächlich unterstellen wollen, ich hätte meinen besten Freund betrogen, dann hätten Sie vielleicht erst mal einen Vaterschaftstest machen sollen, bevor Sie mir so blöde kommen!«

»Ist schon veranlasst«, sagte Hartmann und ging.

***

Marilene warf den Stift auf den Schreibtisch, klappte das Unterhaltsrecht zu, zerknüllte das beschriebene Blatt und warf es gegen die an der Wand hinter ihr hängende Karikatur: Justitia, die ihre Augenbinde abnimmt und mit den Waagschalen in den Kofferraum ihres Autos legt. Es prallte von dort ab und fiel in den darunter stehenden Papierkorb. Sie machte mit dem Schreibtischstuhl eine halbe Drehung, um zu sehen, ob sie getroffen hatte, na bitte, wenigstens etwas, stand auf, holte das Blatt wieder heraus, strich es einigermaßen glatt und legte es wieder in die Akte. Vielleicht ergab der Kram morgen ja mehr Sinn, und nichts wäre lästiger, als von vorn anfangen zu müssen, sollte die Putzfrau tatsächlich mal daran denken, den Papierkorb zu leeren.

Sie trat ans Fenster, erwog, Volker zu besuchen, aber der hatte heute Nachmittag einen Klienten, fiel ihr ein, noch dazu einen GGK, wie sie das untereinander nannten, einen großen Geldkunden. Sie, wie alle anderen in der Kanzlei auch, konnte sich nur wundern, wie ausgerechnet Volker mit seiner gemütlich-tapsigen Art es immer wieder schaffte, solche Leute für die Kanzlei zu gewinnen. Die Honorare, die er hereinholte, deckten einen Großteil der laufenden Kosten, und sie hatte ihn schon oft gefragt, warum er in einer Sozietät ausharrte, wenn er allein doch sicherlich mehr verdienen würde. Aber er war stets mit einem scherzhaften Wer-braucht-schon-Geld ausgewichen oder hatte behauptet, dann müsste er schließlich alles selber machen, anstatt den einen oder anderen Fall weitergeben zu können. Nicht dass er solche Klienten je einem anderen übertragen hätte.

Allerdings, überlegte sie, während sie sich eine Zigarette anzündete, hatte sie sie auch nie gewollt. Leute, die für Geldgeschichten einen Anwalt benötigten, lagen ihr nicht, und sie war auch nicht bereit, die erwartete Servilität an den Tag zu legen. Ein einziges Mal hatte Volker sie gebeten, ein Testament zu bezeugen, schon die Musterung, der sie unterzogen worden war, hatte sie irritiert, und als sie dann, es war ja nicht so, dass der Erblasser gerade zu Grabe getragen worden wäre, gefragt hatte, ob der Herr denn ganz sicher sei, bevor sie das unterschriebe, hatte lediglich Volker gelächelt – und das Lächeln war arg dünn ausgefallen. So viel zu ihrem Geschick im Umgang mit den Reichen und Mächtigen.

Sie streifte Asche in den Blumentopf auf dem Fensterbrett, darauf bedacht, sie mit dem glühenden Ende der Zigarette möglichst gleichmäßig zu verteilen, damit Christine nichts merkte. Immerhin hatte sie es sich abgewöhnt, die Kippen in der Erde auszudrücken, nachdem sie sich, als Christine beim Gießen einmal vierundzwanzig Kippen aus den diversen Töpfen gesammelt hatte, einen Vortrag über das Gefühlsleben der Pflanzen hatte anhören müssen.

Könnte Regen geben, dachte Marilene nach einem Blick zum dunkler werdenden Himmel, und richtig, die ersten dicken Tropfen fielen schon, zerstoben in eigenwilligen Mustern auf dem Asphalt, als gelte es, mit geringsten Mitteln größte Wirkung zu erzielen. Aus den die Rheinstraße entlang eilenden Menschen wurde plötzlich eine asynchron auf und nieder zuckende Masse von Regenschirmen, kariert, gepunktet, beschriftet, von grellbunt bis dezent, unmöglich, von hier aus zu sagen, wer sich jeweils darunter verbarg, nur unter den schwarz-grauen ließen sich Anzüge vermuten, und inmitten dieses lebendigen Kaleidoskops wob sich hier und da jemand ohne Schirm schnelleren Schrittes und mit pendelndem Kopf, um gefährlichen Spitzen auszuweichen, durch die Menge.

Sie schrak aus ihrem tranceähnlichen Zustand hoch, als der Schirm mit dem in eine Pfütze trampelnden gammeligen Turnschuh darauf in ihr Blickfeld kam. Den hatte sie Felix zum ersten Jahrestag geschenkt, hatte das Bild eigenhändig auf einen biederen Altherrenschirm genäht und ihn, das bringt Unglück, überreden müssen, ihn einmal aufzuspannen, aber letztlich war er auf den Balkon gegangen und hatte ihr den Gefallen getan, hatte so gelacht …

Aber das war nicht Felix, der da mit ihrem Schirm ging, die Sandalen, die vorn abwechselnd zu sehen waren, ließen mit dem stärker werdenden Regen auf eine Lungenentzündung der Trägerin hoffen. Geschähe ihr recht. Wie konntest du ihr nur meinen Schirm geben?

Marilene ging zurück zu ihrem Schreibtisch, setzte sich und drückte die Zigarette im Aschenbecher aus. Was nun? Sie warf einen Blick auf die Uhr, erst vier, sie griff nach dem Telefon, um Sominski zu fragen, ob sie schon früher kommen könnte, kein Problem, packte ihre Sachen und verließ das Büro.

***

Nichts. Frustriert ließ Marilene sich am Küchentisch nieder, während Sominski eine Flasche Wein öffnete. Er hatte vorgeschlagen, Pizza zu bestellen, und sie hatte das Angebot, hungrig, erschöpft – und genervt – wie sie war, dankbar angenommen.

»Prost. Wenigstens haben Sie jetzt saubere Regale«, sie probierte den Wein, schmeckte eindeutig nach mehr, aber sie sollte besser warten, bis sie was im Magen hatte, und bat ihn um ein Glas Wasser gegen den Staub in ihrer Kehle.

Fast drei Stunden hatten sie gesucht, Kleiderschränke, Schubladen, Koffer und Schachteln – nichts. Aber wahrscheinlich war das zu einfach, schließlich hatte die Polizei die Wohnung auch durchsucht, und so hatten sie mit weniger offensichtlichen Verstecken weitergemacht, Bilder abgehängt, Teppiche zurückgeschlagen, Blumenvasen auf den Kopf gestellt, in Sofaritzen gestochert, sogar im Spülkasten des Klos, man wusste ja, dass dort immer Waffen oder Rauschgift zu finden waren, hatten sie nachgesehen. Nichts.

Sie hatte Sominski angewiesen, seine CDs zu kontrollieren, obwohl er behauptet hatte, dass Silvie seinen Computer nie benutzt hatte, aber es fand sich keine ihm unbekannte Datei, weder auf CD noch auf der Festplatte. Danach hatten sie sich die Bücher vorgenommen, hatten jedes einzelne ausgeschüttelt und waren, außer auf Kinokarten, Tankquittungen und sonstige als Lesezeichen verwendete Papierschnipsel, nur noch auf Staubwolken gestoßen, deren Dasein sie, wenn schon, denn schon, mit einem widerwillig von Sominski beigebrachten Staubtuch beendete.

Es klingelte, und Marilenes Magen knurrte vernehmlich.

»Gutes Timing«, Sominski grinste schwach und stand auf, um zur Tür zu gehen.

»Ich geh mal eben Händewaschen.« Marilene ging ins Bad und ließ sich kaltes Wasser über die Hände laufen, bevor sie sie wusch und abtrocknete.

Auf dem Weg zurück in die Küche kam sie an dem nicht genutzten Zimmer vorbei, dessen Tür sie hatten offen stehen lassen. Sie wollte sie gerade schließen, als ihr Blick die Nähmaschine in der Ecke auf dem Tisch streifte, diesen großen unhandlichen Koffer, den sie vorhin zwar als Nähmaschine registriert, aber nicht weiter beachtet hatte. Jetzt ging sie hin, öffnete die beiden Verschlusslaschen an den Seiten und hob den Deckel ab. Die Gebrauchsanweisung, das Pedal und die Kabel lagen unter dem Näharm, wär ja auch zu schön gewesen. Sie nahm den Deckel wieder auf, überlegte es sich aber dann doch anders, legte alles beiseite und öffnete die Klappe, unter der sich die Spule befand. Nichts zu sehen. Sie kippte den Näharm nach hinten. Das wäre Ihr Preis gewesen, dachte sie, nur halb triumphierend, die Mitte des unteren Kofferteils war nahezu staub- und fusselfrei, als hätte hier jemand ein Buch oder etwas ähnliches hineinfallen lassen, was die Fusseln an den Rand des Koffers gewirbelt hatte. Nur leider war es nicht mehr da.

»Sominski!«, rief sie.

»Die Pizza wird kalt. Ich denke Sie haben Hunger.«

»Kommen Sie trotzdem, das müssen Sie sich ansehen.«

»Wo sind Sie denn überhaupt?«

»Im Nähzimmer, nun kommen Sie schon.«

»Also, ich –«, er fand sie über die Nähmaschine gebeugt und schwieg verwundert.

»Hier«, deutete sie auf ihren Fund, sodass er näher herankam, »hier hat einmal etwas gelegen, und das war nicht die Gebrauchsanweisung«, nahm sie seinen Einwand vorweg, »sehen Sie? Die ist zu groß.«

»Aber es ist nicht mehr da.«

»Tatsächlich«, sagte Marilene trocken, »jetzt können wir essen.« Sie räumte alles wieder an seinen Platz und ging ihm hinterher.

»Hat die Polizei dort was gefunden?«, fragte sie, nachdem sie eine Weile schweigend gegessen hatten.

»Keine Ahnung.«

»Also nicht«, und fügte auf seinen fragenden Blick hinzu, »dann hätten Sie eine Quittung bekommen.«

»Aha.«

Sehr konstruktiv, dachte sie, und so wahnsinnig interessiert. »Stellen Sie sich vor«, versuchte sie ihn aufzurütteln, »Silvie hätte Tagebuch geführt«, und du wusstest das, du warst es, der es an sich genommen hat?, »vielleicht schrieb sie gerade darin, als es klingelte«, vielleicht hat es nicht geklingelt, »oder sie wollte die Nähmaschine einer Freundin leihen und brauchte ein anderes Versteck, das wir bloß noch nicht gefunden haben.«

»Sie hätte ein Tagebuch doch nicht vor mir zu verstecken brauchen.«

»Tagebücher sind nie für die Augen anderer bestimmt«, wandte sie ein und verhinderte gerade noch ein Augenrollen, »schon gar nicht für die des Partners.«

Er schob seinen Teller von sich, »Möchten Sie noch Wein?«

»Danke, nein, ich muss ja noch fahren, aber ein Kaffee wäre toll.« Sie sah ihm gedankenverloren zu, wie er ihn aufsetzte und dann begann, die Pizzakartons in kleine Stücke zu reißen, die fettigen Teile in den Restmüll, die anderen in einen Korb mit Altpapier warf. »Haben Sie eigentlich einen Boden oder Keller hier?«

»Keller, ja, aber den nutzen wir fast nicht.«

»Trotzdem ...«

»Also gut, gehen wir«, er schnappte sich einen Schlüssel vom Brett neben dem Kühlschrank und ging voran, merkte nicht, wie Marilene im Vorbeigehen aus einer auf der Garderobe liegenden Schachtel ein Rocher stibitzte. »Sehen Sie selbst«, sagte er, sperrte auf und hielt ihr die Tür, »hier ist nichts.«

Sie ging hinein. Winterreifen, Werkzeug, leere Farbeimer, ein Karton! Aber darin waren nur Pinsel und Rollen, in der Ecke ein ausrangierter Staubsauger, ein paar Gartengeräte, ein Rasenmäher. Mist.

»Jetzt sagen Sie bloß nicht, dass sie bedauern, hier keine erneute Suchaktion starten zu können«, Sominski schloss hinter ihr ab, »mir reicht's völlig. Zu wissen, wonach wir suchen, hätte das Ganze ja eventuell vereinfacht, aber so könnte man ja die sprichwörtliche Stecknadel leichter finden.«

»Darf ich?«, Marilene deutete auf die verlockende Schachtel und bediente sich, bevor sie sich wieder setzte, »aber das wissen wir doch jetzt immerhin«, sie kaute genüsslich und hielt ihm ihre Tasse hin, »ich bin sicher, dass ich recht habe mit einem Tagebuch oder etwas Ähnlichem. Etwas, das in der Nähmaschine versteckt war.«

»Mag ja sein, aber sie war nicht –«

»Was war sie nicht?«

»Sie lag im Wohnzimmer.«

»Sie könnte gerade darin geschrieben haben, als –«, jetzt war es an ihr abzubrechen, Gott, sie konnte doch nicht so tun, als hätte sie es mit einem abstrakten Geschehen zu tun, Sominski war betroffen, ich sollte meine Theorien besser für mich behalten, »tut mir leid«, murmelte sie.

»Schon gut.« Er rührte achtlos in seinem Kaffee, »Nein, eigentlich nicht. Mich macht das fertig. Eine Zeit lang habe ich mir vormachen können, das ginge mich alles nichts an, das wäre gar nicht unsere – meine Wohnung, die ich hier durchwühle nach etwas, was Silvie mir verheimlicht hat, aber dann sehe ich sie wieder da liegen – ich stelle mir vor, sie saß wirklich auf dem Sofa, hat in ihr Tagebuch geschrieben, jemand ist an der Tür, sie legt es auf den Tisch und öffnet ihrem – Mörder?« Er schlug die Hände vor den Mund und starrte blicklos vor sich hin.

»Ich weiß, dass das schwer für Sie ist«, sagte Marilene leise in seine Gedanken hinein, streckte die Hand aus, um ihn zu berühren, zog sie dann aber im letzten Moment wieder zurück, »aber es wird besser mit der Zeit.«

»Sicher«, unterbrach Sominski nach einer Weile das Schweigen und öffnete die Augen. »Hartmann hat heute Nachmittag angerufen, ich kann sie beerdigen, die – sie ist freigegeben«, er schüttelte den Kopf, »was für ein Wort.«

»Sagen Sie mir Bescheid? Ich würde gern dabei sein.«

»Weil Sie glauben, dass der Täter auch dort sein wird?«, er hob die Augenbrauen, »wenn ich es nicht besser wüsste, würde ich sagen, es gibt gar keinen Täter, wie es auch kein Tagebuch gibt, das ist alles ein großes Missverständnis, Silvie ist nur fort. – Aber ja, ich rufe Sie an.« Er griff nach seiner Pfeife, stopfte sie und zündete sie an. »Wie geht's jetzt weiter?«, fragte er, nachdem er ein paarmal daran gezogen, blaue Schwaden ausgestoßen hatte, mit einem Gesicht, als wüsste er nicht so recht, ob es ihm schmeckt oder nicht.

»Ich weiß nicht genau«, erwiderte Marilene und stand auf, um zu gehen, »ich denke, wir sollten Hartmann über unsere Suchaktion und das, was wir nicht gefunden haben, informieren, Zusammenarbeit wird ihn eher von Ihrer Unschuld überzeugen, hoffe ich. Ich rufe Sie jedenfalls an, wenn sich was ergibt. Machen Sie's gut.«

»Sie auch.« Er brachte sie zur Tür. »Moment mal«, er zog sie am Ärmel, um sie aufzuhalten, »Rocher«, sagte er, Marilenes fragenden Blick ignorierend, »ich habe – es gibt – ich kann nicht glauben, dass mir das entfallen ist«, er verhedderte sich, »am Sonntag, ich war noch am Bahnhof, Blumen gekauft, und Rocher für Silvie, vielleicht finde ich noch die Quittung, hilft das?«, fragte er hoffnungsvoll.

Marilene nickte. »Ich informiere Hartmann«, sagte sie, erleichtert, dass der Abend wenigstens ein konkretes Ergebnis gebracht hatte.

***

Zu Hause angekommen, sogar ein Parkplatz war ihr vergönnt, waren denn heute alle im Kino?, suchte sie gerade ihre Sachen zusammen, als sich jemand vor ihren Wagen stellte und dort stehen blieb. Was wollte der denn? Sie sah nicht allzu genau hin, bemüht, so zu tun, als hätte sie den Mann nicht bemerkt, und suchte noch ein bisschen länger, erwog sogar, wieder fortzufahren, Blödsinn, wahrscheinlich will der nur nach dem Weg fragen. Sie stopfte ihre Sachen in einen Beutel und stieg aus.

»Na, Überstunden gemacht?«, fragte Hartmann, »ich dachte schon, Sie würden überhaupt nicht mehr aussteigen.«

»Sie haben mich erschreckt«, fuhr sie ihn an.

»Das ist das schlechte Gewissen, sonst bräuchte man vor der Polizei wohl keine Angst zu haben«, erwiderte Hartmann freundlich.

»Wenn sie sich im Dunkeln anschleicht, noch dazu ohne Uniform, ist das aber nicht zu erkennen, Sie …«

»Idiot?«, half er ihr aus.

»Nein, das wäre Beamtenbeleidigung, da falle ich nicht drauf rein.«

»Ich wollte eigentlich etwas mit Ihnen besprechen, aber wenn ich ungelegen komme, können wir das auch verschieben.«

Marilene schulterte ihre Tasche und schloss den Wagen ab, verschränkte ihre Arme, sah ihn auffordernd an und wartete.

»Müssen wir das hier machen?«, fragte Hartmann und hielt die Hände nach oben, »es fängt gerade wieder an zu regnen.«

Sie spannte ihren Schirm auf und war versucht, ihn noch ein Weilchen stehen zu lassen. »Also gut«, besann sie sich eines Besseren und reichte ihm den Schirm, »kommen Sie mit, ich hätte Sie morgen ohnehin angerufen.«

Sie gingen zur Haustür, Hartmann schüttelte den Schirm aus, während Marilene aufschloss, den Lichtschalter suchte und dann begann, die Treppen hochzugehen. »Wo bleiben Sie denn?«, sie blickte sich nach ihm um.

»Ich dachte«, er sah auf den Aufzug, »ach nichts«, und folgte ihr.

»Den nehme ich nie«, sagte Marilene, »Raucherehrgeiz«, und verschwieg ihm, dass sie panische Angst davor hatte, darin festzusitzen, wenn er einmal stecken bliebe, und niemand würde sie hören. Als Volker sie mal ins Kino eingeladen hatte, ohne ihr genau zu sagen, welcher Film lief, »Was Spannendes mit Götz George«, hatte sie den Saal nach zehn Minuten wieder verlassen. Abwärts? Nein danke.

In ihrer Wohnung angekommen, legte sie ihre Akten auf die Holzbank und streifte sich erst mal die Schuhe von den Füßen, bevor sie Hartmann den Schirm abnahm, um ihn in die Badewanne zu legen, und dann ihre Jacken an die Garderobe hängte.

»Machen Sie bei jedem Fall so viele Überstunden? Es ist immerhin gleich halb zehn.« Sie schaltete das Licht in der Küche ein und bedeutete ihm, sich zu setzen.

»Ein guter Polizist ist immer im Dienst«, erwiderte er und sah ihr zu, wie sie, ohne dass sie ihn gefragt hätte, zwei Gläser auf den Tisch stellte und Rotwein aus einer angebrochenen Flasche in beide goss.

»Dann müssen Sie ja ein sehr guter sein, prost«, sagte sie und nahm einen großen Schluck, bevor auch sie sich setzte.

»Anstrengender Tag?«, fragte Hartmann.

»Kann man wohl sagen«, seufzte sie, »den ganzen Tag gearbeitet und fast nichts geschafft, so was kann ich nicht ausstehen.«

»Das geht mir auch so. Hätten Sie dann nicht besser früher Feierabend gemacht?«

»Habe ich ja, gewissermaßen. Ich war bei Sominski.«

»Deswegen wollten Sie mich morgen anrufen?«

»Genau. Sie wissen ja, dass ich Auerbach für nicht ganz koscher halte«, begann sie.

»Ist mir bekannt«, warf er zögernd ein.

Marilene zeichnete mit dem Finger unsichtbare Muster auf den Tisch, »Also habe ich mir gedacht, es könnte Unterlagen geben, die Silvie versteckt hat, mit denen sie ihn in der Hand hatte, vielleicht ...«, sie verstummte.

»Was gefunden?«

»Nicht direkt, nein.«

»Hätte mich auch gewundert, schließlich haben wir die Wohnung schon durchsucht.«

»Ich habe etwas nicht gefunden, was zumindest einmal da war«, sagte sie und erklärte ihm, wie sie auf das Versteck gestoßen war und worum es sich ihrer Vermutung nach gehandelt hatte.

»Aha.« Er schwieg einen Moment, schien innerlich zu brodeln. »Sominski hat Ihnen geholfen?«

»Ja, sicher.«

»Aber Sie haben das Versteck gefunden, oder?«

»Ja, nicht Sominski – aber Sie auch nicht.«

»Schon gut, aber folgt er Ihrer Theorie?«

»Keine Ahnung, er ist noch sehr durcheinander, hat irgendwie noch nicht realisiert, was passiert ist. Er hat zwar die ganze Zeit meine Anweisungen befolgt, aber ich glaube, nur, weil er das Gefühl hatte, tun zu müssen, was seine Anwältin ihm rät, und nicht, weil er glaubt, dass an meiner Vermutung etwas dran ist. Ehrlich gesagt.« Sie trank einen Schluck Wein.

»Trauen Sie ihm denn? Sind Sie sicher, dass er sie nicht umgebracht hat?«

»Sind Sie sicher, dass er's war?«, gab sie die Frage zurück und blickte ihn spöttisch an.

»Wenn ich's wäre, hätte ich ihn schon längst verhaftet, aber das heißt nicht, dass ich völlig von seiner Unschuld überzeugt bin. Das bin ich ganz und gar nicht. Übrigens hat der Verfassungsschutz keine laufende Akte über ihn.«

»Deswegen wollten Sie mich sprechen?«

»Ja.«

»Und was glauben Sie, was das zu bedeuten hat?«

»Er lügt, ganz einfach.«

»Aber warum sollte er sich so eine Geschichte ausgedacht haben? Die ist einfach zu phantastisch, um nicht wahr zu sein. Und jetzt fangen Sie bloß nicht damit an, dass er das von vornherein so geplant hat. Er war mindestens vier Wochen vor dem Mord mit der Geschichte bei mir. Von dem einzigen Motiv, das er hätte haben können, kann er da noch nichts gewusst haben: dem Kind.«

»Was, wenn sie eine Affäre gehabt hatte, über die, da folge ich dann Ihrer Theorie, sie in ihr Tagebuch geschrieben hat, Sominski hat es gefunden, es gab Streit ...«, er hob die Schultern, als wäre der Ausgang dieses Streits unvermeidbar, wenn nicht folgerichtig. »Oder sie wollte ihn verlassen, war vielleicht gerade dabei zu packen, als er früher als erwartet nach Hause kam, wie auch immer, selbst wenn das Kind von ihm war, und das werde ich morgen wohl endlich erfahren, kann ich ihn trotzdem nicht als Täter ausschließen, denn wir wissen ja nicht, wie sie zu der Schwangerschaft gestanden hat, ob sie glaubte, es sei von einem anderen, ob sie abtreiben wollte ...«

»Na, das dürfte ja wohl in einem Gespräch mit ihrem Frauenarzt herauszufinden sein«, unterbrach sie seine Überlegungen ungeduldig.

»Stimmt«, Hartmann suchte nach Zettel und Stift, notierte sich den Gedanken, »gute Idee«, strahlte er sie an.

»Und mir scheint, Sie haben mit dem ominösen ›anderen‹ jemand Bestimmtes im Sinn«, fuhr Marilene in ihrem Bemühen fort, das Gespräch von Sominski wegzulenken.

»Nicht direkt.«

»Aha.« Sie schwieg, gespannt, ob diese Taktik einen Polizisten zum Reden bringen würde. Um nicht gar so offensichtlich zu sein, goss sie Wein in halb volle Gläser nach, zündete sich eine Zigarette an, sprang auf, um den Aschenbecher vom Fensterbrett zu holen, noch voll, sie öffnete die Tür unter der Spüle, schüttete den Inhalt in den Abfalleimer, bevor sie sich wieder setzte.

Hartmann verengte die Augen, als könnte er so ihre Absichten besser durchschauen. »Klauke wäre ein Kandidat«, sagte er zögernd und in einem Tonfall, der Vorsicht gebot, »er hat von der Schwangerschaft gewusst.«

»Was?!« Marilene schlug überrascht, zu spät, um den Aufschrei zu dämpfen, die Hand vor den Mund. »Der, aber Sominski nicht?«, fuhr sie leiser fort, »ich fass es nicht.« Sie spielte im Kopf ihre eigenen Zweifel an Sominskis Unschuld mit anderer Besetzung durch. Klauke, der wollte, dass Silvie abtrieb, der sie zum Verlassen Sominskis bewegen wollte, der eifersüchtig war, weil das Baby alle Chancen auf eine Beziehung mit Silvie zunichte machte …

»Aber das entlastet Sominski nicht wirklich«, stoppte Hartmann ihren Höhenflug, »es erweitert lediglich den Kreis der Verdächtigen. Eifersucht und Habgier sind die häufigsten Motive für Mord. Habgier scheidet wohl aus, aber Eifersucht könnte auch auf Sominski zutreffen.«

»Ja«, gab Marilene zu, »Eifersucht schon, aber deswegen erwürgt man doch niemanden. Außerdem ist Sominski wirklich nicht …«

»Der Typ dazu?«, fragte Hartmann spöttisch, »seien Sie doch nicht naiv. Was braucht es denn schon, damit einer ausrastet? Hilflosigkeit in einer unerwarteten und scheinbar unabänderlichen Situation reicht da völlig aus. Dagegen ist keiner von uns gefeit. Haben Sie nie zugeschlagen? Einfach so? Aus einer Art Reflex heraus, nur weil jemand etwas gesagt hat, das Sie vollkommen sprachlos machte?«

»Nein«, sagte Marilene gedehnt und überlegte schon, ob das ganz ehrlich war, zumindest gewollt hätte sie es, wenn sie nur die Gelegenheit gehabt hätte, wenn, so stellte sie sich vor, Hanne ihr die Nachricht von der Verlobung mit Felix überbracht hätte, dann … aber so war es nicht gewesen, und der Schritt von der Wut des Augenblicks zu einer vorausgeplanten Tat war einer zu weit. Oder? Tausend Tode wünsch ich – Sie hielt inne, fuhr sich mit den Händen durchs Haar. »Gott, ich wünschte, wir hätten dieses Tagebuch gefunden, dann wüssten wir aus erster Hand, was für ein Mensch sie eigentlich war. Hatte sie eine Affäre? War sie unglücklich mit Sominski? War sie ›habgierig‹«, erinnerte sie ihn an sein Stichwort, »und wollte Auerbach mit was weiß ich was erpressen? Lauter Fragen, die dann so einfach zu beantworten wären.«

»Selbst wenn sie alle Ihre Fragen in dem Tagebuch, dessen Existenz ja nun noch nicht bewiesen ist, beantwortet hätte, wüssten wir trotzdem nicht, wer's war.«

»Da haben Sie wohl recht«, entgegnete Marilene, »aber es könnte immerhin den Kreis der Verdächtigen effektiv erweitern, oder nicht?« Ihre Miene spiegelte den sicher geglaubten Sieg wider.

»Versuchen Sie doch einfach mal, mich nicht permanent als Gegner zu betrachten. Ich will doch nur erreichen, dass Sie vorsichtig sind. Zwar deutet alles auf eine Tat im Affekt hin, aber das heißt ja nicht, dass, wer auch immer, nicht ein zweites Mal töten würde, wenn er glaubt, dass ihm jemand auf die Schliche kommt. Die Hemmschwelle zur Gewalt muss nur einmal übertreten werden, danach geht das ganz leicht. Und das ist völlig unabhängig von Entwicklung oder Intellekt oder sonst was.«

»Ich weiß das ja auch zu schätzen, ehrlich«, sie blickte ihn direkt an und las etwas in seinen Augen, für das sie nicht, oder noch nicht?, nein, gewiss nicht bereit war. Ich wäre ja bescheuert, schon wieder einer, der gerne noch etwas nebenher laufen hätte. »Ich habe einfach das Gefühl, auf der Stelle zu treten und weiß nicht, wie ich weiter vorgehen soll. Aber«, sie hob den Zeigefinger, um seine Aufmerksamkeit auf sich zu lenken, »etwas anderes ist heute Abend doch noch herausgekommen. Sominski hat sich erinnert, dass er auf dem Weg zu seiner Mutter am Bahnhof vorbeigefahren ist, um Blumen zu kaufen. Er sucht nach der Quittung. Die Zeitdifferenz ist damit ausgeräumt«, sagte sie müde lächelnd.

»Gehen Sie schlafen«, schlug Hartmann vor, trank seinen Wein aus und stand auf, »man braucht zwar nicht sehr lange, um jemanden zu erwürgen, aber immerhin, damit ist es etwas unwahrscheinlicher, dass er es war. Wenn sich die Verdachtsmomente gegen ihn nicht erhärten, müssen Sie gar nichts weiter tun.«

»Und was ist mit der Verfolgungsgeschichte? Sie glauben doch nicht daran. Sie denken, dass Sominski nur ablenken wollte. Wenn das so wäre, bleibt die Frage, wovon?«

»Ich werde noch ein bisschen tiefer graben, versprochen. Es gibt noch jemanden, der den Mann gesehen haben will. Wir werden versuchen, ein Phantombild zu erstellen.« Hartmann ging in den Flur, nahm seinen Mantel vom Haken und zog die Wohnungstür hinter sich zu, ohne auf eine Antwort zu warten.

Marilene streckte sich, schloss für einen Moment die Augen, nichts denken, nichts fühlen, so müde. Sie trat ans Fenster, sah Hartmann unten, wie er im Gehen seinen Mantel anzog und ohne zurückzublicken in seinen Wagen stieg und davonfuhr. Als die Rücklichter nicht mehr zu sehen waren, zog sie die Vorhänge zu, putzte sich flüchtig die Zähne und ging ins Bett.

***

Er beobachtete, wie sie dem Bullen nachsah. Interessant. Hatten die was miteinander? Konnte er damit etwas anfangen?

Sie zog den Vorhang zu, und nach einer Weile löschte sie das Licht in den zur Straße zeigenden Zimmern. Er blieb wo er war, überlegte, was zum Teufel sie bei Sominski gesucht haben mochte. Sie konnte unmöglich was von dem Tagebuch wissen. Oder doch? Woher? Wenn Sominski von dessen Existenz gewusst hätte, wäre es bestimmt nicht so gut versteckt gewesen. Aber vielleicht war die Suchaktion ja nur ein Schuss ins Blaue gewesen, in der Hoffnung, auf irgendeinen Hinweis zu stoßen, der jemand anderen als Sominski ins Spiel bringen würde. Hatte sie Erfolg gehabt? War der Bulle deswegen bei ihr gewesen?

Er ließ den Wagen an und fuhr nach Hause. Er musste weiterlesen, vielleicht brachte das ja doch noch Aufschluss. Den nächsten Ausflug in die Kanzlei würde er noch ein paar Tage verschieben.

***

Am Wochenende haben wir den Garten auf Vordermann gebracht. Hat richtig Spaß gemacht, was ich gar nicht erwartet hatte. Ich habe immer gedacht, man müsste mit der Freude am Gärtnern geboren werden, habe im Heim immer lieber Küchen- statt Gartendienst übernommen. Es kommt eben darauf an, mit wem man etwas macht. Als wir das Laub zusammengerecht hatten, bin ich vom Baum aus in diesen riesigen Haufen gesprungen. Irre. Allein der Geruch. Mussten wir natürlich noch mal von vorn anfangen, jedenfalls fast, und heute haben wir beide Blasen an den Händen, weil wir nicht an Handschuhe gedacht hatten. Das überzeugt mich natürlich wieder vom Küchendienst.

Der Geruch von rauchenden Schornsteinen in der kalten Luft hat mich daran erinnert, dass bald Weihnachten ist. Frage mich, wie das mit Stans Mutter ablaufen soll. Habe keinen Bock, mit ihr zu feiern, kann mir aber nicht vorstellen, dass Stan mit mir wegfahren würde, um die Situation zu umgehen. Ich glaube, Söhne haben ihren Müttern gegenüber viel zu leicht ein schlechtes Gewissen, dass sie sich nicht genügend um sie kümmern, und gebrauchen ihre Frauen, um es zu beschwichtigen. Pech, wenn die dann nicht erwünscht sind. Da habe ich mir nun nach der Geschichte mit Hans vorgenommen, mich nicht mehr zu verbiegen, aber ich kann Stan doch nicht sagen, dass ich seine MUTTER nicht mag. Blödes Spiel. Na ja, vielleicht kommt Stan ja noch von selber drauf, dass er sich da mal was überlegen sollte. Man darf die Hoffnung ja nicht aufgeben.

Pustekuchen. Er kam zwar von selber auf Weihnachten zu sprechen, aber er möchte, dass wir hierbleiben, und seine Mutter verbringt Heiligabend bei uns. Super. Werde ich dafür sorgen müssen, dass Stan das Festmahl zubereitet, damit ihre unweigerliche Kritik, Schmeckt deutscher Blumenkohl nicht einfach besser?, Bindest du deine Soßen nie an?, mich nicht treffen kann. Andererseits wäre die Kritik geradezu vernichtend, wenn sie mitbekäme, dass ihr Sohn in der Küche arbeiten musste! Ätz!

Immer noch so viele Überstunden, außer am Freitag, wegen Weihnachtsfeier. Hatte ja gehofft, mich drücken zu können, aber Auerbach hat extra meinetwegen den Termin verschoben, und Susanne, die schon öfter erfolglos versucht hat, sich zu drücken, sagte, es führe ohnehin kein Weg daran vorbei, in der Hinsicht sei A. wie ein Terrier, der sich in etwas verbissen hat, und wir hätten hinterher wenigstens was zu lästern.

Also ging ich hin, vorausschauenderweise ziemlich underdressed, das schien mir sicherer so. Das Essen fand bei einem Chinesen statt und war ganz in Ordnung. Aber als wir fertig waren und A. sagte, er hätte noch eine Überraschung für uns, ist mir mulmig geworden. Er scheuchte uns hinaus, und vor dem Lokal wartete eine Limousine auf uns. Damit wurden wir in eine »Bar« gekarrt. Beinahe hätte man mich nicht hineingelassen, aber leider konnte A. den Türsteher bestechen. Ich weiß wirklich nicht, warum wir drei nicht von vornherein einen Aufstand gemacht haben. Gut, Verena fand das wohl eher aufregend, aber Susanne und ich hätten auf der Stelle kehrtmachen müssen. Haben wir aber nicht.

A. führte uns an einen Tisch, an dem Lohfeld, der Big Boss aus der Zentrale, und von Solburg, einer von unseren eher anstrengenden, wenn auch guten Kunden saßen. Wir, das heißt, Verena und Susanne, wurden mit Komplimenten bedacht, und schon auf die Sitzordnung hatten wir keinen Einfluss mehr. A. übernahm Verena, große Überraschung, von Solburg drückte Susanne in das Plüschsofa, und Lohfeld durfte mit mir vorlieb nehmen. Ich stammelte etwas von wegen, es sei schon so spät, mein Freund würde sicherlich schon ungeduldig auf mich warten, aber Lohfeld meinte, ein Gläschen Champagner wäre doch sicherlich noch drin. Ich nehme an, es war eher Sekt in Champagnergläsern, und ich hasse das Zeug, trank es nur, um keine Szene zu machen und in der Hoffnung, ich käme danach davon. Nichts da.

Während Lohfeld mich nach der Arbeit fragte, ob es mir denn gefalle in der Firma, er höre so viel Gutes über mich, und ob ich nicht erwägen wollte, in die Zentrale zu wechseln, für jemanden wie mich hätten sie dort immer Verwendung, begnügte ich mich mit einsilbigen Antworten und behielt die anderen im Auge. Auerbach betatschte Verena, und ich konnte zwar nicht hören, wie sie verbal darauf reagierte, aber sie sah aus wie das gurrende dumme Huhn, das sie war.

Unterdessen hatte auf der Bühne eine Tänzerin begonnen, das wenige, was sie am Leibe trug abzuwerfen, und ich griff vor Schreck nach meinem Glas, das irgendjemand längst wieder aufgefüllt hatte, und leerte es auf einen Zug. Dann wandte ich meine volle Aufmerksamkeit Lohfeld zu, erläuterte ihm ausführlich, warum ein Umzug für mich nicht in Frage käme, und dass ich ohnehin den Kundenkontakt viel zu sehr schätzen würde, als dass ich meine Arbeit gegen einen Bürojob tauschen wollte.

Ich glaube nicht, dass er allzu viel von meinem Monolog mitbekam, also griff ich nach meinem wundersamerweise wieder vollen Glas, trank noch ein wenig und suchte Blickkontakt zu Susanne. Die war vollauf damit beschäftigt, sich von Solburgs Armen zu erwehren und nahm mich nicht wahr. In dem Augenblick, als auf der Bühne die letzte Hülle, besser gesagt, der letzte String fiel, hatte sie es geschafft, sich gegen seinen Widerstand nach vorn zu beugen, wohl in dem Versuch aufzustehen, gab ihm damit aber den Weg zu ihrem Po frei.

Mir war schlecht. Ich stand auf, wankte vorsichtig an den Tischen vorbei, bis ich den Gang fand, der zu den Toiletten führte, mein Gott, rosa!, das gab mir den Rest, und ich kotzte mir das chinesische Essen und den verdammten Sekt aus dem Leib. Die Stöckelschuhe, die ich hereinkommen hörte, habe ich damit wieder vertrieben, und so ließ ich mir Zeit, spülte mir den Mund aus und ließ mir kaltes Wasser über die Handgelenke laufen, bis es mir besser ging.

Als ich zurück in den Gang trat, erblickte ich als Erstes von Solburg, der mich aber zum Glück nicht sehen konnte. Er stand mit dem Rücken zu mir und unterhielt sich mit einem Mann, der mir vage bekannt vorkam, dessen Gesicht ich aber nicht zuordnen konnte. Der Mann gab von Solburg gerade einen Umschlag, als er mich bemerkte, schien kurz zu überlegen, ob er ihn wieder an sich nehmen sollte, und ließ es aber dann doch bleiben. Ich tat so, als hätte ich nichts gesehen und ging zurück in die Bar.

Keine Spur von Susanne, Verena lag mit Auerbach im Clinch, und Lohfeld starrte gebannt auf die Bühne, wo eine Frau etwas mit einer Schlange anstellte, was ich gewiss nicht sehen wollte. Ich machte mich davon und traf draußen auf Susanne, die mich mit sich zog, raus aus der Gefahrenzone. Irgendwann blieb sie stehen, zog ihr Handy aus der Tasche und rief uns ein Taxi. War mir nur recht, mir taten schon die Füße weh. Während wir warteten, bat sie mich, weder Stan noch Peter jemals davon zu erzählen, die würden nicht begreifen, wie man so dumm sein konnte und nicht gleich am Eingang kehrtmachte. Ich gab ihr recht. Sie würden in den buntesten Farben ausmalen, was noch alles hätte passieren können, und wir würden uns noch schlechter – und schuldiger – fühlen als ohnehin schon. Oh what a night, wir waren bei einem Weihnachtsessen als Gänse vorgesehen. Ich konnte nicht glauben, wie dämlich wir gewesen waren.

Das Rätsel um den Mann, den ich mit von Solburg gesehen habe, hat Susanne noch gelöst. Es war Fuller, ein Galerist, dessen Frau vor einer Weile von Einbrechern ermordet worden ist. Ich frage mich, was wohl in dem Umschlag gewesen sein mag, den er von Solburg gegeben hat.

9

»Immer wenn man's eilig hat«, schimpfte Marilene über die Laufmasche, die sie sich gerade gezogen hatte, weil sie auf das Abtasten ihrer Fingernägel nach rauen Stellen verzichtet hatte, zerrte an der Strumpfhose und pfefferte sie wütend in die Ecke des Schlafzimmers. Sie ging an ihre Nachttischschublade, fand aber keine weitere schwarze, begnügte sich mit grau, lief ins Bad, wo sie den schuldigen Nagel rasch herunterfeilte, und streifte sich die Strumpfhose über, ganz langsam, schließlich war es ihre letzte. Geschafft. Sie ging zurück ins Schlafzimmer und zog das schmal geschnittene schwarze Kleid über, das sie schon am Morgen zum Entknittern rausgehängt hatte, kämpfte mit dem rückwärtigen Reißverschluss und versuchte, die Erinnerung an Felix' zärtliche Finger zu verscheuchen, aber wie bei einem aufregenden Film konnte sie, einmal begonnen, die Augen nicht abwenden.

Es war an ihrem Geburtstag, und Felix hatte sie eingeladen, ihn in Baden-Baden zu treffen, er hätte vorher zu tun, aber ab Mittag würde er im Parkhotel auf sie warten, sie solle etwas Schickes zum Anziehen und ihre Zahnbürste mitbringen. Also hatte sie das Kleine-Schwarze-für-alle-Fälle eingepackt und war dorthin gefahren, hatte ihre für diesen Rahmen lächerlich kleine Tasche selbst nach oben getragen und atemlos an die Tür von Zimmer dreihundertelf geklopft. Als die Tür sich öffnete, fiel ihr Blick auf einen riesigen Strauß roter Rosen, darüber Felix' grinsendes Gesicht und darunter Felix' nackte Beine. »He, ich dachte, ich hätte Geburtstag«, hatte sie gelacht.

Erst um acht, als ein Magen, sie hatten sich nicht einigen können, wessen, vernehmlich knurrte, waren sie unter die Dusche gegangen, hatte Felix, als er ihr bei ihrem Reißverschluss helfen sollte, sie gefragt, ob sie ganz sicher etwas essen wolle, oder nicht lieber doch … er fand die Stelle an ihrem Rücken, die er kaum zu berühren brauchte, um ihr einen Schauer bis in die Zehenspitzen zu jagen, und sie war überzeugt gewesen, dass, als Felix sie leicht vor sich her ins Restaurant schob, jeder Gast bemerkte, dass sie weiche Knie bekam, wieder.

Nach dem Essen hatte er gesagt, er hätte noch eine Überraschung für sie, eine flache Schachtel aus seiner Anzugtasche geholt und über den Tisch geschoben, und für einen winzigen Moment hatte sie geglaubt … und hasste ihn jetzt für die Hoffnung, die sie sich gemacht hatte, und dafür, dass sie gern unter dem Applaus der übrigen Gäste dem filmhaften Klischee erlegen wäre.

In der Schmuckschachtel waren Jetons für die Spielbank, »Hast du nicht gesagt, du wolltest immer schon einmal …?«, und sie hatte den Einsatz vervierfacht, auf die sich aus der Zimmernummer ergebenden Zahlen gesetzt, Glück im Spiel, dachte sie bitter, vielleicht hätte ich verlieren müssen.

Sie zog den leichten schwarzen Blazer an, griff nach ihrer Handtasche, schloss die Tür hinter sich ab und ging zum Wagen. Am nächsten Morgen hatte sie auf seinem Kopfkissen einen Zettel gefunden, »Musste früh weg, komm gut nach Hause, melde mich, F.«, und sie hatte gelächelt, sich nicht gefragt, warum kein »Dein« und keine »Liebe« in der Notiz vorkam. Vielleicht hatte er Hanne in einem anderen Hotel untergebracht …

Ich werde dieses Kleid nie wieder tragen, schwor sie sich, heute Abend werde ich es zerschneiden und in den Müll werfen, Altkleidersammlung kam nicht in Frage, das Unglück würde stets auf seine Trägerin abfärben, und das wünschte sie niemandem. Außer Hanne.

Genug, dachte sie, als sie den Wagen anließ, um zum Bierstädter Friedhof zu fahren, sie fuhr die Aukammallee entlang, an der Deutschen Klinik für Diagnostik vorbei. Die Route zu nehmen war ein Fehler, zu viel Verkehr, zu viele Fahrzeuge auf der Suche nach einem Parkplatz. Erst auf der Bierstädter Höhe konnte sie Gas geben, fuhr ein wenig zu schnell, sodass sie noch bei Gelb über die Kreuzung Nauroder Straße kam. Vergiss es!, sie parkte den Wagen, es ist vorbei.

Sie stieg aus, öffnete das schmiedeeiserne Tor in der hohen Friedhofsmauer und lief an Gräberreihen vorbei, hier ruht, auf ewig unvergessen, plötzlich und unerwartet?, oder nach langer Krankheit und vorhersehbar?, das Alter gab keinen Aufschluss, dennoch rechnete sie bei jedem Grabstein nach, um sich an den Zahlen festhalten zu können, Asche zu Asche, rechnete fieberhaft weiter.

»Langsam, es ist noch genügend Zeit«, sagte Hartmann und nahm sie beim Arm, als wolle er sie stützen.

Sie erschrak, hatte ihn nicht wahrgenommen, wollte ihren Arm schon unwillig wegziehen und ließ es dann doch bleiben, »Ich habe nicht erwartet, Sie hier zu sehen.« Sie warf einen entgeisterten Blick zurück auf ein riesiges, blendend weißes Marmorherz anstelle eines Grabsteins, konnte ein Kopfschütteln nicht unterdrücken, wenn Liebe solche Symbole brauchte, war es dann noch Liebe?

»Warum nicht?«, fragte Hartmann. »Es gibt einem Gelegenheit, alle Beteiligten auf einmal zu sehen. Es ist auch ganz aufschlussreich, zu sehen, wer nicht da ist, wer mit wem redet und wer wen meidet. Es ist nicht wie im Film, da hätte ich dort«, er deutete auf ein paar von Efeu zugewucherte Gräber, »hinter einem Grabstein gelegen mit der Kamera im Anschlag.«

Sie musterte lächelnd seine Erscheinung von oben bis unten, dunkelblauer klassischer Blazer über grauen Hosen, schwarze, blank geputzte Schuhe, leicht daneben, was heutige Modeideale betraf, als würde er nicht so leicht einmal Gelerntes, dunkelblau und grau ist immer passend, für fragwürdigere Kombinationen ablegen.

»Sie haben recht«, deutete er ihren Blick, »diese Aufgabe hätte ich selbstverständlich delegiert. Ich stelle mir lieber vor, ich könnte jetzt als Nero Wolfe in die Kapelle gehen und sagen, du hattest zwar Gelegenheit, warst es aber nicht, weil –, und du hattest ein Motiv, aber keine Möglichkeit, um dann anklagend mit dem Finger auf den Täter zu zeigen und zu sagen, du aber warst es …«

»Und ihn seiner gerechten Strafe zuzuführen«, vollendete Marilene den Satz, als Auerbach wie auf ein Stichwort neben der Kapelle auftauchte, den Blick zwischen ihr und Hartmann hin- und herschweifen ließ, bevor er im Innern verschwand.

Hartmann hatte ihn nicht gesehen. »Selbstverständlich«, sagte er nur, er ließ ihr den Vortritt, »ich bleibe hier hinten.«

»Ja, das ist mir recht«, erwiderte sie, ließ ihn zuerst in die Bank rutschen, bevor auch sie sich setzte, sich einen möglichen Fluchtweg offenhaltend, fühlte sich augenblicklich erdrückt von dem schwülen Duft der Blumen, von zu vielen verschiedenen Parfüms und von der Musik, die aus einem verborgenen Lautsprecher drang und den Eindruck vermittelte, irgendwo würde jemand an der Kurbel eines altersschwachen Grammofons drehen, mal schneller, mal langsamer, aber seit fünfzig Jahren mit der gleichen Inbrunst, beinah erwartete sie, dass ein zittriger Altfrauen-Sopran ertönte, Jesu, meine Zuflucht, aber es blieb bei den blechern durchdringenden Klängen vom Tonband.

Der Pfarrer stand vorn, neben dem geschlossenen Sarg, hatte die Hände über dem vorstehenden Bauch gefaltet, lernten sie das so in ihren Seminaren, oder wusste er nur nicht, wohin sonst mit seinen Händen?, und wartete auf ein Zeichen, dass er beginnen könne.

Sominski saß in der ersten Bank neben einer älteren Frau, die vermutlich seine Mutter war, rutschte unruhig auf seinem Platz herum, als ginge auch ihm die Musik auf die Nerven, aber die Frau war es, die dem Pfarrer mit einem huldvollen Nicken bedeutete anzufangen. Er bat darum, dass jemand die Tür schließen möge, und Marilene hatte den Eindruck, dieser jemand sei sie, wie er sie ansah, mit bekümmertem Vorwurf, so spät kommen und dann noch die Tür offen lassen. Sie fügte sich.

»Wir haben uns heute hier versammelt, um Abschied zu nehmen von einer jungen Frau, die durch ein grausames Schicksal aus unserer Mitte gerissen wurde.«

Sominskis Schultern schienen sich zu verkrampfen, während seine Mutter sich straffte, den Kopf langsam wieder hob, als hätte sie nun genug getrauert, das Leben ging schließlich weiter, es kam einzig auf die Haltung an.

»Silvie Bauer stand in der Blüte ihrer Jahre …«

Bernd Klauke saß auf Sominskis anderer Seite, weinte unverhohlen, was ihm einen ungnädigen, aber unbemerkten Blick von Sominskis Mutter einbrachte. Eigentlich hat sie ja recht, dachte Marilene, man darf die Worte nicht an sich heranlassen, all diese Floskeln, die ihre Bedeutung nur aus dem Anlass heraus bekommen und doch bleiben, was sie sind: leer. Und tot.

Trauerfeiern sollten nicht zum Abschiednehmen dienen, Hartmanns Gedanken bewegten sich in ähnlicher Richtung, oder verschaffte diese Zeremonie irgendeinem Hinterbliebenen Erleichterung, setzte sie wirklich einen Schlusspunkt, dauerte der Schmerz nicht ohnehin an und wäre erträglicher, wenn man ihm allein begegnete? Dennoch registrierte er Sominskis Unbewegtheit und Klaukes Verzweiflung. Und Auerbach schien nur damit beschäftigt, die übrigen Anwesenden zu mustern, rückte ein wenig von Susanne May ab, als halte er ihre offenkundige Trauer für ansteckend.

Nein, dachte Marilene, Auerbach wirkt kein bisschen bekümmert, eher lauernd, wie er die anderen betrachtet, Klauke zum Beispiel, den er sichtlich nicht einordnen kann, es schien, er würde dessen Gesichtszüge einzeln durchgehen, sie mit dem Bild Silvies in seinem Kopf abgleichen, um sagen zu können, nur ein Bruder, aber er blieb eine ihm unbekannte Größe. Und die Gruppe auf der anderen Seite der kleinen Kapelle, Marilene nahm an, es handelte sich um Kollegen Sominskis, weil sich Angela Ganz unter ihnen befand, aber das konnte Auerbach nicht wissen. An sich war es gar nicht so schwierig, die Leute einzuordnen, man musste nur beobachten, wo sie halb verstohlen hinsahen. Auf den Sarg oder auf Sominski. Auerbach tat keines von beidem, also warum war er hier? Wenn Silvie ihm nicht wichtig genug war, dass er Trauer um sie empfunden hätte, dann konnte das doch nur bedeuten, dass er hier war, um seine Unschuld kundzutun, denn dass er anstandshalber hier war, nein, allein das Wort musste für ihn ein Fremdwort sein.

War Auerbach hier, überlegte Hartmann, weil es sich so gehörte, oder war er tatsächlich betroffen? Na, wahrscheinlich hatte Susanne May ihm klargemacht, dass er sich dem nicht entziehen könnte. Jetzt hatte er scheinbar Marilenes Blick gespürt, denn er drehte sich halb herum und starrte zurück, aber sie wich ihm nicht aus, schien sagen zu wollen, trau dich doch, bis er sich löste und seine Aufmerksamkeit wieder auf die Gruppe Lehrer richtete.

»Möge der Herr dir Trost spenden und die Kraft, diesen schweren Verlust zu überwinden.«

Die Pausen zwischen den einzelnen Sätzen machten sie wahnsinnig, Marilene fragte sich, ob es den anderen ebenso ginge, und was hatte Auerbach gerade jetzt bewogen, die Augenbrauen so spöttisch-wissend hochzuziehen? Sie schaute in dieselbe Richtung wie er, konnte die geneigten Köpfe des Lehrerkollegiums aber nur von hinten sehen. Auf der anderen Seite schien Klauke allmählich seine Fassung wiederzugewinnen. Und wer war das dahinter? Ein Mann und ein kleines Mädchen, sie fand nicht, dass so kleine Kinder etwas auf Beerdigungen zu suchen hatten.

Das muss Hans Lubeck sein, überlegte Hartmann, mit der Tochter seiner Freundin, das Mädchen, von dem Zinkel so geschwärmt hatte. Es wunderte ihn, dass er überhaupt gekommen war, wenn er doch keinen Kontakt mehr zu Silvie gehabt hatte, und dann noch mit dem Kind. Die Kleine schien seine Meinung zu teilen, denn mitten in der nächsten Bedenkpause des Pfarrers fragte ihr helles Stimmchen, »Können wir nicht lieber etwas anderes spielen?«, und alle drehten sich zu ihr, teils schockiert, teils widerwillig belustigt, und Lubeck wurde rot, beugte sich zu ihr und flüsterte etwas, das er nicht verstehen konnte.

Marilene unterdrückte ein Grinsen, hätte die Kleine zu gern bei der Hand genommen und wäre mit ihr nach draußen gegangen, Versteckspielen vielleicht, zwischen den Gräbern, kein Toter könnte etwas gegen das glockenhelle Lachen eines Kindes haben, und für sie selbst gab es eigentlich keinen Grund, hier zu sein, sie hatte Silvie nicht einmal gekannt, nur das Gefühl, dass sie vielleicht doch etwas Wichtiges aufschnappen könnte, eine unbedachte Geste oder Äußerung, hielt sie. Sominski brauchte sie hier nicht, er hatte mit seiner Mutter, seinem Freund und den Kollegen genügend Unterstützung.

»Nun wollen wir dich also auf deinem letzten Weg begleiten«, sprach der Pfarrer und machte mit den Händen eine Erhebet-euch-Geste. Sominski, Klauke und zwei der Lehrer hoben den Sarg an und gingen dem Pfarrer hinterher nach draußen, die anderen folgten, Marilene und Hartmann warteten, bis auch der Letzte gegangen war, bevor sie sich anschlossen. Die kleine Prozession bewegte sich einen steinigen Pfad entlang, vorbei an Gräbern neueren Datums, bemerkte Hartmann, bis zu einer baumgeschützten Stelle, wo zwei Friedhofsgräber schon darauf warteten, den Sarg in die Grube hinablassen zu können. Mit einem dumpfen Stoß kam der Sarg unten auf, und bei diesem Geräusch schienen alle zu erstarren, als erwarteten sie, die Tote würde sich über den rüden Umgang beschweren. »Aua«, sprach die Kleine aus, was alle dachten, und Lubeck griff fester nach ihrer Hand.

»Aus Staub bist du, und zu Staub wirst du zurückkehren ...«

Marilene beobachtete, wie Sominski eine rote Rose auf Silvies Sarg warf und drei Schaufeln Erde, die mit hartem Prasseln auftrafen. Jedes Mal zuckte er bei dem Geräusch zusammen. Dann stellte er sich auf die Seite, und einer nach dem anderen trat ans Grab, warf Erde auf den Sarg und ging zu Sominski, drückte ihm die Hand oder umarmte ihn, manche wortlos, andere murmelten Unverständliches. Später würden sie ihn abschätzend betrachten. Hat er es verwunden? Kann man wieder über Alltägliches mit ihm reden? Ein Lachen im Keim ersticken, sobald er in die Nähe käme, als könne ihn ihre Fröhlichkeit mehr verletzen, als ihr Schweigen über seinen Verlust.

Hartmann hielt sich abseits, betrachtete das Defilee, wie Klauke den Eindruck machte, er würde hinterherspringen wie ein tapsiger Bär, der ein besonderes Kunststück vollführte, Lubeck noch Erde auf den Sarg warf, sich aber dann mit dem Kind, »Können wir jetzt ein Eis essen gehen?«, entfernte, Auerbach korrekt die üblichen Bewegungen bis zum angemessenen Händedruck durchführte, Susanne May Sominski schluchzend um den Hals fiel, seine Mutter aber stehen ließ, Angela Ganz, die anzunehmen schien, Sominski würde im nächsten Moment zusammenbrechen, so besorgt war ihr Ausdruck, aber er war es, der ihr unters Kinn griff, wie um sie aufzumuntern. Und schließlich Marilene, die nachdenklich und wie in Zeitlupe die Schaufel führte, dann zu Sominski trat, ihm auf die Schulter klopfte, der Mutter zunickte und sich dann abwandte, auf ihn zukam. Er schaute an Marilene vorbei, sah, wie die Mutter sich ihrem Sohn zuneigte, ihm etwas ins Ohr sprach. Wer war das denn?, nahm er an, gute Frage, und heftete seinen Blick wieder auf Marilene. Überhaupt, seit wann war er zum Vornamen übergegangen, probierte den Rückschritt, Frau Müller, die Anwältin, verwarf ihn sogleich.

Er hat dieses Leuchten im Blick, wenn er mich sieht, fand Marilene, das gefällt mir nicht. Sie spürte ein Steinchen in ihrem Schuh, humpelte zur nächsten Bank, wollte sie schon mit einem Taschentuch abwischen, als ihr einfiel, dass sie ihr Kleid ohnehin vernichten wollte, und setzte sich, um den Schuh auszuschütteln.

Warum, fragte Hartmann sich, wirkt eine Frau, die einen ihrer Schuhe in der Hand hält, um einen Fremdkörper daraus zu entfernen, und währenddessen den nackten, nun ja, bestrumpften Fuß auf den anderen stellt, so verletzlich? Er schob die Hände in die Hosentaschen und blinzelte gegen das plötzliche Sonnenlicht, das durch einen Riss in den Wolken fiel.

Marilene streifte den Schuh wieder über, stellte den Fuß ordentlich neben den anderen und sah zu Hartmann auf. »Nun, haben Sie neue Erkenntnisse gewonnen?«, fragte sie und nahm aus dem Augenwinkel ein Aufblitzen wahr, dort, wo sie gern Verstecken gespielt hätte mit dem Mädchen, dort, wo der Friedhof etwas Verwunschenes, Tröstliches an sich hatte, ein Sonnenstrahl, der auf Marmor traf, vielleicht auf den Engel, dessen Lächeln aus der Entfernung auf einmal lebendig wirkte.

»Nein«, sagte Hartmann, »sie waren alle da, und keiner hat gestanden, leider«, er überlegte, wie viel er preisgeben sollte, »Klauke natürlich, das war schon recht extrem …«

»Jaa«, gedehnt, vor allem im Gegensatz zu Sominski, und das willst du meinetwegen nicht aussprechen, »Sie haben recht, da sollte man mal nachhaken.«

»Nicht man«, erwiderte er, »ich.«

»Schon gut, schon gut«, beschwichtigte sie ihn und stand auf. Sie schaute auf die Uhr, »ich muss los, ich habe noch einen Termin«, log sie und empfand eine kindliche Freude bei dem Gedanken, einen Polizisten, diesen Polizisten, zu belügen – und damit durchzukommen. Tatsächlich hatte sie sich den ganzen Nachmittag freigenommen und würde sich jetzt erst einmal umziehen, bevor sie das Kleid zerstückelte, dann vielleicht etwas lesen. Sich was Gutes kochen, zur Abwechslung. Fernsehen. Oder Klauke aufsuchen.

»Ich bringe Sie zu Ihrem Auto«, sagte Hartmann und wunderte sich, dass sie es auf einmal so eilig hatte, sich immer einen Schritt vor ihm befand, Abstand – und fühlte sich merkwürdig verletzt.

»Einen schönen Tag noch«, wünschte er ihr, als sie ihren Wagen aufschloss, ihre Tasche auf den Beifahrersitz warf und sich hineinsetzte.

»Ihnen auch«, plötzlich fand sie es zu warm, stieg noch einmal aus, um ihre Jacke auszuziehen, und sah ihm nach, da wandte er sich nochmals um.

»Sie haben übrigens eine Laufmasche«, rief er und merkte, dass das trotzig klang, freute sich an ihrem irritierten Blick auf ihre Beine, »hinten links«, fügte er hilfreich hinzu.

Sie verrenkte den Oberkörper, bis sie den hellen Streifen Haut sehen konnte, zog dann an der Strumpfhose, bis sie spürte, wie sich die Laufmasche vergrößerte, das Bein herunterlief, kitzelnd, und lachte, laut.

Hartmann, kopfschüttelnd, was mochte an einer Laufmasche so komisch sein, ging zu seinem eigenen Wagen, setzte sich hinein, beobachtete, wie sie wieder einstieg, herumzappelte. Schlüpfte sie jetzt aus der kaputten Strumpfhose?, versuchte, eine unbestimmte Erregung zu unterdrücken. Sie fuhr los, und er wartete, bis die Ampel, an der sie halten musste, wieder Grün zeigte, bevor er ihr folgte.

Sie fuhr nach Hause. Er nahm an, sie wollte sich umziehen, und hielt am Straßenrand an, sah zu, wie sie im Haus verschwand, wartete zehn, fünfzehn Minuten. Sie kam nicht zurück. Du Idiot, schimpfte er und fuhr davon.

***

Patrizia Heyder legte nach einem schier endlos dauernden Telefongespräch, Gott, mussten denn heute alle Kunden so absolut schwierig sein?, sie würde froh sein, wenn sie wieder ausschließlich in ihrem eigentlichen Beruf arbeiten könnte, erleichtert den Hörer auf, überlegte es sich aber sofort wieder anders und legte ihn statt dessen neben das Telefon. Verena war soeben, du schaffst das schon, Schätzchen, mit einem lässigen Winken in die Mittagspause entschwunden, und bis Auerbach und Susanne zurückkämen, bliebe ihr sicherlich noch eine Stunde Zeit. Wenn kein Kunde käme.

Sie stand von ihrem Platz auf und ging zu Auerbachs Büro. Abgeschlossen natürlich. Sie zog ihren Schlüsselbund aus der Hosentasche und begann, die fünf Buntbartschlüssel, die sie daran befestigt hatte, der Reihe nach auszuprobieren. Nummer vier passte, und sie schickte ein stilles Dankeschön an ihren Ausbilder beim Einbruchdezernat, der ihr erklärt hatte, wie Schlösser funktionieren und dass einfache Zimmerschlösser meist mit einfachen Mitteln zu öffnen seien, der arglose Mensch nur eben nicht auf die Idee käme, es mit einem Schlüssel zu probieren. Seither hatte sie bei jeder sich bietenden Gelegenheit, bei Bekannten oder auf Restauranttoiletten, Schlüssel verglichen und ausprobiert und den einen oder anderen auch mitgehen lassen, wenn er von seiner Machart her in ihrer Sammlung noch fehlte. Inzwischen besaß sie über vierzig verschiedene Schlüssel, hatte aber mit diesen fünf eine Trefferquote von fünfundsiebzig Prozent erreicht. Für kompliziertere Fälle besaß sie einen Dietrich, den sie allerdings meistens zu Hause verwahrte, denn, so ihr Ausbilder, damit sollte man sich auch als Polizistin nicht gerade erwischen lassen.

Sie öffnete den Ring des Schlüsselbundes und ließ nur den passenden Schlüssel stecken, schob den Bund wieder in ihre Tasche, öffnete die Tür und trat in das Büro. An der rechten Wand befanden sich drei Regale voller Aktenordner, aber sie nahm nicht an, dass darin etwas zu finden wäre, schon gar nicht auf die Schnelle, und so stieg sie lediglich auf den davorstehenden Hocker, um nachzusehen, ob sich im obersten Fach etwas hinter den Ordnern befand. Fehlanzeige.

An der linken Wand standen eine Ledercouch und, halb von der geöffneten Tür verborgen, ein unverschlossener Schrank, in dem Auerbach einen Anzug, eine Kombination, drei Hemden und eine Krawatte aufbewahrte. Unterwäsche zum Wechseln schien er für nicht so wichtig zu halten, aber es wäre sicherlich interessant zu wissen, wann und warum er hier übernachtete, wie es den Anschein hatte. Sie tastete das Brett oberhalb der Kleiderstange ab, fand aber nicht die erwartete Zahnbürste, sondern nur eine Rolle Klebeband und einen Gürtel.

Sie betrachtete die über der Couch hängenden Bilder, Reiseplakate in Wechselrahmen, Sonne, Sand und Bikinischönheiten, und warf einen Blick auf die Wand hinter den Rahmen, kein Safe, aber gerade, als sie einen der Rahmen am unteren Rand abgehoben hatte, schellte die Ladenklingel, und sie ließ vor Schreck los und lief nach vorn.

»Guten Tag.«

»Ich interessiere mich für eine Kreuzfahrt«, sagte anstelle einer Begrüßung ein pickeliger Jüngling, der kaum der Pubertät entwachsen schien, geschweige denn das ihrer Vorstellung nach typische Kreuzfahrt-Alter erreicht hatte. Zu ihrer Zeit hatte es zum Abi noch Interrail-Tickets gegeben, und so lange war das nun auch noch nicht her.

»Ja, dann möchten Sie bestimmt erst mal Prospekte studieren«, sie griff nach den entsprechenden Broschüren und drückte sie ihm in die Hand, wobei sie so nah an ihn herantrat, dass er sich genötigt fühlte, zurückzutreten. Er warf ihr einen unsicheren Blick zu und zog es vor zu gehen. Und tschüs, dachte sie und lief zurück in Auerbachs Büro, wo sie erleichtert feststellte, dass der Rahmen noch heil war.

Sie ließ sich in den eleganten Drehsessel sinken, betrachtete den Terminkalender, der sich aufgeschlagen oberhalb der ledernen Schreibunterlage befand, »17.30 v.S.« stand da für morgen, also stand von Solburg vermutlich ins Haus. Ätzend. Sie blätterte zurück, konnte mit den Abkürzungen aber nichts anfangen, schade, dass sie keine Zeit hatte, den Kalender zu kopieren, sie schlug das Pfingstwochenende auf, fand für den Samstag »12.30 v.S«, sonst nichts, nicht einmal irgendwelche Kritzeleien. Wenn sie selbst am Schreibtisch sitzend telefonierte, malte sie immer drauflos, verzierte ihre Notizen mit filigranen Mustern oder zeichnete gar die Person, mit der sie gerade telefonierte, ein Reflex eigentlich, und wenn es nach dem Willen ihrer Lehrer gegangen wäre, dann wäre sie auf die Kunstakademie gegangen, aber sie hatte sich nie für gut genug gehalten und auch Angst vor dem »Brotlos« der Eltern gehabt, hatte gedacht, dass sie ihre genaue Beobachtungsgabe anders besser einsetzen könnte. Davon, dass sie nach ihrem Jurastudium zur Polizei gegangen war, hatten ihre Eltern allerdings noch weniger gehalten, und ihre Versetzung zur Mordkommission hatte sie ihnen wohlweislich ganz verschwiegen.

Sie öffnete die Schreibtischschubladen, Stifte, Schere, ein Brieföffner in der obersten, dann Briefpapier und Umschläge, zuunterst schließlich Einzahlungsbelege und die Kontoauszüge der Firma, die sie kurz durchblätterte, ohne auf etwas Ungewöhnliches zu stoßen.

Sie betrachtete nachdenklich den PC, unterließ es aber, ihn einzuschalten. Interessante Informationen wären auf jeden Fall gesichert, und sie hatte nicht die Zeit, nach Passwörtern zu suchen.

Sie zog an der Schublade auf der rechten Seite des Schreibtisches, aber die war verschlossen. Mist. Sie wollte beim Öffnen keine Spuren hinterlassen, also konnte sie nur hoffen, dass Auerbach den Schlüssel hier irgendwo verwahrte. Nur wo? Sie warf einen Blick unter die Schreibunterlage, hob das Telefon an, besah sich die Unterseite des Schreibtischs, zog die zugänglichen Schubladen noch einmal heraus, um zu sehen, ob er ihn vielleicht an einen Boden oder eine Rückseite geklebt hatte, nichts. Sie lehnte sich zurück, griff gedankenverloren nach dem Magnetspender für Büroklammern, Moment mal, der war zu schwer. Sie schüttelte den Behälter, na bitte, schraubte ihn auf und fischte den Schlüssel heraus. Sie steckte ihn ins Schloss, drehte ihn, da ertönte die Ladenklingel. Ausgerechnet jetzt! Sie sprang auf, stieß sich die Kniescheibe schmerzhaft am Tisch und lief humpelnd nach vorn.

Zwei sehr dünne Damen fortgeschrittenen Alters, in nahezu identische dunkelgraue Kostüme gekleidet, standen am Prospektständer und schauten sich bei ihrem Eintreten gleichzeitig nach ihr um. »Wir möchten nach Hamburg, in ›Dirty Dancing‹«, sagten sie wiederum gleichzeitig und grinsten wie zwei Schulmädchen.

»Na, dann nehmen Sie mal Platz«, sagte Patrizia freundlich, obwohl sie innerlich stöhnte, das würde länger dauern. Sie suchte nach dem Musical-Prospekt, schlug die entsprechende Seite auf und wartete, bis die beiden sich auf die Kante der Stühle gesetzt hatten, ihre Handtaschen mit beiden Händen im Schoß festhaltend, bevor sie begann, ihnen die verschiedenen Angebote zu erläutern. Freudige Ohs und Ahs begleiteten ihre Ausführungen, unterbrochen von »Meinst du, das wird den anderen gefallen?« und »Meinst du, wir können so viel ausgeben?«.

»Sie müssen nämlich wissen«, sagte die Kleinere der beiden und beugte sich vertraulich vor, »wir spielen Bridge. Seit fast zehn Jahren. Und jetzt haben wir so viel Geld in der Kasse, dass wir uns etwas Schönes gönnen wollen. Nur wir Mädels, die Männer bleiben zu Hause. Natürlich sind einige von uns schon verwitwet …«

»Und ich habe überhaupt nie geheiratet«, fügte die Größere ein, bekräftigte dies mit einem resoluten Nicken.

» …da ist das schon leichter, ab und zu wegzukommen, aber es wird auch mal ohne uns gehen müssen.«

»Da haben Sie recht«, sagte Patrizia und behielt weiterhin die Tür im Auge, »wie viele sind Sie denn?«

»Zwölf«, sagten beide wie aus einem Mund.

»Wenn das so ist, könnten Sie sich für ein schöneres Hotel entscheiden, weil es da bestimmt eine Gruppenermäßigung gibt. Ich muss nur den Chef fragen, der ist leider …«, sie stockte, ihr Manöver kam zu spät, sah ihn gegenüber am Imbiss stehen und etwas trinken, »entschuldigen Sie mich einen Moment, mir ist plötzlich so komisch«, sie sprang auf und stürzte nach hinten in Auerbachs Büro.

In fieberhafter Eile zog sie die Schublade heraus, nur ein kurzer Blick, schwor sie sich, zog zu heftig und sie fiel krachend zu Boden. Papiere. Während sie versuchte, die Schublade wieder in die Führung zu setzen, betrachtete sie das zuoberst liegende Blatt. Die Kopie einer Buchungsbestätigung Prag-Frankfurt-Prag für Sukova, M. Mrs. Warum um alles in der Welt war so etwas unter Verschluss? Endlich gelang es ihr, die Schublade wieder einzusetzen, und sie blätterte weiter. Bestimmt zwanzig solcher Kopien, unterschiedliche Herkunft, aber alle nach Frankfurt. Und alles Mrs.

»Guten Tag, meine Damen«, hörte sie Auerbachs Stimme, »bedient sie denn niemand?«

Sie schob hastig die Schublade zu, drehte den Schlüssel herum und legte ihn zurück zu den Büroklammern.

»Doch, doch«, beteuerte eine der beiden Frauen, »aber dem Kind ist schlecht geworden.«

»Vielleicht ist sie schwanger«, spekulierte die andere, und Patrizia hätte fast laut aufgelacht.

Sie schlüpfte in den Flur, zog leise die Tür hinter sich zu und schloss ab, bevor sie im gegenüberliegenden Bad verschwand, schnell die Klospülung betätigte und den Schlüssel in ihre Tasche stopfte. Sie warf einen Blick in den Spiegel, blass genug war sie, sie hoffte nur, dass sie nichts übersehen hatte und alles wieder an seinem Platz war.

»Da ist sie ja«, strahlten die beiden sie an, während Auerbach ihre Körpermitte argwöhnisch musterte.

»Die Damen möchten zu zwölft nach Hamburg inklusive ›Dirty Dancing‹, geben die Hotels da eine Ermäßigung?«, fragte Patrizia, seinen Blick ignorierend.

»Sicher, zehn Prozent«, erwiderte Auerbach und verschwand in seinem Büro.

Sie sah ihm einen Augenblick lang nach, erwartete beinahe, dass er zurückkäme und sie zur Rede stellte, M. Sukova, sie ging an Susannes Platz, notierte sich schnell den Namen und steckte den Zettel ein, oh Gott, ich habe den Telefonhörer nicht wieder aufgelegt, merkte sie an dem entsprechenden Licht an Susannes Apparat. Sie stürzte an ihren Platz und korrigierte das Versäumnis, bevor sie sich auf ihren Stuhl sinken ließ.

»Geht's denn wieder?«, fragten die beiden Damen und blickten sie mit schief geneigten Köpfen mitleidsvoll an.

»Ja, kein Problem. Ich rechne Ihnen jetzt mal die Kosten aus, und dann können Sie das ja erst mal mit Ihren Freundinnen besprechen.« Sie wartete ihr eifriges Nicken nicht ab und begann, die verschiedenen Angebote zu notieren, reichte ihnen schließlich den Zettel und erläuterte ihnen, welche Rechnung zu welchem Bild im Prospekt gehörte.

»Das ist aber lieb, Kindchen, vielen Dank«, sagte die Kleinere und steckte die Unterlagen in ihre Handtasche, bevor beide sich erhoben, »wir kommen morgen wieder.«

»Einen schönen Tag wünsche ich Ihnen noch.«

»Danke gleichfalls, auf Wiedersehen«, antworteten sie synchron und verließen das Geschäft.

»Und, haben sie gebucht?«, fragte Auerbach plötzlich hinter ihr, und sie schrak zusammen.

»Sie kommen morgen wieder«, antwortete Patrizia und blickte ihnen hinterher, wie sie schnatternd und gestikulierend davongingen.

»Alte Schachteln«, murmelte er im Gehen, wandte sich aber dann doch noch mal zu ihr um. »Sind Sie etwa schwanger?«

»Nein, habe mir irgendwie den Magen verdorben, das ist alles«, sagte sie und war froh, als das Telefon klingelte und er wieder nach hinten ging.

10

Marilene beobachtete von ihrem Wohnzimmerfenster aus, wie Hartmann davonfuhr. Sie hatte schon nach der ersten Kreuzung bemerkt, dass er ihr folgte, und einen Moment lang überlegt, ob sie den Versuch machen sollte, ihn abzuschütteln, aber das hätte seinen nicht unbegründeten Verdacht, sie würde sich nicht an ihre Abmachung halten, nur verstärkt.

Sie öffnete den Reißverschluss ihres Kleides, streifte die Träger über ihre Arme und ließ es zu Boden gleiten. Im Gehen schlüpfte sie aus ihren Pumps, nahm die Schere vom Schreibtisch, tapste zurück zu dem Häuflein schwarzen Stoffs, kniete davor nieder und begann ihr zerstörerisches Werk. Einen sauberen Längsschnitt, und dann, als ihr bewusst wurde, dass es hier nicht auf Akkuratesse ankam, schnitt sie wild drauflos, nahm die Hände zu Hilfe, wenn die Schere den Stoff einklemmte statt schnitt, riss das Kleid in Fetzen und fragte sich, ob Vergewaltiger ihren Opfern die Kleider vom Leib rissen, weil das Geräusch zerreißenden Stoffs ein merkwürdiges Gefühl von Macht verlieh. Sie ließ die letzten Fetzen fallen, stand auf und klopfte sich den Staub von den Händen. Sie holte eine Plastiktüte aus der Küche, stopfte die Fetzen hinein und ging ins Bad, um sich zu waschen, bevor sie in Jeans und eine frische Bluse schlüpfte.

Eine halbe Stunde später befand sie sich in Klaukes Kaschemme und fragte die Kaffee und Kuchen balancierende ältere Frau nach Bernd Klauke.

»Oben«, antwortete diese und wies mit dem Kopf nach schräg oben. Auf Marilenes fragenden Blick fügte sie ein mürrisches »Raus, rechts rum, Privateingang« hinzu.

Beruf eindeutig verfehlt, fand Marilene und bedankte sich nicht für die Auskunft, aber möglicherweise tue ich ihr Unrecht und die Arbeit war pure Notwendigkeit und schwer zu ertragen, das viele Laufen und nörgelnde Gäste, zu wenig Trinkgeld, um die Plackerei und ein Lächeln zu lohnen. Vielleicht hätte ich Danke sagen sollen und damit ihren Tag gerettet. Sie fand den Eingang, drückte auf die Klingel und wartete ungeduldig, schrak dann doch zusammen, als der Summer endlich ertönte, drückte die Tür auf und ging nach oben.

»Was wollen Sie denn von mir?«, fragte Klauke statt einer Begrüßung.

»Haben Sie ein paar Minuten Zeit für mich? Ich hätte gern einige Hintergrundinformationen von Ihnen«, sagte Marilene und drückte sich an ihm vorbei in die Wohnung, ohne auf eine Antwort zu warten.

Widerstrebend schloss Klauke die Tür und ging ihr voran ins Wohnzimmer bis ans Fenster. Erst dort wandte er sich um, verschränkte die Arme und sah sie abwartend an.

Sie ignorierte ihn, ließ den Blick schweifen, eine abgenutzte Garnitur aus braunem Wildleder, der Sessel am Fenster fast völlig blank gerieben und nahezu schwarz an Sitzfläche und Kopfteil, der Couchtisch leer bis auf eine halb volle Kaffeetasse. Über der Couch hing ein gerahmter Kunstdruck, könnte sich um Miró handeln, aber sie unterließ es lieber, darüber ein Gespräch anzuknüpfen, irgendwann hatte sie aufgehört, sich Wissen über Kunst anzueignen, Volker hatte sich lange in dieser Hinsicht um sie bemüht, sie zu Ausstellungen und in Galerien mitgeschleppt, vergeblich.

An der gegenüberliegenden Wand befanden sich Regale, deckenhoch mit Büchern gefüllt, Taschenbücher hauptsächlich, eine Menge Psychologie und Geschichte, aber auch alte Ross-McDonald-Krimis, Herr der Ringe und eine ganze Reihe Reiseführer, dazwischen ein Fernseher und eine kleine Stereoanlage.

»Sie lesen viel«, sagte sie und wünschte, sie hätte sich schon vorher Gedanken über dieses Gespräch gemacht, anstatt in der Erwartung herzukommen, Klauke würde sie halb betrunken empfangen und gestehen, letztlich dankbar, dass ihm jemand zuhörte.

»Ist es das, was Sie von mir wissen wollten?«, fragte er, seinen Sarkasmus nur mäßig verbergend.

»Nun, nein, genau genommen …«, stammelte sie.

»Genau genommen wollten Sie von mir wissen, ob da etwas zwischen Silvie und mir war. Ist es nicht so? Ist es jetzt schon verboten zu trauern? Ein Wunder, dass sie den Polizisten nicht gleich mitgebracht haben! Dem brennt die Frage doch auch schon auf den Nägeln, oder? Weiß Stan überhaupt, dass Sie mit dem«, er kreuzte Zeige- und Mittelfinger der rechten Hand und fuchtelte damit in der Luft herum, »so sind? Ich kann mir nicht vorstellen, dass ihm das gefällt.«

»Jetzt setzen Sie sich aber mal hin«, sagte Marilene in der Hoffnung, er würde sich wieder beruhigen. Seine Gesichtsfarbe war von entschieden ungesundem Rot, und sie fürchtete, er könnte ernsthaft auf sie losgehen, wenn ihr nicht schnell etwas einfiel, »niemand hat Sie wegen irgendetwas beschuldigt.«

»Ach ja? Und warum sind Sie dann hier?«

»Sie haben mir ja gar keine Gelegenheit gegeben, Ihnen das zu sagen!«

»Blödsinn, Gelegenheit hatten Sie genug! Aber Sie glotzen hier nur in der Gegend rum, als ... als würden Sie hier ... vielleicht können Sie ja im Kaffeesatz lesen«, schlug er höhnisch vor, »na, wie sieht's aus?«, und er griff nach der Tasse, dass der Inhalt gefährlich nahe daran war, überzuschwappen.

»Jetzt reicht es mir aber«, rief Marilene und stampfte wütend mit dem Fuß auf.

»Na prima! Da ist die Tür!«

»Sie sind ja ...«

»Verrückt?«, kaum hörbar jetzt.

»Vor Kummer«, ergänzte Marilene ebenso leise und sah zu, wie er sich in den Sessel sinken ließ und die Hände vors Gesicht schlug. Sie ließ ihm Zeit, sich zu fassen, setzte sich selbst vorsichtig und immer noch fluchtbereit auf die äußerste Kante des Sofas, bevor sie weitersprach. »Sie haben sie geliebt.«

Klauke nahm die Hände vom Gesicht, schaute sie direkt an, »Ja, das habe ich.«

»Wusste sie das?«

»Ich hab's ihr nie direkt gesagt, hatte Angst, sie würde mich auslachen, sehen Sie mich doch an, und sie war so eine zarte Person, vielleicht hat sie es geahnt, manchmal hat sie betont, wie schön sie es fände, einen so guten Freund zu haben, wie um mich in die Schranken zu weisen.«

»Und Sominski, hat er von Ihren Gefühlen gewusst?«

»Stan ist mein Freund. Ich hätte niemals etwas getan, was diese Freundschaft gefährdet hätte.«

»Sie kennen sich schon lange?«

»Seit dem Studium.«

»Und die Beziehung zwischen Stan und Silvie. War die gut?«

»Glauben Sie mir, wenn sie es nicht gewesen wäre, hätte ich mich nicht zurückgehalten. Stan ist geistig ein bisschen abgehoben, hat sie manchmal überfordert. Dann kam sie hierher, hat sich lustig gemacht über die ›Studierten‹, die ihre Köpfe in den Wolken trügen, oder er kam, jammerte, dass es kein Wunder sei, wenn er bei den Schülern nichts erreichen könnte, wo doch nicht mal Silvie ihn verstünde. So in der Art.«

Kummerkastentante für alle Beteiligten, das kann doch wohl nicht sein, dass man das so wegsteckt, vor allem, wenn man ganz andere Träume hat, oder? Dieser Ausbruch vorhin passt jedenfalls nicht zu so viel Gleichmut, überlegte Marilene, während ihr Blick auf ein Fotoalbum fiel, das auf einem Beistelltischchen neben Klaukes Sessel lag, halb verborgen unter dem »Spiegel«, sodass es ihr im Stehen nicht hatte auffallen können. Sie schaute schnell wieder weg, bevor er ihre Neugier bemerken konnte, und beschloss, eine Unterbrechung des Gesprächs zu riskieren, hoffte, er würde sich nicht erinnern, dass er sie hatte schnellstmöglich wieder loswerden wollen. »Sagen Sie, hätten Sie wohl etwas zu trinken für mich?«

Er schien einen Moment zu überlegen, »Kaffee recht?«, fragte er dann doch, »Milch? Zucker?«

»Oh ja, danke, beides bitte«, und möge es gut versteckt sein, dachte sie, »das ist sehr nett.«

Klauke verließ das Zimmer, und sobald sie ihn in der Küche hantieren hörte, stürzte sie sich förmlich auf das Album, Urlaubsfotos, Karibik?, dann irgendeine Feier hier in der Kneipe, sie bemühte sich, die pergamentenen Zwischenseiten möglichst geräuschlos umzublättern, da, Silvie, es wirkte, als schaute sie direkt in die Kamera, ein offenes Lächeln auf den Lippen, dann Silvie und Stan gemeinsam unten am Tresen und ein paar Seiten später Bernd und Silvie, Arm in Arm an die Reling eines Bootes gelehnt.

Sie bemerkte, wie das Gurgeln der Kaffeemaschine nachließ und legte das Album zurück, setzte sich wieder an ihren Platz und steckte die Hände zwischen ihre Knie, um das Zittern abzustellen. Gott, ich bin für so etwas nicht gemacht, was, wenn er mich erwischt hätte? Ich sollte doch auf Hartmann hören.

»Tut mir leid, dass ich vorhin so ausgerastet bin«, sagte Klauke und stellte ein Tablett vor ihr ab, »das ist sonst nicht meine Art, ich war …«

Außer dir, dachte sie, glaubte nicht, dass das so ungewöhnlich war, und sagte, »Ist schon in Ordnung, ich verstehe das.« Sie goss Milch in ihre Tasse, verzichtete auf den Zucker und rührte geräuschvoller als nötig mit dem Löffel in der Tasse. »Eine Frage hätte ich schon noch«, begann sie vorsichtig und wartete, bis er ihr wieder sein Gesicht zuwandte, »wie kommt es, dass Sie von der Schwangerschaft wussten, Stan aber nicht?«

»Von Stan haben Sie das aber nicht«, fuhr er sie an.

Sie schwieg, den Teufel würde sie tun, ihm preiszugeben, dass Hartmann ihre Quelle war, das wäre Wasser auf seine Mühlen, hoffte sie doch, dass seine Aversion gegen die Polizei verhindern würde, dass er Hartmann von ihrem Besuch berichtete.

»Ich weiß es nicht«, er setzte sich, wieder ruhiger, und schien aufrichtig ratlos, »sie kam direkt vom Arzt hierher, Stan hatte eine Konferenz, und sie musste es wohl einfach loswerden, also hat sie es mir erzählt. Sie hatte ja sonst niemanden. Am Abend hatte sie es ihm sagen wollen. Keine Ahnung, warum sie es nicht getan hat, ich habe sie danach nicht mehr gesehen.« Er blinzelte die drohenden Tränen weg.

»Wann war das?«, fragte Marilene behutsam.

»Mittwoch vor Pfingsten.«

»Und Stan haben Sie in der Zeit auch nicht gesehen?«

»Nein, erst danach, am Sonntag.«

»Hm«, nun ebenso ratlos. War es nachvollziehbar, dass Silvie allein Klauke von der Schwangerschaft berichtet hatte? Hätte der nicht das Bedürfnis verspüren müssen, seinem Freund zu gratulieren? Vorausgesetzt natürlich, das Verhältnis zu Silvie war so platonisch geblieben, wie er behauptete. Oder Klauke hat Stan gratuliert, und das hat dazu geführt, dass Stan … Nein. Nicht schon wieder. Zu viel Raum für Spekulationen

Sie stellte die Tasse ab, stand auf, »Tja dann, vielen Dank für Ihre Zeit.«

»Kein Problem.«

Klauke brachte sie zur Tür, schloss sie erst, als sie unten angekommen war. Sie ließ die Eingangstür hinter sich zuschnappen, blieb einen Moment stehen, und nun? Sie zuckte mit den Schultern, schob die Hände in die Taschen ihrer Jeans und machte sich auf den Weg zu ihrem Auto.

Es hupte wild hinter ihr. Herrje, ich sollte entweder Autofahren oder Nachdenken, ist ja gut, so lange wird's ja wohl noch nicht Grün gewesen sein, oder? Eine Zeit lang fuhr sie aufmerksamer, ließ dann doch wieder die Gedanken schweifen, Sominski, Klauke, ich könnte natürlich auch noch Lubeck aufsuchen, wenn ich schon dabei bin. Hartmann wird mich massakrieren. Mal sehen, ob ich die Adresse herausfinde.

Zu Hause angekommen, stellte sie den Wagen ab, öffnete die Tür und schloss sie gleich wieder, ohne dass sie ausstieg. Ich lasse mich zu sehr auf diese persönliche Ebene ziehen. Wenn es eine Tat aus Liebe, oder verschmähter, war, würde Hartmann das schon herauskriegen. Sie glaubte auch nicht wirklich, dass er immer noch ausschließlich darauf aus war, Sominski dafür verantwortlich zu machen.

Wohingegen sie selbst sich mehr und mehr verunsichert fühlte, je tiefer sie in das Privatleben der Beteiligten einzudringen versuchte. Klauke war nicht nur der beste Freund und dufte Kumpel. Neid und Eifersucht schwelten sehr dicht unter seiner lockeren Oberfläche. Und Sominski – er ist mein Mandant und als solcher per se unschuldig, rief sie sich ins Gedächtnis, es gibt keinen Grund, daran zu zweifeln, verlass dich auf deinen Instinkt, ab und zu hat er sich ja bewährt.

Blieb noch Auerbach.

***

Zwanzig Minuten später winkte sie Patrizia Heyder zu, mit der sie sich per Handy am Marktbrunnen verabredet hatte. »So schnell habe ich noch gar nicht mit Ihnen gerechnet.«

»Ich habe meinem Chef gesagt, dass mir wieder so schlecht wäre, da hat er mich nach Hause geschickt.«

»Dann verschieben wir unser Treffen doch lieber, kein Problem«, versicherte Marilene.

»Aber nein«, Heyder zog sie mit sich, »im Gegenteil, wahrscheinlich ist mir schlecht vor Hunger. Ich wohne nicht weit von hier und nur ein paar Häuser von einem ganz vorzüglichen Griechen entfernt. Wir könnten uns von dort etwas mitnehmen und zu mir gehen, ja?«

»Gern, aber …«

»Ach kommen Sie, es ist wirklich nicht weit.«

»Das meine ich nicht, es ist nur …«

»Sie mögen keine griechische Küche?«

»Das ist es nicht.« Marilene schlug die Augen zum Himmel. »Ich muss Ihnen etwas sagen, und ich gehe davon aus, dass Sie danach nicht mehr mit mir essen gehen wollen.«

»Das klingt ja sehr ernst«, Heyder sah sie mit einem fast spöttischen Ausdruck an, »wissen Sie was?, Heben Sie sich's einfach bis nach dem Essen auf«, sie fasste sie beim Arm und zog sie mit sich fort, »kommen Sie schon.«

Sie liefen schweigend durch die Altstadt, dann hoch zur Kirchgasse, der Hauptader der Fußgängerzone, und bogen links ab, Marilene ihr Geständnis durchspielend, während Heyder zweifellos überlegte, was da wohl auf sie zukommen mochte. Das abendliche Gewimmel wirkte zielgerichtet, wenn auch müde, selbst die Kinder fügten sich dem Drängen ihrer Mütter, verstummten nach einem »Ich will aber«. Vor einem Schaufenster mit Brautmoden standen Mutter und Tochter, die Mutter bestritt allein die Unterhaltung, unterstrich mit Gesten, was auch ohne zu verstehen gewesen wäre, zu teuer, zu gewagt, was sollen denn die Leute denken, nicht mit mir. Marilene warf einen Blick in das Fenster, das Streitobjekt ein Traum aus weißer Seide, mit einem Hauch von Silber darin, schmal geschnitten, enges gewagtes Mieder und ein Seitenschlitz, der das Tragen eines Tangas erfordern würde.

»Wenn ich einmal heiraten sollte, dann nur in so einem Kleid«, sagte Marilene laut genug, dass sie sicher sein konnte, gehört worden zu sein.

Heyder unterdrückte ein Kichern. »Die arme Frau, jetzt hat sie gar keine Chance mehr. Die Verwandten vom Land werden sich die Mäuler zerreißen.«

»Nur die Tanten«, warf Marilene ein, »die anderen werden es heimlich zu schätzen wissen.«

Sie grinsten beide vor sich hin, beschäftigt mit Bildern des Familienskandals, überquerten die Rheinstraße und liefen die Moritzstraße entlang, bis sie beim Griechen ankamen, bestellten zwei Portionen Gyros und kippten zufrieden den Warte-Ouzo. Mit den Styropor-Schüsseln, denen ein köstlicher Duft entwich, machten sie sich auf den Weg, Heyder, mit entschuldigendem Lächeln in ihrer Handtasche nach den Schlüsseln kramend, »Hätte ich auch früher machen können«, wurde fündig und schloss die Haustür auf. Direkt neben der Tür hing der Treppenputz-Plan, fünf Stockwerke, linoleumbedeckte Treppen, die Wände zeugten von vielen Umzügen mit sperrigen Gegenständen und schmutzigen Kinderhänden.

Oben angekommen, sperrte sie die Wohnungstür auf und schob Marilene durch den Flur in die Küche, damit sie die Tür schließen konnte, so eng war es, deutete auf die gegenüberliegende Tür, »Mein Bad«, und Marilene wusch sich in dem winzigen Raum, wo das Becken halb über der Toilette hing, sodass sich noch Platz für eine nur sitzend oder stehend zu benutzende Badewanne gefunden hatte, die Hände. Sie hörte, wie Heyder mit Geschirr und Besteck hantierte und folgte ihr in den nächsten Raum. Heyder deutete auf das Fenster, das auf das mit Dachpappe gedeckte Dach des angrenzenden Hauses ging, »Mein Balkon«.

»Da haben sie die Tür aber vergessen«, lachte Marilene, und gemeinsam stellten sie zwei Klappstühle und einen kleinen Campingtisch auf das Dach. Marilene kletterte zuerst hinaus und nahm von Heyder Teller, Gläser und Besteck entgegen, zuletzt eine Flasche Wein.

»Bin gleich zurück«, sagte Heyder und verschwand.

Marilene sah ins Zimmer hinein, ein großer Esstisch aus Kiefer und vier Stühle mit bunten Kissen links vom Fenster, in der Ecke ein Schreibtisch, auf dem sich ein Computer befand, daneben eine Schiebetür, die vermutlich ins Schlafzimmer führte, rechts eine mit hellem Stoff bezogene Couch, davor ein runder Glastisch und ein Schaukelstuhl aus Rattan, dann Regale mit Büchern. Ein paar Aquarelle an den Wänden und viele Grünpflanzen, beneidenswert grün, ihre eigenen tendierten immer sehr schnell zu Gelb, du musst mit Pflanzen reden, wenn du willst, dass sie gedeihen, hatte ihre Mutter gesagt, aber sie hatte sich nie dazu überwinden können, sprach erst mit ihnen, wenn das Gelb zu Braun geworden war, ab in den Müll mit dir.

»So, jetzt aber.« Heyder reichte ihr die Styropor-Schüsseln, und Marilene füllte das Gyros auf die Teller und wartete, bis die andere nach draußen geklettert war, bevor sie zu essen begann.

»Das hat was«, Marilene ließ den Blick über die Dächer und Hinterhöfe schweifen.

»Zweizimmerwohnung mit Penthouse-Charakter, nicht wahr? Ich bin nur froh, dass man das nicht von unten sehen kann, habe ich ausgetestet, denn mein Vermieter wäre sicher nicht begeistert, der fand schon die zwei Palmen hier zu viel.«

»Wieso das denn?«

»Er hat mir schließlich nur die Wohnung und nicht das Dach dazu vermietet. Vielleicht hat er Angst, ich würde die Mieter darunter belästigen, wenn ich meine großen Abendgesellschaften gebe.«

»Wohnt der im Haus?«, fragte Marilene.

»Nein, nein. Am anderen Ende der Stadt, aber er macht regelmäßige Kontrollgänge. Ich wohne jetzt fast zwei Jahre hier, und der hat mich schon mindestens viermal besucht. Fragt immer, ob alles in Ordnung ist, so ein Quatsch. In Wirklichkeit will der nur wissen, ob ich meine Fenster auch geputzt habe, und sichergehen, dass ich nicht heimlich Asylbewerber beherberge. In früheren Zeiten wäre der Blockwart gewesen, ehrlich wahr.«

»Wenn er aber nur Sie besucht, hat das vielleicht ganz andere Gründe«, schlug Marilene vor.

»Der alte Knacker. Nein, ich habe mich erkundigt, der macht das bei allen so, am schlimmsten ist es für die Mieter ganz unten, da braucht er nicht zu klingeln, sondern geht einfach gleich auf den Hof und tut so, als würde er nach den Pflanzen sehen, die ihm nicht einmal gehören, während er tatsächlich in die Fenster späht.«

»Unglaublich«, murmelte Marilene mit halb vollem Mund, kaute und schluckte, »meinen habe ich noch nie gesehen, habe den Vertrag damals beim Hausmeister unterschrieben. Übrigens«, sie deutete mit der Gabel auf ihren fast leeren Teller, »das schmeckt wirklich gut.«

»Ja, nicht?«, Heyder schob das letzte Stückchen Fleisch mit dem Finger auf die Gabel, »das verleitet mich viel zu oft, aufs Kochen zu verzichten.«

Marilene half, das Geschirr zusammenzustellen, und reichte es Heyder hinterher, nachdem diese hineingeklettert war.

»Möchten Sie auch einen Kaffee?«, kam es aus der Küche.

»Gern«, rief sie, alles, um die Stunde der Wahrheit hinauszuzögern, wie hatte sie noch anfangen wollen? Sie hatte doch vorhin eine Idee gehabt, verdammt, sie sprang auf, um Heyder Tassen und einen Aschenbecher abzunehmen, kramte dann in ihrer Handtasche nach Zigaretten und Feuerzeug, hielt schützend die Hand vor die Flamme und sog gierig den Rauch ein. Sie schloss die Augen, in dem Versuch, sich zu konzentrieren, gab auf, als Heyder mit dem Kaffee auftauchte.

»So schlimm?«, fragte Heyder, während sie einschenkte.

Marilene wartete bis die andere ebenfalls saß, und sah ihr dann direkt in die Augen: »Ich bin die Anwältin von Stan Sominski.«

»Wau«, Heyder kratzte sich am Kopf, »das ist wirklich ganz schön heftig.« Sie lehnte sich zurück und betrachtete nachdenklich ihr Gegenüber. »Mir fehlen die Worte – und das kommt nicht so oft vor. Fragen Sie meinen Chef.«

Ach nein, lieber nicht, dachte Marilene.

»Und das Eis?«, fragte Heyder plötzlich in das Schweigen hinein.

»Tja«, antwortete Marilene gedehnt, »da wusste ich noch nicht, dass Sie bei der Polizei sind, ursprünglich war ich richtig stolz auf die Idee gewesen, so unauffällig die neue Mitarbeiterin des Reisebüros kennenzulernen, sie ein bisschen auszuhorchen …«

»Ich fass es nicht«, Heyder begann schallend zu lachen, »haut mir ein Eis auf die Klamotten und erwartet Betriebsgeheimnisse! Was haben Sie eigentlich gedacht, als ich Ihnen sagte, dass ich bei der Polizei bin?«

»Ich habe mich ungefähr so schuldig gefühlt wie jeder Unschuldige, der plötzlich mit der Polizei konfrontiert wird, prophylaktisch gewissermaßen, und muss höllisch rot geworden sein. Haben Sie aber zum Glück nicht gemerkt.«

»Nein, ich dachte, der Zusammenstoß war Ihnen peinlich.«

»Jedenfalls habe ich mich dann nicht mehr getraut, Sie auszuhorchen. Außerdem war ich ohnehin überrascht, dass Sie eingesetzt wurden. Denn als ich Hartmann gegenüber meinen Verdacht gegen Auerbach geäußert habe, hat er mich ausgelacht. Das war ja der Grund, warum ich mich bei Ihnen einschleichen wollte. Ich hatte gedacht, ich müsste die ganze Arbeit alleine machen«, erklärte Marilene entschuldigend und fuhr fort, »natürlich will er keine Einmischung meinerseits, aber solange Sominski nicht völlig raus ist, mag ich mich nicht ausklinken. Und je schneller das ausgestanden ist, desto besser für ihn. Nicht dass ich Hartmann nicht trauen würde, aber manchmal kann ein Außenstehender ...«

»Außenstehend sind Sie aber nicht direkt«, unterbrach Heyder sie, »aber ich verstehe, was Sie meinen.« Sie schwieg einen Moment, bevor sie fortfuhr, »Ich sage Ihnen, was wir machen.«

Marilene hob, erstaunt ob des »Wir«, die Augenbrauen, aber bevor Heyder weitersprechen konnte, klingelte es.

»Wer ist das denn jetzt?«, fragte sie nach einem Blick auf ihre Armbanduhr. »Egal, ich erwarte niemanden. Also, gesetzt den Fall, ich lege die Karten offen auf den Tisch, dann gilt das Gleiche für Sie.«

»Sicher. Jedenfalls, sofern es nicht meinen Mandanten betrifft.«

»Natürlich. Sominski bleibt außen vor. Bleiben wir erst mal bei Auerbach.«

»Ich hatte mir überlegt, ich könnte mal mit dem Dummchen reden, wie heißt sie noch, Mende? Wenn Susanne von Silvies Verdacht, dass Auerbach in krumme Geschäfte verwickelt ist, wusste, warum nicht auch sie?«

»Noch mal? Silvie hatte einen Verdacht?«, Heyder war verblüfft, »aber davon steht ja gar nichts in der Akte.«

»Nicht?« Jetzt war es an Marilene, sich zu wundern, »Aber warum hat Hartmann Sie dann auf Auerbach angesetzt?«

»Hat er ja nicht. Ich feiere Überstunden ab. Offiziell brauchte ich die Zeit, um mich um meinen Neffen zu kümmern, weil meine Schwester nach der Geburt ihres zweiten Kindes noch in der Klinik bleiben muss, ihr Mann im Ausland und unsere Mutter überfordert ist.«

»Und ich dachte immer, Polizisten lügen nicht«, sagte Marilene.

»Alles wahr, ich schwöre, bis auf die Überforderung. Ich muss regelrecht drum kämpfen, wenn ich mal was mit Magnus unternehmen möchte. Aber übermorgen darf er mit ins Büro, das habe ich ihm schon lange versprochen, und zur Untermauerung meiner Geschichte ist der Zeitpunkt perfekt. Ich habe sogar schon einen Kollegen von der Streife gebeten, uns mit Blaulicht abzuholen,

Polizeiautos sind für ihn echt das Größte. Er ist der Einzige in meiner Familie, der meinen Beruf toll findet, außer mir natürlich.«

»Eins verstehe ich trotzdem nicht«, überlegte Marilene, »wenn Sie gar nichts von Silvies Verdacht wussten, warum sind Sie dann dort?«

Heyder kratzte sich am Kopf. »Zum einen haben wir herausgefunden, dass Auerbach vor ein paar Jahren wegen Scheckbetrugs belangt worden ist. Und dann hat Zinkels Schilderung mich so neugierig gemacht, zumal sein Instinkt, was die Einschätzung von kriminellen Qualitäten angeht, nahezu unfehlbar sein soll, dass ich gedacht habe, ich hör einfach mal, ob dort eine Stelle frei ist. Ganz zwanglos. Ich hatte nicht wirklich vor, die auch anzunehmen, ich wollte nur mal gucken, und das nicht als Polizistin.«

»Und warum haben Sie's dann doch gemacht?«

»Schwer zu erklären. Ich habe immer das Gefühl, ich müsste meinem Chef beweisen, dass ich gut bin, auch wenn er gerade anfängt, mich zu akzeptieren. Aber den Ausschlag gab, glaube ich, dass Auerbach behauptet hat, eine Mitarbeiterin habe urplötzlich gekündigt. Ich meine, der hätte ja nicht von Mord zu reden brauchen, ein tragisches Unglück oder so hätte es auch getan, aber das als Kündigung zu bezeichnen, das fand ich schon eiskalt. Und anzüglich war er auch, schon wie der mich gemustert hat«, sie zog vor Abscheu die Nase kraus, »bäh. Ich gebe ja zu«, winkte sie einen möglichen Einwand ab, »kriminell ist das nicht, aber irgendwie war mir der Typ suspekt. Hat Susanne die Geschichte denn eigentlich konkretisiert?«

»Nein, kann man so nicht sagen, Silvie hat sie immer mal auf Beobachtungen am Rande aufmerksam gemacht, dass Auerbach Leute empfangen hat, die nie etwas gebucht haben, und dann hat er immer die Tür zu seinem Büro geschlossen, und wenn sie wieder gingen, war er es, der zuerst aus seinem Büro kam und zu prüfen schien, ob jemand im Laden war, den er kannte, das hatte sie merkwürdig gefunden. Dann gab es da noch einen guten Kunden, bei dem Silvie das Gefühl hatte, Auerbach sei zu servil und fast ängstlich darauf bedacht, ihn zufriedenzustellen. Aber Susanne hatte alles abgetan, weil es ihr zu unwahrscheinlich vorgekommen war, dass an Silvies ›Räuberpistole‹ etwas dran gewesen sein könnte. Schließlich hätte sich für alles auch eine harmlose Erklärung finden lassen können. Und irgendwann hat Silvie nicht mehr drüber gesprochen.«

»Tja«, sagte Heyder nachdenklich, »die Beobachtungen kann ich bestätigen. Von Solburg, so heißt der, ich hatte schon das zweifelhafte Vergnügen, macht mit wechselnder weiblicher Begleitung regelmäßig Städtetrips, wobei er nur die Unterkunft bei uns bucht, das Feinste vom Feinen jedes Mal, er ist Pilot und fliegt selbst.«

»Zahlt er denn seine Rechnungen?«

»Gute Frage. Ich hab mir zwar sein Konto angesehen, aber auf die Idee, das zu prüfen, bin ich nicht gekommen. Mal sehen, ob ich's rauskriegen kann. Morgen werde ich seinen Namen mal abchecken, Einwohnermeldeamt, Handelsregister und natürlich unsere eigenen Datenbanken. Wenn wir erst mal wissen, mit wem wir's zu tun haben, kommen wir ja vielleicht weiter.«

»Also vernachlässigen wir Silvie zunächst mal?«

»Da bleibt uns ja nichts anderes übrig«, bedauerte Heyder, »über ihr Wissen können wir nur spekulieren.«

»Zu dumm, dass das Tagebuch verschwunden ist. Ich bin so sicher, dass uns das weitergebracht hätte.«

»Da ist schon wieder was an mir vorbeigegangen«, wunderte Heyder sich.

»Ich habe mit Sominski die Wohnung durchsucht, und das Einzige, was ich gefunden habe, war ein ehemaliges Versteck von etwas, das die Größe eines Tagebuchs hatte. Im Nähmaschinenkoffer war unten drin ein Fleck staubfrei, da hat etwas gelegen, und mir schien das ein logisches Versteck, wenn sie nicht wollte, das Sominski es findet.«

»Die Gebrauchsanweisung hätte es nicht sein können?«, fragte Heyder.

»Passt nicht.«

»Und das ist uns entgangen?«

»Jawohl«, Marilene grinste stolz, »das hat Hartmann auch wesentlich mehr geärgert als die Tatsache, dass das, was dort gelegen hat, verschwunden ist.«

»Kann ich mir vorstellen. Wenn es sich um ein Tagebuch gehandelt hat, dann hat das wohl der Täter ...«, sie überlegte, »oder Sominski?«

»Nein«, erwiderte Marilene, »der glaubt nicht mal dran, dass es eins gibt, und wenn, dann kann er sich nicht vorstellen, warum sie es versteckt haben sollte.«

»Männer.« Heyder schüttelte den Kopf. »Also bei Auerbach im Büro habe ich es nicht gefunden. Das einzig Interessante dort war, dass er Kleidung zum Wechseln da hat, und ich frage mich, warum. Und dann die Buchungsunterlagen in einer verschlossenen Schublade, Ausland – Frankfurt – Ausland, alles Frauen. Einen Namen habe ich mir notiert, aber ich weiß noch nicht so recht, was ich damit anfangen soll.«

»Frauenhandel?«, schlug Marilene vor, »obwohl, ich dachte eigentlich, das liefe über Entführung und nicht mit Buchungen.«

»Manche Organisationen haben eine halblegale Struktur, das ist schon denkbar. Nur, wie nachweisen? Ich glaube, wir müssen versuchen, mehr über diesen von Solburg herauszufinden, und dann ist da noch dieser Unbekannte, der mit Auerbach hinter verschlossenen Türen zusammentrifft.«

»Was kann ich dabei tun?«

»Können Sie sich morgen Nachmittag freinehmen?«

»Ja, wird schon gehen.«

»Prima. Auerbach hat nämlich um siebzehn Uhr dreißig einen Termin mit von Solburg, das habe ich in seinem Kalender gesehen, aber ich weiß natürlich nicht, wo. Hier mein Vorschlag: Sie setzen sich in ein Restaurant oder Café in der Nähe, und ich rufe Sie an, wenn Auerbach das Reisebüro verlässt, oder wenn von Solburg wieder geht. Wenn wir auf die Art an Kontaktpersonen und Autokennzeichen kommen, wären wir einen Riesenschritt weiter. Meine Kollegen kann ich ja nicht gut drum bitten.«

»Was machen Sie, wenn die noch mal ins Reisebüro kommen?«

»Ich schätze, dann ist eine Standpauke fällig, aber decken werden sie mich schon, da habe ich keine Bedenken. Im Übrigen können wir eigentlich auch Du sagen, wenn wir schon so konspirativ zusammenarbeiten, oder?«

»Gern«, Marilene hob ihr Glas und prostete der anderen zu, »dann mache ich mich jetzt mal auf den Heimweg. Vielen Dank fürs Essen.«

»Gern geschehen.« Patrizia kletterte Marilene voraus nach drinnen. »Hoffen wir, dass der Termin morgen auch stattfindet, und vielleicht haben wir ja Glück, und der andere Typ taucht ebenfalls auf. Wenn sich nichts tut, melde ich mich am Abend bei dir.«

Sie verabschiedeten sich, und Marilene stieg unerwartet erleichtert die Treppen hinunter und lief zurück zur Kanzlei, wo ihr Wagen stand. Zu Hause angekommen, öffnete sie die Balkontür, holte sich Wein und Aschenbecher, bevor sie sich setzte und, die Füße auf das Geländer gestützt, gedankenverloren den Blick schweifen ließ. Der Himmel wurde langsam dunkler, ein Aquarell verwischt vom Dunst, der dem nahen Aukammtal entstieg, und der letzte helle Glanz auf den Häusern verblasste mehr und mehr.

Sie stand wieder auf, ging ins Schlafzimmer, wo sie nach der alten Baseballkappe suchte, die sie sich einmal für eine Fahrradtour den Rhein entlang zugelegt hatte, den Strohhut von seinem Haken nahm und beides in eine große Umhängetasche steckte. Dann fügte sie noch zwei verschiedene Sonnenbrillen hinzu und ein Paar Turnschuhe, für den Fall, dass sie weite Strecken zurücklegen musste, und glaubte sich gerüstet für ihre erste Überwachung. Sie ging abermals nach draußen und wollte sich gerade setzen, als das Telefon klingelte.

»Müller.«

»Hallo, Lenchen, Schatz, hör mal, du musst mir einen großen Gefallen tun, wo hast du dich nur rumgetrieben? Ich versuche schon seit Stunden, dich zu erreichen.« Volker.

»Ich war auf einer Beerdigung.«

»So lange? Hör zu, ich muss morgen Abend zu einer Vernissage und brauche dringendst schmückende Begleitung.«

»Welche Zeit?«

»Um neun. Ich weiß, dass du so etwas hasst, aber tu es mir zuliebe.«

»Könnte klappen, ich habe morgen Nachmittag einen Auswärtstermin, aber das müsste ich schaffen. Sonst rufe ich dich von unterwegs an.

»Du bist ein Engel. Ich hol dich um halb neun ab, es handelt sich übrigens um …«

»Vergiss es, das sagt mir sowieso nichts. Erwarte bloß nicht, dass ich kunstsachverständige Äußerungen von mir gebe. Mehr als ›ah‹ und ›oh‹ ist nicht drin.«

»Das reicht vollkommen, also bis morgen, tschüs.«

»Ja, gute Nacht«, sagte Marilene und legte irritiert den Hörer wieder auf. Warum ließ sie sich von Volker immer zu Dingen überreden, zu denen sie überhaupt keine Lust hatte? Überrollen wäre das richtigere Wort. Und warum hatte sie ausgerechnet heute das kleine Schwarze zerschnitten? Egal, schrill genug wäre das Kleid nur, wenn sie es jetzt wieder zusammenklebte, mit rotem Isolierband zum Beispiel. Ich hätte mich nicht darauf einlassen sollen.

***

»Lust auf Pizza?«, fragte Zinkel, stieß die Tür mit dem Fuß zu und lud zwei Schachteln und eine Tüte, in der es gluckerte, auf dem Schreibtisch ab.

Hartmann schrak auf. »Woher wusstest du, dass ich noch da bin?«

»Intuition, mein Lieber.«

»Allmählich werden unsere Ernährungsgewohnheiten etwas einseitig«, kommentierte Hartmann und zog einen der Kartons zu sich heran, schnupperte kurz, öffnete ihn und begann zu essen.

»Statistisch gesehen ist die Lebenserwartung von Polizisten ohnehin geringer als die von Normalbürgern, Kriminelle ausgenommen, da kommt's auf das bisschen Cholesterin auch nicht mehr an.«

»Hast recht. Mach ruhig den Wein auf, Fromm ist schon gegangen, kann nichts passieren.«

»Jawohl, Chef«, Zinkel tat, wie ihm geheißen, fand zwei Wassergläser und goss beide voll, »Prost.«

»Zum Wohl«, sagte Hartmann und trank einen Schluck, »sag mal, wo steckt Patrizia eigentlich?«

»Hatte heute Nachmittag frei, wegen ihres Neffen, erinnerst du dich nicht? Morgen übrigens auch.«

»Ach ja, stimmt. Wollte sie ihn nicht demnächst mal mitbringen?«

»Ja, übermorgen, da hat ihre Mutter einen Arzttermin.«

»Aber Fromm könnte …«

»Ist zu einer Tagung, ich habe mich vorher erkundigt.«

»Wir sind weder ein Kinderheim noch ein Tierasyl«, sagten beide gleichzeitig und aßen dann schweigend weiter.

Hartmann war zuerst fertig, fegte den leeren Karton beiseite und begann wieder, beschriftete Kärtchen vor sich hin und her zu schieben.

»Dem entnehme ich«, Zinkel deutete mit einem Pizzastück auf die Kärtchen, »dass wir nicht wesentlich weitergekommen sind, oder?«

»Überrasch mich mal.«

»Schön wär's. Ich war heute bei dem Frauenarzt, telefonisch habe ich nichts erfahren können, und dann haben sie mich auch noch eine geschlagene Stunde zwischen schwangeren Frauen und krähenden Kindern warten lassen. Immerhin habe ich die Phantasie der Frauen mächtig angeregt, vor allem, nachdem meine Sitznachbarinnen aufgerufen wurden, ich konnte förmlich sehen, wie es in den Hirnen klickerte, ein Mann beim Frauenarzt, ganz allein, und ohne das Alibi eines Vertreterkoffers, unglaublich. Als ich dann endlich, Herr Zinkel, Zimmer drei, bitte, an der Reihe war, waren sie wahrscheinlich bereit zu glauben, ich sei nach Arnie der erste schwangere Mann des Universums.«

»Wie ich dich kenne, hast du ein wenig nachgeholfen und den Bauch vorgestreckt«, vermutete Hartmann.

»Nur ganz leicht. Wie auch immer«, fuhr Zinkel fort, »der Arzt hat sich gesträubt, nach den Unterlagen zu sehen, er fand, seine Schweigepflicht bestünde über den Tod hinaus, aber schließlich habe ich ihn mittels Androhung einer Durchsuchung, die uniformierte Beamte vornehmen würden, überreden können. Hätte ich mir sparen können. Sie war schwanger, hat er gesagt, und auf meine Frage, ob sie das Kind hatte behalten wollen, sagte er nur, dass er nichts Gegenteiliges vermerkt habe. Von einem Vaterschaftstest habe er ebenfalls nichts notiert, aber er könne sich natürlich nicht erinnern, worüber er mit ihr gesprochen habe. Das war's dann auch schon. Nicht sehr hilfreich, was?«

»Kann man wohl sagen. Keine richtungsweisenden Indizien, keine Zeugen, kein Hinweis, nichts. Nur vage Vermutungen oder haltlose Spekulationen!«

»Irgendwelche Erkenntnisse von der Beerdigung?« Zinkel rieb sich den Bauch, schob den leeren Pizzakarton beiseite und lehnte sich entspannt zurück, die Füße überkreuzt auf dem Schreibtisch, während er Hartmann zusah, wie der weiterhin seine Kärtchen umeinander schob.

»Nichts«, brummte Hartmann, noch immer unangenehm berührt, wenn er daran dachte, wie er Marilene nachgefahren war, wie unangemessen enttäuscht er war, als sie nicht wiederkam, »Sominski war relativ gefasst, Klauke verging vor Trauer, wohingegen Auerbach vollkommen unbeteiligt wirkte. Silvies Freundin, die May, war da, Sominskis Kollegen. Und Lubeck, mit der Tochter seiner Freundin.«

»Ach«, sagte Zinkel nur.

»Genau.« Er schob die Kärtchen mit Sominskis, Klaukes und Lubecks Namen in ein gleichschenkliges Dreieck, legte Silvies in die Mitte. »Drei Männer, die sie geliebt haben, zumindest irgendwann einmal, wenn Ma– äh, die Müller recht hätte mit dem Tagebuch, da gäbe ich was drum. Den Auerbach jedenfalls«, griff er Marilenes Lieblingsverdächtigen auf, »können wir vergessen. Wenn, schon wieder wenn, wir die Leiche irgendwo anders als zu Hause gefunden hätten, dann vielleicht, aber woher hätte er schließlich wissen können, dass sie allein zu Hause sein würde. Nein, das glaube ich nicht.« Hartmann warf Auerbachs Kärtchen in den Papierkorb. »Sag mal«, er setzte sich gerade hin und blickte Zinkel direkt an, »du hattest doch da Sominskis Nachbarn, diesen Gardinengucker ...«

»Ja ...«, kam es zögernd von Zinkel, »du meinst an Sominskis Geschichte könnte doch etwas dran sein?«

»Einen Versuch wäre es doch wert, oder?«

»In Ordnung. Ich hole den Alten morgen früh für ein Phantombild.«

»Dann werden wir ja sehen, was Sominski dazu zu sagen hat.« Hartmann schob, plötzlich zielgerichtet, seine Kärtchen zusammen, legte sie in eine Schublade und stand auf. »Ich werd dann mal«, er warf einen Blick auf seine Armbanduhr, »erst acht, vielleicht kriege ich meine Kinder noch zu Gesicht. Bis morgen.« Er schnappte sich sein Jackett und verschwand.

»Mach's gut«, erwiderte Zinkel zu der schon geschlossenen Tür. Er spülte die Gläser aus, klemmte sich die Pizzakartons und die leere Flasche unter den Arm, um sie unten im Container verschwinden zu lassen, und machte sich ebenfalls auf den Heimweg.

11

Zinkel pustete auf die Mauskugel, die wieder einmal festhing, und versuchte erneut, den Cursor auf das Icon für das Zeichenprogramm zu bugsieren. Vergeblich. Er schüttelte die verdammte Maus wütend hin und her. Bescheiden wie er war, hatte er nur eine neue Maus beantragt, statt einen neuen Computer, der längst fällig wäre, elende Krücke. Vielleicht war das der Fehler, er sollte einen neuen Computer beantragen und bekäme dann eine neue Maus. Das Objekt seiner Wut fiel ihm aus der Hand auf den Schreibtisch, der Cursor rutschte mit und verschwand. Na bitte.

Er zog die Maus zu sich heran und rief das Programm auf. Während es geladen wurde, ging er zur Kaffeemaschine und goss sich den Rest des nahezu verkochten und verbrannt riechenden Kaffees ein, nahm einen Schluck und verzog das Gesicht. Abscheulich. Er schüttete seine Tasse aus und setzte eine weitere Kanne auf, irgendwann müssten Jens und Patrizia ja auftauchen, und, er warf einen Blick auf seine Uhr, kurz vor zehn, Gerich würde auch jeden Moment hier sein. Er ging zurück zum Schreibtisch, warf einen Blick auf den Bildschirm, klickte »männlich« an und wartete, bis ihn das von ihnen so genannte Allerweltsgesicht anblickte.

Die Kaffeemaschine röchelte, als sei sie in den allerletzten Zügen, sodass sie beinahe das Klopfen übertönt hätte.

»Herein«, rief Zinkel und stand auf, reichte Gerich die Hand, »schön, dass Sie so schnell Zeit hatten. Möchten Sie vielleicht eine Tasse Kaffee?«

»Schnell ist ein relativer Begriff, wenn man bedenkt, wann ich Ihnen von dem Mann berichtet habe, nicht? Danke, keinen Kaffee.«

»Ja nun«, stockte Zinkel, »manche Dinge brauchen etwas länger.« Er beobachtete, wie Gerich den Raum einer schnellen Prüfung unterzog, bis sein Blick auf dem Bildschirm hängenblieb.

»Dann wollen wir mal«, Gerich steuerte auf den schon bereitgestellten Stuhl neben Zinkels zu, zog seine Jacke aus braunem glatten Leder aus und hängte sie ordentlich über die Lehne, bevor er sich setzte, die Füße nebeneinander fest auf den Boden stellte, die Bügelfalten seiner Hose über den Knien leicht hochzog und dann die Hände auf den Armlehnen abstützte, sich erwartungsvoll vorbeugend. »Das Gesicht war schmaler.«

Ganz schön zackig, der militärisch kurze Haarschnitt, die exakten Bügelfalten, sicher ehemals Bundeswehr, vermutete Zinkel und beeilte sich, den Anweisungen nachzukommen.

»Können Sie dem einen Hut aufsetzen?«, fragte Gerich.

»Na klar«, er holte sich die Herrenhüte auf den Schirm, und Gerich deutete auf einen altmodischen Hut mit schmaler Krempe und einer Delle oben drin, Bogey, dachte er, und Jimmy Stewart, verschob den Hut auf das schmal gewordene Allerweltsgesicht, wo er knapp oberhalb der Augenbrauen landete, »ungefähr so?«

Gerich würdigte ihn keiner Antwort. »Die Augenbrauen weiter auseinander und dünn«, sagte er und, als Zinkel sie verändert hatte, »gerade, wie ein Strich ... noch ein bisschen kürzer.«

Zinkel sah auf Gerich, wartete auf eine Bestätigung, die nicht kam.

»Die Augen kleiner ... etwas runder ... blass.«

Jetzt kam Zinkel ihm zuvor, rief die Nasen auf den Schirm und setzte die von Gerich angetippte, fleischige, aber nicht dick wirkende in das Gesicht. »Bart? Schnurrbart?«, fragte er, und Gerich schüttelte den Kopf, worauf Zinkel die Münder aufrief.

Dies dauerte etwas länger. »Versuchen Sie mal diesen«, Gerich zeigte auf einen schmalen Mund, dessen Oberlippe gerade mal angedeutet und dessen Unterlippe nur unwesentlich stärker ausgebildet war, und Zinkel verschob ihn in das Gesicht. »Ja«, sagte Gerich, »noch etwas breiter vielleicht ... genau. Das Kinn kantiger«, fuhr er fort, »aber nicht so breit«, und wartete, bis Zinkel die Veränderung vorgenommen hatte.

»Koteletten?«, fragte Zinkel.

»Nur angedeutet.«

»Besondere Kennzeichen?« Merkwürdig, wie schnell man sich an so einen Telegrammstil anpasst, dachte Zinkel.

»Konnte ich nicht erkennen.«

»Profil«, sagte Zinkel und ließ das entsprechende Bild neben der Frontalansicht erscheinen.

»Der Hinterkopf fiel gerade ab«, sagte Gerich, »Haare kürzer ...

machen Sie sie heller, nein, das ist zu viel ... Ohren länger ... oh, da fällt mir ein, er hat sich dauernd das linke Ohr mit der rechten Hand angefasst, vielleicht hat er da ja doch ein besonderes Kennzeichen.«

Ein lästiger Pickel wäre längst verschwunden, dachte Zinkel, oder er hat einfach einen nervösen Tick. Er ließ die Veränderungen an die Vorderansicht anpassen.

»Ja, das ist er«, sagte Gerich, stand auf und nahm seine Jacke vom Stuhl, »ich stehe Ihnen für eine Gegenüberstellung jederzeit zur Verfügung, auf Wiedersehen.«

Zinkel blickte verwirrt auf, »Vielen Dank für Ihre Hilfe«, sagte er zu der sich schon schließenden Tür und schüttelte verständnislos den Kopf, »wenn das nicht das schnellste Phantombild aller Zeiten war«, entfuhr es ihm.

»Selbstgespräche?« Hartmann stand in der Tür, und Zinkel zuckte zusammen.

»Zwanzig Minuten, so was hast du noch nicht gesehen.«

»Wovon redest du überhaupt?«

»Hast du den Mann eben gesehen, das war mein Zeuge, Gerich, der diesen Verdächtigen in Sominskis Straße beobachtet hat.«

»Mann, du bist aber schnell.«

»Nicht ich, ich habe ihn erst um neun angerufen, um zehn war er hier, und jetzt sind wir fertig, hier«, er deutete auf den Bildschirm, »das ist er.«

Hartmann trat näher und besah sich das Ergebnis, »Kenne ich nicht«, sagte er.

»Ich auch nicht«, kam Heyders Stimme von hinten, sie schnupperte, »super, Kaffee!«

»Ich auch«, sagten die beiden Männer zugleich.

»Aber zur Gewohnheit wird das nicht, dass das nur mal klar ist.« Sie goss die Tassen voll und reichte jedem eine, bevor sie sich selbst bediente und zu ihnen trat, um sich das Bild genauer anzusehen. »Hast du das Sominski schon gezeigt?«, fragte sie Zinkel.

»Nein. Ist gerade erst fertig geworden. Ich will's ihm auch nicht zeigen, sondern mit ihm ein eigenes machen.«

»Gute Idee«, lobte Hartmann, »wenn's übereinstimmt, wissen wir wenigstens, dass er uns keinen Blödsinn aufgetischt hat, und müssen den Kerl nur noch finden.«

»Aber ich dachte, der Verfassungsschutz hat keinen Vorgang Sominski«, Heyder runzelte verständnislos die Stirn.

»Richtig«, bestätigte Hartmann, »der Teil von Sominskis Geschichte gehört wirklich in den Bereich Phantasie.«

Zinkel griff zum Telefon, wählte Sominskis Nummer und legte, nachdem er es eine Weile hatte klingeln lassen, den Hörer wieder auf, »Keiner da.«

»Schule«, sagte Heyder.

Das Steno-Syndrom breitet sich unaufhaltsam aus, dachte Zinkel, »Ich bleib dran. Und was habt ihr vor?«

»Ich wollte ein paar Dinge am Computer überprüfen«, nuschelte Patrizia, »heute Nachmittag bin ich nicht da, und –«

Hartmann unterbrach sie. »Hat eigentlich jemand ein Foto von Lubeck?«

»Ja«, antwortete Zinkel, »ich habe eins aus Silvies Album in die Akte geheftet, muss hier irgendwo sein«, er kramte in den Papierstapeln auf seinem Schreibtisch, bis er fündig wurde, und reichte es Hartmann.

»Ich habe heute Morgen ein paar Dinge im Haus zu erledigen, aber danach werde ich mit dem Foto und dem Phantombild noch mal die Nachbarschaft abklappern, vielleicht bringt das ja mehr als die Frage nach ungewöhnlichen Vorkommnissen. Kann sein, dass ich danach noch mal zu Klauke fahre. Wir sehen uns.«

Hartmann verließ das Büro.

Zinkel und Heyder arbeiteten schweigend an ihren Computern, »Warst du aus gestern?«, fragte Zinkel nach geraumer Zeit, in der außer dem Klappern der Tasten nichts zu hören war.

»Wie?«, Heyder fuhr auf, »ach du hast geklingelt? Ich hatte derartige Kopfschmerzen, dass ich mich einfach nicht aufraffen konnte, an die Tür zu gehen. Was gab's denn?«

»Das hätte ganz bei dir gelegen, ich wollte dich zum Essen einladen.«

»Oh, ja, schade, aber wir können das ja mal nachholen.«

Mal – war das nun eine Abfuhr oder nicht? »Natürlich, wann du willst«, sagte er laut, und beide wandten sich wieder ihrer Arbeit zu.

***

Es klingelte zur Pause, und augenblicklich entstand ein unglaubliches Stimmengewirr, eh, Mann, kann ich mal Mathe von dir haben?, was hast du in Bio?, ist der nicht süß???, schnappte er ein paar Fetzen auf, »Eure Hausaufgabe«, versuchte er das Tohuwabohu zu übertönen, und tatsächlich hielten einige der Mädchen inne, »fällt aus«, führte er den Satz zu Ende, und nun stoben sie nach draußen, als hätten sie nicht zwei Stunden, sondern zwei Tage eingesperrt in diesem Klassenzimmer verbracht.

Sominski schob erleichtert seine Unterlagen zusammen. Er ließ sich Zeit, verspürte wenig Lust, ins Lehrerzimmer zu gehen, sich verstohlenen Blicken auszusetzen. Hat er oder hat er nicht?, vermeinte er darin zu lesen, und auf Angela, die es fertigbrachte, egal, mit wem sie gerade zusammenstand, ihn dazuzurufen, Stan, meinst du nicht auch, dass ... was auch immer. Noch nie war er so oft zu Rate gezogen worden, er kam sich schon regelrecht vor wie ein Orakel, dabei wollte sie doch allen nur sagen, seht her, er ist völlig normal, ohne es laut auszusprechen.

Der dritte Tag erst, und es schien ihm wie drei Jahre ohne Ferien. Ferien? Was sollte er nur im Sommer machen? Ohne Silvie? Er schob den Gedanken beiseite, natürlich hatte er nicht länger zu Hause bleiben können, untätig trauernd, natürlich hatte ihm die Schule gefehlt, der klare Rahmen eines Arbeitstages, und die erforderliche Konzentration während des Unterrichts bewirkte, dass er manchmal, für Minuten, vergaß, was geschehen war.

Die Schüler waren überraschend unkompliziert, am Montag in seiner Klasse hatte Simone, die Klassensprecherin, ihm im Namen aller ihr Beileid ausgedrückt und gesagt, sie stünden hinter ihm, wenn sie irgendwie helfen könnten, bräuchte er es nur zu sagen. Emilie und die Detektive, hatte er spöttisch gedacht. Dennoch hatte ihm ihre kleine Ansprache nahezu Tränen in die Augen getrieben.

Mit den lieben Kollegen war das schon etwas anderes. Ohne Angelas Intervention und ihr Bemühen, so zu tun, als wäre überhaupt nichts passiert, hätte man meinen können, er wäre einfach nicht vorhanden, zumindest nicht sichtbar. Zwar stellten sich abrupt Gesprächspausen ein, wenn er auftauchte, aber wie auf Kommando schien man stillschweigend übereinzukommen, dass man sich getäuscht habe, man könne ruhig weitermachen, wo man aufgehört hatte, denn eine Kenntnisnahme seiner Anwesenheit hätte ja bedeutet, dass man sich überlegen müsste, wie man mit jemandem redet, der einen solchen Verlust erlitten hat. Wie man mit jemandem redet, den man für schuldig hält. Undenkbar. Vielleicht bedurfte es einer öffentlichen Unschuldserklärung, dass sie sich wieder normal benahmen. Andererseits, vielleicht waren Lehrer ohnehin nicht normal, und er hatte das nur nie bemerkt. Er lächelte bitter. Nun sei nicht so ungerecht, schalt er sich, wie hättest du reagiert? Immerhin waren doch einige von ihnen sogar auf der Beerdigung gewesen. Auf jeden Fall ging es nicht an, dass er sich weiterhin so von Angela protegieren ließ.

»Klopf, klopf«, kam es fröhlich von der Tür, »darf man reinkommen?«

Wenn man vom Teufel spricht, dachte er, undankbarer Kerl, »Natürlich, hallo Angela.«

»Ich habe mich gewundert, wo du bleibst. Willst du nicht rüberkommen?«

»Nicht unbedingt«, antwortete er mürrisch.

»Ach, komm schon, du kannst dich doch hier nicht verstecken, außerdem gibt's Kuchen, Mainzer hat Geburtstag.«

Wer bin ich denn, ein Hund, den man ködern kann? »Bestimmt Streuselkuchen mit nix.«

»Natürlich«, sie lächelte verschmitzt, »aber er hat den Bäcker gewechselt. Ist wirklich viel besser. Komm, sei lieb«, bettelte sie.

»Also gut«, er gab nach, besser, als sich emotional von ihr aufpäppeln lassen zu müssen, wäre es allemal, nahm seine Tasche und folgte ihr.

Im Lehrerzimmer angekommen stürzte er auf Mainzer zu. »He Alter«, rief er laut und möglichst unbekümmert und klopfte ihm kräftig auf den Rücken, »herzlichen Glückwunsch!«

»Danke«, krächzend, weil er sich vor Schreck verschluckt hatte, er räusperte sich, »bedien dich doch«, und deutete auf den Kuchen.

»Und? Wie viele Jahre noch bis zur Pensionierung?«

Sominski hatte den Eindruck, ein kollektives Luftanhalten ausgelöst zu haben, und bleckte die Zähne, er merkte, wie Mainzers Blick hilfesuchend zu Angela und wieder zurück glitt, erhielt aber keine Antwort.

»Große Sause heute Abend?«, fragte er vertraulich leise in die Stille des Raums.

»Ich, eh, nein, wir haben gestern schon ein bisschen gefeiert.«

»Reingefeiert«, und wieder einer, der glaubt, man dürfe in seiner Trauer nicht gestört werden, »deswegen siehst du heute so alt aus! Ha, ha!«

Sominski beschloss, ihn vom Haken zu lassen. »Na dann«, griff sich ein Stück Kuchen und setzte sich an einen Platz hinten am Fenster, starrte angestrengt nach draußen und wartete auf das Klingeln zur nächsten Stunde, während die anderen nach und nach ihre Gespräche wieder aufnahmen.

***

»Einen Cappuccino bitte«, sagte Marilene und legte das Handy vor sich hin.

Sie sah aus dem Fenster, nahm die vorbeieilenden Menschen nur als anonyme Masse wahr und fragte sich, ob sie es schaffen würde, ebenso anonym zu bleiben, selbst wenn sie ausgerechnet Auerbach folgen müsste. Ihr Kaffee wurde gebracht, und sie zahlte gleich, damit sie bei Bedarf schnell verschwinden könnte. Sie sah auf ihre Armbanduhr, gleich vier, eher hatte sie es nicht geschafft, aber bisher war das Handy auch stumm geblieben. Hatte sie an alles gedacht? Sie suchte nach ihrer Sonnenbrille, legte sie neben das Handy, wollte nicht vor lauter Aufregung vergessen, sie aufzusetzen. Sie trug Jeans und Turnschuhe, eine weiße kurzärmelige Bluse und hatte sich ein dunkelgraues Sweatshirt über die Schultern gelegt, das sie nun aber doch in ihrer Tasche verstaute.

Ihren Wagen hatte sie im Parkhaus Coulinstraße abgestellt, sogar einen Frauenparkplatz ganz unten ergattert, sie wusste, dass Auerbach dort einen Dauerparkplatz gemietet hatte, ihm könnte sie also leicht folgen. Sofern sie nicht ihr Ticket am Automaten fallen ließe. Bei von Solburg ließ sich nichts vorhersagen, reines Glück, wenn auch er seinen Wagen dort stehen hätte, und der geheimnisvolle Fremde – nun ja, das Kennzeichen würde erst einmal genügen müssen. Sie vergewisserte sich zum wiederholten Mal, dass das Handy empfangsbereit war, und nippte an ihrem Kaffee.

»Ist hier noch frei?«, fragte eine elegant gekleidete Frau mittleren Alters und stapelte auf Marilenes Nicken hin ihre Tüten auf der Bank, bevor sie selbst Platz nahm, die seidigen Beine mit leichtem Rascheln überkreuzte und zur Begutachtung in den Gang streckte.

Das Klingeln des Handys unterbrach Marilenes Betrachtungen.

»Circa einsfünfundsechzig, Mitte dreißig, blonde kurze Haare, Jeans, schwarzer Lederblouson, ist gerade rausgegangen«, vernahm sie Patrizias Stimme, und gleich darauf war die Verbindung unterbrochen. Sie schnappte sich ihre Tasche, behielt die vorbeigehenden Menschen im Auge und verließ das Café.

Draußen blinzelte sie gegen die Sonne und konnte zunächst nichts erkennen. Ein Mann mit Aktenkoffer rempelte sie an, von einer Entschuldigung war nichts zu hören, und sie trat einen Schritt zur Seite, damit er ins Café gelangen konnte. Dreißig Meter weiter links ging jemand, auf den Patrizias Beschreibung passte. Sie vergewisserte sich, dass er der Einzige war, nein, schräg gegenüber stand ein Mann in Lederjacke vor einem Schaufenster, aber war das eine Jeans, die er trug? Nein, entschied sie, und auch seine Haarfarbe hätte sie nicht ganz als blond bezeichnet. Sie sah zurück zu dem anderen und hätte ihn beinahe in dem Gedränge um das Kino und den McDonald's am Mauritiusplatz verloren und um ein Haar verpasst, wie er den Karstadt betrat.

Sie lief hinterher, die Tasche schlug ihr gegen den Rücken, wich einem plötzlich ihren Weg kreuzenden Kinderwagen aus, nur um mit einem weiteren Passanten, schon wieder ein Aktenkoffer, ausgleichende Gerechtigkeit, zusammenzustoßen. Sorry, rief sie, hob beide Hände und lief weiter, sehr unauffällig, dachte sie, im Kopf die wilden Verfolgungsjagden vom Fernsehen, bei denen regelmäßig Gemüse auseinanderspritzte und Schaufensterscheiben zu Bruch gingen.

Außer Atem gelangte sie ins Kaufhaus, um festzustellen, dass die Eile gar nicht nötig gewesen wäre: Er befand sich noch in der Kosmetikabteilung, sprühte sich mehrere Proben von Herrendüften aufs Handgelenk, hielt prüfend die Nase mal an das eine, mal an das andere Handgelenk, unschlüssig, machte Anstalten zu gehen und überlegte es sich dann doch anders. Er ging zur Auslage der Marke Joop, schob die vorderen kartonverpackten Flakons beiseite, um an einen hinteren herankommen zu können, und stellte sich damit in die Schlange an der Kasse.

Marilene tat so, als betrachte sie die Regale, während sie ihn genauer musterte. Die schmächtige Statur gab ihm etwas Kindliches, Unfertiges, dazu trugen auch seine hellen blauen Augen bei, die, groß vor Unschuld und Ungeduld, die Vorgänge an der Kasse beobachteten. Sein helles Haar wirkte fein und würde sich bei Berührung sicherlich babyweich anfühlen, ließ einen frühen hohen Ansatz frei. Er trug schwarzlederne Schuhe mit weißen Socken. Zu Jeans. Hoffnungslos. Schüchtern. Undenkbar, dass einer, der seine Lederjacke eher wie einen Schutzpanzer denn zur Unterstreichung von Männlichkeit trug, in krumme Geschichten verwickelt war. Patrizia musste sich getäuscht haben. Oder ich habe den Falschen verfolgt. Trotzdem würde sie noch eine Weile dranbleiben, sicher war sicher.

Endlich war er an der Reihe, zahlte und ging nach draußen. Sie folgte ihm, wie er gemächlich die Kirchgasse entlangschlenderte, bis er an einer der vielen Brezelbuden stehen blieb, eine Laugenbrezel erstand, sie im Stehen verschlang und umkehrte. Er bog rechts ab in die Friedrichstraße, und sie beschleunigte ihre Schritte und kam gerade noch rechtzeitig, um zu sehen, wie er auf ein kleineres Motorrad, weiß der Himmel, welche Marke, stieg und davonfuhr.

»WI-WK-951«, sagte sie vor sich hin, griff in ihre Tasche, um WI-WK-951, oh nein, kein Kuli, wie kann man nur so blöde sein?, WK-951, versuchte eine Eselsbrücke, Willi kann 951, »Entschuldigung«, sprach sie eine Frau an, »hätten Sie vielleicht einen Stift für mich?«, aber die sah sie nur an, als hätte sie ihr ein unanständiges Angebot gemacht, und eilte weiter. Willi kann 951.

»Entschuldigung«, versuchte sie es bei einem Mann, »hätten Sie vielleicht mal ganz kurz was zum Schreiben für mich?«, Willi kann 951.

Er nickte, zog einen Kuli aus der Innentasche seines Jacketts, »Papier leider nicht«, er hob die Schultern in einer Geste des Bedauerns und sah ihr belustigt zu, wie sie sich die Hand bekritzelte.

»Danke, geht auch so.« Sie reichte ihm den Kuli zurück, bedachte ihn mit einem Lächeln und ging erleichtert davon, in Richtung Reisebüro. Sie sah auf ihre Uhr. Gleich fünf, wenn das Treffen nicht im Reisebüro stattfand, müsste Auerbach sich bald in Bewegung setzen. Ihr Handy klingelte wie aufs Stichwort.

»Wo bist du?«, fragte Patrizia.

»Gleich zurück.«

»Gut. A. ist unterwegs, gib dein Bestes.«

»Alles klar«, schon laufend unterbrach Marilene die Verbindung, hastete, bergan auch noch, in Richtung Parkhaus, suchte blind nach ihrer Sonnenbrille, setzte sie auf, sicherheitshalber auch die Baseballkappe. Als sie, inzwischen völlig im Eimer, ans Kassenhäuschen stürzte, mit fliegenden Händen nach Kleingeld suchte, sah sie im Fenster, wie er hinter ihr vorbeiging. Sie machte sich, teils zusammensackend vor Erleichterung, teils in dem Bestreben, nicht aufzufallen, kleiner, zahlte und ging zu ihrem Wagen. Sie schloss auf, ließ sich auf den Fahrersitz fallen, zog die Kappe weit in die Stirn, und wartete.

***

Hartmann war genervt. Dass man in Zeiten der Personaleinsparung auch alles selber machen musste. Früher hatte er einem Hilfspolizisten ein Bild in die Hand drücken und sagen können: Lauf. Und er war gelaufen. Stattdessen klapperte er nun selbst die Häuser in Sominskis Nachbarschaft ab, in denen niemand etwas gesehen hatte, aber alle wissen wollten, was sie hätten sehen können. Selbst Gerich, Zinkels aufmerksamer Zeuge, hatte Lubeck noch nie gesehen. Er war versucht, es dabei bewenden zu lassen, dann hatte Lubeck also wirklich keinen Kontakt mehr zu Silvie gehabt und war draußen. Aber er war auf der Beerdigung gewesen. Rechtfertigte eine zwei Jahre zurückliegende Beziehung das?

Er stand vor einem Reihenhaus, etwa hundert Meter von Sominskis Wohnung entfernt, hatte schon auf die Klingel gedrückt, als er von drinnen wildes, unbeherrschtes Kleinkindgeschrei vernahm und sich gern aus dem Staub gemacht hätte. Zu spät. Eine nicht mehr ganz junge Frau mit wirren Haaren und gehetztem Gesichtsausdruck, bekleidet mit einem schmutzig wirkenden Jogginganzug, bespuckt, vermutete er, öffnete ihm die Tür.

»Gott sei Dank, dass sie es doch noch geschafft haben. Kommen Sie, die Waschmaschine steht gleich da vorn im Bad. Ich muss nur schnell Bärchen hochnehmen, er hasst seinen Kinderstuhl.«

Er schloss die Tür hinter sich und folgte ihr bis in die Küche, »Ich bin«, versuchte er das Geschrei zu übertönen, und Bärchen, dessen Gesicht ganz rot und verschrumpelt vor Wut war, kleine Hände zu Fäusten geballt, verstummte augenblicklich, als er das neue Gesicht sah, sodass der Rest seines Satzes viel zu laut in den Raum gestoßen wurde, »nicht wegen der Waschmaschine hier.«

»Nicht?« Der Hoffnungsschimmer in ihren Augen erstarb. »Ich weiß nicht, was ich machen soll. Wenn ich ihn auf den Arm nehme, um ihn zu füttern, spuckt er mich von oben bis unten voll. Wenn ich ihn in seinen Stuhl setze, schreit er, anstatt zu essen.«

Er gab ihr das Foto von Lubeck, »Hier, schon mal gesehen?« Er nahm den Teller mit Brei und begann, dem kleinen Ungeheuer Löffel für Löffel den Mund zu stopfen, »So ist's brav, schmeckt doch prima, hm? Wenn du schön isst, wirst du groß und stark, dann kannst du später auch Polizist werden und kriegst 'ne tolle Uniform.« Der Kleine öffnete und schloss folgsam den Mund, schluckte gierig, bereit für mehr, schneller als Hartmann löffeln konnte.

Fassungslos sah sie von ihm auf das Foto und wieder zurück. »Das ist …«, ihr fehlten die Worte.

»Ungerecht?«, schlug Hartmann vor, »Sie dürfen ihm Ihre Angst nicht zeigen, wissen Sie, er wird nicht freiwillig verhungern, also wenn er sich anstellt, geben Sie auf, er wird sich melden, wenn der Hunger größer ist als der Wunsch nach Aufstand.«

»Ja, also, danke«, sie war noch immer verwirrt, »wenn Sie jetzt noch meine Waschmaschine reparieren, haben Sie mein Leben gerettet«, sie grinste schief. »Also, ich glaube, ich habe den Mann«, sie hielt das Foto hoch, »schon einmal gesehen. Ich bin mir nicht ganz sicher, er trug keinen Bart, wissen Sie, aber er könnte es gewesen sein.«

Jede gute Tat zahlt sich im Jenseits aus, erinnerte Hartmann sich an einen Ausspruch seiner Großmutter, die ihm immer einen Groschen gegeben hatte, wenn er ihr erzählt hatte, dass er ein Kätzchen gerettet oder einer alten Frau über die Straße geholfen hatte, was seine Vorstellung vom Jenseits doch etwas verweltlicht hatte.

»Diese junge Frau, die ermordet worden ist«, fuhr sie fort, »das war um Ostern herum, als wir noch einmal diesen plötzlichen Wintereinbruch hatten, erinnern Sie sich? Es war wirklich kalt, und ich kam vom Einkaufen, hatte den Kinderwagen dabei und wollte schnell ins Warme. Sie stand vor der geschlossenen Haustür, ohne Mantel«, sie kniff die Augen zusammen, als könnte sie sich so besser erinnern, »deswegen ist mir das überhaupt aufgefallen, er stand mit dem Rücken zu mir, hatte sie am Arm gepackt, und sie schien ihn abzuwehren. Ich wurde langsamer, grüßte, weil ich dachte, wenn sie Hilfe braucht, kann sie es dann ja sagen, aber sie grüßte nur ganz normal zurück, da drehte er sich zu mir um, und ich dachte, ich geh dann mal lieber, das geht mich nichts an. Wenn ich gewusst hätte, dass das wichtig für Sie sein könnte, dann hätte ich Ihrem Kollegen das schon erzählt«, fügte sie entschuldigend hinzu, »aber das lag nun schon eine Weile zurück.«

»Das ist schon in Ordnung«, beruhigte Hartmann sie, »Sie haben mir auf jeden Fall weitergeholfen.«

»Sie mir aber auch«, sie strahlte förmlich, Bärchen war immer noch friedlich, »hörst du? Wenn du das nächste Mal so rummoserst, rufe ich die Polizei.«

Bärchen krähte fröhlich.

Innerlich tat Hartmann es ihm gleich, beschloss, es gut sein zu lassen mit der Klingelei, und schlug gedankenverloren die falsche Richtung ein. Er bemerkte seinen Irrtum erst, als er seinen Wagen nicht auf Anhieb entdeckte. Das nächste Straßenschild, Sandbachstraße, bewies, dass er hier falsch war, und er hatte sich schon umgewandt, als er eine weibliche Stimme fluchen hörte. Er erblickte eine Frau, die wütend etwas auf einen Zettel kritzelte und diesen hinter den Scheibenwischer eines roten Golf klemmte.

Als sie ihn wahrnahm, blitzte sie ihn an, »Ist das etwa Ihr Wagen, dann können Sie aber was erleben.«

»Ist es nicht«, antwortete er, »wieso?«

»Dieser Parkplatz gehört zu diesem Wohnhaus«, sie wies mit dem Daumen hinter sich auf ein größeres Mehrfamilienhaus, »das steht auch groß und breit auf dem Schild, und dieser Idiot steht jetzt schon den dritten Tag hier. Wenn mein Mann nachher wieder keinen Parkplatz findet, kriegt der 'n Anfall, und der Abend ist gelaufen.«

»Wird hier denn nicht kontrolliert?«, fragte Hartmann.

»Nee, ist ja ein Privatparkplatz, abschleppen lassen könnte ich ihn, aber …«, sie zuckte mit den Achseln und wandte sich zum Gehen.

»Ach, einen Moment noch«, Hartmann kam ein Gedanke, und er zückte seinen Ausweis, registrierte ihren sensationsbegierigen Blick darauf, »sagen Sie, können Sie sich an den Pfingstsonntag erinnern? Gab es da zufällig auch Ärger mit unerlaubten Parkern?«

»Sie fragen bestimmt wegen dem Mord da drüben«, sie deutete vage in die Richtung von Sominskis Haus und wartete sein Nicken nicht ab, »habe ich in der Zeitung gelesen, guck mal, habe ich zu Dirk gesagt, das ist mein Mann, das ist ja gleich um die Ecke. Wir sind dann mal dran vorbeigefahren«, sie senkte vertraulich die Stimme, »haben aber nicht angehalten.« Sie runzelte konzentriert die Stirn, »Also, wir waren bei meinen Schwiegereltern zum Mittagessen, und als wir zurückkamen, genau, da fuhr hier gerade einer weg, ich weiß noch, mein Mann hat sich mächtig aufgeregt, anstatt sich zu freuen, dass jetzt was frei war.«

»Können Sie sich denn an das Auto erinnern?«, fragte Hartmann nach.

»Ach nein, da kenne ich mich gar nicht aus, nicht zu groß, grau glaube ich, wirklich, da muss ich meinen Mann fragen, oh, was für ein Glück, da kommt er ja gerade, Dirk? Huhu«, sie winkte einem langen, dünnen Mann mit ausgeprägt schlechter Haltung zu. Dirk kam näher, seine schlechte Laune weithin sichtbar, was seine Frau zu ignorieren schien, »Schatzi, hallo«, sie drückte ihm einen Kuss auf die Nasenspitze, so schnell, dass sein Versuch, ihr auszuweichen, misslang, »sag, kannst du dich noch an den Wagen erinnern, der am Pfingstsonntag hier gestanden hat und gerade wegfuhr, als wir zurückgekommen sind? Der Herr hier ist von der Polizei und muss das wissen, du weißt schon, wegen dem Mord.«

Schatzis Miene hellte sich mit der Aussicht auf Bestrafung eines Missetäters deutlich auf, »Na sicher, das war ein anthrazitfarbener Golf, schon älter, denke ich, hiesiges Kennzeichen, an die Buchstaben kann ich mich nicht erinnern, aber dann kam vierhundertneunundfünfzig«, er bemerkte Hartmanns erstaunten Blick, »ich bin Kassierer, da muss man schon mit Zahlen umgehen können, vier und fünf sind neun, ganz einfach.«

»Haben Sie den Fahrer sehen können?«, fragte Hartmann.

»Nein«, antwortete Schatzi, »nur von hinten. Einer mit Hut, das sind sowieso die Schlimmsten.«

Dem wusste Hartmann nichts entgegenzusetzen, »Danke für Ihre Hilfe«, er suchte und fand sogar Zettel und Stift und notierte sich die Angaben, »wie ist Ihr Name?, nur falls ich Rückfragen habe.«

»Marquardt«, sagten beide zugleich.

Hartmann hoffte, dass diese Synchronie auf einen harmonischen Abend schließen ließ und verabschiedete sich.

Er ging zurück zu seinem Wagen und achtete diesmal auf den Weg. Es gab Tausende von Falschparkern jeden Tag, überlegte er, aber es war gerade mal eine Straße vom Tatort entfernt, und wenn jemand nicht damit in Verbindung gebracht werden wollte, schien das ein logischer Platz. Er würde herausfinden, wie viele Golfs es mit dieser Zahlenkombination gab, dann könnte er immer noch entscheiden, ob eine Überprüfung zu aufwendig oder ohne Hiwis machbar wäre.

Er schloss die Tür seines Wagens auf, setzte sich hinein und ließ den Motor an. Gerade als er losfahren wollte, sah er Klauke aus Sominskis Haus kommen. Er stieg wieder aus. »Guten Abend, das trifft sich aber gut, ich hatte noch eine Frage an Sie.«

»Ja?«

»Hat Sominski Ihnen je davon erzählt, dass er verfolgt wurde?«

»Nein, hat er nicht«, erwiderte Klauke.

»Ach, das finde ich aber merkwürdig, wo Sie doch sein bester Freund sind.«

»Erzählen Sie einem Freund alles? Fragen Sie Stan, warum nicht. Er wird schon einen Grund gehabt haben.«

»Das mache ich, auf Wiedersehen«, sagte Hartmann freundlich.

Klauke ging grußlos davon.

Aber nicht jetzt, dachte Hartmann, freute sich auf einen frühen Feierabend, wer weiß, womöglich würde es gar ein angenehmer, zur Abwechslung, setzte sich wieder in seinen Wagen und fuhr davon. Als er aus dem Leineweberweg ausbog, sah er Sominski einbiegen. Merkwürdig, er hätte schwören können, dass Klauke aus dem Haus gekommen war und nicht lediglich davorgestanden hatte. Er trat auf die Bremse, gab dann doch Gas, das hatte Zeit.

12

Sie erreichten Rambach. Hier herrschte schon wesentlich weniger Verkehr, was zwar die Verfolgung erleichterte, aber auch die Gefahr vergrößerte, entdeckt zu werden. Marilene hatte inzwischen die Baseballkappe abgenommen, behielt die Sonnenbrille aber noch auf, obwohl sich am Himmel schwarze Wolken zusammenzogen, die heftigen Regen ankündigten.

Einmal hätte sie Auerbach beinahe verloren, als er bei Gelb über eine Kreuzung gefahren war. Wäre sie direkt hinter ihm gewesen, hätte sie Gas gegeben, aber der Trottel zwischen ihnen hatte eine Vollbremsung hingelegt, dass sie nur um Haaresbreite hinter ihm zum Stehen gekommen war. An der nächsten Ampel hatte Auerbach dann selbst halten müssen, und sie hatte aufschließen können. Wie viel einfacher war so etwas in New York, wo man nur in ein garantiert im richtigen Moment auftauchendes Taxi zu springen brauchte, »Folgen Sie dem Wagen da vorn« sagen, wofür die Taxifahrer eigens ausgebildet schienen.

Gerade bog der letzte Wagen zwischen ihnen ab, verflixt, was nun? Sie wurde langsamer, tat so, als würde sie Straßenschilder suchen, während sie mit einem Auge nach den Rück- und Blinklichtern von Auerbachs BMW schielte. Er blinkte rechts, und sie folgte ihm mit größerem Abstand, dann links auf eine belebte Ausfallstraße, Feierabendverkehr, sie hielt hinter ihm, setzte den rechten Blinker, wartete ein paar Wagen ab, bevor auch sie links abbog, was der von rechts kommende Busfahrer mit drohend geballter Faust quittierte. Sie flehte beidhändig um Gnade und fing gerade noch ihren ins Schlingern kommenden Wagen ab. Fünf Autos vor ihr fuhr Auerbach, jetzt konnte er ihr nicht mehr entkommen, dachte sie, atmete erleichtert aus und konzentrierte sich für eine Weile auf eine vernünftigere Fahrweise.

Rechts ging es ab nach Naurod, aber Auerbach fuhr weiter, ließ auch die erste Abzweigung nach Niedernhausen außer Acht. Dann eine Ampel, und Auerbach blinkte links. Doch nach Niedernhausen. Sie folgte ihm den Berg hinab, vorbei an einem großen Hotelkomplex und dem Rhein-Main-Theater. Unten senkten sich gerade die Schranken eines Bahnübergangs, als es wie aus Kübeln zu schütten begann. Marilene hielt an, stellte den Motor ab und zog die Handbremse an. Sie nahm die Sonnenbrille ab, legte sie ins Handschuhfach und zündete sich eine Zigarette an.

Die an der Frontscheibe herabstürzenden Wassermassen waren so dicht, dass schon ihr Vordermann nicht mehr zu erkennen war und sie sich vorkam, als säße sie in einem Aquarium. Wenn der Schauer nicht nachließ, würde es schwierig, Auerbachs Manöver rechtzeitig zu erkennen, sie bezweifelte, dass die Scheibenwischer diesem Regen gewachsen waren. Überhaupt, sie warf ein Blick auf die Uhr am Armaturenbrett, gleich halb sechs, wenn der Termin mit von Solburg nicht abgesagt war, müssten sie bald da sein. Aber wo? Sie kannte Niedernhausen, ein verschlafen wirkendes Städtchen, nicht näher, besuchte es nur gelegentlich, weil eine Mandantin ihr vor einer Weile die hiesige Buchhandlung für Krimis empfohlen hatte, und sie konnte sich nicht vorstellen, was Auerbach hier wollte.

Herrgott, wie lange konnte ein Zug denn brauchen, um hier durchzufahren, das war ja nicht zu fassen, geschlagene fünf Minuten standen sie jetzt schon hier rum. Der Regen ließ ein winziges bisschen nach, und sie konnte rechts einen Friedhof erkennen. Endlich hoben sich die Schranken. Die Kolonne rumpelte über die Schienen. Auerbach bog rechts ab. Marilene folgte ihm in ein Gewerbegebiet. Der Gegenverkehr sandte Gischt über die Scheiben, und Marilene stellte die Scheibenwischer auf höchste Stufe, konnte trotzdem kaum etwas ausmachen, Wasserski wären ein angemessenes Beförderungsmittel.

Auerbach bog links in eine Einfahrt. Marilene fuhr vorbei und befand sich unvermittelt außerhalb des Gewerbegebiets. Sie suchte eine Möglichkeit zum Wenden, vergeblich, bei den Sichtverhältnissen wollte sie das ohnehin nie perfekt beherrschte Hin und Her des Wendens auf der Fahrbahn nicht riskieren. Erst in Niederjosbach bot sich die Gelegenheit, die Fahrbahn war zu einer Seite um einen breiten Radweg erweitert, und sie konnte so weit ausscheren, dass sie die Kehrtwende in einem einzigen Manöver schaffte. Diesmal fuhr sie sehr langsam an der Einfahrt vorbei, konnte aber dennoch nichts erkennen.

Sie fuhr auf den nächsten Parkplatz. Unter dem Vordach des

Aldi-Marktes standen ein paar Leute mit vollbeladenen Einkaufswagen, die darauf warteten, dass der Regen nachließe. Einem jungen Mann wurde es zu bunt, er zog seine Jacke über den Kopf, was seine Arme in eine absonderliche Position brachte, und stieß das Gefährt bis zu seinem Wagen vor sich her, fummelte mit wutverzerrtem Gesicht nach seinen Autoschlüsseln und schaufelte, als er die Heckklappe endlich geöffnet hatte, seine Einkäufe in den Kofferraum. Möglich, dass er seine Frau verfluchte, die ihm, ach, Schatz, sei so lieb, das Einkaufen aufgenötigt hatte, und würde sich zweifellos rächen, indem er tropfnass die Wohnung betrat, mit jedem Schritt schmutzige Pfützen hinterlassend.

Marilene griff nach ihrem auf dem Rücksitz liegenden Regenschirm und verließ ihren trockenen Beobachtungsposten. Sie lief die Straße zurück und floh, bis zur Hüfte hoch völlig durchnässt, vor weiteren Kaskaden in die Einfahrt. Sie lugte unter ihrem Schirm hervor. Fitnessstudio Las Palmas stand auf einem karibisch-grellbunten Schild. Ein paar Autos, darunter Auerbachs, standen auf gekennzeichneten Parkplätzen, aber es war kein Mensch zu sehen. Den Teufel werde ich tun und da reingehen, dachte Marilene, schon gar nicht in dem Aufzug. Das könnte sie nachholen, wenn die Luft rein war. Sie ging zurück zum Aldi und betrat den Markt.

»Entschuldigen Sie bitte. Ich hatte einen kleinen Zusammenstoß dort an der Straße, könnten Sie mir wohl kurz Papier und Stift leihen, dass wir Adressen austauschen können?«, fragte sie eine der Kassiererinnen.

»Brauchen Sie die Polizei? Soll ich für Sie telefonieren?«

»Nein, nein, nicht nötig, es ist nicht viel passiert, nur ein kleiner Blechschaden.«

»Wie Sie möchten«, sagte die Kassiererin und reichte ihr das Gewünschte.

Marilene ging, nein, schwamm, hatte sie das Gefühl, zurück zum Fitnessstudio, notierte sich die Kennzeichen aller dort parkenden Autos und verstaute den Zettel in ihrer Blusentasche, in der Hoffnung, dort würde er die Sintflut unbeschadet überstehen. Sie brachte den Stift zurück und fuhr, nachdem sie ihre Umhängetasche, um sich darauf setzen zu können, ausgeleert hatte, nach Hause.

In ihrer Wohnung angekommen, stieg sie aus den vor Nässe quatschenden Schuhen und übertrug das Motorrad-Kennzeichen auf einen Briefumschlag, der noch ungeöffnet in der Küche lag, da sie Werbung darin vermutete. Dann schälte sie sich aus der nur widerstrebend ihre Haftung aufgebenden Jeans, stellte die Dusche an und wartete, während sie den Rest ihrer Sachen auszog, dass das Wasser heiß würde. Erst, als schon Dampf aus der Dusche zu quellen begann, stellte sie sich unter den Strahl, verharrte reglos mit geschlossenen Augen, bis auch der letzte Rest Kälte einer wohligen Müdigkeit wich. Sie musste sich geradezu zwingen, sich einzuseifen und die Haare zu waschen, zu verlockend der Gedanke, sich nicht mehr von der Stelle zu rühren.

***

Den Weihnachtsstress habe ich einigermaßen glücklich überstanden. Stans Mutter hat sich, zumindest in seinem Beisein, relativ zivilisiert benommen. Womöglich hat er ihr eine heimliche Standpauke gehalten oder an ihren nicht wirklich vorhandenen Anstand appelliert. Sie hat sogar Freude über ihr Geschenk geäußert, eine schicke dunkelblaue Seidenbluse, obwohl klar war, dass ich sie ausgesucht hatte und nicht ihr Sohn. Weiß gar nicht, was der früher gemacht hat, ich meine, es ist ja nicht so, dass er eine Sekretärin hat, an die er solche Aufgaben delegieren könnte. Frage mich, ob das allen Frauen so geht, dass sie, sobald sie eine Beziehung eingehen, allein zuständig für Geburtstage und andere Geschenkanlässe sind. Jedenfalls hat sie mich glatt umarmt, worauf ich eigentlich keinen Wert lege, sogar das Essen gelobt, ich wusste gar nicht, dass du so gut kochen kannst, solche kleinen Spitzen kriegt Stan natürlich nicht mit. Egal, ich hab's hinter mir. Nur beim Abwasch, Stan wollte mal eben in die Tagesschau reingucken, da hätte ich beinahe die Krise gekriegt. Sie trocknete ab und stellte das Geschirr zunächst auf dem Tisch ab. Da nimmt die doch tatsächlich einen Lappen und wischt die Fächer aus, bevor sie das Geschirr in den Schrank stellt. Unglaublich. Ich, stoisch wie ich bin, habe so getan, als hätte ich nichts gesehen, aber am liebsten hätte ich gebrüllt. Nächstes Jahr gucke ich die Tagesschau. Noch lieber wäre mir Weihnachten unter Palmen, ohne Mama.

Silvester war schön. Bernd hat gefragt, ob wir was vorhätten, hatten wir nicht, weil ich nichts organisiert hatte, und sagte, er würde erstmals ein Silvester-Menü für Feten-Muffel anbieten, etwas ausgefallenere Gerichte, als er sie sonst anbietet, maximal dreißig Gäste, und er nähme an, die meisten würden vor zwölf gehen, sodass wir dann in relativer Ruhe aufs neue Jahr anstoßen könnten. Also schmiss ich erst mich und dann Stan in Schale, der sich weniger als üblich dagegen sträubte, sodass wir schon um halb acht dort waren. Bernd in heller Aufregung, zwei Leute waren ausgefallen, ob wir denn nicht, bitte, bitte, wir dürften so viel essen, wie wir wollten, nur eben etwas schneller als geplant und eher im Stehen.

So kam es, dass Stan die Bar übernahm, während ich, in meinen hochhackigsten Schuhen und von Bernd angefeuert, von Stan schadenfroh begrinst, mir Blasen lief. Gegen zehn, als mir das Blut aus dem Schuh quoll, okay, nur ein Tropfen, hat Bernd mich mit Salbe und Mullbinde verarztet, richtig lieb, er hat den Beruf verfehlt, und fand ein paar Turnschuhe von einer Mitarbeiterin, die mir zwar zwei Nummern zu groß waren und den Effekt meines neuen kleinen Schwarzen total zunichte machten, aber damit lief es sich um Klassen besser. Ich lief also weiter, bis zum Dessert, da war es elf, den Kaffee übernahmen die Männer, ich wurde unter dem von Bernd angestachelten Applaus der Gäste, wie peinlich!, in den Promi-Korbstuhl verfrachtet, mit Hocker und Kissen unter dem lädierten Fuß, und durfte den Männern bei der Arbeit zugucken. Das war nicht schlecht.

Von den Gästen hatte keiner Lust zu gehen, und so stießen wir um zwölf alle an, erst mit Stan, der mir ins Ohr flüsterte, ob wir nächstes Jahr nicht zu Hause bleiben könnten, dann Bernd, der mich vor lauter Dankbarkeit voll auf den Mund küsste, was sich in Anbetracht seines Bartes gar nicht mal so schlecht anfühlte, und dann ging es reihum weiter, jeder mit jedem, bis ich mir vorkam wie auf einem Treffen eines Familienclans. Danach gingen wir nach draußen und schauten für eine Weile den unverbesserlichen Feuerwerkern zu. So gegen eins sind wir nach Hause, Bernd seinem Schicksal überlassend, der uns später erzählte, die Gäste seien dann auch gegangen, weil sie unzufrieden mit dem Service waren. Scherzkeks.

Habe gestern verschlafen, und wenn ich gewusst hätte, was aus dem Tag werden sollte, wäre ich bestimmt nicht aufgestanden. Ich war, als Stan weg war, einfach noch mal eingeschlafen. Ist mir noch nie passiert. Das brachte mir einen Anpfiff von Auerbach ein, besonders grässlich, wenn man dem nichts entgegenzusetzen hat. Habe dann die Mittagspause durchgearbeitet, auch wenn er sich eine andere Form von Wiedergutmachung vorgestellt hatte.

Das nächste Angebot in der Richtung kam von von Solburg, der wundersamerweise ohne weibliche Begleitung auftauchte, ich frage mich, wo der die Weiber immer findet, Susanne ignorierte, obwohl sie frei war, und stattdessen auf mich wartete. Er buchte eins seiner üblichen Hotels, für zwei Personen, wie immer, und fragte Auerbach, ob er mich denn nicht für eine kleine »Dienstreise« freistellen könnte. Der Arsch. Auerbach sagte zu mir, ich könne ja Urlaub nehmen, und verschwand nach hinten. Ich sei privat vollkommen ausgelastet, meinte ich, was ihn leicht säuerlich machte, wie schade, sagte er, ich wüsste ja nicht, was mir entginge, vielleicht ein anderes Mal. Ganz bestimmt. Und so einem kann man nicht mal die Meinung sagen.

Als Nächstes bescherte mir der Himmel eine Reklamation: Der Typ hatte bei Susanne eine Reise nach Ibiza (gesprochen mit doppeltem Z, versteht sich) gebucht, für Papa, Mama, zwei Kinderlein und seine Eltern. Jetzt kam der doch mit der ganzen Bagage hierher, verlangte sein Geld zurück, weil sie nicht hatten schlafen können vor lauter Lärm. Diese Tatsache fragte der von jedem einzeln ab, Brigitte, hast du geschlafen? Brigitte verneinte, obwohl es ihr einigermaßen peinlich schien, die Kinder, überraschend hübsch, wenn auch mürrisch, was ich ihnen verzieh, verneinten, Großpapa schien etwas schwerhörig, er holte laut und weit aus, über die Rockerbanden, hast du doch gesagt, oder?, schaute er den Sohn an, der ihn mit den Händen dirigierte, leiser zu sprechen, und Großmama nickte zu allem, was nicht ganz die bestätigende Wirkung hatte, die ihr Sohn sich erhofft hatte. Wie kann man nur ein zentral gelegenes Hotel buchen und die Ruhe einer einsamen Insel erwarten? Ich formulierte es etwas netter. Sohn/Papa zog laut schimpfend von dannen, die anderen zottelten hinterher. Uff.

Nicht dass es damit gut gewesen wäre. Es kamen noch mehr schwierige Kunden, unentschlossene, unfreundliche, anmaßende, kaum ein erfolgreicher Abschluss, und kurz vor sechs waren Susanne und ich total fertig. Hätte nur noch gefehlt, dass Auerbach mal wieder gefragt hätte, wovon er uns bezahlen sollte, wenn wir nichts verkauften, aber er verkniff es sich, schien sogar fast froh zu sein, dass er nicht hatte helfen müssen, erbot sich, alleine den Abschluss zu machen, und schickte uns heim.

An der Bushaltestelle herrschte mehr Gedränge als üblich, und als mein Bus endlich kam, gab es ein derartiges Geschiebe, dass ich verzichtet hätte, wäre es nur möglich gewesen, zu entkommen. Aber die liebe kleine Oma hinter mir schob mich unerbittlich vorwärts, sorgte dafür, dass ich ein paar Leuten auf die Füße trat, was die aber nur anzustacheln schien, ihre Ellenbogen noch etwas heftiger einzusetzen. Eine Mutter, ihr Kind einfach hinter sich her ziehend, dass der arme kleine Kerl nicht wusste, wie ihm geschah, so viele Handtaschen knallten ihm gegen den Kopf, schaffte es als Erste die Stufen hinauf, dort stolperte der Kleine über den Stock eines Opas, der eigentlich aussteigen wollte, aber auch das ignorierte sie, zog ihn weiter, dass ich schon befürchtete, sie würde ihm den Arm auskugeln. Es schien, als hätten sie Ausgang, waren erst alle zu uns ins Reisebüro gekommen und nun in meinen Bus. Ein paar Männer verwendeten ihre Aktenkoffer als Rammböcke und sorgten dafür, dass wir tatsächlich alle hineinpassten, samt schimpfendem Opi, da war nichts zu machen, Haltegriffe waren unerreichbar, aber nicht wirklich vonnöten, unmöglich, da umzufallen. An der nächsten Haltestelle wollte ein Kontrolleur zusteigen, verzichtete aber, als er sah, dass ohnehin niemand an seine Fahrkarte gekommen wäre. Der Typ neben mir stieß mir dauernd seine Zeitung ins Gesicht, die er hoch über sich hielt und nur mit zurückgelegtem Kopf lesen konnte, Bild, was sonst, und war sauer, auf mich?, dass er nicht umblättern konnte. Pech. Handys klingelten unablässig, Kinder plärrten so herzerweichend, dass ich gern eingestimmt hätte, und sobald ich konnte, stieg ich aus und ging das letzte Stück zu Fuß. Leider war ich zu früh da.

Ich schloss die Tür auf und wurde von lautem Stimmengewirr statt von Stan begrüßt. Qualm schlug mir entgegen, als ich die Tür zum Wohnzimmer öffnete, wo ich Stan mit einigen Kollegen vorfand, die sich zu streiten schienen. Stan bemerkte mich tatsächlich, ach, hallo, Silvie, das dauert noch etwas, sagte er, und damit war ich wohl entlassen. Die anderen hatten kaum hochgesehen.

Ich schloss die Tür wieder und ging in die Küche. Leere Flaschen standen auf dem Tisch herum, die Kaffeemaschine war an und hatte es schon geschafft, den letzten Rest Flüssigkeit in eine braune, stinkende Schicht auf dem Boden der Kanne zu verwandeln. Ich schaltete sie aus und warf einen Blick in den Kühlschrank. Außer einem Stück Butter fand sich nichts Essbares darin. Ich ging aufs Klo, irgendein hirnloser, stehpinkelnder Lehrer, der seine Männlichkeit unter Beweis stellen musste, hatte die Brille oben gelassen. Geputzt war das Bad auch nicht. Am Tag zuvor hatte Stan, ach, Schatz, lass uns den Film zusammen anschauen, ich mach das morgen, mich davon abgehalten, und das hatte ich nun davon. Ich knallte nacheinander Badezimmer-, Wohnungs- und Haustür zu und verließ mein allzu gastliches Heim.

Bernd freute sich wenigstens, mich zu sehen. Er brachte mir etwas zu essen, setzte sich zwischendurch immer mal zu mir, wir lästerten ein bisschen über Lehrer, und als ich fertig war, stellte ich mich hinter den Tresen und zapfte – nicht nur für Gäste, ich hatte die Absicht, mich zu betrinken. Das Telefon klingelte ein paarmal, aber es war nie Stan, der nach mir suchte. Sollte er mir doch den Buckel runterrutschen.

Um elf (!!!), ich unterhielt mich gerade nett mit zwei Männern, die an der Theke saßen und mir ein Bier spendiert hatten, kam er herein. Er setzte sich auf einen Barhocker, und ich fragte ihn, was es denn sein dürfe. Ein Bier. Das zapfte ich ihm und gesellte mich dann wieder zu den beiden aufmerksamen Herren, die meine Anwesenheit zu schätzen wussten. Er sagte ein paarmal meinen Namen, aber ich tat so, als hätte ich ihn nicht gehört, im Gegensatz zu dem schnuckeligeren der beiden Männer, Ralf, wie er mir gerade verraten hatte. Ralf also fing an, sich in Kämpferpositur zu werfen, böse Blicke trafen Stan, der das aber nicht bemerkte. Ralf neigte sich mir zu, fragte, ob ich mich belästigt fühlte, und ich hätte Ja gesagt, wenn Bernd nicht gerade aus der Küche gekommen wäre und, nach einem, wie ich fand, kühlen Nicken zu Stan, mich fragte, ob ich denn nun, wo die Luft rein sei, nicht nach Hause wollte. Ich wollte aber nicht.

Ich trank noch ein paar mit Ralf und seinem Freund. Stan muss irgendwann gegangen sein, aber ich habe das nicht mitbekommen.

Hätte er mich nicht einfach mitnehmen können? Der Idiot? Jedenfalls, es muss schon ziemlich spät gewesen sein, und ich war heftig hinüber, schickte Bernd die zwei hinaus und schloss hinter ihnen ab. Fragte mich, ob er mich nach Hause bringen sollte, aber ich wollte nicht. Er schleppte mich nach oben in seine Wohnung und verfrachtete mich in sein Bett, wo ich augenblicklich das Bewusstsein verlor.

Ich erwachte am nächsten Morgen um zehn, und Mann, war mir elend. Von Bernd keine Spur. Ich rief erst mal in der Firma an und meldete mich krank. Dann zog ich mich an, fragte mich, ob ich mich selbst ausgezogen hatte, konnte mich aber beim besten Willen nicht daran erinnern. Ich machte mich aus dem Staub.

Zu Hause angekommen, legte ich mich sofort wieder ins Bett und schlief durch, beziehungsweise tat so, als Stan mal nach mir sah, bis zum nächsten Morgen. Stan war schon weg, als ich aufstand, ich ging zur Arbeit, und am Abend taten wir beide so, als sei nichts geschehen. Der reinste Eiertanz und wahnsinnig höflich. Aber wenn er glaubt, ich würde das Gespräch beginnen, hat er sich geschnitten.

Ich wüsste nur gerne, ob ich mit Bernd … kann ihn aber wohl schlecht danach fragen, oder?

Ein Scheißtag war das.

Habe Hans getroffen. Zufällig. Hatte gestern die Dienstbesprechung geschwänzt, aber trotzdem keinen Bock gehabt, nach Hause zu gehen, Stan ist immer noch so – nennen wir es höflich, und bei dem Sauwetter kann man ja nichts anderes machen, als sich irgendwo reinzusetzen. Also bin ich in die nächste Kneipe, habe mir ein Bier kommen lassen, die Karte von vorne bis hinten und wieder zurück gelesen, mich aber für nichts entscheiden können. Kam mir vor, wie bestellt und nicht abgeholt, und wollte gerade gehen, als ich mit Hans zusammenstieß. Nach dem ersten Schreck fragte er mich, ob ich noch bleiben würde.

War ein total komisches Gefühl, mit ihm da zu sitzen. War richtig gesprächig. Aber allmählich hatte ich das Gefühl, ich sollte mich entfernen, also hab ich gesagt, er könnte mich ja mal im Reisebüro besuchen. Ist das jetzt bitte bescheuert, oder was.

***

»Galerie Fuller«, sagte Marilene, als Volker den Wagen abschloss und sie zum Eingang geleitete, »ist das nicht der, dessen Frau von Einbrechern ermordet wurde?«

»Stimmt«, bestätigte Volker, öffnete die Tür und ließ ihr den Vortritt.

Sie wurden von einem jungen Mädchen im kurzen schwarzen Kleid mit weißer Schürze und Häubchen, Gott, dachte Marilene, gab es so etwas noch?, empfangen, die Marilene das silbergraue Jackett abnahm, auf den Garderobenständer hängte und ihnen von einem Tablett Orangensaft oder Champagner anbot. Sie nahm ein Champagnerglas, nippte daran, tatsächlich, wie nobel, dachte sie, und war erleichtert, dass sie sich noch die Mühe gemacht hatte, sich in Schale zu werfen. Sie trug einen schwarzglänzenden Overall mit breitem silbernen Gürtel und silbernen Sandaletten.

Volker begnügte sich mit Orangensaft, nahm ihren freien Arm, »Ein bisschen Kunst für Champagner und«, er senkte die Stimme, »ein überaus erlesenes Büfett, falls du so lange durchhältst, ist doch kein zu hoher Preis, oder?« Er schob sie in den Ausstellungsraum, wo sogleich ein Mann in grauem Smoking mit ausgestreckter Hand auf sie zueilte.

»Herr König«, er schüttelte Volker die Hand, »wie schön, dass Sie kommen konnten, und wen haben wir denn da?«, flinke braune Augen unterzogen Marilene einer neugierigen Musterung, »ich bin Raimund Fuller.«

»Müller«, sagte sie trocken, bevor Volker eingreifen konnte, und reichte ihm die Hand.

»Sehr erfreut«, er nickte Volker anerkennend zu, während ein Finger seiner rechten Hand ein merkwürdiges Eigenleben zu führen schien.

Marilene drückte fester zu und bemerkte mit Genugtuung, dass sich Fullers Gesicht leicht rötlich färbte. Verlegenheit? Nein, Wut, entschied sie, denn er rächte sich, indem er ihre Hand schraubstockähnlich umklammerte, bevor er sie endlich freigab. Keine Sekunde zu spät, denn Marilenes Glas hatte sich schon gefährlich seinem Gesicht genähert.

»Nun denn«, Fuller sprach Volker an, »sehen Sie sich um, vielleicht finden Sie ein Objekt, das Ihnen zusagt, dann sagen Sie mir oder meiner Assistentin Bescheid. Ach, der Künstler steht übrigens dort vorn«, er deutete auf einen von Kopf bis Fuß in schwarzes Leder gekleideten, leicht übergewichtigen, pferdeschwänzigen Mann von etwa fünfzig Jahren, der sich am anderen Ende des Raumes an seinem Champagnerglas und seiner Zigarre festhielt und sich bemühte, nicht allzu gelangweilt dreinzuschauen, »falls Sie Fragen an ihn haben sollten. Wir sehen uns noch«, sagte er und wandte sich ab, um weitere Gäste zu begrüßen.

»Ich weiß nicht so recht, ob der den Champagner wirklich aufwiegt«, sagte Marilene zu Volker, »du hättest mir ruhig helfen können.«

»Ach komm, ist doch nichts passiert, das war völlig harmlos. Vergiss nicht, der Tod seiner Frau ist noch nicht so lange her, vielleicht ist er noch durcheinander.«

»Also mein Mitleid wollte er bestimmt nicht«, Marilene betrachtete Volker skeptisch.

»Hör mal, er findet dich attraktiv, was ich ihm«, er wandte sich ihr zu und grinste, »nicht direkt verdenken kann, er testet, du sagst Nein, nicht mit so vielen Worten, wenn ich das richtig mitbekommen habe, und schon ist er weg, also was willst du eigentlich?«

»Okay, vergiss es«, gab Marilene nach. »Lass uns den Kram hier anschauen, uns aufs Büfett stürzen und dann verschwinden.«

»Sag nicht Kram zu diesen exquisiten Skulpturen, du Banausin«, schalt Volker sie.

»Exquisit?« Sie standen vor einem bronzenen Türmchen, das aussah wie ein Fabrikschornstein, nur eben glänzender, und an seiner Spitze passenderweise einen Aschenbecher darstellte. »Ein bisschen einfallslos, findest du nicht?«

Volker grinste. »Das, meine Liebe, ist lediglich ein Aschenbecher, sonst befände sich eine Nummer darauf. Das ist ganz einfach, schau«, er zog sie mit sich, »hier zum Beispiel, das ist Kunst«, sagte er in einem Ton, als wäre er selbst der Schöpfer.

Sie standen vor einer steinernen weiblichen Nackten mit zu vielen Armen und mit Beinen, die eindeutig am falschen Platz saßen.

»Aha.«

»Und siehst du, hier, das kleine Nümmerchen? Das sagt dir, dass du es kaufen kannst.«

»Aber nicht zu welchen Preis.«

»Nein, je höher die Nummer, desto günstiger im Allgemeinen. Für genaue Angaben gibt es die Assistentin.«

»Aha. Heißt das, dass Fuller ein Menschenfreund ist, eine solch verantwortungsvolle Stelle geschaffen zu haben, oder kaschiert er auf diese Weise seinen Analphabetismus?«

»Perlen«, sagte Volker in gespielter Verzweiflung, »warum mache ich mir nur immer wieder die Mühe?«

»Jetzt mal ehrlich, sagt dir das«, sie umfasste den Raum mit einer ausholenden Geste, »hier wirklich was?«

Sie standen mittlerweile vor einem etwa einen Meter breiten und vielleicht vierzig Zentimeter hohen, sehr bunten Gemälde. Orgiastisch, dachte Marilene und stellte sich vor, der Künstler hätte sich die Augen verbunden, seine Palette gedreht, bis er nicht mehr wusste, welche Farben er wo angelegt hatte, und dann mit seinem Werk begonnen. Als er die Augenbinde abnahm, hat es ihm selbst nicht gefallen, und so tränkte er einen Schwamm mit roter Farbe und schmiss ihn gegen die Leinwand. Sah aus wie Blut. Sie beugte sich vor, um die Bildunterschrift entziffern zu können, »Spiel«, las sie, aha, und dachte an blinde Kuh. Volker hingegen schien hingerissen, blickte sich suchend um, winkte Fuller, auf das Bild deutend, zu, worauf blitzschnell eine elegant gekleidete Dame mittleren Alters zu ihnen trat, ihre an einem Kettchen hängende Brille aufsetzte, ein kleines Pünktchen auf das Schild klebte, und wohlwollend lächelnd wieder entschwand.

»Das war also die Assistentin«, sagte Marilene, »und wofür ist der Punkt?«

»Kind, ich bin der zukünftige Besitzer dieses wundervollen Werkes?«

»Wie bitte? Mach das sofort wieder rückgängig«, schimpfte Marilene, »ich mach dir so eins zu deinem nächsten Geburtstag.«

Volker lachte.

»Du hast ja nicht mal nach dem Preis gefragt!«

»Nicht nötig. So teuer ist es gar nicht, ich hab mich vorher erkundigt, außerdem krieg ich 'n Sonderpreis.«

»Ich will's nicht wissen«, sagte Marilene und hielt sich die Ohren zu, »und wieso Sonderpreis, bist du mit dem Künstler per Du, oder was?«

»Quatsch. Fuller ist ein Mandant von uns.«

»Tatsache?«, sie schüttelte ungläubig den Kopf, »na, dann sieh bloß zu, dass du nie weg bist, wenn der was will. Den übernehme ich nicht, da kannst du dich drauf verlassen.«

In diesem Moment ertönte von irgendwoher ein Gong, und Marilene wandte sich um, bemerkte, dass sich der Raum inzwischen beachtlich gefüllt hatte. Fuller stand mit dem inzwischen kaugummikauenden Künstler in der Mitte des Raumes, begrüßte die Anwesenden, darunter Herrn sowieso von der Deutschen Bank, die dankenswerterweise die Arbeit dieses bedeutenden Künstlers gefördert hatte, unseren Bürgermeister, hier klatschten zwei oder drei der Anwesenden, und nicht zu vergessen, unseren Landtagsabgeordneten … und Marilene gaben die Knie nach.

Sie griff haltsuchend nach Volkers Arm, »Halt durch«, flüsterte er ihr ins Ohr, »wenn er fertig ist, bring ich dich nach draußen«, Herzjagen, der Schweiß brach ihr aus allen Poren, und sie blickte stur zu Fuller, verstand kein Wort von dem, was er sagte, sah ihn nur lächelnd den Mund bewegen, einmal lachten die Leute auf, war das Felix' Lachen, das sie darunter vernahm?, nein, schau dich bloß nicht um, sie wollte nicht wissen, ob er mit ihr … sie zählte die Knöpfe an Fullers Jacke, fünf, aber wie viele sind am Ärmel?, Applaus, endlich, und gedämpftes Stimmengewirr, oder hatte sie etwas mit den Ohren?, und Volker zog sie hinter sich her ins Foyer, ließ sich von dem Mädchen ihre Jacke geben, steckte ihre Arme hinein und zog sie weiter auf die Straße.

Er stellte sie neben den Eingang, nahm ihr die Handtasche ab und suchte darin nach ihren Zigaretten, steckte ihr eine in den Mund, gab ihr Feuer und sagte, »Zieh.«

Sie paffte, und das Nikotin befähigte ihre Arme wieder zum Gehorsam, sodass sie die Zigarette selbst halten konnte, und auch ihr Gehörsinn kehrte zurück.

»Tut mir echt leid«, sagte Volker zerknirscht, »wenn ich das geahnt hätte, hätte ich dich nicht gebeten … guten Abend, Herr von Solburg«, grüßte er einen älteren Herrn in junger Begleitung, der huldvoll zurücknickte, bevor er die Galerie betrat. »Hör mal, ich muss noch mal rein, dauert höchstens zehn Minuten, kannst du auf mich warten? Bist du okay?«

»In Ordnung, kein Problem«, erwiderte Marilene, zog an ihrer Zigarette und sah ihm nach.

Von Solburg, überlegte sie, nicht gerade ein häufiger Name. Ich sollte da rein. Sehen was passiert. Aber ich kann nicht. Vielleicht ist er das ja gar nicht. Unwahrscheinlich. Also geh schon. Ich halte das nicht aus. Doch, dachte sie, verzog die Lippen zu einem, wie sie hoffte, strahlend unbekümmertem Lächeln, lässig, nahm noch ein paar Züge und trat entschlossen die Zigarette aus. Sie gab erneut ihre Jacke ab, »Schlecht geworden«, murmelte sie und betrat den Ausstellungsraum.

Natürlich fiel ihr Blick als Erstes auf Felix, wie er mit Kennermiene ein Bild musterte, Heuchler, dachte sie, das wär ja was ganz Neues, dass du dich für Kunst interessierst. Keine Spur von Hanne. Schon wieder auf Abwegen? Fuller trat zu ihm, reichte ihm die Hand, lachte über eine Bemerkung Felix', wahrscheinlich »Das kann ich mir als Staatsdiener nicht leisten«, wetten? Fuller sagte etwas, Felix wehrte ab, unbestechlich, kein Sonderpreis. Sie wandte sich ab.

Volker stand mit von Solburg vor Volkers zukünftigem Wandschmuck zusammen. Auch ein Mandant von uns, von dem ich nichts weiß? Sie suchte nach der jungen Begleiterin, entdeckte sie am Büfett. Eine kleine Stärkung kann nicht schaden, dachte sie, ging zielstrebig dorthin, nahm sich einen Teller und fragte, nach einem kurzen Blick auf den Teller der jungen Frau, »Ist der Lachs gut?«

»Oh ja, sehr.«

Marilene nahm sich eine Scheibe, gab etwas Meerrettichsahne dazu, noch ein Stück Weißbrot und aß. »Interessante Ausstellung, nicht?«

»Oh ja, sehr.«

»Sind Sie allein hier?«

»Nein.«

An meiner Aushorchtaktik muss ich wohl noch arbeiten, dachte Marilene, aber vielleicht kann sie gar nicht mehr.

»Mir gefällt besonders dieses bunte Bild da hinten, mein Freund, der steht davor, hat es mir auch gleich gekauft, haben Sie's schon gesehen? Kommen Sie«, lockte sie, »ich zeig's Ihnen.«

»Nein, nein, ich warte«, wehrte die andere ab.

Braves Hündchen. Marilene enthielt sich gerade noch eines aufmunternden Klapses aufs Hinterteil, stellte ihren Teller ab und schlenderte Richtung Volker und von Solburg.

Fuller fing sie ab. »Aber, aber, meine Liebe, überlassen wir die beiden doch ihrem Gespräch«, er hob entschuldigend die Hände, »das Geschäft geht vor. Sie wären jedenfalls zu Tode gelangweilt, und ich habe es mir zur Aufgabe gemacht, das um jeden Preis zu verhindern.« Er griff nach ihrem Arm und zog sie mit sich.

Marilene blickte zurück zu Volker, aber er war zu vertieft, um zu bemerken, was geschah. Ihr Versuch, sich aus Fullers Griff zu befreien, hatte nur zur Folge, das seine Finger sich schmerzhaft in ihren Oberarm gruben, sodass sie aufgab. Traue ich mich zu schreien, wenn er mit mir diesen Raum verlassen will?, fragte sie sich, und hatte Mühe, mit ihm Schritt zu halten.

»Ich würde Ihnen ja gern mein Büro zeigen«, Fuller bleckte die Zähne zu einem wölfischen Grinsen, »ich habe eine beachtliche Sammlung von Akten, nein, nein«, reagierte er auf ihren verständnislosen Blick, »nicht die Ordner, Sie dummes Ding, Gemälde, Skulpturen«, er zeichnete mit der freien Hand Schlangenlinien in die Luft, deutete Monroe'sche Kurven an, »aber ich kann mich des Eindrucks nicht erwehren, dass sie partout nicht interessiert sind und mir hier glatt eine Szene machen würden. Wir werden das bei anderer Gelegenheit nachholen«, sagte er.

»Da seien Sie sich mal nicht allzu sicher«, beschied Marilene ihn.

Er würdigte sie keiner Antwort, hatte sie vielleicht nicht einmal gehört, denn jetzt hob er die Stimme, »Da sind Sie ja, mein Lieber, ich habe Sie schon überall gesucht.« Sie waren inzwischen in einer entlegenen Ecke des Raumes angelangt, die der Künstler anscheinend zu seinem Refugium vor der Meute auserkoren hatte und nur mit einer auf einem Tischchen stehenden Champagnerflasche und seiner Zigarre teilte.

»Ein voller Erfolg, ich muss schon sagen, wir haben schon einiges verkauft. Und hier«, Fuller entließ sie nicht aus seinem Griff, schüttelte sie wie eine Strohpuppe, »hier habe ich eine glühende Bewunderin Ihres Schaffens, sie hat mir im Vertrauen versichert, dass sie einfach alles tun würde, um Ihre Bekanntschaft zu machen.«

Der Künstler musterte sie und leckte sich die Lippen, als wäre sie ein besonders leckeres Stück Fleisch auf seinem Teller, und griff nach ihrem freien Arm, »Das isscha wunderbar«, murmelte er, der Sprache schon nicht mehr ganz mächtig, und blies ihr seinen mit Pfefferminz und Alkohol vermischten Zigarrenatem ins Gesicht.

»Ich glaube, er mag Sie auch«, flüsterte Fuller ihr ins Ohr, bevor er sich an den Künstler wandte, »ich stehe wahrlich am falschen Ende dieses Berufsstandes, mir fliegen die Frauenherzen nicht so zu, Sie Glückspilz«, gab ihren Arm frei und verschwand.

Von der Traufe in den Regen, dachte Marilene, »Das ist ein Missverständnis«, sagte sie.

»Nicht doch«, nuschelte er, »trinken Sie was, dann werden Sie ganz locker«, er hielt ihr die Flasche an den Mund und neigte sie gefährlich, sodass ihr nichts anderes übrig blieb, als zu trinken, wollte sie nicht unter dem Zeug duschen, »sehen Sie, geht doch.«

»Wirklich, ich liebe Sie nicht ...«

»Das macht doch nichts, am Anfang ist das immer so«, und wieder neigte er die Flasche, und sie trank.

»Und Ihre Arbeit finde ich auch ...«

»Sagen Sie das ja nicht«, er neigte die Flasche stärker, und sie trank schneller. »Sie müssen für mich sitzen, ich will ein Bild von Ihnen malen, ich wette Sie haben tolle Titten.«

Marilene verschluckte sich, musste husten und prustete ihm Champagner ins Gesicht. Er ließ sie verdattert los.

»Sie, Sie ...«, ihr fehlten die Worte, und sie wandte sich ab, ihr Blick suchte Volker, aber sie konnte ihn nirgends entdecken. Nichts wie weg hier, dachte sie, und wob sich zwischen den Grüppchen von Leuten durch, die schwatzten und lachten und offensichtlich gar nichts mitbekommen hatten. Nur Fuller bemerkte ihre Flucht und nickte ihr grinsend zum Abschied zu.

Sie hatte die Garderobe erreicht, suchte nach ihrer Jacke, als eine Hand sich auf ihre Brust legte, »Nun warte doch mal, ich ...«, sie fuhr erschrocken herum, brachte dadurch den Künstler restlos aus dem Gleichgewicht, der nun, nach Halt suchend, die Kleiderstange umklammerte. Die hielt dem zusätzlichen Gewicht nicht stand und brach aus ihrer Verankerung. Marilene kam unter ihm zu liegen, aber all die Jacken verhinderten wenigstens, dass seine gierigen Hände ein Ziel fanden, und plötzlich griff jemand nach ihr und zog sie aus dem Gewirr von Mann und Kleidern.

»Herrlich«, sagte Felix, »ich hätte deine strampelnden Beine überall erkannt, wenn auch nicht ausgerechnet hier vermutet.«

»Oh Gott«, sagte Marilene aus tiefstem Herzen, »ich bin in einem schlechten Film.«

Sie entdeckte den Riemen ihrer Handtasche, zerrte daran, trat, als sie auf Widerstand stieß, in hoffentlich weiche Teile, oh ja, ein Heulton bestätigte das, bekam die Handtasche frei und machte sich, scheiß auf die Jacke, Hals über Kopf davon.

***

Marilene lümmelte auf dem Sofa, zappte sich durch die Programme, hatte schon eine Flasche Wein zur Hälfte geleert mit der Absicht, die zweite Hälfte nicht zu verschonen, als das Telefon ihre wütenden Gedankengänge unterbrach.

»Dafür bist du mir einiges schuldig«, bellte sie in den Hörer, »und das war ganz bestimmt der letzte Gefallen, den ich dir getan habe.« Sie zündete sich eine neue Zigarette an der alten an und wartete, dass das Schweigen am anderen Ende aufhörte, sodass sie ihre Tirade zielgerichteter fortsetzen könnte.

»Ich weiß ja nicht, mit wem du zu sprechen glaubst, hoffe aber sehr, dass ich es nicht bin«, formulierte Patrizia vorsichtig. »Tut mir leid, dass du mich nicht erreichen konntest, ich bin gerade erst zurückgekommen.«

»Oh, du bist es«, Marilene stieß enttäuscht den Rauch aus, »ich habe mit jemandem ein Hühnchen zu rupfen, und er gibt mir nicht mal Gelegenheit dazu.«

»Klingt, als könntest du einen Sandsack gebrauchen.«

»Oh, ein männliches Wesen aus Fleisch und Blut täte es auch. Irgendeines. Die sind sowieso alle gleich.«

»So schlimm? Was ist passiert?«

»Vermutlich nichts besonderes. Ich war als unfreiwilliges Sexualobjekt sehr gefragt heute Abend. Gans, die ich bin, dachte ich, die Zeiten wären vorbei, in denen Männer alles, was einen Rock trägt, meinen begrapschen zu dürfen, aber da habe ich mich wohl getäuscht. Ich muss hinter dem Mond gelebt haben. Und dabei trug ich nicht einmal einen Rock!«, ereiferte Marilene sich.

»Na, dann brauchst du dich auch nicht zu wundern«, gackerte Patrizia los.

Es dauerte einen Moment, bis der Groschen fiel, »Chauvi«, schimpfte Marilene, ließ sich aber von dem Gelächter anstecken.

»Also was hat Auerbach angestellt?«, fragte Patrizia, »erzähl endlich.«

»Auerbach?«, echote Marilene, »wieso Auerbach?«

»Du bist ihm doch gefolgt, oder? Hast du ihn verloren?«

»Ach so. Ja. Nein. Moment.« Sie goss sich Wein nach, trank einen Schluck und sammelte ihre Gedanken. »Also, ja, ich bin ihm gefolgt, nein, ich habe ihn nicht verloren. Er ist nach Niedernhausen in ein Fitnessstudio gefahren, aber ich konnte nicht rein, weil ich mich durch den Regen angeschlichen habe und klatschnass war. Ich habe mir die Kennzeichen der davor parkenden Autos notiert. Damit müsstest du was anfangen können.«

»Und dann hat er dich überrascht?«

»Nein. Er ist nicht wieder aufgetaucht. Zum Sexobjekt wurde ich auf einer ›Vernissage‹«, sie spie das Wort wie ein Schimpfwort aus, »ein Kollege von mir hat mich überredet, mit ihm dorthin zu gehen.« Sie berichtete von den Ereignissen, die zu ihrer Degradierung geführt hatten, immer wieder unterbrochen von Patrizias Gelächter. »Und ausgerechnet mein Ex-Lover musste mich retten«, schloss sie.

»Das ist hart«, erwiderte Patrizia, »aber dann kannst du ihn ja in Gnaden wieder aufnehmen.«

»Kann ich nicht, weil ich ihn nicht rausgeschmissen habe. Tja, so ist das. Aber etwas Gutes ...«, sie wollte, musste das Thema wechseln, konnte nicht über Felix sprechen, als ob Worte den letzten wohlgehüteten Funken Hoffnung zerstören könnten, »etwas Gutes ist dabei herausgekommen. Wäre ich nicht nach draußen gegangen, hätte ich nicht gewusst, dass von Solburg hineingegangen ist.«

»Was?!«, kam ein Aufschrei von Patrizia, »und das verschweigst du mir die ganze Zeit?«

»Und es kommt noch besser: Seinetwegen ist mein Kollege wieder reingegangen. Und dieses Gespräch wollte Fuller abschirmen.«

»Fuller?!« Noch ein Aufschrei.

»Der Galerist.«

»Das ist mir bekannt. Oh Mann, das ist ja ein Ding. Warte nur ab, das wird eine ganz große Sache. Irre. Die werden Augen machen. Wahnsinn!«

»Du sprichst in Rätseln«, mahnte Marilene.

»Ja, stimmt. Pass auf, gib mir mal die Kennzeichen durch, die du notiert hast.«

»Moment, ich hol den Zettel«, Marilene sprang auf, suchte ihre Handtasche und kramte erfolglos darin herum, bis sie sich erinnerte, wohin sie den Zettel gesteckt hatte, lief ins Bad und zog ihre Bluse aus dem Häuflein nasser Klamotten, strich den Zettel glatt, ja, noch einigermaßen lesbar, »hör zu«, und las die Kennzeichen vor.

»Alles klar, hab ich notiert«, sagte Patrizia, als sie geendet hatte.

»Warte mal, ich habe noch was vergessen«, sie ging in die Küche, nahm den Briefumschlag zur Hand, »jetzt hätten wir doch beinahe vergessen, dass Auerbach nicht mein erster Verfolgungsauftrag war«, und diktierte auch das Motorradkennzeichen.

»Keine schlechte Ausbeute für einen Anfänger wie dich«, lobte Patrizia.

»Das will ich aber meinen. Also sag mir jetzt schon, was es mit dem Fuller auf sich hat.«

»Morgen. Lass mich erst die Kennzeichen überprüfen.«

»Du bootest mich aber nicht aus?« Marilene war plötzlich unsicher.

»Bestimmt nicht. Ich komme irgendwann morgen in die Kanzlei, geht das?«

»Klar, kann bloß sein, dass du ein Weilchen warten musst, wenn ich einen Mandanten da habe, aber langwierige Sachen stehen nicht an.«

»Gut dann machen wir das so, also gute Nacht.«

»Gute Nacht«, erwiderte Marilene und wollte eben auflegen, als sie ein »Halt!« vernahm und den Hörer erneut aus Ohr hielt.

»Noch etwas. Halte dich deinem Kollegen gegenüber zurück, wenn du das schaffst. Denn falls von Solburg nicht sauber ist, dann könnte das für ihn genauso gelten.«

»Das kann ich mir zwar beim besten Willen nicht vorstellen, wir sind seit ewigen Zeiten befreundet, aber wenn du meinst, in Ordnung.«

»Vielleicht erzählt er dir ja von sich aus etwas Wissenswertes, dann kannst du ruhig darauf eingehen.«

»Alles klar, also bis morgen, tschüs.«

Marilene legte auf, verwirrter denn je, Volker?, unmöglich, aber all die reichen Kunden, trotzdem, nein. Sie räumte den Tisch ab, oje, acht Zigaretten in zwei Stunden, das muss anders werden, ging ins Bad, Zähne putzen, und wankte müde und ziemlich beschickert ins Schlafzimmer. Allein. Ach, Felix.

13

»Morgen, Christine«, Marilene flüsterte fast, um die Heiserkeit zu überspielen, allmählich bemerkte man jedes Zuviel vom vorigen Abend, »schon jemand da?«, anzunehmen, dachte sie, immerhin war es gleich zehn.

»Ja. Alle. Sind Sie krank?«

»Ich hoffe nicht.«

»Herr König hat schon nach Ihnen gefragt und mich gebeten, ihm zu sagen, wenn Sie eintreffen.«

»Aha«, sie versuchte, ein bisschen wacher zu werden, »könnten Sie das noch für einen Moment verschieben und kurz bei mir reinschauen?«

»Klar. Bin gleich bei Ihnen.«

Marilene ging in ihr Büro, schloss leise die Tür hinter sich, warf ihre Tasche auf den Tisch und ließ sich auf ihren Stuhl fallen. Ein Blick auf den Kalender zeigte ihr, dass sie erst um elf einen Mandanten hatte, also noch Zeit genug, sich zu sammeln.

Christine kam herein, »Ich habe Ihnen eine heiße Milch mit Honig gemacht, das wirkt Wunder gegen Heiserkeit«, und stellte die dampfende Tasse vor sie hin.

Wirkt es auch gegen Kater?, fragte Marilene sich, »Das ist aber nett, vielen Dank«, sie nippte an der Tasse, scheußlich, aber wenigstens hatte sich keine Haut auf der Milch gebildet. »Sagen Sie, unsere Mandanten sind doch in Ihrem Computer, alle, oder?«

»Ja, aber nur für die Rechnungsstellung, die eigentlichen Vorgänge befinden sich beim jeweiligen Anwalt, dazu habe ich keinen Zugang.«

»Würden Sie dann mal für mich nachsehen, ob ein Fuller und ein von Solburg unter den Rechnungsempfängern stehen?«

»Das brauche ich nicht nachzusehen, das sind beides Mandanten von Herrn König.«

»Ach, komisch, er hat mich den beiden gestern vorgestellt und nichts davon gesagt.«

»Vielleicht dachte er, Sie wüssten das.«

»Ja, wahrscheinlich haben Sie recht, egal, ist nicht so wichtig«, versuchte sie die Bedeutung ihrer Frage herunterzuspielen, »ich kann ihn ja später fragen.«

»Soll ich ihm denn jetzt …«, sie wurde durch die sich öffnende Tür unterbrochen.

»Lenchen, da bist du ja endlich«, sagte Volker und, an Christine gewandt, »ich hatte Sie doch extra gebeten, mir Bescheid zu sagen.«

»Ich bin auch gerade erst rein, Volker, danke, Christine.«

Christine ging und schloss die Tür hinter sich.

»Weib, warum hast du mich gestern einfach verlassen? Dass du gut heimgekommen bist, habe ich nur daran gemerkt, dass dein Telefon stundenlang besetzt war. Tut mir echt leid, dass du ausgerechnet dort auf Felix treffen musstest.«

»Mir auch. Als du nicht wiederkamst, habe ich mir einfach ein Taxi genommen, also vergiss es.«

»Fuller hat übrigens gefragt, wo du so plötzlich abgeblieben seist, mir scheint, du hast großen Eindruck bei ihm gemacht.«

»Ach ja? Pech, er ist überhaupt nicht mein Typ.«

»Na, dann sieh dich vor, er ist hartnäckig, also geh ihm lieber aus dem Weg.«

»Danke für die Warnung.«

»Keine Ursache«, er trat von einem Fuß auf den anderen, »also, dann werd ich mal wieder was tun, wir seh'n uns.«

»Ja, bis dann«, sagte Marilene zu der schon wieder geschlossenen Tür.

Konnte es sein, dass Patrizia recht hatte? Kein Wort über den Sonderpreis für ein scheußliches Gemälde, kein Wort über die dringend mit von Solburg zu besprechenden Geschäfte, nur diese versteckte Warnung vor Fuller. War es möglich, dass die alle unter einer Decke steckten? War das der Grund, warum Volker von vornherein nicht gewollt hatte, dass sie Sominskis Fall übernahm? Getarnt als Fürsorge? Worum ging es überhaupt? Und was hatte Auerbach damit zu tun?

Sie müsste eine Möglichkeit finden, an Volkers Akten zu kommen. Aber wann und wie? Sie hatte keinen Schimmer, wie man Passwörter knackte, von Schränken ganz zu schweigen. Patrizia fragen. Aber vielleicht wäre ihr das zu illegal. Außerdem bestand ja immer noch die Möglichkeit, dass Volker nichts zu verbergen hatte, sie ihn einfach fragen könnte, wobei er die beiden vertreten hatte.

Die Tür öffnete sich schon wieder, Christine, die einen Besucher meldete. Marilene schaute auf die Uhr, zu früh für den Mandanten, Patrizia?

»Guten Morgen, schöne Frau.« Fuller trat ein, heute gekleidet in einen naturfarbenen Leinenanzug zu weißem Hemd, das am Kragen offen stand, ein zweifellos gewollter Kontrast zu seiner Sonnenbräune, die dunklen, leicht gewellten Haare fielen nahezu bis auf die Schultern und verliehen ihm etwas von einem Bohemien. »Ich habe Ihnen etwas mitgebracht«, er legte einen großen grauen Karton vor sie auf den Tisch, ging dann zurück, um die Tür zu schließen, »wollen Sie's nicht aufmachen?«

»Eigentlich nicht, ich nehme keine Geschenke von fremden Männern an«, brachte Marilene hervor.

»Wer sagt denn, dass es sich um ein Geschenk handelt?« Er beugte sich zu ihr, registrierte ihr Rotwerden mit Genugtuung, »Nun machen Sie's schon auf, Schätzchen, ich liebe diese Kratzbürstigkeit über alles, aber dafür gibt es weitaus befriedigendere Situationen als diese, glauben Sie mir, wir werden noch darauf zurückkommen.« Er zwinkerte mit einem Ausdruck, der wohl Verheißung darstellen sollte.

Ich kann es kaum erwarten, dachte Marilene, hob aber den Deckel des Kartons an. Zum Vorschein kam ihr Jackett, sorgsam gebügelt und in Seidenpapier geschlagen. Sie nahm es heraus und schüttelte es aus. »Das war nicht nötig, es sollte ohnehin in die Altkleidersammlung.«

»Meine Galerie ist aber nicht die Sammelstelle. Hat man Ihnen nicht beigebracht, dass man ›Danke‹ sagt, für alles«, das Wort schien großgeschrieben zu sein, »was man bekommt?«

Marilene schwieg, mich kriegst du nicht, dachte sie.

Fuller riss mit einer plötzlichen Bewegung den Karton hoch bis dicht vor ihr Gesicht, sie schloss vor Schreck die Augen und roch – Rosen.

Er stellte den Karton wieder auf den Tisch. »Nehmen Sie sie«, sagte er.

Sie nahm sie vorsichtig heraus, wunderschön, tatsächlich, dreizehn langstielige dunkelrote Rosen, »Oh«, entfuhr es ihr unwillkürlich.

Fuller legte seine linke Hand um ihre rechte, die die Rosen hielt und drückte zu. Marilene öffnete den Mund, aber seine rechte Hand war schneller, legte sich halb über ihr Gesicht, »Danke«, sagte er und drückte fester, bis sie nickte.

»Danke«, brachte sie hervor, und er gab sie frei und ging hinaus.

»Frau Müller braucht eine Vase«, hörte sie ihn draußen zu Christine sagen, dann war er fort.

Marilene nahm ihre Tasche und ging ins Bad, hielt ihre rechte Hand unter fließendes, kaltes Wasser und riskierte erst nach einer Weile einen vorsichtigen Blick. Aus einigen Wunden quoll noch immer Blut. Sie drehte das Wasser wieder auf und suchte mit der linken in ihrer Handtasche nach Pflastern.

***

»Ich brauche Herrn Lubecks Hilfe bei den Ermittlungen in einem Mordfall, also bitte holen Sie ihn.« Hartmann wurde ungeduldig, zeigte seinen Ausweis kurz und steckte ihn wieder ein.

»Schon wieder Polizei? Da war neulich doch schon jemand hier. Also, beim Handwerk muss die rechte Hand schon wissen, was die linke tut, ist das bei Ihnen nicht so?«, fragte Lubecks Arbeitgeber.

Hartmann starrte ihn nieder, mit Erfolg, ha!, der andere verließ das kleine Büro oberhalb der Werkstatt, um Lubeck zu holen. Beim Finanzamt trauen sie sich nicht, dachte er genervt, aber der Polizei gegenüber proben sie den Aufstand. Und dieselben hilfsbereiten Bürger empören sich lauthals, wenn nicht genügend für ihre Sicherheit getan wird.

Eine Kreissäge erstarb mit einem letzten schrillen Schrei und ermöglichte die Wahrnehmung eines mit präziser Gleichmäßigkeit schlagenden Hammers und des leisen, fast sanften »Wusch« eines Hobels. Hartmann schnupperte, vom Geruch her würde er hier arbeiten mögen, im Polizeipräsidium roch es nach Verbrechen wie es im Krankenhaus nach … eben Krankenhaus roch, wohingegen dieser klare Duft nach frischen Holz … Herrgott noch mal, wie lange dauerte das denn noch?

Endlich Schritte auf der Treppe, und die beiden Männer traten ein, die Hand des Arbeitgebers lag auf Lubecks Schulter.

»Wir gehen«, sagte Hartmann zu Lubeck.

»Wie bitte? Und wer ersetzt mir den Ausfall?«

»Sie zahlen doch Steuern, oder?«, fragte Hartmann freundlich, worauf der andere lediglich nickte. »Na sehen Sie, Ihre Steuern bezahlen mein Gehalt. Wenn ich meine Arbeit nicht schaffe, muss ich Überstunden machen, und wer zahlt dann die?« Er schob Lubeck vor sich her die Treppe runter und raus aus der Werkstatt. »Kaffee?«

Lubeck deutete, noch immer stumm, auf die gegenüberliegende Straßenseite, wo sich ein Imbiss befand.

»Schwarz?«, fragte Hartmann. Lubeck nickte und wartete an einem der Fenstertische. Hartmann ging an den Tresen und holte zwei extragroße Becher voll Kaffee, schob einen zu Lubeck und nahm einen Schluck. »Wann haben Sie Silvie Bauer das letzte Mal gesehen?«

Lubeck trank und schwieg.

Hartmann näherte sein Gesicht Lubecks, versuchte es noch einmal mit Niederstarren, »Wann haben Sie Silvie Bauer das letzte Mal gesehen?«

»Das habe ich Ihrem Kollegen schon erzählt.«

»Ich will es aber noch mal hören.«

»Silvie ist vor über zwei Jahren ausgezogen.«

»Das ist keine Antwort auf meine Frage.«

Lubeck trank und schwieg.

»Wann haben Sie Silvie ...«

»Sie glauben also ...«

»Ich glaube nicht, ich weiß, dass Sie sie nach ihrem Auszug noch gesehen haben. Ich habe eine Zeugin, die Sie wiedererkennen wird. Was ich nicht weiß, ist, wann genau, warum und wie oft. Und das werden Sie mir jetzt sagen. Sofort! Hören Sie auf, mir auszuweichen, sonst nehme ich Sie wegen Verdunklungsgefahr mit!« Er nahm einen Schluck Kaffee, um ruhiger zu werden, widerlich, zu lange warmgehalten. »Das ist ein Haftgrund! Dann sind Sie Ihren Job los. Und bleiben! Wegen Fluchtgefahr.« Er kniff die Augen zusammen, fragte sich, ob er zu weit gegangen war, manche gaben bei solchen Drohungen nach, andere klappten zu wie Austern, ene, mene, muh, das hing davon ab, was er zu verlieren hatte, ob der Job ihm wichtig war, die Freundin, nein, mit der lief es ja nicht so ...

Lubeck starrte angestrengt aus dem Fenster, richtete sich plötzlich aus seiner zu einem Fragezeichen gewordenen Haltung auf, »Ich muss mal raus, da drüben geht ganz allein die Tochter meiner Freundin«, und stürzte zur Tür hinaus, »Miriam!«, hörte Hartmann ihn rufen. Er ließ das ekelhafte Gesöff stehen und trat auf den Bürgersteig.

»Warte, bleib da stehen«, rief Lubeck dem kleinen Mädchen zu, mit dem Hartmann ihn schon auf der Beerdigung gesehen hatte, und sprintete über die Straße. Hartmann folgte ihm.

»Wo kommst du denn jetzt her, sag mal?«

»Ausm Kindergarten«, sie zerrte an Lubecks Arm, bis der sich zu ihr herunterbeugte, »ich bin abgehauen«, flüsterte sie ihm so laut ins Ohr, dass auch Hartmann sie hören konnte, »ich wollte dich so gerne besuchen, bitte, bitte, ich bin auch ganz lieb.«

»Das geht aber jetzt nicht, ich muss mit«, er deutete mit seinem Daumen über seine Schulter, »dem Mann da reden.«

»Ich bin auch ganz still, wie ein Mäuschen«, bettelte sie.

»Nein, Miriam, ich bringe dich jetzt zurück in den Kindergarten.«

»Und wenn ich dann ganz doll weinen muss?«

Lubeck blickte hilfesuchend zu Hartmann.

»In die Werkstatt hätten Sie sie mitgenommen?«, fragte er.

Lubeck nickte. »Da war sie schon öfter, mein Chef hat nichts dagegen, wenn sie von oben zuschaut, und in der Mittagspause bringe ich sie zurück.«

Hartmann gab sich geschlagen und ging in die Knie, »Warst du schon mal bei der Polizei?«

Sie schüttelte den Kopf, »Bist du denn von da?«

Er nickte, »Willst du mit?«

»Warum? Hast du Onkel Hans verhaftet?« Sie hüpfte hoch, als könne sie es kaum erwarten.

»Nein, ich will nur mit ihm reden, mein Wagen steht da vorne«, sagte er, richtete sich auf und ging voran. Er hoffte, dass Heyder oder wenigstens Zinkel da wären, um das Kind zu hüten.

Miriam schloss hopsend zu ihm auf, »Weißt du auch bestimmt, wo du lang gehen musst?«

»Meistens«, brummte er, »warum?«

»Na, der andere Polizist hat sich verlaufen, hat Mama gesagt.«

Er blickte auf sie nieder, vielleicht hat er das, dachte er und schloss den Wagen auf.

»Ooooch, das ist ja gar kein richtiges Polizeiauto, das ist aber voll uncool.«

»Wart's ab«, sagte Hartmann, öffnete das Handschuhfach und holte das Blaulicht hervor, setzte es aufs Dach, »so besser?«

»Viel«, strahlte sie und stieg ein.

Sie fuhren zunächst zum Kindergarten, wo Hartmann vorgab, Miriam zu suchen, und damit hektische Betriebsamkeit auslöste, bevor er herausließ, dass sie sich bei ihm im Wagen befand. Er drohte mit disziplinarischen Maßnahmen, sollte die Aufsichtspflicht noch einmal so eklatant verletzt werden, und genoss es.

Im Präsidium angekommen, war von Zinkel nichts zu sehen, aber, gottlob, Heyder war da, gab gerade einem kleinen Jungen Papier und ein paar Stempel, ach ja, der Neffe, erinnerte er sich. »Klasse«, er schob Miriam hinein, »eins mehr macht dir doch nichts aus, oder?«

»Ich bin mit einem echten Polizeiauto hergekommen«, prahlte der Kleine.

»Und ich mit einem geheimen, da ist das Blaulicht versteckt, damit man die Verbrecher besser erschrecken kann, das war voll cool«, übertrumpfte Miriam ihn und strahlte Hartmann an.

»Ich werde Polizist, wenn ich groß bin«, sagte der Knirps.

»Bäh, mit so 'ner blöden Uniform, ich werde Kommissar«, sie reckte sich, »das ist viel besser.«

Hartmann hatte ganz vergessen, dass das Rollenverhalten schon bei Fünfjährigen durchschlug, er rollte mit den Augen, schickte Lubeck ins Vernehmungszimmer, folgte ihm und schloss ziemlich erleichtert die Tür hinter sich, bevor er das Aufnahmegerät einschaltete und die Einführung darauf sprach.

»So, noch mal von vorn«, begann er, »wann haben Sie Silvie Bauer das letzte Mal gesehen?«

»Zwei Wochen?«, murmelte Lubeck unwillig.

Na bitte, dachte Hartmann, das war ja besser, als erwartet. »Also kurz vor Pfingsten, wo?«

»Am Warmen Damm.«

»Zufällig?«

Lubeck schüttelte den Kopf.

»Kopfschütteln reicht nicht, Mann«, fuhr Hartmann ihn an.

»Wir waren verabredet«, Lubeck zog den Kopf ein.

»Warum?«

***

Das erste Treffen war tatsächlich zufällig gewesen. Ende Januar war es, Kerstin hatte ihn an der Sprechanlage abgewiesen, ich kriege eine Erkältung, ein anderes Mal, hatte sie ihn vertröstet und dabei eher barsch als tröstend geklungen. Und so war er ziellos durch die Straßen gelaufen, hatte die Pellkartoffeln, die er in einer Tüte bei sich trug, um daraus Bratkartoffeln zu machen, knusprig, weil Miriam das so gern aß, in irgendeinen Papierkorb geschmissen, hatte wütend gegen die letzten jämmerlichen grauen Schneehäuflein getreten, bis er auf einen ziemlich unnachgiebigen Stein traf. Der Schmerz brachte ihn zu sich. Er befand sich vor einer Gaststätte, was soll's, dachte er, und beschloss, einen zu heben. Drinnen stieß er unmittelbar mit einer Frau zusammen, die sich im Aufbruch befand. Sie wandte sich um. »Silvie?«, er hätte sie beinahe nicht wiedererkannt mit den roten Haaren, die sie sich unsicher aus dem Gesicht strich.

»Ich wollte gerade gehen«, stammelte sie.

»Bleib doch noch«, bat er und wusste eigentlich nicht, warum er das gesagt hatte.

Sie schaute auf ihre Uhr, die Tür, die Leute im Gastraum und wieder auf die Uhr, »Na gut, zehn Minuten«, und setzte sich wieder.

»Was trinkst du?«

»Ein Bier«, sie schob Pfeffer- und Salzstreuer umeinander, »bitte«, als hätte sie sich erst im Nachhinein an gutes Benehmen erinnert.

»Zwei Bier bitte«, rief Lubeck der Kellnerin zu, die ein paar Tische weiter abräumte.

»Ich bin dir nicht mehr böse«, sagte er, an Silvie gewandt, und merkte selbst, wie verwundert er klang. »Du hattest recht, weißt du? Wir –«, er stockte, »ich habe nicht mit dir geredet, und das war falsch. Ich meine, ich habe da jemanden kennengelernt, und sie ist wie ich, also ein bisschen zurückhaltend«, er lachte, wie um zu unterstreichen, dass es sich um eine kolossale Untertreibung handelte, »und eigentlich sollte das doch prima funktionieren, aber auf einmal macht es mich wahnsinnig, nicht zu wissen, was sie denkt. Sie ist verbittert, mit Grund, aber trotzdem – sie hat eine kleine Tochter, und man kann doch ein Kind –, nicht dass es ihr zu schaden scheint, sie redet wie ein Wasserfall, aber ...«

»Du magst sie.« Silvie schaute ihn endlich an.

»Ja. Ich wünschte ...«

»Was?«

»Ach nichts. Erzähl mir von dir. Wie geht es dir?«

»Mir geht es gut, wirklich«, sie nahm die Bierdeckel und versuchte, einen Turm daraus zu bauen, brachte ihn zum Einsturz, als die Kellnerin mit ihrem Bier kam, »zum Wohl.«

»Prost«, er hob sein Glas.

»Ich lebe mit jemandem zusammen. Er ist Lehrer, und ...«, sie lächelte fast ein wenig wehmütig, oder bildete er sich das nur ein?, »etwas gesprächiger als du ist er schon. Aber auch ...«, sie schien nach dem richtigen Wort zu suchen, »weniger unabhängig?«

»Das stört dich?«

»Ich weiß nicht. Nein, eigentlich nicht, aber es ist noch ungewohnt, und – ach was, ich bin glücklich, so, wie es ist, es ist ein bisschen wie Nachhausekommen, nachdem man lange unterwegs war, und es könnte für immer sein ...« Sie ließ die Worte ausklingen.

»Für immer«, wiederholte Lubeck und trank, »das freut mich für dich, ehrlich«, und fragte sich, wen er überzeugen wollte.

Auf seine Frage, ob er sie wiedersehen dürfe, hatte sie »Warum nicht?, ich arbeite noch in demselben Reisebüro, komm ruhig mal vorbei« geantwortet, und so war er ein paar Wochen später in der Mittagspause dort aufgekreuzt und hatte sie herausgewunken.

Sie ließ sich von ihm zum Essen einladen, »aber nur, wenn ich das nächste Mal zahlen darf«, sagte sie, und er verstand die Welt nicht mehr. Was hatte diese Veränderung bewirkt? Das konnte nicht allein daran liegen, dass er den Wert des Redens erkannt hatte. Das hatte er nicht. Höchstens den Wert, mit ihr zu reden ...

War es das? Er wollte alles über sie wissen, egal ob es um ihre Arbeit ging oder ein neues Kleid, das sie sich gekauft hatte, je öfter sie sich trafen, und nach einer Weile war das jeden Mittwochmittag, desto genauer fragte er sie aus, was hast du Donnerstag, Freitag, Samstag gemacht, gedacht, getrunken, gelesen, gefühlt? Und sie gab bereitwillig Auskunft, fragte zurück, »Und du?« Fast wie ein Spiel, wer die meisten Dinge zu berichten hat, hat gewonnen, aber was war der Preis?

Inzwischen hatte Stan einen Namen, und Bernd, und Auerbach. Obwohl er den kannte, löste sich seine Erinnerung an den Mann vollständig auf und wurde von ihren Erzählungen überlagert, wurde Auerbach zu einem anderen, einer erfundenen Figur. Stans Mutter wurde, nur für ihn, lebendig, und ein paar seiner Kollegen. Und er würde sich in ihrer Wohnung blind zurechtfinden, auf ihr »Ich habe mir Kaffee gekocht«, fragte er, »Wo steht der?«, »Ich habe geduscht«, »Wo bewahrst du die Handtücher auf?«, und sie antwortete immer, lachend, als wäre es ein Spiel. Nur über Susanne sprach sie nie. Er konnte sich denken, warum. Er könnte wetten, die wusste nichts von ihren Treffen. Gut so.

Seine Beziehung zu Kerstin kühlte mehr und mehr ab. Wäre Miriam nicht ab und zu in die Werkstatt gekommen, wäre sie wahrscheinlich völlig eingeschlafen, aber manchmal brachte er das Kind nach Hause. Er tat dann immer so, als wäre alles völlig in Ordnung, ließ es zu, dass sie sich küssten, ließ es zu, dass sie miteinander ins Bett gingen.

Manchmal stellte er sich vor, Miriam wäre sein und Silvies Kind.

Er gewöhnte sich an, bei ihr vorbeizufahren, nur schauen, nicht berühren, sah sie durchs erleuchtete Fenster in der Küche hantieren, sah Stan nach Hause kommen, sah sie die Auffahrt vom Schnee befreien, aber irgendwann reichte das nicht mehr aus, und er klingelte.

»Hans? Was machst du denn hier?«

»Kam zufällig hier vorbei, dachte, ich sehe mal, wie's dir geht.«

»Und was siehst du?«, sie lachte, wenn auch unsicher.

»Dein Freund nicht da?«

»Nein, kommt aber gleich.«

»Kann ich rein?«

»Nein, das geht nicht, Hans.«

»Warum nicht?«

»Hans, bitte ...«

»Ich möchte ihn kennenlernen.«

»Aber ich will das nicht.«

»Also hast du ihm nichts von uns erzählt.«

»Da gibt es auch nichts zu erzählen. Außerdem hast du deiner Freundin ja bestimmt auch nicht gesagt, dass wir uns ab und zu treffen, oder? Und schon gar nicht ihrer Tochter, richtig? Na siehst du«, deutete sie sein Schweigen als Zustimmung, »das ist in Ordnung so. Und jetzt geh, wir sehen uns am Mittwoch.«

Mittwoch, dachte er, und verschwand grußlos, das ist unser Tag, fein säuberlich getrennt. Er wollte mehr. Eines Tages würde er es bekommen. Einstweilen musste der Mittwoch eben genügen.

***

»Und am Pfingstsonntag waren Sie auch bei ihr«, sagte Hartmann und holte ihn damit in die Gegenwart zurück.

Lubeck schüttelte den Kopf. »Nein«, sagte er mit einem Blick auf das Aufnahmegerät.

»Also das letzte Mal am Mittwoch vor Pfingsten. Was war da?«

»Sie –, wir beschlossen, es zu beenden.«

»Was es? Es gab doch kein Es!«, Hartmann wurde wieder laut, »nur diese harmlosen Treffen, von denen niemand wusste. Warum also beenden?«

»Es kam etwas dazwischen«, jetzt hob Lubeck die Stimme, »sie war schwanger.«

»Das hat sie Ihnen am Mittwoch gesagt.«

»Ja!«

»Nicht am Sonntag?«

»Nein, verdammt noch mal! Am Mittwoch!«

»Warum haben Sie das meinem Kollegen nicht erzählt?«

»Hätten Sie mir etwa geglaubt?«

»Wer weiß, aber die Frage ist wohl eher, ob ich Ihnen jetzt glaube. Sie können gehen, vergessen Sie das Kind nicht.«

14

»Rate, was ich habe«, Patrizia schloss Marilenes Bürotür und legte schwungvoll einen Zettel vor sie auf den Schreibtisch, »wenn du wegkannst, könnten wir unseren Motorradfahrer besuchen und – wau«, unterbrach sie sich, »was für irre Blumen, dein Ex? Oder ein neuer Lover?«

»Nur das nicht«, Marilene stand auf, »erzähl ich dir unterwegs, lass uns abhauen.« Sie schnappte sich Jacke und Tasche und ging voraus zum Parkplatz. »Fährst du?«, sie reichte Patrizia ihre Schlüssel, und die setzte sich nach einem Blick auf ihre verpflasterte Hand ans Steuer.

»Fuller also«, sagte Patrizia nachdenklich, als Marilene ihren Bericht beendet hatte. Sie schaltete grundlos zurück, bemerkte das erst, als der Motor aufheulte, »sorry«, und korrigierte den Fehler. Sie befanden sich auf der Berliner Straße, einer Schnellstraße Richtung Erbenheim, und sie gab Gas. »Als ich im Januar zur Mordkommission versetzt wurde, ist der Fall gerade abgeschlossen worden, und zwar ergebnislos und auf Anordnung von oben. Man hat den Mord an Fullers Frau einem unbekannten Einbrecher zugeschoben, aber von Zinkel, meinem Kollegen, weiß ich, dass es Zweifel gab, dass Hartmann glaubte, Fuller hätte etwas damit zu tun. Wenn er es nicht selbst war, dann hat er den Mord in Auftrag gegeben. Leider hatten sie keine Beweise, nur die Tatsache, dass gerade mal zwei Gemälde gestohlen worden waren, wo der einige wertvolle Dinge bei sich zu Hause bunkert, und warum sollte ein Profi sich von einem kleinen Mord so aus der Ruhe bringen lassen, dass er das meiste zurücklässt …« Patrizia verließ die Schnellstraße, sie hatten Erbenheim erreicht, und folgte der Berliner Straße durch den Stadtteil, bis sie links abbog Richtung Nordenstadt.

Hinter Erbenheim herrschte wenig Verkehr, und Patrizia beschleunigte abermals. Die Getreidefelder zu beiden Seiten verschwammen vor Marilenes Augen, bis Patrizia plötzlich wegen eines Treckers bremsen musste und ein Halm wieder ein Halm war. »Aber wenn –«, hob Marilene an und verstummte, als Patrizia weiterredete.

»Wir müssen erst mal rauskriegen, ob es tatsächlich eine Verbindung zu von Solburg und Auerbach gibt, womöglich ist das nur Zufall«, sie setzte den Blinker, bog in die Heerstraße nach Nordenstadt ab, dann rechts in den Eichendorffweg und steuerte kurz darauf die erste verfügbare Parklücke an, »lass uns zu Fuß gehen.«

»Fuller und von Solburg sind Mandanten von uns, genauer, von meinem Kollegen.« Marilene stopfte die Schlüssel wieder in ihre Handtasche und schloss zu Patrizia auf, die nach Hausnummern suchte und einen Blick auf ihren Zettel warf.

»Ach nee. Beide? Hier ist es.« Sie standen vor einem unansehnlichen Klotz mit dreißig, vierzig Wohnungen, der den Nachbargebäuden aufs Haar glich. Patrizia schaute Marilene an, »Und von Solburg war auf deinem Parkplatz bei dem Fitnessteil, die Kennzeichen habe ich inzwischen überprüft, also könnte das tatsächlich alles zusammenhängen. Irgendwie.« Sie drückte auf mehrere Klingeln, bis der Summer ertönte und sie das Gebäude betraten. Sie nahmen die Treppe.

»Und wenn er gar nicht da ist?« Marilene eilte hinter Patrizia her.

»Dann ist vielleicht jemand anderes da.« Sie bogen im dritten Stock in den zu den Wohnungen führenden Gang ab. »Überlass mir das Reden, okay?« Patrizia blieb stehen, kontrollierte das Namensschild und drückte auf die Klingel.

Marilene holte tief Luft, »Alles klar«, vielleicht ist wirklich niemand da, hoffte sie nahezu, denn es war nichts zu hören.

Plötzlich fing weiter vorn ein Fernseher an zu plärren, ein Hund kläffte hysterisch dazu, Kinder stürmten schreiend das Treppenhaus, unglaublicher Lärm brach aus, bis eine Stimme irgendwoher ertönte, »Ruhe!«, mit dem metallischen Klang eines Megaphons, und schlagartig senkte sich wieder Stille über das Haus. Als handelte es sich um eine Orchesterprobe, dachte Marilene und bemerkte in diesem Augenblick einen Schatten hinter dem Spion. Hatte sie sich das eingebildet? Sie gab Patrizia ein Zeichen, und die drückte erneut auf die Klingel.

»Ludger nicht da.« Die Stimme schien einem Kind zu gehören, dünn und ängstlich.

»Bitte machen Sie auf, wir müssen mit Ihnen reden«, Patrizia hielt ihren Ausweis vor den Spion.

Sie hörten, wie der Schlüssel mit einem Klacken herumgedreht wurde. Die Tür öffnete sich, so weit es die Sicherheitskette zuließ. Aus einer Höhe von kaum einem Meter fünfzig blickte eine sehr jung wirkende asiatische Frau aus angstgeweiteten Augen zu ihnen auf. »Ludger nicht da.«

Patrizia hielt ihr den Ausweis direkt vors Gesicht, »Das macht nichts, lassen Sie uns trotzdem rein.«

Sie fügte sich, entfernte die Kette und ließ sie eintreten.

Ein winziger quadratischer Flur, an jeder Seite eine Tür, führte geradeaus ins Wohnzimmer. Zur Linken befand sich die Kochecke, ein schmaler grauer Schrank, Herd und Kühlschrank, davor ein schwarzer Resopaltisch, auf dem zwei mohnblumenbedruckte Platzdecken aus Plastik lagen, zwei Stühle. Rüschengardinen vor dem einzigen, aber breiten Fenster und der Balkontür, draußen ein Wäscheständer, auf dem ein paar Handtücher, befestigt mit Tierfigur-Klammern, hingen, und eine vertrocknete Palme. Auf dem Fensterbrett Buddhafiguren, goldene, hölzerne, liegende, lächelnde, dazwischen asiatische Fabelwesen, kunstvoll verziert.

»Wie heißen Sie?« Patrizia durchbrach das Schweigen, und ihre Stimme schien zu laut.

»Siriporn Braun.« Die Frau war hinter ihnen ins Zimmer getreten, ihr schwarzes Haar umrahmte ein herzförmiges Gesicht, sie trug Jeans zu einem roten T-Shirt, auf dessen Schulter ein silberner Drache kauerte, ihre Füße steckten in Turnschuhen einer Kindergröße. Die Hände hatte sie fest ineinander verschränkt.

»Haben Sie einen Ausweis?«

»Verheiratet Ausweis. Ich hole.« Sie ging rückwärts zurück in den Flur und verschwand im Schlafzimmer.

Auf der rechten Seite des Raumes standen auf einem Flokati ein Sofa und ein Sessel mit hohen Rückenlehnen, braun-beige gestreift, Ikea vor fünfzehn oder mehr Jahren, vermutete Marilene, darauf ein paar gelbseidene Kissen. Über der Couch hing ein auf eine Spanplatte gezogenes Reliefbild, eine goldene Tänzerin auf schwarzem Untergrund. Auf dem Couchtisch stand ein Gefäß mit Räucherstäbchen, daneben lagen eine Motorradzeitschrift und ein Deutschbuch. Die rechte Wand war mit einem altmodischen hohen Eichenschrank zugestellt, kaum zwei Meter breit, in dem sich Fernseher und eine kleine Musikanlage befanden, CDs füllten ein Fach, Zeitschriften ein weiteres, und in einem standen ein paar Fotos in goldenen Rahmen.

»Ausweis.«

Patrizia nahm ihn ihr aus der Hand und blätterte darin, »Siriporn, Sie kommen aus Thailand.«

»Sagen Siri.«

»Wann haben Sie geheiratet?«

»Februar«, das Wort bereitete ihr Schwierigkeiten.

»Haben Sie Ihren Mann in Thailand kennengelernt?«

»Nicht kennen. Er aussuchen Katalog. Er guter Mann, ich großes Glück, große Liebe.«

»Sie lieben ihn auch?«

»Oh ja«, sie nickte, dass ihr Pony flog, »Deutschland gut.«

»Was für ein Katalog denn?«, Marilene konnte nicht folgen.

Siri sah sie verwundert an, »Büro in Bangkok suchen Mädchen, wollen heiraten deutsche Mann, machen Foto«, sie deutete mit den Händen den Vorgang an, »ich zahlen und in Katalog. Machen viele.«

»Arbeiten Sie?«

»Ja, Thai-Restaurant«, sie sah auf ihre Armbanduhr, »nicht viel Zeit.«

»Sie haben vorhin gesagt«, griff Patrizia wieder ein, »›heiraten Ausweis‹. Was sollte das bedeuten?«

»Mann mich abholen Flughafen, nehmen Pass, ich kriegen wieder, wenn heiraten.«

»Welcher Mann?«

»Weiß nicht.«

»Nicht Ludger?«

»Nein.«

»Wann sind Sie in Deutschland angekommen?«

»Januar.«

»Und der Mann, der Sie abgeholt hat, hat der Sie hierher gebracht?«

»Ja«, sie wich ein wenig zurück, »Bus fährt bald, ich weg.«

»Keine Sorge«, versuchte Marilene sie zu beruhigen, »wir fahren Sie zur Arbeit, Sie kommen nicht zu spät.«

»Ich müssen – muss«, verbesserte sie sich mit dem Tonfall einer gelehrigen Schülerin, »ich muss arbeiten, Ludger sagen, wir haben kein Geld, er mich muss zurückschicken, wenn ich nicht kann arbeiten. Vielleicht Witz. Ich muss lachen.«

»Also vom Flughafen direkt hierher«, Patrizia schien laut nachzudenken, »hat Ludger sich gefreut, Sie zu sehen?«

Siri nickte nur.

»Was wäre passiert, wenn Sie ihm nicht gefallen hätten?«

»Weiß nicht.«

»Wären Sie zurückgeflogen?«

»Kein Ticket.«

»Das hatte auch der Mann?«

Siri nickte wieder.

»Also mussten Sie ihm gefallen.«

»Nicht schwer, nein?« Sie warf stolz den Kopf zurück, »Ludger viel Geld bezahlen, ich wert.«

»Wo arbeitet Ludger?«

»Krankenhaus«, Siri entspannte sich sichtlich, »ist Krankenschwester«, sie grinste spitzbübisch, »aber nicht sagen zu Ludger.«

Patrizia ignorierte die Bemerkung, »Wissen Sie, wie viel Geld Ludger für Sie bezahlt hat?«

»Weiß nicht. Viel, Ludger sagen –«, sie zuckte zusammen, »sagt. Ich mich umziehen für Arbeit. Gleich fertig«, sie verließ das Zimmer.

Patrizia öffnete und schloss die Schubladen des Schranks, »Ich möchte wissen, was eine Frau von dort kostet«, flüsterte sie, fand aber nichts, was einen Hinweis geliefert hätte, »ich kann mir nicht vorstellen, dass ein Krankenpfleger sich das leisten kann.«

»Vielleicht hat er einen Kredit aufgenommen«, gab Marilene ebenso leise zurück, »und jetzt schickt er sie arbeiten, damit er die Raten bezahlen kann.«

Marilene betrachtete die Fotos, Hochzeitsfotos, Siri mit einem Blumenstrauß im Arm, Ludger verblasste neben ihr, wirkte aber unverkennbar stolz, während Siri, nun ja, Glück lag da nicht in ihren Augen. War es Dankbarkeit? Sie sah kaum einmal zum Fotografen, schien entrückt, der Blick eher nach innen gerichtet, als auf das, was um sie herum geschah. Aus welchen Verhältnissen mochte sie kommen, um ein solches Risiko eingegangen zu sein, einen völlig Fremden zu heiraten?

Und Ludger? Ein zu spät geborener, chancenloser Softie, der sich als ehrlich, arbeitsam und treusorgend beschreiben würde, hehre Tugenden, deren Verkennung ihn verletzt hatte, und der sich nun, »Seht nur her, es ist nicht so, dass mich keine will, noch dazu eine so Schöne«, bestätigt fand in seiner Lebensauffassung? Aber ebenso gut könnte sein sanftmütiger Gesichtsausdruck über ein knallhartes Inneres hinwegtäuschen, das Kleine-Männer-Syndrom, dessen wesentliche Triebfeder das Streben nach Dominanz war.

»Fertig«, Siri stand in der Tür. Das schmal geschnittene schwarze Kleid mit züchtigem Stehkragen betonte ihre zarte Figur, die Haare trug sie kunstvoll hochgesteckt. Nicht schlecht, dachte Marilene und fragte sich, wie das funktionierte, das Am-Hinterkopf-Festnadeln der Frauenzeitschriften hatte sie mehr als einmal zur Weißglut getrieben. Siris Füße steckten noch in den Turnschuhen, die Pumps hielt sie in der Hand. Sie wirkte wie ein kleines Mädchen, dass sich als Erwachsene verkleidet hat und sich nun auf leisen Sohlen aus dem Haus schleichen muss. Oder umgekehrt, überlegte sie, sie will sich den Anschein eines kleinen Mädchens geben. Überhaupt, sie warf einen Blick auf das Deutschbuch, »Themen 3«, sollte man da nicht annehmen, dass ihr Deutsch besser, sie durchaus in der Lage wäre, Verben zu beugen?

»Na dann«, sagte Patrizia, und einen Moment lang glaubte Marilene, sie würde Siri bei der Hand nehmen.

Die Rückfahrt in die Stadt verlief gewissermaßen einseitig. Auf Fragen Patrizias reagierte Siri lediglich mit Kopfschütteln oder Nicken, wie Marilene im Spiegel der Sonnenblende beobachtete, als hätte sie alles gesagt, was zu sagen sie bereit war. Und mehr, womöglich, denn nach einer Weile veränderte sie ihre Position, scheinbar, um besser dirigieren zu können, tatsächlich aber beobachtete sie aufmerksam den Verkehr hinter ihnen.

»Ich aussteigen«, sagte sie schließlich an einer roten Ampel, sie hatten die Innenstadt erreicht, waren gerade an der Hessischen Staatskanzlei vorbeigefahren, von einem thailändischen Restaurant war jedoch nichts zu sehen.

»Aber …«, sagten Patrizia und Marilene gleichzeitig, während Siri schon ausstieg.

Marilene wollte ihrem Beispiel folgen, verhedderte sich im Sicherheitsgurt, und bis sie sich befreit hatte, war die Ampel auf Grün gesprungen, ein Hupkonzert ertönte, geschafft, sie knallte die Wagentür hinter sich zu und holte Siri nach dreißig Metern ein. »Moment«, sie suchte hastig nach ihrer Visitenkarte, »hier, ich bin Rechtsanwältin, nur falls Sie mal Hilfe brauchen, rufen Sie mich an.«

Siri griff widerstrebend nach der Karte und wandte sich wortlos ab. Hinter ihnen hupte es erneut, ihre Hupe, stellte Marilene fest, als sie sich umblickte und ihren Wagen mit eingeschalteter Warnblinkanlage in zweiter Reihe stehen sah, unsicher, ob sie Siri folgen oder zurück zum Auto laufen sollte, aber jetzt war von Siri schon nichts mehr zu sehen.

»Was sollte das denn«, fuhr Patrizia sie an, »ich konnte den verdammten Warnblinker ewig nicht finden, du kannst froh sein, dass dein Auto noch existiert.«

Das Klingeln von Patrizias Handy enthob sie einer Antwort, sie hielt während des Gesprächs noch immer Ausschau nach Siri, konnte sie aber auf dem weitläufigen Kochbrunnenplatz nicht entdecken, nahm sich vor, das Restaurant ausfindig zu machen und wusste selbst nicht so genau, was das sollte.

»Scheiße«, sagte Patrizia und steckte das Handy wieder in ihre Handtasche, »ich muss weg, wir haben eine Leiche, ich hoffe, du kannst das Auto irgendwie fahren, weil ich mich hier abholen lassen muss, wäre nicht so gut, wenn wir da zusammen auftauchen würden.«

Marilene nickte nur.

»Ich ruf dich an, ja?« Patrizia stieg aus, ohne ihr erneutes Nicken abzuwarten, und Marilene rutschte auf den Fahrersitz und fädelte sich in den fließenden Verkehr ein. Vielleicht, hoffte sie, komme ich ja im zweiten Gang durch, denn die Hand tat höllisch weh beim Schalten.

***

Als der Anruf mit der Nachricht, auf dem Friedhof Bierstadt läge eine Leiche, kam, hatte er den Witz so blöd gefunden, dass er nicht einmal gelacht hatte. Jetzt stand Zinkel in einer der hinteren Gräberreihen und betrachtete die an einen Grabstein gelehnte Leiche.

Der Mann mochte in den Dreißigern gewesen sein. Er schätzte seine Größe auf höchstens einen Meter fünfundsechzig. Er war schlank, hatte dünnes blondes, kurz geschnittenes Haar, das an der Stirn zurückzuweichen begonnen hatte. In seinen offenen hellblauen Augen stand ein Ausdruck des Erschreckens, der dem ohnehin weichen Gesicht mit dem hellen Flaum an Kinn und Oberlippe etwas Kindliches verlieh. Er trug eine schwarze Lederjacke über einem grauen T-Shirt, seine Arme hingen zu den Seiten herunter, die Hände waren zu Fäusten geballt, als hätte er einen letzten Kampf erwogen. Was gegen die Kugel, die ihm über dem rechten Auge in den Kopf gejagt wurde, aussichtslos gewesen war.

Er wartete, bis der Fotograf seine Arbeit beendet hatte, bevor er in der Jacke nach Papieren suchte. Nichts. Er zog an den Beinen, bis der Körper zum Liegen kam, die Identität des eigentlichen Grabinhabers preisgab, ein Anton Klug, verstorben neunzehnhunderteinundsiebzig. Zinkel drehte den Toten herum, fand aber auch in den Jeanstaschen keinen Hinweis auf seine Identität. Die Ausschusslücke war größer als der vergleichsweise saubere Einschuss und nicht mehr als Loch erkennbar, eine ausgefranste Wunde, an der verkrustetes Blut mit Haaren und Knochensplittern und gräulicher Gehirnmasse klebte und die ihn daran erinnerte, wie er als Kind einmal beim Kicken auf der Straße gestürzt war und sich am Bordstein den Hinterkopf aufgeschlagen hatte. Gottlob hatte er die Wunde nicht sehen können, er hasste den Anblick von Blut, immer noch, und fragte sich mal wieder, was einer wie er bei der Polizei zu suchen hatte.

Er richtete sich auf und wandte sich ab, sah Hartmann und Heyder endlich auf sich zukommen, wie sie, gemeinsam mit Förster, unter dem Absperrband durchschlüpften, vor dem sich mittlerweile eine Gruppe von zehn, fünfzehn Neugierigen versammelt hatte. Die Presse war auch schon vertreten, bemerkte Zinkel, ausgerechnet durch Maurer, diese Gully-Ratte, er sah schon die Schlagzeile von morgen vor sich, »Leiche auf dem Friedhof – Polizei steht vor einem Rätsel«. Reizend. Sie würden zu einer Lachnummer verkommen.

»Herr Kommissar«, hörte er ihn auch schon mit falscher Ehrerbietigkeit Hartmann ansprechen, »können Sie uns«, dabei war er, noch, der Einzige seiner Zunft hier, »etwas über diesen grausigen Fund sagen?«

Hartmann ignorierte ihn und trat zu Zinkel, »Wer?«, fragte er.

Zinkel beschränkte sich vorsichtshalber auf ein Achselzucken, glich seine Antwort der Kürze der Frage an, »Keine Papiere«, und sah zu, wie sich Förster, mit Patrizia auf den Fersen, der Leiche näherte.

»Wer hat ihn gefunden?«

Zinkel deutete auf die alte Frau, die er ein Stückchen weiter, aus Angst, sie würde ihm sonst umkippen, auf eine Bank gesetzt hatte. Sie war immer noch ganz käsig, fand er, und beobachtete, wie Hartmann ein paar Worte mit ihr wechselte, um dann kopfschüttelnd zu ihm zurückzukehren.

Förster stand auf und klopfte sich die Hände an den Hosen ab, »Letzte Nacht«, sagte er, »zwischen dreiundzwanzig und zwei Uhr. Fundort ist nicht gleich Tatort, aber das habt ihr euch sicher schon gedacht. Ich lasse ihn holen, tschüs, bis morgen«, und weg war er.

Hartmann blickte ihm verdattert mit hochgezogenen Brauen nach.

Kannst du mal sehen, wie das ist, wenn sich alle auf deine Launen einstellen, dachte Zinkel und verkniff sich ein Grinsen.

»Wird hier denn nachts nicht abgeschlossen?«, fragte Patrizia.

»Ich glaub schon«, erwiderte Zinkel, »eben, der muss am helllichten Tag hierher gebracht worden sein. Warum auf einen Friedhof, und warum dieses Grab?«

»Vielleicht war gerade ein Leichenwagen zur Hand«, überlegte Patrizia.

»Und vielleicht war der Mörder ein Bestattungsunternehmer.« Hartmanns Stimme troff vor Ironie, nur um gleich darauf den Ton eines Oberlehrers anzunehmen, der einem verstockten Schüler erklären wollte, warum Regen von oben nach unten fällt und nicht umgekehrt. »Die Leiche konnte aus einem möglicherweise ganz banalen Grund nicht letzte Nacht entsorgt werden. Was also liegt am helllichten Tag näher als ein Friedhof? Alles, was es dazu braucht, ist ein schwarzer Kombi, wenn der hier reinfährt, fragt man sich höchstens, welchen armen Teufel es jetzt erwischt hat, ohne dass man den Fahrer ansieht, reziprok zu dem den Schornsteinfeger betreffenden Aberglauben. Und so viel Betrieb ist hier ja nun auch nicht. Und dieses Grab – es ist doch ganz wunderbar vor neugierigen Blicken geschützt, ich bezweifle, dass hinter der Ortswahl mehr als ein praktischer Gedanke steht.«

»Wenn wir dich nicht hätten, Boss«, Zinkel sah Patrizia an, »sobald die Leiche abtransportiert wird, lasse ich die Absperrung aufheben, auf die KTU können wir ja wohl verzichten. Oder meinst du es bringt was, den Kies hier absammeln zu lassen?«

Hartmann schüttelte den Kopf.

»Also, dann wollen wir mal sehen, ob wir nicht doch jemanden auftreiben, der hingesehen hat.«

»Macht ihr das. Ich kümmere mich um die Pressestelle, ich will, dass sein Bild noch in die morgigen Zeitungen kommt«, er wandte sich zum Gehen, blieb nochmals kurz stehen, schlug dann die andere Richtung ein, fort von den Zuschauern, und ließ Heyder und Zinkel sprachlos zurück.

War es ein beknackter Zufall, dass Silvie Bauer auf eben diesem Friedhof beerdigt worden war? Hartmann lief, die Hände in den Taschen seiner Hosen vergraben, mit gesenktem Kopf zum anderen Ende des Friedhofs, in der Hoffnung, dass ihm niemand, vor allem nicht Maurer, folgen würde, bevor er sich Richtung Ausgang wandte. Er blickte sich vorsichtig um, nein, man ließ ihn in Ruhe, gut so, ihm reichte es für heute. Er würde die Pressestelle vom Auto aus anrufen, sollten die sich darum kümmern, dass sie von dem Fotografen ein geeignetes Foto bekamen, das sie zur Veröffentlichung weitergeben konnten, und zwar heute noch. Er würde nach Hause fahren. Oder? Ein Flattern in der Magengegend machte ihm bewusst, dass er nicht nach Hause, sondern den frühen Feierabend anders nutzen wollte. Er beschleunigte seine Schritte.

Er erblickte Sominski am Grab Silvies, eine einzelne Margerite in der Hand, die er behutsam auf das Grab legte, bevor er sich aufrichtete und mit unbewegtem Gesicht in den Himmel starrte. Hartmann zögerte. Was soll's, dachte er, sie ist wahrscheinlich sowieso noch nicht zu Hause.

»Was wollen Sie von mir?« Sominski sah ihn erst an, als er sich direkt neben ihn gestellt hatte.

»Nur reden.«

»Nimmt das denn nie ein Ende?«

»Nicht, solange wir den Mörder nicht haben.«

»Wie konnte ich das nur vergessen«, der Sarkasmus passte nicht zu dem Ausdruck von grenzenloser Müdigkeit in Sominskis Augen, »und Sie glauben immer noch, ihn zu finden, wenn Sie mit mir reden?«

»Sagen wir mal so«, Hartmann versuchte, ihn nicht noch weiter in die Defensive zu drängen, »jeder potenzielle Täter bei diesem Fall hätte ein Motiv. Sollten Sie darüber aber im Bilde gewesen sein, hätten wiederum Sie auch viel mehr Grund gehabt, sie zu töten.«

»Also gut«, gab Sominski nach, drehte sich um und begann davonzustapfen, »ich erwarte Sie bei mir.«

***

Ein paar Minuten später klingelte Hartmann. Er hatte während der Fahrt mit der Pressestelle telefoniert, und die Frau, er konnte sich ihren Namen nicht merken, Zinkels Schuld, weil er sie immer Presse-Maus nannte, wahrscheinlich eins der Objekte seiner Begierde, hatte ihm versichert, sie würde sich sofort darum kümmern.

»Ich nehme an, Sie haben gemeint, ich könnte gleich kommen«, sagte er, als Sominski die Tür öffnete.

»Sicher, obwohl ich sonst im Verschieben ganz groß bin.« Er bedeutete ihm, in die Küche zu gehen. »Kaffee?«

»Nein, danke, ist zu spät für mich, ein Wasser wäre nett.«

Sominski stellte Wasser und Glas vor ihn auf den Tisch und machte sich an der Kaffeemaschine zu schaffen.

»Haben Sie Bernd Klauke gestern noch angetroffen?«

»Gestern? Nein, wieso?«

»Ich hatte in der Gegend zu tun«, erläuterte Hartmann, »und sah ihn aus diesem Haus kommen.«

»Ach«, Sominski runzelte die Stirn.

»Hat er denn einen Schlüssel zu Ihrer Wohnung?«

»Nein, doch, Moment, wir hatten ihm einen gegeben, als wir letztes Jahr auf Kreta waren, die Leute über uns waren auch verreist, und Bernd hat für uns die Blumen gegossen. Es kann tatsächlich sein, dass er ihn noch hat, ich werde Silvie –«, er verstummte.

Hartmann fragte sich, ob die Realität sein Hirn tatsächlich noch nicht durchdrungen hatte. Herrgott, immerhin war die Frau unter der Erde, er kam gerade vom Friedhof und hatte an ihrem Grab gestanden, das war doch wohl undenkbar? Nein, der zog hier eine Schau ab.

»Haben Sie eine Ahnung, was er hier gewollt haben könnte?«

»Fragen Sie ihn, vielleicht hat er geklingelt und, als ich nicht aufmachte, angenommen ...«

Hartmann setzte eine mitfühlende Miene auf. Wenn du glaubst, ich falle darauf herein, hast du dich aber geschnitten, mein Lieber. Viel zu dick, dieses erschütterte Nur-nicht-Aussprechen. Er war diese Andeutungen und Ausflüchte so unendlich leid, konnte denn nicht einer mal einfach sagen, was er wusste, Geständnis nicht ausgenommen? Aber nein, wieso auch, hier ein Fitzelchen Information und da eines, und er musste selber sehen, welchen Sinn, wenn überhaupt, das alles ergab. Und dabei hatte er nun schon die nächste Leiche am Hals. Er sollte zur Verkehrspolizei wechseln.

»Wussten Sie eigentlich, dass Silvie noch Kontakt zu Ihrem Vorgänger hatte?«, versuchte er Tempo und Ton zu verschärfen.

»Wie – mein Vorgänger – ach, Sie meinen Hans? Das glaube ich nicht, das hätte sie mir bestimmt erzählt.«

Warum glaubten die Menschen, dass ihre Partner ihnen alles erzählen, oftmals auch noch gerade die, die selbst mit irgendetwas hinter dem Berg hielten? »Es gab regelmäßige Treffen«, gab er zu bedenken.

»Blödsinn«, stritt Sominski ab, »woher wollen Sie das wissen?«

»Na, woher wohl, von Hans Lubeck persönlich. Es scheint, er hat sich Hoffnungen auf eine Wiederaufnahme der Beziehung gemacht, und zwar nicht unberechtigte, wie er meint. Er wusste auch von Silvies Schwangerschaft.« Druck, dachte Hartmann und sah zu, wie Sominski sich schwer auf einen Stuhl fallen ließ, sein Kaffee war vergessen. Ist nicht so angenehm, wenn das Weltbild ins Wanken gerät, was?

Sominski schwieg, schüttelte nur ungläubig den Kopf.

»Übrigens, hat Ihr Freund Klauke Ihnen erzählt, dass auch er von der Schwangerschaft gewusst hat, ganz im Gegensatz zu Ihnen, angeblich?«

Sominski machte den Mund auf, holte tief Luft und klappte ihn sogleich wieder zu, schüttelte nur den Kopf wie ein nasser Hund nach einem Spaziergang im Regen, armer begossener Pudel, dachte Hartmann gehässig und fühlte nur den Hauch eines Bedauerns über diesen letzten Schlag. »Sie haben nicht zufällig eine Erklärung dafür?«

Es klingelte. Sominski warf ihm einen Blick aus zusammengekniffenen Augen zu und ging zur Tür. Er räusperte sich, »Hallo«, kam es dennoch krächzend, »hallo Angela, komm doch rein.«

Hartmann stand auf, als die beiden die Küche betraten, Angela sie abwechselnd betrachtete, verunsichert schweigend, »Ich störe nicht länger«, sagte Hartmann freundlich, wenn er einen trüge, hätte er gern seinen Hut gelüftet, so begnügte er sich mit einem kurzen Nicken und ging.

Draußen begann er schief zu pfeifen, komisch, dachte er, wie einem manche Dinge, wie die schlaflose Nacht, die Sominski zweifellos haben würde, den Tag retten konnten. Nicht schlecht, fand er, gar nicht übel, nicht dass er auf seine Taktik besonders stolz war, aber man konnte nie wissen, was man damit in Gang setzen würde. Und jetzt würde er doch noch zu Marilene fahren. Heute war alles möglich.

15

Die Klingel schlug an, gerade als Marilene den Fernseher zur Heute-Sendung eingeschaltet hatte, tolles Timing, dachte sie und erwog, nicht zu öffnen. Sie war schon seit bald zwei Stunden zu Hause, war ruhelos durch die Wohnung getigert, unschlüssig, was sie tun könnte, hatte zwar telefonisch das Thai-Restaurant, in dem Siri arbeitete, ausfindig gemacht, sich aber nicht dazu durchringen können, mit ihr selbst zu sprechen. Sie hatte darüber nachgedacht, ob sie den Mut aufbrächte, heute Nacht zu versuchen, in Volkers Büro zu gelangen, den Gedanken jedoch verworfen, ihre Hand tat viel zu sehr weh. Eine Entscheidung bezüglich des Abendessens zu treffen, viel mehr als Brot und Eier stand ohnehin nicht zur Auswahl, war ihr unmöglich erschienen, und so hatte sie sich mit einer Schmerztablette begnügt, die sie mit einem Glas Wein für die bessere Wirkung eingenommen hatte.

Was, wenn das Fuller an der Tür war? Wenn er wusste, wo sie arbeitete, dann wusste er auch, wo sie wohnte, oder? Ihre Neugier obsiegte, und sie ging zur Sprechanlage. Hartmann. Sie öffnete seinem schüchtern-siegessicheren Grinsen, konnte sich auch da nicht entscheiden, was es eigentlich war, und er holte einen in Zellophan verpackten Strauß Margeriten hinter dem Rücken hervor.

»Schon wieder Wein wäre mir wie Eulen nach Athen vorgekommen«, sagte er und trat ein, ohne auf ihre Aufforderung zu warten.

»Danke«, sie nahm die Blumen und trug sie in die Küche, um sie ins Wasser zu stellen. Wenigstens hatten diese Blumen keine Dornen, aber Hartmann selbst war gewiss nicht stachelfrei.

Er folgte ihr, bemerkte ihre verbundene Hand, »Was ist passiert?«, fragte er.

»Ach, nur ungeschickt«, wehrte sie sein Interesse ab und wedelte mit der Hand durch die Luft, um die Bedeutungslosigkeit der Verletzung zu demonstrieren.

»Also haben Sie noch nichts gegessen? Darf ich?« Er deutete mit dem Daumen auf die Küchenzeile.

»Oh, warum eigentlich nicht«, sie holte Wein, Gläser und

Aschenbecher, setzte sich zu ihm in die Küche und beobachtete, wie er murmelnd in den Schränken stöberte.

Kochende Männer, dachte sie, können einem das Herz schwer machen vor Sehnsucht nach einem realen Idyll, sei es noch so trügerisch. Es hatte etwas Rührendes, wenn sie sich mit banalen Alltagsdingen befassten, mit Vorsicht ein Ei aufschlugen oder konzentriert eine Soße abschmeckten. Sie wurden zu großen Brüdern, Garanten einer Geborgenheit, die es festzuhalten galt. Mit aller Kraft. Felix hatte beim Kochen immer geredet, die Arbeitsgänge kommentiert, als trüge er aus einem Kochbuch vor, und sie entgeistert angesehen, wenn sie Unwissenheit zugab, ja, hast du denn von deiner Mutter nichts gelernt? Nein. Sie hätte mir beibringen sollen, wie man festhält, nicht wie man geht.

»Da zog gerade eine Wolke über Ihr Gesicht«, Hartmann hatte sich, Kochlöffel in der Hand, mit dem Rücken zum Herd gedreht.

Die Wolke, mit der ihr Glück davongezogen war. Was für ein bescheuerter Gedanke. Sie musste aufhören, in schmalztriefenden Klischees zu denken, wenn sie an Felix dachte. Sie musste aufhören, überhaupt an Felix zu denken. Denn Glück war es ja wohl nicht gewesen, zumindest nicht von seiner Seite. »Ich glaube, das Wasser kocht«, sagte sie nur und beobachtete ziemlich ungerührt, wie die Wolke zu ihm weiterzuziehen schien. Geschah ihm recht, fand sie, selbst Polizisten mussten nicht alles wissen.

Hartmann schüttete Nudeln ins kochende Wasser, setzte den Deckel wieder auf den Topf und wandte sich mit schräg geneigtem Kopf dem Gewürzregal zu. Er drehte die Gläser so, dass man die Etiketten sehen konnte, »Ist Knoblauch in Ordnung?« fragte er, »frischen haben Sie nicht zufällig noch irgendwo versteckt?

»Nein, frische Sachen verderben schneller, als ich mich an ihr Vorhandensein erinnere, das habe ich aufgegeben. Aber nur zu mit dem Knoblauch«, treibt böse Geister fort, hoffentlich, und war nur mäßig beunruhigt über dieses neue Interesse am Übersinnlichen.

Hartmann bekam eine Glatze, seltsam, dass ihr das nicht schon längst aufgefallen war, die kahle Stelle, so groß wie der Handteller eines Kindes, verlieh ihm etwas Verwundbares, trotz, oder gerade wegen seiner Größe von bestimmt einsneunzig. Wenn er sich aufrichtete, statt wie jetzt vornübergebeugt die Nudeln zu fixieren, könnte er sehen, dass sie das Obere der Schränke schon lange nicht mehr abgewischt hatte. Wahrscheinlich hatte er das längst registriert. War ein Polizist jemals nicht im Dienst?

»Probieren?«, er hielt ihr einen Löffel hin.

Sie schüttelte den Kopf, »Überraschung.«

»Na denn«, er schüttete die Nudeln ins Sieb und zurück in den Topf, »Teller und Besteck bitte.«

»Ja, natürlich«, Marilene schrak aus ihren Betrachtungen hoch und sprang auf, stolperte über das Tischbein und wäre gestürzt, wenn er sie nicht gehalten hätte.

»Keine Hektik«, er ließ seine Hände an ihren Armen herabgleiten, sah sie aus braunen Augen halb belustigt, halb – sanft?, entschieden zu sanft an, bevor er sie losließ.

Verdammt, verdammt, ich hätte ihn nicht hereinlassen sollen. Sie wandte sich ab und brach in Geschäftigkeit aus, Teller, Besteck, goss Wein ein und stellte Untersetzer auf den Tisch, ach ja, Servietten, fand welche in einer Schublade, kniffte sie zur Hälfte und schob sie unter die Gabeln, während er ihr Tun mit verschränkten Armen beobachtete. Was kann ich nur sagen, um die Situation zu entschärfen? Sie spürte, wie sie rot wurde ob des unfreiwillig gedachten Witzes, gab auf, setzte sich und starrte mit gesenktem Kopf auf ihren Teller. Sie wünschte, sie könnte einfach verschwinden.

Hartmann wartete einen Moment, bevor er Nudeln auf die Teller schüttete und Soße darüber gab, »Guten Appetit« wünschte.

Marilene nickte, »Gleichfalls«, murmelte sie, stellte fest, dass sie die Gabel in der rechten Hand nicht halten konnte, sie spürte zwar keine Schmerzen mehr, aber – genau genommen spürte sie überhaupt nichts mehr darin. Sie wechselte auf die linke und versteckte die andere unter dem Tisch. Wo mochte ihr Impfpass sein, fragte sie sich, und wie lange hielten Tetanusspritzen überhaupt vor? Fest stand, sie konnte sich nicht daran erinnern, wann sie das letzte Mal eine Spritze bekommen hatte, geschweige denn was für eine, außer beim Zahnarzt. Sie unterdrückte nur mühsam einen Schauder.

Hartmann aß, als gäbe es kein Morgen, und Marilene probierte endlich ein paar Gabeln voll, »Lecker«, sie merkte selbst, wie überrascht das klang, »ich wusste gar nicht, dass ich Thunfisch im Haus hatte.«

»Das wundert mich nicht«, erwiderte Hartmann, »die Dose hatte schon ein paar Jährchen auf dem Buckel. Selbst die Segnungen der Konservenindustrie sind nicht unbegrenzt.«

Beinahe hätte sie ihn gefragt, ob seine Frau ihm das Kochen beigebracht hatte, aber sie konnte sich gerade noch bremsen, wollte nichts über eine Ehe hören, die glücklich wohl nicht war, wenn sie die Zeichen richtig deutete, wollte nicht den Hauch eines Verdachts aufkommen lassen, sie würde sich für sein Privatleben interessieren. »Wo haben Sie kochen gelernt?«

»Ehrlich gesagt, beim Bund, ich war Experte für Konserven«, Hartmann grinste, »die Leute haben sich bei Orientierungsmärschen darum gerissen, in meiner Gruppe zu sein«, und etwas wie Abenteuerlust blitzte in seinen Augen auf.

Oh Gott, ein Pfadfinder, dachte Marilene, und seine Vorstellung von einer gemeinsamen Nacht bestünde wahrscheinlich aus einem gemütlichen Zelt in der Landschaft – oder einem Schlafsack unter freiem Himmel. Jetzt wurde sie schon wieder rot, der Mann warf sie aber auch um Jahre zurück, unmöglich. Das Telefon klingelte, und sie sprang erleichtert auf und lief ins Wohnzimmer.

»Müller?«

»Ludger ist tot, erschossen.«

Marilene brauchte einen Moment, bis sie erkannte, dass es sich um Patrizia handelte, »Wie bitte?«, sie drehte sich um, als könnte Hartmann durch Wände blicken und an ihrem Gesichtsausdruck erkennen, mit wem sie sprach.

»Na die Leiche, zu der ich heute Nachmittag musste, das war Ludger. Er hatte keine Papiere bei sich, aber ich konnte ja nicht sagen, dass ich den kenne. Morgen ist sein Bild in der Zeitung. Meinst du, Siri ist in Gefahr?«

»Möglich«, wie konnte sie sich verständlich machen?, »gut möglich, hör zu, Paulas Hund und Katze essen täglich, vielleicht schaust du dort noch mal vorbei?«

»Wer ist Paula? Du bist nicht allein?«

»Genau.«

»Paulas Hund und Katze – Phuket! Meinst du das?« Patrizia wurde lauter, und Marilene presste den Hörer fester ans Ohr.

»Ja, das finde ich auch«, allmählich musste sie an sich halten, nicht hysterisch loszulachen. Wenn sie sich nicht ernsthaft Sorgen um Siri machte, käme ihr diese Scharade vor wie ein albernes Kinderspiel. Oder sollte sie Hartmann einweihen? Nein, das müsste Patrizia tun, nicht sie.

»In Ordnung, ich fahr in dem Restaurant vorbei. Bis später, ich melde mich.«

»Gut, bis dann.« Marilene legte auf. Hoffentlich war Siri noch dort. Hoffentlich war ihr nichts passiert.

»Probleme?« Hartmann stand in der Tür. Wie lange schon? Was hatte er mitbekommen?

»Nein«, Marilene sah ihn an, fand, er wirkte ganz harmlos, »nichts Wichtiges, eine Freundin hütet bei jemandem die Tiere und ist etwas überfordert, sonst nichts.« Ich rede zu viel, er wird mir nicht glauben, aber Hartmann hatte sich schon abgewendet.

»Kommen Sie, ich wärme die Nudeln noch mal auf.«

Marilene folgte ihm, »Ach was, ist noch nicht kalt.« Sie setzte sich wieder und aß, mühsam schluckend, bis er aufgab, sie zu betrachten, und sich selbst noch mal bediente.

Als sie fertig waren, stellte Hartmann das Geschirr zusammen und stand auf, stieß gegen die über dem Tisch hängende Pendellampe, die Marilene, ebenfalls im Begriff aufzustehen, an der Stirn traf, zurückschwang, Hartmann gegen den Hals fuhr und schließlich von Marilene zum Stillstand gebracht wurde, »Ist alles in Ordnung?«, fragten beide gleichzeitig und mussten lachen, »nichts passiert.«

»Sie kochen Kaffee, ich spüle«, Hartmann deutete auf ihre Hand, »ich versuche auch, die Wohnung nicht unter Wasser zu setzen.«

Marilene fügte sich, setzte Kaffee auf und sah ihm zu. Er vergaß nicht einmal, den Herd abzuwischen, nicht schlecht, fand sie, »Haben Sie das auch beim Bund gelernt?«

Er grinste kurz, »Nein, aber gelegentlich muss man auch alleine zurechtkommen, außerdem«, er goss den Kaffee in die bereitgestellten Tassen und setzte sich wieder zu ihr, »habe ich vor meiner Ehe lange allein gelebt.«

Und jetzt wünschst du dir diese Zeit zurück und wirst mir gleich erzählen, wie unglücklich du bist. Marilene zog eine Zigarette aus der Packung, er nahm ihr das Feuerzeug ab und gab ihr Feuer, sie sog genussvoll den Rauch ein, umnebelte die Lampe und trank einen Schluck Kaffee.

»Erzählen Sie mir was von sich«, bat Hartmann.

Marilene verschluckte sich.

»Als Anschlag war das eigentlich nicht gemeint«, Hartmann stand auf und klopfte ihr auf den Rücken, »geht's wieder?«

Sie nickte, »Ich dachte nur ...«, der Husten wollte nicht enden.

»Sie dachten, ich wäre wegen des Falles hier«, vollendete Hartmann für sie, und wieder nickte sie. »Das ist nicht wirklich der Grund, obwohl ich daran gedacht habe, das als Vorwand zu nehmen, aber dann hätte ich die Blumen weglassen müssen. Möchten Sie denn über den Fall reden?«

»Ja. Nein. Ich weiß nicht.«

»Ich möchte einen Vorschlag machen«, tastete Hartmann sich behutsam vor, »ich würde Sie gern ab und zu sehen, ganz unverfänglich, bis dieser Fall abgeschlossen ist, danach könnten wir –«, er stockte, schloss die Augen, und als er sie wieder öffnete, sprudelte es aus ihm heraus, »danach möchte ich schrecklich gerne mit Ihnen schlafen, natürlich können Sie auch Nein sagen, obwohl mir das leidtäte, aber ich mag Sie sehr, ich weiß, ich bin verheiratet, und das ist nicht fair, auch Ihnen gegenüber nicht, aber trotzdem, irgendwie –, ach, sagen Sie nichts, vor allem nicht Nein, das hat ja noch ein bisschen Zeit, und jetzt gehe ich wohl lieber«, er stand auf, »Himmel, ich wollte eigentlich nicht so mit der Tür ins Haus fallen, ich weiß nicht, was in mich gefahren ist.«

Marilene folgte ihm sprachlos zur Tür.

»Ich bin gern mit Ihnen zusammen, das haben Sie doch gemerkt, oder?« Er legte seine breiten Hände um ihre Schultern. »Sie sind so zart«, sagte er verwundert und küsste sie, mitten auf den Mund, ließ die Lippen ein wenig verweilen, die Zunge ein wenig proben.

Nicht unangenehm, dachte Marilene und leistete keinen Widerstand, kam ihm aber auch nicht entgegen.

Hartmann gab sie frei, »Das wollte ich jedenfalls schon lange machen«, grinste und verschwand, polterte pfeifend die Treppen hinunter.

Die Nachbarn würden Eindeutiges denken. Marilene ging ins Wohnzimmer und beobachtete durch die Gardine, wie er die Straße überquerte, er winkte, ohne sich umzudrehen, fehlte nur noch ein Luftsprung, na bitte, übermütig, siegessicher. Es half nichts, sie lächelte. Sie ging zurück in die Küche, zündete sich noch eine Zigarette an und trank im Stehen ein Glas Wein. Was war nur in die Männer in ihrem Leben gefahren, spielten denn jetzt alle verrückt? Egal, sie musste versuchen, Patrizia zu erreichen. Und morgen würde sie zum Arzt gehen.

***

»Aber du wusstest doch nichts von der Schwangerschaft.« Angela goss ihm Kaffee ein, nachdem Sominski widerstrebend von Hartmanns neuesten Erkenntnissen berichtet hatte.

Sie hatte Hartmann genauso irritierend gefunden wie bei ihrer ersten Begegnung, diesen zu groß geratenen Columbo-Verschnitt. Und dann dieses tückische Grinsen. Der Mann war nicht dicht. Sah er denn nicht, dass Stan nun wirklich keiner Fliege etwas zuleide tun konnte? Er verhielt sich wie ein gieriges Kind, das einen Apfelbaum schüttelt, dessen Früchte noch nicht reif sind, und vor Wut dagegen tritt, einer wird schon fallen. Wenn er ein besserer Polizist wäre, würde er nicht ausgerechnet hier treten. Sinnlos.

»Das glaubt er aber nicht«, Stans Tonfall klang leicht genervt, sie vermochte nicht zu sagen, ob ihretwegen oder ob das auf Hartmanns Konto ging, »und ich kann es ihm nicht mal verdenken. Bernd wusste es, und ich nicht. Das ist schon absurd.«

»Willst du ihn drauf ansprechen?«

»Keine Ahnung, was ich machen soll. Ich will nicht das Risiko eingehen, einen Freund zu verlieren wegen … wegen einer … einer Toten. Das kann ich doch nicht machen?« Er raufte sich die Haare, dass sie wie elektrisiert abstanden, und sie hob schon die Hand, um sie wieder glatt zu streichen, fand die Geste aber dann doch verfrüht und ließ sie wieder sinken.

»Du meinst nicht, dass er sie umgebracht haben könnte?«

»Fängst du jetzt auch noch an? Jeder verdächtigt jeden, das geht mir allmählich auf den Sack! Verdammt noch mal! Dieses elende scheinheilige Getue! Geh mir ab damit!«

Sie zuckte bei jedem Satz wie unter Schlägen zusammen. Das war nicht der Stan, den sie kannte, dieser enorme Druck hatte ihn zu einem Fremden werden lassen, der sich kaum noch unter Kontrolle hatte. Sie schwieg vorsichtshalber, wollte nicht noch mehr zur Zielscheibe seines Zorns werden, wagte kaum, sich zu rühren, und wäre gegangen, wenn sie gewusst hätte, wie sich verabschieden.

»Entschuldige«, sagte Stan nach einer Weile angespannten Schweigens, »jetzt kriegst du's alles ab, dabei weiß ich doch, dass gerade du bloß helfen willst. Aber es macht mich schier wahnsinnig. Bernd ein Mörder? Kann ich mir nicht vorstellen. Warum sollte er das getan haben?«

Angela ging das Wagnis ein, die Frage nicht als rhetorisch zu betrachten, »Vielleicht sollte niemand anderer haben, was er nicht haben konnte.«

»Ach was, selbst meine Mutter hatte mehr Grund, Hans, nach allem, was ich weiß, auch und, nicht zu vergessen, ich selbst.«

»Aber du warst es nicht.«

»Keine Frage?«, Stan grinste höhnisch, »was macht dich da so sicher?« Er stand auf, trat zu ihr, legte die Hände um ihren Hals, »meinst du wirklich, ich wäre nicht in der Lage, jemanden zu erwürgen?« Er ließ das Grinsen verschwinden, bis nur noch Hohn übrig blieb, und drückte zu, ganz langsam, »vor allem, wenn mich jemand wirklich ärgert?«

Sie öffnete den Mund, ich habe es nicht so gemeint, wollte sie sagen, aber es kam kein Ton heraus.

»Die Größe meiner Hände könnte hinkommen, das steht fest, und eigentlich ist das gar nicht so schwer«, er sah zum Küchenfenster hinaus, als wollte er sich noch eben vergewissern, dass niemand zusah, »vor allem, wenn das Opfer sich nicht wehrt. Warum wehrst du dich nicht?« Sein Interesse schien distanziert, beinahe wissenschaftlich. Sie öffnete erneut den Mund, und die Bewegung veranlasste ihn, sich ihr wieder zuzuwenden, er starrte ihr in die geweiteten Augen und nahm endlich, ganz langsam, seine Hände fort und ließ sich zurück auf seinen Stuhl fallen. »Dein Vertrauen in mich muss grenzenlos sein.«

Stan sprach mit einer Mischung aus Verwunderung und Sarkasmus. Oder hörte sie da Abscheu heraus? Sie wollte etwas sagen, irgendetwas, um das Geschehene wegzuwischen, ebenso mühelos wie ein Gedicht von der Tafel, aber sie traute ihrer Stimme noch nicht und ihrer Fähigkeit, die richtigen Worte zu finden. Sie sollte gehen.

Sie beugte sich vor und zog versuchsweise die Beine an, Stück für Stück, ruckartig, ihre Füße steckten in Schuhen, die sie noch nie gesehen hatte. Nicht ihre Beine. Ihre funktionierten. Sie ließ sich wieder gegen die Lehne sinken. Bestandsaufnahme: Das Denkvermögen war ihr nicht abhanden gekommen. Sie drehte vorsichtig den Kopf nach links und rechts. Gut. Den Oberkörper hatte sie schon bewegt, kein Problem. Also nur die Beine. Vielleicht würden sie sie ja sogar tragen, wenn sie es riskierte, sich einfach hinzustellen. Denn wessen Beine sollten wohl sonst an ihrem Körper hängen, wenn nicht ihre eigenen. Lächerlicher Gedanke, also los, sie schluckte.

Der Schmerz ließ sie zusammenzucken, ihre Hand fuhr unwillkürlich zum Hals. Stans Augen folgten ihrer Bewegung und weiteten sich zu grotesken Ausmaßen. Er öffnete den Mund und schloss ihn gleich wieder, was ihm etwas Karpfenähnliches verlieh, fand sie, dann sprang er auf und verließ den Raum, nur um kurz darauf zurückzukehren.

Er trug ein Tuch in der Hand, blaugrünes Wellenmuster, Seide, sie hatte Silvie richtiggehend darum beneidet, als sie es an ihr gesehen hatte. Jetzt wird er es vollenden, dachte sie. Er trat zu ihr, legte ihr das Tuch um den Hals, schlang einen lockeren Knoten, den er auf ihren Rücken schob, zupfte hier und dort mit schräg geneigtem Kopf, als sei sie eine Schaufensterpuppe, bis er zufrieden war. »Ich bin sicher, es ist bald nichts mehr zu sehen«, sagte er und strich ihr sacht übers Haar, »meinst du, du kannst du mir verzeihen?«

»Nein!«, schrie sie, stieß seine Arme fort und riss sich mit einer heftigen Bewegung das Tuch vom Hals. Sie fuhr hoch und eilte zur Tür.

»Vorhin«, rief Stan ihr hinterher, und sie hielt einen Moment inne, »vorhin glaubte ich, das Schlimmste sei, dass ich das Gefühl hatte, Silvie nicht wirklich gekannt zu haben. Jetzt kenne ich mich selber nicht mehr. Das ist noch schlimmer. Es tut mir leid.«

Mir auch, dachte sie, ich werde dir helfen, dich wiederzufinden, aber nicht jetzt, vielleicht nicht einmal morgen, aber bald. Sie verließ wortlos die Wohnung. Auf eigenen Beinen.

***

Es war stockfinster. Siri hatte den Fensterladen im Schlafzimmer heruntergelassen, dennoch kein Licht eingeschaltet, und kauerte nun am Kopfende des französischen Bettes, Arme um die Knie geschlungen, versuchte, ihrer Angst Herr zu werden. Schon wieder spürte sie dieselbe Übelkeit in sich hochsteigen, die sie vorhin schon empfunden hatte, als dieser Mann im Restaurant aufgetaucht war. Sich suchend umgesehen hatte.

Sie mochte dieses Bett nicht, den schwarzen Samt und die Tigerbezüge, mochte eigentlich das ganze Zimmer nicht. Den Schrank, aus schwarzem Lack und mit Spiegeln an den Türen, der viel zu groß war, um mit Kleidern gefüllt werden zu können. Vielleicht sollte sie sich darin verstecken, aber sie konnte sich einfach nicht rühren. Die roten Nachttischlampen, die sie an einen anderen Ort erinnerten. Die Leere in dem großen Bett.

Wo war Ludger? Nach der Nachtschicht gestern hätte er heute hier sein müssen.

Sie hatte die Arme mit Tellern für Tisch zwölf beladen gehabt, ein junges und zwei ältere Paare, wollte gerade die Schwingtür zum Gastraum mit der Schulter aufdrücken, als sie ihn gesehen hatte. Er hatte zum Glück in die andere Richtung geschaut, und so war sie zurück in die Küche gewichen, hatte die Teller abgestellt, nach ihrer Tasche gegriffen und war unter Verbeugungen, ich bin krank, durch den Hinterausgang geflohen.

Atemlos vor Angst war sie in der Dunkelheit gegen eine Mülltonne gestoßen, schmerzhaft, und die Tonne war laut, viel zu laut über den Boden geschrammt, bis sie an einer Mauer zum Stehen kam. Sie hatte sich daran abgestützt und sich übergeben müssen. Erschrocken hatte sie aufgeblickt, als ein Lichtkegel von der Tür auf die Steinplatten fiel, sie zu locken schien, umso mehr, als die Dunkelheit, die sie umgab, jetzt noch undurchdringlicher geworden war. Sie hatte sich zwischen die Tonnen gekauert, unfähig, das Würgen zu unterdrücken und das Bedürfnis, sich zu vergewissern, wer dort stand. Es war nur der Koch gewesen, der, abgeschreckt durch die Geräusche, die sie von sich gab, kopfschüttelnd die Tür wieder geschlossen hatte.

Zumindest war ihre Ausrede dadurch glaubhaft, überlegte sie, und sie würde ihren Job nicht verlieren. Oder er nahm an, sie wäre schwanger. Dann wäre sie ihn los. Als ob das ihr größtes Problem wäre. Wo war Ludger?

Sie war über die Mauer geklettert, um bloß keinen offensichtlichen Fluchtweg zu nehmen, planlos durch finstere Hinterhöfe geirrt, nur weg, in die entgegengesetzte Richtung, soweit sie das hatte beurteilen können, vor allem, nachdem der Hund sie erschreckt hatte, der laut bellend an seiner Kette gezerrt hatte – oder sie ihn. Danach hatte sie ihr Tempo verlangsamt, Gefahr nicht mehr nur hinter ihrem Rücken vermutet.

Irgendwann war sie auf eine Straße gestoßen, war noch eine Weile in dem schmalen Durchgang stehen geblieben und hatte nach einem zu langsam fahrenden Auto, einem suchenden Fußgänger Ausschau gehalten, aber nichts Verdächtiges entdecken können. Widerstrebend hatte sie die nun als schützend empfundene Dunkelheit verlassen, war hinter einer vorbeiziehenden Gruppe Jugendlicher auf den Bürgersteig getreten und hatte versucht, den Anschein zu erwecken, sie würde dazugehören, bemüht, den Scheinwerfern der zahlreichen Autos nicht allzu offensichtlich auszuweichen.

Sie waren an einer Telefonzelle vorbeigekommen, und der Drang, Ludger anzurufen, damit er sie abholen käme, war beinahe übermächtig gewesen, aber sie hatte sich nicht getraut, die hell erleuchtete Zelle zu betreten. Aus demselben Grund war der Bus, selbst wenn sie eine Ahnung gehabt hätte, wo sie war, für die Heimfahrt nicht in Frage gekommen.

Die Jugendlichen waren in einem Hauseingang verschwunden, und sie war weitergegangen, endlos, wie ihr schien, nach etwas suchend, das sie kannte, wiedererkannte, hier, die Sedanstraße vielleicht, zumindest kannte sie den Sedanplatz, mit Glück führte die Straße dorthin, aber stimmte die Richtung? Die Häuserschluchten hier waren ihr fast bedrohlicher vorgekommen als die finsteren Hinterhöfe zu Beginn ihrer Flucht, daran änderten auch erleuchtete Fenster nichts, im Gegenteil, sie ließen die Trostlosigkeit noch offenkundiger werden, ein Erdbeben, hatte sie überlegt, würde man hier nicht überleben, und woher eigentlich sollte man wissen, wo man war, wenn jedes Haus dem nächsten aufs Haar glich? Doch, die Richtung hatte gestimmt, sie war am Sedanplatz, erblickte den Taxistand. Bemüht langsam war sie darauf zugegangen, hatte den Fahrer gefragt, ob er frei sei, sich auf sein gebrummeltes »Sischer« hin erleichtert auf den Rücksitz fallen lassen und ihm ihre Adresse genannt.

Während der Fahrt hatte sie versucht, möglichst unauffällig den rückwärtigen Verkehr im Auge zu behalten, aber bemerkt, dass der Fahrer sie im Rückspiegel beobachtete und sich vermutlich fragte, wovor sie Angst hatte. Umso besser, würde er die Augen offen halten, hatte sie, auf seinen Beschützerinstinkt bauend, angenommen und ihn ignoriert. Über Land, als der Verkehr abgenommen hatte, war sie ruhiger geworden. Sie hatte ihn zum Bussardweg dirigiert, ihn bezahlt und war ausgestiegen. Erst als er davongefahren war, hatte sie sich zwischen den Hochhäusern zum Hintereingang ihres eigenen durchgeschlichen, die Treppe genommen, sich vor jeder Biegung vergewissert, dass ihr niemand auflauerte, und mit vor Erleichterung zitternden Händen die Wohnung aufgeschlossen. Ludger war nicht da gewesen. War noch immer nicht da.

Sie schrak auf, als das Telefon zu klingeln begann. Hör auf, dachte sie, hier ist niemand. Aber es könnte Ludger sein. Sie ließ sich lautlos zu Boden gleiten, kroch auf allen Vieren ins Wohnzimmer und kauerte sich vor das Telefon, die Hand schon auf dem Hörer, bevor sie innehielt. Wenn es nicht Ludger war, wüssten sie, wo sie zu finden war. Sie zog die Hand zurück, als hätte sie sich verbrannt und schon allein durch die Berührung verraten, hielt sich die Hände vor die Ohren in dem vergeblichen Versuch, das Klingeln auszublenden. Dreizehn – vierzehn – fünfzehn – Stille, endlich. Erleichtert ließ sie die Hände sinken.

Sie kroch ins Bad, wo sie sich gefahrlos aufrichten konnte, weil es hier kein Fenster gab, traute sich aber nicht, die Tür zu schließen, um das Licht einschalten zu können. Vorsichtig setzte sie sich aufs Klo, möglichst geräuschlos, und wagte nicht, hinterher die Spülung zu betätigen. Plötzlich, sie befand sich auf Knien mitten im Flur, hörte sie etwas am Schloss kratzen. Sie hielt den Atem an, sicher hatte sie sich getäuscht, wenn sie gerade erst angerufen hatten, konnten sie doch nicht schon – aber kein Zweifel, da war das Geräusch wieder.

»Meinst du echt, die hat sich hier verkrochen?«, hörte sie die ihr unbekannte Stimme eines Mannes klar und deutlich.

»Leise, du Idiot. Egal, wir müssen sowieso rein.«

Nur ein Flüstern, aber schlagartig befand sie sich wieder in dem schmalen Raum, in den man sie nach ihrer Ankunft gebracht hatte.

Ohne Erklärung war sie eingeschlossen worden, wie ein Tier in einen Käfig, nur dass Tiere gefüttert wurden, sie nicht. Nicht so bald. Sie hatte sich nicht einmal etwas dabei gedacht, nur geduldig darauf gewartet, dass ihr zukünftiger Ehemann sie abholen, dass sich das Missverständnis, denn worum sollte es sich sonst handeln, von selbst aufklären würde. Und dann waren die Männer gekommen, einer nach dem anderen, jedenfalls meistens, wie ein Film liefen die verdrängt geglaubten Bilder jetzt wieder vor ihren Augen ab, wie sie sich anfangs noch gewehrt hatte, bis sie merkte, dass sie das nur umso mehr aufgegeilt hatte, wie sie sich dann ergeben hatte, im Kopf nur einen Gedanken – wie kann ich mich töten.

Beinahe hätte er, dessen Flüstern sie zuletzt gehört hatte, ihr das abgenommen, er, der der Schlimmste von allen gewesen war, der ihren Kopf immer und immer wieder ins Kissen gedrückt hatte, nur damit sie sich wehrte. Aber aus jeder Ohnmacht war sie wieder erwacht, aufs Neue hoffend, dass er einmal einen Schritt zu weit ginge. Niemals würde sie diese Stimme vergessen, die Grausamkeit darin, in zwanzig Jahren nicht. Sofern sie die Gelegenheit dazu bekam, alt zu werden. Sofern sie dies hier überlebte.

Sie hatte das wenige an Essen, was sie ihr gaben, auch noch verweigert, bis sie so abgemagert war, dass sie schon glaubte, sie hätte gewonnen, als man sie mit verbundenen Augen in ein Auto setzte und mit ihr davonfuhr, jetzt, da sie wertlos für sie war, würden sie sie gewiss töten. Aber stattdessen hatte man ihr gedroht, wenn sie je den Mund aufmachte, würde man sie finden, egal, wo sie sich verkroch, und dann war sie Ludger übergeben worden. Ludger, der sie einfach nur heiraten wollte.

Sie hatte sich einen »deutschen Mann« anders vorgestellt, größer vor allem, und selbstsicherer, nicht so schüchtern und beinah verträumt, aber letztlich war sie dankbar gewesen für seine unbedrohliche Zuneigung, immerhin hatte er ja trotz der Verzögerung darauf beharrt, sie zu bekommen, sie und keine andere, wie es ihm angeboten worden war, und dadurch hatte er sie unwissentlich gerettet. Natürlich hatte sie geschwiegen, zu groß war ihre Angst, er könnte sie verstoßen, wenn er erführe, was ihr zugestoßen war, er könnte sie zurückgeben, an SIE. Aber seine sanfte Art hatte ihr die Möglichkeit gegeben zu vergessen, es zumindest zu versuchen, und in seiner Gegenwart war ihr das auch fast gelungen.

Allein die Träume hatten sie verraten, wenn sie schreiend aufgewacht war und sich in seinen tröstenden Armen wiedergefunden hatte, ist ja gut, was ist passiert? Nur ein Traum, und eines Tages, vor ein paar Wochen erst, hatte sie im Halbschlaf seinen Fragen nachgegeben und ihm alles erzählt. Ein Fehler! Zunächst war er mitfühlend gewesen, meine arme Kleine, aber nach und nach hatte er sich innerlich zurückgezogen, sie hatte es wohl gespürt, wenn er sie nachdenklich beobachtete, im Glauben, sie merkte es nicht. Er war häufiger abwesend, als seine Arbeit es erforderte, zog sich auch körperlich von ihr zurück und gab nur ausweichend Antwort auf ihre Frage, was denn los sei, »Ich habe eine Idee, sprich mit niemandem, wir werden sehen.«

Also hatte sie geschwiegen, der Polizistin gegenüber das dumme Thai-Mädchen gegeben und bereute es jetzt. Sie wünschte, Ludger wäre hier, zu zweit hätten sie vielleicht eine Chance. Sie hockte noch immer auf dem Fußboden, unfähig sich zu rühren.

»Was machen Sie denn hier?«, hörte sie plötzlich die Stimme eines Nachbarn.

»Polizei, gehen Sie zurück in Ihre Wohnung.«

Sie öffnete den Mund, um zu schreien, »Das ist nicht wahr«, aber selbst wenn er ihr glaubte, würden sie es bestimmt nicht zulassen, dass er Hilfe holte.

Sie nutzte die Ablenkung draußen und kroch zurück ins Schlafzimmer, hob mühsam das Fußende des Bettes an und stieg in den Bettkasten. Sie legte sich auf den Bauch, streckte die Arme nach oben und griff in die Federn, um die Matratze zurückzuziehen, sorgte mit angewinkelten Füßen dafür, dass das ohne Lärm vonstatten ging. Dann schob sie sich zwischen den Decken ans Kopfende und versuchte, die Decken wieder so zurechtzurücken, dass man sie nicht entdecken könnte, wenn der Bettkasten geöffnet würde. Vielleicht kämen sie ja auch nicht darauf, dass unter diesem Bett jemand war, hoffte sie und drehte den Kopf Richtung Fußende, um wenigstens sehen zu können, wenn es vorbei war.

***

Von Solburg war heute bei Auerbach, natürlich hinter verschlossenen Türen, aber im Gehen hat er was von einer Lieferung gefaselt, die in drei Tagen eintrifft. Wüsste zu gerne, was das sein soll. Aktenordner bestimmt nicht. Aber ich werde es rauskriegen. Ich bin sicher, dass da was faul ist, auch wenn Susanne glaubt, ich spinne.

Hans hat mich tatsächlich besucht, hätte ich nicht gedacht, dass er noch kommt, nachdem das ja nun schon eine ganze Weile her ist, seit wir uns getroffen hatten, dass er sich überhaupt traut. Reingekommen ist er aber nicht. Wir haben die Mittagspause zusammen verbracht. War überraschend nett. Ich glaube, er hat mehr geredet – und gefragt – als in der ganzen Zeit, in der wir zusammen waren.

Allmählich kriege ich das Gefühl, dass mein Leben ganz schön durcheinander kommt. Erst die Sache mit Bernd, trau ich mich gar nicht mehr hin, und dann ist Hans auf einmal so wie Stan und Stan so wie Hans. Was für ein Kuddelmuddel. Ich und die Männer. Und ich kann nicht mal mit Susanne drüber reden, die würde mich einweisen lassen. Muss eben dieses Buch herhalten, aber es gibt so wenig Rat. Nicht dass ich im Allgemeinen auf Ratschläge höre, aber sie zu bekommen ist doch ganz schön.

Auerbach ist dümmer, als ich dachte. Oder das war ein Test, ob ich für andere Aufgaben tauge. Oder die übliche Tarnung war ausgefallen, und er brauchte Ersatz. Wie auch immer, er hat mich heute gefragt, ob ich mit ihm zum Flughafen fahren würde, eine Gruppe VIPs abholen. Klar, dass ich bejahte, zumal heute der Tag der »Lieferung« für von Solburg war.

Wir sind ins Parkhaus, wo er einen VW-Bus stehen hatte, mit dem wir zum Flughafen fuhren. Die Fahrt über war er ungewöhnlich schweigsam und hat nicht mal seine übliche Anmache gestartet. Als wir dort waren, stellte er sich auf einen Kurzzeit-Parkplatz, drückte mir ein Schild mit der Aufschrift Las Palmas in die Hand und schickte mich zum Meeting-Point, wo fünf Personen abzuholen wären. Er würde, wenn's länger als die erlaubte Viertelstunde dauerte, im Kreis fahren, bis er uns hier stehen sähe.

In der Ankunftshalle wimmelte es nur so von irgendwelchen heimgekehrten Pilgern in schwarzen Gewändern, und alle strebten sie Richtung Ausgang. Sie sahen zwar sehr heilig aus, aber dass da jemand in die entgegengesetzte Richtung wollte, kümmerte sie herzlich wenig. Ich musste mich zwischen unendlich vielen Menschen durchdrängeln, die sich beseelt umarmten, bis es mir gelang, dem Gewühle zu entkommen. Schließlich erreichte ich den Meeting-Point, hielt mein Schild in die Höhe und kam mir ziemlich dämlich dabei vor.

Plötzlich zupfte mich eine junge Asiatin am Ärmel, deutete erst auf das Schild, dann auf sich und vier weitere Frauen, die auf einer Sitzgruppe geduldig der Dinge harrten, die da kommen mochten, die Augen übergroß vor Müdigkeit und ein erwartungsfrohes Lächeln auf den Lippen. »We go Hotel Las Palmas«, sagte die Person an meiner Seite und wandte sich nickend an ihre Begleiterinnen. Darauf klaubten sie unter lebhaftem Geschnatter ihre Siebensachen zusammen, auch ich lud mir zwei Taschen auf, fragte mich, ob ich Schmuggelware trug, und wies in Richtung Ausgang. Sie folgten mir im Gänsemarsch. VIPs. Dass ich nicht lache.

Wir erreichten den Ausgang ohne weitere Verzögerungen, und Auerbach hielt direkt neben uns, kaum dass wir das Gepäck abgestellt hatten. Ich öffnete die Beifahrertür, und er fuhr mich an, warum das so ewig gedauert hätte. Ich würdigte ihn keiner Antwort, sondern half mit dem Gepäck.

Ich bemerkte, wie sich uns eine Politesse näherte, und auch Auerbach musste sie gesehen haben, denn er trieb uns zur Eile an. Ich hatte gerade hinter den Frauen die Schiebetür geschlossen, als er so abrupt die Kupplung kommen ließ, dass der Bus einen Satz nach vorn machte und die Beifahrertür zuschwang. Ich hörte die Frauen kreischen, die Politesse fing an zu gestikulieren, und Auerbach hielt wieder an. »Sie könnten auch den Zug nehmen«, sagte er scheinheilig, während ich schon auf den Beifahrersitz kletterte, »ich weiß nicht, wie lange wir unterwegs sein werden.« Ich schüttelte den Kopf, schnallte mich an und lehnte mich zurück. Wäre schön bescheuert, wenn ich mich jetzt noch hätte abwimmeln lassen.

Auerbach fuhr los und ich schloss, völliges Desinteresse simulierend, die Augen bis auf einen kleinen Spalt, durch den ich erkennen konnte, dass wir auf der Autobahn Richtung Köln unterwegs waren. Nach einer Weile wurde es auf den Rückbänken ruhiger, Auerbach hörte auf, abwechselnd in den Rückspiegel und zu mir zu schauen, und konzentrierte sich stattdessen auf den Verkehr, was ich einigermaßen beruhigend fand, denn es war ziemlich lebhaft.

Ich fragte mich, ob er mich tatsächlich dort hatte stehen lassen wollen oder ob versehentlich sein Fuß von der Kupplung abgerutscht war. Hatte er nur aus Angst aufzufallen noch einmal angehalten? Und warum hatte er mich überhaupt mitgenommen? Er hätte genauso gut den Bus im Parkhaus abstellen können, um selbst zum Treffpunkt zu gehen. So viel länger hätte das auch nicht gedauert. Vielleicht trugen die Frauen tatsächlich Rauschgift bei sich, und er hatte gefürchtet, dass patrouillierende Hunde die Witterung aufnehmen könnten. Aber er hätte doch unmöglich annehmen können, dass ich bei einer Kontrolle den Mund gehalten hätte. Das konnte es nicht sein.

Also hatte er mich gebraucht, weil ich eine Frau war. Zur Beruhigung unserer Passagiere? Weil eine Frau mit fünf Asiatinnen im Schlepptau nicht verdächtig war? Wohl aber ein Mann? So musste es sein. Die »Lieferung« bestand aus diesen fünf Frauen. Aber zu welchem Zweck? Es war helllichter Tag, wir waren unterwegs zu einem Hotel, was sollte daran nicht in Ordnung sein? Mir schwirrte der Kopf, und meine Augenlider gaben der Schwerkraft nach.

Ich schrak auf, als wir über Bahnschienen rumpelten. Wir näherten uns einem Kaff, das nicht aussah, als befände sich dort ein Hotel mit Namen Las Palmas, bogen aber vorher ab in ein Gewerbegebiet und hielten schließlich vor einem Fitnessstudio mit diesem Namen. Das fand ich dann doch sehr merkwürdig. Auerbach stellte den Motor ab und befahl mir zu warten. »Ach was«, sagte ich, »ich helfe mit dem Gepäck«, kletterte aus dem Bus und schnappte mir ein paar Taschen, bevor er mich daran hindern konnte. Die Frauen wurden wieder munter, luden sich das übrige Gepäck auf und schnatterten drauflos. Außer »Hotel, kicher, kicher« konnte ich nichts verstehen. Wir folgten Auerbach hinein.

Ein Hotel war das nicht, so viel war sicher, auch wenn es ein »Check-in«-Schild über einem hohen Tresen und auch ein Schlüsselbrett gab, dessen höchste Zahl die Fünf war. Wie passend. Von Fitness war nichts zu erkennen, abgesehen von dem Typen hinter dem Tresen, dem die tätowierten Muskeln nur so aus dem schier platzenden T-Shirt quollen. Eklig. Sein Blick traf mich, er wollte was sagen, wahrscheinlich fragen, was ich da mache, wurde aber von Auerbach abgewürgt, der mir die Taschen aus der Hand nahm, sie einfach fallen ließ und mich unter den Blicken der lächelnden Frauen, bye-bye, nice to meet you, nach draußen bugsierte.

Er fuhr schweigend zurück nach Wiesbaden, und erst kurz bevor wir das Parkhaus erreichten, fragte er mich scheinbar beiläufig, ob das nicht Hans, hieß er nicht so, mein Ex-Freund?, gewesen sei, mit dem er mich kürzlich die Mittagspause hatte verbringen sehen. Als ich nicht antwortete, fühlte er sich bemüßigt fortzufahren, wie schön es doch wäre, wenn Ex- und derzeitiger Freund sich gut verstünden, er habe das auch immer angestrebt, aber leider – die Damen seien so viel kratzbürstiger, da habe ich schon Glück. Was für ein Gesülze. Ich gab noch immer keine Antwort. Da schlug er sich doch glatt vor die Stirn und sagte »Ach, was rede ich denn da, Ihr Lover war ja gar nicht dabei, oder?« Ich stieg aus und ging zurück ins Reisebüro, ohne auf ihn zu warten.

Jetzt sitze ich hier allein, Stan hat Elternabend, und frage mich, was ich machen soll. Ganz klar, dass das eine Drohung war. Um da rauszukommen, müsste ich Stan von Hans erzählen. Will ich aber nicht. Er würde mir nicht glauben, dass da nichts weiter ist, und warum es mir trotzdem wichtig ist, könnte er nicht verstehen. Verstehe es ja selber nicht. Aber die Geschichte ist etwas, das nur mir gehört, und so soll es auch bleiben.

Hans zu erzählen was passiert ist, wäre aus anderen Gründen riskant, er könnte sich hinreißen lassen, Auerbach zu verprügeln, würde dafür im Knast landen, und ich wäre keinen Schritt weiter.

Bernd? Nein, Bernd kann ich vergessen, der würde höchstens Hans verprügeln, und wenn ich dafür nicht dankbar wäre, würde er sich entschuldigen und alles brühwarm an Stan weitergeben.

Ebenso Susanne. Sie würde mich zur Polizei schleifen wollen, und wenn ich mich weigern würde, ginge sie zu Stan, damit er mir Vernunft einredet.

Polizei. Was sollte ich da? Ich würde mich lächerlich machen mit meinem ziemlich vagen Verdacht, dass da etwas nicht stimmt. Ein vermeintliches Hotel entpuppte sich als Fitnessstudio. Na und? Vielleicht wurde es gerade zu einem Hotel umgebaut. Fünf junge Asiatinnen allein. Na und? Es gab Gruppenreisen für alleinstehende Frauen. Der Typ hinter dem Tresen? Der würde die Bullen schon von Weitem riechen, eine Jacke überstreifen und relative Wohlanständigkeit verbreiten. Es gäbe keinen Grund, das Anwesen zu durchsuchen, und selbst wenn, was könnten sie finden? Fünf kichernde Frauen, falls sie überhaupt noch dort waren? Fitnessgeräte, an denen zufällig gerade niemand schwitzte? Wahrscheinlich ist meine Phantasie mit mir durchgegangen, es ist alles in Ordnung, ich bilde mir nur was ein.

Nein, ich werde gar nichts unternehmen. Erst mal abwarten, wohin das Ganze steuert. Dann kann ich mich immer noch entscheiden.

Auerbach hat mich heute als Erstes in sein Büro bestellt, sagte, ich sähe müde aus, ich hätte wohl ein langes Gespräch mit meinem Freund gehabt, etwa nicht? Ich verneinte. Er fuhr fort, dass er noch etwas vergessen hätte. Der Mann, den ich gestern gesehen habe, sei ziemlich nachtragend. Und gemein. Sollte ich ihnen irgendwelche Schwierigkeiten machen, könne er für nichts garantieren, so leid es ihm täte, um mich.

Ich nickte bloß und verließ rückwärts den Raum. Den ganzen Tag über hatte ich Schwierigkeiten, die Vorstellung, wie diese Rache aussehen würde, zu verdrängen, immer wieder malte ich mir die übelsten Sachen aus. Ja, ich habe Angst. Und das ist ein überzeugender Grund zu schweigen, oder?

16

Hartmann öffnete die Post, während Zinkel gelangweilt aus dem Fenster starrte und Patrizia überlegte, und das schon seit dem letzten Abend, wie sie die Identität Ludger Brauns lüften könnte, ohne preiszugeben, dass sie ihn schon kannte, schon längst in seiner Wohnung gewesen war. Wenn sie wenigstens Siri vorweisen könnte, aber die war verschwunden. Sie war noch im Phuket gewesen, wo man ihr gesagt hatte, dass sie krank geworden sei, und hatte dann den ganzen Abend versucht, sie zu Hause zu erreichen, aber Siri war nicht ans Telefon gegangen. Schließlich war sie noch einmal zu der Wohnung gefahren, aber niemand öffnete, und sie würde den Teufel tun, sich Zutritt zu verschaffen, viel zu riskant.

Sie hätte schon auf dem Friedhof damit herausrücken müssen. Vielleicht könnte sie Marilene dazu kriegen, so zu tun, als hätte sie, und nur sie, Ludger verfolgt, aufgrund eines Tipps von Susanne, und mit Siri gesprochen. Aber spätestens wenn, oder musste sie schon von »falls« sprechen?, Siri gefunden würde, gäbe es einen großen Knall. Hier. Sie hatte so sehr einen Erfolg gewollt, und jetzt drohte alles über ihr zusammenzubrechen. Verdammt!

Zinkel wandte sich vom Fenster ab. Hartmann schlitzte immer noch, in Zeitlupe, wie ihm schien, Umschläge auf, überflog den jeweiligen Inhalt, stopfte ihn wieder zurück und sortierte die Umschläge nach einem nur ihm bekannten System. Allmählich könnte er mal loslegen, dachte er, immerhin haben wir zwei Leichen, mehr als genug Arbeit, aber er hütete sich, das auszusprechen, kannte Hartmanns Gewohnheiten lange genug.

Patrizia schien völlig abwesend, klopfte sich permanent mit einem Kuli aufs Bein und hob ab und zu Schultern und Augenbrauen, als führte sie ein stummes Gespräch. Mit wem? Er wäre gern der Kuli. Er räusperte sich versuchsweise, aber der Kuli fuhr ungerührt mit seinem Rhythmus fort.

Das Klingeln des Telefons, schrill in der ungewohnten morgendlichen Stille, ließ sie ihre Köpfe hochreißen und wie gebannt auf die Quelle dieses Lärms starren. Zinkel weidete sich einen

Moment lang an diesem Anblick bevor er den Hörer abnahm, Zettel und Stift schon bereit.

»Na bitte«, sagte er als er das Gespräch beendet hatte, »jetzt kann's losgehen.«

Hartmann hatte sich gefragt, wer von den beiden die Stille durchbrechen würde. Er selbst hatte keine Lust dazu gehabt, wäre lieber allein, um seine Gedanken in Ruhe zu ordnen, wusste aber, dass er abschweifen würde zum gestrigen Abend. Seine Arbeit und sogar die Konsequenzen, sollte sein Verhältnis, sein Noch-nicht-Verhältnis, zu Marilene herauskommen, waren ihm im Augenblick ziemlich gleichgültig. Andererseits, je eher der Fall, zumindest was Sominski anbelangte, abgeschlossen wäre, desto eher könnte er, könnten er und Marilene ... ach Gott, wahrscheinlich hatte er sich ganz schrecklich zum Narren gemacht, was sollte sie mit einem wie ihm, der verheiratet war und noch dazu Kinder hatte, dessen Freizeit ohnehin knapp bemessen war, der zu zynisch, zu abgeklärt, zu alt?, bestimmt zehn Jahre älter war, schätzte er. Sie würde Nein sagen, sobald er ihr dazu Gelegenheit gäbe.

Er legte den Kuli, mit dem er die Post geöffnet hatte, beiseite. »Dann schieß mal los«, forderte er Zinkel auf, der mittlerweile das Telefonbuch aufgeschlagen hatte, mit dem Finger die Zeilen herunterfuhr.

»Sekunde, ich hab's gleich«, Zinkel umrundete das Gesuchte mit einem Bleistift, bevor er sich aufrichtete, »das«, er deutete auf das Telefon, »war Oberschwester Ruth von den Städtischen Kliniken. Unser Toter heißt Ludger Braun und war Krankenpfleger. Er hätte vorgestern Nachtdienst gehabt, hatte aber mit einer Kollegin getauscht, weder die Oberschwester noch die Kollegin wissen, warum. Er war seit Kurzem verheiratet, mit einer Asiatin, keine Kinder. Soweit sie weiß, gibt es sonst keine Angehörigen, die Mutter ist vor ein paar Jahren gestorben. Er war ein gewissenhafter, einfühlsamer Krankenpfleger, sehr zurückhaltend im Umgang mit Kollegen und Vorgesetzten, seine Personalakte ist ohne jeden Fehl und Tadel, und es gibt keinen einzigen Grund, warum so jemand erschossen worden sein sollte.«

»Das alles in nur einem kurzen Telefongespräch? Du hast doch kaum etwas gesagt«, wunderte Hartmann sich.

»Oberschwester Ruth ist eben sehr effektiv«, Zinkel mühte sich vergeblich, ernst zu bleiben, »wenn sie irgendetwas tun kann, um zu helfen, das Schwein zu kriegen, Zitat Ende, ist sie jederzeit dazu bereit, und wenn wir es seiner Frau, einer ebenso schüchternen und zudem zerbrechlich wirkenden Person, nicht schonend beibrächten, könnte das für uns unangenehme Folgen haben. Sie würde sich erkundigen.«

»Klingt nicht so, als ob ich bei ihr auf Station Patient sein wollte«, Hartmann lachte, »war's das?«

»In Bezug auf unseren neuesten Toten ja, aber«, er hob beide Hände, um sich ihre volle Aufmerksamkeit zu sichern, »bevor gestern dieser unselige Anruf kam, war Sominski hier«, er stand auf und heftete zwei Blätter an die Pinwand, »meine Dame, mein Herr, links sehen Sie das Ergebnis meiner Sitzung mit Gerich, rechts Sominskis – frappierend, nicht?« Er verbeugte sich und setzte sich erwartungsvoll wieder an seinen Schreibtisch.

»Scheiße«, sagte Hartmann, »Wau«, entfuhr es Patrizia, und beide verstummten mit offen stehenden Mündern, während Zinkel seinen Blick zwischen ihnen hin- und herwandern ließ. »Zeitung?«, fragte er.

»Nein«, Hartmann riss sich von der Betrachtung der Zeichnungen los, schüttelte den Kopf, »vorläufig nicht. Lass uns später darauf zurückkommen. Zunächst mal«, er legte beide Hände auf einen der Stapel Umschläge vor ihm, »können wir noch ein bisschen sammeln, oder hast du noch etwas, Patrizia?« Er wartete ihr Kopfschütteln ab und fuhr dann fort, »also, der Bericht von der KTU ist da. Erstens: Die Terrassentür bei Sominski ist eindeutig aufgehebelt worden, aber, wie Sprenger schreibt, der Zeitpunkt ist natürlich unklar. Wir wissen, dass nichts gestohlen wurde, ausgenommen vielleicht ein Tagebuch –«

»Was für ein Tagebuch?« Zinkel setzte sich aufrecht und runzelte verwirrt die Stirn.

»Ach ja«, Hartmann kratzte sich verlegen am Kopf, »das hab ich ganz vergessen zu erzählen, Sominskis Anwältin hat in der Wohnung ein Versteck gefunden, in dem sich möglicherweise ein Tagebuch befunden hat.«

»Hirngespinste«, Zinkel machte eine wegwerfende Handbewegung.

»Nein, warte, das klingt durchaus plausibel: Im Kasten der Nähmaschine war ein rechteckiges Feld fusselfrei, und«, er hob die rechte Hand, um einen Einwand gar nicht erst zuzulassen, »die Gebrauchsanweisung passte nicht. Davon ausgehend, dass es nicht Sominskis Nähmaschine ist, hat Silvie also etwas dort versteckt. Was sonst könnte das sein?«

»Pralinen«, schlug Zinkel vor.

»Guten Morgen«, erwiderte Hartmann trocken, »sie war schlank, warum sollte sie Süßigkeiten verstecken?«

»Pornos, was weiß ich«, Zinkel verlor die Geduld, »ich finde das zu weit hergeholt. Ein Einbruch für ein Tagebuch? Also echt! Wenn, großgeschrieben, wohlgemerkt, wenn es ein Tagebuch gab, hat Sominski es längst vernichtet. Aus. Da können wir spekulieren, so viel wir wollen, das bringt nichts.«

»Gut«, lenkte Hartmann ein, »lassen wir das im Moment mal beiseite. Zurück zum Einbruch. Um den zu bestätigen, müssen wir nur noch Sominski fragen, ob sie je selbst bei sich einsteigen mussten, weil sie den Schlüssel vergessen hatten. Was mich zu einem weiteren Punkt bringt: Klauke hat einen Schlüssel.«

»Dann hätte Sominski ja nicht bei sich die Tür aufhebeln müssen«, warf Patrizia ein.

»Schon«, bestätigte Hartmann, »allerdings behauptet er, erst ich hätte ihn wieder daran erinnert, dass Klauke einen Schlüssel hat. Ich habe ihn übrigens nur danach gefragt, weil ich Klauke *aus* seinem Haus habe kommen sehen, *bevor* Sominski nach Hause kam. Er wird sicher nicht einknicken und uns sagen, was er dort gemacht hat, aber wir sollten das im Hinterkopf behalten.«

»Wahrscheinlich war er's, der das Tagebuch geklaut hat, und jetzt hat er es wieder zurückgebracht«, Zinkel klang genervt.

»Gib Ruhe«, jetzt, wo er einmal angefangen hatte, wollte Hartmann sich nicht mehr aus dem Konzept bringen lassen, »nächster Punkt: Laut KTU ist Silvie nicht im Wohnzimmer erwürgt, sondern dorthin geschleift worden. Deshalb war ihr Haar nach oben aufgefächert. Sie vermuten, dass die Tat im Flur geschah, weil sie dort ein paar Haare von ihr mit Wurzeln gefunden haben. Das könnte darauf hindeuten, dass tatsächlich jemand die Wohnung durch den Vordereingang betreten hat, ob mit Schlüssel oder hereingelassen, sei dahingestellt.«

Hartmann holte Luft, was Zinkel die Gelegenheit gab, seinem Frust Luft zu machen, »Zwei Leute? Das ist ja nun echt zu viel des Guten. Dann doch schon eher, dass Silvie den Einbrecher überrascht hat und der im Flur auf sie los ist. Aber nicht zwei Leute, niemals.«

»Du hast ja recht, aber was mich an der Einbrechertheorie stört, ist, dass ich die Mordart so unwahrscheinlich finde. Einbrecher erwürgen niemanden, sie schlagen zu, oder sie schießen, je nachdem, was gerade zur Hand ist.«

»Stimmt auch wieder«, Zinkel verstummte gedankenverloren.

»Zurück zum Bericht«, Hartmann wollte die Fakten loswerden, ehe sie weiter in Wenn und Aber verfielen, »in Sominskis Arbeitszimmer auf seinem Schreibtisch hatte ich ein Glas gefunden, in dem sich ein Rest einer alkoholischen Flüssigkeit befand. Laut Sprenger«, er tippte auf den entsprechenden Umschlag, »sind darauf keine verwertbaren Fingerabdrücke, jedoch Latexspuren und«, er bleckte wölfisch die Zähne, »Speichel gefunden worden. Silvie Bauer war es nicht, die daraus getrunken hat, und Sominski auch nicht.«

»Also können wir auf jeden Fall davon ausgehen, dass ein Einbrecher in der Wohnung war. Was wir nicht wissen, ist, ob der auch der Mörder ist.« Zinkel zählte die Möglichkeiten an den Fingern ab, »Einbruch und Vertuschungsmord? Einbruch, um zu morden? War der Einbrecher womöglich Zeuge des Mordes? Oder, um es auf die Spitze zu treiben, war der Mörder Zeuge des Einbruchs und hat, sofern wir den Einbrecher jemals finden, einen fabelhaften Sündenbock. Er müsste«, spann Zinkel den Gedanken fort, »natürlich etwas nachhelfen. Zum Beispiel mit einem Phantombild?«

»Deine letzte Theorie besäße eine interessante Duplizität zu dem Fall Fuller, war vor deiner Zeit, Patrizia«, Hartmann bemerkte nicht, dass sie bei der Erwähnung des Namens zusammenzuckte, »konnten wir leider nie aufklären. Hoffentlich ist das kein Zeichen, denn allmählich werde ich das Gefühl nicht los, dass wir diesen Fall nur lösen, wenn jemand freiwillig gesteht. Ach, bevor ich das noch vergesse, Sominski ist mit fünfundneunzigprozentiger Sicherheit der Vater des Kindes.«

»Leider löst diese Erkenntnis keines unserer Probleme«, bedauerte Zinkel.

»Stimmt auffallend«, Hartmann stöhnte, »nicht zu vergessen die andere Leiche. So kommen wir nicht weiter. Also Folgendes, Patrizia, du fährst zu Oberschwester Ruth, ach nein, ich habe ja doch noch etwas vergessen. Ist ein Schuss ins Blaue, aber ich habe eine Aussage über ein nicht weit von Sominskis Haus am Pfingstsonntag widerrechtlich geparktes Fahrzeug. Ein anthrazitfarbener Golf, mit hiesigem Kennzeichen, Ziffern vier – fünf – neun. Bevor du ins Krankenhaus fährst, schau doch mal, was du rauskriegen kannst, leg mir die Liste einfach auf den Schreibtisch, ja? Wer weiß, vielleicht erspart uns das, das Phantombild an die Zeitung zu geben und den Mann dadurch zu verscheuchen.«

»In Ordnung.«

»Paul«, Hartmann fuhr mit der Aufgabenverteilung fort, »du hast die Adresse ja schon«, er nickte Richtung Telefonbuch, »also fahr zu Braun, nimm aber jemanden von der Spurensicherung mit. Und bevor ihr fragt«, er stand auf, »ich bin erst mal bei Fromm und werde dann versuchen, ob ich nicht ein paar lose Enden aufwickeln kann. Also bis später, ihr zwei«, er verließ den Raum.

***

Marilene saß seit Viertel nach acht im Wartezimmer. Die Sprechstundenhilfe hatte ihr bei ihrem Anruf erklärt, sie müsse Wartezeit mitbringen, aber jetzt war es halb zehn, und noch immer waren vier Personen vor ihr, darunter ein quengelnder rotznasiger Junge von vielleicht fünf Jahren, der, »Mama, lies voooor«, wie eine Sirene, dachte sie, gerade zum x-ten Mal dasselbe Feuerwehrbuch vorgelesen bekommen hatte, dessen Text selbst Marilene mittlerweile im Schlaf hätte vortragen können.

Sie nahm eine Zeitschrift zur Hand und blätterte darin, stieß auf einen Artikel über die Kunst des Flirtens, nein, nach Flirten war ihr nicht zumute, und »Was Männer im Bett wirklich wollen« interessierte sie auch nicht gerade brennend, zumal sie Hartmann nicht zutraute, besonders experimentierfreudig zu sein. Nur für den Fall … Blödsinn, sie würde nicht dabei sein, um das herauszufinden. Sie suchte den Rezeptteil, aber die vorgestellte Herzblatt-Küche entbehrte jeglichen Reizes für sie. Sie schlug die Zeitschrift zu und legte sie wieder beiseite.

Sie griff nach ihrem Terminkalender. Sie hatte Christine gebeten, den Termin der ersten Mandantin auf heute Abend zu verlegen. Wenn das klappte, würde es ein langer Tag. Sollte sie, sie schaute wieder auf ihre Armbanduhr, zehn vor zehn, hier in absehbarer Zeit rauskommen, könnte sie gerade noch den Elf-Uhr-Termin wegen einer betriebsbedingten Kündigung schaffen. Mittagspause fiele aus, weil sie die Akten über den Sorgerechtsfall noch mal durchgehen, bevor sie um vierzehn Uhr vor Gericht erscheinen müsste. Und um sechzehn Uhr erwartete sie einen neuen Mandanten, der sie wegen eines Ehevertrags konsultieren wollte. Volles Programm.

Sie klappte den Terminkalender zu und steckte ihn wieder in ihre Tasche. Ihre Gedanken schweiften zu Siri. Sie hoffte, Patrizia hatte sich um sie gekümmert, sie vor allem woanders untergebracht. Sie würde doch wohl die Notwendigkeit dazu erkannt haben, oder? Und was genau war Ludger zugestoßen? Sobald sie hier rauskäme, würde sie versuchen, Patrizia zu erreichen. Gestern Abend hatte sie damit kein Glück mehr gehabt.

Halleluja, endlich wurde sie aufgerufen. Sie kannte Dr. Seiler nicht, war seit ihrer Kindheit nicht mehr bei einem Arzt gewesen, Zahnarzt ja, sehr gelegentlich mal Frauenarzt, aber wenn andere von »ihrem Hausarzt« sprachen, hatte sie das achselzuckend abgetan, ich doch nicht. Aber das hier war natürlich im wahrsten Sinne des Wortes höhere Gewalt. Er war ein kleiner, gemütlich wirkender Mann mittleren Alters, der, als sein Blick auf ihren notdürftigen Verband fiel, von einem Händeschütteln zur Begrüßung Abstand nahm und sie aufforderte, sich zu setzen.

»Na, dann wollen wir doch mal sehen, womit wir es zu tun haben«, er wartete ihr Nicken ab, bevor er vorsichtig den Verband löste, »aha«, sagte er, »Fakir sind Sie nicht, oder? Das sieht nach einem Nagelbrett aus.«

»Rosen«, erwiderte Marilene und zog es vor, nicht zuzuschauen, wie er an den Wunden herumdrückte, um zu sehen, ob sie frei waren.

»Ist nicht so schlimm«, sagte er nach einer Weile, »da ist nichts stecken geblieben, ich werde jetzt eine entzündungshemmende Salbe auftragen, Sie neu verbinden und übermorgen sehen wir uns wieder. Sind Sie gegen Tetanus geimpft?«

»Ähm, keine Ahnung, ich konnte meinen Impfpass nicht finden.«

»Dann dürfen Sie sich draußen noch eine kleine Spritze geben lassen. Übermorgen reden wir über ausreichenden Impfschutz allgemein. Wie sieht's mit Vorsorge aus?«

»Wie …« Marilene fiel nichts mehr ein.

»Ich sehe schon, lassen Sie sich gleich noch ein bisschen Blut abzapfen. Wissen Sie«, er warf einen Blick auf ihre jungfräuliche Karteikarte, »in Ihrem Alter sollte man das eine oder andere gelegentlich überprüfen. Gute Besserung. Auf Wiedersehen.«

»Ja dann.« Marilene stand auf, das würde sie sich aber noch schwer überlegen, ob sie wiederkäme, fühlte sich von einem Intercity überrollt und kam sich verdammt alt vor. Und krank. »Danke, auf Wiedersehen.«

An der Tür hielt er sie auf, »Noch etwas«, sagte er, »es gibt da diese wunderbare Erfindung, Gartenhandschuhe genannt, sollten Sie mal versuchen.« Er grinste.

»Ja klar«, sie errötete, als hätte er sie bei einer Lüge ertappt. Sie riss die Tür auf und floh, hatte schon fast den Ausgang erreicht, als sein »Stopp« sie aufhielt.

»Blut«, sagte er und machte gierige Kulleraugen, »Spritze, schon vergessen?«

Sadist, dachte sie, jetzt dichtet der mir noch Alzheimer an.

***

Zinkel und Sprenger von der Spurensicherung standen vor der Wohnungstür von Ludger Braun. Auf ihr Klingeln hatte niemand geöffnet, und jetzt bedeuteten sie dem Hausmeister, der sie nach oben begleitet hatte, die Tür zu öffnen. Sie verabschiedeten ihn mit einem »Danke, wir sagen Ihnen Bescheid, wenn wir fertig sind«, was den Mann sehr zu bekümmern schien. Sie streiften Handschuhe über und machten sich an die Arbeit.

Das große Wohn-/Esszimmer mit integrierter Kochecke lag völlig im Dunkeln, bis Zinkel in dem schwachen, vom Flur hereinströmenden Licht die Riemen der Rollläden gefunden und sie mit weit ausholenden Bewegungen nach oben gezogen hatte. Er schaute sich um.

Chaos konnte man das nicht direkt nennen, und doch herrschte eine gewisse Unordnung: Sofakissen, die flach auf dem Sitz lagen, statt aufrecht in den Ecken oder an der Rücklehne, beim Sessel war das Sitzpolster an einer Seite nicht unter das Polster der Lehne geschoben worden, der Flokati war an einer Ecke hochgeschlagen, am Wohnzimmerschrank war das obere Türenpaar in der falschen Reihenfolge geschlossen worden, sodass die Staubschiene sichtbar war, und eine der Schubladen stand halb offen, die oberen Zeitschriften eines Stapels waren heruntergerutscht, zwei der zahlreichen Buddhafiguren auf dem Fensterbrett schauten nach draußen, Absicht oder nicht?, in der Kochecke lag der Deckel der Zuckerdose auf dem Herd, der Schrank unter der Spüle war nicht vollständig geschlossen, weil ein Lappen hervorlugte.

»Sieht fast so aus, als wäre diese Wohnung schon durchsucht worden«, Sprenger sprach aus, was Zinkel dachte.

»Komm«, Zinkel streckte die Hand nach Sprengers Kamera aus, »lass mich die Fotos machen, dann kannst du schon anfangen einzustauben. Ich werde die Schränke, wenn du fertig bist, trotzdem durchsuchen, vielleicht haben sie ja was übersehen.« Zinkel machte drei Weitwinkelaufnahmen und richtete den Sucher dann auf die Dinge, die ihm aufgefallen waren. Als er fertig war, überließ er Sprenger die Suche nach Fingerabdrücken und ging ins Schlafzimmer.

Hier fand er die gleiche Unordnung vor. Die Matratze des französischen Bettes war hochgeklappt und gab den Blick auf zwei an die Seiten des Bettkastens geschobene Bettdecken frei. Eine Nachttischlampe stand so prekär am Rand der Ablage, dass sie zu fallen drohte. Die untere Schublade der Kommode war nicht völlig hineingeschoben worden. Die Schiebetüren des Kleiderschranks waren nicht geschlossen, die Kleidung einer Frau sichtbar.

Zinkel machte seine Aufnahmen, legte die Kamera auf den Boden und durchsuchte die Kleidung. Er stieß auf ein paar Taschentücher, die Fotokopie einer Speisekarte und eine Monatskarte für den Stadtbus, noch gültig, stellte er fest, mit dem Bus war die Frau also nicht unterwegs. Er steckte alles wieder an seinen Platz. Moment mal, die Speisekarte war von einem thailändischen Restaurant, er zog sie erneut aus der Tasche einer kurzen schwarzen Seidenjacke, die Frau soll Asiatin sein, vielleicht handelte es sich um ihren Arbeitsplatz. Dass ihre Fahrkarte hier lag, musste nicht heißen, dass sie nicht dort war. Er zog sein Handy aus der Tasche und wählte die angegebene Nummer.

Gut geraten, lobte er sich selbst, eine Frauenstimme bestätigte ihm, dass Siriporn Braun dort arbeitete. Er erfuhr, dass sie gestern Abend krank geworden und nach Hause gegangen sei. Sie wusste nicht, ob sie heute, ihr Dienst begann um siebzehn Uhr, erscheinen würde, ging aber davon aus, da sie sich noch nicht wieder krankgemeldet hatte. Zinkel bedankte sich für die Auskunft und beendete das Gespräch.

Wenn sie beim Arzt oder Einkaufen wäre, müsste sie auftauchen, während sie noch hier waren, dachte er. Sie würde den Schock ihres Lebens bekommen, zwei Fremde in ihrer Wohnung vorzufinden. Von ihnen zu hören, dass ihr Mann tot war, würde den einen durch den anderen Schock nur ersetzen. Aber sie mussten mit ihr sprechen, erfahren, was sie über die letzten Tage im Leben ihres Mannes wusste, ob sie eine Ahnung hatte, worin der Grund für diesen Mord liegen mochte. Oder ob sie womöglich längst wusste, dass ihr Mann tot war, aus der Zeitung? Aber dann hätte sie sich doch sicherlich längst gemeldet.

Sprenger trat mit einem »Kannst rüber« zu ihm.

»Und? Was Verwertbares gefunden?«

»Sag ich nicht.«

»Ja, ja, schon gut«, Zinkel gab schnell auf, wusste aus langer Erfahrung, dass Sprenger sich erst in seinem Bericht äußern würde, hatte dennoch gefragt, weil er mit Hartmann eine Wette laufen hatte: Champagner für den, bei dem Sprenger die erste Ausnahme machte.

»Was hältst du von der Lage der Decken?« Sprenger deutete auf den offen stehenden Bettkasten.

»Wieso? Ich weiß nicht, da hat halt jemand was gesucht ...« Zinkel hielt verwirrt inne.

»Ich schätze auch gefunden«, sagte Sprenger, »wir werden sehen. Jetzt hau schon ab, und mach dich an die Schränke nebenan.«

Zinkel ging zurück ins Wohnzimmer und begann mit seiner Suche. Zunächst stocherte er in den Ritzen der Polster, befühlte Kissen, hob den Teppich an, hängte Bilder ab und schaute, ob die

Buddha-Figuren Hohlräume hatten, all das, was ein Unbekannter, wie es schien, schon vor ihm getan hatte, fand aber nichts. Als Nächstes spähte er unter Zuhilfenahme eines Stuhls auf Küchen- und Wohnzimmerschrank, konnte aber auch dort nichts entdecken, er tastete blind hinter dem Kranz des Eichenschranks und musste niesen, als er lediglich Staub aufwirbelte.

Im Küchenschrank befand sich nichts als das, was man erwarten konnte, in der Mehltüte war Mehl, die Teedose beinhaltete Tee – was er auch öffnete, er stieß auf nichts Außergewöhnliches. Desgleichen in Herd und Kühlschrank. Er warf sogar einen Blick ins Eisfach, die Packung Vanilleeis enthielt Vanilleeis und ein Gefrierbeutel etwas undefinierbar Fleischernes.

Zinkel schaute sich um, nein, das war's, blieb nur noch der Wohnzimmerschrank. Er durchquerte den Raum, holte einmal tief Luft und begann, ihn systematisch durchzugehen, von links nach rechts und oben nach unten. Er schüttelte die paar Bücher aus, sah ein Fotoalbum durch, öffnete Pappschachteln mit Krimskrams, den er kurz durchwühlte, und drehte jede Vase um. Er ging den Stapel Zeitschriften durch, Motorrad- und Autozeitschriften, gelegentlich unterbrochen von einer »Tina«, auf der Suche nach dazwischen versteckten Dokumenten, Zetteln, irgendetwas, seien es auch nur Eselsohren, die einen Artikel markierten. Nichts. Hinter einer Tür verbargen sich Alkoholika, hinter einer anderen ein paar Aktenordner, die er auf den Wohnzimmertisch legte und sich für später aufhob. Er überprüfte sogar, ob der Inhalt der Videokassetten mit ihrer Beschriftung übereinstimmte.

Gründlicher konnte man nicht sein, oder? Zinkel betrachtete nachdenklich die Hochzeitsfotos. Hübsche Frau, fand er, was sie an ihrem Mann gefunden haben mochte, konnte er nicht nachvollziehen. Wo blieb sie nur? Er ließ sich im Schneidersitz vor dem Wohnzimmertisch nieder, um die Ordner durchzugehen.

Der erste enthielt Versicherungs- und Krankenkassenunterlagen, nichts Bemerkenswertes, ein Antrag auf Kostenübernahme für Zahnersatz, eine Brücke, Rentenversicherungsnachweise, eine bescheidene Hausratversicherung und Fahrzeugbrief und Haftpflichtversicherung für ein Motorrad. Zinkel notierte Typ und Kennzeichen, bevor er sich entschloss, den Fahrzeugbrief mitzunehmen, konnte Braun ja nun nichts mehr mit anfangen. Keine Lebensversicherungspolice.

Im zweiten Ordner befanden sich Schul- und Ausbildungszeugnisse, ein unspektakulärer Schüler, fand Zinkel, der Arbeitsvertrag mit dem Krankenhaus, Braun hatte wohl niemals die Stelle gewechselt, und, in einer Klarsichthülle steckend, ein Stammbuch, dessen einziger Eintrag die Eheschließung im Februar dieses Jahres dokumentierte.

Blieb der Ordner mit den Kontoauszügen: keine auffälligen Kontobewegungen, regelmäßige Gehaltszahlungen, ein paar Daueraufträge für Miete und Versicherungen, die Abhebungen überschritten nie dreihundert Euro, keine Bareinzahlungen. Zinkel war im März angelangt und wollte schon aufgeben, blätterte aber dann doch weiter, einfach, weil ihm halbe Sachen widerstrebten. Im Januar stieß er auf den Durchschlag einer Überweisung in Höhe von zehntausend Euro an eine Firma PV Maxim. Merkwürdig, fand Zinkel, eine so glatte Summe war gewiss nicht an ein Auto- oder Möbelhaus gegangen, er überlegte, wofür PV stehen könnte, Privatversicherung, Privatvermögen, vielleicht Vermögensbildung? Er gab auf, er würde über die Kontonummer den Empfänger ermitteln. Er nahm den Durchschlag aus dem Ordner und legte ihn zu dem Fahrzeugbrief.

Er rappelte sich aus seiner ihm mittlerweile unbequem gewordenen Position auf und streckte sich, bevor er sich nach den Ordnern bückte, um sie wieder in den Schrank zu stellen. Ein ganzes Leben komprimiert auf drei jämmerliche Ordner, und nun war es vorbei, frühzeitig beendet durch eine Kugel. Ein unauffälliges Leben eines unauffälligen Mannes. Was hatte ausgerechnet einen wie ihn zum Ziel gemacht? Wo war er hineingestolpert? »Wir haben eine unwahrscheinliche Leiche«, murmelte er vor sich hin.

»Hast du das öfter?« Sprenger stand in der Tür und grinste spöttisch.

»Was?« Zinkel fuhr herum.

»Selbstgespräche. Mach dir nichts draus«, Sprenger klopfte ihm beruhigend auf die Schulter, »im Alter wird's schlimmer.«

»Na, dann musst du ja die reinste Plaudertasche sein«, frotzelte Zinkel, »bist du drüben so weit?«

»Ja.«

»Versiegeln müssen wir also nicht«, Zinkel riss ein Blatt aus seinem Notizbuch, »ich hinterlasse ihr mal eine Nachricht, damit sie uns anruft, wenn sie zurück ist.«

»Ich glaube nicht so recht, dass sie das tun wird.«

»Wieso nicht?« Zinkel blickte überrascht auf.

»Ich gehe davon aus, dass hier nicht nur etwas, sondern auch jemand gesucht wurde, und dieser jemand hatte sich im Bettkasten versteckt. Ich habe darin angetrockneten Speichel gefunden und zwar in einer Spur vom Kopf- zum Fußende des Bettes, die darauf deuten könnte, dass sie an den Füßen herausgezogen wurde.«

Zinkel stöhnte, »Sonst noch was?«

»Im Klo war Urin. Die Spülung ist nicht gedrückt worden. Wenn das mit dem Bettkasten nicht wäre, würde ich sagen, das kann man ja mal vergessen haben, aber so? Ich fürchte, ihr habt eine Leiche und eine vermisste Person am Hals.«

»Irgendwelche Fingerabdrücke?«

Sprenger schüttelte den Kopf, »Nein, ich denke nicht, auf den ersten Blick scheint es sich nur um die Abdrücke von zwei Personen zu handeln, aber ich gebe euch Bescheid, wenn ich mehr finde.«

»Scheiße auch«, Zinkel trat an den Schrank und entfernte eins der Hochzeitsfotos aus seinem Rahmen und steckte es, zusammen mit dem Fahrzeugbrief und der Überweisung, in sein Notizbuch, »das hat uns gerade noch gefehlt.«

Sprenger hat gesprochen, dachte er, ohne jegliche Vorfreude auf Hartmanns Miene, wenn er ihm Bericht erstattete. Der Preis war einfach zu hoch.

***

Hartmann befand sich auf dem Weg zu Klauke, als ihn Zinkels Anruf erreichte. Er hatte ihm das Phantombild vorlegen wollen, denkbar, dass auch ihm der Mann schon einmal aufgefallen war. Außerdem hatte er ihn mit dem Wissen um Sominskis Ersatzschlüssel konfrontieren wollen. Er war schon gespannt gewesen, was Klauke zur Begründung für seinen Besuch in Sominskis Haus vorbringen würde. Und ob er seinen Freund für ebenso labil hielt, wie der sich hinzustellen versuchte. Jetzt musste das warten.

Hartmann wendete, nicht allzu geschickt, wie er merkte, als hinter ihm lautes Hupen ertönte. Er winkte freundlich zurück und fuhr weiter. Er würde Klauke ins Präsidium bestellen. Wahrscheinlich war das sowieso besser, die offizielle Umgebung, er dachte an das Verhörzimmer mit dem Einwegspiegel im Stockwerk über ihnen. Vielleicht würde er auch noch einen draufsetzen und mit Zinkel guter/böser Polizist spielen. Selbst wenn schon viele Verdächtige diese Taktik durchschaut und sich darüber mokiert hatten, verfehlte sie dennoch selten ihre Wirkung.

Hartmann stellte den Wagen ab und eilte hinauf in den zweiten Stock. Er nahm an, Zinkel würde schon auf ihn warten, da er so zur Eile gedrängt hatte, fand aber das Büro verlassen vor. Er setzte sich an seinen Schreibtisch und nahm die Liste zur Hand, die Patrizia ihm hinterlegt hatte. Zwei Treffer. Ein Eilers, Rudolf und ein Gärtner, Martin fuhren anthrazitfarbene Golf, deren Kennzeichen auf vier-fünf-neun endeten. Chef, las er Patrizias handschriftlich eingefügte Notiz, habe auch noch blau und schwarz gesucht, man weiß ja, wie genau Zeugen beobachten. Gut gedacht, Mädchen, lobte er im Stillen, und überflog die Namen, zwei fuhren einen blauen Golf, drei einen schwarzen mit dieser Endung, überschaubar, sollte sich bei den ersten beiden nichts ergeben. Aber dieser Zeuge hatte sich nicht geirrt, mutmaßte er.

Zinkel stürmte ins Zimmer, öffnete sein Notizbuch, zog ein Foto daraus hervor und knallte es Hartmann auf den Schreibtisch. »Ludger Braun und Frau«, keuchte er außer Atem, »die Frau ist verschwunden.«

Hartmann betrachtete, darauf wartend, dass Zinkel sich finge, das Foto, die hübsche, dunkelhäutige Frau neben ihrem unscheinbaren Mann, dessen Blässe durch ihre Exotik unterstreichend. Ihre Augen wirkten ernst und waren nicht auf die Kamera gerichtet, sie hatte sich nicht gern fotografieren lassen, glaubte Hartmann zu erkennen, und nur dem offensichtlichen Stolz ihres Mannes nachgegeben.

Zinkel berichtete von den Hinweisen darauf, dass die Wohnung schon vor ihrem Eintreffen durchsucht worden war, von Sprengers Fund im Bettkasten und dem Schluss, den er daraus gezogen hatte, »Ich fürchte, er hat recht«, schloss er, »sie ist entführt worden – oder Schlimmeres.«

»Irgendetwas, das uns helfen könnte, sie zu finden?«, fragte Hartmann.

Zinkel schüttelte den Kopf. »Die Wohnung hat nichts hergegeben, sie hat sich bei ihrem Arbeitgeber, einem Restaurant in der Stadt, gestern Abend krankgemeldet und muss nach Hause gefahren sein. Ein Nachbar sagt, Polizei in Zivil sei gestern Abend dort gewesen, einen Ausweis hat er sich nicht zeigen lassen und auch nicht weiter auf die zwei Männer geachtet, sodass wir ein Phantombild leider vergessen können. Ich hab das nämlich schon überprüft, das waren keine von uns. Die übrigen haben nichts gehört oder gesehen, auch der Hausmeister nicht. Ich habe keine Ahnung, wo wir anfangen sollen zu suchen.«

»Fang im Restaurant an«, schlug Hartmann vor, »krieg raus, ob sie wirklich krank war, vielleicht wollte sie ja aus anderen Gründen nach Hause, vielleicht hoffte sie, ihren Mann anzutreffen, denn wenn sie nicht krank war, sondern Angst vor jemandem hatte, wäre das der einzige Grund, ausgerechnet nach Hause zu fahren. Zweitens«, Hartmann streckte zwei Finger in die Höhe, »wie ist sie nach Hause gekommen?«

»Ich habe eine Monatskarte für den Bus in einer ihrer Jacken gefunden.«

»Ob sie den genommen hat? Ich denke, wir geben das Foto an die Presse, wir brauchen Hinweise, auf den Verbleib von beiden in den letzten Tagen.«

»Der Braun fuhr ein Motorrad«, Zinkel holte auch den Fahrzeugbrief aus seinem Notizbuch, »habe ich nicht auftreiben können. Auf dem Parkplatz seines Hauses steht es nicht, und wenn er es nicht in irgendeiner Garage abgestellt hat, dann ist die Maschine auch verschwunden.«

»Gut, dann gib das auch an die Presse weiter. Aber informier zuerst die Streife. Weiter: Worum könnte es bei der Durchsuchung gegangen sein?«

»Ich habe keinen Schimmer«, Zinkel war ratlos, »aber was auch immer es zu finden gegeben haben mag, als wir kamen, war es nicht mehr da, so viel ist sicher. Das absolut Einzige, was mir merkwürdig vorkam, ist dies«, Zinkel klappte ein letztes Mal sein Notizbuch auf und zeigte Hartmann den Überweisungsdurchschlag.

»Partnervermittlung Maxim«, murmelte Hartmann.

Zinkel schlug sich mit der flachen Hand auf die Stirn, »Eine Partnervermittlung, Scheiße noch mal, bin ich nicht drauf gekommen. Woher weißt du so etwas?«

»Lebenserfahrung, mein Guter. Also hat Braun seine schöne Frau gekauft. Zehntausend Euro. Reicht das? Hast du den Vermittlungsvertrag gesehen?«

»Wenn er mehr bezahlt hat, dann war das schon letztes Jahr, die Kontoauszüge gingen nur bis Januar zurück. Und einen Vertrag habe ich nicht gefunden, wäre mir aufgefallen. Meinst du«, überlegte Zinkel laut, »das könnte es sein, was sie gesucht haben?«

Hartmann zuckte die Achseln, »Vielleicht hat Braun ihn ja einfach weggeworfen, nach seiner Heirat brauchte er ihn nicht mehr oder wollte nicht mehr daran erinnert werden, wie er zu seiner Frau gekommen ist.«

»Ja, da hast du wohl recht«, Zinkel lachte, »schließlich kann man Ehefrauen im Gegensatz zu Toastern nicht umtauschen.«

»Da bin ich mir gar nicht so sicher«, Hartmann blieb ernst, »ich denke, du solltest dich mal nach einer Frau umsehen, wird eh Zeit, dass du unter die Haube kommst, vielleicht nach einer fügsamen Ausländerin?«, schlug er vor.

»Wie soll ich das denn anstellen?«

Wenn Hartmann es nicht besser wüsste, hätte er schwören können, dass in seiner Stimme etwas wie Panik mitschwang, aber doch nicht bei Zinkel, diesem Draufgänger, »Benutze deine Phantasie, Mann.«

»Kann ich denn nicht einfach dort hingehen und nach einer Kopie des Vertrages fragen? Die werden ihre Unterlagen doch aufheben.«

»Nein, denn wenn es bei der Durchsuchung um den Vertrag gegangen sein sollte, wer hätte ihn wohl haben wollen? Logisch, oder?«

»Also gut«, lenkte Zinkel ein, »ich mach's.«

»Wie heißt das Restaurant? Dann fahr ich dorthin, und ich kümmere mich auch darum, wie sie heimgekommen ist.«

»Phuket«, antwortete Zinkel.

»Kenn ich«, Hartmann winkte ab, bevor Zinkel ihm die Adresse nennen konnte, »auf geht's«, er trommelte mit flachen Händen auf den Schreibtisch, »vergiss die Fahndung und die Presse nicht, bevor du auf Brautschau gehst.« Er griff zum Telefonhörer, bestellte Klauke für neun Uhr am nächsten Morgen, ein »Unbedingt« auf das erwartete »Muss das sein?« antwortend, schnappte sich Patrizias Liste und das Phantombild des mutmaßlichen Einbrechers bei Sominski und machte sich auf den Weg.

17

Zinkel saß auf weinrotem Plüsch, bemüht, sich nicht anmerken zu lassen, wie nervös ihn das machte. Allerdings ging er nicht davon aus, dass das Mädchen am Empfang mit der Gabe der Beobachtung gesegnet war. Vielmehr zollte sie der Zuspitzung ihrer grauenhaft langen Fingernägel alle Aufmerksamkeit, derer sie fähig schien. Sie bräuchte einen Waffenschein für die Dinger, überlegte er und konnte sich nicht vorstellen, sich einer solchen Gefahr auszusetzen. Er fand weder die Fingernägel, noch ihre kunstvoll hochgetürmte Frisur, der einzelne Strähnen gewollt neckisch entkommen waren, allzu blond, um echt zu sein, und schon gar nicht den tuscheumrandeten Schlafzimmer-Augenaufschlag auch nur entfernt erotisch. Am ehesten die Beine. Seeehr lang. Er nahm nicht an, dass ihre Besitzerin diesen Arbeitsplatz allzu lange innehaben würde, und fragte sich, ob ihr Arbeitgeber für diese Vermittlung ihrer Person Provision nähme.

Links von ihm wurde eine Tür, die Zinkel vor lauter Plüsch kaum wahrgenommen hatte, geöffnet, und zum Vorschein kam das totale Gegenteil der Empfangs-Maus: eine zwar ebenso langbeinige, schlanke Frau, die aber die Fünfzig schon überschritten hatte und eine Aura seriöser Geschäftsmäßigkeit ausstrahlte, die die andere bei aller Übung niemals erreichen könnte. Sie trug ein dunkelgraues elegantes Kostüm zu einer blassgelben Seidenbluse, und ihr silbergraues Haar war zu einem ordentlichen Knoten geschlungen. Sie war dezent geschminkt, ohne dass sie versucht hätte, die feinen Fältchen um Augen und Mund zu verbergen, die, im Gegenteil, ihre graublauen Augen und hohen Wangenknochen eher noch zu betonen schienen und ihr etwas Aristokratisches verliehen. Ihre schmalen Füße steckten in hochhackigen Pumps, sodass sie Zinkel um ein paar Zentimeter überragen mochte, wie sie jetzt auf ihn zukam, ihm eine feingliedrige Hand zur Begrüßung entgegenstreckte.

»Herr Zinkel, kommen Sie doch herein. Mein Name ist von Solburg, wir haben telefoniert.« Sie führte ihn in ihr Büro.

Zinkel sah sich um. Kühl, fand er, im Gegensatz zum Vorzimmer, Leder und Chrom auf flauschig-weißem Teppich, der sicher monatlich gereinigt werden musste, um diese behagliche Sterilität zu erhalten. Ein paar wertvoll aussehende Masken aus Ebenholz, Silber und Bronze hingen an den Wänden.

»Die Masken, die Sie mit dem richtigen Partner nicht mehr tragen müssen«, sie war seinem Blick gefolgt, »bitte«, deutete sie auf einen der schwarzen Ledersessel, »nehmen Sie Platz.« Sie selbst ließ sich, den imposanten Schreibtisch ignorierend, ihm gegenüber nieder, ein Panoramafenster im Rücken, das einen atemberaubenden Blick auf die Villen in diesem Viertel bot, darunter das prächtige, durch das in den oberen Geschossen sichtbare Fachwerk verspielt wirkende Solmsschlösschen.

Zinkel setzte sich. Der Sessel knarzte leise unter seinem Gewicht. Er war erleichtert, dass er, einer Eingebung folgend, nach seinem Anruf noch zu Hause vorbeigefahren war, die Jeans, in denen er üblicherweise zur Arbeit ging, gegen einen leichten grauen Sommeranzug getauscht hatte, der ihm etwas mehr Kultiviertheit verlieh. Mehr Klasse. Hoffte er.

»Sie suchen also eine Partnerin?«

»Ja, ähm ...«, soviel also zum Thema Klasse, dachte Zinkel, er hätte sich besser auch geistig ein wenig auf die Situation eingestellt.

»Zwecks Heirat? Oder eher eine Begleiterin?« Ihr verständnisvolles Lächeln deutete an, dass ihr nichts Menschliches fremd sei.

»Doch, ich möchte schon heiraten, wenn es die Richtige ist jedenfalls«, er versuchte ein Aufrichtiger-Junge-Grinsen und fragte sich, wie sie reagieren würde, wenn er stattdessen den Wunsch nach einer Partnerin für, sagen wir, Sado-Maso, geäußert hätte.

»Natürlich nur, wenn es die Richtige ist. Das Konzept der arrangierten Ehen ist doch etwas überaltert. Wir haben es verfeinert, wir arrangieren zwar, aber das heißt nicht, dass Sie sich arrangieren müssen. Keineswegs.« Humor schien nicht ihre Stärke zu sein. »Und wie stellen Sie sich Ihre Traumfrau vor?«

»Tja, nun ...«, ihm fiel partout nicht ein, wie er dezent zur Sache kommen könnte, »ehrlich gesagt, ich hatte da an eine Ausländerin gedacht.«

»Kein Problem«, sie schüttelte den Kopf, als wunderte sie sich, dass er das für eines gehalten hatte, »kaukasisch, asiatisch, afrikanisch?«

»Ähm, asiatisch? Vielleicht?«

Sie lächelte nachsichtig. »Reden wir noch einen Augenblick über Sie selbst«, bat sie.

Jetzt geht's los, argwöhnte Zinkel und versuchte, sich zu wappnen, verdammt, ich hätte mir vorher mehr Gedanken machen müssen.

»Kommen Sie auf Empfehlung?«

»Wie? Äh, nein«, stotterte Zinkel, auf Braun beriefe er sich besser nicht, »auf eine Anzeige von Ihnen«, riet er.

Sie nickte nur und fuhr fort, »Was machen Sie beruflich?«

Und nun? Schufa-Berechtigung hatten die garantiert sowieso, und wenn hier tatsächlich etwas nicht mit rechten Dingen zuginge, würden sie sich weiter absichern, seine Angaben überprüfen, und ihn, im Zweifel, gar nicht erst als Kunden akzeptieren. »Ich bin Polizist«, sagte er also, so harmlos wie möglich.

Ein leichtes Anheben der Augenbrauen und vielleicht ein winziger Hauch von Rot, der ihren Hals überzog, ließen vermuten, dass sie das zumindest ungewöhnlich finden mochte, aber sie lachte nur. »Uniformträger sind ja heutzutage nicht mehr sehr gefragt …«, sie ließ den Satz verklingen, als wollte sie ihm Gelegenheit geben, einen Scherz daraus zu machen.

Zinkel gab sich ungezwungen, »Der Uniform bin ich zwar schon längst entwachsen, aber Sie haben schon recht. Die Arbeitszeiten sind einfach tödlich für eine Beziehung.« Oh, oh, das Wort tödlich war echt daneben, fürchtete er und stolperte förmlich voran, »Wissen Sie, die Frauen, die ich bisher kennengelernt habe«, er winkte ab, »das gibt's hier einfach nicht, Toleranz für die Aufgabe eines Mannes, da muss alles hinterfragt und diskutiert und zerredet werden«, zu viel?, fragte er sich, »das steht mir bis hier«, er fuhr sich mit dem Zeigefinger unterhalb des Kinns über den Hals, »und da dachte ich, ich meine, ich weiß ja auch nicht, aber es gibt anderswo doch Frauen, die da etwas duldsamer sind, oder? Ich meine, es ist mir ja schon gewissermaßen peinlich, aber ich will doch …«

»Das braucht Ihnen nicht peinlich zu sein«, unterbrach sie ihn, »wir haben Kunden aus allen gesellschaftlichen Schichten, und sie haben alle eines gemeinsam. Den Wunsch nach häuslichem Glück. Jedenfalls finanziell«, sie wurde wieder sachlich, »spricht nichts dagegen, dass wir zueinander finden? Ich sagte ja schon am Telefon, dass unsere Dienste nicht ganz preiswert sind.«

»Kein Problem«, antwortete Zinkel und fragte sich, ob sie eine Anzahlung verlangen würde. Und was Fromm dann zu der nächsten Spesenabrechnung sagen würde. »Ich, ähem, das Einzige – also, ohne Ihnen zu nahe treten zu wollen«, er improvisierte in dem Versuch, restlos glaubwürdig zu erscheinen, »ich meine, bei meinem Beruf muss ich sicher sein, dass, also, alles in Ordnung ist, Sie verstehen?«

»Herr Zinkel, da können Sie absolut sicher sein. Glauben Sie mir, in dem Gewerbe kann man sich keine Unregelmäßigkeiten leisten, nicht mal steuerlich«, sie lachte, das Feindbild haben wir doch alle, nicht?, »alles, was wir tun, ist vollkommen legal. Seien Sie also beruhigt, auch wenn ich Ihre Frage natürlich gut verstehen kann. Also sind wir uns einig?« Sie wartete sein Nicken ab, erhob sich, »Dann einen Moment, bitte«, und verließ den Raum, nur um kurz darauf mit einem DIN-A4-Ringbuch zurückzukehren, das sie Zinkel reichte. »Für diesen Zweig ist eigentlich mein Bruder zuständig«, erklärte sie, »aber er ist heute nicht im Hause. Sie finden hierin Fotos und kurze biografische Angaben zu heiratswilligen Asiatinnen, nach Ländern geordnet«, fuhr sie fort. »Nehmen Sie doch einfach draußen Platz und schauen Sie in Ruhe, ob Sie nicht jemand darin interessiert. Wenn ja, notieren Sie die Zahl unter dem Foto, und dann reden wir weiter. Bitte«, sie wies auf die Tür, »Yvonne wird Ihnen einen Kaffee oder was immer Sie möchten bringen. Lassen Sie sich so viel Zeit, wie Sie brauchen«, fügte sie hinzu und schloss die Tür hinter ihm.

Zinkel, den Katalog unter den Arm geklemmt, betrat erneut den Empfangsraum. Plüsch, dachte er, fragte sich, ob das Psychologie war, und bat um einen Kaffee mit viel Zucker, »Aber klar, Süßer«, Yvonne schwang die langen Beine außer Sichtweite. Zinkel ließ sich widerwillig nieder und schlug den Katalog auf.

Das Werk umfasste etwa vierhundert Seiten, auf jeder oben links eine neun mal dreizehn Ganzkörper-Aufnahme, rechts daneben ein Porträt im Passfoto-Format und darunter die persönlichen Daten: Vorname, Alter, Größe, Gewicht. Eine Spalte für Hobbys, in der so wertsteigernde Angaben standen wie Kochen, Nähen oder Kinder. Und Eigenschaften, die sich auf treusorgend, liebevoll, manchmal zärtlich beschränkten. Stromlinienförmige Schemata, die Zinkel an einen Film erinnerten, den er vor langer Zeit mal gesehen hatte, irgendwas mit Stepford.

Vierhundert Frauen, den weitaus größten Anteil stellten Thailänderinnen, die hier angeboten wurden wie Ware auf einer Auktion. Den Markt muss es ja wohl geben, überlegte Zinkel, und er schien durchaus lukrativ zu sein, wenn er seine luxuriöse Umgebung bedachte. Aber was mochte einen Mann dazu bewegen, sich per Katalog eine Frau zu bestellen? Welche Hoffnungslosigkeit, oder Naivität? Und eine Frau, das mit sich machen zu lassen?

Zinkel vergewisserte sich, dass ihm niemand zusah, nein, Yvonne stand wahrscheinlich hilflos vor der Kaffeemaschine und überlegte, wie der Kaffee in die Tasse käme, er schalt sich einen Chauvi, blätterte eigentlich ohne große Erwartungen zum Buchstaben »S«, und tatsächlich, Siriporn war noch nicht aus dem Katalog entfernt worden. Warum nicht? Hinter ihrem Namen klebten ein gelber und ein roter Punkt. Er suchte nach einer Erklärung vorn und im Anhang, aber da stand nichts. Beim Durchblättern stieß er auf weitere eingeklebte Punkte, gelb und grün, nur gelb, manchmal nur violett, aber nicht gelb und rot. Also könnte Gelb für Kennenlernen stehen, Rot für Heirat, Grün für wieder frei? Was bedeutete dann violett?

Er beschloss, nicht länger auf den Kaffee zu warten, kramte in seiner Jackentasche nach Zettel und Stift und notierte sich zwei Kennziffern: »327« für Sirikit mit einem violetten Punkt und »286« für Nathanpa ohne Punkt und nur ausgewählt, weil Siriporn auf der nächsten Seite stand. Er stand auf, klopfte an die Tür von Solburgs und trat, nach einem Moment des Wartens, einfach ein.

Sie war am Telefon, beendete ihr Gespräch jedoch augenblicklich, »Das ging aber schnell«, ihr Lächeln wirkte leicht aufgesetzt.

Zinkel fragte sich, ob die Ursache dafür seine womöglich unangemessene Eile oder die Unterbrechung ihres Telefonats war, und trat zu ihr, »Gedauert hat es nur bis zu meinem Entschluss, hierherzukommen«, versuchte er, möglichen Schaden zu begrenzen, »das«, er deutete auf den Katalog, »ist dagegen leicht.«

»Dann zeigen Sie mal her«, sie nahm ihm Zettel und Katalog ab und schlug die Ziffern mit angefeuchtetem Zeigefinger nach, »327 … da haben wir's, Sirikit, sie ist noch nicht im Lande …«

»Aha«, sagte Zinkel, »das heißt …«

Sie blickte zu ihm auf, »Schauen wir erst mal weiter, dann erkläre ich Ihnen, wie das funktioniert«, sie blätterte rückwärts und traf, wie von ihm erhofft, auf Siriporn, »ach, die ist längst verheiratet und sollte gar nicht mehr hier drin sein, na ja, hat wohl jemand übersehen«, sie entfernte das Blatt und legte es zur Seite, »so, da wären wir, 286 … Nathanpa, sie ist hier, da können wir was arrangieren«, sie legte einen Kuli in den Ordner, um die Stelle zu markieren und lehnte sich zurück.

»Aha«, sagte Zinkel wiederum. Er war sich bewusst, dass er keinen Preis für originelle Konversation bekommen würde, diese Fähigkeit aber, im Gegensatz zum Umfang seiner Brieftasche, keine Voraussetzung für das Zustandekommen einer Vereinbarung darstellte.

»Setzen Sie sich doch wieder. Also, zunächst zu Sirikit«, begann von Solburg, »wenn Sie ernsthaft interessiert sind, lassen wir sie früher als geplant einfliegen. Das kostet Sie viertausend Euro. Dazu kommen weitere zweitausend als eine Art Kaution, wobei Unterkunft und Verpflegung Ihnen obliegen. Nach Ablauf von drei Wochen können Sie entscheiden, ob Sie sie heiraten wollen oder nicht. Falls ja, werden die zweitausend der Vermittlungsgebühr von zehntausend Euro angerechnet, falls nein, suchen wir weiter.«

Sie blickte zu ihm auf, wohl um zu sehen, ob er angesichts dieser Summen blass geworden sei, aber Zinkel ließ sich nichts anmerken, überlegte nur, ob er den Herzinfarkt, den Fromm erleiden würde, sollte er diese Spesenabrechnung einreichen, in Kauf nehmen wollte. »Also achttausend erst, wenn ich sie heirate?«

»So ist es. Bei Nathanpa«, fuhr sie fort, »würden wir lediglich einen pauschalen Reisekostenanteil von zweitausend Euro berechnen. Die übrigen Bedingungen bleiben bestehen.«

»Wenn ich nach den drei Wochen Nein sage, was passiert mit der Frau?«, Zinkel hob beschwichtigend die Hände, »ich meine nur, äh, ich wäre doch gerne, äh, der Erste.« Es half alles nichts, er wurde rot.

»Oh, das wären Sie. Bei Sirikit sowieso, aber auch bei Nathanpa, natürlich nur, wenn Sie sich schnell entscheiden, sobald die Frauen einmal hier sind, sind sie auch meist schnell vermittelt. Übrigens, das könnte Ihnen die Entscheidung erleichtern, mit der Zahlung des Reisekostenanteils erwerben Sie das Recht auf drei Kandidatinnen.« Sie sah ihn fragend an.

Er wollte sichergehen, dass er da nichts missverstand, »Und ich kann ...?«, hub er an, konnte sich aber nicht dazu durchringen, auszusprechen, was er meinte.

»Den Begriff gegenseitiges Einvernehmen kennen Sie doch, oder?«, kam von Solburg ihm zu Hilfe, »selbstverständlich kann die Frau genauso ablehnen wie Sie.«

Betonung auf »kann«, dachte Zinkel, als würde sie das tun, wenn ihr bei dreimaligem Nichtgefallen die Rückkehr drohte und sie nicht wissen konnte, ob Nummer zwei oder drei besser sein würden. Nichts daran war selbstverständlich, dass man sich permanente Verfügbarkeit erkaufen konnte, er hatte die »willige Asiatin« immer für ein anzeigentypisches Klischee gehalten, aber unter diesen Voraussetzungen war das natürlich kein Wunder. Und das sollte vollkommen legal sein? Scheiße auch, wenn das echt legal war, lebte er im falschen Land und hatte ganz sicher den falschen Beruf. »Wird die ganze Sache vertraglich geregelt, oder wie läuft das?«

»Aber sicher«, von Solburg lachte, »hier«, sie zog ein Blatt Papier aus einer Schublade, »Sie können das gerne mitnehmen und noch mal drüber schlafen, bevor Sie unterschreiben.«

»Ja, äh, das wäre gut«, Zinkel stand auf und nahm den Vertrag, »ich melde mich dann.«

»Fein«, von Solburg erhob sich ebenfalls und reichte ihm ihre Hand, »hat mich gefreut, Sie kennenzulernen, auf Wiedersehen.«

Zinkel verkniff sich eine Grimasse, »Ebenfalls«, sagte er nur und verabschiedete sich.

***

Hartmann stand vor dem Hauptbahnhof, dessen roter Sandstein glitzerte wie frisch gewaschen, eine Hand auf das Dach eines Taxis gestützt, und beugte sich hinunter zu dem darin sitzenden Fahrer, einem älteren, leicht übergewichtigen Mann mit ungepflegtem Schnauzbart. »Danke, dass Sie sich gemeldet haben«, sagte Hartmann.

Er war, nachdem der Koch ihm gestikulierend zu verstehen gegeben hatte, dass Siriporn sich im Hof des Restaurants übergeben hatte, dessen Fingerzeigen gefolgt, war auf die halb verdauten Reste einer Mahlzeit und schließlich, nachdem er sich vergewissert hatte, dass sie das Restaurant nicht noch einmal betreten hatte, auch auf ein paar Fasern gestoßen, die an einem hervorstehenden Stein einer Mauer zum Nachbargebäude hängen geblieben waren. Also war sie kopflos geflohen. In der Annahme, dass sie sich in einem hell erleuchteten Bus nicht sicher gefühlt hätte, hatte er sich ans Telefon gehängt. Schon die zweite Taxizentrale hatte ihn nach wenigen Minuten benachrichtigt und hierher geschickt.

»Ma' hilft, wo ma' ka«, brummte der Fahrer.

»Ich weiß zwar, wo Sie sie hingebracht haben«, sagte Hartmann, »aber ich möchte wissen, ob unterwegs irgendetwas vorgefallen ist, sollten Sie anhalten? Hatte sie vielleicht ein Handy dabei und telefoniert? Was auch immer.«

»Nix. Awer se hat mer ursprünglisch aane anner Straß' gesaacht. Grad will isch abbiesche, da saacht se, isch soll eins weiderfahre. Da isse ausgestiesche un' bliwwe. Kaa Ahnung, wo se dann hin is.«

»Als sie bei Ihnen eingestiegen ist, haben Sie da jemanden bemerkt, der in ihrer Nähe war?«

»Nee, also, wie isch gemerkt hab, dass die ganz hibbelisch wer vor lauder Schiss, ja?, da hab isch die Aaje uffgehalde, awwer 's war ja so 'n Verkehr.«

»Tja dann, danke trotzdem«, Hartmann klopfte zum Gruß auf das Autodach und wandte sich ab.

Er konnte in dieser Sache nichts weiter unternehmen, überlegte Hartmann, während er zurück zu seinem Wagen ging. Angeblich war keinem der Mitarbeiter des Restaurants jemand aufgefallen, der Siriporns Flucht ausgelöst haben könnte. Es war zum Verrücktwerden. Wenn er Sprengers Urteil nicht blind vertrauen würde, könnte man meinen, sie wäre aus freien Stücken verschwunden, hatte vielleicht vom Tod ihres Mannes erfahren und sich verkrochen, um zu trauern. Aber so war es nicht, und er konnte nichts tun. Absolut nichts.

Sie mussten abwarten. Warten, bis Brauns Motorrad auftauchte, warten, ob sich jemand meldete, der Braun vor seinem Tod oder

Siriporn nach ihrem Verschwinden gesehen hatte. Warten. Er hasste es wie die Pest, warten zu müssen.

Er fragte sich, ob das Ganze tatsächlich mit dem verschwundenen Vertrag zusammenhing. Kaum vorstellbar. Zumal das Überweisungsformular ja noch vorhanden war. Aber was hatten sie dann in der Wohnung gesucht? Was, er blieb, vor seinem Wagen angekommen, stehen, um den Gedanken in Ruhe zu entwickeln, was, wenn er Ursache und Wirkung verwechselte? Wenn Siriporns Verschwinden nicht die Folge, sondern die Ursache für den Mord an ihrem Mann war? Also sie es war, die an irgendwelchen Machenschaften beteiligt war? Die ihr über den Kopf gewachsen waren? Drogen? Geldwäsche? War das Restaurant der Schlüssel?

Gut, beschloss er, wenn Zinkel also nicht wider Erwarten mit konkreten Hinweisen von der Agentur zurückkäme, würde er sicherheitshalber mal die Abteilung Organisierte Kriminalität aufsuchen. Genau. Da wäre er jetzt doch beinahe in dieselbe Falle getappt wie sonst Patrizia, der er so oft schon gepredigt hatte, man müsse während einer Ermittlung nach allen Seiten offen bleiben. Kaum zu glauben. Er schüttelte den Kopf und setzte sich in seinen Wagen.

Sein Blick fiel auf die Liste, die sie ihm ausgedruckt hatte. Er rief im Büro an, vielleicht war Zinkel ja schon zurück, aber niemand antwortete. Er holte den Stadtplan aus dem Handschuhfach und suchte die Adressen der beiden ersten Golffahrer. Der eine wohnte draußen in Delkenheim, aber der andere, Eilers, wohnte in der Mosbacher Straße. Das lag fast auf dem Weg zurück ins Präsidium, stellte er fest, beschloss, sich das bisschen Zeit nun auch noch zu nehmen, und fuhr los.

***

Scheiße, der Bulle! Was machte der denn hier? Rudolf Eilers stand am Wohnzimmerfenster seiner Wohnung und hatte gerade überlegt, ob er seinen Wagen jetzt oder erst morgen aus der Werkstatt abholen sollte, und jetzt das! Der stand auf dem Parkplatz und suchte nach einem Auto. Seinem Auto! Verdammt noch mal! Woher wusste der von seinem Auto? Und jetzt kam auch noch die blöde Trutsche, die unter ihm wohnte, aus dem Haus samt dämlicher Gören, die sie permanent vorschob, wenn sie sich beschwerte, nur weil er nachts mal badete. Der Bulle sprach sie an, zeigte ihr ein Bild, auch das noch! Er trat schnell zurück, bevor sein Blick ihrem Zeigefinger folgen konnte.

Er schaltete den Fernseher aus. Hatte ihn heute Morgen jemand von der Werkstatt zurückkommen sehen? Nein, er glaubte nicht. Sollte er verschwinden? Raus käme er nicht ungesehen, aber vielleicht auf den Dachboden? Nur bis der Bulle verschwunden wäre. Nein, er verwarf den Gedanken, dort könnten Kinder herumturnen, oder der Hausmeister wollte eine kaputte Birne auswechseln, das war zu riskant. Nein, er würde sich still verhalten und warten, bis er weg wäre. Und dann bräuchte er einen Notfallplan. Der wartete ja wohl nicht auf Verstärkung? Der würde sich doch nicht einfach den Hausmeister schnappen und hier reinspazieren, wenn er nicht öffnete? Bestimmt nicht, versuchte er sich zu beruhigen, ließ sich an der Wand herabrutschen und wartete.

Es schien eine Ewigkeit zu dauern, bis es endlich klingelte, und obwohl er darauf gewartet hatte, zuckte er zusammen. Ein Niesen drohte ihn zu überfallen, und er presste schmerzhaft zwei Finger gegen die Nasenwurzel. Es klingelte erneut, und wieder erschrak er. Dann Stille. Hörte er da wirklich sich entfernende Schritte? Oder bildete er sich das nur ein? Er stand vorsichtig, ganz vorsichtig auf, dennoch knackte ein Kniegelenk, laut wie ein Schuss, so kam es ihm vor. Er erstarrte. – Nichts.

Er trat zwei Schritte vorwärts, sodass er durchs Fenster gerade eben den Bürgersteig sehen konnte. Dort musste der Bulle auftauchen. Oder die Verstärkung. Vor Anstrengung, stillzustehen, begannen seine Beine zu zittern. Da! Endlich! Er ging tatsächlich! Er wischte sich den Schweiß von der Stirn und ging, noch immer auf Zehenspitzen, in die Küche, öffnete den Kühlschrank, er brauchte jetzt ein Bier, ganz dringend, aber nein, er musste einen klaren Kopf bewahren. Wasser, die ganze Flasche, ohne abzusetzen. Er stellte die leere Flasche auf den Tisch, schüttelte sich, schon besser, und ging zurück ins Wohnzimmer, wo er sich erschöpft in seinen Sessel fallen ließ.

Nachdenken. Würde der Bulle jetzt zu seiner Dienststelle fahren? Woher hatte er Kennzeichen und Bild bekommen? Würde er wiederkommen? Heute noch? Wie sicher war er hier? Was konnte er tun?

Ruhig, ganz ruhig, er versuchte, langsam und gleichmäßig zu atmen, genau so, und ganz allmählich formte sich die Ahnung einer Idee, er drehte und wendete sie in seinem Kopf, bis sie konkrete Ausmaße angenommen hatte. Ja, doch, das könnte funktionieren. Mit ein bisschen Glück könnte er es schaffen.

Er holte sich das Telefonbuch, fand schnell, was er suchte, griff zum Telefon und wählte.

»Guten Tag, mein Name ist Eilers, sagen Sie, das klingt vielleicht ein bisschen blöd, aber geht heute am späten Abend eventuell noch eine Maschine raus? Weit weg? Möglichst sonnig? Wissen Sie, mein Chef findet, ich soll endlich meine Überstunden ...«

»Ja, ich schau mal nach«, wurde er von der Stimme eines ungeduldigen Mannes unterbrochen. Augenblicklich wurde ihm klar, wie dumm es war, das Gefühl zu haben, einem Fremden eine Geschichte auftischen zu müssen. Er schüttelte voller Unmut über sich selbst den Kopf, »Das liegt in der Südsee«, vernahm er und presste den Hörer fester ans Ohr.

Er buchte. Erkundigte sich, ob er mit EC-Karte zahlen könnte, wo er das Ticket bekäme und wie viel früher er dort sein müsste. Wenn er nur Handgepäck mitnähme, würde eine gute Stunde reichen, erfuhr er und beendete das Gespräch.

Nur Handgepäck. Warum eigentlich nicht? Er hatte genug Geld beiseitegeschafft, warum sollte er sich nicht dort kaufen, was er brauchte, viel würde es ohnehin nicht sein. Dann würde die Zeit ausreichen. Punkt eins, hakte er im Geiste ab.

Als Nächstes setzte er sich an seinen Schreibtisch, nahm Papier und Stift zur Hand und schrieb den Brief. Es fiel ihm erstaunlich leicht, wunderte er sich, zwischendurch aufblickend, wenn man bedachte, was er bisher für Mühen, geistige zumindest, aufgewandt hatte, um genau das zu vermeiden. Er setzte seine Unterschrift darunter, faltete das Blatt und steckte es in einen Umschlag. Daraufhin holte er das Tagebuch vom Sofa und legte den Umschlag vorn hinein. Punkt zwei. Befriedigt betrachtete er für einen Moment das Tagebuch.

Er ging ins Schlafzimmer, angelte die kleine Reisetasche vom Schrank und stopfte Schlafanzug, drei Hemden, eine Hose, Unterwäsche für drei Tage, halt, Socken noch, ein Paar würde genügen, hinein. War noch Platz für die Sandalen? Kein Problem. Dann ins Bad. Kulturbeutel, Zahnbürste, Rasierapparat, Deo, Shampoo, was vergessen? Nein, entschied er, packte den Beutel auf die Kleidung und zog den Reißverschluss zu.

Das war's dann wohl. Er schlüpfte in einen leichten Mantel, stopfte das Tagebuch in dessen Tasche, schnappte sich die Reisetasche und verließ die Wohnung.

Er würde seinen Wagen abholen, darum bitten, dass man ihm die Rechnung, wie immer, zuschickte, und von dort zur Bank, seine Ersparnisse abheben, komplett?, fragte er sich, na ja, fast, er würde gerade so viel stehen lassen, dass die Miete für den nächsten Monat gedeckt wäre, dann könnte er sich immer noch entscheiden, ob das ein Urlaub für immer war. Je nachdem.

Danach müsste er nur noch die Zeit totschlagen, bis er bei der Anwältin einsteigen könnte. Gott, wäre er gern dabei, wenn sie das Tagebuch fände, aber bis dahin wäre er längst fort. Der Rest läge bei ihr, und, wer weiß, vielleicht wäre sie so dankbar, dass sie dafür sorgen würde, dass der Bulle sich nicht weiter um ihn kümmerte. Er könnte sie ja mal anrufen. Falls er überhaupt Lust hatte wiederzukommen. In vier Wochen konnte sich vieles ändern.

Das Einzige, was er an seiner jetzigen Situation wirklich ärgerlich fand, war, dass er nicht früh genug den Wert des Tagebuchs erkannt und daraus Kapital geschlagen hatte. Aber das Honorar für die vermeintliche Beseitigung einer Zeugin war nicht von schlechten Eltern gewesen, er sollte also letztlich dankbar sein.

18

Marilene betrat ihr Büro und erschrak, als sie Volker auf ihrem Besuchersessel vorfand, »Was machst du denn noch hier?«, fragte sie.

»Dasselbe könnte ich dich auch fragen. Überhaupt ist hier heute Abend ja reger Betrieb«, er wies in Richtung angrenzendes Büro, »sogar Mords-Micki ist noch da.«

Wider Willen musste sie grinsen, »Ja, hab ihn gehört. Was gibt's?«

»Ich dachte, du hättest vielleicht Lust, mit mir Essen zu gehen? Quasi als Entschuldigung für deine misslungene Begegnung mit der Kunst?« Er schaute gespielt beiläufig zur Decke.

»Deine Entschuldigung ist nicht nur angemessen, sondern auch angenommen«, sie versuchte, so wie immer zu klingen, den locker flachsenden Ton zu treffen, der auch sonst ihre Gespräche beherrschte, »allerdings nicht heute, ich hab noch eine Weile zu tun.«

»Da kriecht man zu Kreuze und wird schnöde abgewiesen«, Volker sprang auf, »also ehrlich, dabei weißt du ja nicht mal, was dir entgeht.«

»Eine Menge, da bin ich mir sicher«, Marilene schob ihn an den Armen in Richtung Tür, »jetzt geh schon und lass mich arbeiten.«

»Bin schon weg«, sein Blick fiel auf ihren Verband, »was ist denn mit deiner Hand passiert?«

»Ach das«, sie folgte seinem Blick, »verbrannt. Ist nicht so schlimm.«

»Und wie hast du das angestellt? Ich dachte, du kochst bloß Eier.«

»Heißes Wasser«, murmelte Marilene, froh, dass er ihr nicht sein Gesicht zuwandte.

»Sag ich ja«, frotzelte er.

Sie drohte mit der rechten Hand, »Wenn das Gips wäre ... Hau ab.«

»Oje«, Volker zog den Kopf zwischen die Schultern, winkte kurz und verließ pfeifend die Kanzlei.

Erst, als die Tür hinter ihm ins Schloss gefallen war, atmete Marilene auf und kehrte an ihren Schreibtisch zurück. Sie erledigte die Post, vervollständigte ihre Aufzeichnungen über den

Fall Sominski und versuchte dann noch einmal vergeblich, Patrizia zu erreichen, bevor sie alle Unterlagen in ihrem Aktenschrank verstaute, ihn abschloss und schließlich den Computer herunterfuhr.

Sie trat in den Flur hinaus, stellte fest, dass Michael immer noch da war, »Ich gehe dann jetzt«, rief sie ihm zu, während sie ihre Tür zuzog.

»Ich bin auch gleich fertig, ich schließ ab, tschüs«, kam es zurück.

So viele Worte hat der ja noch nie mit mir gewechselt, wunderte Marilene sich und ging. Im Treppenhaus traf sie auf die Putzfrauen, nickte ihnen freundlich zu und unterdrückte den Impuls, sie zur Eile zu drängen. Das hatte sie völlig vergessen, aber die würden ja wohl nicht länger als eine Stunde brauchen, oder?

Es herrschte erfreulich wenig Verkehr, und vor ihrer Wohnung standen erfreulich viele Parkplätze zur Verfügung, sodass Marilene kaum zwanzig Minuten brauchte, bis sie mit einem Käsebrot und einer Flasche Wasser, wie viel lieber wäre ihr Wein gewesen, vor dem Fernseher saß, von Kanal zu Kanal springend, nur um der Gesellschaft willen, nicht in der Verfassung, sich auf ein Programm zu konzentrieren.

Als sie gegessen hatte, brachte sie ihren Teller zurück in die Küche und ging dann ins Schlafzimmer, streifte Rock und Bluse ab und schlüpfte statt dessen in schwarze Jeans, fand auch ein schwarzes T-Shirt, das sie überzog, und schließlich die schwarzen Laufschuhe, die sie sich vor langer Zeit, als sie geglaubt hatte, sie könnte mit ein bisschen Training gesünder rauchen, gekauft und nie getragen hatte. Sie band sie zu, richtete sich auf und erblickte sich im Spiegel. Alles in allem sah sie ziemlich professionell aus, fand sie, nahezu einbrechermäßig gut. Sie holte tief Luft und wünschte nur, sie müsste das nicht allein durchziehen.

Das Telefon klingelte, und sie fühlte sich regelrecht ertappt, als handelte es sich um Hartmann, der ihr auf die Schulter tippte, »Verdammte Nerven«, schimpfte sie und nahm den Hörer auf. Freizeichen. Sie legte wieder auf.

Ich sollte eine Taschenlampe mitnehmen, fiel ihr ein, aber wo mochte die stecken? Sie suchte die ganze Wohnung ab, bis sie sie endlich im Flurschränkchen unterhalb des Sicherungskastens entdeckte, gut gedacht, aber schlecht erinnert, sie schüttelte entnervt den Kopf und schaltete sie kurz ein. Immerhin, sie funktionierte noch.

Sie stopfte das Teil in eine Umhängetasche, Zigaretten dazu, wenigstens für die Fahrt, bei Volker sollte sie das besser bleiben lassen. Außer sie lüftete hinterher, oh ja, und dann vergaß sie, das Fenster zu schließen, und es käme heraus, tolle Vorstellung. Oder sie fabrizierte einen Brandfleck. Jetzt hör schon auf, es wird schon schiefgehen, wetterte sie, streifte den Riemen der Tasche über den Kopf und verließ die Wohnung.

***

Patrizia Heyder legte den Hörer auf, noch bevor Marilene antwortete. Sie hätte sich vorher überlegen sollen, was sie eigentlich sagen wollte, hatte aber lediglich das Bedürfnis verspürt, mit irgendjemandem zu sprechen, nun, wo alles aus dem Ruder zu laufen schien. Vielleicht wäre Paul ohnehin der bessere Gesprächspartner. Zumindest könnte er sie auf den neuesten Stand der Ermittlungen bringen. Womöglich war Siri inzwischen wieder aufgetaucht, und sie machte sich ganz umsonst verrückt.

Oberschwester Ruth jedenfalls hatte das Dunkel nicht zu erhellen vermocht. Sie hatte sich als wahrer Besen erwiesen mit ihrem Kommandoton, der eines Kasernenhofes würdig gewesen wäre, und ihrem durchdringenden Blick. Gewogen und für zu leicht befunden, so war es ihr vorgekommen, als sie ihre Fragen mit großen Händen beiseite gewedelt hatte wie lästige Fliegen. Sie hatte nicht das Geringste erfahren, was sie nicht schon gewusst hätte, auch nicht von den übrigen Schwestern und Pflegern, die sie angetroffen hatte. Vertane Zeit. Und wenn sie nicht das Gefühl hätte, das verdient zu haben, hätte sie sich schon wieder maßlos geärgert, dass Hartmann ausgerechnet sie mit dieser sinnlosen Aufgabe betraut hatte. Wie gehabt.

Ihr »freier« Nachmittag war kaum befriedigender verlaufen. Auerbach hatte sich nicht einmal blicken lassen, und weder Verena noch Susanne hatten gewusst, wo er war, er habe am Morgen angerufen, dass er heute nicht käme, ohne Begründung. Sie hatte die Ablage machen dürfen, welche Freude, und wenn es nicht gelegentlich zu einem Kundenstau gekommen wäre, sodass sie hatte einspringen müssen, wäre sie durchgedreht.

Sie hatte ihren Übereifer verflucht, der sie bewogen hatte, diesen dämlichen Job überhaupt anzunehmen, fürchtete aber das zweifache Donnerwetter, wenn sie jetzt damit aufhörte. Eines wäre schlimm genug, aber zum falschen Zeitpunkt zu gehen, jetzt, wo alles darauf hindeutete, dass hier tatsächlich etwas nicht stimmte, undenkbar. Das liefe endgültig auf beruflichen Selbstmord hinaus.

Diese Warterei machte sie noch verrückt, warten, ob Hartmann von selbst hinter die Zusammenhänge käme, warten auf den richtigen Moment für ihre Beichte, warten auf NEUIGKEITEN! Sie sprang auf. Sie würde Paul anrufen, jetzt sofort, vielleicht würde er sich ja sogar noch mit ihr treffen, obwohl es schon ziemlich spät war.

***

Hartmann gähnte und beschloss, schlafen zu gehen. Wenn er noch länger im Sessel sitzen bliebe, liefe er Gefahr, sich zu betrinken, oder er würde an Ort und Stelle einschlafen, beides bedeutete Kopfschmerzen am nächsten Morgen. Nein danke. Er trug sein Glas in die Küche und kontrollierte Fensterläden und Türen. Der Hund knurrte leise, als er an ihm vorbei zur Treppe ging, ob schlafvergessen oder aus Boshaftigkeit vermochte er nicht zu sagen.

Er schlich sich ins Bad, inbrünstig hoffend, dass er niemanden wecken würde, seine Kinder und seine Frau ebenso erschöpft wären wie er von diesem missratenen Familienabend. Aber ein Blick auf seine Armbanduhr sagte ihm, dass sie sicherlich längst schliefen. Immerhin waren die Kinder von Jutta schon vor neun ins Bett geschickt worden, sie selbst war ihnen kaum eine halbe Stunde später gefolgt, und jetzt war es gleich halb elf.

Er drückte Zahnpasta auf seine Bürste, schraubte die Tube, einem zugegebenermaßen kindischen Impuls folgend, nicht wieder zu und begann, sich so energisch die Zähne zu putzen, dass ihm nach einer Weile Schaum vor dem Mund stand, was er mit ironischem Grinsen quittierte. Die Zeiten, in denen er sich die

Mühe gemacht hätte, auszurasten, waren unwiderruflich vorbei. Er wünschte nur, sie würde die Kinder nicht immer mit hineinziehen, »Seht mal an, euer Vater beehrt uns mal wieder«, als er zu einem frühen Abendessen heimgekehrt war, weil er geglaubt hatte, er müsse nur mehr Zeit zu Hause verbringen, damit die Dinge wieder besser liefen. Sah sie denn nicht, wie Jan sich unter den abgeschossenen Giftpfeilen zu ducken schien und, wenn angesprochen, mit seinem Teller sprach, niemanden anzusehen wagte? Wie Jasmin einsilbig schmollte, unterdessen näher an ihre Mutter heranrückend, vorsichtig Partei ergreifend, aber stets fluchtbereit? So ging das nicht weiter.

Er spülte sich den Mund aus, wünschte, er hätte Grund für eine Rasur, weil Marilene nebenan auf ihn wartete, und vertrieb den Gedanken und mit ihm den Anflug eines schlechten Gewissens sogleich. Er stieg aus den Klamotten, schlüpfte in seinen an der Tür hängenden Schlafanzug und tappte leise ins Gästezimmer. Ohne das Licht einzuschalten, ließ er sich sogleich aufs Bett fallen, zog erst dann mühsam die Decke unter sich hervor und wollte sich gerade zur Wand drehen, als eine Stimme ihn aufschreckte.

»Lasst ihr euch scheiden?«, fragte Jan leise. Er hatte den Sessel zum Fenster gedreht und starrte, die Arme um die Knie geschlungen, reglos hinaus in die Nacht.

Hartmann setzte sich auf, unbewusst die Haltung seines Sohnes kopierend, während er überlegte, wie viel Wahrheit ein Kind ertragen konnte, »Wäre das sehr schlimm für dich?«

Das Schweigen dauerte so lange, dass Hartmann schon annahm, Jan hätte ihn nicht gehört, und er stieß erleichtert den Atem aus, von dem er nicht gewusst hatte, dass er ihn eingehalten hatte, als er endlich ein kaum hörbares »Glaub nicht« vernahm. Er entschloss sich, die Chance seltener Zweisamkeit zu nutzen und fuhr vorsichtig formulierend fort, »Meinst du, du könntest dir vorstellen, dann bei mir zu leben?«

Wieder währte die Stille unermesslich lange, bevor Jan antwortete. »Kann schon sein.«

Im schwachen von der Straße hereinströmenden Licht konnte Hartmann erkennen, wie Jan den Kopf hob. Er hörte ihn tief durchatmen, als sei von diesen noch so schmalen Schultern eine große Last genommen worden. Dann soll es so sein, dachte er, stand auf und legte ihm eine Hand auf die Schulter. »Wenn du Lust hast, klappen wir das Bett auseinander, und du schläfst heute mal hier. Zur Probe sozusagen.«

Jan nickte stumm und holte sein Bettzeug aus seinem Zimmer, während Hartmann, noch immer ohne das Licht einzuschalten, mit dem Bett kämpfte. Schließlich lagen sie nebeneinander, die Beine ausgestreckt, Arme unter den Köpfen verschränkt, Abbilder vorgetäuschter Entspannung, aber durchaus lernwillig. »Du darfst mich wecken, wenn ich schnarche«, flüsterte Hartmann.

»Du mich auch«, Jan kicherte, »letzten Sommer im Zeltlager wollte Mark ausziehen, weil ich so viel Lärm gemacht habe. Jetzt weiß ich endlich, woher ich das habe. Gute Nacht.« Er drehte sich zur Seite und war binnen Sekunden eingeschlafen.

Eine gute Nacht auch dir, dachte Hartmann und fragte sich, ob er seinen Sohn schon jemals kichern gehört hatte, bevor er selbst wegzudriften begann.

***

Paul Zinkel lag wach im Bett und starrte an die Decke, ohne viel von ihr erkennen zu können. Wollte er auch nicht, wusste er doch, dass sie mal wieder gestrichen werden müsste, wie überhaupt die ganze Wohnung dringend einer Renovierung bedurfte. Wenn die Drecksarbeit schon nötig war, dann könnte er genauso gut gleich umziehen.

Er wälzte sich laut stöhnend zur Seite. Er hasste es, wach im Bett zu liegen, zumindest, wenn er allein war, normalerweise brauchte er sich nur hinzulegen und schon war er weg, aber heute wollte der Schlaf nicht kommen. Hätte er sich doch noch mit Patrizia treffen können. Aber bei ihrem Anruf war er tatsächlich noch müde gewesen. Müde und ein kleines bisschen rachsüchtig, gab er zu, denn dass sie neulich Kopfschmerzen gehabt hatte, als er sie besuchen wollte, hatte er ihr nicht ganz abgenommen. Man wusste ja, was man von Frauen und Migräne zu halten hatte.

Er seufzte und drehte sich wieder auf den Rücken, verschränkte die Arme hinter dem Kopf und schlug die Füße übereinander. Ihr Anruf hatte ihn überrascht. Sie hatte das noch nie gemacht, und ihrem »Wir holen das nach« hatte er kein Körnchen Wahrheit beigemessen. Zumal sie in den letzten Tagen mehr als distanziert gewirkt hatte. Und heute hatte sie so getan, als würden sie allabendlich am Telefon plaudern, war locker und aufgekratzt gewesen und hatte sich nicht im Geringsten von seiner Wortkargheit irritieren lassen. Scheinbar. Als er es dann abgelehnt hatte, sich noch mit ihr zu treffen, hatte sie sich allerdings sehr schnell von ihm verabschiedet, »Macht nichts, ist ja auch schon spät«, und plötzlich ganz kleinlaut geklungen.

Warum hatte sie ihn angerufen? »Nur mal so«, hatte sie gesagt, das Thema gewechselt und ihm keine Chance gegeben, auf einer klareren Antwort zu bestehen. Sie hatte eine Parodie auf Oberschwester Ruth zum Besten gegeben und dann wissen wollen, wie sein Tag verlaufen sei. Aber er hatte sie auf den morgen ohnehin fälligen Bericht vertröstet, keine Lust gehabt, alles zweimal zu erzählen und sich auf die Ergebnisse der Wohnungsdurchsuchung bei Braun beschränkt. Als er von Siriporn Brauns vermuteter Entführung sprach, hatte sie ihn gefragt, ob sie sich nicht noch treffen könnten.

Warum war ihm da nicht schon aufgefallen, wie merkwürdig das war? Sein blöder Stolz hatte ihm im Weg gestanden. Dumm gelaufen.

Er rang mit sich, sprang dann doch auf und ging zum Telefon, nahm den Hörer aber nicht auf. Kopfschüttelnd ob seiner Hirngespinste ging er zurück ins Bett und schlief augenblicklich ein.

***

Marilene saß an Volker Königs Schreibtisch. Die Putzfrauen waren bei ihrem Eintreffen schon fort, die Eingangstür verriegelt gewesen, die Kanzlei verlassen und alle Büros im Dunkeln. Sie hatte die Taschenlampe benutzt, um auf dem Weg zu Volkers Büro nicht zu stolpern, dort die Jalousien heruntergelassen, und nun kam das einzige Licht im Raum von dem erleuchteten Bildschirm, auf dem soeben die Anzeige »Falsches Passwort« auftauchte und sie zu verhöhnen schien. Zum wiederholten Mal.

Was, zum Teufel, konnte Volker sich ausgedacht haben? Sie hatte es mit allem Möglichen probiert, angefangen mit Namen von Freundinnen, soweit sie sich an die erinnern konnte, bis hin zu

Zahlen, seiner Telefonnummer, seinem Geburtstag, nichts. Ganz ruhig, sagte sie sich, Marilene Müller, denk nach, und merkte zunächst nicht, wie sie »Müller« in die Tastatur hieb, musste lachen, als sie gedankenverloren auf den Bildschirm starrte und wahrnahm, was sie geschrieben hatte, drückte auf Enter, falsches Passwort, was für ein Käse, ich schaffe das nie, Müllerkäse, dachte sie, tippte Müllermilch, und Enter, wütend und bereit aufzugeben. Ratternd begann der Ladevorgang. Sie öffnete überrascht den Mund und vergaß, ihn wieder zu schließen.

Sie rief das Inhaltsverzeichnis auf und wünschte, sie könnte ihm unter die Nase reiben, dass sie sein Passwort geknackt hatte, hinter alle seine Geheimnisse käme, wenn sie nur wollte. Und ob sie wollte!

Sie suchte nach Auerbach, fand aber keinen Eintrag. Halb erleichtert, dann kann Volker doch nicht beteiligt sein, ihr langjähriger Freund Volker, der Witzbold, der sich zwar über sie lustig machte, aber der sich auf der anderen Seite stets wie ein echter Freund verhalten hatte, der Einzige, den sie jemals gehabt hatte, der Einzige, der wusste, was in ihr vorging, – halb frustriert, befand sie sich auf dem Holzweg?, oder war Auerbach in dem Ganzen ein so kleiner Fisch, dass er keine anwaltliche Beratung brauchte?, fuhr sie fort, nach bekannten Namen zu suchen.

Von Solburg. Seine Datei akribisch durchzugehen hieße, bis zum Morgen hier zu sitzen, stellte sie fest. Sie überflog die Einträge lediglich, markierte die, die sie später brennen wollte, um sie zu Hause in Ruhe studieren zu können, stieß dabei auf Verträge eine Firma namens Partnervermittlung Maxim betreffend, deren Inhaber er war. Verschiedene Termine zur Vermögensanlageberatung hatten stattgefunden, was sie nicht weiter überraschte. Sie schüttelte den Kopf, das würde sie nicht weiterbringen, und wollte schon weiterblättern, als ihr die Worte »Las Palmas« ins Auge stachen. Von Solburg war an dem Fitnessstudio, zu dem Auerbach sie geführt hatte, beteiligt, las sie. Interessant. Das konnte kein Zufall mehr sein, die steckten tatsächlich unter einer Decke, fragte sich nur, inwieweit auch Volker sich darunter verkrochen hatte. Ein Blick auf von Solburgs Mandantenkonto zeigte ihr jedenfalls, dass Volker ganz ordentlich kassiert hatte, Volker, der König … wovon? Sie beschloss, von Solburgs Dateien komplett zu kopieren, damit ihr kein noch so kleines Detail entginge, und rief erneut das Inhaltsverzeichnis auf.

Fuller. Sie schauderte unwillkürlich bei der Erinnerung an die hinter seiner glatten Fassade verborgene Grausamkeit. Auch hier fand sie Hinweise auf Anlageberatungstermine, allerdings waren die Honorare dafür nicht so üppig ausgefallen wie bei von Solburg. Natürlich, die Sonderpreise, von denen Volker gesprochen hatte, fielen ihr wieder ein, der Herr beglich seine Rechnungen in Sachleistungen, die nicht über die Bücher liefen, zumindest nicht über Volkers.

Hoppla, was war das? Sie rieb sich über die Augen, bevor sie die Seite noch einmal las. Volker hatte einen Ehevertrag zwischen Fuller und seiner Frau aufgesetzt. Einen Vertrag, der ethischen Erwägungen wohl kaum standhalten würde. Das war unglaublich. Doch nicht Volker, verflucht noch mal. Wie hatte er sich nur dafür hergeben können?

Marilene stand auf und streckte sich. Die Augen schließend und wünschend, sie läge bereits im Bett, gab sie für einen Moment ihrer Müdigkeit nach. Sie knipste die Taschenlampe an, schlich sich, unwillkürlich auf Zehenspitzen, in ihr eigenes Büro und kramte in der Schublade ihres Schreibtisches nach einer CD. Na klasse, dachte sie, so viel zum Thema gute Vorbereitung, aber endlich wurde sie doch fündig und tappte, mit der Scheibe wedelnd, wie um Spinnweben beiseite zu wischen, zurück in Volkers Büro. Sie wollte sie gerade ins Laufwerk schieben, als sie vermeinte, ein Geräusch zu hören.

Sie hielt mitten in der Bewegung inne, angestrengt lauschend. Doch, da war es wieder, kein Zweifel. Ein Kratzen. An der Eingangstür. Wie von einem Schlüssel. Verdammt, was sollte sie tun? Das Licht einschalten, freundlich »Hallo, wer ist da« rufen, und ganz unschuldig nach einem Kugelschreiber suchen? Na klar, mit der Taschenlampe in der Hand. Sehr glaubwürdig.

Sie schaltete sie aus, auch den Bildschirm, und die plötzliche Dunkelheit, die blitzschnell getroffene Entscheidung zu versuchen, nicht entdeckt zu werden, es würde schon nicht ausgerechnet Volker sein, der hier auftauchte, bewirkte, dass ihr Puls zu rasen begann. Herzklopfen. Bis zum Hals. Sie schluckte mühsam ein nervöses Kichern herunter, hatte dieses Phänomen bisher für eine

Erfindung von Krimiautoren gehalten. Abbitte leistend legte sie eine Hand auf ihre Brust, als könnte sie so das stakkatoartige, sicher weithin hörbare Schlagen ihres Herzens beruhigen. Oder wenigstens dämpfen.

Ihr Blick wurde von dem vom Hausflur in den Vorraum einfallenden, langsam breiter werdenden Lichtkegel angezogen. Sie duckte sich, das Rauschen in ihren Ohren verstärkte sich noch, Hilfe, nein, das war der Computer, sie tastete blind nach dem Schalter, drückte darauf, ließ los und das Rauschen erstarb. Niemals einfach ausschalten, erinnerte sie sich an ihre Computeranfänge, dabei könnten Daten verloren gehen, aber das wäre wohl ihr geringstes Problem, fand sie, als sie, vorsichtig über den Schreibtisch spähend, die Silhouetten von zwei Gestalten erblickte, die sie keinen ihr bekannten Personen zuordnen konnte.

»Psst, was war das?«, vernahm sie ein Flüstern und zog rasch den Kopf ein.

Es blieb für einen Moment still, bevor ein schon etwas lauteres »Ich hör nix« zur Antwort kam, und schließlich, nur mäßig gedämpft, »Blödsinn, hier ist keiner mehr, los jetzt, wo ist das Büro von der Tussi?«

Welche Tussi? Marilene hörte ein Klicken, riskierte erneut einen Blick über den Schreibtischrand und sah, dass der Schein einer Taschenlampe über die Tür zu ihrem Büro glitt und an ihrem Namensschild hängen blieb.

»Na bitte, und nicht mal abgeschlossen.«

Verdammt, was ging hier vor? Fast wünschte sie, es hätte sich tatsächlich um Volker gehandelt. Wo war sie hier reingeraten? Sie hörte, wie Schränke und Schubladen geöffnet und wieder geschlossen wurden, also waren sie auf der Suche nach etwas ganz Bestimmtem, und dann das Knacken, als sie etwas aufbrachen, ihren Aktenschrank, nahm sie an, denn dort befand sich das einzige Schloss.

Sie versuchte, sich zu erinnern, ob an Volkers Bürotür ein Schlüssel steckte. Außen oder innen? Überhaupt? Doch, aber wo? Wäre sie schnell genug, den Schlüssel gegebenenfalls umzustecken, abzuschließen und die Polizei zu rufen? Und falls ja, wäre die Polizei schnell genug hier, bevor sie mit Gewalt eindrangen und – nein, verwarf sie ihre Überlegungen, alles viel zu riskant.

Sie tastete nach ihrer Tasche, die sie vor Ewigkeiten neben dem

Schreibtischstuhl hatte fallen lassen, schob sie sehr langsam, Stück für Stück, mit dem Fuß neben den links von der Tür stehenden Aktenschrank. Dieser Schrank war zwar deckenhoch, nahm aber nicht die ganze Wand ein und würde ihr einen von der Tür aus nicht einsehbaren Schlupfwinkel bieten.

»Da ist«, sagte einer der Männer, und sie erstarrte, gewiss, entdeckt worden zu sein, »nichts.« Sie hörte, wie er wütend gegen etwas trat, und stieß erleichtert den Atem aus, »Sieht so aus, als hätte die Nutte gelogen«, knurrte er.

Marilene griff nach der Taschenlampe und kroch zum Aktenschrank, richtete sich erst dort aus ihrer schmerzhaft gebückten Haltung auf, ganz allmählich, und dennoch misslang es ihr, ein Knacken der Gelenke zu verhindern.

»Warte mal«, sagte der andere.

Hatten sie sie gehört? Sie schob sich in die freie Ecke, die Taschenlampe schlagbereit in Schulterhöhe.

Papier raschelte, »Scheiße«, fluchte der eine, »die Tussi hat die Connection.«

»Was jetzt? Soll ich ihr das Maul stopfen?«

Marilene erschauerte. Die sprachen doch nicht etwa von ihr? Unmöglich. Aber sie sind in meinem Büro, also wen sollten sie wohl sonst meinen.

»Das muss der Boss entscheiden. Lass uns erst mal verschwinden.«

Gute Idee, stimmte Marilene im Geiste zu. Und dann? Sie dachte an die CD, die noch jungfräulich auf Volkers Schreibtisch lag. Hätte sie die Nerven, mit ihrem Plan fortzufahren? Falls die Dateien nicht sowieso beschädigt waren. Sollte sie Hartmann anrufen? War sie in Gefahr?

Ein Geräusch schreckte sie aus ihren Gedanken. Ein Kratzen. An der Eingangstür. »Psst«, auch den beiden Männern war es nicht entgangen, und ein Klicken signalisierte das Ausschalten ihrer Taschenlampe.

Rettung naht, dachte sie erleichtert. Aber brauchte er oder sie nicht viel zu lange? Hätte nicht längst das Licht eingeschaltet sein müssen, wenn es sich um einen der Kollegen handelte? Sie hielt die Ungewissheit nicht länger aus, setzte vorsichtig einen Fuß vor den anderen, sich vage an Kinderspiele erinnernd, bei denen sie unweigerlich ins Straucheln geraten war, die linke Hand am Aktenschrank, Halt suchend, nach dem Ende tastend. Als sie es erreicht hatte, schob sie den Kopf gerade so weit vor, dass sie mit einem Auge um die Ecke blicken konnte.

Was sie sah, erstaunte sie unerklärlicherweise kaum noch. Wieder wurde der einfallende Lichtkegel langsam breiter, wieder die Silhouette eines Mannes sichtbar. Auch diesen Eindringling kannte sie nicht. Und auch er knipste eine Taschenlampe an, bevor er die Tür zum Hausflur schloss. Marilene fand, sie hätte genug gesehen, zog ihren Kopf zurück und schlich sich rückwärts wieder in ihr Versteck. Das keines wäre, sollte der hier auf dem Weg in dieses Büro sein.

Sie lauschte angestrengt, aber es herrschte vollkommene Stille, eine Stille, die an ihren Nerven zerrte, eins, zwei, drei, ich komme, und immer war es das Kind, das sich versteckt hatte, das maßlos erschrak, wenn es entdeckt wurde, nie die Person, die es fand, und sie wusste, sie würde schreien, wenn er jetzt um die Ecke käme. Jetzt?

Plopp. Das Geräusch klang, wie wenn jemand mit dem Finger vom Innern des Mundes her die Backe dehnte und sie dann zurückschnellen ließ. Etwas Schweres fiel zu Boden. Sie begann, unkontrolliert zu zittern, versuchte, die Hand zu heben, in der sie mit schweißnassen Fingern noch immer die Taschenlampe umklammerte, jetzt untauglich als Waffe weil tonnenschwer.

Erneut ein Klicken, das sie beinahe überhört hätte, so laut klang ihr der eigene Herzschlag in den Ohren. »Was hat der denn hier zu suchen?«, drang die Stimme eines der Männer zu ihr, und sie fühlte sich seltsam erleichtert, etwas zu hören, das sie nicht zu interpretieren brauchte. »Scheißegal«, kam die Antwort des zweiten, »wir hauen ab.«

Sie hörte, wie Schritte den Vorraum durchquerten, die Eingangstür geöffnet und wieder geschlossen wurde, sogar, wie sie die Treppe hinuntergingen, einer von ihnen harmlos eine Melodie pfeifend, Verdis Gefangenenchor, erkannte sie ungläubig. Erst dann erlaubte sie sich, mit dem Rücken an der Wand herunterzurutschen, bis sie in der Hocke zu sitzen kam, steckte den Kopf zwischen die Knie und versuchte, ihr hechelndes Atmen unter Kontrolle zu bekommen.

Es dauerte eine Weile, bis sie gewahr wurde, dass das Stöhnen, das sie vernahm, nicht ihr eigenes war. Sie kroch, ihren Beinen nicht genügend Tragkraft zutrauend, auf allen vieren in Richtung des Geräuschs, in Richtung ihres Büros. Das Stöhnen setzte kurz aus, als sie sich den Kopf am Empfangstresen stieß, begann dann von Neuem, jämmerlich, wie die Katze im Sack vor dem Ertränktwerden. Licht, dachte sie und erinnerte sich an die Taschenlampe, schaltete sie ein, den Lichtstrahl mühsam nach vorn richtend, während sie weiterkroch. Sie wollte dort nicht rein, wollte nicht sehen, was hier passiert war, aber das Stöhnen zog sie an wie ein Magnet.

Der Mann versperrte den Weg zum Schreibtisch. Er lag gekrümmt auf der Seite. Das Gesicht der Tür zugewandt, beobachtete er ihr Näherkommen unter halb geschlossenen Lidern, während Marilene den Blick nicht abwenden konnte von seinen auf den Bauch gepressten Händen, unter denen Flüssigkeit hervorquoll. Blut, dachte sie, das musste Blut sein, aber so viel?

»Ich rufe einen Krankenwagen«, brachte sie hervor, erhob sich auf die Knie, nur um gleich wieder vornüber zu kippen.

Der Mann schüttelte kaum merklich den Kopf, »Asche«, murmelte er.

»Wie bitte?«, sie musste sich verhört haben und kroch näher zu ihm heran.

»T«, stieß er hervor, gefolgt von einem langen Seufzer.

Marilene sah seine Züge erschlaffen und seine Hände den Bauch freigeben, t wie tot, dachte sie, hysterisches Kichern drohte sich Bahn zu brechen, die Melodie, die einer der anderen Männer gepfiffen hatte, wollte ihr nicht aus dem Sinn, aber hier wurden keine Gefangenen gemacht, in meinem Büro ist jemand umgebracht worden, und ich kenne ihn nicht mal, weiß nicht, was er hier wollte. Wie soll ich das erklären? Sie schüttelte den Kopf, wie um ihn von einem Traum freizubekommen, einem Alptraum, sie kroch an ihn heran, fühlte an seinem Handgelenk nach einem Puls, nichts, t wie tot, t, Asche, Tasche, tastete die Taschen seines Mantels ab, stieß auf ein Buch und zog es hervor. Kein Buch, erkannte sie im Schein der Taschenlampe. Eine Kladde. Ein Tagebuch. Silvies Tagebuch.

19

Hartmann rannte. Sein Atem ging stoßweise, stach schmerzhaft in der Brust, seine Beine drohten, ihren Dienst zu versagen, nur nicht Stolpern, beschwor er sich, er käme niemals wieder hoch, und sie musste hier irgendwo sein, er musste sie finden, bevor es den anderen gelang. Was war das? Er versuchte, seine Schritte zu dämpfen, die Luft anzuhalten, um besser hören zu können, ja, kein Zweifel, ein Zweig knackte, er war zu spät gekommen, sie waren schon da, suchten sie auch. Er beschleunigte das Tempo, obwohl jede Faser seiner Muskeln protestierte, zog im Laufen seine Waffe, die er, einer Ahnung folgend, ausnahmsweise bei sich trug, und entsicherte sie, zu laut, jetzt wussten sie, dass er da war, würden jeden Augenblick zuschlagen, gewiss nicht erst Fragen stellen, sondern sofort handeln, um ihm entkommen zu können. Und es waren mehrere. Wo blieb Paul? Haken schlagend, um kein einfaches Ziel darzustellen, Herrgott, nur kein Ziel darstellen, rannte er weiter, welche Reihe hatte sie gesagt? Er konnte sich nicht erinnern, hätte ohnehin nicht zu sagen vermocht, in welcher er sich befand, schneller, ein Engel, hatte sie gesagt, aber es war zu dunkel, um mehr als Schemen erkennen zu können, und auch das erst, wenn er drohte, in einen Grabstein hineinzulaufen, ihm in letzter Sekunde auswich, oder, wie jetzt, es gerade noch schaffte, sich mit der Hand darauf abzustützen und seitlich hinüberzuschwingen. Die Pistole kratzte metallen über den Stein, wieder zu laut, aber schon wechselte er erneut die Richtung, wo war der verdammte Engel? Ich kriege keine Luft mehr, unmöglich, auch nur einen Schritt weiterzulaufen, er duckte sich hinter einen Schutz versprechenden großen Stein, die Waffe zitternd im Anschlag, gar nichts würde er treffen in diesem Zustand, er würde sie nicht schützen können, sollte er sie überhaupt jemals finden. Sein rasselnder Atem hätte beinahe ihr Flüstern übertönt, »Psst«, er wandte sich erschrocken um, tatsächlich, der Engel, »da bist du ja endlich, lass uns verschwinden«, sagte sie, und in diesem Augenblick klingelte sein Handy, laut und deutlich, er tastete in seiner Jackentasche nach dem Gerät, bekam es nicht frei, das Klingeln hörte nicht auf, zu spät, dachte er. Das war's dann wohl.

»Papa, Telefon!«

Hartmann schrak auf, blickte seinem Sohn verständnislos in das besorgte Gesicht, bis er begriff, die Beine aus dem Bett schwang und sich wankend die Treppe hinunter zum Telefon bewegte, sicher würde der Anrufer auflegen, sobald er den Hörer aufnahm, »Hallo? – Marilene! – Jetzt gleich?« Ein zögerndes Grinsen überflog sein Gesicht, nur um augenblicklich durch Besorgnis abgelöst zu werden, »ach so, in die Kanzlei, ein Toter?! Ja gut, ich komme.«

***

Ich bin schwanger.

So. Jetzt ist es heraus. Genau genommen weiß ich das schon seit vier Wochen. So lange habe ich hier nichts mehr reingeschrieben. So lange habe ich versucht, mir vorzumachen, dass ich einfach überfällig bin. Aber heute war ich beim Arzt, und er hat mir eine Ultraschallaufnahme mitgegeben. Nicht, dass man viel darauf erkennen könnte, ohne Erklärung jedenfalls, aber er scheint sich sicher zu sein. Ich bin schwanger.

Danach bin ich zu Bernd gefahren und hab es ihm erzählt. Als würde es, laut ausgesprochen, realer werden. Ist es auch, hat mich beinah umgehauen, ihn auch, nebenbei bemerkt, das Gesicht, das der gemacht hat, also das werde ich nie vergessen, als wollte er lachen, konnte aber nicht, weil er so schreckliche Zahnschmerzen hat. Da habe ich mich doch wieder gefragt, ob er in Frage kommt, obwohl ich ja nichts gemerkt habe, aber vielleicht hat er ja ein Gummi benutzt, und das war undicht. Scheiße, was soll ich bloß machen? Immerhin hat er versprochen, Stan nichts davon zu sagen. Wie auch. He, Alter, kann sein, ich hab deine Freundin geschwängert? Hat er? Als ich ging, dachte ich, ich hätte Angela vorbeifahren gesehen, und habe gewunken, damit sie mich mitnehmen könnte, aber sie hat nicht reagiert, oder ich habe mich getäuscht.

Eigentlich wollte ich auch noch gar nicht nach Hause und hab von unterwegs Hans angerufen. Hat sich auch sofort mit mir getroffen. Als ich es ihm erzählt hab, kriegt der ganz große Augen mit so einem Leuchten darin, bis ihm aufgegangen ist, dass es ja gar nicht von ihm sein kann. Da ist er wieder ganz still geworden, so wie früher, und gegangen. Ich lass es wegmachen. Und dann ruf ich ihn wieder an und sag, ich bin nicht mehr schwanger, lass uns ein eigenes machen.

Oder ich schicke Stan einfach zu einem Bluttest, hör mal, ich bin schwanger, aber ich will sichergehen, dass es von dir ist, könnte nämlich sein, dass dein bester Freund über mich hergefallen ist, weil du dich nicht um mich gekümmert hast. Ist doch kein Drama, oder?

Herrgott, wenn ich hier zurückblättere, sehe ich, dass das vor ein paar Monaten noch eine ganz selbstverständliche Perspektive war, die Familiengründung. Warum nur ist jetzt alles ganz anders, ganz falsch. Dabei weiß ich doch im tiefsten Innern, dass es wirklich von Stan ist, warum nur erscheinen mir die Zweifel dann so viel naheliegender?

Ich kann es ihm doch einfach sagen, er wird sich schon freuen, nehme ich an, und wenn es erst da ist, womöglich Bernds rote Haare erbt, kann ich immer noch beichten, was passiert ist, denn da liebt er es längst und wird mir vergeben. War schließlich nicht meine Schuld. Nur Bernd wird er natürlich verstoßen, aber dann wäre ich wenigstens mein personifiziertes schlechtes Gewissen los.

Und sonst werde ich eben alleinerziehende Mutter. Was soll's. Und Auerbach gibt den Babysitter, wenn's mal eng wird. Klasse.

Sind das die Hormone? Natürlich ist Stan der Vater, alles andere ist reine Panik, grundlose Panik. Wenn er es erst weiß, wird er auch wieder weniger abweisend sein, ganz bestimmt, alles wird wieder so sein wie früher, nur besser. Ich werde nicht aufgrund eines bloßen Verdachts alles kaputt machen. Und Bernd ist auch gar nicht der Typ, der eine Situation ausnutzt. Ich muss verrückt sein. Hirngespinste.

Vielleicht werde ich mich morgen über das Baby freuen. Doch, ganz bestimmt. Und es Stan sagen. Vielleicht sogar heute noch, wenn er nicht zu spät nach Hause kommt. Ich muss schließlich sehen, dass ich genügend Schlaf bekomme. Wir genügend Schlaf bekommen.

Natürlich ist er spät heimgekommen. Sehr spät. Ich möchte bloß wissen, was in letzter Zeit mit dem Mann los ist. Vielleicht hat er eine andere, und ich bin bloß die Letzte, die davon erfährt. Quatsch. Ganz ruhig. Wir haben ein langes Wochenende vor uns, mit ein bisschen Zeit kriegen wir das schon wieder hin.

Auerbach hat mit von Solburg über mich geredet. Ich bin ganz sicher. Ich musste ihn heute bedienen, und er hat mich die ganze Zeit über so merkwürdig angesehen, irgendwie abschätzend, mit Neigung zur Skepsis, fürchte ich. Dann ist auch noch Lohfeld aufgetaucht, und die drei sind in Auerbachs Büro verschwunden, stundenlang.

Als Lohfeld und von Solburg dann endlich gegangen sind, hat Auerbach mich zu sich gerufen und mich scheinheilig gefragt, ob meine häusliche Situation denn geklärt sei? »Logisch«, hab ich schnippisch geantwortet, aber nicht allzu sehr, weil ich keine Ahnung hatte, worauf er hinauswollte. Weitere Drohungen könnte ich im Augenblick nicht verkraften.

Die Sache sei Folgende, fuhr er fort, er bräuchte eine zuverlässige Person, die nächste Woche zu einem Reisebüro nach Prag flöge, mit dem wir manchmal zusammenarbeiteten. Er hatte dabei an mich gedacht, weil der bisherige Kontakt zu dem Unternehmen ohnehin weitgehend über mich gelaufen sei, und nun solle ich sondieren, inwieweit die Zusammenarbeit intensiviert werden könnte. Von Solburg würde mich begleiten, in allen Ehren natürlich, außer ich … Er vollendete den Satz mit einem schmierigen Grinsen.

Ich sagte mit, wie ich hoffte, ebenso schmierigem Grinsen, dass ich mich für das Vertrauen bedanke, aber leider, da ich schwanger sei, könnte ich nicht fliegen.

Auerbach fiel die Klappe runter. »Tja dann«, sagte er.

»Tja dann«, wiederholte ich und ging zurück an meine Arbeit.

So hatte ich mir das natürlich nicht vorgestellt, dass Auerbach auch noch vor Stan davon erfuhr, was, wenn Stan mich abholen käme? Aber das hatte er schon lange nicht mehr gemacht, warum gerade heute. Trotzdem hätte ich mir besser Bedenkzeit erbeten, als sofort abzulehnen. Ich hoffe nur, er glaubt jetzt nicht, dass ich, nur weil ich nicht tiefer in seine seltsamen Geschäfte einsteige, irgendetwas ausplaudere. Das werde ich nicht tun. Schließlich habe ich ein Kind zu schützen.

Oh Mann, ich werde Mutter. Ich fange tatsächlich an, es zu glauben.

Auerbach war heute nicht im Büro. So konnte ich mir prima vormachen, dass alles seine Ordnung hat. Wir hatten so viel zu tun, dass Susanne und ich kaum ein privates Wort wechseln konnten. Aber schließlich muss ich das auch mit mir ausmachen, es ist allein meine Entscheidung. Ich werde mir übers Wochenende was überlegen. Zuallererst werde ich aber mit Stan reden, ihm sagen, dass er Vater wird, dann sehen wir weiter. Vielleicht könnten wir wegfahren, ein bisschen Abstand wäre für uns beide gut, glaube ich, mal schauen, ob ich einen günstigen Moment für den Vorschlag erwische, er ist manchmal so träge.

***

Wie schade, dachte Marilene, als sie das Buch zuklappte, der eine Satz »Es hat geklingelt, Auerbach steht vor der Tür« fehlt, aber das Motiv ist da, es passt alles zusammen, sie würde es Hartmann übergeben, sobald der da drüben fertig wäre, und dann könnte er den Fall abschließen. Die Fälle, korrigierte sie sich.

Warum dauerte das so lange? Allein bis zu seinem Eintreffen war mindestens eine halbe Stunde vergangen. Sie hatte die Eingangstür mit einem Rollcontainer verbarrikadiert, alle Lampen eingeschaltet und die Tür zu ihrem Büro geschlossen. Der besseren Übersicht wegen an Christines Platz sitzend, hatte sie sich in die Lektüre des Tagebuchs vertieft, mittendrin beginnend, dankbar für die Ablenkung, die es bot. Jetzt, wo sie fertig war, machte sich wieder Unruhe in ihr breit, zugleich unendliche Müdigkeit. Sie wollte nach Hause. Vergessen, was geschehen war. Aber gleichzeitig wollte sie reden, die Angst, die sie noch immer verspürte, wegreden.

Sie trommelte ungeduldig mit den Fingern auf die Tischplatte. Warum war er vorhin so schroff zu ihr gewesen? Sie hätte ihn ja nicht anzurufen brauchen, hätte ebenso gut nach Hause fahren können, damit einer ihrer Kollegen beim Auffinden der Leiche die Dienstzeiten und -wege einhielte, und was war der Dank gewesen?

Er hatte mit hochgezogenen Brauen stumm ihren Aufzug gemustert, ihre Tasche kontrolliert, als sei sie eine Verdächtige. Und sie hatte sich das auch noch gefallen lassen! Natürlich war er auf die Taschenlampe gestoßen, hatte dies wiederum mit hochgezogenen Brauen quittiert und ihrer Erklärung, was sie so spät im Büro gewollt hatte, eine dringend für einen Gerichtstermin morgen benötigte Akte holen, vermutlich kein Quäntchen Glauben geschenkt. Seine Fragen zum Ablauf des Geschehens waren so knapp formuliert gewesen, dass sein Kollege mehrfach eingegriffen hatte, um der Befragung einen Anstrich von Freundlichkeit zu geben.

Sie könnte sich rächen, überlegte sie, und ihm das Tagebuch vorenthalten, er würde ihre Tasche wohl kaum ein zweites Mal durchsuchen, aber diese Rache träfe sie selbst. Sie war in Gefahr, rief sie sich ins Gedächtnis, die »Tussi« wusste zu viel. Moment mal, was war das? Ein Eckchen Papier schaute aus der Kladde hervor. Sie zog daran und stellte fest, dass es sich um einen an sie adressierten Umschlag handelte. Ausgerechnet jetzt wurde die Tür ihres Büros geöffnet, schnell steckte sie den Umschlag zwischen andere, leere, die Christine in einem Stehsammler aufbewahrte und sah Hartmann entgegen, der zu ihr kam, die Arme auf den Empfangstresen stützte und sie nachdenklich ansah.

»Sie kennen den Toten«, sagte sie, bevor er seine Gedanken in Worte fassen konnte. Sein »Ach nee« beim ersten Blick auf die Leiche hatte ihn verraten.

»Jaa«, antwortete er gedehnt, »und Ihr Mandant kennt ihn auch.«

»Wie bitte?«

»Es handelt sich um Sominskis Verfolger, Rudolf Eilers ist sein Name. Ich war erst heute Nachmittag bei ihm, habe ihn nur leider nicht angetroffen. Wie Sie sehen, waren wir nicht untätig in Sachen Hirngespinsten, die Frage ist nur, was wollte das vermeintliche Hirngespinst ausgerechnet in Ihrem Büro?«

»Ist, ähm, war der denn wirklich beim Verfassungsschutz?« Marilene fand, bei seinem Tonfall müsse sie zunächst mal ihre eigene Verfassung schützen und das ließe sich mit Gegenfragen am ehesten bewerkstelligen.

»Das wissen wir noch nicht. Aber er wäre auf jeden Fall nicht mehr lange bei uns gewesen«, er wedelte mit einem Flugticket vor ihren Augen herum, »Südsee, wenn mich die Erinnerung an meinen Erdkundeunterricht nicht trügt.«

Ein Abschiedsgeschenk, dachte Marilene, für mich, »Also, ich, ähm, er hatte etwas bei sich, in der Manteltasche«, Hartmann musste einen Tick haben, seine Augenbrauen flogen schon wieder in die Höhe, »er hat es mir gesagt, bevor er starb, ja?«

»Aber Sie mir nicht«, unterbrach Hartmann sie.

»Ich liege ja auch nicht im Sterben. Außerdem bin ich gerade dabei, also was ist jetzt, soll ich weiterreden oder nicht?«

Hartmann fixierte sie stumm.

Marilene holte das Tagebuch hervor und hielt es ihm hin.

»Was ist das?«, fragte Hartmann, griff aber nicht danach.

»Silvies verschollenes Tagebuch«, ihre Genugtuung war nicht zu überhören.

»Das Sie gelesen haben.«

»Selbstverständlich. Ich nehme an, dass er nur deswegen hier war, um mir das Tagebuch zu hinterlegen.«

»Wie nett von ihm. Und? Schreibt sie, wer gekommen ist, an dem Sonntag?« Er nahm es nun doch entgegen, blätterte zum letzten Eintrag, »Nein, leider«, beantwortete er sich die Frage selbst, »sonstige umwerfende Erkenntnisse?«

Marilene atmete einmal tief durch, zu dumm, dass Patrizia nicht da war, sie hatte nicht wirklich Lust, als Einzige gewissermaßen Prügel einzustecken, aber es blieb ihr wohl nichts anderes übrig. »Sagen wir mal so, Silvies Einträge decken sich in etwa mit dem, was in meiner verschwundenen Akte steht.«

»Welche Akte?« Hartmanns Blick wurde noch eine Spur eisiger.

»Meine Akte Sominski. Haben die ersten zwei Einbrecher heute Abend mitgehen lassen. Mit der Bemerkung, ›die Tussi hat die Connection‹. Auf die Frage des einen, ob er ihr, das bin ja wohl ich, das Maul stopfen solle, hat der andere geantwortet, dass das der Boss entscheidet.« Marilene brauchte sich keine allzu große Mühe zu geben, ihre Stimme kleinlaut klingen zu lassen.

»Wenn ich davon ausgehe, dass Sie die ›Tussi‹ sind«, er klang, als würde er dem ohne Weiteres zustimmen, ließ sich auch von Zinkel, der gerade zu ihnen trat, nicht aus dem Konzept bringen, »wer ist der Boss? Und wovon?«

»Lassen Sie mich doch einfach mal vorne anfangen«, Marilene hob entwaffnend beide Hände, »mit möglichst wenigen Unterbrechungen, ja? Danke«, sagte sie, obwohl Hartmann seine Zustimmung keineswegs signalisiert hatte. »Also: Silvie schreibt, dass sie einmal gemeinsam mit Auerbach eine Gruppe asiatischer Frauen vom Flughafen abgeholt und zum Fitnessstudio Las Palmas in Niedernhausen gebracht hat. Die Frauen haben geglaubt, sie kämen in ein Hotel, aber es war eindeutig keines, und der Typ am Empfang war ihr nicht geheuer. Im Anschluss an diese Aktion hat Auerbach ihr gedroht, ja den Mund zu halten.«

»Frauenhandel?«, warf Hartmann ein.

Marilene erlaubte sich ein sachtes Gut-gedacht-Nicken, »Auerbach ist für den Transport zuständig und hat, das ist jetzt eine Annahme meinerseits, bei Siriporn Braun«, an dieser Stelle zuckten beide Männer zusammen, was Marilene mit Genugtuung registrierte, »einen Fehler gemacht und sie in das Fitnessstudio gebracht, anstatt sie ihrem künftigen Ehemann zuzuführen. Das würde Ludger Brauns mehrmaliges Auftauchen in dem Reisebüro erklären, ich vermute, er hat Auerbach mit seinem Wissen erpresst und musste deshalb sterben.«

»Und von dieser Annahme erfahre ich jetzt?« Hartmann konnte seine Wut kaum noch zügeln.

»Ich hatte keine Ahnung, dass dieses Fitnessstudio keines ist, ich war nie dort drin, das passt erst jetzt, durch das Tagebuch, alles zusammen«, verteidigte sie sich.

»Heißt das, dass Silvie zu Siriporn Braun Kontakt hatte?«

»Nein, das waren wir. Wir haben Ludger beschattet und rausbekommen, wo er wohnt.«

»Wer wir?!«, brüllte Hartmann, obwohl Zinkel ihn am Ärmel zog.

Marilene schloss ergeben die Augen, »Patrizia und ich.«

»Wie bitte?!«, jetzt glich auch Zinkel seine Lautstärke der Hartmanns an.

Marilene stand auf, »Ich brauche was zu trinken, sonst noch jemand?« Ohne eine Antwort abzuwarten, ging sie zum Kühlschrank, holte eine Flasche Wasser und drei Gläser, schenkte ein und trank einen Schluck, bevor sie fortfuhr. »Schlucken Sie's erst mal runter, das hat Zeit. Siriporn hatte Angst, als wir bei ihr waren. Angst zu sprechen. Ich habe ihr meine Visitenkarte zugesteckt und gehofft, sie würde sich bei mir melden, und jetzt, wo sie verschwunden ist, nehme ich an, dass die Männer hier waren, weil sie bei ihr meine Karte gefunden haben. Sie haben sie zurückgeholt, weil Ludger tot ist und sie befürchten mussten, dass sie jetzt auspackt.«

»Das Fitnessstudio?«, fragte Zinkel und trat, als Hartmann nickte, beiseite, um zu telefonieren.

»Weiter«, Hartmann fixierte einen Punkt unterhalb Marilenes Gesicht, ihre Gurgel?, fragte sie sich und beeilte sich, seiner Aufforderung nachzukommen.

»Es gab Treffen zwischen Auerbach, Lohfeld, das ist jemand vom Hauptbüro dieses Reisebüros, und von Solburg ...«

» ...ist Inhaber einer Partnervermittlung«, fügte Zinkel ein, der sein Gespräch beendet hatte, »das passt. Aktion läuft«, wandte er sich an Hartmann, »die Kollegen warten auf unser Eintreffen, wenn möglich.«

»Außerdem ist von Solburg an dem Fitnessstudio beteiligt«, ergänzte Marilene und wandte den Blick von dem Sarg, der gerade aus ihrem Büro getragen wurde. Das ist wirklich, erinnerte sie sich, da ist ein Toter drin, der in meinem Büro erschossen wurde. »Kann ich mit?«, fragte sie.

»Sie«, Hartmann stach mit dem Finger nach ihr, »waren wohl weiß Gott an genügend Orten, an denen Sie nichts zu suchen hatten. Abgelehnt. Sonst noch was?«

»Silvie sollte mit von Solburg nach Prag fliegen, ein dortiges Reisebüro zur Zusammenarbeit bewegen. Sie hat abgelehnt, könne nicht fliegen, weil sie schwanger sei.«

»Also wollten sie sie drin haben«, überlegte Zinkel laut, »und als sie abgelehnt hat ...«

»Aber doch nicht zu Hause«, Hartmann widersprach dem nicht zu Ende geführten Gedanken.

»Oder gerade«, wandte Marilene ein, »vielleicht wollte Auerbach nur vermeiden, dass es eine Verbindung zum Reisebüro gab.«

Hartmann stöhnte. »Zu viele Vermutungen. Wäre Siriporn Braun nicht in Gefahr, und das wäre sie nicht, wenn Sie und unsere geschätzte Kollegin«, hier zuckte Zinkel zusammen, »uns rechtzeitig informiert hätten, dann müssten wir es jetzt nicht darauf ankommen lassen, dass irgendeiner schon reden wird, dann hätten wir fundiert zuschlagen können und nicht mit so einer bekloppten

Nacht-und-Nebel-Aktion. Verdammt«, er unterstrich seine Worte, donnerte mit der Faust auf den Tresen, dass die Gläser wackelten.

»Hilft ja nun nichts mehr«, versuchte Zinkel ihn zu beschwichtigen, »wenn wir die Waffe finden, mit der Braun und Eilers erschossen wurden, und Frau Müllers Akte, dann haben wir doch schon ein paar Indizien, mit denen wir arbeiten können. Und Siriporn Braun, vielleicht haben wir Glück, und sie lebt noch, hübsch genug, dass sie Verwendung für sie hätten, ist sie allemal, vielleicht rettet ihr das das Leben. Also los jetzt.«

»Und ich?«

»Sie kann –«, hob Zinkel an, wurde aber von Hartmann unterbrochen.

»Wir können uns nicht darauf verlassen, dass wir alle Beteiligten erwischen«, Hartmann überlegte, »können wir sie zu dir bringen? Mein Gästezimmer ist zur Zeit belegt, so auf die Schnelle fällt mir nichts anderes ein.«

»In Ordnung«, stimmte Zinkel zu, »da ist sie sicher. Wir brauchen noch einen Durchsuchungsbeschluss für die Partnervermittlungsagentur. Meinst du, ich kann –«

Wieder unterbrach Hartmann ihn, »Vor morgen früh ist da nichts zu machen«, er und Zinkel waren schon bei der Tür angelangt, als er sich zu Marilene umwandte, »nun kommen Sie schon, oder wollen Sie hier auf den nächsten Einbrecher warten? Und wehe, wenn Sie nicht schön brav bei Paul bleiben, bis wir Ihnen sagen, dass Sie rauskönnen …«

Echt cool, dachte Marilene, verzichtete auf eine Antwort und stopfte den Umschlag unauffällig in ihre Tasche, bevor sie den beiden folgte.

***

Echt leichtsinnig, dachte Patrizia Heyder, während sie ihr Auto auf dem Parkplatz ausgerechnet eines Friedhofs abstellte und sich auf den Weg machte, möglichst ungesehen, daher der Umweg über Gräber und unbeleuchtet im Dunkeln liegende Firmengelände, um zum Fitnessstudio zu gelangen. Siri zu finden schien ihr die einzige Möglichkeit, ihre Dummheit auszubügeln und Hartmanns drohendes Donnerwetter vielleicht im Rahmen zu halten. Siri musste dort sein. Wo sonst? Das war einfach naheliegend.

Sie hatte sich, nachdem sie von Paul erfahren hatte, dass Siri vermutlich entführt wurde, den Kopf zerbrochen, wer ein Interesse an ihr haben könnte. Ludger hatte seine Frau über eine Agentur kennengelernt, die Unterlagen in Auerbachs Schublade deuteten auf Frauenhandel, war Siri womöglich mit beidem in Berührung gekommen? War das der Grund, weshalb Ludger bei Auerbach gewesen war? Und was hatte Auerbach, und natürlich von Solburg, in einem Fitnessstudio so weit außerhalb zu suchen? Sie hatte sich an den Computer gesetzt, nachgeholt, was sie schon längst hatte tun wollen, und herausgefunden, dass von Solburg nicht nur Inhaber einer Partnervermittlungsagentur, sondern auch an dem Fitnessstudio beteiligt war. Also war dies der logische Platz für ihre Suche nach Siri, oder?

Sie erreichte die Straße und schaltete ihre Taschenlampe aus, vergewisserte sich, dass kein Wagen in der Nähe war, und wollte eben die Straße überqueren, als sie fiel. Ein Graben. Ziemlich nass. Sie stand auf, wischte sich die Hände an den Jeans ab, die jetzt vermutlich ohnehin ruiniert waren, tastete mit dem Fuß nach der Taschenlampe, da? Sie bückte sich, nein, nur ein Stein, vernahm ein Fiepen, Mäuse? Ratten? Scheiß auf die Taschenlampe, zurück würde sie die Straße entlanggehen. Sie klopfte ihre Jacke ab, ja, Waffe und Handy waren noch da, kletterte rutschend aus dem Graben und sprintete über die Straße.

Ein Auto. Sie stellte sich an einen steinernen Pfosten, die Haltung eines pinkelnden Mannes kopierend, und wartete, bis es vorbeigefahren war, bevor sie sich nach rechts wandte, die paar Meter zum Las Palmas zurücklegte. Der Parkplatz lag völlig im Dunkeln, zwei Autos konnte sie schemenhaft ausmachen, der Eingang war unbeleuchtet, aber rechts davon befand sich ein erleuchtetes Fenster, dessen heruntergelassene Jalousie jedoch keinen Blick hinein gewährte. Sie wandte sich nach links, von der Straße weg, und begann, um das Haus herumzugehen. Die Seite des Hauses besaß kein einziges Fenster, soweit sie erkennen konnte, und sie wünschte, sie hätte sich die Mühe gemacht, gründlicher nach ihrer Taschenlampe zu suchen. Sie schlich vorsichtig weiter, mit der rechten Hand an der Wand entlangfahrend, unterdrückte einen Fluch, als sie sich an einem hervorstehenden Stein die Handfläche aufschürfte und stieß gegen eine Mülltonne, die durch den Aufprall hintenüber zu kippen drohte, was sie gerade noch verhindern konnte. Sie stellte sie wieder an ihren Platz. Hatte sie jemand gehört?

Noch langsamer weitergehend, erreichte sie die Rückseite des Hauses. Hier war es nicht so finster. In einer Höhe von etwa zwei Meter fünfzig befanden sich kaum dreißig Zentimeter hohe, vergitterte Fensterschlitze, aus denen Licht drang. Und nun? Sie lauschte. Nichts. Sie kehrte um, die Hände ausgestreckt, bis sie auf die Mülltonne traf, kippte sie auf die Räder und rollte sie langsam, dennoch leider nicht geräuschlos, zum ersten der erleuchteten Fenster, lauschte erneut, nichts, stützte die Hände auf die Tonne und sprang hoch. Sie landete unsanft auf dem Hintern, da sie die Füße, aus Angst, zu viel Lärm zu verursachen, nicht zum Abbremsen verwenden konnte, und zog jetzt erst die Beine hoch und stellte sich auf. Auf Zehenspitzen balancierend konnte sie gerade eben hineinsehen, und was sie sah, raubte ihr den Atem.

Patrizia schlug eine Hand vor den Mund um, nicht laut herauszuschreien, wollte schon an die Scheibe klopfen, um dieser Barbarei ein Ende zu bereiten, besann sich aber noch eben und tastete nach ihrem Handy. Hilfe, dachte sie, ich brauche Hilfe, die Tonne krachte unter ihr weg und sie fiel, stürzte mit dem Gesicht gegen die Wand und rutschte zu Boden, spürte schon nicht mehr, wie ihre Wange von den Steinen aufgerissen wurde.

20

Typische Junggesellenbude, immerhin einigermaßen sauber, vermutlich das Verdienst einer Putzfrau. Andererseits besaß er sogar Zimmerpflanzen, wohlgenährte, womöglich tat sie ihm Unrecht, und er gehörte der eher seltenen Spezies der Männer an, denen an einer gewissen Wohnlichkeit lag, die sich gar selbst darum kümmerten, resümierte Marilene, nachdem sie sich in Zinkels Wohnung umgesehen hatte und nun den Kühlschrank inspizierte. Üppig konnte man den Inhalt nicht nennen. Wein hatte sie keinen finden können, das Angebot harter Getränke war zwar reichhaltig und durchaus verlockend, jedoch hatte sie das Gefühl, sie sollte das Risiko eines Katers besser vermeiden, und hier standen lediglich Champagner, den der Anlass nicht völlig rechtfertigte, und Bier zur Verfügung. Sie entschied sich für Letzteres.

In Ermangelung eines Aschenbechers behalf sie sich mit einer Untertasse, öffnete das Fenster, setzte sich an den Küchentisch, trank und rauchte und betrachtete den an sie adressierten Umschlag. Erst als sie die zweite an der ersten Zigarette angezündet hatte, riss sie den Umschlag auf.

Sehr geehrte Frau Müller,
Sie kennen mich nicht. Mein Name ist Rudolf Eilers, und ich arbeite selbstständig als Detektiv.
Ich erhielt von einem Auftraggeber, den ich nicht nennen möchte, die Anweisung, Silvie Bauer zu beschatten, herauszufinden, was sie wusste und was sie mit ihrem Wissen zu unternehmen gedachte. Ich nutzte eine günstig scheinende Gelegenheit, um die Wohnung der Zielperson zu durchsuchen, habe sie aber vor deren Rückkehr wieder verlassen und versichere Ihnen, dass sie sich in ihrem ursprünglichen Zustand befand.
Nachdem ich erfahren habe, dass Silvie Bauer ermordet wurde, erlaube ich mir, Ihnen dieses Tagebuch zu hinterlassen, in der Hoffnung, dass es Ihnen behilflich ist, dem wahren Täter auf die Spur zu kommen.
Ich selbst verlasse das Land noch heute zu einer ausgedehnten Ur-

laubsreise. Sollte es Ihnen möglich sein, meine kleine Rolle in diesem Fall zu ignorieren, wäre ich Ihnen zu großem Dank verpflichtet. Ich werde mir erlauben, Sie in Kürze dahingehend zu kontaktieren.
Verbindlichen Dank im Voraus,
Rudolf Eilers

Marilene empfand widerwillig Mitleid. Sein Gesicht, in dem das Bewusstsein über seinen nahenden Tod gestanden hatte, ging ihr nicht aus dem Sinn. Und das Blut. Sie steckte den Brief wieder in seinen Umschlag. Er könnte helfen, falls der Täter versuchen würde, diesem Mann den Mord in die Schuhe zu schieben.

Sie ging ins Bad, fand im Medizinschränkchen einen Vorrat von drei noch abgepackten Zahnbürsten, ein Mann für alle Fälle, dachte sie, putzte sich die Zähne und machte sich danach auf der Couch im Wohnzimmer ein Lager zurecht. Sie betrachtete es nachdenklich für einen Moment, entschied, dass sie nicht würde schlafen können und ging abermals in die Küche, wo sie eine weitere Flasche Bier öffnete in der Hoffnung, dass die für die nötige Bettschwere sorgen würde. Ein Blick auf die Uhr zeigte ihr, dass es schon zwei war, da müsste Zinkel doch eigentlich bald zurück sein, oder? Hatten sie Siri gefunden? Sie hätte darauf bestehen sollen, dass sie sie anriefen. Sie würden doch wohl nicht noch heute Nacht die Vernehmungen durchführen? Lohnte es sich zu warten?

Und was, wenn sie ihr nicht rechtzeitig Entwarnung gäben, sodass sie ins Büro könnte? Büro. Verdammt, sie hatte die zwar leere, aber dennoch inkriminierende CD auf Volkers Schreibtisch liegen lassen, ihre eigentliche Mission über der Lektüre des Tagebuchs völlig vergessen. Würde Volker glauben, es sei seine eigene? Nicht, wenn sie es geschafft hatte, ein Datenchaos anzurichten. Wie konnte sie nur so dämlich sein?

Sie stand auf und begann, hin- und herzutigern, unentschlossen, nein, sie konnte unmöglich jetzt dorthin zurück, ohne Auto noch dazu, wenn Hartmann sie erwischte, würde er sie glatt verhaften und es als Schutzhaft bezeichnen, sie musste darauf vertrauen, dass sie morgen, nein, nachher, vor Volker im Büro wäre. Oder dass er anderweitig so beschäftigt war, mit von Solburg, zum Beispiel, dass ihm nichts auffiele.

Die Frage war nur, ob sie den Mut hätte, ihre Aktion morgen zu wiederholen. Sie pulte die Pflaster von ihrer rechten Hand herunter, betrachtete die deutlich sichtbaren Male. Gab es eine andere Möglichkeit, an die nötigen Informationen zu gelangen, um diese offene Rechnung begleichen zu können?

***

»Scheiße, die ist von den Bullen!«

»Quatsch, die arbeitet für mich.«

»Das glaubst du auch nur! Du hast es vermasselt, Arschloch! Ich mach sie alle, und dann räumen wir das Haus.«

»Doch nicht hier, spinnst du? Ich ruf erst mal an.«

»Vergiss es, dafür haben wir keine Zeit. Verschnür die Nutte, die nehm ich auch gleich mit, und danach lässt du gefälligst die anderen verschwinden.«

Keine Antwort. Hartmann hörte ein Reißen und nahm an, es handelte sich um Klebeband, das abgewickelt wurde, und Schritte. Er bedeutete den anderen zurückzuweichen und folgte ihnen lautlos. Eine Geiselnahme wollte er nicht riskieren, auch nicht, wenn es sich um eine eigenmächtige Polizistin handelte, denn so viel war klar, es musste Heyder sein, die dort drinnen gerade verschnürt wurde. Wie, zum Teufel, war sie hierhergekommen, und warum, verdammt noch mal, hatte sie niemandem Bescheid gesagt? Überhaupt, was sollte das heißen, »Die arbeitet für mich«? Am liebsten wäre er sofort hineingestürmt, um, wütend wie er war, Erklärungen zu verlangen, aber alles hing vom richtigen Moment für den Zugriff ab.

Eine Tür wurde geöffnet, wieder Schritte, noch eine Tür. Dann ein leises Wimmern, abgewürgt durch ein »Halt's Maul«, und das bekannte Reißen. Schnaufen, sonst nichts. Sollten sie warten, bis die menschliche Fracht verladen war? Konnte er sich darauf verlassen, dass die draußen positionierten Einsatzkräfte unsichtbar waren? Und was, wenn hier ungebetene Gäste auftauchten? Nein, sie konnten nicht so lange warten, sie mussten handeln, solange sie das Überraschungsmoment auf ihrer Seite hatten.

»Zwei Männer, mindestens zwei Geiseln«, flüsterte er dem hinter ihm stehenden Beamten zu, und der nickte und gab die Information an die übrigen fünf Männer weiter, die sich in dem engen Flur drängten, bereit, zuzuschlagen. Er sah für einen Augenblick zu, wie sie mit Gesten ihre Taktik verhandelten, bevor er in die Knie ging und vorsichtig um die Ecke spähte.

»Fertig? Arschloch?« Das kam aus dem Raum zur Rechten, in dem sich auch Heyder befinden musste.

»Sicher«, die Stimme des anderen zeugte von unterdrückter Wut, das hinzugefügte »Idiot« jedoch war kaum zu vernehmen.

»Dann los.«

Jetzt ging alles sehr schnell. Kaum, dass Hartmann Heyder erblickte, die kopfüber und reglos über der Schulter eines hochgewachsenen Mannes hing, zog er sich zurück, um Platz für das Einsatzkommando zu schaffen. Sechs grüne, sprungbereite Rücken, diese Männer schienen nur aus Rücken zu bestehen, so unglaublich breit, dass die schiere Masse schon einschüchternd wirken musste, Hartmann nach all den Jahren noch immer so einschüchterte, dass er sich völlig inkompetent vorkam, weil er nicht allein mit Zinkel und erhobener Waffe auf herkömmliche, und so manches Mal wirkungslose, Weise »Hände hoch, Polizei« gerufen hatte, sechs Rücken schnellten auf ein von ihm unbemerktes Signal nach vorn. Binnen Sekunden waren die beiden Männer, einer von ihnen Auerbach, so erkannte er, überwältigt und lagen, die Arme über dem Kopf ausgestreckt wie Schwimmer, denen das Wasser abhanden gekommen war, auf dem Boden.

Die beiden Frauen befanden sich sicher in den Armen von zwei Männern des Einsatzkommandos und wurden von ihnen nach hinten getragen, während den lautstark protestierenden Gefangenen Handschellen angelegt wurden.

»Abführen«, befahl Hartmann, bevor er den draußen wartenden Zinkel informierte, dass sie herauskämen, schon im Begriff, sich anzuschließen, als er sich anders besann, »aber getrennt«, fügte er hinzu und wandte sich um, wollte zunächst nach den beiden Frauen sehen.

»Ganz ruhig, ist alles gut«, hörte er einen der Beamten sagen und folgte der Stimme in einen schmalen Raum, in dem sich außer einem metallenen Bettgestell, darauf eine fadenscheinige Matratze, nichts befand. Eine junge Asiatin, war es möglich, dass es sich bei ihr um Siriporn Braun handelte? Er vermochte es nicht zu sagen, das Foto, das er gesehen hatte, war unter so völlig anderen Umständen entstanden, jetzt war sie nur mit einem dünnen, kaum bis zu den Oberschenkeln reichenden Unterhemd bekleidet und saß zitternd auf dem Rand des Bettes, während der Beamte versuchte, mit behutsamen Händen und einem Messer das Klebeband von Mund, Armen und Beinen zu lösen. Er murmelte beruhigende Worte, deren Sinn, ähnlich wie bei einem Kind, das aus einem Alptraum erwacht, unerheblich war, allein der Klang der Stimme sollte besänftigen.

Hartmann wandte den Blick von der Frau und sah sich um. Ein vergitterter Fensterschlitz nahe an der Decke hätte selbst bei Tag kaum dazu beigetragen, die Kammer in ein freundlicheres Licht zu tauchen, aber nicht allzu viel sehen zu müssen war ja vielleicht schon eine ungewollt gewährte Gnade, überlegte er, denn jetzt, im grellen Licht der nackten Neonröhre war die Trostlosigkeit, das Gefühl von totaler Isolation, überwältigend. Die ehemals weißgetünchten Wände waren grau und übersät mit Flecken, deren Herkunft Hartmann sich nicht vorstellen wollte, die Bodenfliesen waren stumpf und lange nicht gereinigt worden, die Verfugungen waren rissig und fleckig von Schimmelpilz. Der unterhalb des sogenannten Fensters montierte rostige Heizkörper gab klopfende Geräusche von sich, als irgendwo im Haus eine Pumpe ansprang, aber er bezweifelte, dass jemals irgendeine Form von Wärme diesen Raum durchdrungen hatte, und fürchtete, dass Worte diese Realität nicht heilen, in einen bloßen Traum verwandeln konnten.

»Schock«, sagte er leise zu dem Beamten, dem es inzwischen gelungen war, das Klebeband vom Mund der Frau zu lösen.

Der nickte, deutete ansatzweise auf blaurote Würgemale an ihrem Hals, »Krankenwagen ist schon angefordert«, erwiderte er ebenso leise und machte sich an den Fesseln ihrer Hände zu schaffen, aber selbst, als sie gelöst waren, schien sie nicht in der Lage, ihre Arme aus eigener Kraft nach vorn zu nehmen, und er musste ihr helfen, legte behutsam eine Hand nach der anderen in ihren Schoß, bevor er sich den Fußfesseln zuwandte.

Hartmann zog seine Jacke aus und legte sie ihr vorsichtig um die Schultern, »Bleiben Sie bei ihr, Sie machen das sehr gut«, sagte er und machte sich auf die Suche nach Heyder. Im Flur traf er auf Zinkel, der gerade aus einem der angrenzenden Räume trat.

»Käfige«, stieß Zinkel zwischen zusammengepressten Zähnen hervor, »wir haben noch drei Frauen gefunden, aber sie sprechen kein Wort Deutsch, wenn die zwei«, er deutete vage Richtung Eingang, »nicht schon abtransportiert wären, würde ich zu gern …«

»Beruhige dich«, Hartmann klopfte ihm auf die Schulter, »wir kriegen sie dran.«

»Aber ich will sie alle. Die zwei sind doch bloß Handlanger. Ich will die Organisatoren, die, die verantwortlich sind, Herrgott, ich begreife das nicht«, er reckte die geballten Fäuste in die Höhe, bereit, es mit jedem aufzunehmen, der es auch nur wagte abzuwiegeln. »Ich hätte nie geglaubt, dass ich mich mal nach einem sauber begangenen simplen Mord sehnen würde, aber genauso ist es.« Er ließ die Fäuste sinken, als sei die Wut verraucht, an ihre Stelle eine Fassungslosigkeit getreten, die selbst destruktive Gefühle nicht mehr zuließ. »Dass es Menschen gibt, die andere Menschen schlechter behandeln als ihre eigenen Hunde«, Zinkel schüttelte den Kopf, »die Frauen sind so verängstigt, dass sie sich bei unserem Eintreten in die hinterste Ecke verkrochen haben, ohne überhaupt hochzusehen, wer da eigentlich kommt. Sag, gibt es tatsächlich einen ›Markt‹?«, er spie das Wort förmlich aus, »für diese Brutalität?«

Hartmann antwortete nicht. Gäbe es ohne Nachfrage kein Angebot? Ließ sich das Geschäft mit Menschenverachtung, und es musste ein überaus lukratives Geschäft sein, auf das Prinzip der freien Marktwirtschaft reduzieren? Sie würden das Problem nicht lösen, selbst wenn es ihnen gelänge, in diesem Fall an die Hintermänner heranzukommen, es gab immer welche, die an deren Stelle treten würden, ohne die geringsten Skrupel.

Sie betraten einen erleuchteten Raum zu ihrer Rechten, bei dem es sich um so etwas wie die Kommandozentrale handeln musste. Das unwillkürlich Erste, das ihnen auffiel, waren Überwachungsmonitore, die fünf Kammern wie die, in der sich noch immer der Beamte mit der Asiatin befand, zeigten. Ein DVD-Gerät ließ darauf schließen, dass schon, um bei Zinkels Vergleich zu bleiben, die Dressur, oder wie sollte man das sonst nennen, überlegte Hartmann, aufgezeichnet wurde, um die Filme zu verhökern. Geschah dies mit Wissen der Hintermänner oder auf eigene Rechnung?

Hartmann hörte, wie Zinkel neben ihm scharf die Luft einzog, wandte sich um und folgte seinem Blick. Einer der Beamten kniete vor einem Schlafsofa, auf dem er Heyder abgelegt hatte, näherte seine Hände ihrem Kopf, zog sie schnell wieder zurück, nur um von vorn zu beginnen mit dieser seltsamen Scharade. Als würde er ein Schattenspiel vollführen. Hartmann trat, Zinkel beiseite schiebend, näher und begriff, warum der Mann seine Hände nicht dazu bringen konnte zu tun, was der Verstand gebot.

Heyder lag scheinbar entspannt in barmherziger Bewusstlosigkeit. Ihre linke Gesichtshälfte war eine einzige Wunde, rohes Fleisch, aus dem merkwürdig wenig Blut trat. Ihr linkes Auge war zugeschwollen, die Braue regelrecht abrasiert, die Nase schien gebrochen, und Hartmann fragte sich, ob sie genügend Luft bekam, denn ihr Mund war noch zugeklebt, das Band mehrfach um den Kopf gewickelt ohne Rücksicht auf ihre Verletzung. Aber sie hatten ja auch nicht vorgehabt, sie davonkommen zu lassen.

»Haben Sie ein Messer, eine Schere?« Hartmann streckte die Hand aus, aber es war Zinkel, der ihm sein Taschenmesser hineinlegte, bevor er wortlos nach draußen verschwand.

Hartmann schob sich vor den Beamten, kniete sich hin, klappte die Miniaturschere aus dem Messergriff und begann, den Arm auf ihren Brustkorb gestützt, an einer Stelle unterhalb des rechten Ohrs, wo er die Schere ansetzen konnte, ohne zerren zu müssen, vorsichtig das Band zu durchschneiden. Danach zog er langsam das Ende zum Mund hin, bis er unter der Nasenwurzel auf Blut stieß. »Verdammt, wo bleibt der Krankenwagen«, murmelte er, schnitt das freie Ende ab und hielt die Schere jetzt so, dass er, ihren Lippen folgend, einen Schlitz in das Band schneiden konnte, tastete sich Millimeter für Millimeter vor, einmal glaubte er, ihre Lider flattern zu sehen, aber er musste sich getäuscht haben, sein eigenes Blinzeln für eine Regung ihrerseits gehalten haben, bis er sich etwa in der Gegend ihres Mundwinkels befand. Jetzt würde sie den Mund öffnen können, ohne dass sie durch das Abreißen des Klebebandes den Schaden verschlimmerten.

Erleichtert richtete er sich auf, und endlich vernahm er die ersehnte Sirene des Notarztwagens. Hartmann schickte den Beamten hinaus, damit er den Weg hierher wies, und wartete, bis zwei Pfleger Heyder auf ihrer Trage festgeschnallt hatten und sie nach draußen trugen. Er sah sich noch einmal in dem Zimmer um und befand, er hätte genug gesehen. Sollten andere eine gründliche Durchsuchung vornehmen. Er hatte Wichtigeres zu tun, weitaus Wichtigeres.

Er fand Zinkel an einen Baum außerhalb des Lichtkreises der inzwischen vielen Scheinwerfer gelehnt, vornübergebeugt und kotzend, wartete, bis er fertig war, und reichte ihm ein Taschentuch. »Geht's wieder?«, fragte er fürsorglich und überlegte, ob da etwas zwischen ihm und Heyder lief, oder warum er sonst so empfindlich reagierte.

Zinkel nickte nur.

»Willst du lieber mit ins Krankenhaus fahren?«, erkundigte er sich.

»Bestimmt nicht«, Zinkel klang grimmig, »ich will den, der das getan hat, du nimmst Auerbach.«

Hartmann nickte, obwohl er nicht die Absicht hatte, Zinkel allein auf einen Verdächtigen loszulassen. Sie würden die Vernehmungen gemeinsam durchführen und Auerbach erst einmal schmoren lassen. Hoffentlich kriegten sie einen Staatsanwalt aus den Federn. Er erwog kurz, Marilene zu informieren, doch sicherlich schlief sie längst, das hatte Zeit bis morgen früh. Sie befand sich in Sicherheit, und solange sie nicht wussten, wer noch an der Geschichte beteiligt war, musste sie bleiben, wo sie war. Er hatte mehr als eine Zeugin zu verlieren.

***

Marilene hielt die Luft an, während sie gebannt auf den Bildschirm starrte, Speicherung läuft, mach hin, dachte sie, ich will hier weg.

Sie hatte ernsthaft versucht einzuschlafen, aber es war ihr nicht gelungen, und so hatte sie ein Taxi gerufen und sich hierherbringen lassen, jetzt oder nie, hatte gewusst, dass sie, wenn sie Für und Wider erst gründlich abwägte, nicht noch einmal den Mut aufbringen würde, in Volkers Computer einzubrechen. Einen Kollegen zu bespitzeln. Den Gedanken, dass diese Nacht weitere ungebetene Besucher in die Kanzlei führen könnte, hatte sie abgetan, das war nun wirklich mehr als unwahrscheinlich, zumal es inzwischen drei Uhr früh war, dennoch wollte sie so schnell wie möglich zurück, fort von den Bildern dessen, was sich hier abgespielt hatte.

Immerhin hatte sie jetzt Zugang zu ihrem Wagen und wäre morgen, später, korrigierte sie sich, unabhängig, könnte, sollte Hartmann dagegen sein, dass sie zur Arbeit ginge, vielleicht zu ihrem Vater nach Ditzum fahren und dort abwarten, bis alles vorbei war. Falls die Daten, die so unerträglich langsam auf ihre CD wanderten, nicht das bestätigten, was sie erhoffte, brauchte sie ja nicht einmal zu sagen, dass sie erneut im Büro gewesen war.

Der Bildschirm verschwamm vor Marilenes Augen, ihre Lider gaben nach, und ihr Kopf sackte nach vorn. Die Bewegung ließ sie aufschrecken, sie fühlte sich wie beim Einschlafen nach einer langen Autofahrt, wenn im Halbtraum Autos von überallher auf einen zukommen, Zusammenstöße nur knapp vermieden werden, das plötzliche Bremsen einen aufweckt und leichte Übelkeit hinterlässt, nur ein Traum, und sobald man die Augen wieder schließt, befindet man sich erneut im Verkehrsgewühl, reaktionsbereit und zuckend noch im Schlaf, der keiner sein kann, weil die Gefahr, in einen Unfall verwickelt zu werden, so real ist. Sobald sie die Augen wieder schließt …

»Sie sind neugieriger, als gut für Sie ist.« Fuller hatte ihren Stuhl so gedreht, dass sie ihm zugewandt war und beugte sich nah an Marilenes Gesicht, darauf wartend, dass sich darin Erkennen spiegelte.

Es dauerte einen Moment, bis Marilene sich ihrer Umgebung wieder bewusst wurde, und sobald ihr klar war, wen sie vor sich hatte, versuchte sie, sich abzustoßen, außerhalb seiner Reichweite zu gelangen, irgendwie, aber vergeblich. Seine Hände hielten die Stuhllehnen mit eisernem Griff umklammert, ihr nutzloses Treten schien ihn lediglich zu amüsieren, und erst als sie nach ihm zu schlagen begann, packte er sie bei den Armen und zwang sie mit schmerzhaftem Druck zur Reglosigkeit.

»Was wollen Sie, Sie haben hier nichts zu suchen«, versuchte Marilene, Autorität in ihre Stimme zu legen, scheiterte kläglich.

»Sie auch nicht«, erwiderte Fuller, »also gehen wir.« In seinem Blick lag Herausforderung, als wünschte er geradezu, sie würde sich wehren.

»Mit Ihnen gehe ich nirgendwohin«, behauptete Marilene und bemerkte erst jetzt, erleichtert, dass Volker, ihr Kollege und Freund Volker, schräg hinter ihr am Aktenschrank lehnte und die Szene beobachtete. »Volker was soll das Ganze? Sag ihm, er soll mich loslassen«, forderte sie.

Volker schwieg.

Marilene wand sich in seinem Griff, »Ich gehe nicht mit Ihnen, was bilden Sie sich ein? Volker?«

»Ich bilde mir ein, dass ich stärker bin als Sie«, er beobachtete sie wie die Schlange das Kaninchen und riss sie plötzlich auf die Füße, »im Übrigen habe ich eine Waffe und keine Hemmungen, sie zu gebrauchen, also los jetzt.«

»Die Polizei weiß, wo ich bin und warum, sie wird jeden Augenblick hier sein, sie weiß, wo sie suchen muss, sie weiß alles über Sie.« Patrizia, dachte Marilene, sie könnte darauf kommen, würde sie doch, oder? Wenn nicht Volker sein Wissen preisgab, um der alten Zeiten willen. Vielleicht schwieg er jetzt nur, um sie beide nicht zu gefährden. Sie suchte seinen Blick, aber er wich ihr aus. Irgendjemand würde sie doch suchen? Irgendjemand würde sie doch vermissen?

»Sie bluffen, die Herren sind anderweitig beschäftigt«, er wandte sich an Volker, »sehen Sie zu, dass sie das da«, er wies mit dem Kinn auf den Computer, »loswerden, und versuchen Sie weiter, von Solburg zu erreichen.«

Fuller zerrte Marilene mit der linken Hand hinter sich her, während seine rechte auf seiner Jackentasche ruhte, »Keinen Muckser«, drohte er, bevor sie die Eingangstür erreicht hatten.

Marilene warf einen letzten Blick zurück. Volker saß an seinem Schreibtisch, die Augen auf dem Bildschirm, als ginge ihn das alles nichts an. Sie geriet ins Stolpern, aber Fuller verhinderte ihren Sturz, leider, dachte sie, lass mich einfach hier liegen, bitte, ich verrate nichts, weiß ja nicht einmal genug, um eine Bedrohung darzustellen, die es rechtfertigte – was zu tun? Was hatte er mit ihr vor?

21

Hartmann öffnete die Tür des Vernehmungszimmers. »Abführen!«, brüllte er, den Beamten, der sich auf der Bank im Flur zusammengerollt hatte und nun aus unruhigem Schlaf schrak, verlegen seine Gliedmaßen sortierte, mitleidlos weckend. Zinkel legte dem Befragten derweil Handschellen an, sein Gesichtsausdruck ließ darauf schließen, dass er Fußketten für den Weg zum Erschießungskommando für angemessener hielte, sich nur widerwillig damit begnügte, ihn in Richtung des Beamten zu stoßen, in der Hoffnung, er fiele wenigstens auf die Fresse. Der Beamte verhinderte das, eher unwillkürlich, indem er nach den auf dem Rücken gefesselten Armen griff, um den Gefangenen vor sich herzuschieben. Erst als sie den verlassenen Flur entlang verschwunden waren, bedeutete Hartmann Zinkel, ihm in ihr eigenes Büro zu folgen, wo sie ermattet auf ihre Stühle sanken und in wie einstudiert synchronen Bewegungen die Füße auf die Tische legten und die Arme hinter den Köpfen verschränkten.

»Frühstück wäre nett«, Hartmann gähnte.

Zinkel warf einen Blick auf die Uhr, »Zu früh, erst halb sechs«, er setzte sich wieder aufrecht und zog das Telefon zu sich heran, »ich rufe mal in der Klinik an.«

»Mach das.« Hartmann schloss die Augen. Was für eine Nacht. Er konnte sich nicht erinnern, jemals zuvor so viel Einschneidendes auf einmal erlebt zu haben. Erst sein Entschluss auszuziehen und die Aussprache mit Jan. Dann die Leiche in der Anwaltskanzlei und Marilene ... schlief sie noch? Er empfand fast etwas wie Neid auf Zinkel, dass sie in seiner Wohnung untergebracht war, Spuren ihrer Anwesenheit hinterlassen würde, vielleicht ein Haar im Waschbecken oder die Ahnung ihres Geruchs, mindestens Zigarettenqualm, nahmen seine Gedanken eine prosaischere Wendung, und er fragte sich, ob sie ihm zuliebe damit aufhören würde, ob »zuliebe« überhaupt eine Möglichkeit war.

Wenn er nur diesen Fall endlich abschließen könnte, sodass er nicht dauernd fürchten musste, sie begäbe sich in Gefahr, nur weil sie glaubte, er würde nicht umfassend genug ermitteln. Anmaßendes Weib! Am meisten wurmte ihn, dass es nun so aussah, als hätte sie von vornherein recht gehabt mit ihrem Verdacht gegen Auerbach, dass dieses eine Mal der einfache, weil statistisch wahrscheinliche Weg der falsche gewesen war.

Hartmann nahm nur am Rande wahr, wie Zinkel wieder und wieder, mit jedem Mal heftiger werdend, sein Sprüchlein aufsagte, bis er den zuständigen Arzt in der Leitung hatte, dessen wortreiche Erläuterungen nichts Gutes verhießen und Zinkel zum Schweigen brachten.

Sie waren nahe dran, fand Hartmann, trotz des mauernden Muskelpakets namens Harald Ernst. Er hatte so eine Ahnung, dass Auerbach aus anderem Holz geschnitzt war, dass er die Schwachstelle in der Organisation abgeben, dem Druck, den allein die Wartezeit ausübte, nicht gewachsen sein würde. Auerbach würde reden, ganz sicher. Er würde Namen nennen, wenn sie ihn glauben machten, dass sie ihn für den Kopf des Ganzen hielten und ihm die Morde anhängen wollten.

Zinkel legte den Hörer auf, schob seinen Stuhl zurück und trat ans Fenster.

»Sag schon«, Hartmann brannte darauf, ihr weiteres Vorgehen zu besprechen, die Müdigkeit, die vor einer Weile lähmend von ihm Besitz ergriffen hatte, begann der kurz vor Abschluss eines Falles üblichen Ruhelosigkeit zu weichen.

»Gehirnerschütterung, innerlich nichts Dramatisches, aber sie wird plastische Chirurgie brauchen«, Zinkel wandte sich nicht um.

»Oh Gott, die Arme«, Hartmann verschlug es für einen Moment die Sprache, aber im Gegensatz zu Zinkel hatte er ja mit eigenen Augen gesehen, was ihrem Gesicht zugestoßen war, sich nur nicht erlaubt, über die Folgen nachzudenken. »Was hatte sie da zu suchen?«, fuhr er fort, »ohne jemanden zu informieren noch dazu. Ich hasse Alleingänge, und erst recht von Anfängern, verdammt.«

»Ich hätte das verhindern können«, Zinkel sprach leise, wie zu sich selbst, »sie hat mich vorher angerufen.«

»Der Anruf kam zu spät, das fing viel früher an mit dem Alleingang«, Hartmann war sich Zinkels voller Aufmerksamkeit sicher, »willst du wissen, was Auerbach zu unserem Freund Ernst gesagt hat, bevor wir sie hochgenommen haben? Er sagte, ›die arbeitet für mich‹. Und ich glaube nicht, dass er von einem Nebenverdienst in diesem Etablissement gesprochen hat. Also mach dir jetzt keine Vorwürfe, ja? So leid mir das auch tut, sie hat sich das selbst zuzuschreiben.«

»Trotzdem hätte ich merken müssen, dass da was im Busch war«, Zinkel vergrub die Hände in den Taschen seiner Jeans und drehte sich wütend zu Hartmann um, »ich wusste doch, dass sie das Gefühl hatte, sich profilieren zu müssen, Scheiße auch«, er ließ die Schultern hängen, »lass uns frühstücken gehen.«

»Genau«, Hartmann sprang mit einer Leichtigkeit auf, als wäre er nicht die ganze Nacht unterwegs gewesen, »und nimm was zu schreiben mit, wir haben eine Menge zu regeln«, er eilte voraus, ohne auf Zinkel zu warten, der »jawohl, Boss« murmelte, bevor er Notizbuch und Stift einsteckte und ihm folgte.

***

Marilene rannte. Ihre Lungen brannten, als söge sie nicht Luft, sondern flüssiges Feuer ein, und sie schwor sich, mit dem Rauchen aufzuhören, wenn sie dies nur überlebte. Sie blickte über die Schulter nach hinten. Fuller schien den Abstand mühelos zu verringern, mit der Pistole fuchtelnd, ruderte er mit den Armen, wie um die Luftmassen beiseite zu schieben, die sein Vorwärtskommen behinderten. Schau nicht zurück, ermahnte sie sich und versuchte, ihr Tempo zu steigern, indem sie ebenfalls die Arme zu Hilfe nahm, aber sie wollten ihr nicht gehorchen. Schneller, nicht denken, laufen, laufen, was ihr zunächst wie Zeitlupe vorgekommen war, entwickelte allmählich einen eigenen Rhythmus, ihre Füße flogen wie von selbst Schritt für Schritt fort von der Gefahr, sie würde es schaffen, oder? Nein! Nicht umsehen, nur laufen, weiter, schneller, dennoch wusste sie, er würde auf sie zielen, er würde abdrücken, sobald er nahe genug herangekommen wäre, war er? Weiter, lauf, aber die Versuchung aufzugeben war so unendlich groß, das Ende ohnehin unvermeidbar, eine Kugel würde sie treffen, jeden Augenblick, sie stolperte, fiel, getroffen? Nichts milderte den Sturz, und sie schlug mit Kopf und Schulter auf dem steinigen Boden auf, rollte sich zu einer Kugel zusammen und schloss die Augen, ich sehe dich nicht, also kannst du mich auch nicht sehen.

Schmerz waberte wie Nebel am Rande ihres Bewusstseins, lichtete sich für Augenblicke, nur um sich watteweich wieder zu verdichten. Aber Schmerz bedeutete Leben. Sie lebte doch, oder? Natürlich lebte sie, Tote denken nicht, du hast schlecht geträumt, das ist alles, es gab keine Waffe, kein Fuller jagte sie, nur ein Traum, redete sie sich gut zu. Sie schlug die Augen auf und fand sich in völliger Dunkelheit. Wo war sie?

Ihr Kopf schmerzte, von einer Stelle am unteren Hinterkopf ging ein unablässiges Hämmern aus, sie wollte danach tasten, konnte ihre Arme aber nicht bewegen. Fesseln. Auch an ihren Füßen, merkte sie jetzt. Ihr Herzschlag übertönte das Hämmern im Kopf. Ganz ruhig, befahl sie sich, du irrst dich, ganz ruhig, sie wollte es laut aussprechen, die Angst durch den Klang ihrer Stimme in Schach halten, aber sie konnte den Mund nicht öffnen. Etwas hinderte sie daran. Klebeband.

Panik überschwemmte sie, wollte sich in lautem Schreien Bahn brechen, wiederkehrender Alptraum, in dem du mit aller Kraft um Hilfe schreist, aber niemand hört dich, du bist einfach nicht laut genug, egal, wie oft du versuchst, es besser zu machen, vergebens. Sie drehte sich mühsam auf den Rücken und, noch mühsamer die Kuhle in der Mitte des Bettes?, der Pritsche? überwindend, weiter auf die andere Seite, stieß gegen eine kühle Wand. Wo war sie? Wo gab es noch völlige Dunkelheit? Sie musste sich in einem Keller befinden.

Allmählich kehrte die Erinnerung zurück, wie Fuller sie zu seinem Wagen gezerrt und ihr befohlen hatte, in den Kofferraum zu steigen. Sie hatte sich geweigert, gebettelt sogar, und dann musste er ihr mit seiner Waffe eins übergezogen, sie in die Bewusstlosigkeit geschickt haben. Daher der Kopfschmerz. Aber warum lebte sie überhaupt noch?

Sie wand sich, scheuerte mit dem Kopf auf der Matratze hin und her, in der Hoffnung, das Klebeband lösen zu können, aber vergeblich. Ihre Arme schmerzten in der ungewohnten Position auf ihrem Rücken, und sie versuchte, mit den Beinen hindurchzusteigen, damit sie sie nach vorn bekäme und dann vielleicht das Klebeband ablösen könnte, aber es wollte ihr nicht gelingen, ihre

Beine waren schlicht zu lang, und sie stieß sich lediglich so heftig das Knie an der Wand, dass sie wieder auf dem Rücken zu liegen kam. Das Stöhnen, das ihr entwich, schien ihr völlig unangemessen, und sie konnte nicht einmal ertasten, ob die Kniescheibe nach dem Aufprall noch intakt war. Als würde das noch eine Rolle spielen. Tränen schossen ihr in die Augen, Schmerz, Wut und Verzweiflung, verdammt, nicht heulen, du erstickst. Und wieder Panik, schlimmer diesmal, weil sie jetzt vollkommen wach war, ein, aus, ein, aus, dirigierte sie ihren Atem in ungefähre Gleichmäßigkeit, siehst du, geht doch, die Arme tun kaum noch weh, kein Wunder, meldete sich eine ketzerische Stimme in ihrem Kopf, sind längst abgestorben, ein, aus, lauter, EIN, AUS, was spielt das noch für eine Rolle, ob du atmest? Du wirst sowieso bald tot sein, und scheiß auf blaue Flecken. Ein. Aus.

***

Durst. Die Vorstellung, wie er eiskaltes Wasser in sich hineinschüttete, um diesen unbändigen Durst zu stillen, weckte ihn. Sominski drehte sich zur Seite, trotz eines vagen Schwindels entschlossen, die Augen nicht zu öffnen, außer um einen kurzen Blick auf die Uhr zu werfen, um zu sehen, ob es sich lohnen würde, aufzustehen und etwas zu trinken, oder ob der Wecker sowieso bald klingeln würde, sodass es besser wäre, den Durst zugunsten des Schlafs zu ignorieren. Gleich sechs. Unwillig stöhnend drehte er sich wieder auf den Rücken, das Gefühl, sein Hirn würde die Bewegung langsamer als der Kopf vollziehen, verstärkte sich noch. Er musste gestern Abend zu viel getrunken haben. Aber dann war heute vielleicht Samstag, hoffte er wider besseres Wissen, und der Wecker würde nicht klingeln, er müsste nicht aufstehen.

»Wie spät isses?«

Das Murmeln von der anderen Seite des Bettes vertrieb jeglichen Gedanken an Schlaf, und Sominski richtete sich überstürzt auf. Den Kopf zwischen den Händen blinzelte er zwischen halb geschlossenen Lidern ungläubig auf struppiges blondes Haar, das unter der Decke hervorquoll, mehr war von der Person nicht zu sehen. Allein die Konturen deuteten daraufhin, dass es sich um eine Frau handeln musste. Angela, begriff er, was machte Angela hier?

Himmel, war ihm schlecht. Er stürzte würgend ins Bad, bekam den Brechreiz dort wundersamerweise wieder unter Kontrolle, drehte den Wasserhahn des Waschbeckens auf und hielt den Kopf unter den willkommen kalten Strahl. Er konnte nicht schnell genug trinken, um diesen Durst zu löschen, hob einmal kurz den Kopf, um Luft zu holen, senkte ihn aber angesichts des Fremden im Spiegel schnell wieder und trank weiter.

Was machte Angela in Silvies Bett? Du Schwein, schimpfte er im Stillen, die Erinnerung an sie hat noch nicht einmal begonnen zu verblassen, und du nimmst eine andere Frau ins Bett, zu viel getrunken?, billige Entschuldigung. Andererseits, vielleicht war ja überhaupt nichts passiert, vielleicht hatte sie ebenfalls zu viel getrunken und lediglich nicht mehr fahren wollen. Aber dann hätte sie ja wohl auch im Gästezimmer schlafen können oder auf der Couch im Wohnzimmer.

Er wünschte, er könnte sich davonstehlen, bräuchte ihr nicht zu begegnen, um was auch immer in ihrem Gesicht zu lesen, sei es auch nur die widergespiegelte eigene Abscheu. Aber spätestens in der Schule war ein Aufeinandertreffen unvermeidlich, und das könnte ungleich peinlicher sein, er brächte es also besser hinter sich. Dennoch schlich er, nachdem er sich gewaschen und angezogen hatte, auf Zehenspitzen in die Küche, um Kaffee zu kochen, unsinnig natürlich, denn wenn sie nicht von selbst auftauchte, müsste er sie wecken, das war ja wohl das Mindeste, dass sie nicht zu spät zur Schule käme. Ein kleiner Aufschub noch, bat er und starrte wie hypnotisiert auf die Kaffeemaschine.

»Kaffee, wie schön.«

Sominski schrak zusammen, hatte sie in seiner Versunkenheit nicht kommen gehört, ja, beinahe vergessen, und jetzt legte sie ihre Hände schon auf seine Schultern und küsste ihn, da er sich nicht umdrehte, aufs Ohr, was er hasste. »Morgen«, brummte er und beherrschte mühsam einen Schauder des Widerwillens, während er geschäftig nach Tassen, Zucker und Milch suchte. »Hör mal, wegen gestern«, begann er, noch immer, ohne sie anzusehen, und wusste nicht so recht, was er eigentlich sagen wollte, außer dass es sich um ein Missverständnis handelte, nichts zu bedeuten hatte, aber wie sagte man so etwas einigermaßen höflich, denn verletzen wollte er sie nicht, verletzt hatte er sie bei ihrem vorigen Besuch schon, sodass er, wie er sich jetzt erinnerte, geradezu freudig überrascht gewesen war, als sie gestern Abend vor seiner Tür stand.

»Mach dir wegen gestern keine Gedanken, ich finde, du hast ganz richtig gehandelt.« Sie setzte sich an den Küchentisch, auf Silvies Platz, schon wieder, aber das konnte sie natürlich nicht wissen, und sah erwartungsvoll zu ihm auf.

Sominski beeilte sich, ihr Kaffee einzuschenken, um seine Verwunderung über ihre merkwürdige Ausdrucksweise zu überspielen, und gab keine Antwort.

»Es war wirklich nicht richtig, was Bernd gemacht hat, und sein spätes Geständnis hat vielleicht ihm Erleichterung verschafft, war dir gegenüber aber total unfair. Deine Reaktion war also völlig verständlich.«

Geständnis? Bernd? Und welche Reaktion? Er mochte sie nicht bitten, die ganze Geschichte zu erzählen, vielleicht käme sie von selbst damit heraus, wenn er weiterhin schwiege. Aber, dämmerte ihm allmählich, Bernd war hier gewesen, allein die Gläser im Ausguss ließen darauf schließen, und ja, es musste schließlich einen Grund dafür gegeben haben, dass er sich dermaßen betrunken hatte und sich an nichts mehr erinnern konnte. Fast nichts.

»Natürlich ist es schade drum«, fuhr sie fort, »aber so weit her war es mit der Freundschaft doch wohl sowieso nicht. Einem Freund tut man das jedenfalls nicht an.«

Was, verdammt? Er musste es wissen, »Ich war also nicht zu hart?«, riskierte er ungewollt doppeldeutig.

»Also, wenn man den Kontext außer Acht lässt«, Angela lachte, »dann ist es schon hart, wenn man einen Freund aus dem Haus prügelt. Aber so? Ich war nur froh, dass er sich nicht gewehrt hat, ich weiß nicht, ob du eine Chance gegen ihn gehabt hättest. Er schien ein paar blaue Flecken für durchaus angemessen zu halten, und wie er dann davon ist, wie der sprichwörtlich geprügelte Hund, das hatte schon was.«

Er hatte um sich geschlagen? Sominski wandte sich ab, um seine Fassungslosigkeit zu verbergen, kramte im Kühlschrank nach Toastbrot, an dessen Existenz er sich zwar erinnerte, dessen Haltbarkeitsdatum er jedoch vorzog, nicht zu prüfen, steckte zwei

Scheiben in den Toaster und beobachtete angelegentlich das Erglühen der Drähte. Ausgerechnet er, der körperliche Gewalt immer verabscheut hatte, der sie für ein Mittel der Sprachlosen hielt, es fiel ihm schwer, das zu glauben, und doch war da ein Bild, eine Blitzlichtaufnahme von fliegenden Fäusten, Fäusten, die trafen, seinen eigenen?, er warf einen Blick auf seine Hände, registrierte erst jetzt, nicht Schmerz, aber eine gewisse Empfindlichkeit. Wie von einem Schlag. Oder mehreren?

Und erst jetzt erinnerte er sich widerwillig, wie Bernd gekommen war, wieder gehen wollte, als er Angela antraf, aber er hatte ihn zum Bleiben genötigt, erleichtert, nicht mit ihr allein sein zu müssen nach allem, was vorgefallen war. Wie er selbst versucht hatte, ein Gespräch in Gang zu halten, das die beiden nicht wollten, sie wollten etwas von ihm, von ihm allein, und er war nicht erpicht darauf gewesen, zu erfahren, worum es sich handelte, ignorierte ihre nur von Versuchen, den jeweils anderen zum Gehen zu bewegen, unterbrochene Einsilbigkeit, hatte gequasselt wie die Frau, die ihm die Haare schnitt, mit fliegenden Themenwechseln und ohne jemals innezuhalten.

Angela war es gewesen, die dem ein Ende bereitet hatte. Sie hatte Bernd dazu gebracht zu reden, »Du kannst uns alles sagen, was dich bedrückt«, dieses unerwünschte »Uns«, dessen Bürde er so gern verweigert hätte, ein selbstgerechtes Wir-wollen-nur-dein-Bestes-Uns. Und er hat es uns gegeben, wahrlich.

Der Toast qualmte. Er drückte wütend gegen den Hebel, bis die Scheiben hervorsprangen, kratzte vehement mit einem Messer die schwarzen Stellen herunter und legte die Scheiben auf Teller, schob einen zu Angela, die, als er keine Anstalten machte, Butter oder gar Marmelade dazuzustellen, mit einer Selbstverständlichkeit an dem trockenen Brot zu knabbern begann, dass er meinte, daran ersticken zu müssen – wenn sie es nicht tat.

Ein »Uns« bedingte ein »Wir«, und das gab es nicht. Er brauchte niemanden, der seine Last, seine Verluste mit ihm trug, Verlust der Frau, die nicht einmal, zumindest nicht nur, seine gewesen war, Verlust des Freundes, der wohl auch nur in seiner Vorstellung existiert hatte. Er brauchte niemanden, der ihm sagte, dass sie seine Trauer nicht wert gewesen waren, wollte wenigstens den Verrat betrauern.

Und wie es ihn ärgerte, dass er das alles letztlich Hartmann zu verdanken hatte. Wenn der Bernd nicht aus dieser Wohnung kommen gesehen und ihn daraufhin vorgeladen hätte, dann wäre alles im Verborgenen geblieben, hätte Bernd sich sicherlich nicht genötigt gefühlt, mit seiner Geschichte herauszurücken. Er fragte sich, ob er unwissend glücklicher wäre, mit seiner berechtigten Trauer, einer Trauer, die Bernd ihm, wie er gestern stammelnd gestand, nie ganz, weil er sich längst entdeckt glaubte, abgenommen hatte. Und deshalb vermutete, dass er, Sominski, Silvie umgebracht hatte.

Diese Verdächtigung, dieser ultimative Verrat, von Angela empört zurückgewiesen, war es, was ihn dazu gebracht hatte, seine Fäuste einzusetzen, bestärkt, wenn nicht angefeuert, durch Angelas Cheerleader-Qualitäten, hatte er all seine Trauer und Wut und Hilflosigkeit in seine Schläge gelegt, bis, ja, bis Bernd verschwunden war, ohne ihm auch nur Gelegenheit gegeben zu haben, die Sache, wenn schon nicht zu begreifen, dann doch wenigstens zu bereden, hinterher. Andererseits, hatte er wirklich reden wollen? Konnten Worte die Realität beschönigen? Hätten Einzelheiten, auf denen er aus masochistischer Neugier heraus bestanden hätte, tatsächlich zum Verständnis beigetragen, anstatt ihn noch mehr zu verletzen, tiefer?

Wie auch immer, so war es nicht gekommen, sinnlos, nein, bis zur annähernden Besinnungslosigkeit hatte er sich betrunken, durchaus mit Angelas Unterstützung, wie er sich jetzt erinnerte, ihr regelmäßiges Nachschenken war wie Öl ins Feuer gießen, erst recht ihre Bemerkung, sie hoffe, Bernd würde den Vorfall nicht bei der Polizei erwähnen, sie jedenfalls werde Stillschweigen bewahren, natürlich auch über ihre letzte Begegnung, er sei einfach nicht ganz bei sich gewesen, du Armer, nur zu verständlich bei dem Stress, unter dem er stünde, für sie verständlich …

Und dann? Hatte sie versucht, sein Selbstmitleid aufzufangen? Indem sie miteinander schliefen? Er hatte keine Ahnung. Auch wenn ihr versunken liebevoller Gesichtsausdruck darauf schließen ließ, vermochte er sich nicht vorzustellen, dass er, betrunken wie er war, überhaupt gekonnt hatte. Aber fragen würde er sie nicht.

***

»Bis jetzt ist das alles vollkommen legal«, Hartmann wischte Zinkels Erklärungen über grüne und gelbe Punkte mit einer ungeduldigen Handbewegung beiseite, »was wir brauchen, ist die Verbindung. Las Palmas – Siriporn Braun«, er malte mit dem Finger ein Häkchen in die Luft, »Siriporn Braun – Agentur Maxim?«

»Aber ich habe ihr Foto in dem Katalog gesehen. Auch wenn sie«, Zinkel wies mit dem Kinn zur Tür, hinter der sie Frau von Solburg der Aufsicht mehrerer Beamter überlassen hatten, die den Empfangsbereich und das Büro ihres Bruders durchsuchten, »es entfernt hat, es war da. Meinst du nicht, dass es reicht, dass wir die anderen Mädchen aus dem Las Palmas hier drin haben?« Er klopfte mit den Fingerknöcheln auf den Katalog, »Zusammen mit ihren Aussagen müsste das doch genügen.«

»Du weißt nicht, ob sie überhaupt aussagen, warum sollten sie? Abgeschoben werden sie doch. Und von Solburg wird argumentieren, dass alles, was im Las Palmas vor sich ging, ohne sein Wissen geschah. Er hat eine weiße Weste.«

»Warum ist er dann getürmt?«

»Na komm, vielleicht sagt seine Schwester die Wahrheit, und er hat tatsächlich einen Auswärtstermin, könnte ja sein.«

»Ich glaube ohne Beweise überhaupt nichts, und schon gar nicht an deren Unschuld, ein einziger Sumpf ist das hier, jede Wette«, Zinkel schaltete wütend den Computer ein und begann, auf die Tasten einzuhauen, »das wäre ja gelacht, wenn ich nicht dahinterkommen könnte.«

Hartmann ignorierte ihn, durchmaß den Raum mit langen Schritten, zur Wand und wieder zurück zum Fenster, ohne der Aussicht einen Blick zu gönnen, gedankenverloren wandernd, wie meist, wenn er versuchte, einen Fall im Kopf zu ordnen. Was hatten sie, und welche Puzzleteile fehlten?

Sie waren heute Morgen zunächst im Reisebüro gewesen und hatten Auerbachs Büro durchsucht. Sie hatten zwar keine Unterlagen darüber gefunden, dass Patrizia dort gearbeitet hatte, aber Susanne May hatte gesagt, sie würde es bezeugen. Er hoffte, sie könnten heute noch zu Patrizia, besser gesagt Zinkel, er selbst liefe Gefahr, sie zur Schnecke zu machen, um zu erfahren, was sie herausgefunden hatte. Denn die Durchsuchung hatte nicht viel erbracht. Lediglich in einer der Schubladen seines Schreibtisches waren sie auf Reiseunterlagen mehrerer Frauen gestoßen, an sich nicht verdächtig, aber warum waren sie unter Verschluss gewesen? Er unterbrach seine Wanderung, kramte in seiner Aktentasche nach den Unterlagen und begann, in den in einem offenen Regal liegenden Katalogen nach den Namen zu suchen. »Sukova« klang doch ganz nach Europa/Ost, aber dort tauchte der Name nicht auf. Letztlich hatte er keine Ahnung, welchem Land ein Name entstammen mochte, und er gab entnervt auf und legte die Unterlagen zu Zinkel auf den Schreibtisch.

»Überprüf du die mal in dem Ding, ich finde hier nichts«, schlug er vor, nahm seine Wanderung wieder auf und versuchte zum zweiten Mal an diesem Morgen, Marilene bei Zinkel zu erreichen. Sie ging nicht ans Telefon. Schlief sie noch? Sie brauchten ihre Aussage, sobald sie hier fertig wären.

»Hm«, Zinkel war so vertieft in den Text auf dem Bildschirm, dass er vermutlich nichts mitbekommen hatte.

Hartmanns Gedanken wandten sich Auerbach zu, den sie noch nicht vernommen hatten, sollte er ruhig noch etwas schmoren, und mit etwas mehr Glück als bisher könnten sie ihn mit Einzelheiten konfrontieren, die einem Geständnis förderlich wären. Außer, er hatte Silvie Bauer umgebracht, dann würde er den Teufel tun, sich zu belasten. Nein, reden würde er nur, wenn das ein anderer getan hatte, Ernst, nahm er an, auf Anweisung, aber auf wessen? Und wenn sie sich nun komplett irrten? Der Mord mit all dem hier gar nichts zu tun hatte? Unsinn, schalt er sich, Silvies Tagebuch ließ darauf schließen, dass sie mehr gewusst hatte, als gut für sie war, und damit hatten sie ein Motiv.

Oh verdammt, er warf einen Blick auf seine Uhr, elf durch, er hatte Klauke total vergessen, Klauke, den er für neun ins Präsidium bestellt hatte. Er zog sein Handy abermals aus seiner Jackentasche und rief dort an, erfuhr, dass Klauke schon seit einer Stunde tobte, welch Wunder, und befahl, ihn heimzuschicken, er werde sich bei ihm melden, sobald er Zeit hätte. Oder auch nicht, dachte er, nachdem er das Gespräch beendet hatte, was kümmerte ihn jetzt noch, was Klauke bei Sominski zu suchen gehabt hatte?

»Ist nicht wahr«, sagte Zinkel mehr zu sich selbst als an Hartmann gerichtet und fuhr fort, kopfschüttelnd von Seite zu Seite zu blättern.

Hartmann trat hinter ihn und blickte ihm über die Schulter, »Aha? Na wenn das keine Überraschung ist!« Er hob ungläubig die Stimme.

»Freund Fuller ist Kunde dieses Instituts«, bestätigte Zinkel triumphierend, »noch dazu ein überaus treuer Kunde, der immense Summen hingeblättert hat.«

»Zu dumm, dass wir das damals nicht gewusst haben«, bedauerte Hartmann, »vielleicht wären wir damit weitergekommen.«

»Ja, verstehst du denn nicht?«, Zinkel wandte sich vom Bildschirm ab und schwang mit dem Stuhl zu Hartmann herum, »den kriegen wir auch noch! Das hängt alles zusammen, hundertprozentig. Wir brauchen nur noch –«

»Von Solburg«, fiel Hartmann ihm ins Wort.

»Genau.« Zinkel sprang auf und öffnete die Tür zum Empfangsbereich. »Wie sieht's aus?«, fragte er in die Runde der durchsuchenden Beamten.

»Nichts Relevantes«, bekam er zur Antwort.

»Was sagt Ihnen der Name Fuller?«, wandte er sich an Frau von Solburg.

Deren kühle Gelassenheit hatte sich in der letzten halben Stunde nahezu aufgelöst, sie stand händeringend am Tisch der Empfangsdame, die sich, wer wusste schon, wohin, verkrümelt hatte, und starrte das blinkende Telefon an wie eine Maus, vor der sie sich sicherlich fürchtete, »Kenne ich nicht«, ihre Stimme gehorchte ihr nicht, sie klang wie ein Sängerknabe im Stimmbruch.

»Wo ist Ihr Bruder?« Hartmann war Zinkel gefolgt und lehnte sich, als Kontrast zu Zinkels Bedrohlichkeit, lässig gegen den Türrahmen.

»Ich weiß nicht.« Jetzt flüsterte sie.

»Wissen Sie«, Zinkels Stimme troff vor Ironie, »was Ihr Bruder hier gemacht hat?«

»Nein?« Sie war kaum zu verstehen.

»War das eine Antwort oder eine Frage?«, brüllte Zinkel und sah mit Genugtuung, wie sie sich duckte.

»Könnten Sie ihn erreichen?« Hartmann klang noch immer ruhig.

»Ich weiß nicht.«

»Würden Sie's mal versuchen? Wir möchten nur wissen, wo er

ist. Ich bin sicher, das klärt sich alles auf, wenn wir erst mit ihm sprechen können«, redete er ihr gut zu.

Sie nickte und drückte zaghaft, den Hörer zwischen Kopf und Schulter geklemmt und mit der freien Hand Ruhe gebietend, auf die Tasten des Telefons, lauschte eine Weile, sagte dann »Ist gut« und legte wieder auf. »Er ist bei seinem Anwalt und will nicht gestört werden.«

»Und wer ist sein Anwalt?« Hartmann versuchte, sich seine wachsende Ungeduld nicht anmerken zu lassen.

»Volker König. Kanzlei von Reinsberg …«

»Ist bekannt«, Hartmann winkte ab, »dann los«, nickte er Zinkel zu, »ihr macht hier weiter«, wies er die Kollegen an, bevor sie sich auf den Weg machten.

***

Zinkel saß an Patrizias Bett im JoHo, wie das St. Josefs-Hospital Wiesbaden kurz genannt wurde. Sie schlief noch. Der Arzt hatte ihm gesagt, sie sei ruhiggestellt, würde nicht vor dem Abend aufwachen, er dürfe sie auf keinen Fall vorher wecken. Jetzt war es drei Uhr, die Minuten krochen dahin, einschläfernd langsam, die im Tropfbeutel aufsteigenden Luftbläschen pendelgleich hypnotisierend, musste er sich zwingen, woanders hinzuschauen, zum Beispiel auf ihre rechte Hand, die er in seiner hielt, sie schlief ja, würde nicht aufbegehren gegen ungewollte Nähe, eine langgliedrige Hand mit kurz geschnittenen Nägeln, die bläulichen Adern formten ein interessantes Muster, dessen Bedeutung, woher und wohin, ihm entfallen war seit der Schulzeit, ein hellbraunes Muttermal am kleinen Finger erregte seine Aufmerksamkeit, und er beugte sich vor, um besser sehen zu können, eindeutig herzförmig, fand er, ein gutes Zeichen. Er drehte ihre Hand um, vorsichtig, um ihr nicht wehzutun, sie nicht zu wecken, betrachtete die Linien in ihrer Handfläche, wünschte, er wüsste, was sie bedeuten, wusste, es gab eine Lebenslinie, eine Herzlinie, eine Kopflinie, eine, die etwas über künstlerische Fähigkeiten aussagt, aussagen soll, aber er hatte keine Ahnung, welche welche war, Glück in der Liebe und ein langes Leben, entschied er, ließ seine Hände mit ihrer dazwischen auf seine Knie sinken. So ein Blödsinn.

Der Stuhl wurde allmählich unbequem. Er lehnte sich zurück, wandte seine Aufmerksamkeit von ihrer Hand zu ihrem Gesicht, das alle natürliche Farbe verloren zu haben schien, aber ein Gesicht mit so vielen Pflastern und Verbänden wirkt zwangsläufig bleich, sagte er sich, und ja, ihr Brustkorb hob und senkte sich mit jedem Atemzug, beruhigend regelmäßig, Schlaf, nur etwas tiefer als gewöhnlich. Er rutschte unruhig hin und her, fand keine erträglichere Position und legte ihre Hand behutsam zurück auf das Bett, stand auf und trat ans Fenster.

Sie hatten von Solburg bei seinem Anwalt angetroffen, was sich als Fehler herausstellte. Sie hätten ihn besser anderswo abgepasst, ohne Anwalt, aber Hartmann hatte nicht auf ihn hören wollen, gemeint, der würde ohne Anwalt schon gar nichts sagen, und so waren sie mehr schlecht als recht durch eine als Zeugenbefragung deklarierte Vernehmung gestolpert und hatten schier nichts erfahren, was sie nicht bereits wussten. Der Anwalt hatte sich als joviale Nervensäge entpuppt, sehr freundlich, aber stets hinderlich, wenn sie gerade den Eindruck hatten, jetzt würde von Solburg auf eine doch so unverfängliche Frage antworten. Er hatte versucht, die Darauf-müssen-Sie-nicht-antworten zu zählen, um sich von der Sinnlosigkeit ihres Tuns abzulenken, sich aber irgendwo bei dreizehn verheddert und aufgegeben.

Von von Solburg würden sie nichts erfahren. Wenn nicht eines der kleineren Rädchen im Getriebe anfinge zu quietschen, kämen sie nicht weiter. Oder eines der Opfer, sofern von Solburg sich auf dieses Niveau herabbegeben hatte, was er bezweifelte. Der zog lediglich die Fäden und sackte die Kohle ein. Zu selbstsicher auch die wiederholten Einwürfe des Anwalts. »Können Sie beweisen, dass mein Mandant damit etwas zu tun hat?« Selbst wenn sie könnten, würden sie den Teufel tun, ihm das auf die Nase zu binden.

Und dann das Gesülze, wie erschüttert er sei, dass mit den hehren Grundsätzen seiner Firma solch ein Missbrauch getrieben worden sei, hinter seinem Rücken, wie schrecklich, wo er doch nur das eine Anliegen habe, Menschen, die einander ihr Leben lang gesucht und nicht gefunden haben, zusammenzubringen, denn für jeden, glauben Sie mir, für jeden gibt es irgendwo auf dieser Erde genau den richtigen Partner. Kotz, würg. Er hatte wirklich an sich halten müssen, seine Gefühle nicht zu zeigen, während Hartmann unerklärlicherweise gewirkt hatte, als könnte ihn nichts erschüttern, ja, als hätte er nichts anderes erwartet, sich auf gemurmeltes Bedauern beschränkt hatte.

Erst als sie draußen waren, hatte er auf seine üblich knappe Weise formuliert, »Auerbach, er will es auf ihn schieben, prima Hebel, nicht?«, und einigermaßen siegessicher gegrinst.

Er spürte sein Handy vibrieren und beeilte sich, das Gespräch entgegenzunehmen. »Ja?«, flüsterte er.

»Ich bin's«, sagte Hartmann, »wo bist du? Du klingst so weit weg.«

»Sie schläft noch, deswegen will ich nicht so schreien«, antwortete Zinkel, »was gibt's?«

»Marilene geht nicht ans Telefon.«

»Wer ist Marilene?« Zinkel war verwundert.

»Na die Anwältin in deiner Wohnung. Und die Tür macht sie auch nicht auf, ich stehe direkt davor. Bei sich zu Hause ist sie auch nicht, zumindest geht sie nicht ans Telefon, dort war ich allerdings noch nicht.«

Marilene, so, so, und seit wann wussten Polizisten, wo die Anwälte von Verdächtigen wohnen? Zinkel hütete sich, darauf einzugehen. »Vielleicht will sie dich nicht sehen«, flachste er, nur um gleich darauf wieder ernst zu werden, »im Büro war sie nicht, ihr Zimmer war noch versiegelt. Hör zu, klingele bei Schultes unter mir, die haben einen Schlüssel, vielleicht hat sie ja eine Nachricht hinterlassen, ruf mich wieder an, wenn du drin bist.«

Hartmann legte wortlos auf.

Kurz angebunden war er immer, aber still war Hartmann eigentlich nur, wenn er sich ernsthaft Sorgen machte, Zinkel ließ sich von seiner Unruhe anstecken. Andererseits konnte er sich nicht vorstellen, dass dazu wirklich Anlass bestand, das beruhte sicher nur auf seinen Gefühlen für die Frau. Oder war das schon weiter gediehen? Gut für ihn, fand Zinkel, Jutta hatte sich in den letzten Jahren zu einer rechten Zicke entwickelt. Aufziehen würde er ihn natürlich trotzdem damit, sobald sie wieder auftauchte, und natürlich würde sie wieder auftauchen, sie war sicher nur sauer, dass sie sie nicht über den Fortgang informiert hatten und war woanders untergekommen.

Das Handy.

»Sie ist weg. Keine Nachricht. Ich fahr jetzt zu ihr, falls sie nicht da ist, in die Kanzlei, vielleicht weiß dort jemand etwas, sie wird sich ja abgemeldet haben, nehme ich an.«

»Alles klar, und *take it easy*«, fügte Zinkel noch an, aber da war das Gespräch schon unterbrochen.

Nachdenklich wandte er sich erneut Patrizia zu. Sie lag noch immer reglos, und es hatte nicht den Anschein, als würde sie in näherer Zukunft aufwachen. Sie und die Anwältin hatten zusammengearbeitet, überlegte Zinkel, es könnte also sein, dass die Müller weitaus tiefer in den Fall vorgedrungen war, als es die Vertretung ihres Klienten rechtfertigte. Warum sie das hätte tun sollen, blieb ihm zwar schleierhaft, aber sei's drum. Es bestand also die entfernte Möglichkeit, dass sie, während Patrizia sich im Las Palmas herumtrieb, einen ganz anderen Strang verfolgt hatte, oder hätte, wenn ihr nicht die Leiche dieses Eilers dazwischen gekommen wäre. Nur mal angenommen, sie hätte sich nicht an die Abmachung, in Deckung zu bleiben gehalten, dann könnte Hartmanns Sorge berechtigt sein, oder? Und es wäre durchaus möglich, dass Patrizia wusste, woran sie arbeitete.

Er musste sie wecken. Nein, er würde wenigstens noch abwarten, bis er das nächste Mal von Hartmann hörte, vielleicht gab es ja doch eine harmlose Erklärung. Sollte er vorher den Arzt fragen? Ach was, so viel konnten die paar Stunden ja wohl nicht ausmachen. Da, war das ein Zucken ihrer Augenlider, oder bildete er sich das nur ein? Er setzte sich wieder zu ihr und nahm ihre freie Hand, drückte sie leicht, beruhigend, wie er sich einredete, gewiss nicht, um sie zu wecken.

Sie erwiderte den Druck.

»Wo«, flüsterte sie kaum hörbar.

»Krankenhaus«, antwortete Zinkel.

»Gut.«

»Weißt du, was passiert ist?«

Sie drückte lediglich seine Hand.

Idiot, schimpfte Zinkel innerlich, du siehst doch, dass sie nicht in der Verfassung ist, einen detaillierten Bericht zu liefern, stell ihr die richtigen Fragen. »Hör zu«, sagte er, mehr, um sich zu sammeln, denn ihre Aufmerksamkeit war ihm gewiss, »wir wissen, dass du mit der Müller zusammengearbeitet hast. Hartmann glaubt, dass sie verschwunden ist. Du warst im Las Palmas; allein, du Dummchen, hast du eine Ahnung, woran sie gearbeitet hat, oder hinter wem sie her war?«

»Wen – habt – ihr?«

»Festgenommen? Auerbach und Ernst, aus dem Las Palmas.«

»Von ...«

»Von Solburg«, unterbrach er sie, »haben wir bis jetzt bloß befragt.«

»Ful-ler.«

»Fuller? Wieso Fuller? Okay, der ist Kunde von von Solburg, aber was hat der damit zu tun?«

»Kie-ker«, stieß Patrizia mühsam hervor.

»Er hat die Müller aufm Kieker?«

Sie drückte seine Hand zur Bestätigung.

Zinkel schwieg. Er hatte keine Ahnung, wie das zusammenpassen sollte.

»Mandant von Kollege«, Patrizia schien seine Ratlosigkeit bemerkt zu haben, »sie wollte wohl ...«

»Also, nur damit ich dich richtig verstehe, Fuller ist ein Mandant eines Kollegen von der Müller«, Händedruck, »aha, und sie wollte den Kollegen ausspionieren?«, Händedruck, »deshalb war sie mitten in der Nacht in der Kanzlei, was? Ihr und eure Alleingänge«, schimpfte Zinkel sachte, »nicht zu fassen.«

»Issie gut für.«

»Na hoffentlich. Also Fuller, was?« Er schüttelte den Kopf, Hartmann würde sich freuen. Er beugte sich vor, küsste sie leicht auf die Stirn, »Ich muss dann wohl mal los. Komme zurück, sobald ich kann, okay?«

Händedruck.

22

»Merken Sie denn nicht, dass da keiner zu Hause ist? Jetzt hören Sie endlich auf, hier rumzuschreien, sonst rufe ich die Polizei.« Die ältere Frau, die vorsichtig den Kopf zur Tür der Nachbarwohnung Marilenes herausstreckte, schaute Hartmann strafend an, gleichwohl auf der Hut und bereit zum Rückzug, sollte er sich als Bedrohung erweisen.

»Ich bin die Polizei«, Hartmann zeigte ihr seinen Ausweis.

»Na, noch schlimmer, Radaumacher«, gewann ihre Empörung Oberhand, und jetzt wagte sie sich in den Flur hinaus, stemmte die Hände in die molligen Hüften, »was wollen Sie?«

»Ich suche Frau Müller.«

»Sie ist gestern Abend, ziemlich spät, so gegen zehn würde ich schätzen, noch mal weggegangen und seitdem nicht mehr hier gewesen. Und wenn Sie glauben, sie hat was ausgefressen, dann irren Sie sich, sie ist nämlich Rechtsanwältin, Sie können also gleich wieder gehen. Sagen Sie«, sie legte den Kopf schief, »ich hab Sie hier doch schon mal gesehen?«

Hartmann würdigte sie keiner Antwort, tippte sich grüßend an die Stirn, »Vielen Dank auch«, sagte er, schließlich bedeutete »Polizei« nicht automatisch »schlechter Umgang«, wie sie zu glauben schien, und wandte sich zum Gehen.

Noch auf der Treppe wählte er die Nummer der Kanzlei, wurde von der Empfangsdame informiert, dass Frau Müller nicht im Hause sei, und nein, sie habe sich nicht abgemeldet, niemand wisse, wo sie stecken könnte, sie sei auch zu einem Gerichtstermin nicht erschienen, wie sie vorhin erfahren habe, und der Staatsanwalt habe sie stellvertretend übelst beschimpft, als wenn … hier beendete Hartmann ungeduldig das Gespräch.

Er trat nach draußen und blieb unschlüssig stehen. Was nun? Wo konnte sie sein? Obwohl er ihr einiges zutraute, glaubte er nicht, dass sie aus lauter Verärgerung darüber, nichts von ihnen gehört zu haben, davongelaufen war, bei einer Freundin untergekommen war oder sich ein Hotelzimmer genommen hatte. Nicht ohne eine vermutlich schnippische Nachricht zu hinterlassen. Also musste sie vorgehabt haben, zurückzukommen. Sie könnte noch einmal in die Kanzlei gefahren sein, überlegte er, denn ihre Begründung für ihre nächtliche Anwesenheit dort kam ihm jetzt, im Lichte ihres Verschwindens, noch fadenscheiniger vor als ohnehin schon. Was konnte sie dort vorgehabt haben? Und was konnte ihr unterwegs oder dort zugestoßen sein? Sie hatten die Verdächtigen doch in Gewahrsam. Dass sie ausgerechnet letzte Nacht in einen Unfall verwickelt worden sein sollte und jetzt sterbend in irgendeinem Krankenhaus lag ... nein, daran glaubte er ganz und gar nicht.

Das Handy unterbrach seine morbiden Gedanken. »Wo bist du?«, vernahm er Zinkels Stimme.

»Vor ihrer Wohnung, sie ist nicht da.«

»Hör zu«, als hätte er etwas anderes vor, »ich konnte kurz mit Patrizia sprechen, sie sagt, dass Fuller deine Anwältin auf dem Kieker hatte, warum, weiß ich noch nicht, unser Fuller, der ein Mandant eines Kollegen deiner Anwältin ist, und ich kann mir gut vorstellen, wer dieser Kollege ist, du nicht?«

»Der nette Herr König?« Hartmann tat Zinkel den Gefallen, auf sein Ratespielchen einzugehen, obwohl seine Gedanken sich überschlugen.

»Patrizia nimmt an, dass die Müller ihren Kollegen ausspionieren wollte, vermutlich war sie gerade dabei, als ihr der Eilers vor die Füße fiel. Und dann ist sie später noch mal zurückgegangen, und ... keine Ahnung, könnte aber sein, oder was meinst du?«

»Und ist überrascht worden?« Hartmann glaubte, Zinkels Schulterzucken förmlich zu hören.

»Zu weit hergeholt?«

»Meinst du, König hat sie?« Hartmann hatte Mühe, das Bild des jovialen Anwalts mit dem eines Entführers in Einklang zu bringen.

»Glaube ich nicht«, bestätigte Zinkel seine Zweifel, »obwohl ich annehme, dass er weiß, wo sie ist.«

»Aber er wird es uns nicht sagen, dann könnte er seine Zulassung gleich öffentlich verbrennen«, folgerte Hartmann wütend, »falls wir eine Zeugin haben«, fügte er leiser hinzu.

»Also Fuller?« Zinkel ignorierte Hartmanns Mutlosigkeit.

»Oder von Solburg.«

»Fuller«, sagten beide zugleich.

»In Ordnung«, Hartmann brannte darauf, loszufahren, vielleicht lagen sie richtig, vielleicht war es noch nicht zu spät, »ich lasse von Solburg überwachen –«

»König auch, sicherheitshalber«, unterbrach Zinkel ihn.

»Das kriegen wir eh nicht durch«, wandte Hartmann ein.

»Okay, dann kümmere ich mich um den Durchsuchungsbeschluss.«

»Vergiss es«, sagte Hartmann ungeduldig, »Gefahr im Verzug.«

»Klar. Ich brauche ungefähr zwanzig Minuten, und warte auf mich, hörst du?«

»Jep.« Also für wie blöd hält er mich eigentlich, überlegte Hartmann, während er die Überwachung anordnete, in seinen Wagen stieg und gemächlich losfuhr. Er würde keine zehn Minuten brauchen. Fuller wohnte in der reichsten Gegend Wiesbadens, wenn nicht des Rhein-Main-Gebietes überhaupt, mit Villen, die so manchen Palast in den Schatten stellten. Falls sie Marilene dort nicht fanden, würden die Folgen absehbar unangenehm, so viel war sicher. Man würde ihm vorwerfen, er könne nicht verlieren, was nicht ganz falsch war, hätte aus einem alten Groll heraus gehandelt, so alt war der gar nicht, würde ihn zurückstufen, Gehaltskürzung, keine Scheidung ... oh, komm schon, hör auf mit dem Scheiß, sie würden, mussten richtig liegen mit ihrer Vermutung. Noch einmal sollte Fuller nicht ungestraft davonkommen, nicht wenn es nach ihm ginge.

Er erinnerte sich noch gut an dessen überhebliches, siegessicheres Grinsen, nur ihm, Hartmann, gegenüber, und nur ein einziges Mal, sonst hatte das niemand gesehen, hatte Fuller seine wahren Gefühle hinter der Maske eines trauernden, zu unrecht verdächtigten Ehemannes verborgen – das Grinsen, als klar war, dass sie ihm nichts nachweisen konnten. Schließlich hatte es den Diebstahl zweier wertvoller Gemälde gegeben, von der Versicherung nach eingehender Untersuchung bestätigt, der Mord, weil zeitgleich, eindeutig das Werk eines selbstverständlich nie aufgegriffenen Einbrechers. Ein Einbrecher, der das Opfer erwürgte, statt zu erschlagen oder zu erschießen, also ehrlich, jeder Einbrecher ist doch auf mögliche Störungen vorbereitet, zumal, wenn es um große Werte geht. Und darum ging es hier oben in Sonnenberg unweigerlich.

Nein, er hatte nie daran geglaubt, nicht an den Einbrecher und letztlich auch nicht an den Einbruch.

Er stellte seinen Wagen ab, stellte sich nahe der Auffahrt zum Haus an die Mauer und wartete auf Zinkel.

Wenn sie nur damals schon gewusst hätten, dass er seine Frau aus einem Katalog bestellt hatte, vor allem nicht nur diese eine. Vielleicht fänden sie bei von Solburg noch Unterlagen über die Frauen, die Fuller gekauft hatte, ihre Namen vor allem. Denn sagen würde von Solburg ihnen darüber nichts.

Und, fiel ihm plötzlich eine seltsame Parallelität der Ereignisse auf, Fullers Frau war, ebenso wie Silvie Bauer, schwanger gewesen, er behauptete zwar, nichts davon gewusst zu haben, aber seine Trauer um das ungeborene Kind war ihm zu aufgesetzt vorgekommen, zu lamentierend, seht her, ich, der doppelt, nein dreifach beraubte, ein Schuft, der Übles von mir denkt. Und all ihre Vermutungen hatten zu nichts geführt, sie hatten nicht einmal die vorhandenen Möglichkeiten ausschöpfen können, zum Beispiel hatte eine Überprüfung seiner Kontobewegungen nie stattgefunden. Sie waren zurückgepfiffen worden, bevor sie richtig angefangen hatten. Fuller war ein Mann mit den richtigen Verbindungen.

Endlich. Zinkel kam um die Ecke, »sieht so aus, als wäre niemand zu Hause«, sagte er vergnügt.

»Wäre mir recht«, Hartmann trat zwischen die Begrenzungspfosten der kiesbedeckten Einfahrt, gefolgt von Zinkel, »sein Wagen könnte in der Garage stehen, sie ist geschlossen«, er blieb noch einmal stehen, ab hier ist es unwiderruflich, und er wusste nicht, was er mehr fürchtete, sich zu irren oder Marilene vorzufinden, leblos …

Zinkel spürte sein Zögern, zuckte mit den Schultern und ging voraus, ihre Schritte knirschten im Kies, auf das imposante weiße Haus zu, das einem Südstaaten-Herrenhaus in »Vom Winde verweht« alle Ehre gemacht hätte. Er erreichte die Eingangstür und klingelte, wartete gespannt und wie zum Sprung bereit, ob sich jemand rührte, klingelte erneut und kramte schon in seiner Tasche nach dem Schlüsselbund, an dem sich ein Dietrich befand.

Hartmann, mit dem Kopf zur Straße weisend, stoppte ihn, »Lass uns hinten rein«, sagte er und begann, das Haus zu umrunden. Er erinnerte sich an das saalähnliche Wohnzimmer mit den großen, gläsernen Flügeltüren, neben denen sich, symmetrisch angeordnet, kleinere runde Fenster befanden, allemal groß genug, dass sie hindurchpassen würden.

»Alarmanlage?«, wandte Zinkel, ihm folgend, ein.

»Wir haben fünf Minuten, bis die Kollegen hier eintreffen, das sollte reichen. Und falls sie hier ist, hat er sie möglicherweise gar nicht eingeschaltet, ich würde jedenfalls nicht riskieren, dass die Bullen hier auftauchen, nicht wenn ich etwas zu verbergen hätte.«

»Könnte sein«, gab Zinkel zu, hob einen Zierstein von einem der Blumenbeete auf und schlug, die Augen schließend, das linke der kleinen Fenster ein. Vorsichtig entfernte er die Splitter aus dem Fensterrahmen, bevor er, Kopf zuerst, hineinkletterte und schließlich Hartmann die Tür öffnete.

Hartmann trat ein, nicht ohne sich angesichts des hell gefliesten Bodens unwillkürlich die Füße abzutreten, wie er ärgerlich bemerkte. Das weitläufige Wohnzimmer hatte seit seinem letzten Besuch trotz neuer Dekoration nichts an Charme gewonnen, fand er. Nach wie vor erzeugte allein die Größe des Raumes ein diffuses Gefühl der Verlorenheit, daran änderten weder die schwarze, durchaus behaglich wirkende Couchgarnitur noch der neu installierte Kamin etwas, der, selbst wenn ein Feuer darin prasselte, Wärme nur an die unmittelbare Umgebung abgeben und die kühle Atmosphäre des Zimmers eher noch unterstreichen würde. Womöglich, überlegte Hartmann, war der Kamin gar nicht echt, ein »englisches« Feuer.

»Lass uns unten anfangen«, sagte er, »im Keller«, durchquerte das Wohnzimmer und betrat den Flur, die Eingangshalle vielmehr, die, nach oben offen, ebenso pompös und überdimensioniert wirkte wie der Rest des Hauses, Platz für Abendgesellschaften bot und deren Wände mit Gemälden förmlich zugepflastert waren. Hartmann fand die Kellertür auf Anhieb, knipste den Lichtschalter an und stieg die Stufen hinab, dicht gefolgt von Zinkel.

Zu ihrer Linken befand sich die Tiefgarage, groß genug für vier, wenn nicht fünf Pkws, aber im Augenblick stand dort nur ein Range Rover. Zur Rechten sahen sie sich einer Reihe geschlossener Türen gegenüber. Hinter der ersten verbarg sich ein Werkzeugraum, die zweite, schon erkennbar durch den außen angebrachten Thermostat, führte in den Weinkeller, dennoch vergewisserten sie sich, dass sich darin außer Wein nichts befand, die dritte war verschlossen, ohne dass der Schlüssel steckte, und hinter der vierten befand sich ein Raum mit Fitnessgeräten.

Sie wandten sich der dritten Tür zu, Zinkel fischte schon nach seinem Schlüsselbund, während Hartmann den Türrahmen abtastete, triumphierend seinen Fund vor Zinkels Augen baumeln ließ, ihn beiseite schob und aufschloss. Wo, wenn nicht hier, dachte er, drückte die Klinke nach unten und öffnete langsam die Tür. Völlige Dunkelheit, der aus dem Flur einfallende Lichtkegel reichte nicht aus, um in dem Raum etwas erkennen zu können. Ein abgestandener, merkwürdig schaler Geruch schlug ihnen entgegen, dessen Ursache er nicht zu benennen vermocht hätte. Völlige Stille, die sie kaum durch Atmen zu stören wagten, damit ihnen das leiseste Geräusch nicht entging.

Hartmann tastete über rauen Putz an der Wand rechts nach dem Lichtschalter, fand ihn und drehte den Knopf, bis die plötzliche Helligkeit und das, worauf sein Blick als Erstes fiel, ihn zwangen, die Augen zu schließen, nur für einen Moment, als könnte er so die Wirklichkeit dessen, was er gesehen hatte, ausblenden, als hätte sich ihm dieses Bild nicht längst ins Gehirn gebrannt.

Er spürte, wie sich Zinkel an ihm vorbeidrückte und öffnete die Augen wieder, blieb aber wie angewurzelt stehen. Zinkel stürzte zu der auf einer Pritsche am anderen Ende des Raumes liegenden, vollkommen reglosen Gestalt, gefesselt und geknebelt und still, hoffnungslos still.

»Aber sie lebt ja«, brüllte Zinkel, dass Hartmann zusammenzuckte.

Und tatsächlich, sie schlug die Augen auf, die sich, wie Hartmann im Näherkommen bemerkte, unmittelbar mit Tränen füllten, »mmhhm«, stöhnte sie, und Zinkel riss ihr mit einem Ruck das Klebeband vom Mund, »ich muss mal«, sagte sie mit heiserer Stimme.

***

Tatsächlich, ich lebe, dachte Marilene verwundert, sie hatte nicht mehr ernsthaft daran geglaubt, dass jemand sie fände, und als sie den Schlüssel im Schloss gehört hatte, war sie vor Angst erstarrt, hatte nicht gewagt, die Augen zu öffnen, bis sie eine Stimme gehört hatte, die sie irgendwoher kannte, aber nicht einordnen konnte, die aber eindeutig nicht Fuller gehörte, erst dann hatte sie die Augen geöffnet. Tränen der Erleichterung trübten ihren Blick, und sie versuchte zu stöhnen, und der Mann, sie blinzelte, Hartmanns Kollege, begriff und riss ihr das Klebeband vom Mund. »Ich muss mal«, krächzte sie, fürchtend, dass er sie nicht verstehen würde, aber er beeilte sich, ihre Fesseln zu lösen, während Hartmann ein paar Schritte entfernt stand, händeringend und sprachlos. Noch.

Es war ihr gleich. Dass er sie ausschimpfen, ihr Vorhaltungen über ihre Dummheit machen würde. Aber nicht jetzt. Sie würde ihm zustimmen, allem, was er sagte, er hätte recht, sie würde kleinlaut jeden Fehler eingestehen, später. Jetzt wollte sie hier raus. So dankbar sie war, für Helligkeit und Luft zum Atmen und dass sie spüren konnte, wie das Blut durch ihre Adern floss, Bewegung ermöglichte, sie musste raus.

»Bring sie nach Hause«, sagte Hartmann nur, »schließ mich hier ein und leg den Schlüssel wieder auf den Rahmen. Ach, und schick ein paar Kollegen, sie sollen sich unauffällig, und ich meine wirklich unauffällig, ums Haus postieren, ich warte hier.«

Sie stellte sich vor, sie würde bleiben, Fuller erwarten, mit der Waffe in der Hand, selbst dieser Gedanke an Rache, den Schock seines Lebens in seinem Gesicht zu sehen, könnte sie nicht dazu bewegen.

Erst jetzt, als Hartmanns Kollege nach ihrem Arm griff, um ihre unsicheren Schritte zu stützen, erst jetzt, mühsam und schmerzhaft einen Fuß vor den anderen setzend, als lerne sie aufs Neue zu gehen, sah sie Dinge, die ahnen ließen, was ihr tatsächlich bevorgestanden hätte, und sie schlug die freie Hand vor den Mund, um das Würgen zu unterdrücken, das von ihr Besitz ergreifen wollte, aber sie konnte nicht kotzen, hatte doch nichts gegessen, versuchte, an diesem Gedanken festzuhalten, die Videokamera, schlug die freie Hand vor die Augen, um den Stuhl, der dem beim Frauenarzt zu sehr ähnelte, um einfach ein Stuhl zu sein, nicht zu sehen, hatte doch längst begriffen, während sie wankte, gestürzt wäre, hätte der Mann, welcher Mann?, sie nicht gehalten, Schritt für Schritt, raus hier!

Fuller musste gewusst haben, dass sie gestorben wäre vor Angst, zu früh gestorben, hätte er das Licht brennen lassen. Beinahe war sie ihm dankbar.

»Brauchen Sie einen Arzt?«, fragte Zinkel, wie aus dem Nichts tauchte plötzlich wieder sein Name in ihrem Kopf auf, als sie, nachdem sie sich erleichtert hatte, im Wagen saßen, »hat er …«

Marilene schüttelte stumm den Kopf und schloss die Augen, vor zu viel Wirklichkeit, zu viel Normalität ringsum, nach Hause, dachte sie, nannte ihm ihre Adresse und überließ sich dem sanften Schaukeln des Wagens. Er schien zu glauben, sie sei zerbrechlich, so behutsam bremste und beschleunigte er, unterließ es sogar, sie mit Fragen zu behelligen. Erst als er den Motor abstellte, öffnete sie die Augen wieder, fand sich dem Haus, in dem sie wohnte, gegenüber, suchte das Fenster ihres Wohnzimmers, den Streifen blauen Vorhangs, an dessen Kauf sie sich so deutlich erinnern konnte, blau, ja, aber verblasst, nicht?, als sei sie Jahre fort gewesen.

Sie ließ sich von Zinkel aus dem Wagen helfen und zur Tür führen, »Keinen Schlüssel«, sagte sie, Panik und Entsetzen in der Stimme, so nah und doch unerreichbar?

»Alles da«, sagte Zinkel, »Ihre Tasche lag unter …«, er verschluckte den Rest des Satzes, ließ sie los und kramte in ihrer Handtasche, die er, von ihr unbemerkt, unter seinen Arm geklemmt hatte, nach den Schlüsseln. Fuller hatte ihre Tasche in den Händen gehabt, überlegte sie, sie würde sie fortschmeißen, und die Klamotten, die sie trug, kämen auch fort, sie blickte an sich herunter, schon wieder eine Kleiderverbrennung, dachte sie, was für ein Verschleiß, und unterdrückte ein hysterisches Kichern, das ihr in der Kehle lauerte.

Widerstandslos nahm sie hin, dass sie den Fahrstuhl benutzten, ließ zu, dass Zinkel sie in ihre Wohnung bat, als sei es seine eigene, na komm, schalt sie sich, das ist undankbar.

»Ich muss, ähm …«, sie verschwand augenblicklich im Schlafzimmer, streifte Jeans und Sweatshirt ab, ließ sie achtlos zu Boden fallen und zog Felix' Hemd an, dazu alte Leggings, schon besser, fand sie, ging zurück ins Wohnzimmer, setzte sich aufs Sofa und schaute sich um wie eine Fremde, eine Besucherin, aber nein, alles da, Erinnerungen stellten sich ein, schnell abzuhaken in ihrer Banalität, dennoch beruhigend und unbestreitbar ihre.

Zinkel kam aus der Küche und stellte eine Flasche Wasser und ein Glas vor sie hin. »Trinken Sie«, sagte er, »Sie dürften ziemlich dehydriert sein.«

Sie gehorchte. Er hatte recht, in kürzester Zeit hatte sie die Flasche geleert, einen Durst gelöscht, den sie nicht empfunden hatte.

»Essen?«, fragte Zinkel.

Sie zuckte mit den Schultern, und er verschwand erneut in der Küche, viel Glück, dachte sie, eine Zigarette ist mir lieber, entdeckte eine Schachtel auf dem Tisch und Streichhölzer, beim dritten Versuch gelang es ihr, eines anzureißen, und sie inhalierte tief und mit der Inbrunst eines Rauchers auf Entzug, was sie war, gewesen war, genoss sogar die flirrenden Sternchen, die sich einstellten. Also gut, dachte sie, Essen muss sein, drückte die Zigarette aus und folgte Zinkel in die Küche.

Er schmierte Brote, Nutellabrote, »Ähem«, sagte sie, »ich krieg das nicht runter, wenn Sie mögen ... sonst lassen Sie's einfach stehen.«

»Tut mir leid, ich wusste nicht ...«, er schaute betreten auf sein Werk.

»Macht nichts«, sie öffnete den Eisschrank, fand eine Plastikschüssel mit gefrorener Hühnersuppe darin, drückte sie in einen Topf und schaltete den Herd ein.

Hühnersuppe für die Seele, dachte sie, das ließe sich bewältigen, kauen wäre zu mühsam, aber das konnte sie, Schluck für Schluck, war genauso wohltuend, wie alle behaupteten, und nach dem Essen bat sie Zinkel, eine Flasche Wein zu öffnen, nur ein Glas, oder zwei. Für die Seele. Sie ging zurück ins Wohnzimmer, streckte sich auf der Couch aus, nicht schlafen, nur ruhen, nicht die Augen schließen, »Wollen Sie nicht meine Aussage haben?«

»Das hat Zeit bis morgen«, antwortete Zinkel, »darf ich?«, und schaltete auf ihr Nicken den Fernseher ein.

Marilene hörte das Klingeln des Telefons, aber sie würde nicht drangehen, nicht jetzt, hörte Zinkel antworten, »Nein, sie schläft jetzt«, gar nicht wahr, stritt sie ab, ich höre alles, was du sagst, »gut, ich komme rein, bis gleich«, sagte Zinkel. Sie spürte noch, wie er sie zudeckte und hörte, wie er die Tür schloss. Ich schlafe nicht, nur das nicht, hob aus Protest den Kopf, aber er war einfach zu schwer, viel zu schwer.

***

Fromm stand hinter seinem Schreibtisch und blickte auf Hartmann hinab, der, um aufrechte, schlafverhindernde Haltung bemüht, vor ihm auf einem harten Stuhl, die Sessel waren seit jeher Polit- und anderer Prominenz vorbehalten, herumzappelte. Nicht etwa, weil er nervös gewesen wäre. Dieses Gefühl Vorgesetzten gegenüber hatte er längst abgelegt, nahm deren Anweisungen zwar stets mit fatalistischem Gleichmut entgegen, handelte aber nach seinem eigenen Ermessen und nutzte die Spielräume, die Argumente zwangsläufig boten, bis zur absoluten Dehnungsgrenze aus. Diese Strategie war bisher nur ein einziges Mal nicht aufgegangen, aber jetzt bot sich ihm die Chance zum Ausgleich, würde auch Fuller einer späten Gerechtigkeit zugeführt werden. Da gab es kein Entrinnen. Und keine Protektion. Diesmal nicht.

»Er sagt, es sei ein Spiel gewesen«, gab Fromm zu bedenken, »sie war einverstanden.«

Sicher, höhnte Hartmann innerlich, und sie hat sich selbst gefesselt, »Ihre Aussage wird anders lauten. Sie hätten sie sehen müssen, da war kein Einverständnis, sie stand völlig unter Schock.« Ebenso, wie Fuller selbst, wenn auch nur für einen winzigen Moment, als er ihn statt seines Opfers dort vorgefunden hatte, rief Hartmann sich mit Genugtuung die Szene ins Gedächtnis. Aber er hatte sich schnell, zu schnell wieder gefangen, sich widerstandslos festnehmen lassen und dabei nichts von seiner Selbstsicherheit eingebüßt, war mit hochgezogenen Brauen und einem Du-wirst-schon-sehen-Ausdruck im Gesicht an ihm vorbeigegangen und hatte ihn noch gebeten abzuschließen, wenn sie fertig seien.

Wahrscheinlich würde er versuchen zu handeln, aus seinem Wissen über die Organisation, deren Kunde er war, Kapital zu schlagen, vermutete Hartmann, oder, und ungleich schlimmer, es gab nichts zu finden, was ihn belastete, denn die Videokassetten, auf die er all seine Hoffnung gesetzt hatte, enthielten Spielfilme, verdammt! Sie mussten überspielt worden sein, denn welcher Idiot bewahrt Spielfilme im Keller auf? Also blieb ihnen nur Marilenes Aussage über eine nicht durchgeführte Absicht. Scheiße auch, fluchte er innerlich, was hätten sie denn machen sollen? Sie liegen lassen?

»Wie wollen Sie weiter vorgehen?«, unterbrach Fromm seine Gedanken, »ich bestehe darauf, über jeden Ihrer Schritte informiert zu werden.«

»Selbstverständlich«, sagte er und stand auf, er war es leid, hier herumzusitzen und Banalitäten auszutauschen, was er brauchte, waren Fakten, die zu sammeln Fromm verhindert hatte, indem er in den Konferenzraum gestürmt war, die an der Durchsuchung beteiligten Kollegen fortgeschickt und ihn zu sich beordert hatte. Einstweilen verhindert. Andererseits wäre er morgen viel aufnahmebereiter, denn was er noch dringender brauchte, war Schlaf, Fuller und Konsorten würden ihm nicht davonlaufen, jetzt nicht mehr. »Ich lasse Sie wissen, was sich ergibt«, fügte er mehrdeutig hinzu und verschwand, bevor Fromm den Finger drauflegen könnte.

Im Flur traf er auf Zinkel, der vor Müdigkeit ebenfalls die Augen kaum noch offen halten konnte, »Fahr heim, bevor er«, er wies mit dem Kopf auf Fromms Büro, »dich erwischt«, sagte er, »er hat eh schon alles durcheinandergebracht, wir machen morgen weiter.«

Zinkel nickte nur.

Sie gingen schlurfenden Schrittes zum Treppenhaus, das zum Parkplatz führte, einträchtig schweigend, und erst als sie ihre Wagen aufschlossen, schien Zinkel aufzuwachen, »Sag mal, wie stehst du eigentlich zu ihr?«

»Marilene?«, Hartmann hielt inne, »wenn ich das wüsste. Eigentlich bin ich die meiste Zeit stinkwütend auf sie«, er grinste müde.

Zinkel nickte, »Ist schon in Ordnung«, befand er, »aber behalt das bloß für dich, bis der blöde Fall hier abgeschlossen ist.«

»Sicher.« Hartmann stieg ein und streckte dann noch einmal den Kopf heraus. »Sag mal, und was läuft da bei dir und Patrizia?«

»Nichts«, Zinkel zuckte mit den Achseln, »ich würde ja gern, keine Frage, aber ich habe keine Ahnung, wie sie dazu steht, dass ich … dass wir … ich weiß nicht, wie ich das angehen soll.«

»Augen zu und durch«, empfahl Hartmann, machte mit den Fingern das Victory-Zeichen, ließ den Wagen an und fuhr nach Hause, ohne Umweg. Er wollte nicht der Versuchung erliegen, Marilene zu wecken.

23

Sie versuchte verbissen, den Schlaf zu halten, erneut unterzutauchen in einen geordneten Traum, dessen Welt ihr doch schon entglitt. Die Bilder verblassten zu verschwommenen Konturen wie Dias auf einer Leinwand bei eingeschaltetem Licht, und sie wusste, wenn sie zuließe, dass es noch heller würde, wäre alles wieder da. Marilene wollte ebenso wenig aufwachen, wie sie am Abend zuvor hatte einschlafen wollen, und dieser Gedanke weckte sie endgültig, sie schlug die Augen auf und erschrak.

Es war taghell. Sonnenlicht strömte ungehindert ins Wohnzimmer und ließ feine Staubpartikel einen surrealen Tanz vollführen, dass ihr schwindelig wurde und sie den Blick abwenden, auf etwas greifbar Wirkliches richten musste. Das Weinglas auf dem Tisch vor ihr, der Rest Flüssigkeit darin, schimmerte bläulichrot und jetzt, bei Tag, keineswegs verlockend, die Kippen im Aschenbecher daneben, drei, zählte sie automatisch, verströmten einen Geruch, dass sie sich wunderte, überhaupt geschlafen zu haben.

Also Duschen. Die Couch war auf jeden Fall zu unbequem, um länger darauf zu liegen. Wie spät war es überhaupt? Sie zog die Hand unter ihrem Gesicht hervor und schaute auf ihre Armbanduhr. Elf durch, oje. Sie setzte sich auf und schwang die Füße auf den Boden. Sie musste sich beeilen, wenn sie nicht noch einen Tag in der Kanzlei versäumen wollte. Wollte sie aber. Oder? Es schien ja niemanden groß zu kümmern, wo sie blieb, oder warum sonst hatte sie nicht längst das Klingeln des Telefons geweckt? Vermutlich hatte Volker behauptet, sie habe sich krankgemeldet. Volker. Sie musste Hartmann informieren.

Sie wankte ins Bad, putzte sich flüchtig die Zähne, stellte sich dann unter die Dusche und ließ heißes Wasser über sich strömen, bis sie das Gefühl hatte, ihre Haut sei so aufgeweicht, dass sie mühelos abziehbar wäre, sie könnte das Wasser atmen, ohne zu ertrinken, verschluckte sich, natürlich, und drehte den Hahn zu. Sie trocknete sich ab, schlüpfte erneut in Felix' tröstliches Hemd und tappte barfuß in die Küche.

Zinkel hatte die Nutellabrote sorgsam mit Plastikfolie abgedeckt, sie zog eines darunter hervor und biss hinein, aber nach Essen war ihr noch immer nicht zumute, und so legte sie es auf den Tisch, wo sie es augenblicklich, einer verirrten Fliege ein Festmahl bietend, vergaß, öffnete den Kühlschrank und trank etwas Wasser. Was nun? Was zuerst?

Sie wanderte ziellos durch die Wohnung, rückte hier und da etwas zurecht, erwog, sich endlich anzukleiden, verwarf den Gedanken als unendlich mühsam und landete schließlich im Schlafzimmer, wo sie das Rollo bei auf Kippe gestelltem Fenster herunterließ und unter die Bettdecke kroch. Vogelgezwitscher drang herein und Kindergeschrei, Hupen und Stimmen und der Lärm von einer fernen Baustelle, eine gedankenbetäubende Kakophonie, die sie, ähnlich den Mittagsschläfchen der Kinderzeit, widerwillig, weil draußen doch das Leben so aufregend weiterging, ohne mich, wie gemein, forttrug in unruhigen Schlaf.

Sie erwachte von einem hartnäckigen Klingeln, Telefon, dachte sie, ihr war leicht übel, und sie fror unerklärlicherweise, hatte eiskalte Füße, nicht das Telefon, merkte sie, die Türklingel, wer zum Teufel?, sie befreite sich von der Decke und stapfte ungehalten zur Tür, riss sie auf und fand sich Hartmann gegenüber.

»Sie sollen nicht öffnen, wenn Sie nicht wissen, wer da ist«, sagte er in einem Ton, der ihre eigene Stimmung widerspiegelte, trat ein und schloss die Tür hinter sich. »Wo bleiben Sie denn? Ich brauche Ihre Aussage. Sie hätten wenigstens ans Telefon gehen können.«

Marilene antwortete nicht, ließ ihn stehen und ging zurück ins Schlafzimmer, zog zuerst Socken an, dicke Socken, schlüpfte dann in eine Jeans und ein einigermaßen dazu passendes Sweatshirt, Turnschuhe, die knöchelhohen, damit ihre Füße endlich wieder warm würden, fand Hartmann in der Küche vor, wo er gedankenverloren auf das angebissene Nutellabrot starrte. Sie nahm es und warf es in den Abfalleimer. »Wir können dann jetzt«, sagte sie und merkte, dass sie klang wie betrunken.

Er blickte erstaunt auf, musterte sie mit hochgezogenen Brauen und schlug pantomimisch vor, sie könne sich ruhig noch kämmen. Marilene ignorierte den Wink, fuhr sich lediglich mit den Fingern durchs Haar und suchte dann nach ihrer Tasche, stopfte

Kippen und Feuerzeug hinein und wartete an der Tür, bis er ihr schließlich folgte, sie beim Arm nahm und nach draußen führte.

Sie duckte sich unwillkürlich unter dem grellen Licht der Sonne, als habe sie sich gerade und endgültig mit Dunkelheit abgefunden, aber die Wärme sog sie dankbar in sich auf. Die Bäume auf der anderen Straßenseite kamen ihr größer und grüner vor als noch vor zwei Tagen, und sie fühlte sich wie eine Rekonvaleszentin, die nach langer Krankheit zögernd die ersten Schritte geht, unsicher und fremd. Hartmann schien dies zu spüren, setzte sie in seinen Wagen und schnallte sie gar eigenhändig an, bevor er losfuhr. Viel zu schnell. Sie kam sich vor wie in einer Achterbahn und klammerte sich in jeder Kurve an den Haltegriff, mühsam einen Schrei unterdrückend, trat sie wiederholt nach der nicht vorhandenen Bremse.

»So«, sagte Hartmann, während er endlich in eine Parklücke rangierte, »das Schlimmste hätten Sie hinter sich«, er grinste verhalten, zog sie förmlich aus dem Wagen und hinter sich her, »jetzt wird gegessen.« Ihr Stöhnen ignorierend, führte er sie in die Kantine des Präsidiums, setzte sie auf einen Stuhl und bedeutete ihr zu warten.

Meinetwegen kann er wegbleiben, dachte Marilene, ich esse nicht mehr, aber natürlich kam er zurück und trug ein Tablett, auf dem sich zwei Becher mit dampfendem Kaffee und ein trocken wirkendes Streuselstückchen befanden. »Wenn Sie nichts essen«, er stellte es vor sie hin, »erfahren Sie auch nicht, wie weit wir sind.«

»Wenn ich etwas esse, erfahren Sie womöglich nicht, was ich weiß«, erwiderte Marilene, griff aber dann doch nach dem Stückchen, pulte ein paar Streusel herunter und steckte sie in den Mund, kaute und schluckte, es geht ja, wunderte sie sich, biss nun ein wenig ab, nahm den Kaffee zu Hilfe, denn es staubte tatsächlich, »aber höchstens die Hälfte«, murmelte sie mit halb vollem Mund.

»Brav«, lobte Hartmann, lehnte sich zurück und betrachtete sie für einen Moment, bevor er fortfuhr. »Die Vöglein singen«, sagte er und lachte über den Blick, den sie ihm zuwarf, überrascht und als dächte sie, er hätte sie nicht mehr alle. »Auerbach«, erläuterte er, »Ernst auch, nur Fuller hält sich noch zurück.«

»Ach so«, Marilene schaute wieder auf ihren Teller, sie war sich nicht sicher, dass sie das hören wollte, all den Schmutz, sie hatte nichts mehr damit zu tun, Sominski war ja wohl aus dem Schneider. Gut, sie würde ihre Aussage machen, aber darüber hinaus ging sie das alles nichts mehr an.

»Fangen wir mit Fuller an, der macht uns am meisten Kopfzerbrechen«, Hartmann ließ sich von ihrer mangelnden Begeisterung nicht beirren, »aber du kannst sicher sein«, wechselte er die Anrede und nahm ihre linke Hand beruhigend zwischen seine eigenen, gab sie aber sofort wieder frei, als ihm bewusst wurde, wo er sich befand, »er wird Ihnen nichts mehr tun können, irgendwie kriege ich ihn dazu, den Mord an seiner Frau zu gestehen, denn ich bin ganz sicher, dass er es war. Wir kriegen das raus, denn mit der Entführung kommen wir nicht allzu weit, er behauptet, also –«, er stockte, »er sagt, du seiest freiwillig mitgegangen. Ihr hättet euch schon vor einer Weile kennengelernt, er fände dich attraktiv, und auch du seiest nicht abgeneigt gewesen, und als er dich zufällig an dem Abend in der Kanzlei getroffen hat, hättet ihr beschlossen, die Nacht mit angenehmeren Dingen zu verbringen als mit Arbeit. Und dass er zwar überrascht war, dass du, ähm, gewisse Praktiken erregend fändest, aber einer schönen Frau habe er noch nie etwas abschlagen können. Sagt er. Also ich …«, also ich was?, er wand sich.

»Das ist eine Lüge«, warf Marilene ein, »ich war in der Kanzlei, und da …«

»Aussage gegen Aussage«, Hartmann zuckte mit den Achseln, »aber das macht nichts, wir werden ihn schon kriegen.«

»Doch«, widersprach Marilene, und ihre Wut übertraf die eben noch empfundene Gleichgültigkeit, »ich bin Anwältin, schon vergessen? Ich habe einen Ruf zu verlieren, irgendwelche perversen Sexspielchen gehören eindeutig nicht zum Berufsbild«, ihre Stimme troff vor Sarkasmus, »können Sie sich entfernt vorstellen, was das für Folgen hätte, wenn so ein Gerücht die Runde machte? Ich könnte einpacken! Kein Mensch, ganz sicher kein Mann, würde noch jemals ein Wort von mir wahrnehmen, weil sie mich alle im Geiste auszögen und womöglich noch versuchen würden, ihre bekloppten Phantasien in die Tat umzusetzen! Glauben Sie im Ernst, ich würde alles, wofür ich gearbeitet habe, einfach so aufs Spiel setzen? Ja, ich war in der Kanzlei, und ja, Fuller war da, und Volker …«

»Volker König?«, fragte Hartmann.

Marilene nickte, so viel zum Thema Berufsbild, dachte sie, da streite ich für meine Ehre, nur um einen Einbruch zu gestehen, »Volker war da. Er hat gesehen, wie Fuller mich zwang, mit ihm zu gehen. Er hat es nicht verhindert.« Ein Schluchzen lauerte in ihrer Kehle, aber sie unterdrückte es, schluckte, nicht heulen, verdammt.

»König ist Fullers Anwalt, er wird seinen Mandanten also nicht belasten«, Hartmann klang entschuldigend.

»Ich weiß. Und er vertritt auch von Solburg, der ist doch wohl der Drahtzieher hier«, sagte Marilene.

»Das glaube ich zwar auch, aber den decken sie alle«, Hartmann schüttelte bedauernd den Kopf, »das ist der eine Name, der nicht fällt, außer in harmlosen Zusammenhängen. Nein, König vertritt Fuller, auf Anweisung von Solburgs, nehme ich an, und vermutlich, um ihn über jeden Satz Fullers informieren zu können. Also wenn wir überhaupt eine Chance haben, an von Solburg heranzukommen, dann nur über Fuller. Er ist bisher der Einzige, von dem wir wissen, dass seine, ähm, speziellen Bedürfnisse mit Hilfe von Solburgs befriedigt wurden. Und leider haben wir keine Möglichkeit, alle Frauen ausfindig zu machen, die über die Heiratsagentur vermittelt wurden, nur auf den vagen Verdacht hin, dass dahinter Methode steckt und nicht eben ein bedauerlicher Einzelfall.«

»Und Auerbach?« Marilene fing wider Willen an, sich erneut hineinziehen zu lassen, den Fall als Ganzes zu betrachten, anstatt sich auf ihren persönlichen Aspekt zu konzentrieren. »Ich denke, er redet, weiß er denn nichts über die Strukturen?«

»Er behauptet, auf eigene Faust gehandelt zu haben. Von Solburg habe ihn gelegentlich, wenn ein potenzieller Ehemann seine Frau aus terminlichen Gründen nicht selbst habe vom Flughafen abholen können, gebeten, die eine oder andere Frau zu dem Fitnessstudio zu fahren. Dort stünden ein paar Zimmer leer, und so konnte von Solburg die Hotelkosten sparen, das sei alles. Auerbach und Ernst, das ist der Geschäftsführer vom Las Palmas, hätten sich dann gedacht, sie könnten die Frauen genauso gut auf ihre zukünftigen Aufgaben vorbereiten, anstatt auf ›totem Kapital‹ herumzuhängen, das brauchte ja niemand zu erfahren. Dass sie das dann auch noch gefilmt haben, nun ja«, Hartmann zuckte mit den Achseln, »ein kleiner Nebenverdienst eben. Und auch davon hat von Solburg angeblich nichts gewusst.«

»Ich will das nicht wirklich wissen«, Marilene schüttelte sich, »wenn ich nur … und wer hat Ludger Braun und Eilers erschossen? Und was war mit Silvie?«

»Auerbach hat Braun erschossen, weil er ihn erpresst hat. Er behauptet, es sei Notwehr gewesen, er sei auf ihn losgegangen, und da habe sich der Schuss gelöst, vollkommen unabsichtlich. Ernst wiederum hat gestanden, Eilers erschossen zu haben, ebenfalls versehentlich, er hatte lediglich bei dir eine Akte klauen wollen, auf Anweisung Auerbachs, weil sie bei Siriporn deine Visitenkarte gefunden hatten und wissen wollten, ob du ihnen auf die Spur gekommen seiest. Plötzlich sei da noch jemand eingebrochen, er und sein Kumpel, den er bedenkenlos verpfiffen hat, hätten sich fürchterlich erschrocken, und da habe sich der Schuss gelöst. Ein bedauernswerter Unfall. Die Aussagen aller drei decken sich, wir haben die Waffen und auch deine Akte gefunden, vor Gericht werden sie mit ›Unfall‹, hoffe ich wenigstens, nicht durchkommen, und selbst wenn, bleibt da noch genügend, um sie hinter Gitter zu bringen.«

»Siri?«, fragte Marilene mit zitternder Stimme.

»Wir haben sie in dem Fitnessstudio gefunden, konnten aber bislang nicht mit ihr sprechen, sie steht noch unter Schock. Ich denke, das wird schon wieder, und sie wird einige Lücken füllen können, ebenso Patrizia, wenn sie erst wieder auf dem Damm ist.«

»Wieso auf dem Damm?«, Bestürzung zeichnete sich auf Marilenes Gesicht ab, »was ist passiert?«

»Ach Gott«, Hartmann schlug sich die Hand vor die Stirn, »das war jetzt … ich wollte nicht … ach, jetzt ist es eh schon egal, sie hat sich beim Las Palmas herumgetrieben, allein«, er warf ihr einen vorwurfsvollen Blick zu, »und ist erwischt worden, Gesichtsverletzungen«, er nuschelte, als könnte er die Nachricht auf diese Weise abmildern.

Marilene holte tief Luft und schwieg.

»Anfänger«, schimpfte Hartmann, »sich ohne Rückendeckung in Gefahr zu begeben«, er begann, Tassen und den Teller mit dem halb gegessenen Stückchen auf das Tablett zu stellen, »wollten Sie noch?«, fragte er.

Marilene schüttelte den Kopf, nur das nicht, dachte sie, nicht essen, nicht noch mehr hören müssen, und, wie um sie abzulenken, tauchte die Frage in ihrem Kopf auf, ob Hartmann sie im Bett duzen oder siezen und wann er auf seine Ankündigung zurückkommen würde. Ob sich daran etwas geändert hatte. Ob sie es zuließe. Sie schüttelte erneut den Kopf, wie kannst du nur jetzt an so etwas denken, und stand auf, wollte ihre Aussage hinter sich bringen und nach Hause, so schnell wie möglich vergessen. Nur eins wollte, musste sie noch wissen, sie beugte sich vor und stützte sich auf dem Tisch ab, Hartmanns Blick suchend, »Und Silvie?« fragte sie.

Hartmann, ihre Dringlichkeit ignorierend, stand ebenfalls auf, nahm das Tablett und bewegte sich auf das Rückgabefenster zu, »Sie beschuldigen sich gegenseitig«, er sprach über die Schulter zu ihr, »Auerbach und Ernst. Beide haben für die Tatzeit kein Alibi. Soll das Gericht entscheiden.«

Marilene trottete hinter ihm her. Ja, dachte sie, letztlich war es gleich, oder?

***

Zinkels Augen brannten, und er schwitzte vor Aufregung. Sie hatten ihn. Er konnte es noch gar nicht fassen. Als Hartmann vorhin verschwunden war, um nach der Müller zu sehen, hatte er sich noch einmal die Videokassetten aus Fullers Haus vorgenommen, Kassetten, auf denen sich, entsprechend der Beschriftung, Spielfilme befanden, was sie bisher nur flüchtig kontrolliert und bestätigt gefunden hatten.

Aber Fuller hatte sich verrechnet, zwar Filme aufgenommen, wahllos, wie es schien, aber nicht für nötig gehalten, die Reste der ursprünglichen Aufnahmen dahinter zu löschen. Und ein paar der Kassetten waren bis zum letzten Millimeter bespielt, eindeutig und belastend.

Inzwischen hatte Zinkel Fullers alte Akte herausgesucht und seinen Verdacht, es handele sich bei einer der misshandelten und gefilmten Frauen um seine Ehefrau, bestätigt gefunden. Er zweifelte, ob sie die anderen, drei oder vier, ganz sicher war er nicht, aufspüren könnten, falls sie tatsächlich lebend da rausgekommen waren, aber diese eine war nachweislich tot. Fuller würde sich nicht mehr herauswinden können, Anwalt oder nicht.

Er spulte eines der Bänder vor, bis er auf ein Bild stieß, auf dem sowohl Fuller als auch dessen Frau erkennbar waren, und drückte auf die Standbild-Taste. Ja! Er hieb zur Bekräftigung mit der Faust auf den Tisch und starrte auf das eingefrorene Bild, ungleich erschreckender als jede grausame Bewegung zuvor, der Ausdruck auf ihrem Gesicht eine Mischung aus nackter Angst und ergebener Duldung, er konnte den Blick nicht abwenden, wünschte, es handelte sich nicht um das Vermächtnis einer Toten, er könnte sie berühren und sagen, es ist vorbei, alles wird wieder gut, und wusste, es würde ihn unerbittlich verfolgen.

Er zuckte unwillkürlich zusammen, als die Bürotür plötzlich aufgerissen wurde und Hartmann hereintrat, »Na endlich«, sagte er, erleichtert, sein Wissen jetzt teilen zu können, »darf ich vorstellen«, wies er auf den Bildschirm, »Miranda Fuller.« Mit Genugtuung beobachtete er, wie sich auf Hartmanns Gesicht ein grimmiges Grinsen stahl, »Wir haben ihn«, begann er, »da kommt er ...«, und brach ab, als er die Anwältin hinter Hartmann auftauchen sah. Er sprang auf, stellte sich vor den Bildschirm und tastete blind nach dem Knopf, irgendeinem Knopf, der das Bild verschwinden ließe, aber zu spät, er sah es ihr an. Sie hatte, sich zur Seite neigend, um an ihm vorbeischauen zu können, längst wahrgenommen, was er ihr lieber erspart hätte, und kniff mit hochgezogenen Schultern die Augen zu, als könne sie jetzt noch verhindern, dass das, was bisher nur in ihrer Vorstellung existiert hatte, auf einmal unleugbar real wurde.

Zinkel schaute zu Hartmann, aber der schien nichts davon wahrzunehmen, war ebenso gefangen von dem Anblick wie er selbst kurz zuvor, und erst als seine Finger endlich den richtigen Knopf ertasteten, der Bildschirm mit einem Knistern erlosch, löste Hartmann sich aus seiner Erstarrung und führte die Anwältin zu einem Stuhl.

»Ein Wasser?«, fragte Zinkel und räusperte sich, verlegen angesichts dieser offensichtlichen Banalität, aber sie nickte nur und schien gerade dafür dankbar. Er stellte ein Glas vor sie hin, setzte sich wieder, schaltete, als Hartmann keine Anstalten machte, in die Gänge zu kommen, das Aufnahmegerät ein und sprach die

Einführung aufs Band, bevor er ihr zunickte, um zu signalisieren, dass sie beginnen könne.

Sie sammelte sich einen Augenblick und berichtete dann von ihrer ersten Begegnung mit Fuller in dessen Galerie, wo sie ein Treffen zwischen von Solburg und ihrem Kollegen König beobachtet hatte, das sie belauschen wollte, was Fuller aber verhindert hatte. Von Fullers Auftauchen in ihrem Büro und seiner versteckten Drohung, unterstrichen durch die Verletzung, die er ihr zugefügt hatte. Wie sie mit Patrizia darüber gesprochen, hier schien sie sich unter Hartmanns Blick zu ducken, die ihr zur Vorsicht ihrem Kollegen gegenüber geraten hatte. Von ihrer Beschattung Ludger Brauns und Auerbachs, der sie erstmals zum Las Palmas geführt hatte und ihrem und Patrizias Besuch bei Siriporn Braun.

Unterdessen blickte Hartmann immer finsterer drein, und insgeheim stimmte Zinkel ihm zu, möglicherweise hätte Ludger Brauns Tod verhindert werden können, wenn sie etwas von all dem geahnt hätten, aber er schwieg, würde sich später Gedanken darüber machen, ob und wie sich die drohenden Folgen für Patrizia vermeiden ließen. Jetzt begnügte er sich mit einem aufmunternden Nicken, um sie nicht zu unterbrechen.

Sie fuhr fort und erzählte, wie sie spät am Abend in die Kanzlei gefahren war, um etwas über die Beziehung ihres Kollegen zu von Solburg und Auerbach herauszufinden, wie sie herausfand, dass auch Fuller ein Mandat von Volker König war. Von ihrer Angst, als die unbekannten Eindringlinge ihr Büro durchsucht und den anderen Mann, der überraschend aufgetaucht war, getötet hatten. Von Silvies Tagebuch, in dem sie berichtet, dass Fuller von Solburg einen Umschlag zugesteckt hat.

Zu dumm, dass diese Zeugin tot war, bedauerte Zinkel, und schüttelte ungläubig den Kopf, als sie von dem Brief des Detektivs sprach, in dem er einen Einbruch gestand, weil er Silvie hatte beschatten sollen, mit ihrem Tod aber nichts zu tun haben wollte – und keinen Auftraggeber nannte. Zwei tote Zeugen.

Stockend jetzt, als hätte sie Mühe, die Erinnerung mit ihren Worten in Einklang zu bringen, beschrieb sie, wie die Angst vor Entdeckung, weil sie eine CD auf Königs Schreibtisch hinterlassen hatte, sie dazu gebracht hatte, von Zinkels Wohnung aus noch einmal in die Kanzlei zurückzukehren. Dass sie vor Königs Computer eingenickt war, von Fuller geweckt wurde, der sie vor Königs Augen zwang, mit ihm zu gehen. Dass Fuller König angewiesen hatte, von Solburg zu informieren. Wie sie sich geweigert hatte, in den Kofferraum seines Wagens zu steigen und er ihr einen Schlag auf den Kopf versetzt haben musste, der sie das Bewusstsein hatte verlieren lassen. »Als ich aufwachte, war es dunkel, und ich hatte keine Ahnung, wo ich war«, schloss sie.

Zinkel schwieg, in Gedanken die Angst nachempfindend, die sie in den langen Stunden durchlebt hatte, und auch Hartmann schien sich nur mit Mühe darauf zu besinnen, was jetzt zu geschehen hatte.

»Gut«, sagte Hartmann, ohne jemanden dabei anzusehen, schaltete das Aufnahmegerät aus und stand auf, »das war's erst mal. Ich melde mich, wenn die Niederschrift fertig ist.«

Nun sei nicht so unsensibel, schimpfte Zinkel innerlich, und bot ihr an, sie nach Hause bringen zu lassen. Sie nickte nur, und Zinkel brachte sie zur Tür und wartete, bis ein Beamter sie in Empfang nahm und begleitete.

»Was ist nur in dich gefahren?«, wandte er sich an Hartmann, als sie nicht mehr zu sehen war, »ich weiß nicht, ob das so eine gute Idee ist, sie allein zu lassen.«

»Wir haben zu tun«, entgegnete Hartmann und nahm seine gewohnte Fenster-Tür-Wanderung auf.

***

Marilene trat ins Freie. Entkommen, dachte sie, hatte nicht geahnt, dass sie sich bei einer bloßen Aussage vorkäme wie eine Verbrecherin, mal ganz davon abgesehen, dass sie durchaus etwas verbrochen hatte. Unstandesgemäß. Aber, überlegte sie, es hinge von Hartmann ab, ob ihr daraus Schwierigkeiten erwachsen würden. Volker würde schweigen, schon um sich nicht selbst zu belasten, Komplizenschaft wäre ihm zwar kaum nachzuweisen, selbst wenn sie im Besitz der CD wäre, allenfalls unterlassene Hilfeleistung, dennoch könnte das für ihn unangenehme Folgen haben. Blieb also nur Fuller mit seiner schwachsinnigen Behauptung, sie habe sich freiwillig in Gefangenschaft begeben.

Sie lief wie aufgezogen neben dem Beamten her, bis sie einen Streifenwagen erreichten und er sie nach ihrem Ziel fragte.

Sie zögerte, sie könnte Patrizia im Krankenhaus besuchen, nein, entschied sie, sie würde nach Hause gehen, essen, schlafen und sich morgen darum kümmern. Morgen würde sie zur Arbeit gehen, ganz bestimmt, »Danziger Straße«, sagte sie.

»In Sonnenberg?«, vergewisserte der Beamte sich.

Sie nickte und stieg ein. Der Schwachsinn hatte durchaus Methode. Letztlich schützte Fuller damit nicht nur sich selbst, sondern bis zu einem gewissen Grad auch seinen Anwalt. Auf dessen Wohlwollen er angewiesen sein dürfte. Das ihm aber nichts nutzen würde. Dieses Bild, sie versuchte vergeblich, es abzuschütteln, dieses Bild würde ihn hinter Gitter bringen. Sie spürte ein flaues Gefühl im Magen, vermochte die Ursache nicht zu bestimmen, Hunger oder Unsicherheit über den Ausgang. Was, wenn es nicht reichte, und was, wenn es zwar reichte, die Organisation aber unangetastet bliebe? Es geht dich nichts an, ermahnte sie sich, du kannst nichts daran ändern.

Sie bat den Beamten, sie schon an der Sonnenberger Straße herauszulassen, am Rewe-Markt, stieg aus, überquerte die Straße, ohne auf den Verkehr zu achten und betrat den Markt. Was könnte sie kochen? Worauf hatte sie Appetit? Sie stand ratlos, auf eine Inspiration hoffend, in der Gemüseabteilung, schon bereit, ihr Vorhaben wieder aufzugeben, gewohnheitsmäßig, sie hasste dieses Was-koche-ich-heute und war oft genug unverrichteter Dinge aus einem Geschäft verschwunden, und sie würde jetzt nicht damit anfangen, ihr Leben umzukrempeln, nur weil … Nudeln, dachte sie, Nudeln wären okay. Sie würden hinunterrutschen, auch wenn es ihr in der Kehle eng wäre. Sie kaufte einen Strunk Brokkoli, einen Becher Sahne und etwas Schinken, schnappte sich noch eine Zeitung und verließ den Supermarkt, stopfte unterwegs ihre Einkäufe in eine Plastiktüte. Ihr Blick streifte die Schlagzeile, aber sie ging noch ein paar Schritte, bis ihr die Bedeutung aufging.

»Ach du Scheiße«, sagte sie, laut genug, dass ein alter Mann, der, die Zeitung unter den Arm geklemmt, in seinen Pantoffeln vor ihr her schlurfte, sich stirnrunzelnd nach ihr umdrehte. Sie achtete nicht weiter auf ihn, »Sexspiele oder Entführung?«, las sie kopfschüttelnd. Verdammt! Wo hatten die das her? Sie stopfte die Zeitung in die Tüte, innerlich weiterfluchend, das hatte ihr gerade noch gefehlt, dass sie auf diese Weise Berühmtheit erlangte. Hoffentlich stand wenigstens nicht ihr voller Name darin. Aber Marilene M. wäre auch schon eindeutig, selbst ein MM würde sie vermutlich nicht retten, denn wie viele Anwältinnen mit ihren Initialen mochte es in dieser Stadt wohl geben? Das herauszufinden wäre doch eine sinnvolle Beschäftigung für diesen Abend, sie kicherte, eher versehentlich, und den Artikel würde sie gar nicht erst lesen, basta. Sie pfefferte die Zeitung verstohlen in den nächstbesten Papierkorb, hoffend, dass niemand ihr merkwürdiges Verhalten beobachtet hatte.

Sie erreichte die Bank, die ihrem Haus gegenüberstand, und setzte sich schwerfällig. Die Bank, die so oft als Orakel hatte herhalten müssen, wenn sie am Fenster stehend auf Felix gewartet hatte, wenn diese Frau sich darauf niederlässt, jener Mann daran vorbeigeht, ein Hund an ihr das Bein hebt, dann kommt er bestimmt, aber selten waren die Prophezeiungen eingetreten. Jetzt, dachte sie, mache ich vielleicht, dass die Wünsche eines anderen in Erfüllung gehen, und sie blickte an dem Haus empor, ob sie jemanden am Fenster stehen sähe.

Sie brauchte einen Augenblick, bis ihr bewusst wurde, was sie unten gesehen hatte, bevor sie im Fenster unterm Dach ein Kind entdeckte, das sich die Nase am Fenster platt drückte. Sie richtete den Blick wieder abwärts. Ihr Auto. Und lässig wartend dagegen gelehnt stand Volker und spielte mit den Schlüsseln. Jetzt hatte er sie entdeckt. Kam über die Straße auf sie zu. Oh Gott, nicht jetzt, sie fühlte sich entschieden zu schwach für diese Konfrontation. Ein Auto kam auf ihn zu, viel zu schnell, hupte, und Volker sprang mit einem Satz, ja, dachte sie, fahr ihn tot!, gerade noch rechtzeitig zur Seite, und sie schämte sich augenblicklich und sah zu Boden, verlegen und trotzig.

»Hallo, Lenchen, wo hast du bloß gesteckt? Ich warte schon seit Stunden auf dich.«

»Wo ich stecke, hat dich vorgestern«, sie stockte, war das erst zwei Tage her?, überlegte sie verwirrt, »hat dich da auch nicht interessiert. Und vielen Dank auch für deine Hilfe.« Schon besser, fand sie, Wut würde für einen klaren Kopf sorgen.

»Nichts zu danken«, erwiderte Volker unbekümmert, »ich wusste ja, wo du deine Ersatzschlüssel aufbewahrst.«

Sie schloss die Augen, das konnte ja wohl nicht wahr sein, öffnete sie wieder und schaute direkt in sein freundliches Gesicht, »Sag mal, was hast du eigentlich geglaubt, was Fuller mit mir vorhat, wenn er mir eine Waffe unter die Nase hält? Und du erdreistest dich, hier aufzukreuzen und so zu tun, als wäre nichts passiert?«

»Welche Waffe?«, fragte Volker, und alle Freundlichkeit wich einer kalten Ruhe auf seinem Gesicht.

»Du, du ...«, Marilene sprang auf, bereit ihm die Augen auszukratzen, aber er fing ihre Hände mühelos ab und drückte sie nach unten, »du Arschloch«, und es kümmerte sie nicht, dass Speicheltropfen ihm ins Gesicht flogen, »du hättest zugelassen, dass er mich umbringt? Ich dachte, du wärst mein Freund. Dabei ist dein einziger Freund Geld. Ist es das? Du hättest mich umkommen lassen, nur weil ich deinen Geschäften in die Quere gekommen bin?«

»Jetzt mach aber mal halblang, ja?« Er drückte sie auf die Bank nieder, bis sie saß, blieb selbst stehen, ihre Hände noch in festem Griff, und wartete, bis sie zu ihm aufsah, bevor er weitersprach. »Hör mir gut zu, ich sage das nur einmal«, begann er, »es gab keine Waffe. Du bist vollkommen freiwillig mit ihm gegangen, und das Einzige, was man ihm anlasten kann, ist, dass euer Spielchen ein bisschen aus dem Ruder gelaufen ist. Klar, dass du Angst hattest, als er nicht wiederkam, aber er ist aufgehalten worden, und es tut ihm leid. Er wird sich bei dir dafür entschuldigen. Und er hofft, dass du ihm verzeihst.«

»Spinnst du jetzt total?«, begehrte Marilene auf, »diese abstruse Geschichte landet in der Presse, und ich soll verzeihen?«

»Wie? Heute?« Auf Volkers Gesicht zeichnete sich Überraschung ab, und er lockerte für einen Augenblick seine Umklammerung ihrer Hände.

»Du warst das?« Marilene versuchte, sich ihm zu entwinden, aber schon packte er wieder fest zu.

»Natürlich«, er sah herausfordernd auf sie hinab, »was dachtest du denn? Dein Freund, der Kommissar? Den kannst du abschreiben. Fullers Aussage dürfte Zweifel an deiner Integrität bei ihm wecken.«

Marilene schüttelte nur noch den Kopf.

»Und glaub mir«, Volker lächelte sanftmütig, »das war noch gar nichts. Die Geschichte lässt sich noch viel breiter treten, ein paar pikante Details …«, er schwieg, um ihr Gelegenheit zu geben, sich eben diese auszumalen. »Du hättest besser von Anfang an auf mich gehört und dich nicht eingemischt. Ich habe dich gewarnt, weißt du noch? Aber wenn du mich brauchst«, er gab ihre Hände frei, ließ ihre Schlüssel in ihren Schoß fallen und strich mit hohlen Händen hart über ihre Brüste, »ich bin stets für dich da«, sagte er und wandte sich, noch immer lächelnd, zum Gehen.

24

»Aber ich habe das doch ...«, alle Farbe war aus Fullers Gesicht gewichen.

»Gelöscht?«, fragte Zinkel süffisant, »Sie waren nicht gründlich genug.«

»Möchten Sie, dass wir Ihren Anwalt benachrichtigen, bevor wir weitermachen?«, fragte Hartmann freundlich.

Fuller nickte nur und lehnte sich zurück, die Augen ins Leere gerichtet. Er schien seine Umgebung völlig zu ignorieren, den Anruf Hartmanns bei König, das Schweigen, während sie warteten.

Zinkel klopfte ungeduldig mit einem Bleistift in immergleichem Rhythmus auf dem Schreibtisch herum. Irritiert versuchte Hartmann hinter die dazugehörige Melodie zu kommen, »Der dritte Mann«?, überlegte er, unterdrückte ein Grinsen und ließ ihn gewähren. Alles, was dazu beitrüge, Fuller weichzukochen, war ihm recht.

Es war erst zehn Uhr aber schon unerträglich warm im Raum, die Sonne hatte gerade das Gebäude umrundet, eigentlich, überlegte er, war es umgekehrt, das Gebäude hatte sich gerade zur Sonne gedreht, auch nicht ganz richtig, egal, ihr Licht fiel jetzt ungehindert durch das Fenster direkt auf Fullers Gesicht, wie die in alten Filmen bei Verhören verwendete Lampe, die eher einem Scheinwerfer glich, und musste ihn unerträglich blenden. Sehr gut, dachte Hartmann, die Götter sind mit uns. Der Nachteil war allerdings, dass das Standbild auf dem Fernsehgerät zu einem Flirren verblasste. Er stand auf und ließ die Jalousie herab, ja, so war es besser, alle Einzelheiten gestochen scharf.

»Meinst du, man kann das auf Computer übertragen«, richtete er eine rein technische Frage an Zinkel, »und es dann ausdrucken?«

Zinkel schaute einen Augenblick verständnislos, bevor er begriff, was Hartmann beabsichtigte, »Klar, kein Problem.«

»Wenn das Gericht darauf besteht, können wir den Film ja trotzdem vorführen, aber ich will nicht das Risiko eingehen, dass jemand umfällt und der Prozess vertagt werden muss.« Hartmann sprach leise, vertraulich fast, und hoffte, gerade das brächte Fuller dazu, aufzuhorchen. »Dieses Bild ist unfassbar genug«, er trat an den Bildschirm, senkte seine Stimme zu einem Flüstern, »man sieht ihr an, dass sie weiß, was ihr bevorsteht, nicht? Sie hat abgeschlossen, sich ergeben, kein Funke Hoffnung mehr, das überlagert sogar den Schmerz, den sie empfinden muss. Ich möchte wissen, wann das war, wie viele Tage vor ihrem Tod, oder ob es an diesem Tag geschah. Ich möchte sie aufrütteln, und sagen, renn, renn …«

Zinkel nickte und nahm sein Getrommel wieder auf. Crescendo.

»Hat es denn niemanden gegeben, dem sie sich anvertrauen konnte?«, Hartmann flüsterte weiterhin, laut genug?, fragte er sich, warf, unbemerkt von Fuller, einen kurzen Blick zu Zinkel, dessen Augenaufschlag »Weiter« zu signalisieren schien, »niemanden, der ihr geholfen hätte? Warum ist sie nicht zu uns gekommen? Oder hatte sie das vor? Sie wollte ein einziges Mal aufbegehren, sich und ihr Kind retten, und ist aufgehalten worden? Vielleicht täuscht dieser fügsame Gesichtsausdruck, und sie plant in Wirklichkeit ihre Flucht, überlegt, wer ihr helfen könnte, vielleicht sagt sie in diesem Augenblick etwas Unbedachtes, dass sie schwanger ist, zum Beispiel, in der Hoffnung, das würde ihn milder stimmen. Aber er ist nicht milde zu stimmen, das sieht man. Oder sie sagt, wenn du nicht aufhörst, gehe ich, und alles kommt raus. Das würde ihn doch ängstigen, denkt sie, aber es ängstigt ihn nicht, er weiß längst einen Ausweg. Oder sie denkt nicht, ganz bewusst, aus Angst, er könnte ihre Gedanken an ihrem Gesicht ablesen«, Heiserkeit bemächtigte sich allmählich Hartmanns flüsternder Stimme, »und er beobachtet sie ja sehr genau, nicht wahr?«, fuhr er fort, ohne eigentlich zu wissen, wie und zu welchem Ende er seinen Monolog führen sollte, »ja, ich glaube, sie versucht wirklich, nicht zu denken, sagt auch nichts, glaubt, sie hätte noch Zeit, später, sich zu überlegen, was sie tun kann. Aber vielleicht ist sie auch einfach unsicher, vielleicht glaubt sie, dass es in einer Ehe eben so zugeht, dass er das Recht hat, sie so zu behandeln, und sie kann sich nicht vorstellen, dass daraus auch ganz etwas anderes erwachsen kann, dass es noch schlimmer wird, es kann doch nicht sein, denkt sie, dass er mich umbringt.«

Er ließ die Schultern hängen, erschöpft. Senkte den Kopf. Sammelte sich. Drehte sich mit einem Ruck um. Fixierte Fuller aus wütend zusammengekniffenen Augen. »Warum?!!!«, brüllte er mit aller ihm zur Verfügung stehenden Lautstärke. Registrierte befriedigt, dass Zinkel im richtigen Augenblick auf den Knopf des Aufnahmegeräts drückte und Fullers Erschrecken ob seiner Wut, wann, wenn nicht jetzt, dachte er, schwieg und hoffte, Fuller würde nicht bemerken, dass das Band lief, falls er reagieren sollte. Mach schon. Du musst dich rechtfertigen. Nichts ist dir wichtiger. Rede. Endlich.

»Ich habe sie doch geliebt«, sagte Fuller.

Das sagen sie alle, dachte Hartmann, und niemand mit weniger Berechtigung als du, aber er schwieg, denn er wusste, jetzt würde noch mehr kommen, jetzt war es nicht mehr aufzuhalten, es sei denn, er hätte zu lange gebraucht, König konnte jeden Augenblick eintreffen, und er wünschte, er könnte unten Bescheid geben, dass sie ihn hinhielten, aber das würde er sich natürlich nicht gefallen lassen, sie hatten nicht viel Zeit, wusste er, also rede. Schneller.

»Sie hat alles kaputt gemacht«, Fuller begann, sich in Rage zu reden, »wenn sie nicht schwanger geworden wäre, dann wäre überhaupt nichts passiert. Wir hatten die Vereinbarung, dass sie nach zwei Jahren gehen könnte, wenn sie dann noch wollte, ohne Unterhalt, aber dann durfte sie ja hierbleiben und hätte arbeiten können. Darum war es ihr natürlich von vornherein nur gegangen, sie wollte sich die Aufenthaltsgenehmigung erschleichen. Und die hätte sie bekommen, selbstverständlich hätte ich meinen Teil der Vereinbarung eingehalten. Aber sie hat das nicht getan. Sie ist schwanger geworden. Sie wollte weg von mir. Nach nur einem Jahr. Dabei hatte sie alles von mir bekommen, was sie sich nur wünschen konnte. Ein solches Leben, wie ich es ihr bot, hat sich jemand wie sie doch nur erträumen können«, Fuller holte kaum einmal Luft, so sprudelte es aus ihm heraus, »und als Gegenleistung habe ich lediglich erwartet, dass sie sich dekorativ an meiner Seite zeigt und gelegentlich nett zu einem Kunden ist, sein Kaufinteresse bestärkt, das konnte sie gut, aber manchmal hat sie sich geweigert, da musste ich sie natürlich bestrafen. Sie hat dann zwar immer erst mit mir diskutiert, sie sprach nämlich sehr gut Deutsch, aber ich konnte ihr schon klarmachen, dass sie mir gehorchen muss, und sie hat das auch immer eingesehen. Gerade so, als wollte sie bestraft werden, wie sie sich manchmal gewehrt hat, nur um den

Genuss zu steigern, sie wusste genau, wie sie das anstellen musste, und wir hatten eine wunderbare Beziehung.«

Der Glanz in Fullers Augen ließ Hartmann erschauern, er schaute kurz zu Zinkel, der reglos mit erhobenem Bleistift dasaß und zu überlegen schien, ob er ihn werfen könnte, ob er träfe wie ein Pfeil, und wandte sich zurück zu Fuller, der längst weiterredete, unbeirrt vom leisen Rauschen des Aufnahmegeräts.

»Und dann wurde alles anders. Von einem Tag auf den anderen. Sie hat aufgehört sich zu wehren, nur noch geduldet, sie hat sich schlichtweg geweigert, jemals wieder mit einem Kunden auszugehen. Und eines Tages, sie hatte geglaubt, ich sei schon in der Galerie, aber ich hatte nur so getan, als ob ich fortgegangen wäre, da habe ich sie im Schlafzimmer beobachtet, wie sie vor dem Spiegel stand und sich von der Seite her betrachtete, die Hand auf ihren Bauch legte, da wusste ich Bescheid, und sie hat es trotzdem laut ausgesprochen, als wollte sie mich verhöhnen, ich bin schwanger, hat sie gesagt. Und ich wusste, jetzt hatte sie mich überlistet, ich würde sie verlieren und auch noch dafür zahlen müssen, lange, ohne Gegenleistung. Das war nicht fair. Es war gegen die Vereinbarung. Also bin ich rausgegangen, stand vor der Tür und habe überlegt, was ich tun kann, wie ich mich wehren kann. Aber es gab keine Möglichkeit, sie hatte allen Schutz der Welt, und das nur, weil sie schwanger war. Irgendwann habe ich dann geklingelt, und sie hat geöffnet, wenn sie nicht aufgemacht hätte, wäre ich vielleicht doch in die Galerie gefahren, hätte noch einmal alles durchdacht. Aber sie hat geöffnet. Und da habe ich sie erwürgt. Sie hat alles kaputt gemacht.« Fuller verstummte.

Hartmann schloss die Augen. Die rechte Freude über das Geständnis wollte sich nicht einstellen. Der Mann war einfach krank. Wenn es doch so einfach wäre, widersprach er seinem eigenen Gedanken. »Wusste von Solburg von Ihrer ›Vereinbarung‹ mit Ihrer Frau?«, er vermochte den Sarkasmus nicht aus seiner Stimme herauszuhalten.

»Nein«, sagte Fuller, und seine Miene wurde mit einem Mal verschlossen, er wirkte wie auf der Hut und gleichzeitig abwesend.

Klappe zu, dachte Hartmann, »Und der Einbruch?« Letzte Frage, es könnte ja sein, dass er sie doch noch beantworten würde.

»Das war ich selbst«, sagte Fuller mit gleichgültiger Stimme, ja beinahe gelangweilt, »die Bilder habe ich einem Freund zur Aufbewahrung gegeben.«

Hartmann nickte, und Zinkel schaltete das Aufnahmegerät aus. In diesem Augenblick klopfte es an der Tür. »Herein«, sagte er müde.

König trat ein, unerträgliche Munterkeit verbreitend, »Guten Morgen, die Herren, wir können dann jetzt, wenn Sie so freundlich wären? Meine Zeit ist knapp bemessen.«

»Das tut mir jetzt aber leid«, Hartmann hob bedauernd die Hände, »dass Sie umsonst gekommen sind. Ihr Mandant hatte nicht das Gefühl, so lange auf sie warten zu können. Wir sind schon fertig.«

Zinkel spulte wie auf Kommando das Band zurück und schaltete es an einer beliebigen Stelle ein. Fullers Stimme ließ Königs Gesichtsausdruck gefrieren.

Hartmann verließ den Raum. Ein schaler Sieg. Es wurmte ihn, dass von Solburg unangreifbar war. Hätte doch bloß der Detektiv in dem Brief an Marilene seinen Auftraggeber genannt, zumal es für seine Verschwiegenheit keinen Grund gab, wo er sich doch hatte absetzen wollen. An Kontobewegungen hatten sie die Beziehung jedenfalls nicht festmachen können. Und König – dass sie ihm nichts anhängen konnten, stank ihm genauso. Einer von beiden war der Auftraggeber von Eilers. Einer von beiden hatte vermutlich auch den Mord an Silvie befohlen. Keinen von beiden würde er belangen können, sie wurden sauber gedeckt. Da hatte er die Mörder, und den Fall trotzdem nicht gelöst. Scheiß Spiel! Er brauchte dringend einen Kaffee. Vielleicht würde er von irgendjemandem eine Zigarette schnorren und sie sogar rauchen.

***

Marilene hustete und drückte fluchend ihre Zigarette aus. Den Filter anzukokeln konnte dem Gedanken ans Aufhören glatt neue Nahrung geben. Aber das würde sie nicht tun. Wozu auch? Sie klappte die Akte, in die sie sich nur halbherzig vertieft hatte, mit einem Seufzer zu und trank einen Schluck Kaffee. Kalter Kaffee, igitt, sie rümpfte die Nase und zündete sich eine neue Zigarette an. Würde Christine, überlegte sie, wenn sie den unter ihrer Tür hervorquellenden Rauch bemerkte, erst nach ihr sehen oder in Panik verfallen und gleich die Feuerwehr rufen? Sie stand auf und öffnete das Fenster weit, besser kein Risiko eingehen, stellte sich die Schlagzeile vor, »In Misskredit geratene Anwältin versucht, sich selbst zu verbrennen«, nein, das war zu lang, »Selbstverbrennung«, mit Frage- oder Ausrufezeichen? Untertitel »Verrufene Anwältin in letzter Sekunde gerettet«. Was für ein Festmahl für die Medien.

Sie starrte sehnsüchtig auf die Straße und wünschte, sie wäre noch nicht wieder zur Arbeit gekommen, nicht heute, wo der strahlende Sonnenschein jeden Gedanken an Pflichtbewusstsein schon im Keim zu ersticken versuchte, sie hätte den Kater von gestern gründlicher auskuriert und wäre dann in irgendein Touristenkaff gefahren, nach Rüdesheim etwa, um lächelnden Japanern zu Andenkenfotos zu verhelfen oder um sich, Cappuccino trinkend, zu vergewissern, dass das Wasser des Rheins noch in die vorgegebene Richtung floss.

Alles, nur nicht das hier. Zumal sie sich die Mühe hätte schenken können, weil Volker gar nicht da war. Da hatte sie ihr strahlendstes Make-up aufgelegt, war sogar pünktlich hier gewesen und hatte mit Christine geplaudert, ungewöhnlich lange für die Tageszeit, schallend gelacht über ihre eigenen Witze über die Unfähigkeit der Presse. Nur um zu erfahren, dass Volker nicht kommen würde, zu einem Mandanten gerufen worden sei und nun nicht mitbekommen würde, dass seine Drohungen ihr nichts ausmachten. Nicht das Geringste. Er könnte einen Besen fressen, den sie ihm liebend gern eigenhändig ins Maul stopfen wollte, sie würde sich nichts anmerken lassen. Sie nicht.

Er sollte in der Hölle schmoren, zusammen mit seinen hochehrwürdigen Mandanten. Was er zweifellos nicht tun würde, so viel war klar. Solange er und Fuller bei ihrer Version blieben, würde Volker so weitermachen können wie bisher. Aussage gegen Aussage. Zwar würde Fuller sitzen, da hatte sie keine Bedenken, aber das, was er ihr angetan hatte, antun wollte, ihr schauderte bei der Erinnerung an diesen unsäglichen Keller, das bliebe für immer ungesühnt.

Und Volker würde sie fortan mit diesem anzüglichen Blick beglücken, wenn er es überhaupt dabei bewenden ließe. Heute war sie gewappnet gewesen, aber sie hatte keine Ahnung, ob Nichtbeachtung tatsächlich eine ausreichend wirksame Waffe wäre. Die es ständig parat zu halten galt. Ob ihre Vorsicht nicht zwangsläufig irgendwann nachließe. Wie weit sie, im Fall des Falles, bereit wäre zu gehen.

Gehen. Warum eigentlich nicht? Noch mal von vorn anfangen. Allein. Nenn es unabhängig, überredete sie sich, und sah sich schon ein neues Büro einrichten, Personal einstellen, Mandanten empfangen. Und keine mehr ablehnen, die ihr nicht passten, das könnte sie sich dann nicht mehr leisten. Das Risiko ist viel zu groß. Ach was, privat hast du es auch geschafft, allein klarzukommen. Schon, aber mehr schlecht als recht. Das würde dich von der privaten Misere ablenken, meinst du nicht? Und mich in eine finanzielle stürzen. Sei nicht so feige. Bin ich aber. Wenn du es nicht versuchst, wirst du nie herausfinden, was in dir steckt. So was wie »Weck den Tiger in dir«, ja? Du hast es erfasst. So etwas braucht Zeit. Eben, fang an.

Dermaßen angetrieben, durchquerte Marilene energisch ihr Büro und riss die Tür zum Empfangsbereich auf. »Wo ist die Zeitung?«, fragte sie, als sie sie weder auf dem Tresen noch im Wartebereich entdecken konnte.

»Moment mal«, Christine unterbrach ihr Telefongespräch und legte die Hand auf den Hörer, »habe ich nicht rausgelegt, ich dachte …«

Marilene ging nicht darauf ein, sondern streckte nur die Hand aus, nahm die Zeitung und ging zurück in ihr Zimmer. So weit kommt's noch, dass andere sich meinen Kopf zerbrechen, dachte sie, während sie nach den gewerblichen Vermietungen suchte, dabei den Artikel über sich selbst geflissentlich überblätternd. Zwei der Angebote klangen ganz vielversprechend, und sie rief sofort an, bevor sie es sich anders überlegen konnte, vereinbarte, als sich auch die geforderte Miete als annehmbar herausstellte, Besichtigungstermine. Sie verdrängte jeden Gedanken an den Papierkram, der zu erledigen wäre, sollte sie Erfolg haben, stopfte sich den Zettel mit den beiden Adressen in die Handtasche und verließ mit einem »Bin weg« zu Christine, die noch immer telefonierte, die Kanzlei.

Das erste »Objekt«, wie die schon wartende Maklerin sie über den korrekten Terminus informierte, befand sich in einem heruntergekommenen Haus in der Jahnstraße mit merkwürdig schiefem Dach. Schon das Treppenhaus war entmutigend finster, und Marilene hätte sich verabschiedet, wenn die Maklerin dies nicht durch unentwegtes Geplapper verhindert hätte. So aber stapfte sie, der gezwitscherten Anweisung »zweiter Stock« folgend, über die kaum erkennbaren Stufen vor ihr her, vermied es, das Treppengeländer zu berühren, einen mit quietschendem Linoleum ausgelegten Flur entlang, stoppte, als die Stimme hinter ihr verstummte und Schlüsselgeklapper zu hören war, vor einer gläsernen Tür, an der von der einstigen Aufschrift nur noch ein A und ein L zu lesen waren. Dahinter würde Bogey auf einem Stuhl lümmelnd auf sie warten, einen vollen Aschenbecher und die Whiskyflasche auf dem Schreibtisch, nahm Marilene an, und war geradezu enttäuscht, als sich die beiden Räume als vollkommen leer herausstellten. Leer und renovierungsbedürftig. Was hier eine neue Bedeutung erlangte. Marilene nahm dankend Reißaus.

Bitte, flehte sie alle erreichbaren Götter heimatloser Anwälte an, lasst das nicht so weitergehen. Sie stieg in ihren Wagen und machte sich auf den Weg in die Schöne Aussicht.

Zwanzig Minuten später rangierte sie den Wagen rückwärts und noch dazu in Hanglage in die einzige Parklücke, die sich selbst bei dreimaligem Hin- und Herfahren hatte finden lassen. Eine Übung, die ihr den Schweiß auf die Stirn trieb, zumal die umstehenden Autos hohe Reparaturkosten verhießen. Endlich schaffte sie es, und sie stieg aus, begutachtete das erbärmliche Ergebnis ihrer Fahrkünste und hoffte, das Haus, das sie suchte, besäße einen eigenen Parkplatz, sonst sollte sie erwägen, öffentliche Verkehrsmittel zu benutzen oder zu laufen, denn diese Adresse lag nicht weit entfernt von ihrer Wohnung.

Sie überquerte die Straße zu der Seite mit den ungeraden Nummern, bewunderte die Jugendstil-Villen und fragte sich, ob sie sich bei der Miethöhe verhört hatte. Die Gegend oberhalb des Kurparks wirkte keineswegs so, als würde sie sich hier ein Büro leisten können. Vielleicht ginge es, wenn sie ihre Wohnung aufgäbe, ihr Bett in einem vermeintlichen Aktenschrank verbergend, damit kein Mandant mitbekäme, dass sie am Rande des Ruins stand, ein chandlersches Dasein fristete, aufrecht und integer, mit dem Finanzamt im Nacken. Sie verzog das Gesicht zu einem selbstironischen Grinsen. Sie würde einen Umzug hierher ohnehin nicht lange überleben, denn der Anstieg der Straße rief ein bedenkliches Keuchen hervor, wobei ihr durchaus bewusst war, dass kaum jemand das hier als Berg bezeichnen würde.

Sie hob vor Erstaunen die Augenbrauen, als sie schließlich um Atem ringend die richtige Hausnummer erreichte, kramte nach dem Zettel, auf dem sie die Adresse notiert hatte, um sich noch einmal zu vergewissern, aber es gab keinen Zweifel, hier war es. Ein Bürohaus, selbst ein kleines, sie erinnerte sich an die Formulierung, hätte sie sich anders vorgestellt. Dieses wirkte anachronistisch, sowohl für die Umgebung als auch für den Zweck, ein schmales, wie gestauchtes Haus, eine Art Jugendstil-Hexenhäuschen, himmelblau gestrichen, zwei Stockwerke plus Dachgeschoss, ein winziges Vorgärtchen, in dem eine ebenso fehl am Platz wirkende hohe Linde stand, darunter ein Gestell, an dem drei Messingschilder befestigt waren und auf einen Notar, eine Firma für EDV-Beratung und eine Heilpraktikerin verwiesen. Einen Parkplatz gab es tatsächlich nicht, die Einfahrt bot lediglich Platz für ein Auto, derzeit ein BMW-Cabrio. Was soll's, dachte Marilene, fragen kostet nichts, und sie ging zur Eingangstür, klingelte bei dem Notar, dessen Namen, Lothar Männle, sie sich während des Telefongesprächs notiert hatte, und wurde augenblicklich eingelassen.

Der Mann, der vor ihr stand, wurde seinem Namen nicht gerecht. Hochgewachsen, blond und blauäugig, gekleidet in einen leichten grauen Anzug mit seidigem Schimmer, darunter ein schwarzes Poloshirt, wirkte er wie einem Magazin entsprungen, und nicht wie ein Notar, der doch etwas verstaubt Seriöses an sich haben, wenigstens Brille tragen sollte. »Frau Müller, nehme ich an«, sagte er mit samtweicher Stimme, »wir können gleich nach oben, wenn es Ihnen recht ist.«

Marilene nickte nur und folgte ihm die Stufen hinauf ins Dachgeschoss, fassungslos auf diesen geraden Rücken starrend, der die Anzugjacke jeden Augenblick sprengen würde. Und tiefer. Die Anstrengung, den Blick abzuwenden, trieb ihr die Röte ins Gesicht.

»Alles Training«, sagte er, ohne erkennen zu lassen, wovon genau er sprach, belustigt, als er aufgeschlossen hatte und sie an sich vorbeigehen ließ, »entschuldigen Sie den Geruch, ich lüfte jetzt schon seit zwei Wochen, aber dieser Räucherstäbchen-Gestank will einfach nicht verschwinden.«

Tatsächlich stank es ganz bestialisch, stimmte Marilene ihm insgeheim zu, aber mit zwei Wochen Gegenqualmen wäre das sicher kein Thema mehr. Sie standen in einem kleinen Empfangsbereich mit Kochecke, wie Marilene wohlwollend feststellte, der in den eigentlichen Büroraum führte, ein großes Zimmer mit zwei Dachschrägen und Flügeltür zu einem winzigen Balkon, den sie von unten wegen des Baumes nicht hatte sehen können. Auf beiden Seiten der Balkontür befanden sich in Kniehöhe Butzenscheiben mit absolut niedlichen Fensterbänken davor. Sie schwor, sie würde ihre Pflanzen hier pflegen. Vielleicht eine Kakteensammlung? Das müsste doch sogar sie hinkriegen. Sie wandte sich um und bemerkte eine geschlossene Tür direkt neben dem Eingang.

»Abstellkammer«, erläuterte Männle ihrem Blick folgend und öffnete die Tür.

Ein Bett würde hier nur hochkant hineinpassen, stellte Marilene fest und fragte sich, ob sie im Stehen schlafen könnte. Aber sie wollte, sie musste es haben, kreuzte die Finger, »Ich bin nicht sicher –«, setzte sie zu der Frage nach der Miete an.

»Das Bad befindet sich leider auf dem Flur«, unterbrach Männle sie, »daher die niedrige Miete«, erläuterte er, als könne er Gedanken lesen, »aber es gehört Ihnen allein und hat sogar eine Dusche.«

Marilene folgte ihm hinaus und ließ sich das Bad zeigen, weiß gekachelt, ein winziges Fenster über dem Klo, Becken und Spiegel, achtziger Dusche, und alles sauber, lediglich der Duschvorhang käme weg, zur Not könnte sie tatsächlich hier einziehen.

»Für den Notfall gut genug, meinen Sie nicht?«, fragte Männle.

Der Typ war unheimlich. »Haben Sie noch andere Interessenten?«

Er schüttelte den Kopf.

»Fünfhundert?«, fragte sie.

Er nickte, »Plus Nebenkosten.«

»In Ordnung, ich nehme es.«

Es war kurz nach vier Uhr, als Marilene müde die Tür zu ihrer Wohnung aufschloss, ihre Schuhe von den Füßen streifte und sie in die Ecke kickte. Sie schloss die Tür und lehnte sich von innen dagegen. Was für ein Tag.

Nach der Vertragsunterzeichnung war sie, mit einem von Männle zur Verfügung gestellten Zollstock, sie hatte nicht erwartet, dass er das Wort überhaupt kannte, geschweige denn einen besaß, zurück ins Dachgeschoss gegangen und hatte die Räume vermessen. Bei geöffneten Flügeltüren auf dem Boden sitzend, die Beine auf den Balkon gestreckt, hatte sie sodann aufgeschrieben, was zu besorgen war, unterteilt nach sofort, später, irgendwann, eine beängstigend lange Liste, auf der im Laufe des Unterfangens so manche Position von sofort auf irgendwann verschoben wurde, bis sie zufrieden war und glaubte, das Pensum bewältigen zu können.

Danach war sie nach Schierstein zu einem Möbelgeschäft gefahren, hatte zwei Schreibtische samt Stühlen, ein paar Aktenschränke, zwei mäßig bequeme Besuchersessel und einen phantastischen blau gemusterten Teppich, der auf dem Laminat hervorragend zur Geltung kommen würde, bestellt, die schon nächste Woche geliefert würden. Als Nächstes hatte sie einen Baumarkt aufgesucht, gekauft, was sie zum Renovieren benötigen würde, hatte sich die Farbe gleich zurechtmischen lassen, gelb, ein sonniges, kräftiges Gelb, auf dem die Raucherspuren nicht so schnell auszumachen wären, und alles ins Auto gewuchtet. Dann war sie zu einem Fachgeschäft für Bürobedarf gefahren, wo sie das erste Mal ihre Spontaneität verwünschte, so viel Geld auf einmal hatte sie in ihrem ganzen Leben noch nicht ausgegeben. Und das, dämmerte ihr allmählich, war erst der Anfang.

Schließlich war sie zurück zu ihrem künftigen Büro gefahren, hatte Männles Wagen blockiert, das ganze Zeug ausgeladen und die Treppen hochgeschleppt, schwitzend und keuchend, hätte mit Freuden einen Aufzug benutzt, oder Männle, wenn er sich nur hätte blicken lassen. Auf der Heimfahrt hatte sie kaum die Augen offen halten können, alle Euphorie schien verbraucht, aber jetzt gab es kein Zurück mehr.

Sie stieß sich von der Tür ab und ging zunächst ins Bad, zog sich aus und stellte sich unter die Dusche. Danach würde sie das für gestern vorgesehene Abendessen zubereiten, ein, und wirklich nur ein Glas Wein trinken und früh zu Bett gehen. Morgen müsste sie dann anfangen, die Dinge in der Kanzlei zu regeln, überlegte sie, da gab es viel zu tun. Sie hoffte, sie würde einige Mandanten mitnehmen können, hatte aber keine Ahnung, was darüber in ihrem Vertrag stand, wer las schon Kleingedrucktes, wenn doch die Eventualitäten so undenkbar erscheinen. Wo war er überhaupt? Hatte sie ihn damals nicht mit nach Hause gebracht, um ihn ihrem Vater zu zeigen? Dann müsste er sich in ihrem Schreibtisch befinden. Sie stellte das Wasser ab, schlang sich ein Handtuch um den Kopf und schlüpfte in Felix' Hemd, um sofort danach zu suchen, bevor sie es wieder vergaß.

In der Tür zum Wohnzimmer blieb sie abrupt stehen. Irgendetwas stimmte nicht. Obwohl alles vollkommen normal wirkte, wie sie mit einem schnellen Blick in die Runde feststellte. Dennoch zögerte sie hineinzugehen. Sie ging zur Wohnungstür, vergewisserte sich, dass sie verschlossen war, dann Richtung Schlafzimmer, leise jetzt, konnte aber einen Aufschrei nicht unterdrücken, als sie die Tür mit einem Ruck öffnete, geduckt vorsprang und dahinter schaute. Nichts. Sie atmete auf. Paranoia!, schimpfte sie vor sich hin, nicht wirklich verwundert, und wandte sich zurück zum Wohnzimmer, sei nicht bescheuert, da ist nichts.

Aber je näher sie kam, desto langsamer wurden ihre Schritte, es war ein Geruch, der sie störte, sie hob den Kopf, ein fremder Geruch, nein, vielleicht nicht fremd, eher fern. Wie eine Erinnerung. Sie konnte es nicht festmachen. Aber ihre Gewissheit wuchs, dass sich außer ihr noch jemand in der Wohnung befand. Wo war ihr Handy? Ihre Handtasche? Da. Neben der Tür auf der Bank. Nicht weit. Sie schlich darauf zu. Fuhr erschrocken herum, als sie aus dem Wohnzimmer ein Knarren vernahm. Ihr Schreibtischstuhl. Drehte sich. Jemand saß darin.

»Freut mich, dass du mein Hemd noch trägst.«

Marilene stürzte auf ihn zu, »Wie kannst du nur?«, brüllte sie, wollte sie brüllen, aber heraus kam nur ein heiseres Krächzen, »ich bin zu Tode erschrocken, du Idiot!«, er stand auf, wie um sie abzuwehren, aber vergeblich, sie trommelte mit den Fäusten auf ihn ein, »ich dachte … ich hatte Angst, dass …«, Tränen strömten ihr übers Gesicht, »du hast ja keine Ahnung!«, sie ließ von ihm ab, sank, ganz langsam, zu Boden, weinte. Konnte nicht mehr aufhören. Sie schlang die Arme um die Knie, wiegte sich vor und zurück, als könnte sie das trösten. Und weinte.

Felix streichelte ihr sachte über den Kopf, und sie wehrte ihn nicht ab, schien die Berührung gar nicht wahrzunehmen. Erst als er sich auf die Knie hinunterließ, den Arm vorsichtig um sie legte, hörte sie auf, sich zu wiegen. Weinte leiser, unendlich trauriger. Er wandte sich ihr zu, zog sie jetzt in beide Arme, drückte sie fest an sich, und auch das ließ sie zu, weinte hilflos in einem fort, die Stirn an seine Brust gedrückt, quollen die Tränen unter geschlossenen Lidern hervor, unaufhaltsam.

»Sch, alles wird gut«, er schaukelte vor und zurück, sie beide wiegend, »es tut mir so leid, dass ich dich erschreckt habe, ich wollte doch nur sehen, ob alles in Ordnung ist mit dir, und jetzt schau, was ich angerichtet habe«, vor und zurück, »na komm, beruhige dich, ganz ruhig.«

Du willst mich hypnotisieren, dachte sie, und sah unvermittelt ein Pendel hin- und herschwingen, wir sind ganz ruhig, und es wirkt ja, alle Tränen leer geweint, aber jetzt bist du ja da, kein Grund mehr, lass nicht los, lass mich nie mehr los. Sie hob den Kopf, schaute ihn an, »Du bist ganz nass geworden«, sagte sie.

»Das macht doch nichts«, er strich ihr mit dem Finger über die Wange, vertraute Geste, der sie sich wie von selbst entgegenneigte, längst willenlos.

Und plötzlich sind seine Hände überall, wo ihre noch zögern, unsicher flatternd, wie Vögel, die, bevor sie sich auf einem Zweig niederlassen, überlegen mögen, ob dieser sie trüge, nicht doch zu morsch, zu dünn wäre, da wecken seine Hände schon dieses unerträgliche Verlangen, verloren geglaubt und doch mühelos erinnert, wie ein Urinstinkt, ich begebe mich in deine Hände, voll und ganz, diese schönen Hände, die ich immer so fassungslos betrachtete, wenn sie auf mir lagen, wie für meine Haut gemacht, vorherbestimmt, und wieder entfachen sie ein alles verzehrendes Feuer, dass alles Zögern schwindet, nur die Gewissheit bleibt, dass dies richtig ist und einzig, und schon liegen sie auf dem Fußboden, Gliedmaßen verschlungen, »Ich liebe dich so sehr«, flüstert Marilene, glaubt, dass sie es ausgesprochen hat, vielleicht auch nicht, nur ein flüchtiger Gedanke, er verschließt ihren Mund mit einem nicht endenden Kuss, drängt alle Worte, die irgendwann gesprochen werden wollen, müssen, zurück in ihr Inneres, nicht jetzt, und sie lässt sich forttragen, atemlos, als sei die Luft zu dünn, höher und weiter als jemals zuvor, dass ihr schwindelt, ein Rauschen wie Meeresbrandung, jeder Millimeter Haut prickelt wie von tausend Nadeln, bis in die Fingerspitzen, und sie löst sich auf, vollkommen, nur um sich wieder neu zusammenzusetzen, ganz zu werden, und höher zu steigen, ungeahnt, ein wahnwitziger Tanz, das Crescendo schier unerträglich, unabwendbar. Jetzt. Und der Himmel stürzt ein.

»Hör zu«, Felix richtete sich auf und begann, seine Kleidung zusammenzusuchen.

Immer, dachte Marilene, während sie ihn träge blinzelnd betrachtete, wie er, auf einmal so unbeholfen, in seine Hose stieg, das Hemd zuknöpfte und in die Hose stopfte, zuletzt die Socken überstreifte, als hätte er einen Gedanken daran verschwendet, sie könnte einen nackten Mann in Socken unerotisch finden, nicht diesen, gewiss nicht, bleib noch, bat sie mit Blicken, aber er band sich die Schuhe zu.

»Ich werde dich nicht aufgeben«, schon griff er nach seiner Jacke, warf sie sich über die Schulter, »das kann keiner von mir erwarten«, er beugte sich über sie, Verlangen im Blick, und strich ihr über die Hüfte, sanft, »Morgen?«, fragte er.

Marilene nickte, morgen und immer, dachte sie, er kommt zurück, zu mir, stumm vor Glück, sie würde hier liegen bleiben und auf ihn warten, die Vorstellung brachte sie zum Lächeln, und dass seine Gelenke laut knackten, als er sich aufrichtete, verlegen grinsend, als wolle er sich für diese Profanität oder die ersten Anzeichen nahenden Alters entschuldigen, brach den Bann und ließ sie auflachen, und sie setzte sich aufrecht, packte seine Waden mit festem Griff, »Alles eine Frage des Trainings«, sagte sie augenklimpernd mit anzüglich tiefer Stimme.

»Meine Rede«, erwiderte Felix, »aber ich muss jetzt wirklich gehen, Hanne wartet, sie hat heute Abend noch einen Arzttermin, weil, sie ist schwanger, ich kann dich also nicht heiraten, aber das wolltest du doch sowieso nie, nicht wahr? Dafür bist du viel zu unabhängig, und wir haben es doch schön so, es war doch schön? Ich will dich nicht aufgeben. Ich kann nicht.«

25

Marilene klebte die letzte Kiste zu. Das wäre geschafft. Sie schaute sich um, ob sie auch nichts vergessen hatte, sah nicht so aus, setzte sich und zündete sich die für dieses Büro letzte Zigarette an. Ein neuer Anfang, sinnierte sie, erstaunt, wie schnell die letzten beiden Wochen vergangen waren, erst recht, dass sie es geschafft hatte, nicht in ihrer Trauer zu ertrinken.

Getrieben von einer eiskalten, bewusst in dieser ersten grauenhaften Nacht herbeigeredeten Wut, ich hasse dich, den zurückgeforderten Schlüssel gegen die Tür geworfen, wo er eine befriedigend tiefe Delle hinterlassen hatte, ich hasse Hanne, dieses elende, berechnende Stück Dreck, aber ich lasse mich nicht unterkriegen, den Gefallen tue ich dir nicht, und ich werde auch nicht die Brosamen aufpicken, die du hinterlässt, dafür bin ich mir zu schade, behalt ihn und versaure, denn du wirst nie, nie die Einzige sein, und wehe, es schlich sich ein Was-wäre-wenn in ihre Gedanken, was, wenn ich schwanger wäre, dumme Kuh, hatte sie Tassen zertrümmert, den Wein direkt aus der Flasche getrunken und Scherben aufgefegt. Den Hinterhalt anderswo vermutend, war sie blind in die Falle gegangen, und alles in ihr schrie förmlich nach Rache, alles war besser als weinen, ich weine nicht, hatte sich ungehalten die Tränen weggewischt, ich nicht, und sein Lieblingsglas fallen lassen, tausend Splitter, die so herrlich verletzend sein könnten, wenn ... und hatte sich schließlich halbtrunken und weitertrinkend an den Schreibtisch gesetzt, mit kratzender Schrift Listen angefertigt, jeder Punkt ein Schritt zu ihrem Neuanfang, jeder Punkt würde ihre ganze Aufmerksamkeit fordern, verhindern, dass sie durchdrehte.

Und sie hatte es geschafft! Sie drückte vehement ihre Zigarette aus, Einwände und Widrigkeiten einfach beiseitegeschoben, nicht einmal Volker hatte ihr noch etwas anhaben können, und die Folgen des Artikels, na und? Was machten schon ein paar anzügliche Blicke, die Geschichte war schnell genug im Sande verlaufen, verdrängt von den Ermittlungen gegen Fuller, die sie nicht mehr betrafen, wie Hartmann ihr vor ein paar Tagen telefonisch mitgeteilt hatte. Hartmann, dessen zögerndes »Könnten wir nicht« sie abgewürgt hatte, Arbeit vorschützend und den Umzug, ein andermal vielleicht. Vielleicht auch nicht. Im Augenblick hatte sie keine Lust, sich damit auseinanderzusetzen. Alles war unter Kontrolle, und so sollte es bleiben.

Sie stand auf, um sich auf den Weg zu machen, hatte einen der Kartons, die sich in der Ecke stapelten, schon aufgenommen, als es klopfte. »Herein«, rief sie, wider besseres Wissen auf ein Umzugskommando hoffend, und setzte die Kiste wieder ab.

»Ach, Sie ziehen auch um«, stellte Sominski sich umblickend fest.

Marilene zuckte mit den Achseln.

»Tja«, er vergrub die Hände in den Taschen seiner Jeans, »ich nämlich auch, äh, ich habe einen Versetzungsantrag gestellt, dachte, ich verabschiede mich mal, in den Ferien ziehe ich weg, zu viele Erinnerungen, wissen Sie? Das Geld haben sie bekommen?«

»Oh ja, danke«, sagte Marilene.

»Ja, also, ich wollte mich eigentlich nur bedanken, dass Sie mir geglaubt haben und so.«

»Schon in Ordnung.«

»Hartmann sagt, dass Sie Auerbach von Anfang an in Verdacht hatten, dass ich es nur Ihnen zu verdanken habe, dass die Ermittlungen in diese Richtung gegangen sind.«

»Hat er denn jetzt gestanden?«, fragte Marilene, wenn auch nur der Vollständigkeit halber.

»Nein, aber Hartmann sagt, dass die Indizien ausreichen, und es gibt eine Zeugenaussage, dass er auch versucht hat, jemand anderen zu –«, er stockte, »na, Sie wissen schon.«

»Na schön«, sagte Marilene.

»Tja, und dann wollte ich noch sagen, dass mir echt leidtut, was Sie meinetwegen durchgemacht haben. Und dass das dann auch noch in die Presse gekommen ist, also ehrlich, ich hatte ja keine Ahnung, aber Hartmann sagt …«

»Okay, es ist in Ordnung«, sagte Marilene und fand, dass Hartmann entschieden zu viel plauderte, vor allem, was sie betraf, womöglich hatte er gar Sominski nahegelegt, hier aufzukreuzen, um … ach egal, warum sollte sie sich darüber noch Gedanken machen. Sie reichte Sominski die Hand, um die Geschichte abzukürzen, »Dann wünsche ich Ihnen alles Gute für die Zukunft.«

»Ja danke, Ihnen auch. Soll ich Ihnen vielleicht mit den Kisten helfen?«

»Nein danke«, Marilene winkte ab, »nicht nötig, Hilfe ist im Anmarsch.« Schön wär's, dachte sie, aber sie wollte ihn nur noch loswerden, ihn und die Erinnerung an alles, was mit ihm zusammenhing, und schickte ihn fort.

Sie stellte sich ans Fenster, auch dies ein letztes Mal, machte sie sich bewusst, entdeckte auf der gegenüberliegenden Straßenseite diese Kollegin von Sominski, Angela? Ja doch, Angela Ganz, schoss ihr der Name durch den Kopf. Schön für ihn, dass er so schnell jemanden gefunden hatte. Sie wartete, dass Sominski auf die Straße träte, da kam er, aber anstatt zu ihr zu gehen, wandte er sich nach rechts, schlenderte Richtung Innenstadt, ohne sich umzusehen, ohne zu bemerken, dass Angela ihm folgte, sich gelegentlich wachsam hinter anderen Menschen duckend, als wollte sie nicht entdeckt werden. Was hatte das zu bedeuten, fragte sie sich, für einen Augenblick die andere bedauernd wie sich selbst. Trägst du ihm deine Liebe hinterher? Vergiss es. Weißt du denn nicht, dass kein Opfer groß genug ist, um zu erreichen, dass man wiedergeliebt wird?

Sie wandte sich vom Fenster ab und begann, die Kisten zu ihrem Auto zu tragen, kopfschüttelnd. Nur weil sie Hanne gern aus dem Weg geräumt hätte, hieß das noch lange nicht, dass … nein, so ein Blödsinn, der Fall war abgeschlossen.

Epilog

Sie kurbelte das Fenster des Leihwagens herunter. Obwohl sie einen schattigen Parkplatz ergattert hatte, war es unerträglich warm, sie kam sich vor wie in einem Backofen, traute sich aber vor lauter Angst aufzufallen nicht, bei laufendem Motor die Klimaanlage einzuschalten.

Er war vor über einer Stunde nach Hause gekommen, aber er war nicht allein gewesen, sonst hätte sie ihn diesmal vielleicht angesprochen, sie sei zufällig in der Gegend gewesen und hätte gedacht, sie könnte ja mal kurz Hallo sagen und hören, wie es ihm ginge. Schließlich hatte er sich nicht mehr bei ihr gemeldet, obwohl er es versprochen hatte, treulos sei er, an dieser Stelle würde sie schelmisch lachen. Tausendmal geprobt.

Sie streckte sich und setzte sich aufrechter, aber das änderte nichts daran, dass sie allmählich das Gefühl bekam, nicht länger sitzen zu können, untätig bis auf ihre unablässig kreisenden Gedanken.

Wer war die Frau, mit der er lachend im Hausflur verschwunden war? Eine Kollegin? Sie mochte etwa in ihrem Alter sein, war nicht sonderlich attraktiv, jedenfalls nach ihrem Geschmack, irgendwie altbacken, aber vielleicht war das eine Frage des Kontrasts zu dem, was vorher war. Oder hatte sie sich getäuscht? Da lag kein Knistern in der Luft und keine Zweisamkeit. Aber wie sollte sie das auch aus der Entfernung wahrnehmen?

Nein, das Ganze war vollkommen harmlos. Schließlich war es das erste Mal, dass sie ihn nicht allein antraf. Bisher hatte sie ihn kaum mit einem Menschen reden sehen, nur die Bedienung in einer Kneipe, in der er gelegentlich zu Abend aß, hatte sich seiner Einsamkeit erbarmt, aber er hatte so einsilbig reagiert, dass sie schnell aufgegeben hatte. Sie war versucht gewesen, sich zu ihm zu setzen, um ihn aufzumuntern, aber sie hatte es sich versagt, hatte noch gehofft, dass er sich bei ihr melden würde und nicht umgekehrt. Nun sah es so aus, als müsste doch sie den ersten Schritt tun, sonst wäre alles vergeblich gewesen.

Und sie konnte nicht mehr lange warten, den Fehler hatte sie schon einmal begangen, als sie geglaubt hatte, alle Zeit der Welt zu haben. Und dann war aus dem Nichts plötzlich SIE aufgetaucht und hatte alles verdorben, diese ... nein, sie würde nicht zulassen, dass sie sich noch immer in ihre Gedanken schlich, das war vorbei, endgültig. Sie hatte das Problem beseitigt. Allein, wenn er sich erst heimisch fühlte, mit den neuen Kollegen warm geworden wäre, könnte die Situation wieder unberechenbar werden. Bis jetzt hatte sie geglaubt, je größer seine Einsamkeit, desto dankbarer würde er für ihre Nähe sein. Aber womöglich war es schon zu spät.

Die Tür des Hauses öffnete sich, und er kam zum Vorschein, das Fahrrad geschultert trat er auf die Straße, bevor er es absetzte, sich hinaufschwang und winkend davonfuhr, ein törichtes Grinsen im Gesicht. Sie verrenkte den Hals, um besser sehen zu können, richtig, die Frau stand am Fenster seiner Wohnung, die Hand zu einer lächerlichen Geste des Abschieds erhoben, während er sich längst durch den lebhaften Verkehr wob.

Wer war sie? Und warum ließ er sie allein in seiner Wohnung zurück, wo er sie doch kaum kennen konnte? Sie musste es wissen. Eine günstigere Gelegenheit als diese würde sich wohl kaum ergeben. Dieses Mal würde sie rechtzeitig einschreiten, statt wieder darauf zu vertrauen, dass er seinen Irrtum selbst erkannte. Das hatte schon bei Silvie nicht funktioniert. Auch da war Stan mit Blindheit geschlagen gewesen, viel zu lange, und viel zu lange hatte sie stumm darunter gelitten. Und beinahe wäre sie für immer zur Rolle der guten Freundin der Familie verdammt gewesen. Wenn sie Silvie nicht bei Bernd aus dem Haus hätte kommen sehen, hätte sie es vielleicht sogar dabei bewenden lassen, aber diese Scheinheiligkeit hatte sie nicht dulden können, Silvie zur Rede stellen wollen, in Stans Beisein, unbedingt. Zufall, dass er gerade davonfuhr, als sie ankam, sie hatte sich ihre Worte so schön zurechtgelegt. Wie weggewischt, sobald Silvie geöffnet hatte. »Ich bin schwanger«, wiederholte sie hämisch. Dass sie es aussprach, hatte das Fass zum Überlaufen gebracht, und sie hatte zugedrückt, hatte das nicht vorgehabt, wirklich nicht, war erschrocken, als sie zu Boden sackte, und hatte ihren Körper ins Wohnzimmer geschleift, wie um Distanz zu schaffen. Aber jetzt war all das egal, sie hatte das Problem gelöst, wenn auch anders als geplant. Jetzt stand ein neues an. Entschlossen kurbelte Angela das Fenster hoch und stieg aus.

Ich danke

- Thomas Jordan und Thomas Wörtche für lebensrettende Sofortmaßnahmen
- Martina Ricken-Bollinger, Thomas Jordan, Ingeborg Mues, Esther Hoffmann, Fritz Denke, Jutta Wissler, Ann Schnoor, Bernhard Hollmann, Christa Thabor und Uli Weyrauch für ihre engagierten Versuche, das Manuskript unterzubringen
- Heike Sommer und Malte Schüller für akribische Recherche
- Ingeborg Mues, Thomas Jordan und Heike Sommer für geduldiges, kritisches und mehrfaches Testlesen
- meiner Familie für die moralische Unterstützung
- Ingeborg Mues, ohne deren Ermunterung ich längst aufgegeben hätte
- dem Team bei Emons, das mich so herzlich aufgenommen hat
- meinem Mann Wolfgang für alles das und mehr, als ich in Worte fassen kann